CAZADORES DE SOMBRAS

CIUDAD DE CRISTAL

LA ISLA DEL TIEMPO

CAZADORES DE SOMBRAS

CIUDAD DE CRISTAL

Cassandra Clare

Traducción de Gemma Gallart

Obra editada en colaboración con Editorial Planeta – España

Título original: *The Mortal Instruments. City of Glass*

© 2009, Cassandra Clare LLC
© 2009, Gemma Gallart, por la traducción
Derechos de traducción cedidos a través de Barry Goldblatt Literary LLC
y Agencia Sandra Bruna
© 2010, Editorial Planeta, S.A. – Barcelona, España

Derechos reservados

© 2010, Editorial Planeta Mexicana, S.A. de C. V.
Bajo el sello editorial DESTINO M.R.
Avenida Presidente Masarik núm. 111, 2o. piso
Colonia Chapultepec Morales
C.P. 11570 México, D.F.
www.editorialplaneta.com.mx

Primera edición impresa en España: enero de 2010

Primera edición impresa en México: marzo de 2010
Segunda reimpresión: septiembre de 2010
ISBN: 978-607-07-0343-0

Impreso en los talleres de Irema, S.A. de C.V.
Oculistas núm. 43, colonia Sifón, México, D.F.
Impreso y hecho en México – *Printed and made in Mexico*

Para mi madre.
«Sólo cuento las horas que brillan.»

AGRADECIMIENTOS

Al rememorar el proceso de escribir un libro, uno no puede evitar darse cuenta del gran esfuerzo de grupo que supone, y lo rápido que todo eso se hundiría igual que el Titanic si no se tuviera la ayuda de los amigos. Por eso, gracias al NB Team y al Massachusetts All-Stars; gracias a Elka, Emily y Clio por tantas horas de ayuda con el planteamiento, y a Holly Black por las horas de paciente lectura y relectura de las mismas escenas. A Libba Bray por proporcionarme rosquillas y un sofá sobre el que escribir, a Robin Wasserman por distraerme con fragmentos de «Gossip Girl», a Maureen Johnson por mirarme fijamente de un modo alarmante mientras intentaba trabajar, y a Justine Larbalestier y a Scott Westerfeld por obligarme a abandonar el sofá e irme a alguna otra parte a escribir. Gracias también a Ioana por ayudarme con mi (inexistente) rumano. Gracias como siempre a mi agente, Barry Goldblatt, a mi editora Karen Wojtyla, a los equipos de Simon & Schuster y Walter Books por respaldar esta serie, y a Sarah Payne por admitir cambios mucho después del plazo previsto. Y desde luego a mi familia: a mi madre, a mi padre, a Jim y a Kate, al clan Eson, y por supuesto a Josh, que todavía cree que Simon está basado en él (y puede que tenga razón).

Extenso y escabroso es el camino
que lleva del Infierno hasta la luz.

JOHN MILTON, *El Paraíso perdido*

Primera parte
Las centellas vuelan hacia el cielo

Empero como las centellas vuelan hacia el cielo,
así el hombre nace para la aflicción.

Job 5:7

1

EL PORTAL

La ola de frío de la semana anterior había finalizado; el sol brillaba con fuerza mientras Clary cruzaba apresuradamente el polvoriento patio delantero de Luke, con la gorra de la chamarra subida para
impedir que los cabellos se le arremolinaran sobre el rostro. Puede
que el clima se hubiera vuelto más cálido, pero el viento que soplaba
del East River todavía podía ser brutal. Transportaba con él un tenue
olor químico, mezclado con el olor a asfalto y gasolina propio de
Brooklyn, y el de azúcar quemado procedente de la fábrica abandonada que se encontraba calle abajo.

Simon la esperaba en el porche delantero, echado en un sillón de
resortes roto. Sostenía su DS sobre las rodillas y se dedicaba a gol-
pearla rítmicamente con el puntero.

—Gané —dijo mientras ella subía los escalones—. Soy el mejor
jugando al Mario Kart.

Clary se quitó la gorra, se apartó el cabello de los ojos y rebuscó
en el bolsillo sus llaves.

—¿Dónde estabas? Te he estado llamando toda la mañana.

Simon se levantó y guardó el parpadeante rectángulo en su chamarra.

—Estaba en casa de Eric. Ensayo de la banda.

Clary dejó de sacudir la llave en la cerradura, donde siempre se atoraba, para mirarlo con desaprobación durante un instante.

—¿Ensayo de la banda? Estás diciendo que todavía sigues...

—¿En el grupo? ¿Por qué no tendría que seguir en él? —Alargó la mano por delante de ella—. Trae, deja que lo haga yo.

Clary esperó a un lado mientras Simon giraba con pericia la llave aplicando justo la presión adecuada hasta conseguir que la obstinada y vieja cerradura se abriera emitiendo un chasquido. La mano del muchacho rozó levemente la suya; la piel de Simon estaba fría, a la misma temperatura del aire de la calle. Ella se estremeció ligeramente. Habían cortado su relación la semana anterior, y todavía se sentía confusa cada vez que lo veía.

—Gracias. —Recuperó la llave sin siquiera mirarlo.

Dentro hacía calor. Clary colgó la chamarra en el perchero del recibidor y se dirigió a la habitación de invitados; Simon la seguía. Clary frunció el ceño al ver su maleta abierta como la concha de una almeja sobre la cama y su ropa y sus cuadernos de dibujo desperdigados por todas partes.

—Pensaba que sólo ibas a estar en Idris un par de días —comentó Simon, evaluando el desorden con una mirada de vaga consternación.

—Así es, pero no se me ocurre qué meter en la maleta. Casi no tengo vestidos o faldas; ¿y si no puedo usar pantalones allí?

—¿Por qué no ibas a poder usar pantalones allí? Es otro país, no cambias de siglo.

—Como los cazadores de sombras son tan anticuados e Isabelle siempre usa vestidos... —Clary se interrumpió y suspiró—. No te preocupes. Tan sólo estoy proyectando la ansiedad por mi madre en mi guardarropa. Hablemos de alguna otra cosa. ¿Qué tal el ensayo? ¿Siguen sin un nombre para la banda?

—Estuvo genial. —Simon se sentó de un salto sobre el escritorio, dejando colgar las piernas—. Estamos considerando un nuevo lema. Algo irónico, como: «Hemos visto un millón de rostros y hemos hecho vibrar a un ochenta por ciento de ellos».

—¿Les contaste a Eric y a los demás que...?

—¿Que soy un vampiro? No. No es la clase de cosa que uno deja caer así como así en una conversación informal.

—Puede que no, pero son tus amigos. Deberían saberlo. Y además, pensarán que eso te convierte en algo más parecido a un dios del rock, como aquel vampiro llamado Lester.

—Lestat —la corrigió Simon—. El vampiro Lestat. Y pertenece a la ficción. De todos modos, yo no he visto que tú hayas corrido a contarles a tus amigos que eres una cazadora de sombras.

—¿Qué amigos? Tú eres mi amigo. —Se arrojó sobre la cama de espaldas y alzó los ojos hacia Simon—. Y te lo conté, ¿no es cierto?

—Porque no tenías elección. —Simon inclinó la cabeza a un lado, estudiándola; la luz de la mesita de noche se reflejaba en sus ojos, dándoles un tono plateado—. Te voy a extrañar mientras estés fuera.

—Yo también te extrañaré —repuso Clary, aunque sentía un hormigueo de nerviosa expectativa por toda la piel que le dificultaba la concentración.

«¡Me voy a Idris! —canturreó para sí misma—. Veré el país del que proceden los cazadores de sombras, la Ciudad de Cristal. Salvaré a mi madre.

»Y estaré con Jace.»

Los ojos de Simon centellearon como si pudiera oír sus pensamientos, pero su voz sonó sosegada.

—Cuéntame otra vez... ¿por qué tienes que ir a Idris? ¿Por qué no pueden Madeleine y Luke ocuparse de esto sin ti?

—Mi madre consiguió el hechizo que la sumió en este estado de manos de un brujo: Ragnor Fell. Madeleine dice que tenemos que dar con él si queremos saber cómo invertir el hechizo. El brujo no la conoce, pero sí conocía a mi madre, y Madeleine cree que confiará en mí porque yo me parezco mucho a ella. Y Luke no puede venir conmigo. Podría ir a Idris, pero al parecer no puede entrar en Alacante sin el permiso de la Clave, y ellos no lo darán. Y no le hables de eso, por favor; él querría acompañarme. Si yo no hubiera conocido a Madeleine antes, tampoco creo que me dejara ir a mí.

—Pero los Lightwood también estarán allí. Y Jace. Ellos te ayudarán. Porque... Jace dijo que te ayudaría, ¿verdad? ¿A él no le importa que vayas?

—Claro, él me ayudará —dijo Clary—. Y por supuesto que no le importa. Le parece estupendo.

Sin embargo, ella sabía que eso no era cierto.

Clary había ido directamente al Instituto después de haber hablado con Madeleine en el hospital. Jace había sido el primero a quien le había contado el secreto de su madre, antes incluso que a Luke. Y él se había quedado allí petrificado mirándola fijamente, cada vez más pálido, mientras Clary hablaba, como si en lugar de estarle contando cómo podía salvar a su madre ella le estuviera extrayendo la sangre con cruel lentitud.

—Tú no vas a ir —dijo él en cuanto la chica finalizó—. Aunque tenga que atarte y sentarme encima de ti hasta que este demencial capricho tuyo se te pase, no vas a ir a Idris.

Clary se sintió igual que si la hubiera abofeteado. Había creído que él estaría encantado. Había acudido corriendo desde el hospital para contárselo, y allí estaba él de pie en la entrada, enfadado, mirándola con aquella expresión tétrica.

—Pero ustedes sí van.

—Sí, claro. Tenemos que ir. La Clave ha convocado a todos sus miembros activos de los que se pueda prescindir de vuelta a Idris para una gran reunión del Consejo. Van a votar qué hacer respecto a Valentine, y ya que somos las últimas personas que lo han visto...

Clary pasó por alto aquello.

—Entonces, si ustedes van, ¿por qué no puedo ir contigo?

La sencillez de la pregunta pareció enojarlo aún más.

—Porque no es seguro para ti ir allí.

18

—Vaya, ¿y acaso estoy segura aquí? Han intentado asesinarme una docena de veces durante el mes pasado. Y siempre aquí, en Nueva York.

—Eso es porque Valentine ha estado concentrado en los dos Instrumentos Mortales que había aquí —masculló Jace entre dientes—. Ahora va a desviar su atención a Idris, todos lo sabemos...

—No estamos tan seguros de eso —dijo Maryse Lightwood.

La mujer había permanecido de pie en la sombra de la entrada del pasillo, sin que ninguno de ellos la viera; avanzó hasta quedar bajo las fuertes luces de la entrada, que iluminaron las arrugas de agotamiento que parecían alargar su rostro. Su esposo, Robert Lightwood, había resultado herido por veneno de demonio durante la batalla de la semana anterior y había necesitado cuidados constantes desde entonces; Clary podía imaginar muy bien lo cansada que debía de estar.

—La Clave quiere conocer a Clarissa y tú lo sabes, Jace.

—La Clave puede irse a la mierda.

—Jace —lo reprendió Maryse en su habitual tono maternal—. Ese lenguaje.

—La Clave quiere muchas cosas —rectificó Jace—. ¿Por qué ha de conseguirlas todas?

Maryse lo miró como si supiera exactamente a qué se refería y no le hiciera gracia.

—La Clave tiene razón a menudo, Jace. No es irracional que quieran hablar con Clary, después de todo lo que ha pasado. Lo que ella podría contarles...

—Yo les contaré cualquier cosa que quieran saber —dijo Jace.

Maryse suspiró y volvió sus ojos azules hacia Clary.

—¿Debo entender que tú quieres ir a Idris?

—Sólo unos pocos días. No seré ninguna molestia —le imploró Clary, evitando la mirada furibunda de Jace—. Lo juro.

—La cuestión no es si serás una molestia; la cuestión es si estarás dispuesta a reunirte con la Clave mientras estás allí. Ellos quieren

19

hablar contigo. Si te niegas, dudo que obtengamos la autorización para llevarte con nosotros.

—No... —empezó Jace.

—Me reuniré con la Clave —lo interrumpió Clary, aunque la sola idea de hacerlo le provocó una oleada de frío a lo largo de la espalda.

El único emisario de la Clave que había conocido hasta el momento era la Inquisidora, quien no había sido exactamente una persona agradable de tener al lado.

Maryse se frotó las sienes con las yemas de los dedos.

—Entonces todo resuelto. —Sin embargo, su voz no sonó convencida, sino tan tensa y frágil como una cuerda de violín excesivamente tensada—. Jace, acompaña a Clary afuera y luego ven a verme a la biblioteca. Necesito hablar contigo.

Desapareció de nuevo en las sombras sin siquiera una palabra de despedida. Clary la siguió con la mirada, sintiéndose como si la acabaran de empapar con agua helada. Alec e Isabelle parecían sentir un cariño genuino por su madre, y estaba segura de que Maryse no era una mala persona en realidad, pero no era exactamente lo que se dice afectuosa.

La boca de Jace dibujaba una dura línea.

—Mira lo que conseguiste.

—Necesito ir a Idris, incluso si tú no puedes comprender el motivo —replicó Clary—. Necesito hacer esto por mi madre.

—Maryse confía demasiado en la Clave —dijo Jace—. Seguramente cree que son perfectos, y yo no puedo decirle que no lo son, porque... —Se detuvo bruscamente.

—Porque eso es lo que Valentine diría.

Clary esperó una explosión, pero «Nadie es perfecto» fue todo lo que él pronunció antes de presionar el botón del elevador con el dedo índice.

—Ni siquiera la Clave.

Clary cruzó los brazos sobre el pecho.

—¿Es realmente ése el motivo de que no quieras que vaya? ¿Porque no es seguro?

Un parpadeo de sorpresa cruzó el rostro del muchacho.

—¿Qué quieres decir? ¿Por qué otro motivo no iba a querer que vinieras?

Ella tragó saliva.

—Porque...

«Porque me dijiste que ya no sientes nada por mí, y verás, eso es muy delicado, porque yo todavía siento cosas por ti. Y apuesto a que lo sabes.»

—¿Porque no quiero a mi hermanita siguiéndome por todas partes? —Hubo una nota cortante en su voz, medio burla, medio algo más.

El elevador llegó con un traqueteo. Clary empujó la puerta a un lado, entró en él y se volvió hacia Jace.

—No quiero ir porque tú vayas a estar allí. Quiero ir porque me gustaría ayudar a mi madre. Nuestra madre. Tengo que ayudarla, ¿no lo entiendes? Si no hago esto, podría no despertar jamás. Podrías fingir al menos que te importa un poco.

Jace posó las manos sobre los hombros de ella, rozando con las yemas de los dedos la piel desnuda del cuello y enviando inútiles escalofríos a través de los nervios de la muchacha. Clary advirtió que Jace tenía ojeras y huecos oscuros bajo los pómulos. El suéter negro que llevaba puesto no hacía más que resaltar su piel llena de moretones, al igual que sus oscuras pestañas; constituía todo un estudio de contrastes, digno de ser pintado en tonalidades negras, blancas y grises, con salpicaduras de oro aquí y allá, como sus ojos, para dar un toque de color...

—Déjame hacerlo. —La voz de Jace sonó queda, apremiante—. Puedo ayudarla por ti. Dime adónde ir, a quién preguntar. Conseguiré lo que necesitas.

—Madeleine le dijo al brujo que sería yo quien iría. Estará esperando a la hija de Jocelyn, no al hijo de Jocelyn.

Las manos de Jace se cerraron con más fuerza sobre sus hombros.

—Pues dile a ella que hubo un cambio de planes. Iré yo, no tú. Tú no.

—Jace...

—Haré lo que sea —dijo él—. Cualquier cosa que me pidas, si prometes quedarte aquí.

—No puedo.

La soltó, como si ella lo hubiera apartado de un empujón.

—¿Por qué no?

—Porque ella es mi madre, Jace —respondió Clary .

—Y la mía. —La voz sonó fría—. En realidad, ¿por qué no se puso en contacto Madeleine con los dos respecto a esto? ¿Por qué sólo tú?

—Ya sabes por qué.

—Porque —dijo él, y esta vez su voz sonó aún más fría— para ella eres la hija de Jocelyn. Pero yo siempre seré el hijo de Valentine.

Cerró la puerta violentamente entre ellos. Durante un instante Clary lo miró fijamente; la malla de la reja le dividía el rostro en una serie de rombos, bosquejados en metal. Un ojo dorado la contempló a través de uno de los rombos, con una cólera furiosa titilando en sus profundidades.

—Jace... —empezó a decir.

Pero tras una sacudida el elevador bajaba ya con su traqueteo habitual, transportándola al oscuro silencio de la catedral.

—La Tierra a Clary. —Simon agitó las manos ante ella—. ¿Estás despierta?

—Sí, lo siento.

Se incorporó, sacudiendo la cabeza para eliminar las telarañas. Fue la última vez que había visto a Jace. No tomó el teléfono cuando ella lo llamó más tarde, así que había hecho todos los planes para el viaje a Idris con los Lightwood usando a Alec como reacia y avergonzada persona de contacto. Pobre Alec, atrapado entre Jace y su madre, intentando siempre hacer lo correcto.

—¿Decías algo?

—Simplemente que creo que Luke regresó —repuso Simon, y saltó del escritorio justo cuando se abría la puerta del dormitorio—. Y así es.

—Hola, Simon.

Luke sonó tranquilo, quizá un poco cansado; vestía una estropeada chamarra de mezclilla, una camisa de franela y unos viejos pantalones de pana metidos dentro de unas botas que parecían haber vivido mejores tiempos diez años atrás. Llevaba los lentes subidos sobre su cabello castaño, que parecía ahora más salpicado de canas de lo que Clary recordaba. Sujetaba un paquete cuadrado bajo el brazo, amarrado con una cinta verde. Se lo tendió a Clary.

—Te conseguí algo para el viaje.

—No tenías por qué hacerlo —protestó ella—. Ya hiciste demasiado...

Recordaba la ropa que le compró después de que todo lo que poseía hubiera quedado destruido. Le había dado un teléfono y material para pintar nuevos, sin que se lo hubiera pedido. En realidad, casi todo lo que poseía en ese momento se lo había regalado Luke. «Y ni siquiera te parece bien que vaya.» Ese último pensamiento flotó entre ellos sin ser pronunciado.

—Lo sé. Pero lo vi y pensé en ti. —Le pasó la caja.

El objeto que había dentro estaba envuelto en varias capas de papel de seda. Clary se abrió paso entre ellas y agarró algo blando como el pelaje de un gato. Lanzó un gritito ahogado. Era un abrigo de terciopelo verde botella, pasado de moda, con un forro de seda dorada, botones de latón y una amplia gorra. Se lo colocó sobre el regazo, pasando las manos con cariño por el suave tejido.

—Parece algo que Isabelle se pondría —exclamó—. Como un abrigo de viaje de cazador de sombras.

—Exacto. Ahora, cuando estés en Idris, irás vestida de un modo más parecido a uno de ellos —dijo Luke.

Ella lo miró.

—¿Quieres que parezca uno de ellos?

—Clary, eres uno de ellos. —Su sonrisa estaba teñida de tristeza—. Además, ya sabes cómo tratan a los forasteros. Cualquier cosa que puedas hacer para encajar...

Simon emitió un ruido extraño, y Clary lo miró con aire culpable; casi había olvidado que él estaba allí. El muchacho contemplaba fijamente su reloj.

—Tengo que irme.

—¡Pero si acabas de llegar! —protestó Clary—. Pensaba que podíamos salir a dar una vuelta, ver una película o algo...

—Tienes que hacer la maleta —Simon sonrió, radiante como la luz del sol tras la lluvia; y ella casi pudo creer que no había nada que le preocupara—. Vendré más tarde para despedirme antes de que te vayas.

—Anda —protestó Clary—. Quédate...

—No puedo. —Su tono sonó categórico—. Quedé de verme con Maia.

—Ah. Fantástico —replicó ella.

Maia, se dijo, era simpática. Era lista. Era bonita. También era una chica lobo. Una chica lobo que estaba loca por Simon. Pero tal vez era así como debía ser. Tal vez su nueva amiga debía ser una subterránea. Al fin y al cabo, él mismo era un subterráneo ahora. Técnicamente, ni siquiera tendría que estar pasando tiempo con cazadores de sombras como Clary.

—Supongo que será mejor que te vayas.

—Creo que será lo mejor.

Los ojos oscuros de Simon eran inescrutables. Era algo nuevo..., ella siempre había sido capaz de adivinarle el pensamiento a Simon. Se preguntó si era un efecto secundario del vampirismo, o alguna otra cosa totalmente distinta.

—Adiós —dijo él, y se inclinó como si fuera a besarla en la mejilla, apartándole el cabello hacia atrás con una mano.

Sin embargo, se detuvo y se echó hacia atrás con una expresión indecisa. Ella lo miró con el ceño fruncido por la sorpresa, pero él ya se había ido, rozando a Luke al cruzar la puerta. Clary oyó cómo la puerta delantera se cerraba a lo lejos.

—¡Está actuando de un modo tan raro! —exclamó, abrazando el abrigo de terciopelo en busca de seguridad—. ¿Crees que tiene algo que ver con lo de ser vampiro?

—Probablemente no. —Luke parecía levemente divertido—. Convertirte en un subterráneo no cambia lo que sientes por las cosas. O por la gente. Dale tiempo. Lo cierto es que terminaste con él.

—No. Él terminó conmigo.

—Porque no estabas enamorada de él. Se trata de una situación incierta, y creo que lo está llevando con elegancia. Muchos otros adolescentes se enfurruñarían, o merodearían bajo tu ventana con una radiograbadora gigante.

—Ya nadie tiene radiograbadoras gigantes. Eso era en los ochenta.

Clary abandonó la cama y se puso el abrigo. Lo abotonó hasta el cuello, deleitándose con el suave tacto del terciopelo.

—Simplemente quiero que Simon regrese a la normalidad.

Se echó una ojeada en el espejo y se sintió agradablemente sorprendida: el verde hacía que sus cabellos rojos resaltaran y le iluminaba el color de los ojos. Volteó hacia Luke.

—¿Qué te parece?

Él estaba recostado en la entrada con las manos en los bolsillos; una sombra le cruzó el rostro cuando la miró.

—Tu madre tenía un abrigo idéntico a ése a tu edad —fue todo lo que dijo.

Clary agarró con fuerza los puños del abrigo, clavando los dedos en el suave pelo. La mención de su madre, mezclada con la tristeza en la expresión de Luke, hacía que quisiera echarse a llorar.

—Iremos a verla después, ¿verdad? —preguntó—. Quiero despedirme de ella antes de irnos, y decirle... decirle lo que haré. Que va a ponerse bien.

—Visitaremos el hospital más tarde —respondió Luke, asintiendo—. Y, ¿Clary?

—¿Qué?

Casi no quería mirarlo, pero, con gran alivio por su parte, cuando lo hizo, la tristeza había desaparecido de sus ojos.

Él sonrió.

—La normalidad no es tan buena como la pintan.

Simon echó una ojeada al papel que sostenía y luego a la catedral, y entrecerró los ojos bajo el sol de la tarde. El Instituto se alzaba recortado contra el cielo azul, un bloque de granito lleno de ventanas en forma de arcos puntiagudos y rodeado por un alto muro de piedra. Rostros de gárgolas miraban al suelo con expresión lasciva desde las cornisas, como desafiándolo a acercarse a la puerta principal. No se parecía en nada a la impresión que tuvo la primera vez que lo vio, disfrazado como una ruina abandonada, pero claro, el *glamour* no funcionaba con los subterráneos.

«Tú no perteneces a este lugar.» Las palabras eran severas, mordaces, corrosivas; Simon no estaba seguro de si le había hablado la gárgola o si la voz procedía de su propia mente. «Esto es una iglesia, y tú estás condenado.»

—Cállate —masculló sin demasiado entusiasmo—. Además, a mí me tienen sin cuidado las iglesias. Soy judío.

Encontró un afiligranado cancel de hierro empotrado en la pared de piedra y posó la mano en el pasador, medio esperando un dolor abrasador en la piel, pero nada sucedió. El cancel no parecía ser especialmente sagrado. Lo abrió de un empujón y había recorrido la mitad del agrietado sendero de piedra que conducía a la puerta principal cuando oyó voces —varias voces, y le resultaban familiares— a poca distancia.

O tal vez no tan cerca. Casi había olvidado lo mucho que su oído, igual que su visión, se había agudizado desde que había tenido lugar la Conversión. Parecía como si las voces sonaran justo tras él, pero a medida que seguía el estrecho sendero que rodeaba la pared lateral del Instituto vio que se hallaban de pie a un buen trecho, en el extremo opuesto de los jardines. La hierba crecía sin control allí, medio cubriendo los bifurcados senderos que discurrían por entre lo que probablemente en una ocasión habían sido rosales pulcramente distribuidos. Había incluso un banco de piedra, recubierto con una telaraña de verdes hierbajos; aquello había sido una auténtica iglesia en el pasado, antes de que los cazadores de sombras la ocuparan.

Al primero que vio fue a Magnus, recostado contra una musgosa pared de piedra. Era difícil pasarlo por alto, pues llevaba una camiseta blanca decorada con salpicaduras de color sobre unos pantalones de cuero multicolor. Destacaba igual que una orquídea de invernadero, rodeado por los cazadores de sombras vestidos totalmente de negro: Alec, con aspecto pálido y violento; Isabelle, con su larga melena negra retorcida en forma de trenzas atadas con cintas plateadas, de pie junto a un niño que tenía que ser Max, el más pequeño de ellos. A poca distancia estaba su madre, que parecía una versión más alta y huesuda de su hija, con la misma larga melena negra. Junto a ella había una mujer a quien Simon no conocía. En un principio, Simon pensó que era vieja, ya que tenía los cabellos casi blancos, pero entonces se volvió para hablar con Maryse y vio que probablemente no tendría más de treinta y cinco o cuarenta años.

Y luego estaba Jace, manteniéndose a cierta distancia, como si no perteneciera del todo al grupo. Llevaba la vestimenta negra de un cazador de sombras como los demás. Cuando Simon vestía de negro, daba la impresión de que iba a un funeral, pero Jace simplemente parecía duro y peligroso. Y mucho más rubio. Simon sintió que se le tensaban los hombros y se preguntó si algo —el tiempo o el olvido— diluiría alguna vez el resentimiento que experimentaba hacia Jace. No quería sentirlo, pero ahí estaba, una piedra que lastraba aquel corazón suyo que ya no latía.

Había algo de extraño en la reunión; pero entonces Jace volteó hacia él, como si percibiera su presencia, y Simon vio, incluso desde aquella distancia, la fina cicatriz blanca de su garganta, justo por encima del cuello de la chamarra. El resentimiento de su pecho se desvaneció convertido en otra cosa. Jace efectuó un leve movimiento de cabeza hacia él.

—Regreso en seguida —le dijo a Maryse, en un tono que Simon jamás habría usado con su propia madre, pues sonó como un adulto dirigiéndose a otro adulto.

Maryse asintió inquieta.

—No entiendo por qué tiene que tardar tanto —le comentó a Magnus—. ¿Te parece normal?

—Lo que no es normal es el descuento que les ofrezco. —Magnus golpeó la pared con el tacón de la bota—. Normalmente cobro el doble.

—Es tan sólo un Portal temporal. Simplemente tiene que llevarnos a Idris. Y luego espero que vuelvas a cerrarlo. Ése es nuestro acuerdo. —Volteó hacia la mujer que tenía al lado—. ¿Y tú te quedarás aquí para presenciar cómo lo hace, Madeleine?

Madeleine. Así que aquélla era la amiga de Jocelyn. No tuvo tiempo para quedarse allí mirando, no obstante; Jace ya había agarrado a Simon del brazo y lo arrastraba tras la esquina de la iglesia, fuera de la vista de los otros. Allí atrás había aún más hierbajos y maleza descontrolada. Jace empujó a Simon detrás de un roble enorme y lo soltó, observando alrededor atentamente para asegurarse de que no los habían seguido.

—Está bien. Podemos hablar aquí.

Todo estaba más tranquilo allí atrás, desde luego; el ajetreo del tráfico procedente de York Avenue quedaba ahogado tras la mole del Instituto.

—Tú eres quien me pidió que viniera —señaló Simon—. Encontré tu mensaje en mi ventana cuando desperté esta mañana. ¿Es que nunca usas el teléfono como la gente normal?

—No si puedo evitarlo, vampiro —respondió Jace.

El muchacho estudiaba a Simon detenidamente, como si leyera las páginas de un libro. En su expresión se concentraban dos emociones encontradas: un leve asombro y lo que a Simon le pareció desilusión.

—Así que sigue siendo cierto. Puedes andar bajo la luz del sol. Ni siquiera el sol del mediodía te quema.

—Sí —respondió Simon—. Pero tú ya lo sabías..., estuviste allí.

No hicieron falta más detalles; pudo ver en el rostro del otro joven cómo recordaba el río, la parte trasera de la camioneta, el sol alzándose por encima del agua, a Clary gritando. Lo recordaba tan bien como Simon.

—Pensé que tal vez podría haber sido transitorio —replicó Jace, aunque su tono no pareció sincero.

—Si siento la necesidad de arder, te lo haré saber. —Simon jamás tenía mucha paciencia con Jace—. Oye, ¿me pediste que recorriera todo el camino hasta la zona residencial simplemente para poder quedarte mirándome como si yo fuera algo en una placa de Petri? La próxima vez te enviaré una foto.

—Y yo la enmarcaré y la colocaré en mi mesita de noche —dijo Jace, aunque no dio la impresión de que hubiera entusiasmo en su sarcástico comentario—. Oye, te pedí que vinieras por un motivo. A pesar de lo mucho que odio admitirlo, vampiro, tenemos algo en común.

—¿Un cabello absolutamente fantástico? —sugirió Simon, también sin demasiado entusiasmo en sus palabras; algo en la expresión de Jace lo hacía sentirse cada vez más inquieto.

—Clary —dijo Jace.

Simon se vio tomado por sorpresa.

—¿Clary?

—Clary —repitió Jace—. Ya sabes: bajita, pelirroja, mal genio.

—No veo cómo Clary puede ser algo que tengamos en común —replicó Simon, aunque sí lo veía.

De todos modos, aquélla no era una conversación que quisiera tener con Jace en aquel momento, o, de hecho, jamás. ¿Acaso no existía alguna especie de código masculino que excluyera discusiones así... discusiones sobre sentimientos?

Aparentemente no.

—Ella nos importa a los dos —declaró Jace, dedicándole una mesurada mirada—. Es importante para los dos. ¿Cierto?

—¿Me estás preguntando si ella me importa?

«Importar» parecía una palabra más que insuficiente para ello. Se preguntó si Jace se estaba burlando de él; lo que parecía inusitadamente cruel, incluso para Jace. ¿Lo condujo Jace hasta allí simplemente para burlarse de él porque su relación con Clary no había funcionado? Aunque Simon todavía tenía esperanza, al menos un poco, de que las cosas podrían cambiar, que Jace y Clary empezarían a sentir el uno por el otro lo que se suponía que debían sentir, lo que se esperaba que los hermanos sintieran el uno por el otro...

Cruzó la mirada con Jace y sintió que aquella pequeña esperanza se marchitaba. La expresión del rostro del otro muchacho no era la expresión que mostraban los hermanos al hablar de sus hermanas. Por otra parte, era evidente que Jace no lo había hecho ir hasta allí para burlarse de sus sentimientos; los ojos de Jace reflejaban su mismo sufrimiento.

—No creas que me gusta hacerte estas preguntas —le soltó Jace—. Necesito saber lo que harías por Clary. ¿Mentirías por ella?

—¿Mentir sobre qué? ¿Qué es lo que sucede? —Simon reparó entonces en lo que lo había inquietado del retablo de cazadores de sombras del jardín—. Aguarda un segundo —dijo—. ¿Se van a Idris ya? Clary cree que se van esta noche.

—Lo sé —dijo Jace—. Y necesito que les digas a los demás que Clary te envió aquí para decirnos que no venía. Diles que ya no quiere ir a Idris.

Había un tono incisivo en su voz... algo que Simon apenas reconocía, o quizá simplemente le resultaba tan extraño procediendo de Jace que no lograba procesarlo: Jace le estaba suplicando.

—Te creerán. Saben lo... lo unidos que son ustedes dos.

Simon negó con la cabeza.

—No puedo creerte. Actúas como si quisieras que lo hiciera por Clary, pero en realidad simplemente quieres que lo haga por ti. —Empezó a alejarse—. No hay trato.

Jace lo agarró del brazo, haciéndolo girar de nuevo hacia él.

—Es por Clary. Estoy intentando protegerla. Pensaba que al menos te interesaría ayudarme a hacerlo.

Simon miró significativamente la mano de Jace, cerrada firmemente sobre la parte superior de su brazo.

—¿Cómo puedo protegerla si no me cuentas de qué la estoy protegiendo?

Jace no lo soltó.

—¿Es que no puedes confiar en mí cuando digo que esto es importante?

—Tú no comprendes hasta qué punto ella desea ir a Idris —dijo Simon—. Si voy a impedir que eso suceda, será mejor que exista una condenada buena razón para eso.

Jace soltó aire lentamente, de mala gana... y liberó el brazo de Simon.

—Lo que Clary hizo en el barco de Valentine —dijo con la voz tensa—. Con la runa en la pared..., la runa de apertura..., bueno, tú viste lo que sucedió.

—Ella destruyó el barco —dijo Simon—. Nos salvó la vida.

—Baja la voz. —Jace miró a su alrededor con inquietud.

—No me vas a decir que nadie más lo sabe, ¿verdad? —preguntó Simon con incredulidad.

—Yo lo sé. Tú lo sabes. Luke lo sabe y Magnus lo sabe. Nadie más.

—¿Qué creen todos que sucedió? ¿Que el barco se hizo pedazos sin más muy oportunamente?

—Les conté que el Ritual de Conversión de Valentine debió de salir mal.

—¿Mentiste a la Clave? —Simon no estaba seguro de si sentirse impresionado o consternado.

—Sí, mentí a la Clave. Isabelle y Alec saben que Clary posee cierta habilidad para crear runas nuevas, así que dudo que vaya a poder ocultarle eso a la Clave o al nuevo Inquisidor. Pero si supieran que puede hacer lo que hace... ampliar runas corrientes para que posean un poder destructor increíble... la querrían como luchadora, como arma. Y no está preparada para eso. No la criaron para ello... —Se interrumpió al ver que Simon sacudía la cabeza—. ¿Qué?

—Eres nefilim —dijo Simon despacio—. ¿No deberías querer lo que es mejor para la Clave? Si eso significa usar a Clary...

—¿Quieres que la tengan? ¿Para que la coloquen en primera línea contra Valentine y cualquiera que sea el ejército que esté reuniendo?

—No —dijo Simon—. No quiero eso. Pero no soy uno de ustedes. Yo no tengo que preguntarme a quién priorizar, a Clary o a mi familia.

Jace enrojeció con creciente intensidad.

—No es eso. Si creyera que eso ayudaría a la Clave..., pero no lo hará. Tan sólo acabará resultando herida...

—Incluso aunque pensaras que ayudaría a la Clave —replicó Simon—, jamás les permitirías que la tuvieran.

—¿Qué te hace decir eso, vampiro?

—Que nadie puede tenerla excepto tú —respondió Simon.

Jace palideció.

—Así que no me ayudarás —dijo con incredulidad—. ¿No la ayudarás?

Simon vaciló... y antes de que pudiera responder, un ruido rompió el silencio entre ellos. Un grito agudo y chirriante, terrible en su desesperación, y aún más por la brusquedad con que había sido emitido.

—¿Qué fue eso?

Al solitario alarido se le unieron otros gritos, y un discordante repiqueteo metálico que hirió los tímpanos de Simon.

—Algo pasó..., los otros...

Pero Jace ya no estaba allí, corría por el sendero esquivando la maleza. Tras un momento de indecisión, Simon lo siguió. Había olvidado lo rápido que podía correr ahora; iba pegado a los talones de Jace cuando doblaron la esquina de la iglesia e irrumpieron en el jardín.

Ante ellos reinaba el caos. Una neblina blanca cubría el jardín, y había un fuerte olor en el aire: el sabor intenso a ozono y algo más, dulce y desagradable, por debajo de éste. Había figuras corriendo como flechas de un lado a otro; Simon únicamente podía verlas fragmentadas, mientras aparecían y desaparecían entre la niebla. Vio fugazmente a Isabelle, los cabellos chasqueando a su alrededor en negras ristras mientras blandía el látigo. Éste creaba un mortífero gancho de rayos dorados a través de las sombras. La muchacha rechazaba el avance de algo enorme que se movía pesadamente —un demonio, pensó Simon—, pero era pleno día; eso era imposible. Mientras corría al frente tropezando, vio que la criatura era en cierta forma humanoide aunque jorobada y retorcida, de algún modo con la forma equivocada. Sujetaba una gruesa tabla de madera en una mano e intentaba golpear con ella a Isabelle casi a ciegas.

Apenas un poco más allá, a través de una abertura en la pared de piedra, Simon pudo ver el tráfico de York Avenue siguiendo su camino con normalidad. El cielo más allá del Instituto estaba despejado.

—Repudiados —musitó Jace, y su rostro ardía enfurecido mientras sacaba uno de sus cuchillos serafín del cinturón—. Docenas de ellos. —Empujó a Simon a un lado, casi con brusquedad—. Quédate aquí, ¿entiendes? Quédate aquí.

Simon se quedó paralizado por un instante mientras Jace se precipitaba al interior de la neblina. La luz del cuchillo que empuñaba iluminaba la niebla a su alrededor con un tono plateado; figuras oscuras corrían de un lado a otro dentro de ella, y a Simon le dio la impresión de que miraba a través de una hoja de cristal esmerilado, intentando desesperadamente distinguir qué sucedía al otro lado. Isabelle había desaparecido; vio a Alec, cuyo brazo sangraba, acuchillando el pecho de un guerrero repudiado y observó cómo éste se desplomaba hecho un guiñapo. Otro se alzó a su espalda, pero Jace estaba allí, ahora con un cuchillo en cada mano; saltó por el aire y los alzó y bajó con un despiadado movimiento de tijera... y la cabeza del repudiado se desprendió del cuello lanzando un chorro de sangre negra. A Simon se le revolvió el estómago; la sangre olía amarga, venenosa.

Podía oír a los cazadores de sombras llamándose unos a otros fuera de la neblina, aunque los repudiados permanecían en un absoluto silencio. De improviso, la neblina se disipó y Simon vio a Magnus, de pie con mirada enloquecida junto a la pared del Instituto. Tenía las manos alzadas y centelleaban rayos azules entre ellas. Sobre la pared donde él estaba parecía estarse abriendo un agujero cuadrado negro en la piedra. No estaba vacío, ni oscuro precisamente, sino que brillaba como un espejo con fuego arremolinado atrapado dentro del cristal.

—¡El Portal! —gritaba—. ¡Crucen el Portal!

Varias cosas sucedieron a la vez. Maryse Lightwood surgió de la neblina, llevando al niño, Max, en brazos. Se detuvo para gritar algo por encima del hombro y luego se precipitó hacia el interior del Portal, desapareciendo en la pared. Alec la siguió, jalando a Isabelle, que arrastraba el látigo manchado de sangre por el suelo. Mientras la jalaba hacia el Portal, algo surgió a toda velocidad de la neblina tras ellos: un guerrero repudiado, blandiendo un cuchillo de doble filo.

Simon se desbloqueó. Se arrojó a su encuentro, gritando el nombre de Isabelle..., antes de tropezar y caer de boca contra el suelo con fuerza suficiente como para quedarse sin respiración, si hubiera respirado, claro. Se sentó en seguida y volteó para ver con qué había tropezado.

Era un cuerpo. El cuerpo de una mujer degollada, los ojos abiertos y azules de muerte. Tenía el pálido pelo manchado de sangre. Era Madeleine.

—¡Simon, muévete!

Era Jace quien le gritaba; Simon vio al muchacho corriendo hacia él fuera de la niebla con ensangrentados cuchillos serafín en las manos. Entonces alzó los ojos. El guerrero repudiado que había estado persiguiendo a Isabelle se abalanzaba sobre él, el rostro lleno de cicatrices crispado en una mueca burlona. Simon se retorció a un lado cuando el cuchillo de doble filo descendió hacia él, pero incluso con sus mejorados reflejos no fue lo bastante rápido. Un dolor abrasador lo inundó y todo se fue tornando negro.

2

LAS TORRES DE LOS DEMONIOS DE ALACANTE

No existía magia suficiente, se dijo Clary mientras ella y Luke daban vueltas a la manzana por tercera vez, que pudiera crear nuevos espacios de estacionamiento en una calle de Nueva York. No había ningún lugar donde detener la camioneta y la mitad de la calle estaba ocupada por coches en doble fila. Finalmente, Luke se detuvo junto a una toma de agua y puso la camioneta en punto muerto con un suspiro.

—Ve —dijo—. Que sepan que ya estás aquí. Te llevaré la maleta.

Clary asintió, pero vaciló antes de acercar la mano a la manecilla de la puerta. La ansiedad le producía un nudo en el estómago, y deseó, no por primera vez, que Luke fuera con ella.

—Siempre pensé que la primera vez que fuera al extranjero llevaría al menos un pasaporte.

Luke no sonrió.

—Sé que estás nerviosa —dijo—. Pero todo va a estar bien. Los Lightwood cuidarán de ti.

«Sólo te lo he dicho un millón de veces», pensó Clary. Dio una ligera palmada a Luke en el hombro antes de saltar fuera de la camioneta.

—Te veo dentro de un momento.

Avanzó por el agrietado sendero de piedra, mientras el sonido del tráfico se desvanecía a medida que se acercaba a las puertas de la iglesia. Necesitó unos instantes para desprender el halo de *glamour* del Instituto en esta ocasión. Parecía como si se hubiera añadido otra capa de disfraz a la vieja catedral, como si tuviera una nueva capa de pintura. Desprenderla mentalmente resultó difícil, incluso doloroso. Finalmente desapareció y pudo ver la iglesia tal y como era. Las altas puertas de madera resplandecían como si les acabaran de sacar brillo.

Había un olor extraño en el aire, como a quemado y a ozono. Arrugando la nariz, posó la mano en la manija. «Soy Clary Morgenstern, una de los nefilim, y solicito acceso al Instituto...»

La puerta se abrió de par en par. Clary entró. Miró a su alrededor, pestañeando, intentando identificar qué era lo que daba la impresión de ser diferente en el interior de la catedral.

Comprendió qué era cuando la puerta se cerró tras ella, atrapándola en una oscuridad mitigada únicamente por el tenue resplandor del rosetón situado muy arriba por encima de su cabeza. Jamás había estado al otro lado de la entrada del Instituto sin que hubiera docenas de llamas encendidas en los ornamentados candelabros que bordeaban el pasillo entre los bancos.

Sacó su luz mágica del bolsillo y la sostuvo en alto. La luz brilló, enviando relucientes rayos luminosos por entre sus dedos, que alumbraron los polvorientos rincones del interior de la catedral mientras se encaminaba hacia el elevador situado cerca del desnudo altar y oprimía con impaciencia el botón de llamada.

No sucedió nada. Al cabo de medio minuto volvió a apretar el botón... y tampoco. Apoyó la oreja contra la puerta del elevador y escuchó. Ni un sonido. El Instituto se había vuelto oscuro y silencioso como una muñeca mecánica a la que se le hubiera acabado la cuerda.

Con el corazón desbocado, Clary regresó corriendo por el pasillo y abrió las gruesas puertas de un empujón. Se quedó parada en los escalones de la entrada de la iglesia, mirando a un lado y a otro frenéticamente. El cielo se oscurecía adoptando un tono cobalto en lo alto y el aire olía a quemado con más fuerza si cabe. ¿Hubo fuego? ¿Se marcharon los cazadores de sombras? Pero el lugar parecía intacto...

—No fue el fuego.

La voz era queda, aterciopelada y familiar. Una figura alta se materializó surgiendo de las sombras, los cabellos sobresaliendo en una corona de desmañadas púas. Llevaba un traje de seda negro sobre una brillante camisa verde esmeralda, y resplandecientes anillos en sus finos dedos. Unas botas extravagantes formaban parte del atuendo, así como una gran cantidad de polvos metálicos.

—¿Magnus? —musitó Clary.

—Sé lo que estabas pensando —dijo Magnus—. Pero no hubo ningún incendio. El olor es a neblina infernal; es una especie de humo demoníaco encantado. Amortigua los efectos de ciertas clases de magia.

—¿Neblina demoníaca? Entonces hubo...

—Un ataque al Instituto. Sí. A primera hora de esta tarde. Repudiados... probablemente unas cuantas docenas de ellos.

—Jace —musitó Clary—. Los Lightwood.

—El humo infernal amortiguó mi capacidad para combatir eficazmente a los repudiados. También la de ellos. Tuve que enviarlos a través del Portal a Idris.

—Pero ¿ninguno de ellos resultó herido?

—Madeleine —respondió Magnus—. Mataron a Madeleine. Lo siento, Clary.

Clary se dejó caer sobre los escalones. No la había conocido bien, pero Madeleine fue una conexión tenue con su madre..., su madre real, la dura y combativa cazadora de sombras a la que Clary jamás había conocido.

—¿Clary? —Luke avanzaba por el sendero en la creciente oscuridad, llevando la maleta de la joven en una mano—. ¿Qué sucede?

Clary permaneció sentada abrazándose las rodillas mientras Magnus lo explicaba. Por debajo del dolor por Madeleine se sentía llena de un alivio culpable. Jace estaba bien. Los Lightwood estaban bien. Se lo decía a sí misma una y otra vez, en silencio. Jace estaba bien.

—Los repudiados —dijo Luke—. ¿Acabaron con todos?

—No. —Magnus negó con la cabeza—. Después de que envié a los Lightwood a través del Portal, los repudiados se dispersaron; no parecieron interesados en mí. Para cuando cerré el Portal, todos se habían ido.

Clary alzó la cabeza.

—¿El Portal está cerrado? Pero... todavía puedes enviarme a Idris, ¿verdad? —preguntó—. Quiero decir, puedo ir a través del Portal y reunirme con los Lightwood, ¿no es cierto?

Luke y Magnus intercambiaron una mirada. Luke depositó la maleta a sus pies.

—¿Magnus? —La voz de Clary se elevó, aguda en sus propios oídos—. Tengo que ir.

—El Portal está cerrado, Clary...

—¡Entonces abre otro!

—No es tan fácil —respondió el brujo—. La Clave vigila cualquier entrada mágica a Alacante con sumo cuidado. Su capital es un lugar sagrado para ellos; es como su Vaticano, su Ciudad Prohibida. Ningún subterráneo puede ir allí sin permiso, y no se permite el acceso a mundanos.

—Pero ¡yo soy una cazadora de sombras!

—Casi —replicó Magnus—. Además, las torres impiden la apertura de portales que lleven directamente a la ciudad. Para abrir un Portal que vaya directo a Alacante tendría que tenerlos a ellos montando guardia al otro lado esperando tu llegada. Si intentara enviarte por mi cuenta, sería contravenir directamente la Ley, y no estoy dispuesto a arriesgarme a eso por ti, bizcochito, no importa lo bien que me caigas.

Clary pasó la mirada del rostro apenado de Magnus al rostro cauteloso de Luke.

—Pero yo necesito ir a Idris —dijo—. Tengo que ayudar a mi madre. Tiene que existir algún otro modo de llegar allí, algún modo que no requiera un Portal.

—El aeropuerto más cercano está a un país de distancia —indicó Luke—. Si pudiéramos cruzar la frontera..., y eso supone una gran dificultad..., seguiría un largo y peligroso viaje por tierra, a través de toda clase de territorios de subterráneos. Tardaríamos días en llegar.

A Clary le ardían los ojos. «No lloraré —se dijo—. No lo haré.»

—Clary —la voz de Luke era dulce—. Nos pondremos en contacto con los Lightwood. Nos aseguraremos de que tengan toda la información que necesiten para conseguir el antídoto para Jocelyn. Pueden ponerse en contacto con Fell...

Pero Clary estaba ya de pie, sacudiendo la cabeza.

—Es necesario que sea yo —dijo—. Madeleine me aseguró que Fell no hablaría con nadie más.

—¿Fell? ¿Ragnor Fell? —repitió Magnus—. Puedo intentar hacerle llegar un mensaje. Hacerle saber que Jace irá a verle.

Parte de la preocupación desapareció del rostro de Luke.

—Clary, ¿me oíste? Con la ayuda de Magnus...

Pero Clary no quería oír nada más sobre la ayuda de Magnus. No quería oír nada. Pensó que iba a ir a salvar a su madre, y ahora no podría hacer otra cosa que sentarse junto a su cama, sostenerle la mano flácida, y esperar que otra persona, en algún otro lugar, fuera capaz de hacer lo que ella no podía llevar a cabo.

Descendió apresuradamente los escalones, apartando de un empujón a Luke cuando intentó agarrarla.

—Simplemente necesito estar sola un segundo.

—Clary...

Oyó que Luke la llamaba, pero se alejó de él, doblando a toda prisa la esquina de la catedral. Se encontró siguiendo el sendero de piedra en el punto en que se bifurcaba, encaminándose hacia el pequeño jardín del lado este del Instituto, en dirección al olor a brasas y cenizas... y un espeso olor intenso por debajo de aquél, el olor a magia demoníaca. Todavía flotaba neblina en el jardín, pedazos desperdigados de ella, igual que regueros de nubes atrapadas aquí y allá en el borde de un rosal u ocultos bajo una piedra. Pudo ver el lugar donde la tierra había quedado removida horas antes debido a la pelea... Había una oscura mancha roja allí, junto a uno de los bancos de piedra, que no quiso contemplar durante mucho rato.

Desvió la cabeza. Y se detuvo. Allí, sobre la pared de la catedral, estaban las marcas inconfundibles de la magia de runas, resplandeciendo con un ardiente azul que se desvanecía en la piedra gris. Formaban un contorno de aspecto cuadrado, como el de luz alrededor de una puerta medio abierta...

El Portal.

Algo en su interior pareció retorcerse. Recordó otros símbolos, brillando peligrosamente contra el liso casco de metal de un barco. Recordó la sacudida que experimentó la nave al desgarrarse, el agua negra del East River entrando a raudales. «Son simplemente runas —pensó—. Símbolos. Puedo dibujarlos. Si mi madre puede atrapar la esencia de la Copa Mortal dentro de un pedazo de papel, entonces yo puedo crear un Portal.»

Sus pies la llevaron hasta la pared de la catedral, y su mano se introdujo en el bolsillo en busca de la estela. Poniendo toda su voluntad en impedir que la mano le temblara, colocó la punta de la estela sobre la piedra.

Cerró los ojos con fuerza y, en la oscuridad que había tras ellos, empezó a dibujar con la mente líneas curvas de luz. Líneas que le hablaban de entradas, de ser transportada en aire arremolinado, de viajes y de lugares lejanos. No sabía si era una runa que había existido antes o una que ella acababa de inventar, pero existía ahora como si siempre lo hubiera hecho.

«Portal.»

Empezó a dibujar, las marcas saltando de la punta de la estela en negras líneas de carboncillo. La piedra chisporroteó, inundándole la nariz con el olor ácido de algo que se quema. Una ardiente luz azul fue apareciendo sobre los párpados cerrados. Sintió calor en el rostro, como si estuviera parada ante una hoguera. Con un suspiro bajó la mano y abrió los ojos.

La runa que dibujó era una flor oscura floreciendo sobre la pared de piedra. Mientras la contemplaba, sus líneas parecieron fundirse y cambiar, discurriendo hacia abajo con suavidad, desplegándose, tomando una forma nueva. En unos momentos la forma de la runa había cambiado. Ahora era el contorno de una entrada refulgente, varios centímetros más alta que la misma Clary.

No podía apartar los ojos de la entrada. Brillaba con la misma luz sombría que el Portal situado tras la cortina de la casa de madame Dorothea. Alargó la mano hacia ella...

Y retrocedió. Para usar un Portal, recordó con desaliento, uno tenía que imaginar adónde quería ir, adónde quería que el Portal lo llevara. Pero ella no había estado nunca en Idris. Se lo habían descrito, desde luego. Un lugar de valles verdes, de bosques oscuros y aguas brillantes, de lagos y montañas, y Alacante, la ciudad de las torres de cristal. Podía imaginar el aspecto que podría tener, pero la imaginación no era suficiente, no con aquella magia. Si al menos...

Inspiró bruscamente. Pero sí había visto Idris. Lo había visto en un sueño, y sabía, sin saber cómo, que había sido un sueño verídico. Después de todo, ¿qué le había dicho Jace en el sueño sobre Simon? ¿Que él no podía quedarse porque «este lugar es para los vivos»? Y no mucho después de eso, Simon murió...

Hizo retroceder la memoria al sueño. Bailaba en un salón de baile en Alacante. Las paredes eran doradas y blancas, con un techo transparente y brillante como un diamante en lo alto. Había una fuente —una bandeja de plata con la estatua de una sirena en el centro— y luces colgadas de los árboles fuera de las ventanas, y ella vestía de terciopelo verde, tal y como iba en aquel momento.

Como si estuviera aún en el sueño, alargó la mano hacia el Portal. Una luz brillante se dispersó al contacto con los dedos, una puerta se abrió a un lugar iluminado situado al otro lado. Se encontró contemplando fijamente una arremolinada vorágine dorada que poco a poco empezó a fusionarse en formas distinguibles: le pareció que podía ver el contorno de montañas, un trozo de cielo...

—¡Clary!

Era Luke, corriendo por el sendero, con una máscara de enojo y consternación en el rostro. Detrás de él, Magnus avanzaba a grandes pasos, los ojos de felino brillando como metal a la ardiente luz del Portal que bañaba el jardín.

—¡Clary, detente! ¡Las salvaguardas son poderosas! ¡Conseguirás que te maten!

Pero ya no había forma de detenerse. Más allá del Portal, la luz dorada crecía. Pensó en las paredes doradas del salón de su sueño, la luz dorada reflejándose en el cristal tallado por todas partes. Luke se equivocaba; no comprendía el don de Clary, el modo en que funcionaba... ¿qué importaban las salvaguardas cuando uno podía crear su propia realidad simplemente dibujándola?

—Tengo que ir —gritó, avanzando, las yemas de los dedos estiradas—. Luke, lo siento...

Dio un paso adelante... Gracias a un ágil salto, se situó a su lado, sujetándola de la muñeca, justo mientras el Portal parecía estallar alrededor de ellos. Igual que un tornado arrancando un árbol de raíz, la fuerza los arrancó del suelo. Clary captó una última visión fugaz de los vehículos y edificios de Manhattan alejándose de ella en veloces círculos, para desaparecer cuando una ráfaga de viento fuerte como un látigo la atrapó, haciéndola volar por los aires, la muñeca todavía atrapada en la firme mano de Luke, en un remolino de dorado caos.

Simon despertó con el sonido del rítmico chapoteo del agua. Se incorporó, con un repentino terror helándole el pecho; la última vez que despertó con el sonido de olas, era prisionero en el barco de Valentine, y el suave sonido líquido le trajo a la memoria aquella terrible ocasión con una inmediatez que fue como una rociada de agua helada en la cara.

Pero no..., un vistazo a su alrededor le indicó que estaba en otro lugar totalmente distinto. Para empezar, estaba acostado bajo mantas suaves sobre una cómoda cama en una pequeña habitación limpia que tenía las paredes pintadas de azul pálido. Había cortinas oscuras corridas en la ventana, pero la tenue luz alrededor de los bordes era suficiente para que sus ojos de vampiro vieran con claridad. Había una alfombra pequeña de colores vivos en el suelo y un armario con puerta de espejo en una pared.

También había un sillón junto a la cama. Simon se sentó muy tieso desprendiéndose de las mantas y reparó en dos cosas: una, que todavía llevaba puestos los mismos pantalones de mezclilla y la camiseta que llevaba cuando fue hacia el Instituto para reunirse con Jace; y dos, que la persona del sillón dormitaba, la cabeza apoyada en la mano, la larga melena negra derramándose hacia abajo como un chal de flecos.

—¿Isabelle? —dijo Simon.

La cabeza de la muchacha se alzó de golpe como un sobresaltado muñeco de resorte, y sus ojos se abrieron al instante.

—¡Aaah! ¡Estás despierto! —Se sentó muy recta, echándose atrás los cabellos—. ¡Jace se sentirá tan aliviado! Estábamos casi seguros de que morirías.

—¿Morir? —repitió Simon, sintiéndose mareado y con náuseas—. ¿De qué? —Paseó la mirada por la habitación, parpadeando—. ¿Estoy en el Instituto? —preguntó, aunque comprendió en cuanto las palabras salieron de su boca que, por supuesto, eso era imposible—. Quiero decir... ¿dónde estamos?

Una leve inquietud recorrió el rostro de Isabelle.

—Vaya... ¿quieres decir que no recuerdas lo que sucedió en el jardín? —Jaló nerviosamente el fleco de ganchillo que bordeaba el tapizado del sillón—. Los repudiados nos atacaron. Eran muchísimos, y la neblina infernal hacía que fuera difícil luchar contra ellos.

Magnus abrió el Portal, y todos corríamos a su interior cuando vi que venías hacia nosotros. Tropezaste... con Madeleine. Y había un repudiado justo detrás de ti; tú seguramente no lo viste, pero Jace sí. Intentó llegar hasta ti, pero era demasiado tarde. El repudiado te clavó el cuchillo. Sangraste... una barbaridad. Y Jace mató al repudiado, te levantó y te arrastró a través del Portal con él —terminó, hablando a tal velocidad que las palabras perdieron claridad al mezclarse, por lo que Simon tuvo que esforzarse para entenderlas—. Nosotros estábamos ya al otro lado, y déjame decirte que todo el mundo se sorprendió de lo lindo cuando Jace cruzó contigo desangrándote sobre él. El Cónsul no se mostró nada complacido.

Simon tenía la boca seca.

—¿El repudiado me clavó el cuchillo?

Parecía imposible. Pero lo cierto era que ya había sanado así antes, después de que Valentine lo degollara. Con todo, al menos debería recordarlo. Sacudiendo la cabeza, bajó la mirada para contemplarse.

—¿Dónde?

—Te lo mostraré.

Con gran sorpresa por su parte, al cabo de un instante Isabelle estaba sentada en la cama a su lado, con las frías manos puestas sobre su estómago. Le subió la camiseta, dejando al descubierto una franja de pálido estómago recorrida por una fina línea roja. Apenas era una cicatriz.

—Aquí —dijo, deslizando los dedos por encima—. ¿Sientes algún dolor?

—N...no.

La primera vez que Simon vio a Isabelle la encontró tan atractiva, tan llena de vida, vitalidad y energía, que pensó que por fin había encontrado a una chica que brillaba con fuerza suficiente como para tapar la imagen de Clary que siempre parecía estar grabada en el interior de sus párpados. Fue justo por la época en que ella consiguió que acabara convertido en una rata en la fiesta en el loft de Magnus cuando advirtió que tal vez Isabelle brillaba con excesiva intensidad para un chico corriente como él.

—No duele.

—Pero mis ojos sí —dijo una voz con descarada diversión procedente de la puerta.

Jace. Había entrado tan silenciosamente que ni siquiera Simon lo oyó; cerró la puerta tras él y sonrió burlón mientras Isabelle le bajaba la camiseta a Simon.

—¿Abusando de un vampiro mientras está demasiado débil para defenderse, Iz? —preguntó—. Estoy segurísimo de que eso viola al menos uno de los Acuerdos.

—Simplemente le estoy mostrando dónde lo apuñalaron —protestó ella, pero regresó enojada al sillón con cierta precipitación—. ¿Qué sucede abajo? ¿Siguen todos alucinando?

La sonrisa abandonó el rostro de Jace.

—Maryse subió al Gard con Patrick —dijo—. La Clave está reunida y Malachi pensó que sería mejor si ella... lo explicaba... personalmente.

Malachi. Patrick. Gard. Los desconocidos nombres dieron vueltas por la cabeza de Simon.

—¿Explicar qué?

Isabelle y Jace intercambiaron una mirada.

—Explicarte a ti —respondió finalmente Jace—. Explicar por qué trajimos a un vampiro con nosotros a Alacante, algo que, por cierto, va explícitamente en contra de la Ley.

—¿A Alacante? ¿Estamos en Alacante?

Una oleada de confuso pánico recorrió a Simon, aunque fue rápidamente reemplazada por un dolor que le recorrió el estómago. Se dobló hacia adelante, jadeando.

—¡Simon! —Isabelle alargó la mano, con un destello de alarma brillando en sus ojos oscuros—. ¿Estás bien?

—Vete, Isabelle. —Simon, con las manos cerradas contra el estómago, alzó los ojos hacia Jace, con un tono de súplica en la voz—.

46

Haz que se vaya.

Isabelle se echó hacia atrás, con expresión dolida.

—Muy bien. Me iré. No tendrás que decírmelo dos veces.

Se puso en pie con aire indignado y salió de la habitación, cerrando de un portazo tras ella.

Jace volteó hacia Simon, los ojos color ámbar inexpresivos.

—¿Qué sucede? Pensaba que te estabas curando.

Simon alzó una mano para mantener apartado al joven. Un sabor metálico le ardía en la parte posterior de la garganta.

—No es Isabelle —chirrió—. Ni estoy herido; estoy simplemente... hambriento. —Sintió que las mejillas le ardían—. Perdí sangre, así que... necesito reemplazarla.

—Desde luego —repuso Jace, en el tono de alguien a quien acaban de explicarle un dato científico interesante, aunque no especialmente necesario.

La leve preocupación abandonó su expresión, para ser reemplazada por algo que a Simon le pareció un divertido desdén. Despertó una sensación de furia en su interior; de no haber estado tan debilitado por el dolor, habría saltado de la cama y se hubiera lanzado sobre el otro joven hecho una furia. Tal y como estaban las cosas, todo lo que pudo hacer fue suspirar.

—Vete a la mierda, Wayland.

—Wayland, ¿eh?

La expresión divertida no abandonó el rostro de Jace, pero éste se llevó las manos a la garganta y empezó a bajar el cierre de la chamarra.

—¡No! —Simon se echó hacia atrás sobre la cama—. No me importa lo hambriento que esté. No voy a... beber tu sangre... otra vez.

Jace hizo una mueca.

—Tampoco pensaba dejarte hacerlo.

Introdujo la mano en el bolsillo interior de la chamarra y extrajo un frasco de cristal. Contenía un líquido de un tenue rojo amarronado.

—Pensé que podrías necesitar esto —indicó—. Escurrí el jugo de unos cuantos kilos de carne cruda que había en la cocina. Es lo único que pude hacer.

Simon tomó el frasco, aunque sus manos temblaban tanto que el otro muchacho tuvo que desenroscar el tapón por él. El líquido del interior era repugnante... demasiado aguado y salado para ser auténtica sangre, y tenía aquel tenue sabor desagradable que indicaba que la carne tenía algunos días.

—¡Puaj! —dijo tras unos cuantos tragos—. Sangre muerta.

—¿No está muerta toda la sangre? —preguntó Jace, enarcando las cejas.

—Cuanto más tiempo lleve muerto el animal cuya sangre estoy bebiendo, peor sabe la sangre —explicó Simon—. Fresca es mejor.

—Pero tú nunca has bebido sangre fresca. ¿No es cierto?

Simon enarcó las cejas como única respuesta.

—Bueno, aparte de la mía, claro —dijo Jace—. Y estoy seguro de que mi sangre es fantástica.

Simon depositó el frasco vacío sobre el brazo del sillón situado junto a la cama y respondió:

—Hay algo que no funciona contigo. Mentalmente, quiero decir.

Todavía tenía el sabor de la sangre pasada en la boca, pero el dolor había desaparecido. Se sentía mejor, más fuerte, como si la sangre fuera una medicina que funcionaba al instante, una droga que necesitaba tomar para vivir. Se preguntó si aquello era lo que les sucedía a los adictos.

—Así que estoy en Idris.

—En Alacante, para ser precisos —respondió Jace—. La capital. La única ciudad, en realidad. —Fue a la ventana y descorrió las cortinas—. Los Penhallow no nos creyeron —dijo—. Sobre que el sol no te afectaría. Colgaron estas cortinas opacas. Pero deberías mirar.

Simon se levantó de la cama y se reunió con Jace junto a la ventana. Y abrió los ojos de par en par.

Hacía unos cuantos años, su madre los había llevado a él y a su hermana de viaje a la Toscana: una semana de pesados y desconocidos platos de pasta, pan sin sal, un paisaje agreste y marrón... y su madre descendiendo a toda velocidad por carreteras estrechas y sinuosas, evitando por poco estrellar el Fiat en los hermosos edificios antiguos que pretendidamente habían ido a ver. Recordaba que se detuvieron en la ladera de una colina justo frente a una ciudad llamada San Gimignano, una colección de edificios de color óxido salpicados aquí y allá por altas torres cuyos pisos superiores se elevaban vertiginosamente como si quisieran alcanzar el cielo. Si lo que contemplaba ahora le recordaba algo, era eso; aunque le parecía también tan extraño que resultaba genuinamente distinto de cualquier cosa que hubiera visto antes.

Miraba desde una ventana superior de lo que debía de ser una casa bastante alta. Si echaba un vistazo hacia arriba podía ver aleros de piedra y, más allá, el cielo. Enfrente había otra casa, no tan alta como ésta, y entre ellas discurría un canal estrecho y oscuro, cruzado aquí y allí por puentes; el origen del agua que había oído antes. La casa estaba construida en mitad de la ladera de una colina, a la falda de la cual se amontonaban casas de piedra de color miel en estrechas calles que caían en declive hasta el borde de un círculo verde: bosques, rodeados por colinas lejanas; desde donde estaba, parecían largas franjas verdes y marrones salpicadas con estallidos de colores otoñales. Tras las colinas se alzaban montañas escarpadas cubiertas con una capa de nieve.

Pero nada de eso era lo que resultaba extraño; lo extraño era que aquí y allí se alzaban en la ciudad, dispuestas al parecer al azar, torres altísimas coronadas por agujas de un material reflejante de un blanquecino tono plateado. Parecían perforar el cielo como dagas relucientes, y Simon se dio cuenta de que había visto aquel material antes: en las duras armas de aspecto cristalino que llevaban los cazadores de sombras, las que ellos llamaban cuchillos serafín.

—Ésas son las torres de los demonios —le explicó Jace en respuesta a la pregunta no formulada de Simon—. Controlan las salvaguardas que protegen la ciudad. Debido a ellas, ningún demonio puede entrar en Alacante.

El aire que entraba por la ventana era frío y puro, la clase de aire que uno jamás respiraba en Nueva York: no sabía a nada, ni a mugre, ni a humo, ni a metal, ni tampoco a otra gente. Era simplemente aire. Simon tomó una bocanada profunda e innecesaria antes de voltear para mirar a Jace; algunos hábitos humanos eran muy persistentes.

—Dime que traerme aquí fue un accidente —dijo—. Dime que esto no fue de algún modo parte de tu intención de impedir a Clary que viniera con ustedes.

Jace no lo miró, pero su pecho ascendió y descendió una vez, rápidamente, en una especie de jadeo reprimido.

—Es cierto —respondió—; creé un puñado de guerreros repudiados, hice que atacaran el Instituto y mataran a Madeleine y casi acabaran con el resto de nosotros simplemente para poder mantener a Clary en casa. ¡Y quién lo iba a decir, mi diabólico plan funcionó!

—Bueno, sí funcionó —dijo Simon con suavidad—. ¿No es cierto?

—Oye, vampiro —replicó Jace—. El plan era mantener a Clary lejos de Idris. Traerte a ti aquí, no. Te traje a través del Portal porque de haberte dejado atrás, sangrando e inconsciente, los repudiados te habrían matado.

—Podrías haberte quedado allí conmigo...

—Nos habrían matado a los dos. Ni siquiera podía saber cuántos de ellos había, no con la neblina infernal. Ni siquiera yo puedo hacer frente a un centenar de repudiados.

—Y sin embargo —observó Simon—, apuesto a que te duele admitirlo.

—Eres un idiota —replicó Jace, sin inflexión—, incluso para ser un subterráneo. Te salvé la vida e infringí la Ley para hacerlo. Y no es la primera vez, debería añadir. Podrías mostrar un poco de gratitud.

—¿Gratitud? —Simon sintió cómo los dedos se le curvaban contra las palmas—. Si no me hubieras arrastrado al Instituto, no estaría aquí. Jamás estuve de acuerdo en esto.

—Lo hiciste —dijo Jace—, cuando afirmaste que harías cualquier cosa por Clary. Esto es cualquier cosa.

Antes de que Simon pudiera replicarle enojado, sonó un golpe en la puerta.

—¿Hola? —llamó Isabelle desde el otro lado—. Simon, ¿terminó tu ataque de divismo? Necesito hablar con Jace.

—Entra, Izzy.

Jace no apartó los ojos de Simon; había una cólera eléctrica en su mirada y una especie de desafío que hizo que Simon ansiara golpearlo con algo pesado. Como una camioneta.

Isabelle entró en la habitación en un remolino de cabellos negros y faldas de volantes plateados. El top en forma de corsé color marfil que llevaba le dejaba brazos y hombros, cubiertos de negras runas, al descubierto. Simon supuso que para ella era un agradable cambio en su rutina poder exhibir sus Marcas en un lugar donde nadie las consideraría fuera de lo normal.

—Alec se va al Gard —dijo Isabelle sin preámbulos—. Quiere hablar contigo sobre Simon antes de irse. ¿Puedes bajar?

—Claro. —Jace fue hacia la puerta; a mitad de camino, reparó en que Simon lo seguía y volteó para mirarlo de manera fulminante—. Tú te quedas aquí.

—No —dijo Simon—. Si van a hablar de mí, quiero estar ahí.

Por un momento pareció como si la gélida calma de Jace estuviera a punto de quebrarse; se sonrojó y abrió la boca; sus ojos centelleaban. La cólera desapareció igual de rápido, aplastada por un evidente acto de voluntad. Apretó los dientes y sonrió.

—Estupendo —respondió—. Ven abajo, vampiro. Podrás conocer a la feliz familia.

La primera vez que Clary cruzó un Portal había existido una sensación de volar, de caer de un modo ingrávido. En esta ocasión fue como verse arrojada al corazón de un tornado. Vientos aullantes la azotaron, le arrancaron la mano de la de Luke y también el alarido que surgió de su boca. Cayó girando sobre sí misma en el centro de una vorágine negra y dorada.

Algo plano, duro y plateado como la superficie de un espejo se alzó frente a ella. Descendió en picado hacia eso, chillando, alzando las manos para cubrirse el rostro. Golpeó la superficie y la atravesó, penetrando en un mundo de frío brutal y jadeante asfixia. Se hundía en una espesa oscuridad azul. Por más que intentaba respirar, no podía llevar aire a los pulmones, nada salvo aquella glacial frialdad...

De improviso la agarraron por la parte posterior del abrigo y la jalaron hacia arriba. Pataleó ligeramente pero estaba demasiado débil para liberarse de lo que la sujetaba. La izaron, y la oscuridad índigo de su alrededor se convirtió en azul pálido y luego en dorado cuando salió a la superficie del agua —era agua— y aspiró una bocanada de aire. O intentó hacerlo, pues en su lugar se atragantó y dio boqueadas, mientras puntos negros salpicaban su visión. La arrastraban a través del agua, rápidamente, con hierbajos enredándose y jalándola de piernas y brazos; se retorció para girar en las garras de lo que la sujetaba y vislumbró una horrible visión de algo, ni del todo lobo ni del todo humano, orejas puntiagudas como dagas y labios tensados hacia atrás para mostrar afilados dientes blancos. Intentó gritar, pero sólo surgió agua.

Al cabo de un momento estaba fuera del agua y la arrojaban sobre tierra dura y húmeda. Había unas manos en sus hombros, empujándola violentamente bocabajo contra el suelo. Aquellas manos la golpearon en la espalda, una y otra vez, hasta que el pecho se contrajo espasmódicamente y ella tosió un amargo chorro de agua.

Seguía dando boqueadas aun cuando las manos la hicieron rodar hasta quedar sobre la espalda, mirando arriba, y se encontró a Luke, una sombra negra recortada contra un alto cielo azul con pinceladas de nubes blancas. La dulzura que estaba acostumbrada a ver en su expresión había desaparecido; ya no tenía aspecto de lobo, pero parecía furioso. La jaló para incorporarla, zarandeándola con violencia, una y otra vez, hasta que Clary gimió y lo golpeó débilmente.

—¡Luke! ¡Detente! Me haces daño...

Las manos de Luke abandonaron sus hombros. Le agarró la barbilla con una mano, obligándola a alzar la cabeza, escudriñándole el rostro con los ojos.

—El agua —dijo—. ¿Expulsaste toda el agua?

—Eso creo —musitó ella, y la voz surgió débil de su inflamada garganta.

—¿Dónde está tu estela? —exigió él, y cuando ella vaciló, su voz se tornó más imperiosa—. Clary. Tu estela. Encuéntrala.

Ella se soltó de sus manos y rebuscó desesperadamente en los húmedos bolsillos, sin encontrar otra cosa que tela empapada. Abatida, alzó su rostro hacia Luke.

—Se me debe de haber caído en el lago. —Sorbió las lágrimas—. La... estela de mi madre...

—Jesús, Clary.

Luke se puso en pie, entrelazando las manos, angustiado, tras la cabeza. Estaba empapado también; de sus pantalones de mezclilla y del grueso abrigo de franela brotaba el agua a borbotones. Los lentes que acostumbraba a llevar medio caídos sobre la nariz habían desaparecido. Bajó la mirada hacia ella con expresión sombría.

—Estás bien —dijo, y no era en realidad una pregunta—. Quiero decir, justo ahora. ¿Te sientes bien?

Ella asintió.

—Luke, ¿qué sucede? ¿Por qué necesitas mi estela?

Luke no dijo nada. Miraba a su alrededor como si esperara obtener alguna ayuda de lo que los rodeaba. Clary siguió su mirada. Estaban sobre la amplia orilla de tierra de un lago de buen tamaño. El agua era de un azul pálido, moteada aquí y allí por el reflejo de la luz del sol. Se preguntó si era el origen de la luz dorada que vió a través del entreabierto Portal. No había nada de siniestro en el lago ahora que estaba junto a él en lugar de en su interior. Estaba rodeado de colinas verdes salpicadas de árboles que empezaban a adquirir un tono rojizo y dorado. Más allá de las colinas se alzaban elevadas montañas cuyos picos estaban coronados de nieve.

Clary se estremeció.

—Luke, cuando estábamos en el agua... ¿te convertiste en lobo a medias? Me pareció ver...

—Mi yo lobo nada mejor que mi yo humano —respondió él en tono brusco—. Y es más fuerte. Tenía que arrastrarte por el agua, y tú no ofrecías demasiada ayuda.

—Lo sé —dijo ella—. Lo siento. No se... no se suponía que tú vinieras conmigo.

—Si no lo hubiera hecho, estarías muerta —señaló él—. Magnus te lo dijo, Clary. No puedes usar un Portal para entrar en la Ciudad de Cristal a menos que tengas a alguien esperándote al otro lado.

—Dijo que iba contra la Ley. No dijo que si intentaba llegar allí rebotaría.

—Te contó que había salvaguardas instaladas alrededor de la ciudad que impedían abrir Portales que condujeran a ella. No es culpa suya que decidieras ponerte a jugar con magia que apenas comprendes. Que poseas el poder no significa que sepas cómo usarlo. —Puso cara de pocos amigos.

—Lo siento —replicó Clary con un hilo de voz—. Es sólo... ¿dónde estamos ahora?

—En el lago Lyn —respondió él—. Creo que el Portal nos llevó tan cerca de la ciudad como pudo y luego nos soltó. Estamos en las afueras de Alacante. —Miró a su alrededor, meneando la cabeza medio asombrado y medio fatigado—. Lo hiciste, Clary. Estamos en Idris.

—¿Idris? —dijo ella, y se levantó mirando tontamente al otro lado del lago, que le devolvió un centelleo, azul y quieto—. Pero... dijiste que estábamos en las afueras de Alacante. No veo la ciudad por ninguna parte.

—Estamos a kilómetros de distancia. —Luke señaló con un dedo—. ¿Ves esas colinas a lo lejos? Tenemos que cruzarlas; la ciudad

54

queda al otro lado. Si tuviéramos un coche, podríamos llegar allí en una hora, pero vamos a tener que caminar, lo que probablemente nos llevará toda la tarde. —Miró al cielo entornando los ojos—. Será mejor que nos pongamos en marcha.

Clary se miró con consternación. La perspectiva de una caminata de todo un día con las ropas empapadas no resultaba atrayente.

—¿No hay alguna otra cosa...?

—¿Alguna otra cosa que podamos hacer? —dijo Luke, y había un repentino y cortante tono airado en su voz—. ¿Tienes alguna sugerencia, Clary, puesto que fuiste tú quien nos trajo aquí? —Señaló lejos del lago—. En esa dirección hay montañas. Transitables a pie únicamente en pleno verano. Moriríamos congelados en las cumbres. —Volteó y movió el dedo en otra dirección—. Ahí hay kilómetros de bosques. Hasta la frontera. Están deshabitados, al menos por seres humanos. Más allá de Alacante hay tierras de labranza y casas de campo. Quizás podríamos salir de Idris, pero de todos modos tendríamos que atravesar la ciudad. Una ciudad, puedo añadir, donde los subterráneos como yo no son precisamente bien recibidos.

Clary lo miró con la boca abierta.

—Luke, yo no sabía...

—Desde luego que no sabías. Tú no sabes nada sobre Idris. A ti ni siquiera te importa Idris. Simplemente estabas ofendida porque te dejaron atrás, igual que una criatura, e hiciste un berrinche. Y ahora estamos aquí. Perdidos y helados y... —Se interrumpió; tenía el rostro tenso—. Vamos. Empecemos a caminar.

Clary siguió a Luke a lo largo de la orilla del lago Lyn en abatido silencio. Mientras caminaban, el sol le secó el cabello y la piel, pero el abrigo de terciopelo retenía agua como una esponja. Colgaba sobre ella como una cortina de plomo mientras caminaba rápidamente, tropezando, sobre rocas y barro, tratando de mantenerse a la altura de los largos pasos de Luke. Efectuó unos cuantos intentos más de entablar conversación, pero Luke se mantuvo obstinadamente callado. Ella jamás había hecho nada tan grave como para que una disculpa no ablandara el enojo de Luke. En esta ocasión, al parecer, era diferente.

Los precipicios se alzaron más altos alrededor del lago a medida que avanzaban, perforados de zonas oscuras, igual que brochazos de pintura negra. Cuando Clary miró con mayor atención, notó que se trataba de cuevas en la roca. Algunas daban la impresión de ser muy profundas y hundirse serpenteantes en la oscuridad. Imaginó murciélagos y desagradables criaturas reptantes ocultándose en las tinieblas, y se estremeció.

Por fin una senda estrecha que se abría paso a través de los precipicios los condujo a una calzada amplia revestida de piedras trituradas. El lago describió una curva alejándose de ellos, índigo bajo la luz de las últimas horas de la tarde. La calzada corría por una llanura cubierta de pastos que se iba elevando hasta convertirse a lo lejos en ondulantes colinas. A Clary se le cayó el alma a los pies; la ciudad no se distinguía por ninguna parte.

Luke miraba fijamente en dirección a las colinas con una expresión de intenso desaliento.

—Estamos más lejos de lo que pensé. Ha transcurrido tanto tiempo...

—A lo mejor si encontramos una carretera más grande —sugirió Clary—, podríamos pedir aventón, o conseguir que alguien nos lleve a la ciudad, o...

—Clary. No hay coches en Idris. —Al ver su expresión atónita, Luke rió sin demasiada alegría—. Las salvaguardas impiden que las máquinas funcionen bien. La mayor parte de la tecnología no sirve aquí: teléfonos celulares, computadoras, cosas así. La misma Alacante está iluminada... y funciona... en su mayor parte mediante luz mágica.

—Vaya —dijo Clary con un hilo de voz—. Entonces... ¿más o menos a qué distancia de la ciudad estamos?

—Bastante lejos. —Sin mirarla, Luke se pasó ambas manos hacia atrás por los cortos cabellos—. Hay algo que será mejor que te diga.

Clary se puso tensa. Todo lo que quería antes era que Luke le hablara; en aquellos momentos ya no lo deseaba.

—No pasa nada...

—¿Observaste —dijo Luke— que no había ninguna embarcación en el lago Lyn..., ni embarcaderos..., nada que pudiera sugerir que el lago lo utilizan de algún modo las gentes de Idris?

—Simplemente pensé que era porque estaba muy alejado.

—No está tan alejado. A unas pocas horas de Alacante a pie. El hecho es que el lago... —Luke se interrumpió y suspiró—. ¿Te fijaste alguna vez en el dibujo del suelo de la biblioteca en el Instituto en Nueva York?

Clary parpadeó.

—Sí, pero no logré adivinar qué era.

—Era un ángel alzándose del interior de un lago, sosteniendo una copa y una espada. Es un motivo que se repite en las decoraciones de los nefilim. La leyenda cuenta que el ángel Raziel surgió del lago Lyn cuando se apareció por primera vez a Jonathan Cazador de Sombras, el primero de los nefilim, y le entregó los Instrumentos Mortales. Desde entonces el lago se considera...

—¿Sagrado? —sugirió Clary.

—Maldito —dijo Luke—. El agua del lago es de algún modo venenosa para los cazadores de sombras. No hace ningún daño a los subterráneos; los seres mágicos lo llaman el Espejo de los Sueños, y beben su agua porque afirman que les proporciona visiones auténticas. Pero para un cazador de sombras beber su agua es muy peligroso. Provoca alucinaciones, fiebre... puede llevar a una persona a la locura.

Clary sintió frío por todo el cuerpo.

—Es por eso que intentaste hacerme escupir toda el agua.

Luke asintió.

—Y el motivo de que quisiera encontrar tu estela. Con una runa de curación podríamos conjurar los efectos del agua. Sin ella, necesitamos que llegues a Alacante lo más rápido posible. Hay medicinas, hierbas, eso ayudará, y conozco a alguien que casi con seguridad las tendrá.

—¿Los Lightwood?

—No, los Lightwood no. —La voz de Luke era firme—. Otra persona. Alguien que conozco.

—¿Quién?

Él negó con la cabeza.

—Sólo recemos para que no se haya ido en los últimos quince años.

—Pero pensé que dijiste que la Ley prohibía que los subterráneos entren en Alacante sin permiso.

La sonrisa que le dedicó como respuesta le recordó al Luke que la había atrapado cuando cayó de la estructura de barras para juegos infantiles de pequeña, el Luke que siempre la protegió.

—Algunas leyes están hechas para ser infringidas.

La casa de los Penhallow le recordó a Simon el Instituto; poseía el mismo aire de pertenecer en cierto modo a otra era. Los vestíbulos y escaleras eran angostos, construidos de piedra y madera oscura, y las ventanas eran altas y estrechas y ofrecían buenas vistas de la ciudad. Había un claro toque asiático en la decoración: un biombo shoji estaba colocado en el descansillo del primer piso, y había altos jarrones chinos esmaltados con flores en los alféizares. También había varias serigrafías en las paredes, mostrando lo que debían de ser escenas de la mitología de los cazadores de sombras, pero con un aire oriental en ellas; aparecían de modo prominente caudillos blandiendo refulgentes cuchillos serafín, junto con criaturas de vivos colores parecidas a dragones y demonios reptantes de ojos saltones.

—La señora Penhallow, Jia, estaba a cargo del Instituto de Beijing. Divide su tiempo entre aquí y la Ciudad Prohibida —dijo Isabelle cuando Simon se detuvo a examinar un grabado—. Y los Penhallow son una familia antigua. Adinerada.

—Me doy cuenta —murmuró Simon, levantando la vista hacia las arañas de luces que goteaban lágrimas de cristal tallado.

Jace, en el escalón situado detrás de ellos, refunfuñó:

—Muévanse. No hacemos una visita de interés histórico.

Simon consideró hacer una réplica grosera y decidió que no valía la pena molestarse. Descendió el resto de la escalera a paso rápido; una vez abajo, ésta se abría a una gran habitación que era una curiosa mezcla de lo viejo y lo nuevo: un ventanal de vidrio daba al canal, y surgía música de un aparato de música que Simon no pudo ver. Pero no había televisión, ni columna de DVD o CD, la clase de cosas que Simon asociaba con las salas modernas. En su lugar había una serie de sofás inflados agrupados alrededor de una chimenea enorme, en la que crepitaban llamas.

Alec estaba parado junto a la chimenea, vestido con el oscuro uniforme de cazador de sombras, colocándose un par de guantes. Alzó los ojos cuando Simon entró en la habitación y mostró su habitual expresión de desagrado, pero no dijo nada.

Sentados en los sofás había dos adolescentes que Simon no había visto nunca, un chico y una chica. La chica tenía rasgos asiáticos, con delicados ojos almendrados, brillante cabello oscuro echado hacia atrás y una expresión traviesa. La fina barbilla se estrechaba hasta acabar en punta como la de un gato. No era exactamente bonita, pero resultaba exótica.

El muchacho de cabello negro que tenía al lado era aún más atractivo. Probablemente era de la altura de Jace, pero parecía más alto, incluso sentado; era esbelto y fornido, con un rostro pálido, elegante e inquieto, todo pómulos y ojos oscuros. Había algo extrañamente familiar en él, como si Simon lo hubiera conocido antes.

La chica fue la primera en hablar.

—¿Éste es el vampiro? —Miró a Simon de pies a cabeza como si le estuviera tomando las medidas—. En realidad jamás he estado tan cerca de un vampiro; no de uno al que no estuviera planeando matar, al menos. —Ladeó la cabeza—. Es mono, para ser un subterráneo.

—Tendrás que perdonarla; tiene el rostro de un ángel y los modales de un demonio moloch —dijo el muchacho con una sonrisa, poniéndose en pie. Le tendió la mano a Simon—. Soy Sebastian. Sebastian Verlac. Y ésta es mi prima, Aline Penhallow. Aline...

—Yo no les estrecho la mano a los subterráneos —repuso Aline, echándose hacia atrás sobre los cojines del sofá—. No tienen alma, ya sabes. Vampiros.

La sonrisa de Sebastian desapareció.

—Aline...

—Es cierto. Es por eso que no pueden verse en los espejos, o ponerse al sol.

Con toda deliberación, Simon retrocedió para exponerse a la zona iluminada por el sol, frente a la ventana. Sintió el sol caliente sobre la espalda y los cabellos. Su sombra se proyectó, larga y oscura, sobre el suelo, alcanzando casi los pies de Jace.

Aline respiró con violencia pero no dijo nada. Fue Sebastian quien habló, mirando a Simon con sus curiosos ojos negros.

—Así que es cierto. Los Lightwood nos lo dijeron, pero no pensé...

—¿Que dijéramos la verdad? —preguntó Jace, hablando por primera vez desde que bajaron—. No mentiríamos sobre algo así. Simon es... único.

—Yo lo besé en una ocasión —dijo Isabelle, sin dirigirse a nadie en particular.

Las cejas de Aline se enarcaron veloces.

—Realmente te dejan hacer lo que desees en Nueva York, ¿no es cierto? —comentó, entre horrorizada y envidiosa—. La última vez que te vi, Izzy, ni siquiera te habrías planteado...

—La última vez que nos vimos, Izzy tenía ocho años —dijo Alec—. Las cosas cambian. Bien, mamá tuvo que irse a toda prisa, así que alguien tiene que subirle sus notas e informes al Gard. Soy el único que tiene dieciocho años, así que soy el único que puede ir allí mientras la Clave está en sesión.

—Lo sabemos —replicó Isabelle, dejándose caer sobre un sofá—. Ya nos dijiste eso unas cinco veces.

Alec, dándose aires de importancia, hizo caso omiso.

—Jace, tú trajiste al vampiro aquí, así que tú eres responsable de él. No dejes que salga.

«El vampiro», pensó Simon. Como si Alec no supiera su nombre. Le había salvado la vida a Alec en una ocasión. Ahora era «el vampiro». Incluso tratándose de Alec, que era propenso a algún que otro ataque de malhumor, aquello resultaba odioso. Tal vez tenía algo que ver con estar en Idris. Tal vez Alec sentía una necesidad mayor de reafirmar su condición de cazador de sombras allí.

—¿Me hiciste bajar para decirme eso, que no deje que el vampiro salga al exterior? No lo habría hecho de todos modos. —Jace se instaló en el sofá junto a Aline, que pareció complacida—. Será mejor que te apures en ir al Gard y regresar. Dios sabe a qué depravación podríamos dedicarnos aquí sin tu guía.

Alec contempló a Jace con tranquila superioridad.

—Intenta comportarte. Regresaré en media hora. —Desapareció a través de una arcada que conducía a un pasillo largo; en algún lugar lejano se escuchó el chasquido de una puerta al cerrarse.

—No deberías provocarlo —dijo Isabelle, lanzando a Jace una mirada severa—. En realidad lo dejaron a él a cargo.

Aline, Simon no pudo evitar advertirlo, estaba sentada muy pegada a Jace, los hombros de ambos tocándose, incluso a pesar de que había mucho espacio alrededor de ellos en el sofá.

—¿No has pensado alguna vez que en una vida anterior Alec era una anciana con noventa gatos que no hacía más que gritar a los niños del vecindario para que salieran de su pasto? Porque yo sí lo pienso —dijo él, y Aline lanzó una risita tonta—. Sólo porque él sea el único que puede ir al Gard...

—¿Qué es el Gard? —preguntó Simon, cansado de no entender nada.

Jace lo miró. Su expresión era fría, poco amistosa; tenía la mano sobre la de Aline, que descansaba sobre el muslo de la joven.

—Siéntate —dijo, moviendo bruscamente la cabeza en dirección a un sillón—. ¿O planeabas ir a revolotear al rincón como un murciélago?

«Fabuloso. Chistes de murciélagos.» Simon se acomodó, molesto, en el sillón.

—El Gard es el lugar de reunión oficial de la Clave —explicó Sebastian, al parecer apiadándose de Simon—. Es donde se decreta la Ley, y donde residen el Cónsul y el Inquisidor. Sólo a los cazadores de sombras adultos se les permite la entrada en la zona cuando la Clave está reunida.

—¿Reunida? —preguntó Simon, recordando lo que Jace había dicho un poco antes, arriba—. ¿No querrás decir... debido a mí?

—No. —Sebastian lanzó una carcajada—. Debido a Valentine y los Instrumentos Mortales. Es por eso que todo el mundo está allí. Para tratar de averiguar lo que Valentine va a hacer a continuación.

Jace no dijo nada, pero al oír el nombre de Valentine se le tensó el rostro.

—Bueno, irá tras el Espejo —repuso Simon—. El tercero de los Instrumentos Mortales, ¿verdad? ¿Está aquí en Idris? ¿Es por eso que todo el mundo está aquí?

Hubo un corto silencio antes de que Isabelle respondiera:

—Nadie sabe dónde está el espejo. De hecho, nadie sabe qué es.

—Es un espejo —respondió Simon—. Ya sabes... reflejante, cristal. Supongo.

—A lo que Isabelle se refiere —dijo Sebastian en tono amable— es a que nadie sabe nada sobre el Espejo. Existen múltiples menciones a él en las historias de los cazadores de sombras, pero ningún detalle específico sobre dónde está, qué aspecto tiene, o, lo que es más importante, qué poder posee.

—Suponemos que Valentine lo quiere —indicó Isabelle—, pero eso no ayuda mucho, ya que nadie tiene ni la más remota idea de dónde está. Los Hermanos Silenciosos podrían haber sabido algo, pero Valentine los mató a todos. No habrá más durante al menos un cierto tiempo.

—¿A todos? —preguntó Simon con sorpresa—. Creí que sólo había matado a los de Nueva York.

—La Ciudad de Hueso no está realmente en Nueva York —dijo Isabelle—. Es como..., ¿recuerdas la entrada a la corte seelie, en Central Park? Que la entrada estuviera allí no significa que la corte misma esté bajo el parque. Sucede lo mismo con la Ciudad de Hueso. Existen varias entradas, pero la Ciudad en sí... —Isabelle se interrumpió cuando Aline la hizo callar con un veloz ademán.

Simon paseó la mirada de su rostro al de Jace y luego al de Sebastian. Todos mostraban la misma expresión cauta, como si acabaran de darse cuenta de lo que habían estado haciendo: contar secretos nefilim a un subterráneo. A un vampiro. No al enemigo, precisamente, pero desde luego alguien en quien no se podía confiar.

Aline fue la primera en romper el silencio. Clavando la hermosa y negra mirada en Simon, dijo:

—Así pues... ¿cómo es ser un vampiro?

—¡Aline! —Isabelle parecía horrorizada—. No puedes ir por ahí preguntando a la gente cómo es ser un vampiro.

—No veo el motivo —replicó ella—. No ha sido un vampiro tanto tiempo, ¿verdad? Así que debe de recordar lo que era ser una persona. —Volteó de nuevo hacia Simon—. ¿La sangre todavía te sabe a sangre? ¿O sabe a otra cosa ahora, como jugo de naranja o algo así? Porque imagino que el sabor de la sangre sería...

—Sabe a pollo —respondió Simon, simplemente para callarla.

—¿De veras? —Aline pareció atónita.

—Se está burlando de ti, Aline —dijo Sebastian—, como tiene todo el derecho de hacer. Me disculpo por mi prima otra vez, Simon. Aquellos que nos criamos fuera de Idris solemos estar un poco más familiarizados con los subterráneos.

—Pero ¿tú no te criaste en Idris? —preguntó Isabelle—. Pensé que tus padres...

63

—Isabelle —interrumpió Jace, pero ya era demasiado tarde; la expresión de Sebastian se ensombreció.

—Mis padres están muertos —dijo—. Un nido de demonios cerca de Calais..., no pasa nada, fue hace mucho tiempo —frenó las muestras de condolencia de Isabelle—. Mi tía... la hermana de mi padre... me crió en el Instituto de París.

—¿De modo que hablas francés? —Isabelle suspiró—. Ojalá yo hablara otro idioma. Pero Hodge jamás pensó que necesitáramos aprender nada que no fuera griego y latín clásicos, y nadie habla esas lenguas ya.

—También hablo ruso e italiano. Y un poco de rumano —indicó Sebastian con una sonrisa humilde—. Podría enseñarte algunas frases...

—¿Rumano? Eso es impresionante —dijo Jace—. No muchas personas lo hablan.

—¿Lo hablas tú? —preguntó Sebastian con interés.

—En realidad, no —respondió Jace con una sonrisa tan encantadora que Simon supo que mentía—. Mi rumano se limita a frases útiles como: «¿Son estas serpientes venenosas?» y «Pero usted parece muy joven para ser un oficial de policía».

Sebastian no sonrió. Había algo en su expresión, se dijo Simon. Era afable —todo en él era sereno—, pero Simon tuvo la sensación de que la serenidad ocultaba algo debajo que desmentía la tranquilidad externa.

—Me encanta viajar —dijo él, con los ojos puestos en Jace—. Pero es agradable estar de vuelta, ¿verdad?

Jace dejó de jugar con los dedos de Aline.

—¿Qué quieres decir?

—Simplemente que no hay ningún otro lugar como Idris, por mucho que nosotros los nefilim nos creemos hogares en otras partes. ¿No estás de acuerdo?

—¿Por qué me preguntas? —La expresión de Jace era gélida.

Sebastian se encogió de hombros.

—Bueno, tú viviste aquí de niño, ¿no es cierto? Y no regresaste en años. ¿O lo entendí mal?

—No entendiste mal —intervino Isabelle con tono impaciente—. A Jace le gusta fingir que nadie habla sobre él, incluso cuando sabe que sí lo hacen.

—Claro que lo hacen.

Aunque Jace lo miraba con expresión iracunda, Sebastian parecía no alterarse. Simon sintió una especie de medio renuente simpatía por el joven cazador de sombras de cabellos oscuros. Era raro encontrar a alguien que no reaccionara a las burlas de Jace.

—Estos días es de lo que habla todo el mundo en Idris. De ti, de los Instrumentos Mortales, de tu padre, de tu hermana...

—Se suponía que Clarissa vendría con ustedes, ¿no es cierto? —dijo Aline—. Tenía ganas de conocerla. ¿Qué sucedió?

Aunque la expresión de Jace no cambió, retiró la mano de la de Aline, crispándola en un puño.

—No quiso abandonar Nueva York. Su madre está enferma en el hospital.

«Jamás dice "nuestra madre" —pensó Simon—. Siempre es su madre.»

—Es extraño —comentó Isabelle—; pensé que realmente quería venir.

—Quería —dijo Simon—. De hecho...

Jace se había puesto en pie a tal velocidad que Simon ni siquiera lo había visto moverse.

—Ahora que lo pienso, necesito discutir algo con Simon en privado. —Movió violentamente la cabeza en dirección a las puertas dobles del otro extremo de la habitación, con una mirada desafiante—. Vamos, vampiro —dijo, en un tono que dejó a Simon con la clara sensación de que una negativa probablemente acabaría en alguna clase de violencia—. Vamos a hablar.

3

AMATIS

Entrada la tarde, Luke y Clary habían dejado ya el lago muy atrás y caminaban por lo que parecían interminables extensiones llanas de pastos altos. Aquí y allá se levantaba una suave elevación hasta convertirse en una colina coronada de rocas negras. Clary estaba agotada de tanto subir y bajar colinas, una tras otra, dando tropezones con las botas resbalando en la hierba húmeda como si se tratara de mármol engrasado. Cuando por fin dejaron atrás los campos y llegaron a una estrecha carretera de tierra, las manos le sangraban y estaban completamente manchadas de hierba.

Luke caminaba muy rígido por delante de ella con pasos decididos. De vez en cuando le señalaba cosas de interés con voz sombría, como si fuera el guía turístico más deprimido del mundo.

—Acabamos de cruzar la llanura Brocelind —dijo mientras ascendían una colina y veían una enmarañada extensión de árboles oscuros que se alargaba a lo lejos en dirección al oeste, donde el sol flotaba bajo en el cielo—. Esto es el bosque. Los bosques acostumbraban a cubrir la mayor parte de las tierras bajas del país. Gran parte de ellos se talaron para dejar espacio a la ciudad... y para echar a las manadas de lobos y los nidos de vampiros que aparecían por allí. El bosque Brocelind siempre ha sido un escondite de subterráneos.

Siguieron avanzando penosamente en silencio mientras la carretera describía una curva junto al bosque durante varios kilómetros antes de girar bruscamente. Los árboles parecieron desaparecer a medida que una cordillera se alzaba por encima de ellos, y Clary pestañeó cuando doblaron un recodo de una colina alta; a menos que los ojos la engañaran, había casas allí abajo. Pequeñas hileras blancas de casas, ordenadas como si fuera un pueblecito de juguete.

—¡Llegamos! —exclamó, y se abalanzó al frente, deteniéndose tan sólo al darse cuenta de que Luke ya no iba a su lado.

Volteó y lo vio parado en mitad de la polvorienta carretera, meneando la cabeza.

—No —dijo, avanzando hasta alcanzarla—. Eso no es la ciudad.

—¿Entonces es un pueblo? Dijiste que no había ninguna ciudad cerca de aquí...

—Es un cementerio. Es la Ciudad de Huesos de Alacante. ¿Creías que la Ciudad de Huesos era la única última morada que teníamos? —Sonó entristecido—. Esto es la necrópolis, el lugar donde enterramos a aquellos que mueren en Idris. Ahora la verás. Tenemos que atravesarla para llegar a Alacante.

Clary no había estado en un cementerio desde la noche en que Simon murió, y el recuerdo le produjo un escalofrío que la heló hasta los huesos mientras recorría los estrechos senderos que se abrían paso por entre los mausoleos como una cinta blanca. Alguien cuidaba del lugar: el mármol brillaba como si lo acabaran de lavar, y la hierba estaba cortada uniformemente. Había ramos de flores blancas colocados aquí y allá sobre las tumbas; en un principio creyó que eran azucenas, pero tenían un perfume aromático y desconocido que la hizo preguntarse si serían autóctonas de Idris. Cada tumba parecía una casa pequeña; algunas incluso tenían rejas de metal o alambre, y sobre las puertas estaban grabados los nombres de familias de cazadores de sombras. CARTWRIGHT, MERRYWEATHER, HIGHTOWER, BLACKWELL, MIDWINTER. Se detuvo ante uno: HERONDALE.

Volteó para mirar a Luke.

—Ése era el nombre de la Inquisidora.

—Es la tumba de su familia. Mira.

Señaló con el dedo. Junto a la puerta había letras blancas talladas en el mármol gris. Eran nombres. MARCUS HERONDALE. STEPHEN HERONDALE. Ambos murieron el mismo año. A pesar de lo mucho que había odiado a la Inquisidora, Clary sintió que algo se retorcía en su interior, una compasión que no podía evitar. Perder al esposo y al hijo, en tan poco tiempo... Había tres palabras en latín bajo el nombre de Stephen: «AVE ATQUE VALE».

—¿Qué significa? —preguntó, volteando hacia Luke.

—Significa «Salve y adiós». Es de un poema de Catulo, y los nefilim lo dicen durante los funerales, o cuando alguien muere en combate. Ahora vámonos; es mejor no pensar demasiado en estas cosas, Clary. —Luke la sujetó por el hombro y la apartó con suavidad de la tumba.

Quizás él tenía razón, se dijo Clary. Quizás era mejor no pensar demasiado en la muerte y en morir justo en aquel momento. Mantuvo apartada la mirada mientras salían de la necrópolis. Habían cruzado casi las puertas de hierro del otro extremo cuando distinguió un mausoleo más pequeño, que se erguía igual que un hongo blanco a la sombra de un roble frondoso. El nombre sobre la puerta llamó su atención como si hubiera estado escrito con luces.

FAIRCHILD.

—Clary...

Luke alargó la mano para sujetarla, pero ella ya caminaba. Con un suspiro la siguió al interior de la sombra del árbol, donde ella se quedó de pie, paralizada, leyendo los nombres de los abuelos y bisabuelos que jamás supo que tenía. ALOYSIUS FAIRCHILD. ADELE FAIRCHILD, DE SOLTERA NIGHTSHADE. GRANVILLE FAIRCHILD. Y debajo de todos aquellos nombres: «JOCELYN MORGENSTERN, DE SOLTERA FAIRCHILD».

Una oleada de frío recorrió a Clary. Ver el nombre de su madre allí era como regresar a las pesadillas que tenía en ocasiones en las que estaba en el funeral de su madre y nadie quería decirle qué había sucedido o cómo había muerto.

—Pero ella no está muerta —dijo, alzando los ojos hacia Luke—. Ella no está...

—La Clave no lo sabía —le respondió él con suavidad.

Clary lanzó una exclamación ahogada. Ya no podía oír la voz de Luke o verlo parado frente a ella. Ante ella se alzaba una ladera irregular, con lápidas que sobresalían de la tierra igual que huesos partidos. Una lápida negra se levantaba imponente frente a ella, con letras talladas de modo irregular en la superficie: «CLARISSA MORGENSTERN» y dos fechas. Bajo las palabras había un tosco dibujo infantil de una calavera con enormes cuencas vacías. Clary retrocedió tambaleante con un grito.

Luke la agarró por los hombros.

—Clary, ¿qué sucede? ¿Qué te pasa?

Ella señaló.

—Ahí... mira...

Pero desapareció. La hierba se extendía hacia el horizonte frente a ella, verde y uniforme, y los blancos mausoleos pulcros y sencillos permanecían en sus ordenadas filas.

Volteó para alzar los ojos hacia él.

—Vi mi propia lápida —dijo—. Anunciaba que voy a morir... este año. —Se estremeció.

Luke tenía una expresión sombría.

—Es el agua del lago —dijo—. Estás empezando a tener alucinaciones. Vamos..., no nos queda mucho tiempo.

Jace condujo a Simon escaleras arriba y por un corto pasillo flanqueado de puertas; se detuvo sólo para extender el brazo y abrir de un empujón una de ellas, con una expresión de pocos amigos en el rostro.

—Aquí dentro —dijo, medio empujando a Simon a través de la

entrada; Simon vio lo que parecía una biblioteca en el interior: hileras de estanterías, largos sofás, y sillones—. Deberíamos tener un poco de intimidad...

Se interrumpió cuando una figura se levantó nerviosamente de uno de los sillones. Era un niño de cabellos castaños y con lentes. Tenía un rostro menudo y serio, y aferraba un libro en una mano. Simon estaba lo bastante familiarizado con los hábitos de lectura de Clary como para reconocerlo como un tomo manga incluso de lejos.

—Lo siento, Max —dijo Jace, frunciendo el entrecejo—. Necesitamos la habitación. Una conversación de adultos.

—Pero Izzy y Alec ya me echaron de la salita para poder tener una plática de adultos —se quejó Max—. ¿Adónde se supone que debo ir?

Jace se encogió de hombros.

—¿Tu habitación? —Agitó un pulgar en dirección a la puerta—. Es hora de que cumplas con tu deber para con tu país, amigo. Lárgate.

Con expresión ofendida, Max pasó junto a ellos muy digno, con el libro apretado contra el pecho. Simon sintió una punzada de lástima; era odioso ser lo bastante grande como para querer saber lo que sucedía pero tan joven como para que siempre te echaran. El niño le lanzó una mirada al pasar; una mirada asustada y suspicaz. «Éste es el vampiro», se leía en sus ojos.

—Vamos.

Jace empujó a Simon al interior de la habitación, cerrando la puerta y girando la llave tras ellos. Con la puerta cerrada, la habitación estaba tan poco iluminada que incluso Simon la encontró oscura. Olía como a polvo. Jace la atravesó y descorrió las cortinas del extremo opuesto, dejando al descubierto un alto ventanal de una sola hoja que daba a una vista del canal justo al otro lado. El agua chapoteaba contra el costado de la casa apenas unos pocos metros más abajo, bajo barandillas de piedra esculpidas con dibujos de runas y estrellas desgastados por los elementos.

Jace volteó hacia Simon con expresión severa.

—¿Qué te pasa, vampiro?

—¿Que qué me pasa? Eres tú quien prácticamente me arrastró aquí por los cabellos.

—Porque estabas a punto de decirles que Clary jamás canceló sus planes de venir a Idris. ¿Sabes qué sucedería entonces? Se pondrían en contacto con ella y se organizarían para que viniera. Y ya te dije que eso no puede suceder.

Simon sacudió negativamente la cabeza.

—No te comprendo —dijo—. A veces actúas como si todo lo que te importara fuera Clary, y luego actúas como...

Jace lo miró fijamente. El aire estaba lleno de danzarinas motas de polvo que formaban una cortina reluciente entre los dos muchachos.

—¿Actúo como qué?

—Estabas coqueteando con Aline —dijo Simon—. No parecía que te importara Clary en aquél momento.

—Eso no es asunto tuyo —respondió Jace—. Y además, Clary es mi hermana. Eso sí lo sabes.

—Yo también estaba en la corte de las hadas —respondió Simon—. Recuerdo lo que la reina seelie dijo. «El beso que la muchacha más desea la liberará.»

—Apuesto a que lo recuerdas. Grabado a fuego en tu cerebro, ¿verdad, vampiro?

Simon emitió un ruidito desde el fondo de la garganta que ni siquiera había advertido que fuera capaz de hacer.

—Ah, no lo harás. No voy a discutir sobre esto. No voy a pelear por Clary contigo. Es ridículo.

—Entonces ¿por qué lo sacaste a relucir?

—Porque —dijo Simon—, si quieres que mienta..., no a Clary, sino a todos tus amigos cazadores de sombras..., si quieres que finja que fue decisión de la propia Clary no venir aquí, y si quieres que finja que no sé nada sobre sus poderes, o lo que en realidad puede hacer, entonces tú tienes que hacer algo por mí.

—Magnífico —respondió Jace—. ¿Qué es lo que quieres?

Simon permaneció en silencio por un momento, mirando más allá de Jace a la hilera de casas de piedra que daban al centelleante canal. Más allá de los tejados coronados de almenas podía ver las brillantes partes superiores de las torres de los demonios.

—Quiero que hagas lo que sea que tengas que hacer para convencer a Clary de que no sientes nada por ella. Y no... no me digas que eres su hermano; eso ya lo sé. Deja de darle falsas esperanzas cuando sabes que lo que sea que los dos tienen no tiene futuro. Y no estoy diciendo esto porque la quiera para mí. Lo estoy diciendo porque soy su amigo y no quiero que salga lastimada.

Jace bajó la mirada a sus manos durante un largo rato, sin responder. Eran manos delgadas, y los dedos y nudillos presentaban marcas de viejas callosidades. Los dorsos estaban surcados con las finas líneas blancas de antiguas Marcas. Eran las manos de un soldado, no las de un adolescente.

—Ya lo hice —respondió—. Le dije que sólo estaba interesado en ser su hermano.

—Ah.

Simon esperaba que Jace peleara con él respecto a eso, que discutiera, no que se limitara a ceder. Un Jace que simplemente cedía era algo nuevo... y dejó a Simon sintiéndose casi avergonzado de haberlo pedido. «Clary jamás me lo mencionó», quiso decir, pero, de todos modos, ¿por qué tendría ella que haberlo hecho? Bien pensado, se había mostrado insólitamente callada y retraída últimamente cada vez que había surgido el nombre de Jace.

—Bueno, eso soluciona esa parte, supongo. Hay una última cosa.

—¿Sí? —Jace habló sin que pareciera sentir demasiado interés—. ¿Y cuál es?

—¿Qué fue lo que Valentine dijo cuando Clary dibujó aquella runa en el barco? Sonó como un idioma extranjero. ¿*Meme* algo...?

—*Mene mene tekel upharsin* —dijo Jace con una leve sonrisa—. ¿No lo reconoces? Es de la Biblia, vampiro. La antigua. Ése es tu libro, ¿no?

—Que sea judío no significa que me sepa el Antiguo Testamento de memoria.

—Es la Escritura sobre la Pared. «Contó Dios tu reino, y le ha puesto fin; pesado has sido en la balanza y hallado falto.» Es un augurio de fatalidad; significa el fin de un imperio.

—Pero ¿qué tiene eso que ver con Valentine?

—No sólo Valentine —dijo Jace—. Todos nosotros. La Clave y la Ley; lo que Clary puede hacer trastorna todo lo que ellos conocen como verdadero. Ningún ser humano puede crear runas nuevas, o dibujar la clase de runas que Clary puede dibujar. Únicamente los ángeles poseen ese poder. Y puesto que Clary puede hacer eso..., bueno, pues parece un augurio. Las cosas están cambiando. Las Leyes están cambiando. Puede que las antiguas costumbres no vuelvan a ser las costumbres correctas nunca más. Igual que la rebelión de los ángeles puso fin al mundo tal y como era..., partió el cielo por la mitad y creó el infierno..., esto podría significar el fin de los nefilim tal y como existen en la actualidad. Ésta es nuestra guerra en el cielo, vampiro, y sólo un bando puede vencer. Y mi padre tiene intención de que sea el suyo.

Aunque el aire seguía siendo frío, Clary ardía en sus ropas húmedas. El sudor le corría por el rostro en pequeños riachuelos, humedeciéndole el cuello del abrigo mientras Luke, con la mano sobre su brazo, la hacía recorrer a toda prisa la carretera bajo un cielo que se oscurecía rápidamente. Avistaban ya Alacante. La ciudad estaba en un valle poco profundo, dividido en dos por un río plateado que entraba por un extremo de la ciudad, parecía desvanecerse, y volvía a salir por el otro. Una confusión de edificios de color miel con techos de teja roja y una maraña de calles oscuras que zigzagueaban vertiginosamente se extendían por la ladera de una colina empinada. En la cima de la colina se alzaba un edificio de piedra oscura, sostenido con pilares, que se elevaba irguiéndose imponente hacia el cielo, con una torre centelleante en cada punto cardinal: cuatro en total. Dispersas entre los otros edificios había las mismas torres altas y delgadas con aspecto cristalino, cada una reluciente como cuarzo. Eran como agujas de cristal perforando el cielo. La luz del sol que se desvanecía arrancaba apagados arcos iris a sus superficies igual que un cerillo provocando chispas. Era un espectáculo hermoso, y muy extraño.

«No has visto nunca una ciudad hasta que has visto Alacante, la de las torres de cristal.»

—¿Qué era eso? —preguntó Luke, oyéndola—. ¿Qué dijiste?

Clary no se había dado cuenta de que había hablado en voz alta. Turbada, repitió las palabras, y Luke la miró con sorpresa.

—¿Dónde oíste eso?

—Hodge —respondió ella—. Fue algo que Hodge me dijo.

Luke la miró con más atención.

—Estás colorada —dijo—. ¿Cómo te sientes?

A Clary le dolía el cuello, le ardía todo el cuerpo, tenía la boca seca.

—Estoy perfectamente —respondió—. Pero lleguemos, ¿sí?

—De acuerdo.

Luke señaló; en el límite de la ciudad, donde finalizaban los edificios, Clary pudo ver un arco, dos lados curvándose hasta finalizar en punta. Un cazador de sombras con su indumentaria negra montaba guardia bajo la sombra del arco.

—Ésa es la Puerta Norte; es por donde los subterráneos pueden entrar legalmente en la ciudad, siempre y cuando tengan la documentación adecuada. Hay guardias vigilantes día y noche. Si estuviéramos aquí por un asunto oficial, o tuviéramos permiso para estar aquí, entraríamos por ella.

—Pero no hay ninguna muralla alrededor de la ciudad —indicó Clary—. No parece gran cosa como puerta.

—Las salvaguardas son invisibles, pero están ahí. Las torres de los demonios las controlan. Lo han hecho durante mil años. Las sentirás cuando las atravieses. —Echó una ojeada una vez más a su rostro enrojecido, preocupado—. ¿Estás lista?

Ella asintió. Se alejaron de la puerta, siguiendo el lado este de la ciudad, donde los edificios estaban más densamente amontonados. Con un ademán para que no hiciera ruido, Luke la condujo hacia una abertura estrecha entre dos casas. Clary cerró los ojos mientras se acercaban, como si esperara golpearse el rostro contra una pared invisible en cuanto entraran a las calles de Alacante. No fue así. Sintió una presión repentina, como si estuviera en un avión que caía. Los oídos se le destaparon... y a continuación la sensación desapareció, y se encontraba parada en el callejón entre los edificios.

Exactamente igual que un callejón de Nueva York —como cualquier callejón del mundo, al parecer—, olía a orina de gato.

Clary asomó la cabeza por la esquina de uno de los edificios. Una calle más grande discurría colina arriba, bordeada de tiendas pequeñas y casas.

—No hay nadie por aquí —comentó con cierta sorpresa.

En la luz cada vez más tenue Luke tenía un aspecto gris.

—Debe de haber una reunión arriba en el Gard. Es la única cosa que podría sacar a todo el mundo de las calles a la vez.

—¿Y eso no es bueno? No hay nadie por aquí que pueda vernos.

—Es bueno y malo. Las calles están desiertas en su mayor parte, lo que es bueno. Pero será mucho más probable que cualquiera que ande por ahí note nuestra presencia y despierte su atención.

—Pensaba que habías dicho que todo el mundo estaba en el Gard.

Luke sonrió débilmente.

—No seas tan literal, Clary. Me refería a la mayor parte de la ciudad. Los niños, los adolescentes y cualquiera que esté eximido de la reunión no estarán allí.

Adolescentes. Clary pensó en Jace, y muy a su pesar, el pulso se le disparó como un caballo saliendo del cajón de salida en una carrera.

Luke frunció el ceño como si pudiera leerle el pensamiento.

—En estos momentos estoy infringiendo la Ley al estar en Alacante sin darme a conocer a la Clave en la puerta. Si alguien me reconoce, podríamos meternos en un auténtico lío. —Echó un vistazo hacia la franja de cielo rojizo visible entre los tejados—. Tenemos que salir de las calles.

—Pensé que íbamos a la casa de tu amiga.

—Eso hacemos. Y no es una amiga, precisamente.

—Entonces quién...

—Limítate a seguirme.

Luke se metió en un pasaje entre dos casas, tan angosto que Clary podía estirar los brazos y tocar las paredes de ambos edificios con los dedos mientras lo recorrían. Salieron a una sinuosa calle adoquinada bordeada de tiendas. Los edificios mismos parecían un cruce entre el paisaje de un sueño gótico y un cuento infantil. Los revestimientos de las fachadas estaban esculpidos con toda clase de criaturas sacadas de mitos y leyendas; destacaban las cabezas de monstruos, intercaladas con caballos alados, algo que parecía una casa sobre patas de gallina, sirenas, y, por supuesto, ángeles. De cada esquina sobresalían gárgolas, con sus gruñones rostros contraídos. Y en todas partes había runas: bien visibles sobre puertas, ocultas en el dibujo de un grabado abstracto, oscilando de finas cadenas de metal igual que campanillas de viento que se agitaban en la brisa. Runas de protección, de buena suerte, incluso para la prosperidad en los negocios; contemplándolas fijamente todas ellas, Clary empezó a sentirse un poco mareada.

Caminaron en silencio, manteniéndose en las sombras. La calle de adoquines estaba desierta, las puertas de las tiendas cerradas y atrancadas. Clary dirigía miradas cautelosas al interior de los aparadores mientras pasaban. Resultaba extraño ver una exhibición de caros chocolates decorados en un aparador y en el siguiente otra igualmente espléndida de armas de aspecto letal: sables, mazas, garrotes cubiertos de clavos, y un despliegue de cuchillos serafín en distintos tamaños.

—No hay pistolas —dijo, y su propia voz sonó muy lejana.

—¿Qué? —Luke la miró pestañeando.

—Los cazadores de sombras —dijo ella—. Jamás usan pistolas.

—Las runas impiden que la pólvora estalle —respondió él—. Nadie sabe el motivo. Con todo, se sabe de nefilim que han usado un rifle alguna que otra vez contra licántropos. No hace falta una runa para matarnos..., simplemente balas de plata.

Lo dijo con voz lúgubre. De improviso alzó la cabeza. En la débil luz era fácil imaginar sus orejas alzándose al frente como las de un lobo.

—Voces —dijo—. Deben de haber terminado en el Gard.

La tomó del brazo y la jaló sacándola de la calle principal. Emergieron en una plaza pequeña con un pozo en el centro. Un puente de piedra describía un arco por encima de un canal estrecho justo delante de ellos. Bajo la luz que se desvanecía, el agua del canal parecía casi negra. Clary pudo entonces oír también las voces, procedentes de calles próximas. Sonaban alto y enojadas. El mareo de Clary aumentó; sintió como si el suelo se ladeara bajo sus pies, amenazando con hacerla caer de boca. Se recostó en la pared del callejón, respirando con dificultad.

—Clary —dijo Luke—. Clary, ¿estás bien?

La voz de Luke sonaba espesa, extraña. Lo miró y se quedó sin aliento. Las orejas se habían vuelto largas y puntiagudas, los dientes afilados como cuchillas, los ojos tenían un feroz color amarillo...

—Luke —musitó—, ¿qué te sucede?

—Clary —estiró los brazos hacia ella, las manos curiosamente alargadas, las uñas afiladas y de color óxido—, ¿pasa algo?

Ella lanzó un grito, retorciéndose para apartarse de él. No estaba segura de por qué se sentía tan aterrada; había visto cambiar a Luke, y él jamás le había hecho daño. Pero el terror cobró viveza en su interior, incontrolable. Luke la agarró por los hombros y ella se encogió ante él, apartándose de sus ojos amarillos de animal, incluso mientras la calmaba, suplicándole que no hiciera ruido con su voz humana normal.

—Clary, por favor...

—¡Suéltame! ¡Suéltame!

Pero no lo hizo.

—Es el agua... tienes alucinaciones... Clary, intenta no perder el control. —La llevó hacia el puente, medio arrastrándola, y ella sintió cómo le corrían lágrimas por el rostro, refrescándole las ardientes mejillas—. No es real. Intenta controlarte, por favor —dijo él, ayudándola a subir al puente.

Clary pudo oler el agua bajo él, verde y estancada. Se movían cosas bajo su superficie. Mientras observaba, un tentáculo negro emergió del agua, la punta esponjosa cubierta de dientes como agujas. Se echó hacia atrás, lejos del agua, incapaz de gritar, mientras un quedo gemido se le escapaba de la garganta.

Luke la sujetó cuando las rodillas se le doblaron, tomándola en brazos. No la había llevado en brazos desde que tenía cinco o seis años. «Clary», dijo, pero el resto de sus palabras se desdibujó en un rugido absurdo mientras descendían del puente. Pasaron corriendo ante una serie de altas casas estrechas que le recordaron a Clary las casas pegadas de Brooklyn... ¿O tal vez simplemente tenía una alucinación sobre su propio vecindario? El aire alrededor de ambos pareció doblarse a medida que seguían adelante, las luces de las casas llameando a su alrededor como antorchas, el canal titilando con un diabólico brillo fosforescente. Clary sentía como si los huesos se le estuvieran disolviendo dentro del cuerpo.

—Aquí.

Luke se detuvo bruscamente frente a una casa alta del canal. Pateó con fuerza la puerta, gritando; estaba pintada de un rojo intenso, casi chillón, con una única runa trazada sobre ella en dorado. La runa se disolvió y destiñó mientras Clary la miraba fijamente, adquiriendo la forma de una repugnante calavera sonriente. «No es real», se dijo con firmeza, sofocando el grito con el puño, mordiéndoselo hasta que sintió el sabor de la sangre en la boca.

El dolor le despejó la cabeza momentáneamente. La puerta se

abrió de golpe, y apareció una mujer con un vestido oscuro, el rostro crispado con una mezcla de cólera y sorpresa. Su cabello era largo, una enmarañada nube castaña salpicada de gris que escapaba de dos trenzas; los ojos azules resultaban familiares. Una luz mágica brillaba en su mano.

—¿Quién es? —exigió—. ¿Qué quiere?

—Amatis. —Luke fue a colocarse en el círculo luminoso de la luz mágica, con Clary en los brazos—. Soy yo.

La mujer palideció y se tambaleó, estirando una mano para sostenerse contra el umbral.

—¿Lucian?

Luke intentó dar un paso al frente, pero Amatis le cerró el paso. Sacudía la cabeza con tal violencia que las trenzas se movían de un lado a otro.

—¿Cómo puedes venir aquí, Lucian? ¿Cómo te atreves a venir aquí?

—Tenía muy pocas opciones.

Luke sujetó con más fuerza a Clary. Ésta reprimió un grito; sentía como si todo su cuerpo ardiera, como si cada terminación nerviosa ardiera de dolor.

—Tienes que irte, entonces —dijo Amatis—. Si te vas inmediatamente...

—No estoy aquí por mí, sino por la chica. Se está muriendo. —Cuando la mujer se quedó mirándolo, añadió—: Amatis, por favor. Es la hija de Jocelyn.

Hubo un largo silencio, durante el cual Amatis se quedó quieta como una estatua, inmóvil, en la entrada. Parecía paralizada, aunque Clary no podía saber si por la sorpresa o el horror. Clary cerró con fuerza el puño —la palma estaba pegajosa de sangre allí donde clavaba las uñas—, pero ni siquiera el dolor ayudaba ya; el mundo se descomponía en colores suaves, como un rompecabezas flotando sobre la superficie del agua. Apenas oyó la voz de Amatis cuando ésta se apartó de la puerta y dijo:

79

—Muy bien, Lucian. Puedes llevarla adentro.

Cuando Simon y Jace regresaron a la sala de estar, Aline ya había dispuesto comida sobre la mesita baja situada entre los sofás. Había pan y queso, trozos de pastel, manzanas, e incluso una botella de vino, que a Max no se le permitió tocar. Éste estaba sentado en la esquina con un plato de pastel y el libro abierto sobre el regazo. Simon lo compadeció. Él se sentía tan solo como Max en medio del grupo que reía y conversaba.

Contempló cómo Aline tocaba la muñeca de Jace con los dedos cuando estiró la mano para tomar un trozo de manzana, y sintió que se ponía tenso. «Pero esto es lo que quieres que él haga», se dijo, y sin embargo de algún modo no podía quitarse de encima la sensación de que se le estaba haciendo un menosprecio a Clary.

Jace cruzó la mirada con él por encima de la cabeza de Aline y sonrió. De alguna manera, a pesar de no ser un vampiro, fue capaz de conseguir una sonrisa que parecía constituida toda ella por dientes afilados. Simon desvió los ojos, paseándolos por la habitación. Reparó en que la música que había oído antes no procedía de un aparato de música sino de un artefacto mecánico de aspecto complicado.

Pensó en iniciar una conversación con Isabelle, pero ésta charlaba con Sebastian, cuyo rostro elegante estaba inclinado con atención hacia el de ella. Jace se había reído de Simon por mostrarse tan enamorado de Isabelle en una ocasión, pero Sebastian sin duda podía manejarla. A los cazadores de sombras los educaban para poder manejarlo todo, ¿no era cierto? Sin embargo, la expresión en el rostro de Jace cuando dijo que planeaba ser sólo el hermano de Clary dio que pensar a Simon.

—Se acabó el vino —declaró Isabelle, depositando la botella sobre la mesa con un golpe sordo—. Voy a buscar más. —Con un guiño a Sebastian, desapareció dentro de la cocina.

—Si no te importa que lo diga, pareces un poco callado.

Era Sebastian, inclinándose por encima del respaldo de la silla de Simon con una sonrisa encantadora. Para ser alguien con un pelo tan oscuro, pensó Simon, la piel de Sebastian era muy clara, como si no saliera mucho al sol.

—¿Todo bien?

Simon se encogió de hombros.

—No hay demasiadas oportunidades para que tome parte en la conversación. Parece tratar bien sobre política de los cazadores de sombras, bien sobre personas de las que jamás he oído hablar, o sobre ambas cosas.

La sonrisa desapareció.

—Los nefilim podemos ser un círculo algo cerrado. Es el modo de ser de aquellos que están excluidos del resto del mundo.

—¿No crees que son ustedes mismos los que se excluyen? Desprecian a los humanos corrientes...

—«Despreciar» suena un poco excesivo —dijo Sebastian—. ¿Y realmente crees que el mundo de los humanos querría tener algo que ver con nosotros? Somos un recordatorio viviente de que siempre que se consuelan diciéndose que no existen vampiros auténticos, ni hay demonios ni monstruos reales bajo la cama... se están mintiendo a sí mismos. —Volteó para mirar a Jace, quien, como Simon advirtió, los miró fijamente a ambos en silencio durante varios minutos—. ¿No estás de acuerdo?

Jace sonrió.

—¿*De ce crezi că vă ascultam conversatia?*

Sebastian le devolvió la mirada con una expresión de agradable interés.

—*M-ai urmărit de când ai ajuns aici* —respondió—. *Nu-mi dau seama dacă nu mă placi ori dacă eşti atât de bănuitor cu toată humea.* —Se levantó—. Agradezco la práctica del rumano pero, si no te importa, voy a ver qué está demorando tanto a Isabelle en la cocina. —Desapareció por la puerta, mientras Jace lo seguía con la mirada con una expresión perpleja.

—¿Qué sucede? ¿No habla rumano después de todo? —preguntó Simon.

—No —dijo Jace, y una pequeña arruga apareció en su ceño—. No, claro que lo habla.

Antes de que Simon pudiera preguntarle qué quería decir con aquello, Alec entró en la habitación. Tenía cara de pocos amigos, igual que cuando se fue. Su mirada se entretuvo momentáneamente en Simon, con una expresión confundida en sus ojos azules.

Jace alzó los ojos.

—¿De vuelta tan pronto?

—No por mucho rato. —Alec estiró el brazo para tomar una manzana de la mesa con una mano enguantada—. Tan sólo regresé por... él —dijo, señalando a Simon con la manzana—. Quieren verlo en el Gard.

Aline estaba sorprendida.

—¿De veras? —dijo, pero Jace se levantaba ya del sofá, zafando su mano de la de ella.

—¿Para qué lo quieren ver? —preguntó, con una serenidad peligrosa—. Espero que lo hayas averiguado antes de comprometerte a llevarlo, al menos.

—Pues claro que pregunté —le dijo Alec—. No soy idiota.

—Ah, bueno —dijo Isabelle, que reapareció en la entrada con Sebastian, que sostenía una botella—. A veces eres un poco idiota, ya lo sabes. Sólo un poquito —repitió a la vez que Alec le lanzaba una mirada asesina.

—Enviarán a Simon de vuelta a Nueva York —dijo—. A través del Portal.

—¡Pero si acaba de llegar aquí! —protestó Isabelle con una mueca—. Eso no es divertido.

—No tiene que ser divertido, Izzy. Que Simon viniera aquí fue un accidente, así que la Clave cree que lo mejor es que regrese a casa.

—Fantástico —dijo Simon—. A lo mejor incluso podré regresar antes de que mi madre note que me fui. ¿Qué diferencia de horario hay entre aquí y Manhattan?

—¿Tienes madre? —Aline parecía atónita.

Simon eligió hacer como si no la hubiera oído.

—En serio —dijo, mientras Alec y Jace intercambiaban una rápida mirada—. Es perfecto. Todo lo que quiero es marcharme de este lugar.

—¿Irás con él? —preguntó Jace a Alec—. ¿Te asegurarás de que todo está bien?

Se miraban el uno al otro de un modo que le era familiar a Simon. Era el modo en que Clary y él a veces se miraban, intercambiando rápidas ojeadas en clave cuando no querían que sus padres supieran lo que planeaban.

—¿Qué? —quiso saber, paseando la mirada de uno al otro—. ¿Qué sucede?

Ambos dejaron de mirarse; Alec se volteó, y Jace dedicó una mirada insulsa y sonriente a Simon.

—Nada —dijo—. Todo está bien. Felicitaciones, vampiro..., te vas a casa.

4

VAMPIRO DIURNO

La noche había caído sobre Alacante cuando Simon y Alec abandonaron la casa de los Penhallow y caminaron colina arriba en dirección al Gard. Las calles de la ciudad eran estrechas y sinuosas, y ascendían como pálidas cintas de piedra bajo la luz de la luna. El aire era frío, aunque Simon sólo lo notaba vagamente.

Alec caminaba en silencio, avanzando a grandes pasos por delante de Simon como si fingiera estar solo. En su vida anterior Simon habría tenido que apresurar el paso, jadeante, para mantenerse a su altura; ahora descubrió que podía ir al ritmo de Alec simplemente acelerando el paso.

—Debe de ser un fastidio —dijo Simon por fin, mientras Alec mantenía la vista al frente con aire reservado—. Tener que cargar con la tarea de escoltarme, quiero decir.

Alec se encogió de hombros.

—Tengo dieciocho años. Soy un adulto, así que tengo que ser la persona que se encargue. Soy el único que puede entrar y salir del Gard cuando la Clave está reunida, y además, el Cónsul me conoce.

—¿Qué es un Cónsul?

—Es como un funcionario de muy alto rango de la Clave. Cuenta los votos del Consejo, interpreta la Ley para la Clave, y los aconseja a ellos y al Inquisidor. Si diriges un Instituto y tropiezas con un problema que no sabes cómo tratar, llamas al Cónsul.

—¿Aconseja al Inquisidor? Pensé... ¿no está muerta la Inquisidora?

Alec lanzó un resoplido.

—Eso es como decir «¿No está muerto el presidente?». Sí, la Inquisidora murió; ahora hay uno nuevo. El Inquisidor Aldertree.

Simon echó un vistazo colina abajo en dirección a la oscura agua de los canales situados muy por debajo. Habían dejado la ciudad tras ellos y marchaban por una calzada estrecha entre umbríos árboles.

—Te diré una cosa, las inquisiciones no le sentaron nada bien a mi gente en el pasado —dijo Simon a Alec, que pareció desconcertado—. No importa. Tan sólo era un chiste mundano sobre la historia. No te interesaría.

—Tú no eres un mundano —señaló Alec—. Por eso a Aline y a Sebastian les emocionaba tanto poder echarte un vistazo. Aunque no es que puedas saberlo con Sebastian; él siempre actúa como si ya lo hubiera visto todo.

Simon habló sin pensar.

—¿Están él e Isabelle...? ¿Hay algo entre ellos?

Aquello arrancó una carcajada a Alec.

—¿Isabelle y Sebastian? Difícilmente. Sebastian es un buen tipo, y a Isabelle sólo le gusta salir con chicos totalmente inapropiados a los que nuestros padres aborrecerían. Mundanos, subterráneos, pillos insignificantes...

—Gracias —dijo Simon—. Me alegro de verme clasificado junto con el elemento criminal.

—Creo que lo hace para llamar la atención —repuso Alec—. Además, es la única chica de la familia, así que tiene que estar siempre demostrando lo fuerte que es. O al menos eso es lo que piensa.

—A lo mejor está intentando desviar la atención de ti —dijo Simon, casi distraídamente—. Ya sabes, como tus padres no saben que eres gay y todo eso.

Alec se detuvo en medio de la calzada tan repentinamente que Simon casi chocó contra él.

—No —dijo—, pero, aparentemente, todos los demás lo saben.

—Excepto Jace —replicó Simon—. Él no lo sabe, ¿verdad?

Alec inspiró profundamente. Estaba pálido, se dijo Simon, aunque quizá sólo fuera la luz de la luna, que le desvanecía el color a todo. Los ojos parecieron negros en la oscuridad.

—En realidad no es asunto tuyo. A menos que intentes amenazarme.

—¿Intentar amenazarte? —Simon se quedó desconcertado—. No estoy...

—Entonces ¿por qué? —dijo Alec, y de improviso había una repentina y aguda vulnerabilidad en su voz que desconcertó a Simon—. ¿Por qué mencionarlo?

—Porque pareces odiarme la mayor parte del tiempo —respondió Simon—. No me lo tomo tan personal, pero lo cierto es que te salvé la vida. Das la impresión de odiar a todo el mundo. Y además, no tenemos prácticamente nada en común. Pero te veo mirando a Jace, y me veo a mí mirando a Clary, e imagino... que quizá sí tenemos algo en común. Y a lo mejor eso podría hacer que yo te desagradara un poco menos.

—¿Así que no se lo vas a contar a Jace? —dijo Alec—. Quiero decir... le contaste a Clary lo que sentías, y...

—Y no fue la mejor de las ideas —respondió Simon—. Ahora me pregunto todo el tiempo cómo volver atrás después de algo así. Si podremos volver a ser amigos alguna vez, o si lo que teníamos se rompió en mil pedazos. No por culpa suya, sino mía. A lo mejor si encontrara a otra persona...

—Otra persona —repitió Alec, que había empezado a caminar otra vez, muy rápido, con la vista fija en la calzada ante él.

Simon apresuró el paso para mantenerse a su altura.

—Ya sabes a lo que me refiero. Por ejemplo, creo que a Magnus Bane le gustas de verdad. Y es un tipo fabuloso. Hace unas fiestas estupendas, por lo menos. Incluso aunque yo acabara convertido en rata aquella vez.

—Gracias por el consejo. —La voz de Alec era seca—. Pero no creo que le guste tanto. Apenas me habló cuando abrió el Portal del Instituto.

—Tal vez deberías llamarlo —sugirió Simon, intentando no pensar demasiado en lo extraño que resultaba aconsejar a un cazador de demonios sobre la posibilidad de salir con un brujo.

—No puedo —dijo Alec—. No hay teléfonos en Idris. Aunque no importa, de todos modos. —Su tono era brusco—. Ya llegamos. Esto es el Gard.

Un muro alto se elevaba frente a ellos, con un par de enormes portones. Tallados con los arremolinados dibujos angulosos de runas, y aunque Simon no podía descifrarlos como Clary, había algo deslumbrante en su complejidad y en la sensación de poder que emanaba de ellos. Las puertas estaban custodiadas por estatuas de ángeles a ambos lados, los rostros feroces y hermosos. Cada uno sostenía una espada tallada en la mano, y una criatura que se retorcía —una mezcla de rata, murciélago y lagarto, con repugnantes dientes puntiagudos— yacía agonizante a sus pies. Simon se quedó mirándolas durante un buen rato. Demonios, imaginó... aunque podían muy bien ser vampiros.

Alec abrió la puerta de un empujón e hizo una seña a Simon para que la cruzara. Una vez dentro, éste pestañeó mirando a su alrededor desconcertado. Desde que se convirtió en vampiro, su visión nocturna se agudizó hasta adquirir una claridad parecida al láser, pero las docenas de antorchas que bordeaban el sendero que conducía a las puertas del Gard estaban hechas de luz mágica, y el crudo resplandor blanco parecía eliminarle el detalle a todo. Era vagamente consciente de que Alec lo guiaba hacia adelante por un estrecho sendero de piedra que brillaba con iluminación reflejante; había alguien parado en el sendero frente a él, cerrándole el paso con un brazo levantado.

—¿Así que éste es el vampiro?

La voz que habló era lo bastante profunda para ser casi un gruñido. Simon alzó la vista pese a que la luz le irritaba los ojos como si le quemara; se habrían llenado de lágrimas si todavía hubiera sido capaz de llorar. «La luz mágica —pensó—, luz de ángel, me quema. Supongo que no es ninguna sorpresa.»

El hombre que estaba de pie ante ellos era muy alto, y tenía una piel cetrina tensada sobre unos prominentes pómulos. Bajo un pelo negro muy corto, la frente era amplia, la nariz aguileña y romana. Su expresión mientras bajaba la mirada hacia Simon era la de un usuario del metro que contempla una rata enorme que corre de un lado a otro por las vías, medio esperando que llegue un tren y la aplaste.

—Éste es Simon —dijo Alec, con cierto aire vacilante—. Simon, éste es el Cónsul Malachi Dieudonné. ¿Está listo el Portal, señor?

—Sí —respondió Malachi; su voz era áspera y mostraba un leve acento—. Todo está listo. Vamos, subterráneo. —Hizo una seña a Simon—. Cuanto antes termine esto, mejor.

Simon se proponía ir hacia el oficial en jefe, pero Alec lo detuvo posando una mano sobre su brazo.

—Sólo un momento —dijo, dirigiéndose al Cónsul—. ¿Lo enviarán directamente a Manhattan? ¿Y habrá alguien esperándolo al otro lado?

—Por supuesto —respondió Malachi—. El brujo Magnus Bane. Puesto que imprudentemente fue quien permitió que el vampiro entrara en Idris, se hizo responsable de su regreso.

—Si Magnus no lo hubiera dejado que cruzara el Portal, Simon habría muerto —replicó Alec, con cierta aspereza.

—Tal vez —dijo Malachi—. Eso es lo que tus padres dicen, y la Clave eligió creerles. En contra de mi consejo, de hecho. Con todo, uno no trae subterráneos a la Ciudad de Cristal a la ligera.

—No fue a propósito. —La ira invadió el pecho de Simon—. Nos atacaban...

Malachi miró a Simon.

—Hablarás cuando se te hable, subterráneo, no antes.

La mano de Alec se cerró con más fuerza sobre el brazo de Simon. Había una expresión en su rostro... entre vacilante y suspicaz, como si dudara de lo acertado de conducir a Simon allí después de todo.

—¡Pero bueno, Cónsul, por favor!

La voz que sonó a través del patio era aguda, ligeramente entrecortada; Simon comprobó con cierta sorpresa que pertenecía a un hombre... un hombre menudo y regordete que avanzaba apresuradamente por el sendero hacia ellos. Llevaba una holgada capa gris sobre la indumentaria de cazador de sombras, y su cabeza calva brillaba bajo la luz mágica.

—No hay necesidad de alarmar a nuestro invitado.

—¿Invitado? —Malachi parecía indignado.

El hombrecillo se detuvo ante Alec y Simon y le sonrió radiante.

—Nos alegramos tanto... nos sentimos complacidos en realidad... de que decidieras cooperar con nuestra petición de regresar a Nueva York. Hace todo mucho más fácil.

Guiñó un ojo a Simon, que le devolvió la mirada confuso. No creía haber conocido jamás a un cazador de sombras que pareciera complacido de verlo; ni cuando era un mundano, ni definitivamente ahora que era un vampiro.

—¡Ah, casi lo olvidaba! —El hombrecillo se dio una palmada en la frente, compungido—. Debí presentarme. Soy el Inquisidor... el nuevo Inquisidor. Inquisidor Aldertree es mi nombre.

Aldertree le tendió la mano a Simon y, en medio de la confusión, Simon la tomó.

—Y tú. ¿Tu nombre es Simon?

—Sí —dijo Simon, retirando la mano tan pronto como pudo pues el apretón de Aldertree era desagradablemente húmedo y sudoroso—. No hay necesidad de agradecerme nada. Todo lo que quiero es ir a casa.

—¡Estoy seguro de eso, estoy seguro de eso!

Aunque el tono de Aldertree era jovial, algo pasó raudo por su rostro mientras hablaba..., una expresión que Simon no consiguió definir. Desapareció en un instante, mientras Aldertree sonreía e indicaba en dirección a un sendero estrecho que zigzagueaba junto al Gard.

—Por aquí, Simon, si eres tan amable.

Simon avanzó, y Alec se proponía seguirlo. El Inquisidor levantó una mano.

—Eso es todo, Alexander. Gracias por tu ayuda.

—Pero Simon... —empezó Alec.

—Estará perfectamente —le aseguró el Inquisidor—. Malachi, por favor, acompaña a Alexander afuera. Y dale una piedra runa de luz mágica para que le ayude a regresar a casa si no trajo ninguna. El sendero puede ser traicionero por la noche.

Y con otra sonrisa beatífica, se llevó rápidamente a Simon, mientras Alec los seguía fijamente con la mirada.

El mundo llameó alrededor de Clary en una masa borrosa casi tangible mientras Luke cruzaba con ella el umbral de la casa y recorrían un largo pasillo, precedidos de Amatis, que avanzaba presurosa con su luz mágica. Delirando, la muchacha miró con ojos desorbitados cómo el corredor se desplegaba ante ella, alargándose más y más como un pasillo en una pesadilla.

El mundo se tumbó de lado. De improviso descansaba sobre una superficie fría, y unas manos alisaban una manta sobre ella. Unos ojos azules la contemplaron.

—Parece muy enferma, Lucian —dijo Amatis, en una voz que sonaba deformada y distorsionada como un disco antiguo—. ¿Qué le pasó?

—Bebió aproximadamente la mitad del lago Lyn.

El sonido de la voz de Luke se desvaneció, y por un momento la visión de Clary se despejó: yacía sobre el frío suelo de baldosas de una cocina, y en algún lugar por encima de su cabeza Luke rebuscaba en un armarito. La cocina tenía paredes amarillas cuarteadas y una anticuada estufa negra de hierro colado contra una pared; brincaban llamas tras la rejilla de la estufa que le hirieron los ojos.

—Anís, belladona, eléboro... —Luke se apartó del armarito con los brazos llenos de botes de cristal—. ¿Puedes hervir todo esto junto, Amatis? Voy a acercarla a los fogones. Está tiritando.

Clary intentó hablar, decir que no necesitaba que le dieran calor, que estaba ardiendo, pero los sonidos que brotaron de su boca no fueron los que quería. Se oyó a sí misma gimotear mientras Luke la levantaba, y a continuación sintió un calor que derretía su costado izquierdo; ni siquiera se había dado cuenta de que estaba helada. Los dientes le castañetearon violentamente, y notó el sabor a sangre en la boca. El mundo empezó a temblar a su alrededor como agua agitada en un vaso.

—¿El lago de los Sueños?

La voz de Amatis estaba llena de incredulidad. Clary no podía verla claramente, pero parecía estar parada cerca de los fogones, con una cuchara de madera de mango largo en la mano.

—¿Qué estaban haciendo allí? ¿Sabe Jocelyn dónde...?

Y el mundo desapareció, o al menos el mundo real, la cocina con las paredes amarillas y el reconfortante fuego tras la rejilla. En su lugar vio las aguas del lago Lyn, con fuego reflejado en ellas como si lo hiciera en la superficie de un trozo de cristal pulido. Andaban ángeles por el cristal..., ángeles con alas blancas que colgaban ensangrentadas y rotas de sus espaldas, y cada uno de ellos tenía el rostro de Jace. Y luego había otros ángeles, con alas de negra sombra, que acercaban las manos al fuego y reían...

—No deja de llamar a su hermano. —La voz de Amatis sonó hueca, como filtrándose hacia abajo desde una altura imposible—. Está con los Lightwood, ¿verdad? Se hospedan con los Penhallow en la calle Princewater. Podría...

—No —dijo Luke, tajante—. No. Es mejor que Jace no lo sepa.

«¿Llamé a Jace? ¿Por qué tendría que hacerlo?», se preguntó Clary, pero el pensamiento duró poco; la oscuridad regresó, y las alucinaciones volvieron a apropiarse de ella. En esta ocasión soñó con Alec e Isabelle; ambos parecían haber librado una batalla feroz, y sus rostros estaban surcados de mugre y lágrimas. Entonces desaparecieron, y soñó con un hombre sin rostro con alas negras que le brotaban de la espalda como las de un murciélago. Fluía sangre de su boca cuando sonreía. Rezando para que las visiones desaparecieran, Clary cerró los ojos con fuerza...

Pasó mucho tiempo antes de que emergiera de nuevo el sonido de las voces de su alrededor.

—Bebe esto —le dijo Luke—. Clary, tienes que beber esto. —Y a continuación sintió unas manos en la espalda y le vertieron líquido en la boca desde un trapo empapado.

Sabía amargo y horrible y se atragantó y medio asfixió con él, pero las manos que sujetaban su espalda eran firmes. Tragó, pese al dolor de la inflamada garganta.

—Eso es —dijo Luke—. Eso es, esto debería hacerte sentir mejor.

Clary abrió los ojos despacio. Arrodillados junto a ella estaban Luke y Amatis, cuyos ojos, de un azul casi idéntico a los del hombre lobo mostraban una preocupación equiparable. Echó una ojeada detrás de ellos y no vio nada; ni ángeles ni demonios con alas de murciélago, únicamente paredes amarillas y una tetera de color rosa pálido en precario equilibrio sobre un alféizar.

—¿Voy a morir? —musitó.

Luke sonrió con expresión macilenta.

—No; tardarás un poco en volver a estar en forma, pero... sobrevivirás.

—Bueno.

Estaba demasiado agotada para sentir cualquier cosa, aunque fuera alivio. Parecía como si le hubieran extraído los huesos y le hubieran dejado sólo un traje flácido de piel. Mirando arriba somnolienta por entre las pestañas, dijo, casi sin pensar.

—Tus ojos son iguales.

Luke pestañeó.

—¿Iguales a qué?

—A los de ella —respondió Clary, dirigiendo la adormilada mirada a Amatis, que parecía perpleja—. El mismo azul.

Una leve sonrisa asomó al rostro de Luke.

—Bueno, no es tan sorprendente, si lo piensas —dijo—. No tuve oportunidad de presentarte adecuadamente antes. Clary, ésta es Amatis Herondale. Mi hermana.

El Inquisidor calló en cuanto Alec y el oficial en jefe ya no pudieron oírlos. Simon lo siguió por un estrecho sendero iluminado con luz mágica, intentando no bizquear debido a la luz. Era consciente de la presencia del Gard izándose a su alrededor como el costado de un barco elevándose del océano; brillaban luces en las ventanas que teñían el cielo con una luz plateada. También había ventanas bajas, colocadas a nivel del suelo. Algunas tenían barrotes, y no había más que oscuridad dentro.

Por fin llegaron a una puerta de madera colocada en una arcada de un costado del edificio. Aldertree se acercó para soltar el cerrojo, y a Simon se le hizo un nudo en el estómago. La gente, como advertía desde que se convirtió en vampiro, emanaba un aroma que cambiaba según el estado de ánimo. El Inquisidor apestaba a algo amargo y fuerte como café, pero mucho más desagradable. Simon sintió el picor en la barbilla que indicaba que los colmillos deseaban salir, y retrocedió ante el Inquisidor cuando éste cruzó la puerta.

El pasillo del otro lado era largo y blanco, casi como un túnel, como si hubiera sido excavado en roca blanca. El Inquisidor lo recorrió con paso rápido, su luz mágica rebotando resplandeciente en las paredes. Para ser un hombre de piernas tan cortas se movía con extraordinaria rapidez, girando la cabeza de lado a lado al andar, mientras la nariz se arrugaba como si olfateara el aire. Simon tuvo que acelerar para mantenerse a su altura cuando pasaron ante un conjunto de enormes puertas dobles, abiertas de par en par como alas. En la habitación situada al otro lado, Simon pudo ver un anfiteatro con una hilera tras otra de sillas en él, cada una ocupada por un cazador de sombras vestido de negro. Resonaban voces en las paredes, muchas de ellas elevadas en tono colérico, y Simon captó partes de la conversación al pasar, aunque las palabras se volvían confusas a medida que los oradores se solapaban unos con otros.

—Pero no tenemos pruebas de lo que Valentine quiere. No le comunicó sus deseos a nadie...

—¿Qué importa lo que quiera? Es un renegado y un mentiroso; ¿realmente crees que cualquier intento de apaciguarlo nos acabaría beneficiando?

—¿Saben que una patrulla encontró el cuerpo sin vida de una cría de hombre lobo en las afueras de Brocelind? Sin una gota de sangre. Parece ser que Valentine completó el Ritual aquí en Idris.

—Con dos Instrumentos Mortales en su posesión, es más poderoso de lo que cualquier nefilim por sí solo tiene derecho a ser. Puede que no tengamos elección...

—¡Mi primo murió en ese barco en Nueva York! ¡Ni hablar de dejar que Valentine se quede tan tranquilo después de lo que ya hizo! ¡Debe haber castigo!

Simon vaciló, curioso por oír más, pero el Inquisidor zumbaba a su alrededor como una abeja gorda e irritable.

—Vamos, vamos —dijo, balanceando la luz mágica ante él—. No tenemos mucho tiempo que perder. Debería regresar a la reunión antes de que termine.

De mala gana, Simon permitió que el Inquisidor lo empujara pasillo adelante, con la palabra «castigo» resonándole en los oídos. El recordatorio de aquella noche en el barco resultaba gélido y desagradable. Cuando llegaron a una puerta tallada con una única y escueta runa negra, el Inquisidor sacó una llave y la abrió, haciendo pasar a Simon al interior con un amplio gesto de bienvenida.

La habitación del otro lado estaba vacía, decorada con un único tapiz que mostraba un ángel saliendo de un lago, sujetando una espada en una mano y una copa en la otra. Haber visto tanto la Copa como la Espada antes distrajo por un momento a Simon. Hasta que no oyó el chasquido de un cerrojo al cerrarse no reparó en que el Inquisidor echó el pasador a la puerta tras él, encerrándolos a ambos dentro.

Simon paseó la mirada a su alrededor. No había mobiliario en la habitación aparte de un banco con una mesa baja junto a él. Una decorativa campana de plata descansaba sobre la mesa.

—El Portal... ¿está aquí? —preguntó con aire vacilante.

—Simon, Simon. —Aldertree se frotó las manos como anticipando una fiesta de cumpleaños u otro acontecimiento jubiloso—. ¿Realmente tienes tanta prisa por irte? Hay unas cuantas preguntas que esperaba hacerte primero...

—De acuerdo. —Simon se encogió de hombros, incómodo—. Pregunte lo que quiera, supongo.

—¡Qué cooperador eres! ¡Qué encantador! —Aldertree sonrió radiante—. Veamos, ¿cuánto hace exactamente que eres un vampiro?

—Unas dos semanas.

—¿Y cómo sucedió? ¿Te atacaron en la calle, o tal vez en tu cama durante la noche? ¿Sabes quién te convirtió?

—Bueno..., no exactamente.

—Pero ¡muchacho! ¿Cómo puedes no saber algo como eso?

Su mirada fue franca y curiosa. Parecía tan inofensivo, se dijo Simon. Como el abuelo o el tío divertido de alguien. Simon debió imaginar aquel olor curioso.

—En realidad no fue tan simple —dijo, y pasó a explicar sus dos viajes al Dumort, uno bajo la forma de una rata y el otro bajo una compulsión tan fuerte que era como si unas tenazas gigantes lo tuvieran aferrado y lo condujeran directamente a donde querían que fuera—. Y entonces —finalizó—, en cuanto entré por la puerta del hotel, me atacaron; no sé cuál de ellos fue el que me convirtió, o si fueron todos ellos de algún modo.

El Inquisidor rió divertido.

—Vaya, vaya. Eso no es nada bueno. Eso es muy perturbador.

—Eso es lo que pensé yo —reconoció Simon.

—A la Clave no le gustará.

—¿Qué? —Simon se sintió perplejo—. ¿Qué le importa a la Clave el modo en que me convertí en vampiro?

—Bueno, una cosa sería que te hubieran atacado —dijo Aldertree a modo de excusa—. Pero tú fuiste allí y, bueno, te entregaste a los vampiros, ¿comprendes? Parece que quisieras ser uno de ellos.

—¡Yo no quería ser uno de ellos! ¡No fui al hotel por eso!

—Claro, claro. —La voz de Aldertree era tranquilizadora—. Pasemos a otro tema, ¿te parece? —Sin esperar una respuesta, prosiguió—: ¿Cómo es que los vampiros te permitieron sobrevivir para volver a levantarte, joven Simon? Considerando que entraste sin autorización en su territorio, su procedimiento normal habría sido alimentarse de ti hasta que murieras, y luego quemar tu cuerpo para impedir que te levantaras.

Simon abrió la boca para contestar, para contar al Inquisidor cómo Raphael lo llevó al Instituto, y cómo Clary, Jace e Isabelle lo trasladaron al cementerio y velaron por él mientras se desenterraba de su propia sepultura. Luego vaciló. Tenía sólo una vaga idea sobre el modo como funcionaba la Ley, pero de algún modo dudaba que fuera un procedimiento reglamentario cuidar de vampiros mientras se levantaban de su tumba, o proporcionarles sangre para su primera comida.

—No lo sé —dijo—. No tengo ni idea de por qué me convirtieron en lugar de matarme.

—Pero uno de ellos tuvo que dejarte beber su sangre, o no serías... bueno, lo que eres hoy. ¿Me estás diciendo que no sabes quién fue tu progenitor vampiro?

«¿Mi progenitor vampiro?» Simon jamás lo consideró de aquel modo; la sangre de Raphael fue a parar a su boca casi por accidente. Y era difícil pensar en el joven vampiro como un progenitor de cualquier clase. Raphael parecía más joven que Simon.

—Me temo que no.

—Cielos. —El Inquisidor lanzó un suspiro—. Es de lo más desafortunado.

—¿Qué es desafortunado?

—Que me mientas, muchacho. —Aldertree sacudió la cabeza—. Y yo que esperaba que cooperarías. Esto es terrible, simplemente terrible. ¿No te plantearías contarme la verdad? ¿Como un favor?

—¡Estoy diciendo la verdad!

El Inquisidor se encorvó igual que una flor sin agua.

—Es una lástima. —Volvió a suspirar—. Una lástima.

Cruzó la habitación y golpeó vivamente con los nudillos en la puerta, meneando todavía la cabeza.

—¿Qué sucede? —La voz de Simon se tiñó de alarma y confusión—. ¿Qué pasa con el Portal?

—¿El Portal? —Aldertree emitió una risita tonta—. No creerías en serio que iba a dejarte marchar así como así, ¿verdad?

Antes de que Simon pudiera responder, la puerta se abrió de golpe y cazadores de sombras vestidos de negro entraron en tropel en la estancia, agarrándolo. Él forcejeó mientras fuertes manos se cerraban alrededor de sus brazos. Le colocaron una capucha en la cabeza, cegándolo, y él pateó en la oscuridad; su pie alcanzó a alguien y escuchó una palabrota.

Lo jalaron violentamente hacia atrás; una voz airada le murmuró al oído:

—Vuelve a hacer eso, vampiro, y derramaré agua bendita en tu garganta y contemplaré cómo mueres vomitando sangre.

—¡Es suficiente! —La fina voz preocupada del Inquisidor se elevó como un globo—. ¡No habrá más amenazas! Sólo intento dar una lección a nuestro invitado. —Debió adelantarse, porque Simon volvió a oler aquel aroma extraño y amargo, amortiguado bajo la capucha—. Simon, Simon —dijo Aldertree—. Realmente me gustó mucho

97

conocerte. Espero que una noche en las celdas del Gard tenga el efecto deseado y por la mañana te muestres un poco más cooperador. Todavía veo un futuro brillante para nosotros, cuando hayamos superado este pequeño tropiezo. —La mano descendió sobre el hombro de Simon—. Llévenlo abajo, nefilim.

Simon gritó con todas sus fuerzas, pero los gritos fueron amortiguados por la capucha. Los cazadores de sombras lo arrastraron fuera de la habitación y lo hicieron recorrer lo que le pareció una interminable serie de pasillos laberínticos, que serpenteaban y giraban. Finalmente, llegaron a una escalera y lo hicieron bajar por ella a empujones, mientras sus pies resbalaban en los escalones. Era incapaz de saber dónde estaban... salvo que había un olor bochornoso y siniestro alrededor de todos ellos, como a piedra húmeda, y que el aire se tornaba más húmedo y frío a medida que bajaban.

Por fin se detuvieron. Se oyó un sonido chirriante, como de hierro arrastrado sobre piedra, y Simon fue arrojado adentro y cayó sobre manos y rodillas en el duro suelo. Se oyó un sonoro chasquido metálico, como el de una puerta cerrándose de golpe, y luego se oyó el sonido de pasos que se alejaban, el eco de botas sobre piedra tornándose más débil mientras Simon se incorporaba tambaleante. Se arrancó la capucha de la cabeza y la arrojó al suelo. La sensación pesada, ardiente y sofocante que le rodeaba el rostro desapareció, y contuvo el impulso de dar boqueadas... Él no necesitaba respirar. Sabía que no era más que un acto reflejo, pero el pecho le dolía como si realmente le hubiera faltado el aire.

Se encontraba en una desnuda habitación cuadrada de piedra, con tan sólo una única ventana con barrotes empotrados en la pared por encima de la pequeña cama de aspecto duro. Al otro lado de una puerta baja Simon pudo ver un diminuto cuarto de baño con un lavabo y un excusado. La pared oeste también tenía barrotes, gruesos barrotes que parecían de hierro y que iban del suelo al techo, profundamente hundidos en el suelo. Una puerta de hierro sujeta con bisagras, hecha también de barrotes, estaba colocada en la pared; tenía una manija de latón, sobre cuya superficie había tallada una tupida runa negra. De hecho, había runas talladas en todos los barrotes; incluso los barrotes de la ventana estaban envueltos con delgados trazos de ellas.

Aunque sabía que la puerta de la celda tenía que estar cerrada con llave, Simon no pudo contenerse; cruzó la sala con grandes pasos y agarró la manija. Un dolor abrasador le recorrió la mano como un lanzazo. Gritó y la retiró violentamente, mirándola con ojos desorbitados. Finas volutas de humo salían de la palma quemada; un complicado dibujo había quedado marcado en la carne. Parecía un pequeña Estrella de David dentro de un círculo, con delicadas runas dibujadas en cada uno de los espacios entre las líneas.

El dolor era insoportable. Simon cerró la mano sobre sí misma a la vez que un grito ahogado se elevaba hasta sus labios.

—¿Qué es esto? —musitó, sabiendo que nadie podía oírlo.

—Es el Sello de Salomón —dijo una voz—. Contiene, según afirman ellos, uno de los Auténticos Nombres de Dios. Repele a los demonios... y a los de tu clase también, al ser un objeto de tu fe.

Simon se levantó con una sacudida, casi olvidando el dolor de la mano.

—¿Quién está ahí? ¿Quién dijo eso?

Hubo una pausa.

—Estoy en la celda situada junto a la tuya, vampiro diurno —dijo la voz, que era masculina, adulta, ligeramente ronca—. Los guardias se pasaron aquí la mitad del día hablando sobre cómo mantenerte encerrado. Así que yo no me molestaría en intentar abrirla. Será mejor que ahorres fuerzas hasta que descubras qué quiere la Clave de ti.

—No pueden retenerme aquí —protestó Simon—. No pertenezco a este mundo. Mi familia se dará cuenta de que desaparecí... Mis profesores...

—Se han ocupado de eso. Existen hechizos muy simples... incluso un brujo principiante puede utilizarlos... que proporcionarán a tus padres la ilusión de que existe una razón perfectamente legítima para tu ausencia. Un viaje escolar. Una visita a la familia. Puede hacerse. —No había amenaza en la voz, y tampoco pesar; era realista—. ¿En serio crees que nunca antes han hecho desaparecer a un subterráneo?

—¿Quién eres? —La voz de Simon se resquebrajó—. ¿Eres un subterráneo también? ¿Es aquí donde nos encierran?

En esa ocasión no obtuvo respuesta. Simon volvió a gritar, pero su vecino decidió que había dicho todo lo que quería decir. Nada respondió a los gritos de Simon salvo el silencio.

El dolor de la mano se había desvanecido. Al bajar la mirada, Simon vio que la piel ya no parecía quemada, pero la marca del Sello estaba impresa en la palma como si la hubieran dibujado con tinta. Volvió a mirar los barrotes de la celda. Reparó entonces en que no todas las runas eran runas: talladas entre ellas había Estrellas de David y frases de la Torá en hebreo. Los grabados parecían nuevos.

«Los guardias se pasaron aquí la mitad del día hablando sobre cómo mantenerte encerrado», dijo la voz.

No se trataba solamente de que fuera un vampiro, sino también de que era judío. Pasaron la mitad del día grabando el Sello de Salomón en aquella manija de puerta para que lo quemara cuando la tocara. Necesitaron todo ese tiempo para volver los artículos de su fe en su contra.

Por algún motivo, comprenderlo arrebató a Simon el resto del aplomo que le quedaba. Se dejó caer sobre la cama y hundió la cabeza entre las manos.

La calle Princewater estaba oscura cuando Alec regresó del Gard; las ventanas de las casas permanecían cerradas con los postigos y apagadas, y únicamente alguna que otra farola de luz mágica proyectaba un charco de iluminación blanca sobre los adoquines. La casa de los Penhallow era la más iluminada de la manzana; brillaban velas en las ventanas y la puerta principal estaba ligeramente entreabierta y dejaba salir una franja de luz amarilla que se curvaba a lo largo del sendero.

Jace estaba sentado en el muro bajo de piedra que bordeaba el jardín delantero de los Penhallow, con los cabellos muy brillantes bajo la luz de la farola más cercana. Levantó la mirada al acercarse Alec, y se estremeció un poco. Llevaba sólo una chamarra fina, como advirtió Alec, y había refrescado desde la puesta del sol. El olor a rosas tardías flotaba en el aire gélido como un tenue perfume.

Alec se dejó caer sobre la pared junto a Jace.

—¿Estuviste aquí esperándome todo este tiempo?

—¿Quién dice que te estoy esperando?

—Todo salió perfectamente, si es lo que te preocupaba. Dejé a Simon con el Inquisidor.

—¿Lo dejaste? ¿No te quedaste para asegurarte de que todo saliera bien?

—Todo salió perfectamente —repitió Alec—. El Inquisidor dijo que lo llevaría adentro personalmente y lo enviaría de vuelta...

—«El Inquisidor dijo, el Inquisidor dijo» —interrumpió Jace—. La última Inquisidora que conocimos abusó totalmente de su autoridad... Si no hubiera muerto, la Clave la habría relevado de su puesto, quizás incluso la habría maldecido. ¿Quién puede decir que este Inquisidor no sea también un loco?

—Parecía digno de confianza —dijo Alec—. Simpático, incluso. Se mostró de lo más educado con Simon. Mira, Jace..., así es como funciona la Clave. No nos es posible controlar todo lo que sucede. Pero tienes que confiar en ellos, porque de lo contrario todo se convierte en un caos.

—Pero ellos metieron mucho la pata recientemente; eso tienes que admitirlo.

—Es posible —repuso Alec—, pero si empiezas a pensar que sabes más que la Clave y que estás por encima de la Ley, ¿qué te hace mejor que un Inquisidor? ¿O mejor que Valentine?

Jace se estremeció. Parecía como si Alec lo hubiera golpeado, o algo peor.

A Alec se le cayó el alma a los pies.

—Lo siento. —Extendió una mano—. No quería decir que...

Un haz de brillante luz amarilla atravesó el jardín repentinamente. Alec levantó la vista y se encontró con Isabelle enmarcada en la abierta puerta principal, rodeada de luz. Era sólo una silueta, pero pudo darse cuenta por sus manos en la cintura de que estaba enojada.

—¿Qué están haciendo ustedes dos aquí? —llamó—. Todo el mundo se pregunta dónde están.

Alec volteó de nuevo hacia su amigo.

—Jace...

Pero éste, poniéndose en pie, hizo caso omiso de la mano extendida de Alec.

—Será mejor que tengas razón respecto a la Clave —fue todo lo que dijo.

Alec contempló cómo Jace regresaba con paso majestuoso a la casa. Motu proprio, la voz de Simon regresó a su mente. «Ahora me pregunto todo el tiempo cómo volver atrás después de algo así. Si podremos volver a ser amigos alguna vez, o si lo que teníamos se rompió en mil pedazos. No por culpa suya, sino mía.»

La puerta principal se cerró, y Alec se quedó sentado en el tenuemente iluminado jardín, a solas. Cerró los ojos por un momento, y la imagen de un rostro flotó tras los párpados. No era el rostro de Jace, por una vez. Los ojos de aquella cara eran verdes, con pupilas rasgadas. Ojos de gato.

Abrió los ojos, metió la mano en su bolsa y sacó una pluma y un pedazo de papel, arrancado del cuaderno de espiral que usaba como diario. Escribió unas pocas palabras en él y luego, con su estela, trazó la runa que significaba fuego al final de la hoja. Ardió más de prisa de lo que pensaba; soltó el papel mientras se quemaba, y éste flotó en el aire como una libélula. Pronto todo lo que quedó de él fue un fino montón de cenizas en el aire que se esparcía como polvillo blanco por los rosales.

5

UN PROBLEMA DE MEMORIA

La luz de la tarde despertó a Clary cuando un haz de pálida claridad se posó directamente sobre su cara, iluminándole la parte interior de los párpados hasta alcanzar un rosa intenso. Se removió nerviosamente y abrió los ojos con precaución.

La fiebre había desaparecido, y también la sensación de que los huesos se le estaban derritiendo y rompiendo dentro del cuerpo. Se incorporó en la cama y miró alrededor con ojos curiosos. Estaba en lo que debía de ser la habitación de invitados de Amatis; era pequeña, pintada de blanco, y la cama estaba cubierta con una manta de retazos de brillantes colores. Había cortinas de encaje corridas sobre ventanas redondas que dejaban entrar círculos de luz. Se sentó en la cama despacio, esperando verse invadida por una sensación de mareo, pero no sucedió nada. Se sentía perfectamente saludable, incluso muy descansada. Abandonó la cama y se contempló. Alguien le había puesto una almidonada pijama blanca, aunque ahora estaba arrugada y era demasiado grande para ella; las mangas colgaban cómicamente por encima de los dedos.

Se acercó a una de las ventanas circulares y miró fuera. Casas amontonadas de piedra de color oro viejo se elevaban por la ladera de una colina, y los tejados daban la impresión de estar cubiertos con piedritas de bronce. Aquel lado de la casa estaba de espaldas al canal, daba a un estrecho jardín lateral que el otoño estaba volviendo marrón y dorado. Un enrejado trepaba por el costado de la casa; una última rosa colgaba de él, dejando caer pétalos marchitos.

La manija de la puerta vibró, y Clary volvió rápidamente a la cama justo antes de que Amatis entrara sosteniendo una bandeja en las manos. Enarcó las cejas al ver que Clary estaba despierta, pero no dijo nada.

—¿Dónde está Luke? —preguntó Clary, arropándose bien con la manta para estar más abrigada.

Amatis depositó la bandeja sobre la mesa junto a la cama. Había un tazón de algo caliente en ella, y algunas rebanadas de pan untado con mantequilla.

—Deberías comer algo —dijo—. Te sentirás mejor.

—Me siento muy bien —respondió Clary—. ¿Dónde está Luke?

Había una silla de respaldo alto junto a la mesa; Amatis se sentó en ella, cruzó las manos sobre el regazo, y contempló a Clary con calma. A la luz del día, la muchacha pudo ver con más claridad las arrugas de su rostro; parecía mayor que la madre de Clary con una diferencia de muchos años, aunque no podían llevarse tanto. Los cabellos castaños estaban salpicados de canas, los ojos bordeados de un rosa oscuro, como si hubiera estado llorando.

—No está aquí.

—¿Acaba de bajar a la bodega de al lado en busca de un paquete de seis latas de cola *light* y una caja de cereales, o...?

—Se fue esta mañana, cerca del amanecer, después de velarte toda la noche. No dijo adónde iba. —El tono de Amatis era seco, y si Clary no se hubiera sentido tan desdichada, podría haberla divertido advertir que eso la hacía sonar aún más parecida a Luke—. Cuando vivía aquí, antes de abandonar Idris, después de que lo... cambiaran... lideraba una manada de lobos que tenía su hogar en el bosque Brocelind. Dijo que iba a regresar con ellos, pero no quiso decir por qué o durante cuánto tiempo... únicamente que regresaría en unos cuantos días.

—¿Me dejó aquí? ¿Se supone que debo quedarme aquí sentada y esperarlo?

—Bueno, desde luego no podía llevarte con él, ¿verdad? —preguntó Amatis—. Y no te será fácil ir a casa. Infringiste la Ley al venir aquí como lo hiciste, y la Clave no pasará eso por alto, ni será generosa respecto a dejarte marchar.

—No quiero ir a casa. —Clary intentó serenarse—. Vine aquí a... a reunirme con alguien. Tengo algo que hacer.

—Luke me lo contó —dijo Amatis—. Deja que te informe de algo: únicamente encontrarás a Ragnor Fell si él quiere que lo encuentres.

—Pero...

—Clarissa. —Amatis la contempló especulativamente—. Estamos esperando un ataque de Valentine en cualquier momento. Casi todos los cazadores de sombras de Idris están aquí en la ciudad, dentro de las salvaguardas. Permanecer en Alacante es lo más seguro para ti.

Clary se quedó sentada totalmente inmóvil. Pensando de un modo racional, las palabras de Amatis tenían sentido, pero no hacían gran cosa para acallar la voz de su interior que gritaba que no podía esperar. Tenía que encontrar a Ragnor Fell ya. Reprimió el pánico que sentía e intentó hablar con tranquilidad.

—Luke nunca me contó que tuviera una hermana.

—No —dijo Amatis—; claro. No estábamos... unidos.

—Luke dijo que tu apellido era Herondale —siguió Clary—. Pero ése era el apellido de la Inquisidora, ¿no?

—Sí era —dijo Amatis, y su rostro se tensó como si las palabras la apenaran—. Era mi suegra.

¿Qué era lo que Luke había contado a Clary sobre la Inquisidora? Que había tenido un hijo que se había casado con una mujer con «conexiones familiares indeseables».

—¿Estuviste casada con Stephen Herondale?

Amatis pareció sorprendida.

—¿Sabes quién era?

—Sí... Luke me lo dijo..., pero yo pensaba que su esposa había muerto. Pensé que ése era el motivo de que la Inquisidora fuera una persona tan... —«Horrible», quiso decir, pero le pareció cruel hacerlo—. Amargada —dijo por fin.

Amatis estiró el brazo hacia el tazón que había llevado; la mano tembló un poco mientras lo levantaba.

—Sí, murió. Se mató. Ésa fue Céline, la segunda esposa de Stephen. Yo fui la primera.

—¿Se divorciaron?

—Algo parecido. —Amatis tendió bruscamente el tazón a Clary—. Oye, bebe esto. Tienes que ponerte algo en el estómago.

Trastornada, Clary tomó el tazón y engulló un trago caliente. El líquido del interior era suculento y salado; no era té, como había pensado, sino sopa.

—De acuerdo —dijo—. ¿Qué pasó?

Amatis miraba a lo lejos.

—Estábamos en el Círculo, Stephen y yo, junto con todos los demás. Cuando Luke fue... Cuando le sucedió lo que le sucedió, Valentine necesitó un nuevo lugarteniente. Eligió a Stephen. Y cuando eligió a Stephen, decidió que tal vez no sería apropiado que la esposa de su amigo más íntimo y consejero fuera alguien cuyo hermano era...

—Un hombre lobo.

—Él usó otra palabra. —Amatis sonó resentida—. Convenció a Stephen para que anulara nuestro matrimonio y se buscara otra esposa, una que Valentine eligió para él. Céline era tan joven..., tan absolutamente obediente.

—Eso es horrible.

Amatis sacudió la cabeza con una carcajada crispada.

—Fue hace mucho tiempo. Stephen era buena persona, supongo..., me dio esta casa y volvió a instalarse en la casa solariega de los Herondale con sus padres y Céline. Jamás volví a verlo después de eso. Abandoné el Círculo, desde luego. Ya no me habrían querido. La única de ellos que seguía visitándome era Jocelyn. Incluso me contó que fue a ver a Luke... —Se apartó los canosos cabellos tras las orejas—. Me enteré de la muerte de Stephen días después de que sucediera. Y Céline... La había odiado, pero sentí lástima por ella entonces. Se cortó las muñecas, dicen... Había sangre por todas partes... —Inspiró profundamente—. Vi a Imogen más tarde en el funeral de Stephen, cuando pusieron su cuerpo en el mausoleo de los Herondale. Ni siquiera pareció reconocerme. La hicieron Inquisidora no mucho después de eso. La Clave consideró que nadie habría perseguido a los antiguos miembros del Círculo más despiadadamente de como ella lo hizo..., y tenían razón. De haber podido quitarse el recuerdo de Stephen lavándolo con la sangre de aquellas personas, lo habría hecho.

Clary pensó en los ojos fríos de la Inquisidora, la fija mirada dura e intolerante, e intentó sentir lástima por ella.

—Creo que la volvió loca —dijo—. Realmente loca. Fue horrible conmigo, pero principalmente con Jace. Era como si quisiera verlo muerto.

—Eso tiene sentido —repuso Amatis—. Tú te pareces a tu madre, y tu madre te crió, pero tu hermano... —Ladeó la cabeza—. ¿Se parece tanto a Valentine como te pareces tú a tu madre?

—No —dijo Clary—; Jace sólo se parece a sí mismo. —Un escalofrío la recorrió al pensar en Jace—. Está aquí en Alacante —dijo, pensando en voz alta—. Si pudiera verlo...

—No. —Amatis habló con aspereza—. No puedes abandonar la casa. Ni ver a nadie. Y menos a tu hermano.

—¿No puedo abandonar la casa? —Clary estaba horrorizada—. ¿Quieres decir que estoy confinada aquí? ¿Como una prisionera?

—Es sólo durante un día o dos —la reprendió Amatis—, y además, no estás bien. Necesitas recuperarte. El agua del lago casi te mató.

—Pero Jace...

—Es uno de los Lightwood. No puedes ir allí. En cuanto te vean, contarán a la Clave que estás aquí. Y entonces no serás la única que tendrá problemas con la Ley. Luke también los tendrá.

«Pero los Lightwood no me delatarían con la Clave. Ellos no harían eso...»

Las palabras se ahogaron en sus labios. No había modo de convencer a Amatis de que los Lightwood que ella conoció hacía quince años ya no existían, que Robert y Maryse ya no eran fanáticos ciegamente leales. Aquella mujer podría ser la hermana de Luke, pero seguía siendo una desconocida para Clary. Era casi una desconocida para Luke. Él no la había visto en dieciséis años; jamás mencionó siquiera su existencia. Clary se recostó en los almohadones, fingiendo cansancio.

—Tienes razón —dijo—, no me siento bien. Creo que será mejor que duerma.

—Buena idea. —Amatis se inclinó sobre ella y le quitó el tazón vacío de la mano—. Si quieres bañarte, el baño está al otro lado del pasillo. Y hay un baúl con mis viejas ropas a los pies de la cama. Parece que tienes aproximadamente la talla que yo tenía a tu edad, de modo que podrían quedarte bien. A diferencia de esa pijama —añadió, y sonrió con una sonrisa débil que Clary no le devolvió, pues estaba demasiado ocupada conteniendo el impulso de golpear el colchón con los puños, llena de contrariedad.

En cuanto la puerta se cerró detrás de Amatis, Clary abandonó precipitadamente la cama y se dirigió al baño, esperando que el agua caliente la ayudara a que se le despejara la cabeza. Con gran alivio por su parte, no obstante lo anticuados que eran, los cazadores de sombras parecían creer en las instalaciones de agua modernas y en el agua corriente caliente y fría. Incluso había jabón con un fuerte aroma cítrico que le permitió eliminar el persistente olor del lago Lyn de sus cabellos. Cuando salió, envuelta en dos toallas, se sentía mucho mejor.

En la recámara hurgó en el baúl de Amatis. La ropa estaba guardada pulcramente entre capas de crujiente papel. Encontró lo que parecía ropa escolar: suéteres de lana merina con una insignia que simulaba cuatro «C» espalda contra espalda cosidas sobre el bolsillo superior, faldas plisadas y camisas abotonadas de arriba abajo con puños estrechos. Había un vestido blanco envuelto en capas de papel de seda: un vestido de novia, pensó Clary, y lo depositó a un lado con cuidado. Debajo había otro vestido, éste confeccionado en seda plateada, con finos tirantes adornados con joyas que sostenían el sutil peso. Clary no logró imaginarse a Amatis con aquello, pero... «Ésta es la clase de cosa que mi madre podría haber usado cuando iba a bailar con Valentine», pensó sin poder evitarlo, y dejó que el vestido volviera a resbalar dentro del baúl, acariciando sus dedos con su textura suave y fría.

Por último, encontró el uniforme de cazador de sombras, empaquetado justo en el fondo.

Clary extrajo aquellas prendas y las extendió llena de curiosidad sobre el regazo. La primera vez que vio a Jace y a los Lightwood, traían puesto su uniforme de combate: ajustados cuerpos y pantalones de material resistente y oscuro. Al verlo de cerca, notó que el material no era elástico sino firme, un cuero fino aplanado al máximo hasta convertirlo en flexible. La parte superior, tipo chamarra, se cerraba con un cierre, y los pantalones tenían complicadas presillas de cinturón. Los cinturones de los cazadores de sombras eran grandes y resistentes, pensados para colgar armas en ellos.

Por supuesto, ella debería ponerse uno de los suéteres y tal vez una falda. Eso era lo que Amatis probablemente habría querido que hiciera. Pero algo en el uniforme de combate la atrajo; siempre sintió curiosidad, siempre se preguntó cómo sería...

Unos minutos más tarde, las toallas colgaban sobre la barra del pie de la cama y Clary se contemplaba en el espejo con sorpresa y no poca diversión. El uniforme le quedaba bien; era ajustado pero no demasiado, y se le pegaba a las curvas de las piernas y el pecho. De hecho, parecía como si de verdad tuviera curvas, lo que representaba una especie de novedad. No podía darle un aspecto formidable —dudaba que nada pudiera conseguirlo—, pero al menos parecía más alta, y su pelo, en contraste con el material negro, resultaba extraordinariamente brillante. De hecho... «Me parezco a mi madre», pensó con un sobresalto.

Y así era. Jocelyn siempre tuvo un acerado núcleo de agresividad bajo su aspecto de muñeca. Clary se preguntaba a menudo qué sucedió en el pasado de su madre para hacer que fuera como era: fuerte e inflexible, obstinada y valerosa. «¿Se parece tu hermano tanto a Valentine como tú te pareces a Jocelyn?», preguntó Amatis, y Clary quizo responder que ella no se parecía en nada a su madre, que su madre era hermosa y ella no lo era. Pero la Jocelyn que Amatis había conocido era la muchacha que había conspirado para derribar a Valentine, que había forjado en secreto una alianza de nefilim y subterráneos que había hecho pedazos el Círculo y salvado los Acuerdos. Aquella Jocelyn jamás habría estado de acuerdo en quedarse tranquilamente en aquella casa y esperar mientras todo en su mundo se hacía añicos.

Sin detenerse a pensar, Clary cruzó la habitación y corrió el cerrojo de la puerta, cerrándola. Luego se acercó a la ventana y la abrió. El enrejado estaba allí, aferrado a la pared de piedra como... «Como una escalera de mano —se dijo Clary—. Exactamente como una escalera..., y las escaleras son totalmente seguras.»

Inspiró profundamente y trepó fuera a la cornisa.

Los guardias regresaron en busca de Simon a la mañana siguiente, zarandeándolo para sacarlo de un dormitar intermitente plagado de sueños extraños. En esta ocasión no le pusieron una venda en los ojos mientras lo conducían escalera arriba, y él echó discretamente una rápida mirada a través de la puerta de barrotes de la celda contigua a la suya. Si esperaba poder echarle un vistazo al propietario de la voz ronca que le había hablado la noche anterior, se vio desilusionado. La única cosa visible a través de los barrotes fue lo que parecía un montón de harapos desechados.

Los guardias condujeron a Simon rápidamente por una serie de pasillos grises, zarandeándolo sin vacilar si miraba demasiado rato en cualquier dirección. Finalmente se detuvieron en una habitación suntuosamente tapizada. En las paredes colgaban retratos de distintos hombres y mujeres vestidos como cazadores de sombras, con los marcos decorados con dibujos de runas. Debajo de uno de los retratos más grandes había un sofá rojo en el que estaba sentado el Inquisidor, sosteniendo en la mano lo que parecía una copa de plata. Se la tendió a Simon.

—¿Sangre? —preguntó—. Debes de tener hambre a estas alturas.

Inclinó la copa en dirección al muchacho, y la visión del rojo líquido que contenía golpeó a éste justo a la vez que lo hacía el olor. Las venas se tensaron en dirección a la sangre, como hilos bajo el control de un titiritero experimentado. La sensación fue desagradable, casi dolorosa.

—¿Es... humana?

Aldertree lanzó una risita.

—¡Muchacho! No seas ridículo. Es sangre de ciervo. Totalmente fresca.

Simon no dijo nada. Sintió una punzada en el labio inferior allí donde los colmillos se deslizaban fuera de las fundas, y paladeó la propia sangre en la boca. Le produjo náuseas.

El rostro de Aldertree se arrugó como una ciruela pasa.

—Vamos, querido. —Volteó hacia los guardias—. Déjennos ahora, caballeros —dijo, y éstos se dieron la vuelta para irse.

Únicamente el Cónsul se detuvo brevemente en la puerta para echarle una ojeada a Simon con una expresión de inequívoca repugnancia.

—No, gracias —dijo Simon a través de la pastosidad de la boca—. No quiero la sangre.

—Tus colmillos dicen lo contrario, joven Simon —respondió Aldertree en tono jovial—. Tómala.

Estiró la copa, y el olor a sangre pareció flotar a través de la habitación como el aroma a rosas por un jardín.

Los incisivos de Simon descendieron como cuchillos, totalmente extendidos ya, hundiéndosele en los labios. El dolor fue como una bofetada; avanzó, casi sin voluntad propia, y le arrebató la copa de la mano al Inquisidor. La vació en tres tragos; luego, advirtiendo lo que había hecho, la depositó sobre el brazo del sofá. La mano le temblaba. «Inquisidor uno —pensó—. Yo cero.»

—Confío en que la noche pasada en las celdas no fuera demasiado desagradable. No están pensadas para ser cámaras de tortura, muchacho, son más bien lugares para la reflexión forzosa. Considero que la reflexión centra por completo la mente, ¿no te parece? Es esencial para pensar con claridad. Realmente espero que dedicaras algún tiempo a pensar. Pareces un muchacho reflexivo. —El Inquisidor ladeó la cabeza—. Bajé aquella manta para ti con mis propias manos, ya sabes. No me habría gustado que sintieras frío.

—Soy un vampiro —dijo Simon—. No sentimos frío.

—Ah. —El Inquisidor pareció decepcionado.

—Aprecié lo de las Estrellas de David y el Sello de Salomón —añadió Simon en tono seco—. Siempre es agradable ver que alguien muestra interés por mi religión.

—¡Ah, sí, desde luego, desde luego! —Aldertree se animó—. Fabulosos, ¿no es cierto, los grabados? Absolutamente preciosos y por supuesto infalibles. ¡Yo diría que cualquier intento de tocar la puerta de la celda te derretiría directamente la piel de la mano! —Lanzó una risita, claramente divertido por la idea—. En cualquier caso, ¿podrías retroceder un paso, amigo mío? Como un favor, un sencillo favor, ya sabes.

Simon dio un paso atrás.

No pasó nada, pero los ojos del Inquisidor se abrieron como platos; la hinchada piel de su alrededor se volvía tensa y brillante.

—Ya veo —musitó.

—¿Qué?

—Mira dónde estás, joven Simon. Mira a tu alrededor.

Simon echó una ojeada a su alrededor; nada había cambiado en la habitación, y le tomó un momento comprender a qué se refería Aldertree. Estaba parado en una zona brillantemente iluminada por el sol que entraba oblicuamente por una ventana situada muy arriba.

Aldertree casi se retorcía de emoción.

—Estás parado bajo la luz directa del sol y no te afecta en absoluto. Casi no lo habría creído..., quiero decir, me lo contaron, por supuesto, pero nunca antes había visto nada así.

Simon no contestó. No parecía que hubiera nada que decir.

—La cuestión, desde luego —siguió Aldertree—, es si sabes por qué eres así.

—A lo mejor sencillamente soy mejor que los otros vampiros.

Simon lamentó inmediatamente haber hablado. Los ojos de Aldertree se entrecerraron, y una vena sobresalió en su sien como un gusano gordo. Estaba claro que no le gustaban los chistes a menos que provinieran de él.

—Muy divertido, muy divertido —dijo—. Deja que te pregunte algo: ¿has sido un vampiro diurno desde el momento en que te levantaste de la tumba?

—No. —Simon habló con cuidado—. Al principio el sol me quemaba. Incluso un simple trocito de luz solar me quemaba la piel.

—No me digas. —Aldertree asintió con energía, confirmando que ése era el modo en que las cosas tenían que ser—. Entonces, ¿cuándo notaste por primera vez que podías andar a la luz del día sin sentir dolor?

—Fue la mañana siguiente a la gran batalla en el barco de Valentine...

—Durante la cual Valentine te capturó, ¿es eso correcto? Te capturó y te tuvo prisionero en su barco, con la intención de usar tu sangre para completar el Ritual de Conversión Infernal.

—Imagino que ya lo sabe todo —repuso Simon—. No me necesita.

—¡Ah, no, nada de eso! —exclamó Aldertree, alzando las manos.

Tenía unas manos muy pequeñas, notó Simon, tan pequeñas que parecían fuera de lugar en los extremos de sus gruesos brazos.

—¡Tienes tanto con lo que contribuir, mi querido muchacho! Por ejemplo, no puedo evitar preguntarme si hubo algo que sucediera en el barco, algo que te cambió. ¿Se te ocurre alguna cosa?

«Bebí la sangre de Jace», pensó Simon, ciertamente tentado de repetirle aquello al Inquisidor sólo para ser desagradable... y entonces, con una sacudida, lo comprendió: «Bebí la sangre de Jace». ¿Pudo ser eso lo que lo cambió? ¿Era posible? Y tanto si era posible como si no, ¿podía contar al Inquisidor lo que Jace había hecho? Proteger a Clary era una cosa; proteger a Jace, otra. No le debía nada a Jace.

Salvo que eso no era estrictamente cierto. Jace le había ofrecido su sangre para que la bebiera, le había salvado la vida con ella. ¿Habría hecho eso otro cazador de sombras por un vampiro? Aunque sólo lo hubiera hecho por Clary, ¿qué importaba? Pensó en sí mismo diciendo: «Podría haberte matado». Y Jace: «Yo te lo habría permitido». A saber la clase de problemas en que se metería Jace si la Clave se enteraba de que había salvado la vida a Simon, y cómo.

—No recuerdo nada de lo sucedido en el barco —dijo Simon—. Creo que Valentine me drogó o algo así.

Aldertree puso cara larga.

—Ésa es una noticia terrible. Terrible. Me apena tanto oírla.

—Yo también lo siento —dijo Simon, aunque no era verdad.

—¿Así que no hay ni una sola cosa que recuerdes? ¿Ningún detalle pintoresco?

—Simplemente recuerdo que me desmayé cuando Valentine me atacó, y luego desperté más tarde... en la camioneta de Luke, dirigiéndome a casa. No recuerdo nada más.

—Cielos, cielos. —Aldertree se envolvió en la capa—. Veo que los Lightwood parecen haberte tomado un cierto cariño, pero los otros miembros de la Clave no son tan... comprensivos. Fuiste capturado

114

por Valentine, saliste de esta confrontación con un peculiar poder nuevo que no poseías antes, y ahora encuentras la manera de llegar al corazón de Idris. ¿Te das cuenta de lo que parece?

Si el corazón de Simon hubiera sido capaz de latir todavía, se habría acelerado.

—Piensa que soy un espía de Valentine.

Aldertree pareció horrorizado.

—Muchacho, muchacho..., confío en ti, desde luego. ¡Confío en ti ciegamente! Pero la Clave, ah, la Clave... Me temo que ellos pueden ser muy suspicaces. Teníamos tantas esperanzas de que pudieras ayudarnos. Verás... No debería contarte esto, pero siento que puedo confiar en ti, querido muchacho: la Clave se encuentra en un apuro espantoso.

—¿La Clave? —Simon se sintió aturdido—. Pero ¿qué tiene eso que ver con...?

—Mira —prosiguió Aldertree—, la Clave está dividida, enfrenta- da consigo misma, podrías decir. Es tiempo de guerra. Se cometieron errores por parte de la anterior Inquisidora y de otros; tal vez sea mejor no extenderse en eso. Pero, verás, la autoridad misma de la Clave, del Cónsul y del Inquisidor está bajo cuestión. Valentine siem- pre parece ir un paso por delante de nosotros, como si supiera nues- tros planes por adelantado. El Consejo no escuchará mi sugerencia ni la de Malachi, no después de lo sucedido en Nueva York.

—Pensaba que fue la Inquisidora...

—Y Malachi fue quien la nombró. Claro que, por supuesto, él no tenía ni idea de que enloquecería de ese modo...

—Pero —dijo Simon, con cierta brusquedad— está la cuestión de la apariencia.

La vena volvió a sobresalir en la frente de Aldertree.

—Inteligente —dijo—. Y acertado. Las apariencias son importan- tes, sobre todo en la política. Siempre puedes influir a la multitud, a condición de que tengas una historia realmente buena. —Se inclinó al frente, con los ojos fijos en Simon—. Ahora deja que te cuente una historia. Los Lightwood pertenecieron en una ocasión al Círculo. En algún momento se retractaron de eso y se les concedió clemencia con la condición de que permanecieran fuera de Idris, se marcharan a Nueva York y dirigieran el Instituto que hay allí. Su historial sin tacha empezó a hacer que ganaran de nuevo la confianza de la Clave. Pero en aquel entonces ellos ya sabían que Valentine seguía vivo. Durante todo ese tiempo fueron sus leales servidores. Se hicieron cargo de su hijo...

—Pero ellos no sabían...

—Cállate —le gruñó el Inquisidor, y Simon cerró la boca—. Lo ayudaron a encontrar los Instrumentos Mortales y lo auxiliaron con el Ritual de Conversión Infernal. Cuando la Inquisidora descubrió lo que tramaban en secreto, ellos arreglaron todo para que muriera durante la batalla en el barco. Y ahora vinieron aquí, al corazón de la Clave, para espiar nuestros planes y revelárselos a Valentine a medida que surjan, de modo que pueda derrotarnos y en última instancia doblegar a todos los nefilim a su voluntad. Y te trajeron a ti con ellos..., a ti, un vampiro que puede soportar la luz del sol..., para distraernos de sus auténticos planes para devolver al Círculo a su antigua gloria y destruir la Ley. —El Inquisidor se inclinó al frente; Sus ojillos de cerdo relucían—. ¿Qué te parece esa historia, vampiro?

—Creo que es descabellada —dijo Simon—. Y tiene más agujeros gigantes que la avenida Kent en Brooklyn... la cual, por cierto, no se ha vuelto a pavimentar en años. No entiendo qué es lo que espera conseguir con esto.

—¿Esperar? —repitió el Inquisidor lord Rahl—. Yo no espero nada, subterráneo. Lo sé en mi corazón. Sé que es mi sagrado deber salvar a la Clave.

—¿Con una mentira? —inquirió Simon.

—Con una historia —respondió Aldertree—. Los grandes políticos tejen relatos para inspirar a la gente.

—No hay nada de inspirador en culpar a los Lightwood de todo...

116

—Algunos deben ser sacrificados —repuso Aldertree, y su rostro brilló con una luz sudorosa—. Una vez que el Consejo tenga un enemigo común, y una razón para volver a confiar en la Clave, se unirán. ¿Qué vale una familia comparada con todo esto? De hecho, dudo que les suceda gran cosa a los hijos de los Lightwood. No los culparán. Bueno, quizá al chico mayor. Pero a los otros...

—No puede hacer esto —dijo Simon—. Nadie creerá esta historia.

—La gente cree lo que quiere creer —contestó él—, y la Clave quiere a alguien a quien culpar. Puedo ofrecerles eso. Sólo te necesito a ti.

—¿A mí? ¿Qué tiene esto que ver conmigo?

—Confiesa. —El rostro del Inquisidor estaba colorado por la excitación—. Confiesa que eres un sirviente de los Lightwood, que están todos confabulados con Valentine. Confiesa y me mostraré indulgente. Lo juro. Pero necesito tu confesión para conseguir que la Clave me crea.

—Quiere que confiese una mentira —dijo Simon.

Sabía que sencillamente repetía lo que el Inquisidor había dicho, pero la mente le daba vueltas; no parecía capaz de pensar. Las caras de los Lightwood pasaron vertiginosamente por su cabeza: Alec jadeando en el sendero que subía al Gard; los ojos oscuros de Isabelle mirándolo; Max inclinado sobre un libro.

Y Jace. Jace era uno de ellos tanto como si compartiera su misma sangre Lightwood. El Inquisidor no pronunció su nombre, pero Simon sabía que Jace pagaría junto con el resto de ellos. Y fuera lo que fuera que le aconteciera, Clary sufriría. ¿Cómo había llegado a suceder, se dijo Simon, que estuviera ligado a aquellas personas..., a gente que no lo consideraba más que un subterráneo, medio humano en el mejor de los casos?

Levantó la vista hacia el Inquisidor. Los ojos de Aldertree eran de un curioso negro carbón; mirar en su interior era como contemplar la oscuridad.

—No —dijo Simon—. No, no lo haré.

—Esa sangre que te di —repuso Aldertree— es toda la sangre que verás hasta que cambies de opinión. —No había amabilidad en su voz, ni siquiera una amabilidad fingida—. Te sorprendería hasta qué punto puedes llegar a tener sed.

Simon no dijo nada.

—Otra noche en las celdas, entonces —dijo el Inquisidor, poniéndose en pie y estirando la mano hacia una campanilla para llamar a los guardias—. Se está muy tranquilo ahí abajo, ¿verdad? Realmente considero que una atmósfera tranquila puede ayudar con un pequeño problema de memoria... ¿no crees?

Aunque Clary se había dicho que recordaba el camino por el que había llegado con Luke la noche anterior, eso resultó no ser totalmente cierto. Dirigirse hacia el centro de la ciudad parecía lo más acertado para conseguir indicaciones, pero una vez que encontró el patio de piedra con el pozo en desuso no logró recordar si debía dar vuelta a la izquierda o a la derecha desde él. Dio vuelta a la izquierda, lo que la sumió en un laberinto de calles serpenteantes, cada una muy parecida a la siguiente, donde cada vuelta la desorientaba más.

Finalmente salió a una calle más amplia bordeada de tiendas. La gente la transitaba apresuradamente, sin que ninguno de ellos le dedicara ni una mirada. Algunos vestían también prendas de combate, aunque la mayoría no: hacía frío en la calle, y los abrigos largos y anticuados estaban a la orden del día. El viento era fresco, y, con una punzada, Clary pensó en su abrigo de terciopelo verde, colgado en la habitación de invitados de Amatis.

Luke no mentía cuando le dijo que habían acudido cazadores de sombras de todo el mundo para la cumbre. Clary pasó junto a una india que llevaba un magnífico sari dorado, con un par de cuchillos curvos colgando de una cadena que le rodeaba la cintura. Un hombre alto de piel morena con un anguloso rostro azteca contemplaba un aparador repleto de armamento; sus brazos lucían brazaletes fabricados con el mismo material reluciente y duro que las torres de los demonios. Calle abajo, un hombre con una túnica nómada blanca consultaba lo que parecía un mapa de la ciudad. Verlo le proporcionó a Clary el valor para acercarse a una mujer que pasaba ataviada con un grueso abrigo de brocado y preguntarle el camino hasta la calle Princewater. Si había un momento en el que los habitantes de la ciudad no fueran necesariamente a recelar de alguien que no pareciera saber adónde iba, sería aquél.

Su instinto no la engañó; sin el menor indicio de vacilación, la mujer le dio una serie de apresuradas indicaciones.

—Y entonces sigue derecho hasta el final del canal Oldcastle, al otro lado del puente de piedra, y allí es donde encontrarás Princewater. —Le dedicó una sonrisa a Clary—. ¿Vas a visitar a alguien en concreto?

—A los Penhallow.

—Ah, viven en la casa azul; tiene un remate dorado, la parte trasera da al canal. Es un edificio grande..., no puedes equivocarte.

La mujer tenía razón a medias. Era un edificio grande, pero Clary pasó justo por delante de él antes de advertir su error y dar la vuelta bruscamente para voltear a mirarlo. Era en realidad más índigo que azul, se dijo, aunque de todas maneras no todo el mundo veía los colores del mismo modo. La mayoría de personas eran incapaces de distinguir la diferencia entre el amarillo limón y el color azafrán. ¡Como si se parecieran! Y el remate de la casa no era dorado, sino de color bronce, un lindo bronce oscuro, como si la casa hubiera estado allí durante muchos años, lo que probablemente era cierto. Todo en aquel lugar era tan antiguo...

«Es suficiente», se dijo Clary. Siempre hacía lo mismo cuando estaba nerviosa: dejar que la mente vagara en todas direcciones al azar. Se frotó las manos a lo largo de los costados de los pantalones; sus palmas estaban sudorosas. El tejido se sentía áspero y seco contra la piel, igual que escamas de serpiente.

Subió los escalones y agarró la pesada aldaba, que tenía la forma de un par de alas de ángel. Cuando la dejó caer, resonó el tañido de una campana enorme. Al cabo de un instante la puerta se abrió de golpe, e Isabelle Lightwood apareció en el umbral con ojos como platos por la sorpresa.

—¿Clary?

Clary sonrió débilmente.

—Hola, Isabelle.

Isabelle se recostó en el marco de la puerta con expresión desconsolada.

—Ah, mierda.

De vuelta en la celda, Simon se desplomó sobre la cama, escuchando cómo las pisadas de los guardias se alejaban de la puerta. Otra noche. Otra noche allí abajo en prisión, mientras el Inquisidor esperaba que él «recordara». «Las apariencias.» Ni en sus peores pesadillas se le habría ocurrido a Simon que alguien pudiera pensar que estaba confabulado con Valentine. Valentine era famoso por odiar a los subterráneos. Valentine lo apuñaló, le extrajo toda la sangre y lo abandonó para que muriera. Aunque, había que reconocerlo, el Inquisidor no lo sabía.

Se oyó un crujido al otro lado de la pared de la celda.

—Debo admitir que me preguntaba si regresarías —dijo la voz ronca que Simon recordaba de la noche anterior—. ¿Debo entender entonces que no diste al Inquisidor lo que quiere?

—Eso creo —replicó Simon, acercándose a la pared.

Pasó los dedos por la piedra buscando una grieta en ella, algo a través de lo que pudiera mirar, pero no había nada.

—¿Quién eres?

—Aldertree es un hombre terco —dijo la voz, como si Simon no hubiera hablado—. Lo seguirá intentando.

Simon se apoyó en la húmeda pared.

—Entonces imagino que seguiré aquí abajo durante algún tiempo.

—Supongo que no estarás dispuesto a contarme qué es lo que quiere de ti.

—¿Por qué quieres saberlo?

La risita que respondió a Simon pareció un metal que rascara la piedra.

—He estado en esta celda más tiempo del que llevas tú, vampiro diurno, y como puedes ver, no hay gran cosa en la que ocupar la mente. Cualquier distracción ayuda.

Simon entrelazó las manos sobre el estómago. La sangre de ciervo calmó un poco el hambre, pero no fue suficiente. Su cuerpo seguía dolorosamente sediento.

—No haces más que llamarme así —dijo—, vampiro diurno.

—Escuché a los guardias hablar sobre ti. Un vampiro que puede deambular bajo la luz del sol. Nadie vio nada parecido antes.

—Y sin embargo tienen un modo de nombrarme. Conveniente.

—Proviene de los subterráneos, no de la Clave. Ellos tienen leyendas sobre criaturas como tú. Me sorprende que no lo sepas.

—No puede decirse que lleve mucho tiempo siendo subterráneo —repuso Simon—. Y tú pareces saber mucho sobre mí.

—A los guardias les gusta el chisme —dijo la voz—. Y la aparición de los Lightwood a través del Portal con un vampiro agonizante que se desangraba... ése es un chisme muy interesante. Aunque la verdad es que no esperaba que fueras a aparecer por aquí... al menos hasta que empezaron a arreglar la celda para ti. Me sorprende que los Lightwood lo consintieran.

—¿Por qué iban a oponerse? —inquirió Simon con amargura—. No soy nada. Sólo un subterráneo.

—Tal vez para el Cónsul —dijo la voz—. Pero los Lightwood...

—¿Qué con ellos?

Hubo una corta pausa.

—Los cazadores de sombras que viven fuera de Idris... en especial los que dirigen Institutos... tienden a ser más tolerantes. La Clave, por su parte, es mucho más... retrógrada.

—¿Qué hay de ti? —quiso saber Simon—. ¿Eres un subterráneo?

—¿Un subterráneo? —Simon no podía estar seguro, pero percibió cierta ira en la voz del desconocido, como si le ofendiera la pregunta—. Mi nombre es Samuel. Samuel Blackburn. Soy nefilim. Hace años estuve en el Círculo, con Valentine. Masacré subterráneos durante el Levantamiento. No soy uno de ellos, desde luego.

—Vaya.

Simon tragó saliva. Notó un sabor salado en la boca. La Clave había capturado y castigado a los miembros del Círculo de Valentine, recordó; a excepción de aquellos que, como los Lightwood, habían llegado a acuerdos o aceptaron el exilio a cambio del perdón.

—¿Has estado aquí desde entonces?

—No. Después del Levantamiento escapé de Idris antes de que me capturaran. Permanecí lejos durante años... hasta que, como un idiota, pensando que se habrían olvidado de mí, volví. Por supuesto, me atraparon cuando regresé. La Clave tiene sistemas para seguir la pista a sus enemigos. Me arrastraron ante el Inquisidor y me interrogaron durante días. Cuando acabaron, me arrojaron aquí. —Samuel suspiró—. En francés esta clase de prisión recibe el nombre de *oubliette*. «Un lugar para olvidar.» Es donde arrojas la basura que no quieres recordar, para que se descomponga sin molestarte con su hedor.

—Fantástico. Soy un subterráneo, así que soy basura. Pero tú no. Tú eres nefilim.

—Soy un nefilim que estaba aliado con Valentine. Eso hace que no sea mejor que tú. Peor, incluso. Soy un renegado.

—Pero muchos otros cazadores de sombras fueron miembros del Círculo... los Lightwood y los Penhallow...

—Todos se retractaron. Le dieron la espalda a Valentine. Yo no.

—¿No? ¿Por qué?

—Porque siento más miedo de Valentine que de la Clave —dijo Samuel—, y si tú fueras sensato, vampiro diurno, sentirías lo mismo.

—¡Pero se supone que estás en Nueva York! —exclamó Isabelle—. Jace dijo que habías cambiado de idea sobre lo de venir. ¡Dijo que querías quedarte con tu madre!

—Jace mintió —dijo Clary tajante—. No me quería aquí, así que me mintió sobre el momento de la partida, y luego les mintió a ustedes diciendo que yo había cambiado de idea. ¿Recuerdas cuando me dijiste que él nunca miente? Pues no es verdad.

—Normalmente nunca lo hace —repuso Isabelle, que había palidecido—. Oye, viniste aquí..., quiero decir, ¿tiene esto algo que ver con Simon?

—¿Con Simon? No. Simon está a salvo en Nueva York, gracias a Dios. Aunque va a enojarse mucho por no haberse despedido de mí. —La expresión desconcertada de Isabelle empezaba a molestar a Clary—. Vamos, Isabelle. Déjame entrar. Necesito ver a Jace.

—O sea que... ¿viniste por tu cuenta, así nada más? ¿Tenías permiso de la Clave? Por favor, dime que sí tenías permiso de la Clave.

—No exactamente...

—¿Violaste la Ley? —La voz de Isabelle se elevó, y en seguida bajó; siguió hablando, casi en un susurro—. Si Jace lo descubre, le va a dar algo. Clary, tienes que regresar a casa.

—No; debo estar aquí —dijo Clary, aunque desconocía el origen de su testarudez—. Y necesito hablar con Jace.

—Ahora no es un buen momento. —Isabelle miró a su alrededor ansiosamente, como si esperara que hubiera alguien a quien pudiera recurrir para que la ayudara a sacar a Clary de allí—. Por favor, regresa a Nueva York. ¿Lo harás?

—Pensé que te caía bien, Izzy. —Clary recurrió al sentimiento de culpa.

Isabelle se mordió el labio. Traía un vestido blanco y tenía los cabellos recogidos en lo alto con prendedores. Parecía mucho más joven de lo habitual. Detrás de ella Clary alcanzó a ver la entrada, de techo muy alto, en la que colgaban óleos de aspecto antiguo.

—Y me caes bien. Es sólo que Jace..., Dios mío, ¿qué traes puesto? ¿Dónde conseguiste el uniforme de combate?

Clary inclinó la cabeza para contemplarse.

—Es una larga historia.

—No puedes entrar aquí de ese modo. Si Jace te ve...

—¿Y qué si me ve? Isabelle, vine aquí por mi madre... Por mi madre. Puede que Jace no me quiera aquí, pero no puede obligarme a que me quede en casa. Se supone que debo estar aquí. Mi madre esperaba que hiciera esto por ella. Tú lo harías por la tuya, ¿no?

—Desde luego que lo haría —respondió ella—. Pero, Clary, Jace tiene sus razones...

—Entonces me encantaría escucharlas. —Clary se agachó, pasó por debajo del brazo de Isabelle y se metió en la casa.

—¡Clary! —aulló Isabelle, y salió disparada tras ella, aunque Clary había recorrido ya la mitad del pasillo.

Ésta observó, con la parte de su mente que no estaba concentrada en esquivar a Isabelle, que la casa estaba construida como la de Amatis, alta y estrecha, aunque era considerablemente más grande y estaba decorada con más lujo. El pasillo terminaba en una habitación con ventanas altas que daban a un canal amplio. Unos botes blancos surcaban las aguas, sus velas se desplegaban sin rumbo igual que flores de diente de león zarandeadas por el viento. Un muchacho de cabellos oscuros estaba sentado en un sofá junto a una de las ventanas, al parecer leyendo un libro.

—¡Sebastian! —llamó Isabelle—. ¡No la dejes subir!

El muchacho alzó los ojos, sobresaltado, y al cabo de un instante estaba frente a Clary, cerrándole el acceso a la escalera. Clary se detuvo con un brusco patinazo; jamás vio a nadie moverse a tal velocidad, salvo a Jace. El muchacho ni siquiera estaba sin aliento; de hecho, le sonreía.

—Así que ésta es la famosa Clary.

La sonrisa le iluminó el rostro, y Clary sintió que se quedaba sin respiración por el asombro. Durante años había dibujado su propio

124

relato gráfico progresivo: el relato del hijo de un rey que estaba bajo una maldición según la cual todas las personas a las que amara morirían. Ella había puesto todo su afán en idear a su sombrío, romántico y enigmático príncipe, y allí estaba él, parado frente a ella; la misma tez pálida, los mismos cabellos despeinados, y ojos tan oscuros que las pupilas parecían fundirse con el iris. Los mismos pómulos prominentes y ojos hundidos y sombríos bordeados de largas pestañas. Sabía que nunca antes había puesto los ojos sobre aquel chico, y sin embargo...

El muchacho parecía desconcertado.

—No creo que... ¿nos hemos visto antes?

Estupefacta, Clary negó con la cabeza.

—¡Sebastian! —Los cabellos de Isabelle se habían soltado de los prendedores y le colgaban sobre los hombros, y la joven mostraba una expresión iracunda—. No seas amable con ella. No debe estar aquí. Clary, vete a casa.

Con dificultad, Clary apartó la mirada de Sebastian y miró furiosa a Isabelle.

—¿Qué? ¿De vuelta a Nueva York? ¿Y cómo se supone que regrese?

—¿Cómo llegaste? —preguntó Sebastian—. Entrar en Alacante es toda una hazaña.

—Vine a través de un Portal —respondió Clary.

—¿Un Portal? —Isabelle estaba atónita—. No queda ningún Portal en Nueva York. Valentine los destruyó...

—No te debo ninguna explicación —replicó Clary—. Al menos hasta que tú me des una. Para empezar, ¿dónde está Jace?

—No está aquí —respondió Isabelle, justo al mismo tiempo que Sebastian decía:

—Está arriba.

Isabelle reaccionó contra él.

—¡Sebastian! Cállate.

Sebastian estaba perplejo.

—Pero es su hermana. ¿No querrá verla?

Isabelle abrió la boca y luego la volvió a cerrar. Clary pudo ver que la muchacha medía la conveniencia de explicar su complicada relación con Jace a Sebastian, que era totalmente ajeno a ella, sin darle una desagradable sorpresa a Jace. Finalmente levantó las manos al techo en un gesto de desesperación.

—Fantástico, Clary —dijo con una ira insólita para tratarse de Isabelle—. Sigue y haz lo que quieras, sin que importe a quién lastimas. Siempre lo haces de todos modos, ¿no?

«¡Ay!» Clary lanzó a Isabelle una mirada de reproche antes de voltear de nuevo hacia Sebastian, que se apartó en silencio. Pasó como una exhalación junto a él y subió la escalera, vagamente consciente de los gritos de Isabelle al desventurado Sebastian. Pero ésa era Isabelle; si había un chico por allí y una culpa que adjudicar a alguien, Isabelle se la echaría a él.

La escalera se ensanchó hasta convertirse en un rellano con un hueco en forma de ventana mirador que daba a la ciudad. Un chico estaba sentado en el hueco, leyendo. Alzó los ojos cuando Clary llegó a lo alto de la escalera, y pestañeó sorprendido.

—Yo te conozco.

—Hola, Max. Soy Clary..., la hermana de Jace. ¿Recuerdas?

Max se animó.

—Me enseñaste a leer *Naruto* —dijo, mostrándole el libro—. Mira, conseguí otro. Éste se llama...

—Max, no puedo hablar ahora. Prometo que miraré tu libro más tarde... ¿Sabes dónde está Jace?

Max quedó alicaído.

—En esa habitación —dijo, y señaló la última puerta del pasillo—. Quise entrar, pero me dijo que tenía que hacer cosas de adultos. Todo el mundo se pasa la vida diciéndome lo mismo.

—Lo siento —repuso Clary, pero su mente ya no estaba puesta en la conversación.

Las ideas se agolpaban en su cabeza; ¿qué le diría a Jace cuando lo viera, qué le diría él? Mientras avanzaba por el pasillo hasta la puerta, pensó: «Sería mejor actuar simpática, no enojada; gritarle no hará más que ponerlo a la defensiva. Tiene que comprender que pertenezco a este lugar, igual que él. No necesito que me protejan como una pieza de delicada porcelana. Soy fuerte también...».

Abrió la puerta de par en par. La habitación parecía ser una especie de biblioteca, con las paredes cubiertas de libros. Estaba brillantemente iluminada, la luz entraba a raudales por un alto ventanal. En medio de la habitación estaba parado Jace. No estaba solo, sin embargo... Ni por asomo. Había una chica de cabellos oscuros con él, una chica a la que Clary no había visto nunca, y los dos estaban unidos en un abrazo apasionado.

6

ANIMOSIDAD

Un mareo embargó a Clary, como si hubieran absorbido todo el aire de la habitación. Intentó retroceder, pero tropezó y golpeó la puerta con el hombro. Ésta se cerró con un portazo, y Jace y la chica se separaron.

Clary se quedó paralizada. Ambos la miraban fijamente. Reparó en que la chica tenía una lisa melena oscura que le llegaba hasta los hombros y que era sumamente bonita. Tenía desabrochados los botones superiores de la blusa, mostrando un pedazo de brasier de encaje. Clary sintió náuseas.

Las manos de la chica abrocharon rápidamente los botones de la blusa. No parecía complacida.

—Perdona —dijo con cara de pocos amigos—, ¿quién eres?

Clary no contestó; miraba a Jace, que la contemplaba fijamente con incredulidad. Se quedó totalmente lívido, lo que destacaba las oscuras ojeras que tenía. Miró a Clary como quien mira fijamente el extremo del cañón de una arma.

—Aline. —La voz del muchacho no tenía calidez ni timbre—. Ésta es mi hermana, Clary.

—Ah. —El rostro de Aline se relajó en una sonrisa levemente avergonzada—. ¡Lo siento! Vaya modo de conocerte. Hola, soy Aline.

Avanzó hacia Clary, todavía sonriendo, con la mano extendida. «No creo que pueda tocarla», pensó Clary con horrorizado desaliento. Miró a Jace, que pareció leer la expresión de sus ojos; bruscamente, sujetó a Aline por los hombros y le dijo algo al oído. Ella pareció sorprendida, se encogió de hombros, y se marchó sin decir nada más.

Clary se quedó sola con Jace. Sola con alguien que todavía la miraba como si fuera su peor pesadilla hecha realidad.

—Jace —dijo ella, y dio un paso hacia él.

Él se apartó de ella como si estuviera cubierta de algo venenoso.

—¿Qué? —dijo—. En el nombre del Ángel, Clary, ¿qué haces aquí?

A pesar de todo, la aspereza del tono le dolió.

—Al menos podrías fingir que te alegras de verme. Aunque fuera un poco.

—No me alegro de verte —dijo él.

Recuperó algo de color, pero las ojeras seguían siendo manchurrones grises sobre la piel. Clary esperó a que añadiera algo, pero pareció contentarse con mirarla fijamente, horrorizado. Advirtió con aturdida claridad que usaba un suéter negro que le quedaba ancho en las muñecas como si hubiera perdido peso, y que tenía las uñas de las manos en carne viva de tanto mordérselas.

—Ni siquiera un poco.

—Éste no eres tú —dijo ella—. Odio cuando actúas así...

—Vaya, lo odias, ¿no? Bueno, pues será mejor que deje de hacerlo, entonces, ¿verdad? Quiero decir... que tú haces todo lo que te pido que hagas.

—¡No tenías derecho a hacer lo que hiciste! —le soltó ella, repentinamente enfurecida—. Mentirme de ese modo. No tenías derecho...

—¡Tenía todo el derecho! —gritó él, y ella no recordó que le hubiera gritado nunca antes—. Tenía todo el derecho, estúpida. Soy tu hermano y...

—¿Y qué? ¿Te pertenezco? ¡No eres mi dueño, tanto si eres mi hermano como si no!

La puerta detrás de Clary se abrió de golpe. Era Alec, sobriamente vestido con una larga chamarra azul oscuro y los cabellos negros desordenados. Llevaba unas botas embarradas y mostraba una expresión incrédula en su por lo general tranquilo rostro.

—Por todas las dimensiones posibles, ¿qué pasa? —dijo, mirando alternativamente a Jace y a Clary con asombro—. ¿Intentan matarse, ustedes dos?

—En absoluto —respondió Jace.

Como por arte de magia, advirtió Clary, todo desapareció: la cólera y el pánico, y lo envolvía una calma glacial.

—Clary ya se iba.

—Estupendo —dijo Alec—, porque necesito hablar contigo, Jace.

—¿Nadie en esta casa dice: «Hola, encantado de verte»? —preguntó Clary sin dirigirse a nadie en particular.

Era muchísimo más fácil hacer sentir culpable a Alec que a Isabelle.

—Me alegro de verte, Clary —dijo éste—, excepto por el hecho de que en realidad no tendrías que estar aquí, claro. Isabelle me contó que llegaste por tu cuenta de algún modo, y estoy impresionado...

—¿Podrías dejar de animarla? —preguntó Jace.

—Pero es que realmente..., realmente necesito hablar con Jace sobre algo. ¿Puedes darnos unos minutos?

—Yo también necesito hablar con él —replicó ella—. Sobre nuestra madre...

—Pues yo no tengo ganas de hablar —dijo Jace—, con ninguno de ustedes, si quieren que les diga la verdad.

—Te equivocas —indicó Alec—. Realmente sí quieres hablar conmigo.

—Lo dudo —dijo Jace, que volteó de nuevo hacia Clary—. No viniste sola, ¿verdad? —preguntó lentamente, como dándose cuenta de que la situación era aún peor de lo que había pensado—. ¿Quién vino contigo?

No parecía tener sentido mentir sobre ello.

—Luke —respondió Clary—. Luke vino conmigo.

Jace palideció.

—Pero Luke es un subterráneo. ¿Sabes lo que la Clave les hace a los subterráneos no registrados que entran en la Ciudad de Cristal, que cruzan las salvaguardas sin permiso? Venir a Idris es una cosa, pero ¡entrar en Alacante! ¡Sin decírselo a nadie!

—No —dijo Clary en un medio susurro—, pero sé lo que vas a decir...

—¿Que si tú y Luke no regresan a Nueva York inmediatamente, lo descubrirán?

Por un momento Jace permaneció en silencio, cruzando la mirada con ella. La desesperación de su expresión la impresionó. Era él quien la amenazaba a ella, después de todo, y no al contrario.

—Jace. —Alec interrumpió el silencio, con un acento de pánico deslizándose en su voz—. ¿No preguntas dónde estuve durante todo el día?

—Eso que traes es un abrigo nuevo —respondió él, sin mirar a su amigo—. Imagino que fuiste de compras. Aunque no entiendo por qué estás tan ansioso por darme lata con eso.

—No fui de compras —replicó Alec, furioso—. Fui...

La puerta volvió a abrirse. Con un revuelo de vestido blanco, Isabelle entró como una flecha, cerrando la puerta tras ella. Miró a Clary y meneó la cabeza.

—Te dije que se pondría furioso —dijo—. ¿No es cierto?

—Ah, el «ya te lo dije» —indicó Jace—. Siempre es una jugada excelente.

Clary lo miró con horror.

—¿Cómo puedes bromear? —musitó—. Acabas de amenazar a Luke. A Luke, alguien a quien le caes bien y que confía en ti. Por ser un subterráneo. ¿Qué te pasa?

Isabelle pareció horrorizada.

—¿Luke está aquí? Vaya, Clary...

—No está aquí —dijo Clary—. Se fue esta mañana..., y no sé adónde. Pero me doy perfecta cuenta de sus motivos para irse.

—Apenas podía soportar mirar a Jace—. Genial. Tú ganas. Nunca debimos venir. Jamás debí crear ese Portal...

—¿Creado un Portal? —Isabelle parecía perpleja—. Clary, únicamente un brujo puede hacer un Portal. Y no existen muchos. El único Portal que hay aquí en Idris está en el Gard.

—Precisamente quería hablarte sobre eso —protestó Alec a Jace, que tenía un aspecto, como advirtió Clary con sorpresa, aún peor del que tenía antes, como si estuviera a punto de desmayarse—. Sobre el encargo que llevé a cabo anoche... aquello que tuve que entregar en el Gard...

—Alec, para. Stop —dijo Jace, y la áspera desesperación de su voz silenció al otro muchacho; Alec cerró la boca y se quedó mirando a Jace, con el labio atrapado entre los dientes.

Pero Jace no parecía verle; miraba a Clary, y sus ojos eran inflexibles como el cristal.

—Tienes razón —dijo con voz entrecortada, como si tuviera que forzar las palabras—. Jamás debiste venir. Sé que te dije que no es seguro para ti estar aquí, pero eso no es cierto. La verdad es que no te quiero aquí porque eres impetuosa e irreflexiva y lo enredarás todo. Es simplemente tu forma de ser. No eres cuidadosa, Clary.

—¿Enredar...lo... todo? —Clary no logró introducir aire suficiente en los pulmones para emitir otra cosa que un susurro.

—Oh, Jace —dijo Isabelle con tristeza, como si fuera él quien había resultado herido.

Él no la miró. Tenía los ojos fijos en Clary.

—Tú siempre te limitas a correr hacia adelante sin pensar —dijo—. Lo sabes, Clary. Jamás habríamos acabado en el Dumort de no ser por ti.

—¡Y Simon estaría muerto! ¿Eso no importa? Tal vez fue imprudente, pero...

—¿Tal vez? —preguntó Jace, levantando la voz.

—¡Pero eso no significa que cada decisión que haya tomado fuera equivocada! Dijiste, después de lo que hice en el barco, dijiste que salvé la vida de todo el mundo...

Todo el color que quedaba en el rostro de Jace desapareció. Habló con repentina y pasmosa brutalidad:

—Cállate, Clary, CÁLLATE...

—¿En el barco? —La mirada de Alec fue de uno a otro, perpleja—. ¿Qué pasó en el barco? Jace...

—¡Sólo te dije eso para evitar que lloriquearas! —gritó Jace, ignorando a Alec, ignorándolo todo excepto a Clary.

Ésta pudo sentir la fuerza de su repentina cólera igual que una ola que amenazara con derribarla.

—¡Eres un desastre para nosotros, Clary! Eres una mundana, siempre lo serás, jamás serás una cazadora de sombras. No sabes pensar como nosotros, en lo mejor para el bien de todos... ¡Sólo piensas en ti misma! Pero ahora estamos en guerra, o lo estaremos, ¡y no tengo tiempo ni ganas de andar persiguiéndote por ahí, intentando asegurarme de que no acabes logrando que maten a uno de nosotros!

Ella se limitó a mirarlo atónita. No se le ocurría nada que decir; nunca le había hablado de aquel modo. No habría imaginado jamás que él le hablara de ese modo. Por muy furioso que hubiera logrado ponerlo en el pasado, nunca le había hablado como si la odiara.

—Vete a casa, Clary —dijo.

Parecía muy cansado, como si el esfuerzo de expresar sus sentimientos lo hubiera dejado sin fuerzas.

—Vete a casa.

Todos los planes de la joven se evaporaron —las esperanzas de ir tras Fell, salvar a su madre, incluso la de encontrar a Luke—, nada importaba, no encontró palabras. Se dirigió hacia la puerta. Alec e Isabelle se apartaron para dejarla pasar. Ninguno de ellos quería mirarla; miraron hacia otro lado, con expresiones horrorizadas y turbadas. Clary sabía que probablemente debería sentirse humillada a la vez que enojada, pero no era así. Se sentía muerta en su interior.

Volteó al llegar a la puerta y los miró. Jace mantenía los ojos clavados en ella. La luz que entraba a raudales por la ventana a su espalda ensombrecía su rostro; tan sólo pudo ver los brillantes pedazos de luz solar que le espolvoreaban los rubios cabellos, como fragmentos de cristales rotos.

—Cuando me contaste que Valentine era tu padre, no te creí —dijo ella—. No porque no quisiera que fuera cierto, sino porque no te parecías en nada a él. Jamás creí que te parecieras en nada a él. Pero te pareces. Te pareces.

Abandonó la habitación, cerrando la puerta tras ella.

—Van a dejarme morir de hambre —dijo Simon.

Estaba tumbado en el suelo de su celda, con la piedra fría bajo la espalda. Desde aquel ángulo, no obstante, podía ver el cielo a través de la ventana. En los días que siguieron a la conversión de Simon en vampiro, cuando pensaba que no volvería a ver la luz del día, se descubría pensando incesantemente en el sol y en el cielo. En los modos en que el color del cielo cambiaba durante el día; en el pálido cielo de la mañana, el ardiente azul del mediodía y la oscuridad cobalto del crepúsculo. Había yacido despierto en la oscuridad repasando un desfile de azules en su cerebro. Ahora, tendido de espaldas en la celda situada bajo el Gard, se preguntó si le habían devuelto la luz diurna y todos sus azules simplemente para que pudiera pasar el corto y desagradable resto de su vida en aquel espacio diminuto tan sólo con un trozo de cielo visible a través de la única ventana con barrotes de la pared.

—¿Escuchaste lo que te dije? —Alzó la voz—. El Inquisidor va a matarme de hambre. No más sangre.

Se oyó un susurro. Un suspiro audible. Entonces Samuel habló:

—Sí. Pero no sé qué quieres que haga al respecto. —Hizo una pausa—. Lo siento por ti, vampiro diurno, si eso te sirve de algo.

—En realidad, no —dijo Simon—. El Inquisidor quiere que mienta. Quiere que le diga que los Lightwood están confabulados con Valentine. Entonces me enviará a casa. —Giró sobre su barriga y las piedras se le fueron clavando en la carne—. No importa. No sé por qué te cuento todo esto. Probablemente no tienes ni idea de sobre qué estoy hablando.

Samuel emitió un sonido a medio camino entre una risa y una tos.

—La verdad es que sí. Lo sé. Conocí a los Lightwood. Estuvimos en el Círculo juntos. Los Lightwood, los Wayland, los Pangborn, los Herondale, los Penhallow. Todas las distinguidas familias de Alacante.

—Y Hodge Starkweather —dijo Simon, pensando en el tutor de los Lightwood—. Él también estaba allí, ¿verdad?

—Sí —respondió Samuel—. Pero su familia no era precisamente de las más respetadas. Hodge prometía en un principio, pero me temo que jamás estuvo a la altura. —Calló un momento—. Aldertree siempre odió a los Lightwood, desde luego, desde que éramos niños. Él no era rico ni listo ni atractivo, y, bueno, ellos no fueron demasiado amables con él. No creo que lo haya superado jamás.

—¿Rico? —inquirió Simon—. Pensé que a todos los cazadores de sombras les pagaba la Clave. Como..., no sé, el comunismo y esas cosas.

—En teoría se les paga a todos los cazadores de sombras equitativamente —respondió Samuel—. Algunos, como aquellos que ocupan posiciones elevadas en la Clave, o los que tienen una gran responsabilidad, como dirigir un Instituto, por ejemplo, reciben un salario más alto. Luego están los que viven fuera de Idris y eligen ganar dinero en el mundo de los mundanos; no está prohibido, siempre y cuando entreguen el diezmo correspondiente a la Clave. Pero... —Samuel vaciló—. Tú viste la casa de los Penhallow, ¿verdad? ¿Qué te pareció?

135

Simon trató de recordar.

—Muy lujosa.

—Es una de las casas más magníficas de Alacante —replicó Samuel—. Y tienen otra, una casa solariega en el campo. Casi todas las familias ricas la tienen. Verás, existe otro modo de que los nefilim adquieran riquezas. Lo llaman «botín». Cualquier cosa propiedad de un demonio o un subterráneo que mate un cazador de sombras pasa a ser propiedad de ese cazador de sombras. Así pues, si un brujo adinerado infringe la Ley y un nefilim lo mata...

Simon se estremeció.

—¿Así que matar subterráneos es un negocio lucrativo?

—Puede serlo —repuso Samuel con amargura—, si no eres demasiado quisquilloso respecto a quién matas. Puedes imaginar por qué hay tanta oposición a los Acuerdos. Afecta a las carteras de la gente tener que ser cuidadoso respecto a asesinar subterráneos. A lo mejor me uní al Círculo por ese motivo. Mi familia jamás fue rica, y que te miren por encima del hombro por no aceptar dinero sucio... —Se interrumpió.

—Pero el Círculo también asesinaba subterráneos —dijo Simon.

—Porque consideraban que era su sagrado deber —repuso Samuel—. No por codicia. Aunque no puedo imaginar ahora por qué pensé que eso importara. —Parecía agotado—. Era Valentine. Tenía un modo de ser... Podía convencerte de cualquier cosa. Recuerdo haber estar parado a su lado con las manos cubiertas de sangre, contemplando el cuerpo de una mujer muerta, y pensar únicamente que lo que hacía tenía que ser correcto porque Valentine decía que lo era.

—¿Una subterránea muerta?

Samuel respiró entrecortadamente al otro lado de la pared. Por fin, dijo:

—Tienes que comprender que habría hecho cualquier cosa que él me pidiera. Cualquiera de nosotros lo habría hecho. Los Lightwood también. El Inquisidor lo sabe, y eso es lo que está intentando explotar. Pero deberías saber que... existe la posibilidad de que si cedes ante él y culpas a los Lightwood, él te mate de todos modos para cerrarte la boca. Depende de si la idea de ser compasivo lo hace sentirse poderoso en ese momento.

—No importa —replicó Simon—. No voy a hacerlo. No traicionaré a los Lightwood.

—¿De verdad? —Samuel sonó poco convencido—. ¿Existe algún motivo para que no lo hagas? ¿Tanto te importan los Lightwood?

—Cualquier cosa que le contara sobre ellos sería mentira.

—Pero podría ser la mentira que quiere escuchar. Tú quieres volver a casa, ¿no?

Simon clavó la mirada en la pared como si de algún modo pudiera ver a través de ella al hombre del otro lado.

—¿Es eso lo que tú harías? ¿Mentirle?

Samuel tosió... una especie de tos espasmódica, como si no tuviera muy buena salud. Luego volvió a hacerlo, había humedad y hacía frío allí abajo, algo que no afectaba a Simon, pero que probablemente afectaría en gran medida a un ser humano normal.

—Yo no aceptaría asesoramiento moral de alguien como yo —dijo el hombre—. Pero, sí, probablemente lo haría. Siempre he preferido salvar el pellejo.

—Estoy seguro de que eso no es cierto.

—A decir verdad —repuso Samuel—, lo es. Algo que aprenderás a medida que te hagas adulto, Simon, es que cuando alguien te cuenta algo desagradable de sí mismo, suele ser cierto.

«Pero yo no me haré adulto», pensó Simon. En voz alta dijo:

—Es la primera vez que me llamas Simon. Simon y no vampiro diurno.

—Supongo que sí.

—Y en cuanto a los Lightwood —siguió Simon—, no se trata de que los aprecie tanto. Quiero decir que me cae bien Isabelle, y digamos que también Alec y Jace. Pero está esa chica. Y Jace es su hermano.

137

Cuando respondió, Samuel sonó, por primera vez, genuinamente divertido.

—¿No hay siempre una chica?

En cuanto la puerta se cerró detrás de Clary, Jace se desplomó contra la pared, como si le hubieran cortado las piernas. Estaba lívido con una mezcla de horror, conmoción y lo que casi parecía alivio, como si se hubiera evitado una catástrofe por muy poco.

—Jace —dijo Alec, dando un paso hacia su amigo—, ¿realmente crees...?

Jace habló en voz baja, interrumpiéndole.

—Salgan —dijo—. Los dos.

—¿Para que puedas hacer qué? —exigió Isabelle—. ¿Destrozar un poco más tu vida? ¿Qué demonios fue todo esto?

Jace negó con la cabeza.

—La envié a casa. Era lo mejor para ella.

—Hiciste muchísimo más que enviarla a casa. La destruiste. ¿Viste su cara?

—Valió la pena —dijo Jace—. No lo comprenderías.

—Para ella, quizá —dijo Isabelle—. Espero que acabe mereciendo la pena para ti.

Jace desvió la cabeza.

—Déjame solo, Isabelle. Por favor.

Isabelle lanzó una mirada sobresaltada a su hermano. Jace jamás pedía nada por favor. Alec le puso una mano en el hombro.

—Olvídalo, Jace —dijo, con toda la amabilidad que pudo—. Estoy seguro de que ella estará bien.

Jace alzó la cabeza y miró a Alec sin mirarlo en realidad; parecía tener la vista puesta en la nada.

—No, no lo estará —dijo—. Pero ya lo sabía. Por cierto, ¿podrías decirme qué viniste a contarme? Parecía muy importante.

Alec retiró la mano del hombro de Isabelle.

—No quise decírtelo delante de Clary...

Los ojos de Jace finalmente se concentraron en Alec.

—¿No quisiste decirme qué?

Alec vaciló. Raras veces había visto a Jace tan trastornado, y sólo podía imaginar qué efecto podrían tener en él más sorpresas desagradables. Sin embargo, no había modo de ocultar aquello. Jace tenía que saberlo.

—Ayer —dijo, en voz baja—, cuando llevé a Simon al Gard, Malachi me contó que Magnus Bane esperaría a Simon en el otro extremo del Portal, en Nueva York. Así que le envié un mensaje de fuego a Magnus. Recibí noticias suyas esta mañana. No recogió a Simon. De hecho, dice que no hubo actividad de Portales en Nueva York desde que Clary cruzó.

—A lo mejor Malachi se equivocó —sugirió Isabelle, tras una rápida mirada al rostro ceniciento de Jace—. A lo mejor otra persona recibió a Simon en el otro lado. Y Magnus podría equivocarse sobre lo de la actividad de los Portales...

Alec negó con la cabeza.

—Subí al Gard esta mañana con mamá. Mi intención era preguntarle yo mismo a Malachi sobre eso, pero cuando lo vi..., no sé por qué..., me escondí tras una esquina rápidamente. Entonces lo oí hablar a uno de los guardias. Les ordenaba que hicieran subir al vampiro porque el Inquisidor quería volver a hablar con él.

—¿Estás seguro de que se refería a Simon? —preguntó Isabelle, sin convicción en voz—. Quizá...

—Hablaban sobre lo estúpido que había sido el subterráneo al creer que lo enviarían así nada más de regreso a Nueva York sin interrogarlo. Uno de ellos dijo que para empezar no podía creer que nadie hubiera tenido la desfachatez de intentar introducirlo a hurtadillas en Alacante. Y Malachi dijo: «Bueno, ¿qué esperan del hijo de Valentine?».

—Oh —musitó Isabelle—. Oh, Dios mío. —Echó una ojeada al otro lado de la habitación—. Jace...

Las manos de Jace estaban firmemente cerradas a los costados del cuerpo. Los ojos parecían hundidos, como si se estuvieran adentrando en el cráneo. En otras circunstancias, Alec le habría puesto la mano en el hombro, pero no ahora; algo en Jace lo contuvo.

—De no ser yo quien lo trajo —dijo Jace en una voz suave y mesurada, como si estuviera recitando algo—, a lo mejor simplemente lo habrían dejado volver a casa. Quizá habrían creído...

—No —repuso Alec—. No, Jace, no es culpa tuya. Le salvaste la vida.

—Lo salvé para que la Clave pudiera torturarlo —respondió él—. Menudo favor le hice. Cuando Clary se entere... —Sacudió la cabeza ciegamente—. Pensará que lo traje aquí a propósito, que lo entregué a la Clave sabiendo lo que ellos le harían.

—Ella no pensará eso. No tendrías motivos para hacer algo así.

—Tal vez —dijo él, despacio—, pero después de cómo la acabo de tratar...

—Nadie podría creer jamás que hicieses algo así, Jace —dijo Isabelle—. Nadie que te conozca. Nadie...

Pero Jace no siguió escuchándola. Se dio la vuelta y fue hacia el ventanal que daba al canal. Se quedó allí quieto un momento, con la luz que entraba por la ventana convirtiendo los bordes de sus cabellos en oro. Luego se movió con tal rapidez que Alec no tuvo tiempo de reaccionar. Para cuando vio lo que iba a suceder y se lanzó al frente para impedirlo, ya era demasiado tarde.

Hubo un estrépito —el sonido de algo que se rompía— y un repentino surtidor de cristales rotos como una lluvia de estrellas irregulares. Jace contempló su mano izquierda, que tenía los nudillos surcados de escarlata, con un interés clínico mientras gruesas gotas de sangre se agrupaban y salpicaban el suelo a sus pies.

Isabelle miró atónita a Jace y luego contempló el agujero en el cristal, alrededor del cual se había formado una telaraña de finas grietas plateadas.

—Jace —dijo, con la voz más queda que Alec le había oído nunca—. ¿Cómo diablos vamos a explicar esto a los Penhallow?

De algún modo, Clary consiguió salir de la casa. No estaba segura de cómo; todo fue un veloz remolino borroso de escaleras y pasillos, y a continuación corría ya a la puerta principal y salía por ella, y sin saber cómo se encontró en los escalones de la entrada de los Penhallow, intentando decidir si iba a vomitar o no en los rosales.

Estaban colocados de un modo ideal para hacerlo, y sentía el estómago dolorosamente revuelto, aunque el hecho de haber comido tan sólo un poco de sopa era un inconveniente. No creyó que tuviera nada que vomitar en el estómago. En su lugar bajó los escalones y salió casi como una autómata por el cancel de la entrada; ya no recordaba de dónde había llegado o cómo regresar a casa de Amatis, pero no parecía importarle mucho. No tenía ganas de regresar y explicar a Luke que tenían que abandonar Alacante o Jace los entregaría a la Clave.

A lo mejor Jace tenía razón. A lo mejor ella era impetuosa e irreflexiva. A lo mejor jamás pensaba en cómo lo que hacía afectaba a la gente que amaba. El rostro de Simon cruzó como una exhalación ante sus ojos, nítido como una fotografía, y luego el de Luke.

Se detuvo y se apoyó en un farol. El cuadrado artefacto de cristal parecía la clase de farola de gas que coronaba los postes de época que había frente a las casas de piedra rojiza en Park Slope. De algún modo, le resultó reconfortante.

—¡Clary!

Era la voz inquieta de un chico. Inmediatamente, Clary pensó: «Jace». Giró en redondo.

No era Jace. Sebastian, el muchacho de cabellos oscuros de la sala de los Penhallow, estaba ante ella, jadeando un poco, como si la hubiera perseguido a la carrera.

Clary sintió un estallido de la misma sensación que la había invadido antes, al verlo por primera vez: reconocimiento mezclado con algo que no pudo identificar. No era que le cayera bien o le desagradara... Era un especie de atracción, como si algo la arrastrara hacia aquel muchacho que no conocía. A lo mejor era simplemente su aspecto. Era apuesto, tan apuesto como Jace, aunque donde éste era todo oro, aquel chico era palidez y sombras. Pero ahora que lo miraba con más atención, podía ver que el parecido con su príncipe imaginario no era tan exacto como creyó. Incluso el color de la tez y los cabellos de los dos eran diferentes. Era simplemente algo en la forma de la cara, el porte, el oscuro hermetismo de los ojos...

—¿Estás bien? —dijo él, y su voz era suave—. Saliste corriendo de la casa como...

La voz se apagó mientras la contemplaba. Ella seguía aferrando el poste de la farola como si lo necesitara para mantenerse en pie.

—¿Qué pasó?

—Tuve una pelea con Jace —respondió ella, intentando mantener la voz ecuánime—. Ya sabes.

—En realidad no. —Sonó casi como si se disculpara—. No tengo hermanas ni hermanos.

—Tienes suerte —dijo ella, y lo sobresaltó la amargura de su propia voz.

—No lo dices en serio.

Dio un paso más hacia ella, y al hacerlo, la farola se encendió con un parpadeo, proyectando un haz de blanca luz mágica sobre ambos. Sebastian alzó los ojos hacia la luz y sonrió.

—Es una señal.

—¿Una señal de qué?

—Una señal de que deberías dejar que te acompañe a casa.

—Pero no tengo ni idea de dónde está —dijo ella, dándose cuenta de eso—. Me escapé para venir aquí. No recuerdo el camino.

—Bien, ¿con quién te hospedas?

Ella vaciló antes de responder.

—No se lo diré a nadie —dijo él—. Lo juro por el Ángel.

Ella lo miró sorprendida. Era todo un juramento para un cazador de sombras.

—De acuerdo —respondió, antes de poder replantearse su decisión—. Me hospedo con Amatis Herondale.

—Estupendo. Sé dónde vive. —Le ofreció el brazo—. ¿Vamos?

Ella se las arregló para sonreír.

—Eres bastante insistente, ¿sabes?

Él se encogió de hombros.

—Siento una especie de atracción por las doncellas en apuros.

—No seas sexista.

—En absoluto. Mis servicios también están a disposición de caballeros en apuros. Es un fetiche con igualdad de oportunidades —dijo, y, con una floritura, volvió a ofrecer el brazo.

En esta ocasión, ella lo aceptó.

Alec cerró la puerta de la pequeña habitación del desván detrás de él y volteó hacia Jace. Sus ojos por lo general tenían el color del lago Lyn, un azul pálido y apacible, aunque tendía a cambiar con sus estados de ánimo. En aquel momento eran del color del East River durante una tormenta eléctrica. Su expresión también era tormentosa.

—Siéntate —le ordenó a Jace, señalando una silla baja cerca de la ventana—. Traeré vendas.

Jace se sentó. La habitación que compartía con Alec en el último piso de la casa de los Penhallow era pequeña, con dos camas estrechas en ella, una contra cada pared. Las ropas de ambos estaban colgadas en una hilera de ganchos en la pared. Había una única ventana, que dejaba entrar una luz tenue; empezaba a oscurecer ya, y el cielo al otro lado del cristal era de un color añil. Jace vio cómo Alec se arrodillaba para agarrar la mochila de debajo de su cama y la abría de un jalón. Revolvió ruidosamente su contenido hasta incorporarse con una caja en las manos. Jace la reconoció como la caja de material de primeros auxilios que usaban cuando las runas no eran una opción: antiséptico, vendas, tijeras y gasa.

—¿No vas a usar una runa de curación? —preguntó Jace, más por curiosidad que por cualquier otro motivo.

—No. Puedes...

Alec se interrumpió, lanzando la caja sobre la mesa con una palabrota inaudible. Fue al pequeño lavamanos que había contra la pared y se lavó las manos con tal fuerza que el agua salpicó hacia arriba en una fina lluvia. Jace lo contempló con distante curiosidad. La mano le empezaba a arder con un dolor sordo y abrasador.

Alec recuperó la caja, acercó una silla hasta colocarla frente a la de Jace, y se dejó caer sobre ella.

—Dame la mano.

Jace extendió la mano. Tuvo que admitir que tenía muy mal aspecto. Los cuatro nudillos estaban abiertos igual que rojas estrellas reventadas. Había sangre seca pegada a los dedos; un guante marrón rojizo que se despellejaba.

Alec hizo una mueca.

—Eres un idiota.

—Gracias —respondió Jace.

Observó pacientemente cómo Alec se inclinaba sobre su mano con un par de pinzas y extraía con suavidad un pedazo de cristal incrustado en la carne.

—Así pues, ¿por qué no?

—¿Por qué no qué?

—¿Por qué no usar una runa de curación? Esto no es una herida hecha por un demonio.

—Porque creo que te hará bien sentir el dolor —Alec recuperó la botella azul de antiséptico—. Puedes sanar como un mundano. Despacio y de un modo desagradable. A lo mejor así aprendas algo. —Echó algo de líquido, que ardía terriblemente, sobre los cortes de Jace—. Aunque lo dudo.

—Siempre puedo ponerme mi propia runa curativa, ya lo sabes.

Alec empezó a envolver con vendas la mano de Jace.

—Únicamente si quieres que cuente a los Penhallow lo que le sucedió realmente a su ventana, en lugar de dejarlos creer que fue un accidente. —Apretó con un jalón un nudo hecho en la venda, provocando una mueca de dolor en Jace—. ¿Sabes?, de saber que ibas a hacerte esto, jamás te habría dicho nada.

—Sí, lo habrías hecho. —Jace ladeó profundamente la cabeza—. No me di cuenta de que mi ataque al ventanal te alteraría hasta ese punto.

—Es sólo que...

Acabada la operación de vendarla, Alec observó la mano de Jace, la mano que todavía sostenía en la suya. Era un garrote de vendas blancas, manchado de sangre allí donde los dedos de Alec lo habían tocado.

—¿Por qué te haces esto? No sólo lo que le hiciste a la ventana, sino el modo en que le hablaste a Clary. ¿Por qué te castigas? No puedes luchar contra tus sentimientos.

La voz de Jace sonó tranquila.

—¿Cuáles son mis sentimientos?

—Veo cómo la miras. —Los ojos de Alec eran distantes, observando algo más allá de Jace, algo que no estaba allí—. Y no puedes tenerla. A lo mejor simplemente nunca supiste qué se siente al querer algo que no puedes tener.

Jace lo miró fijamente.

—¿Qué hay entre tú y Magnus Bane?

La cabeza de Alec dio una sacudida hacia atrás.

—No... no hay nada...

—No soy estúpido. Acudiste directamente a Magnus después de hablar con Malachi. Antes de hablar conmigo o con Isabelle o con cualquier otro...

—Él era el único que podía contestar a mi pregunta, ése es el motivo. No existe nada entre nosotros —respondió Alec; y luego, advirtiendo la expresión de su amigo, añadió con gran renuencia—: No existe nada entre nosotros. ¿De acuerdo?

—Espero que eso no sea debido a mí —dijo Jace.

Alec se quedó blanco y se echó hacia atrás, como si se preparara para rechazar un golpe.

—¿A qué te refieres?

—Sé qué crees que sientes algo por mí —respondió Jace—. Pero no es cierto. Simplemente te gusto porque me ves seguro. No existe riesgo. Así nunca tienes que jugártela con una relación auténtica, porque puedes usarme como excusa.

Jace sabía que estaba siendo cruel, y no le importaba. Herir a la gente que quería era casi tan satisfactorio como hacerse daño a sí mismo cuando estaba en aquel estado de ánimo.

—Entiendo —dijo Alec con voz tensa—. Primero Clary, luego tu mano, ahora yo. Al infierno contigo, Jace.

—¿No me crees? —preguntó Jace—. Estupendo. Anda, vamos. Bésame ahora mismo.

Alec lo contempló horrorizado.

—¿Lo ves? A pesar de mi deslumbrante belleza, en realidad no te gusto de ese modo. Y si estás esquivando a Magnus, no es debido a mí. Es porque estás demasiado asustado para confesar a quién amas realmente. El amor nos vuelve mentirosos —dijo Jace—. La reina seelie lo dijo. Así que no me juzgues por mentir sobre mis sentimientos. Tú también lo haces. —Se puso en pie—. Y ahora quiero que vuelvas a hacerlo.

El rostro de Alec reflejaba una rígida expresión dolida.

—¿Qué quieres decir?

—Miente por mí —dijo Jace, tomando su chamarra del colgador de la pared y poniéndosela—. Se pone el sol. Estarán empezando a regresar del Gard. Quiero que le digas a todo el mundo que no me siento bien y que por ese motivo no voy a bajar. Diles que me dio un mareo y tropecé, y que así es como se rompió la ventana.

Alec inclinó la cabeza atrás y miró a Jace directamente a la cara.

—De acuerdo, lo haré —contestó—, si me dices adónde vas en realidad.

—Voy a subir al Gard —declaró Jace—. Voy a sacar a Simon de la cárcel.

La madre de Clary siempre llamó a la hora del día entre el crepúsculo y el anochecer «la hora azul». Decía que la luz era más fuerte y más especial entonces, y que era la mejor hora para pintar. Clary nunca comprendió realmente a qué se refería, pero en aquellos momentos, recorriendo Alacante al ponerse el sol, lo hizo.

La hora azul en Nueva York no era realmente azul; estaba demasiado desteñida por las farolas y los letreros de neón. Jocelyn debía estar pensando en Idris. Aquí la luz caía en franjas de puro color violeta sobre la piedra dorada de la ciudad, y las farolas de luz mágica proyectaban charcos circulares de luz blanca tan intensa que Clary esperaba sentir calor cuando los cruzaba. Deseó que su madre estuviera con ella. Jocelyn le habría mostrado partes de Alacante con las que estaba familiarizada, que ocupaban un lugar en sus recuerdos.

«Pero ella no quiso contarte ninguna de esas cosas. Te las ocultó a propósito. Y ahora puede que jamás las conozcas.» Un dolor agudo, entre la ira y el pesar, se apoderó del corazón de Clary.

—Estás terriblemente callada —dijo Sebastian.

Cruzaban un puente sobre el canal, cuyos barandales de piedra estaban tallados con runas.

—Simplemente me preguntaba en qué lío me veré metida cuando regrese. Tuve que saltar por una ventana para escaparme; Amatis probablemente ya se haya dado cuenta de que no estoy.

Sebastian frunció el ceño.

—¿Por qué salir a escondidas? ¿No te permitían ver a tu hermano?

—Se supone que no debería estar en Alacante —respondió Clary—. Se supone que debo estar en casa, observando sin peligro desde la barrera.

—Ah. Eso explica muchas cosas.

—¿Ah, sí?

Le lanzó de reojo una mirada curiosa. Tenía sombras azuladas atrapadas en los cabellos oscuros.

—Todo el mundo palideció cuando surgió tu nombre. Deduje que había algo de antipatía entre tu hermano y tú.

—¿Antipatía? Bueno, es un modo de expresarlo.

—¿No te cae bien?

—¿Caerme bien Jace?

Aquellas últimas semanas se había dedicado tanto a pensar en si amaba a Jace Wayland que no se detuvo a considerar si le caía bien.

—Lo siento. Es de la familia... no se trata realmente de si te cae bien o no.

—Sí me cae bien —dijo ella, sorprendiéndose a sí misma—. Me cae bien, es sólo... que me enfurece. Me dice lo que puedo y no puedo hacer...

—No parece que eso funcione demasiado —comentó Sebastian.

—¿Qué quieres decir?

—Se diría que tú haces lo que quieres de todos modos.

—Supongo. —La observación la sobresaltó, por provenir de alguien casi desconocido—. Pero parece que lo enfureció mucho más de lo que yo que pensaba.

—Lo superará. —El tono de Sebastian era seco.

Clary lo miró con curiosidad.

—¿A ti te cae bien?

—Me cae bien. Pero no creo que yo le caiga bien. —Sebastian sonó pesaroso—. Todo lo que digo parece hacerlo enojar.

Abandonaron la calle para entrar en una amplia plaza pavimentada con adoquines rodeada por edificios altos y estrechos. En el centro se elevaba la estatua de bronce de un ángel... El Ángel, el que había dado su sangre para crear la raza de los cazadores de sombras. En el extremo septentrional de la plaza había una impresionante construcción de piedra blanca. Una cascada de amplios escalones de mármol subía hasta una arcada sostenida por pilares, tras la cual había un par de enormes puertas dobles. El efecto general a la luz del atardecer era deslumbrante... y extrañamente familiar. Clary se preguntó si no habría visto un cuadro del lugar con anterioridad.

¿Tal vez su madre habría pintado uno?

—Ésta es la plaza del Ángel —dijo Sebastian—, y eso era el Gran Salón del Ángel. Los Acuerdos se firmaron por primera vez ahí, ya que a los subterráneos no se les permite el acceso al interior del Gard; ahora se llama de Salón de los Acuerdos. Es un lugar principal de reunión; se celebran festejos, bodas, bailes, esa clase de cosas. Es el centro de la ciudad. Dicen que todas las calzadas conducen al Salón.

—Tiene un cierto aire de iglesia..., pero ustedes no tienen iglesias aquí.

—No hay necesidad —respondió él—. Las torres de los demonios nos mantienen a salvo. No necesitamos nada más. Por eso me gusta venir aquí. Produce una sensación de... tranquilidad.

Clary lo miró sorprendida.

—Entonces ¿tú no vives aquí?

—No; vivo en París. Sólo estaba visitando a Aline; es mi prima. Mi madre y su padre, mi tío Patrick, eran hermanos. Los padres de Aline dirigieron el Instituto de Beijing durante años. Regresaron a vivir a Alacante hará unos diez años.

—Estaban... los Penhallow no estaban en el Círculo, ¿verdad?

Una expresión sobresaltada apareció fugazmente en el rostro de Sebastian. Permaneció silencioso mientras daban la vuelta y dejaban la plaza tras ellos, entrando en laberinto de calles oscuras.

—¿Por qué lo preguntas? —dijo por fin.

—Bueno... porque los Lightwood sí estuvieron.

Pasaron bajo una farola. Clary dirigió una mirada de reojo a Sebastian. Con el largo abrigo negro y la camisa blanca, bajo el charco de luz blanca, parecía una ilustración en blanco y negro de un caballero sacada de un libro de recortes victoriano. El cabello oscuro se rizaba pegado a las sienes de un modo que la hacía ansiar dibujarlo a pluma y tinta.

—Comprende —dijo él— que la mitad de los jóvenes cazadores de sombras de Idris formaban parte del Círculo, y muchos de aquellos que no estaban en Idris también. Mi tío Patrick perteneció a él en los primeros tiempos, pero se salió del Círculo cuando empezó a darse cuenta de lo en serio que se lo tomaba Valentine. Los padres de Aline no tomaron parte en el Levantamiento; mi tío se marchó a Beijing para alejarse de Valentine y conoció a la madre de Aline en el Instituto que había allí. Cuando a los Lightwood y a otros miembros del Círculo los juzgaron por traición contra la Clave, los Penhallow votaron a favor de la indulgencia. Consiguieron que los enviaran a Nueva York en lugar de ser maldecidos. Así que los Lightwood siempre se muestran agradecidos.

—¿Y tus padres? —preguntó Clary—. ¿Estaban en él?

—En realidad, no. Mi madre era más joven que Patrick... él la envió a París cuando se fue a Beijing. Ella conoció a mi padre allí.

—¿Tu madre era más joven que Patrick?

—Está muerta —dijo Sebastian—. Mi padre también. Mi tía Élodie me crió.

—Ah —dijo Clary, sintiéndose estúpida—. Lo siento.

—No los recuerdo —repuso Sebastian—. En realidad, no. Cuando era más pequeño deseaba tener una hermana o un hermano mayor, alguien que pudiera decirme cómo era tenerlos por padres. —La miró pensativo—. ¿Puedo preguntarte algo, Clary? ¿Por qué viniste a Idris cuando sabías lo mal que lo tomaría Jace?

Antes de que pudiera contestarle, pasaron del estrecho callejón que habían estado siguiendo a un patio familiar sin iluminación, en cuyo centro un pozo en desuso brillaba a la luz de la luna.

—La plaza de la Cisterna —dijo Sebastian con una inconfundible nota de decepción en la voz—. Llegamos más rápido de lo que pensé.

Clary echó una ojeada al otro lado del puente de piedra tendido sobre el cercano canal. Pudo ver la casa de Amatis a lo lejos. Todas las ventanas estaban iluminadas. Suspiró.

—Puedo regresar yo sola desde aquí, gracias.

—¿No quieres que te acompañe hasta...?

—No. No a menos que también tú quieras tener problemas.

—¿Crees que yo tendría problemas? ¿Por ser lo suficientemente caballeroso como para acompañarte a casa?

—Se supone que nadie debe saber que estoy en Alacante —dijo ella—. Se supone que es un secreto. Y no te ofendas, pero tú eres un desconocido.

—Me gustaría dejar de serlo —respondió él—. Me gustaría llegar a conocerte mejor.

La miraba con una mezcla de diversión y una cierta timidez, como si no estuviera seguro de cómo sería recibido lo que acababa de decir.

—Sebastian —dijo ella, con una repentina sensación de pesado cansancio—, me alegro de que quieras llegar a conocerme. Pero es que yo no tengo energía para llegar a conocerte. Lo siento.

—No era mi intención...

Pero ella se alejaba ya de él, en dirección al puente. A mitad de camino volteó y echó una ojeada a Sebastian. Éste parecía curiosamente desamparado en un retazo de luz de luna, con los oscuros cabellos cayéndole sobre el rostro.

—Ragnor Fell —dijo ella.

Él la miró fijamente.

—¿Qué?

—Me preguntaste por qué vine aquí a pesar de que no debía —respondió Clary—. Mi madre está enferma. Muy enferma. Tal vez muera. La única cosa que puede ayudarla, la única persona que puede ayudarla, es un brujo llamado Ragnor Fell. Pero no tengo ni idea de dónde encontrarlo.

—Clary...

Ella volvió a voltear en dirección a la casa.

—Buenas noches, Sebastian.

Resultó más difícil trepar por el enrejado que bajar. Las botas de Clary resbalaron varias veces en la húmeda pared de piedra, y se sintió aliviada cuando por fin llegó a la cornisa de la ventana y medio saltó, medio cayó dentro de la recámara.

Su euforia duró poco. Aún no había apoyado totalmente las botas en el suelo cuando llameó una luz intensa, un estallido suave que iluminó la habitación con una claridad diurna.

Amatis estaba sentada en el borde de la cama, con la espalda muy tiesa y una luz mágica en la mano que ardía con una luz brillante que no suavizaba la dureza de su rostro ni las líneas en las comisuras de la boca. Miró fijamente a Clary en silencio durante un largo instante. Finalmente dijo:

—Con esas ropas, eres exacta a Jocelyn.

Clary se incorporó a toda prisa.

—Lo... lo siento —dijo—. Salir así de ese...

Amatis cerró la mano alrededor de la luz mágica, apagando su resplandor. Clary pestañeó en la repentina penumbra.

—Quítate esa ropa —indicó Amatis—, y reúnete conmigo en la cocina. Y ni se te ocurra volver a escabullirte por la ventana —añadió—, o cuando regreses a esta casa la encontrarás sellada para ti.

Tragando saliva con fuerza, Clary asintió.

Amatis se levantó y salió sin añadir nada más. Clary se despojó rápidamente de las prendas y se vistió con su propia ropa, que colgaba sobre el pilar de la cama, ahora seca; los pantalones de mezclilla estaban un poco tiesos, pero le resultó agradable la familiaridad de su camiseta. Sacudió los enmarañados cabellos y se encaminó abajo.

La única vez que había visto la planta baja de la casa de Amatis estaba delirando y padecía alucinaciones. Recordaba pasillos que se alargaban hasta el infinito y un enorme reloj de pie cuyo tictac sonaba como los latidos de un corazón moribundo. Ahora se encontró en una salita pequeña y acogedora, con sencillos muebles de madera y una alfombra de retazos en el suelo. Su pequeño tamaño y los colores vivos le recordaron la salita de su propia casa en Brooklyn. La cruzó en silencio y entró en la cocina, donde ardía un fuego en el hogar y la habitación estaba llena de una cálida luz amarilla. Amatis estaba sentada ante la mesa. Llevaba un chal azul alrededor de los hombros que hacía que su pelo pareciera más gris.

—Hola.

Clary se detuvo indecisa en la entrada. No sabía si Amatis estaba enojada o no.

—Supongo que no necesito preguntarte adónde fuiste —dijo Amatis, sin levantar la vista de la mesa—. Fuiste a ver a Jonathan, ¿verdad? Supongo que era de esperar. Quizá si hubiera tenido hijos, sabría cuándo una criatura me miente. Pero confiaba, en, al menos esta vez, no decepcionar completamente a mi hermano.

—¿Decepcionar a Luke?

—¿Sabes qué sucedió cuando lo mordieron? —Amatis miró hacia adelante—. Cuando a mi hermano lo mordió un hombre lobo y desde luego tenía que suceder, porque Valentine siempre corría riesgos estúpidos consigo mismo y con sus seguidores, por lo que no era más que una cuestión de tiempo, vino y me contó lo que pasó y el miedo que sentía de que pudiera haber contraído la enfermedad de la licantropía. Y yo le dije..., le dije...

—Amatis, no tienes que contármelo...

—Le dije que saliera de mi casa y no regresara hasta que estuviera seguro de no tenerla. Retrocedí asustada ante él... no pude evitarlo. —La voz le tembló—. Él pudo ver la repugnancia que sentía dibujada en mi cara. Tenía miedo de que si se convertía en una criatura lobo, Valentine fuera a pedirle que se matara, y yo le dije..., le dije que a lo mejor eso sería lo mejor.

Clary emitió una pequeña exclamación ahogada; no pudo evitarlo.

Amatis alzó rápidamente los ojos. Todo su rostro mostraba repugnancia hacia sí misma.

—Luke fue siempre bueno. A veces pensaba que él y Jocelyn eran las únicas personas realmente buenas que conocía... Fuera lo que fuera lo que Valentine intentaba conseguir que hiciera..., a veces pensaba que él y Jocelyn eran las únicas personas realmente buenas que conocía... yo no podía soportar la idea de que se viera convertido en un monstruo...

—Pero él no es así. No es un monstruo.

—Yo no lo sabía. Después de que cambiara, después de que huyera de aquí, Jocelyn se esforzó mucho en convencerme de que todavía era la misma persona por dentro, que todavía era mi hermano. De no ser por ella, jamás habría aceptado volver a verlo. Dejé que se quedara aquí cuando vino antes del Levantamiento..., le permití ocultarse en el sótano... Pero notaba que él en realidad no confiaba en mí, no después de que le hubiera dado la espalda. Creo que sigue sin hacerlo.

—Confió lo suficiente como para acudir a ti cuando yo estaba enferma —dijo Clary—. Confió en ti lo suficiente como para dejarme aquí contigo...

—No tenía ningún otro lugar a dónde ir —replicó Amatis—. Y mira lo bien que me fue contigo. Ni siquiera pude mantenerte dentro de la casa un solo día.

La muchacha se estremeció. Aquello era peor que recibir una tanda de gritos.

—No es culpa tuya. Te mentí y me fui a escondidas. No podías evitarlo.

—Clary —dijo Amatis—. ¿No lo ves? Siempre se puede hacer algo. Pero la gente como yo siempre se convence a sí misma de lo contrario. Me convencí de que no había nada que hacer por Luke. Me convencí de que no había nada que hacer para que Stephen no me abandonara. Y me niego incluso a asistir a las reuniones de la Clave porque me digo a mí misma que no hay nada que pueda hacer para influenciar en sus decisiones, incluso cuando aborrezco lo que hacen. Y cuando elijo hacer algo... bueno, ni siquiera puedo hacerlo bien.

—Sus ojos centellearon, duros y brillantes a la luz de las llamas—. Vete a la cama, Clary —finalizó—. Desde ahora, puedes entrar y salir a tus anchas. No haré nada para detenerte. Al fin y al cabo, como tú dijiste, no hay nada que pueda hacer.

—Amatis...

—No. —Amatis negó con la cabeza—. Sólo vete a la cama. Por favor.

Su voz tenía una nota de finalidad; se volteó, como si Clary ya se hubiera ido, y se quedó mirando la pared sin pestañear.

Clary giró sobre sus talones y corrió escalera arriba. Una vez en la habitación de invitados, cerró la puerta de una patada y se arrojó sobre la cama. Pensó que querría llorar, pero las lágrimas no querían acudir. «Jace me odia —pensó—. Amatis me odia. Ni siquiera me despedí de Simon. Mi madre se muere. Y Luke me abandonó. Estoy sola. Jamás estuve tan sola, y es todo culpa mía.» A lo mejor era por eso que no podía llorar, comprendió, clavando los ojos, totalmente secos, en el techo. Porque ¿de qué servía llorar cuando no había nadie allí para consolarla? Y lo que era peor, ¿cuando una no podía siquiera consolarse a sí misma?

7

DONDE LOS ÁNGELES NO SE AVENTURAN

Saliendo de un sueño de sangre y luz solar, Simon despertó de improviso con el sonido de una voz que pronunciaba su nombre.

—Simon. —La voz era un susurro sibilante—. Simon, despierta.

Simon ya estaba parado —en ocasiones, la rapidez con la que podía moverse ahora lo sorprendía incluso a él— y se había volteado en la oscuridad de la celda.

—¿Samuel? —susurró, clavando la mirada en las sombras—. Samuel, ¿eres tú?

—Voltea, Simon. —Ahora la voz, levemente familiar, tenía un acento de irritabilidad—. Y acércate a la ventana.

Simon supo inmediatamente de quién se trataba y miró a través de los barrotes de la ventana para encontrar a Jace arrodillado en la hierba del exterior, con una piedra de luz mágica en la mano. Miraba a Simon con una expresión crispada.

—¿Pensabas que tenías una pesadilla?

—Quizás aún la tengo.

Simon notó un zumbido en los oídos; de haberle latido el corazón, habría pensado que era la sangre corriéndole por las venas, pero era algo distinto, algo menos corpóreo pero más cercano que la sangre.

La luz mágica proyectaba un mosaico de luz y sombra sobre el rostro pálido de Jace.

—O sea que es aquí donde te metieron. Creí que ya no usaban estas celdas. —Echó una mirada de reojo—. Me equivoqué de ventana la primera vez. Le di a tu amigo de la celda contigua un buen susto. Un tipo atractivo, con la barba y los andrajos. Me recordó un poco a los vagabundos que tenemos en Nueva York.

Y Simon se dio cuenta de qué era el zumbido en sus oídos. Cólera. En algún lejano rincón de su mente notó que tenía los labios tensados hacia atrás, con las puntas de los colmillos arañándole el labio inferior.

—Me alegro de que consideres que todo esto es divertido.

—¿No te alegras de verme, entonces? —dijo Jace—. Debo admitir que me sorprende. Siempre me han dicho que mi presencia iluminaba cualquier habitación. Uno pensaría que eso aún sería más evidente cuando se trata de húmedas celdas bajo tierra.

—Sabías lo que sucedería, ¿verdad? «Te enviarán directamente de regreso a Nueva York», dijiste. «No hay ningún problema.» Pero ellos jamás tuvieron la menor intención de hacerlo.

—No lo sabía. —Jace se encontró con sus ojos a través de los barrotes, y su mirada era clara y firme—. Sé que no me creerás, pero pensé que te decía la verdad.

—O estás mintiendo o eres estúpido...

—Entonces soy estúpido.

—... o ambas cosas —finalizó Simon—. Me siento inclinado a pensar que ambas.

—No tengo motivos para mentirte. No ahora. —La mirada de Jace permaneció firme—. Y deja de enseñarme los colmillos. Me están poniendo nervioso.

—Estupendo —dijo Simon—. Si quieres saber el motivo, es porque hueles a sangre.

—Es mi colonia. Eau de Herida Reciente.

Jace levantó la mano izquierda. Era un guante de vendajes blancos, manchados en los nudillos, donde la sangre se había filtrado.

Simon frunció el entrecejo.

—Pensé que los de tu clase no podían tener heridas. No de las que duran.

—Atravesé con él una ventana —explicó Jace—, y Alec me está obligando a curarme como un mundano para enseñarme una lección. ¿Ves?, te conté la verdad. ¿Impresionado?

—No —dijo Simon—; tengo otros problemas mayores que tú. El Inquisidor no deja de hacerme preguntas que no puedo responder. No deja de acusarme de obtener mis poderes como vampiro diurno de Valentine. De ser un espía suyo.

La alarma chispeó en los ojos de Jace.

—¿Aldertree dijo eso?

—Aldertree me dio a entender que toda la Clave lo pensaba.

—Eso es malo. Si deciden que eres un espía, entonces los Acuerdos no son aplicables. No si pueden convencerse de que violaste la Ley. —Jace miró a su alrededor rápidamente antes de devolver la mirada a Simon—. Será mejor que te saquemos de aquí.

—¿Y luego qué?

Simon casi no podía creer lo que estaba diciendo. Quería salir de aquel lugar tan desesperadamente que podía paladearlo, pero no pudo impedir que las palabras salieran de su boca.

—¿Dónde planeas ocultarme?

—Hay un Portal aquí en el Gard. Si lo encontramos, puedo enviarte de regreso por él...

—Y todo el mundo sabrá que me ayudaste. Jace, la Clave no sólo anda tras de mí. De hecho, dudo que sientan el menor interés por un subterráneo. Están intentando demostrar algo sobre tu familia..., sobre los Lightwood. Están intentando demostrar que están conectados con Valentine. Que nunca abandonaron realmente el Círculo.

Incluso en la oscuridad, fue posible ver cómo el color subía a las mejillas de Jace.

—Eso es ridículo. Pelearon contra Valentine en el barco, Robert casi murió...

—El Inquisidor quiere creer que sacrificaron a los otros nefilim que lucharon en el barco para que pareciera que estaban en contra de Valentine. Pero aun así perdieron la Espada Mortal, y eso es lo que le importa. Mira, tú intentaste advertir a la Clave, y ellos no te hicieron el menor caso. Ahora el Inquisidor busca a alguien a quien cargarle todas las culpas. Si puede tachar a tu familia de traidores, entonces nadie culpará a la Clave por lo que sucedió, y él podrá llevar a cabo cualquier política que desee sin oposición.

Jace hundió la cabeza en las manos; los largos dedos jalaban alocadamente los cabellos.

—Pero no puedo dejarte aquí. Si Clary lo descubre...

—Debí saber que era eso lo que te preocupaba. —Simon lanzó una áspera carcajada—. Pues no se lo digas. Está en Nueva York, de todos modos, gracias a... —Se interrumpió, incapaz de pronunciar la palabra—. Tenías razón —dijo en su lugar—. Me alegro de que no esté aquí.

Jace levantó el rostro de las manos.

—¿Qué?

—La Clave perdió el juicio. Quién sabe lo que le harían si supieran lo que puede hacer. Tenías razón —repitió Simon, y cuando Jace no respondió, añadió—: Y será mejor que disfrutes lo que acabo de decirte. Probablemente no volveré a decirlo.

Jace lo miró fijamente con el rostro inexpresivo, y Simon rememoró con una desagradable sacudida el aspecto que tenía Jace en el barco, ensangrentado y moribundo sobre el suelo de metal. Finalmente, Jace habló.

—¿Así que dices que planeas quedarte aquí? ¿En prisión? ¿Hasta cuándo?

—Hasta que se nos ocurra una idea mejor —respondió Simon—. Pero hay una cosa.

—¿Qué? —preguntó Jace, enarcando las cejas.

—Sangre —dijo Simon—. El Inquisidor está intentando matarme de hambre para que hable. Ya me siento muy débil. Cuando llegue mañana estaré..., bueno, no sé cómo estaré. Pero no quiero ceder ante él. No volveré a beber tu sangre, ni la de ningún otro —añadió rápidamente, antes de que Jace pudiera ofrecerse—. Sangre de animal servirá.

—Te puedo conseguir sangre —dijo Jace; luego vaciló—. ¿Le... dijiste al Inquisidor que te dejé beber mi sangre? ¿Que te salvé?

Simon negó con la cabeza.

Los ojos de Jace brillaron con luz reflejada.

—¿Por qué no?

—Supongo que no quería meterte en más problemas.

—Mira, vampiro —dijo Jace—. Protege a los Lightwood si quieres. Pero no me protejas a mí.

—¿Por qué no? —Simon levantó la cabeza.

—Supongo —dijo Jace, y por un momento, mientras miraba abajo a través de los barrotes, Simon pudo casi imaginar que él estaba fuera y era Jace quien estaba dentro de la celda— que no lo merezco.

Clary despertó al oír un sonido como de granizo sobre un tejado de metal. Se sentó en la cama, mirando a su alrededor como atontada. El sonido se repitió, un agudo golpeteo que surgía de la ventana. Echó la manta atrás de mala gana y fue a investigar.

Abrir de par en par la ventana dejó entrar una ráfaga de aire frío que traspasó la pijama como un cuchillo. Tiritó y se inclinó hacia fuera por encima de la cornisa.

Había alguien de pie en el jardín situado abajo, y por un momento, con el corazón dándole un brinco, todo lo que vio fue que la figura era esbelta y alta, con despeinados cabellos juveniles. Entonces él alzó la cara y vio que el cabello era oscuro, no rubio, y se dio cuenta de que, por segunda vez, esperaba a Jace y Sebastian aparecía en su lugar.

El muchacho sostenía un puñado de piedritas en una mano. Sonrió al verla asomar la cabeza, y se señaló a sí mismo y luego al enrejado del rosal. «Baja.»

Ella negó con la cabeza y señaló en dirección a la parte delantera de la casa. «Reúnete conmigo en la puerta principal.» Cerró la ventana y bajó la escalera. Era entrada la mañana; la luz que entraba por las ventanas era fuerte y dorada, pero todas las luces estaban apagadas y la casa estaba en silencio. «Amatis debe de dormir aún», pensó.

Clary fue a la puerta principal, quitó el cerrojo, y la abrió. Sebastian estaba allí, de pie en el escalón de la entrada, y una vez más ella tuvo aquella sensación, aquel extraño estallido de reconocimiento, aunque fue más leve en esta ocasión. Le sonrió débilmente.

—Arrojaste piedras a mi ventana —dijo—. Pensé que la gente sólo hacía eso en las películas.

Él sonrió burlón.

—Bonita pijama. ¿Te desperté?

—Tal vez.

—Lo siento —dijo él, aunque no parecía sentirlo—. Pero esto no podía esperar. A propósito, tal vez quieras subir y vestirte. Pasaremos el día juntos.

—Vaya. Muy seguro de ti mismo, ¿verdad? —dijo ella, aunque probablemente los chicos con el aspecto de Sebastian en realidad no tenían motivos para sentir otra cosa que seguridad en sí mismos. Negó con la cabeza—. Lo siento, pero no puedo. No puedo salir de la casa. Hoy no.

Una tenue arruga de preocupación apareció entre los ojos del muchacho.

—Ayer saliste.

—Lo sé, pero eso fue antes de... —«Antes de que Amatis me hiciera sentir como una enana de cinco centímetros.»— Simplemente no puedo. Y por favor no intentes convencerme de que lo haga, ¿de acuerdo?

—De acuerdo —dijo él—. No discutiré. Pero al menos deja que te diga lo que vine a decirte. Luego, lo prometo, si todavía quieres que me vaya, me iré.

—¿Qué es?

Él alzó el rostro, y ella se preguntó cómo era posible que unos ojos oscuros pudieran brillar exactamente como los dorados.

—Sé dónde puedes encontrar a Ragnor Fell.

Clary necesitó menos de diez minutos para subir, vestirse de cualquier manera, garabatear una nota a Amatis y volver a reunirse con Sebastian, que la esperaba junto al canal. El muchacho sonrió de oreja a oreja mientras ella corría a su encuentro, sin aliento, con el abrigo verde echado sobre un brazo.

—Ya estoy aquí —dijo ella, deteniéndose con un patinazo—. ¿Podemos irnos?

Sebastian insistió en ayudarla a ponerse el abrigo.

—No creo que nadie me haya ayudado jamás con el abrigo —comentó Clary, liberando los cabellos que habían quedado atrapados bajo el cuello—. Bueno, a lo mejor algún camarero. ¿Has sido camarero alguna vez?

—No, pero me crió una francesa —le recordó Sebastian—. Eso implica un adiestramiento aún más riguroso.

Clary sonrió, pese a su nerviosismo. Sebastian tenía sus mañas para hacerla sonreír, advirtió con una leve sensación de sorpresa. Casi demasiado.

—¿Adónde vamos? —preguntó bruscamente—. ¿Está cerca de aquí la casa de Fell?

—Vive fuera de la ciudad en realidad —respondió él, yendo hacia el puente.

Clary se unió a su paso.

—¿Es un paseo largo?

—Demasiado largo para caminar. Nos llevarán.

—¿Nos llevarán? ¿Quién? —Se detuvo en seco—. Sebastián, debemos tener cuidado. No podemos confiar así como así a cualquiera la información sobre lo que hacemos..., lo que hago. Es un secreto.

Sebastian la contempló con pensativos ojos oscuros.

—Juro por el Ángel que el amigo que nos llevará no musitará ni una palabra a nadie sobre lo que estamos haciendo.

—¿Estás seguro?

—Estoy muy seguro.

«Ragnor Fell —pensó Clary mientras se abrían camino por las calles repletas—. Voy a ver a Ragnor Fell.» Una excitación alocada chocó con inquietud; Madeleine lo hizo parecer alguien formidable. ¿Y si no tenía paciencia con ella, si no tenía tiempo? ¿Y si no podía hacerlo creer que era quien decía ser? ¿Y si él ni siquiera recordaba a su madre?

No ayudaba a sus nervios que cada vez que pasaba junto a un hombre rubio o una chica con una larga melena oscura las tripas se le tensaran porque creía reconocer a Jace o a Isabelle. Pero Isabelle probablemente se limitaría a ignorarla, pensó con desánimo, y Jace habría regresado sin duda a casa de los Penhallow y estaría besuqueándose con su nueva novia.

—¿Te preocupa que te sigan? —le preguntó Sebastian mientras doblaban por una calle lateral que los alejaba del centro de la ciudad, al advertir sus inquietas miradas.

—No dejo de pensar que veo a personas que conozco —admitió ella—. A Jace, o a los Lightwood.

—No creo que Jace haya abandonado la casa de los Penhallow desde que llegaron aquí. Parece pasar la mayor parte del tiempo escondiéndose en su habitación. Se lastimó la mano ayer además...

—¿Se lastimó la mano? ¿Cómo?

Clary, olvidando mirar por dónde iba, tropezó con una piedra. La calzada por la que caminaba pasó de adoquines a grava sin que ella se diera cuenta.

—Uy.

—Ya llegamos —anunció Sebastian, deteniéndose frente a una valla alta de madera y alambre.

No había casas por allí; dejaron atrás de un modo súbito el distrito residencial, y sólo había aquella valla en un lado y una ladera pedregosa que iba en dirección al bosque en el otro.

La valla tenía una puerta, pero estaba cerrada con un candado. Sebastian sacó del bolsillo una gruesa llave de acero y abrió el portón.

—Regresaré en seguida con nuestro transporte.

Cerró la puerta detrás de él. Clary acercó el ojo a las tablas. Por entre las aberturas pudo ver lo que parecía una casa baja de tablas rojas. Aunque no parecía tener realmente una puerta... o auténticas ventanas...

El portón se abrió y Sebastian reapareció, sonriendo de oreja a oreja. Sujetaba una correa en una mano: detrás de él avanzaba dócilmente un enorme caballo gris y blanco con una mancha en forma de estrella en la frente.

—¿Un caballo? ¿Tienes un caballo? —Clary lo miró fijamente, atónita—. ¿Quién tiene un caballo?

Sebastian acarició cariñosamente al caballo en el cuarto delantero.

—Muchas familias de cazadores de sombras tienen caballos en los establos que hay aquí en Alacante. Si te fijaste, no hay coches en Idris. No funcionan bien con todas las salvaguardas que hay por ahí. —Palmeó el pálido cuero de la silla del caballo, grabado con un emblema que mostraba a una serpiente acuática emergiendo de un lago en una serie de aros. El nombre *Verlac* estaba escrito debajo con esmerada caligrafía.

—Vamos, sube.

Clary retrocedió.

—Jamás he montado a caballo.

—Yo seré quien montará a *Caminante* —la tranquilizó Sebastian—. Tú sólo irás sentada delante de mí.

El caballo resopló suavemente. Tenía unos dientes enormes, advirtió Clary con inquietud. Imaginó aquellos dientes hundiéndosele en la pierna y pensó en todas las niñas que había conocido en primaria que habían querido tener ponis. Se preguntó si estaban locas.

«Sé valiente —se dijo—. Es lo que tu madre haría.»

Inspiró profundamente.

—De acuerdo. Vamos.

La determinación de Clary de ser valiente duró lo que tardó Sebastian —después de ayudarla a subir a la silla— en saltar sobre el caballo detrás de ella y hundirle los talones en los flancos. *Caminante* salió disparado como una bala, golpeando el suelo de grava con una energía que le envió violentas sacudidas que subían por su columna vertebral. Se aferró al trozo de silla que sobresalía hacia arriba delante de ella, hundiendo las uñas con fuerza suficiente para dejar marcas en el cuero.

La carretera por la que avanzaban se estrechó a medida que salían de la ciudad, y en aquel momento había terraplenes de gruesos árboles a ambos lados de ellos, muros de vegetación que impedían cualquier visión más amplia. Sebastian jaló las riendas y el caballo detuvo su frenético galope. Los latidos del corazón de Clary aminoraron junto con el paso del animal. A medida que su pánico se desvanecía, la muchacha empezó, poco a poco, a ser consciente de la presencia de Sebastian a su espalda; el joven sostenía las riendas a ambos lados de ella, creando a su alrededor una especie de jaula con los brazos que le impedía sentir que podía resbalar fuera del caballo. Se sintió repentinamente muy consciente de la presencia del muchacho, no sólo de la fuerte energía de los brazos que la sujetaban, sino de que ella estaba recostada contra su pecho y que él olía, por algún motivo, a pimienta negra. No le resultó molesto; era aromático y agradable, muy diferente del olor de Jace a jabón y luz solar. Aunque no es que la luz del sol tuviera olor, en realidad, pero si lo tuviera...

Apretó los dientes. Estaba con Sebastian, rumbo a encontrarse con un poderoso brujo, y divagaba sobre el olor de Jace. Se forzó a mirar alrededor. Los verdes terraplenes de árboles empezaban a ser menos densos y ya podía ver una franja de campiña jaspeada a cada lado. Era hermoso de un modo agreste: una alfombra verde interrumpida aquí y allí por la cicatriz de una carretera de piedra gris o un risco de roca negra alzándose fuera de los pastos. Macizos de delicadas flores blancas, las mismas que había visto en la necrópolis con Luke, adornaban las colinas como una esporádica nevada.

—¿Cómo averigüaste dónde está Ragnor Fell? —preguntó mientras Sebastian conducía con habilidad al caballo alrededor de una zanja de la carretera.

—Mi tía Élodie. Posee toda una red de informadores. Sabe todo lo que sucede en Idris, incluso a pesar de que ella misma nunca viene aquí. Odia abandonar el Instituto.

—¿Y tú? ¿Vienes mucho a Idris?

—En realidad, no. La última vez que estuve aquí tenía unos cinco años. No había visto a mis tíos desde entonces, así que me alegro de estar aquí ahora. Me ofrece la oportunidad de ponerme al día. Además, extraño Idris cuando no estoy aquí. No existe ningún otro lugar como éste. Es algo que está en la tierra del lugar. Empezarás a sentirlo, y entonces lo extrañarás cuando no estés aquí.

—Sé que Jace lo extrañaba —dijo ella—. Pero pensé que era porque vivió aquí durante años. Se crió aquí.

—En la casa solariega de los Wayland —repuso Sebastian—. No está lejos del lugar al que vamos, de hecho.

—Pareces saberlo todo.

—No todo —respondió él con una carcajada que Clary sintió a través de la espalda—. Sí, Idris lleva a cabo su magia sobre todo el mundo... Incluso aquellos que como Jace tienen motivos para odiar el lugar.

—¿Por qué dices eso?

—Bueno, lo crió Valentine, ¿no? Y eso debió ser espantoso.

—No lo sé —vaciló Clary—. Lo cierto es que tiene sentimientos encontrados sobre eso. Creo que Valentine fue en cierto modo un padre horrible, pero por otra parte las escasas muestras de amabilidad y amor que le mostró fueron toda la amabilidad y amor que Jace conoció. —Sintió una oleada de tristeza mientras hablaba—. Creo que recordó a Valentine con mucho cariño durante mucho tiempo.

—No puedo creer que Valentine mostrara jamás amabilidad o amor hacia Jace. Valentine es un monstruo.

—Bueno, sí, pero Jace es su hijo. Y no era más que un niño pequeño. Creo que Valentine sí lo quería, a su manera...

—No —la voz de Sebastian sonó cortante—; me temo que eso es imposible.

Clary parpadeó y estuvo a punto de voltear para mirarle la cara, pero lo pensó mejor. Todos los cazadores de sombras parecían fanáticos respecto al tema de Valentine —pensó en la Inquisidora y se estremeció interiormente—, y ella no podía culparlos.

—Probablemente tienes razón.

—Ya llegamos —dijo Sebastian con brusquedad, con tanta brusquedad que Clary se preguntó si realmente lo habría ofendido de algún modo, y se deslizó fuera del lomo del caballo.

Pero cuando alzó los ojos hacia ella, sonreía.

—Tardamos poco —dijo, atando las riendas a la rama baja de un árbol cercano—. Menos de lo que pensé.

Le indicó con un ademán que debía desmontar, y, tras un momento de duda, Clary se deslizó fuera del caballo hacia sus brazos. Se aferró a él cuando la sujetó; sus piernas flojeaban tras la larga cabalgada.

—Lo siento —dijo tímidamente—, no era mi intención agarrarte tan fuerte.

—Yo no me disculparía por eso.

El aliento del muchacho era cálido sobre su cuello, y ella se estremeció. Las manos de Sebastian se demoraron sólo un instante más sobre la espalda de Clary antes de soltarla con desgana.

Todo eso no ayudaba a que las piernas de Clary se sintieran más firmes.

—Gracias —dijo, sabiendo a la perfección que estaba ruborizada y deseando de todo corazón que su piel clara no mostrara el rubor con tanta facilidad—. Así que... ¿es aquí?

Miró a su alrededor. Estaban en un pequeño valle entre colinas bajas. Había varios árboles de aspecto nudoso alineados alrededor de un claro, cuyas ramas retorcidas poseían una belleza escultural recortadas en aquel cielo azul acero. Pero, aparte de eso...

—Aquí no hay nada —dijo frunciendo el entrecejo.

—Clary. Concéntrate.

—¿Quieres decir... un *glamour*? Pero por lo general no tengo que...

—Los *glamoures* en Idris muchas veces son más fuertes que en otras partes. Puede que tengas que esforzarte más de lo normal. —Posó las manos sobre los hombros de ella y la hizo girar con suavidad—. Observa el claro.

Clary efectuó en silencio el truco mental que le permitía desprender la ilusión de la cosa que disfrazaba. Se imaginó frotando solvente sobre una tela, desprendiendo capas de pintura para dejar al descubierto la auténtica imagen que había debajo... y allí estaba, una pequeña casa de piedra con un puntiagudo tejado de dos aguas y humo serpenteando desde la chimenea en un elegante arabesco. Un sendero sinuoso flanqueado de piedras conducía hasta la puerta principal. Mientras miraba, el humo que salía a bocanadas de la chimenea dejó de ascender en espiral y empezó a adoptar la forma de un ondulante signo de interrogación.

Sebastian rió.

—Creo que eso significa: «¿Quién está ahí?».

Clary se envolvió más en el abrigo. El viento que soplaba a través de la uniforme hierba no era tan fresco, pero sentía hielo en los huesos de todos modos.

—Parece salido de un cuento de hadas.

—¿Tienes frío?

Sebastian la rodeó con un brazo. Inmediatamente, el humo que ascendía en espiral de la chimenea dejó de formar un interrogante y adoptó la forma de corazones ladeados. Clary se zafó de él, sintiéndose a la vez avergonzada y en cierto modo culpable, como si hubiera hecho algo malo. Caminó rápidamente hacia el sendero que conducía a la parte delantera de la casa, con Sebastian justo detrás de ella. Llevaban recorrido la mitad del sendero de acceso cuando la puerta se abrió de par en par.

A pesar de su obsesión por encontrar a Ragnor Fell desde el momento en que Madeleine le dijo su nombre, Clary jamás se detuvo a imaginar qué aspecto podría tener éste. Un hombretón barbudo, habría pensado, de haber reflexionado sobre eso. Alguien con aspecto de vikingo, con enormes espaldas anchas.

Pero la persona que salió por la puerta principal era alta y delgada, con cabellos cortos y puntiagudos. Llevaba puesto un chaleco de malla dorada y unos pantalones de pijama de seda. Contempló a Clary con leve interés, dando suaves caladas a una pipa fantásticamente grande mientras lo hacía. Aunque no se parecía en nada a un vikingo, en seguida le resultó totalmente familiar.

Magnus Bane.

—Pero...

Sebastian parecía tan estupefacto como Clary. Miraba fijamente a Magnus con la boca ligeramente abierta y una mirada vaga en el rostro. Finalmente, tartamudeó:

—¿Eres... Ragnor Fell? ¿El brujo?

Magnus se sacó la pipa de la boca.

—Bueno, desde luego no soy Ragnor Fell la bailarina exótica.

—Yo...

Sebastian parecía no saber qué decir. Clary no estaba segura de lo que él esperaba, pero Magnus no resultaba fácil de asimilar.

—Esperábamos que pudieras ayudarnos. Soy Sebastian Verlac, y ésta es Clarissa Morgenstern. Su madre es Jocelyn Fairchild...

—No me importa quién sea su madre —dijo Magnus—. No pueden verme sin una cita. Regresen más adelante. El próximo marzo estaría bien.

—¿Marzo? —Sebastian parecía horrorizado.

—Tienes razón —dijo Magnus—. Demasiado lluvioso. ¿Qué tal junio?

Sebastian se irguió en toda su estatura.

—No creo que comprendas lo importante que es esto...

—Sebastian, no te molestes —dijo Clary con repugnancia—. Te está tomando el pelo. No puede ayudarnos de todos modos.

Sebastian parecía aún más confundido.

—Pero no veo por qué no puede...

—De acuerdo, eso es suficiente —dijo Magnus, y tronó los dedos una vez.

Sebastian se quedó paralizado donde estaba, la boca todavía abierta, la mano parcialmente extendida.

—¡Sebastian!

Clary estiró el brazo para tocarlo, pero estaba rígido como una estatua. Únicamente el leve movimiento ascendente y descendente del pecho indicaba que seguía vivo.

—¿Sebastian? —repitió ella, pero era inútil: de algún modo, sabía que él no podía verla ni oírla.

Se volvió furiosa hacia Magnus.

—No puedo creer que acabas de hacer eso. ¿Qué demonios te sucede? ¿Lo que hay en esa pipa te derritió el cerebro? Sebastian pertenece a nuestro bando.

—Yo no tengo un bando, mi querida Clary —dijo Magnus haciendo un ademán con la pipa—. Y, en realidad, es culpa tuya que tuviera que congelarlo durante un corto espacio de tiempo. Estabas terriblemente cerca de contarle que no soy Ragnor Fell.

—Eso es porque tú no eres Ragnor Fell.

Magnus expulsó un chorro de humo por la boca y la contempló pensativo por entre la neblina.

—Ven —dijo—. Deja que te muestre algo.

Sostuvo la puerta de la pequeña casa abierta, indicándole que entrara. Con una última e incrédula mirada a Sebastian, Clary lo siguió.

El interior de la casita de campo estaba a oscuras, pero la tenue luz diurna que entraba por las ventanas fue suficiente para mostrar a Clary que estaban dentro de una gran habitación llena de sombras negras. Había un olor curioso en el aire, como de basura quemándose. Efectuó un leve sonido estrangulado mientras Magnus levantaba la mano y volvía a tronar los dedos una vez. Una intensa luz azul apareció en las yemas de sus dedos.

Clary lanzó una exclamación de sorpresa. La habitación estaba patas arriba: mobiliario hecho astillas, cajones abiertos y su contenido desperdigado. Páginas arrancadas de libros flotaban en el aire como cenizas. Incluso el cristal de la ventana estaba hecho añicos.

—Recibí un mensaje de Fell anoche —dijo Magnus—, pidiéndome que me reuniera aquí con él. Aparecí... y lo encontré así. Todo destruido, y este hedor a demonios por todas partes.

—¿Demonios? Pero los demonios no pueden entrar en Idris...

—Yo no dije que entraron. Sólo te estoy contando lo que sucedió. —Magnus hablaba sin inflexión—. El lugar apestaba a algo demoníaco en origen. El cuerpo de Ragnor estaba en el suelo. No estaba muerto cuando lo dejaron, pero sí cuando yo llegué. —Volteó hacia ella—. ¿Quién sabía que lo buscabas?

—Madeleine —musitó Clary—. Pero está muerta. Sebastian, Jace y Simon. Los Lightwood...

—Ah —dijo Magnus—. Si los Lightwood lo saben, la Clave puede perfectamente saberlo a estas horas, y Valentine tiene espías en la Clave.

—Debí mantenerlo en secreto en lugar de preguntar a todo el mundo por él —repuso Clary, horrorizada—. Es culpa mía. Debí advertir a Fell...

—Se me permite señalar —indicó Magnus— que tú no podías encontrarlo, lo que de hecho es motivo suficiente para que preguntaras a la gente por él. Madeleine... y tú... simplemente pensaban en Fell como alguien que podía ayudar a tu madre. No en alguien en quien Valentine podría estar interesado más allá de eso. Pero hay algo más. Valentine tal vez no sabía cómo despertar a tu madre, pero parece saber que lo que ella hizo para ponerse en ese estado guardaba conexión con algo que él deseaba muchísimo. Un libro de hechizos concreto.

—¿Cómo sabes todo esto? —preguntó Clary.

—Porque Ragnor me lo contó.

—Pero...

Magnus la interrumpió con un ademán.

—Los brujos tienen modos de comunicarse entre sí. Tenemos nuestros propios idiomas. —Levantó la mano que sostenía la llama azul—. *Logos*.

Letras de fuego, al menos de quince centímetros de altura cada una, aparecieron en las paredes como grabadas en la piedra con oro líquido. Las letras corrieron por las paredes, deletreando palabras que Clary no comprendió. Volteó hacia Magnus.

—¿Qué dice?

—Ragnor lo hizo cuando supo que moría. Cuenta a cualquier brujo que venga en su busca lo sucedido. —Mientras Magnus se volvía, el resplandor de las ardientes letras dio una luz dorada a sus ojos de gato—. Lo atacaron aquí sirvientes de Valentine. Le exigieron el Libro de lo Blanco. Aparte del Libro Gris, se encuentra entre los volúmenes más famosos de tema sobrenatural que se hayan escrito. Tanto la receta para la poción que tomó Jocelyn como la receta del antídoto para ella están en ese libro.

Clary se quedó boquiabierta.

—¿De modo que estaba aquí?

—No. Pertenecía a tu madre. Todo lo que Ragnor hizo fue aconsejarle sobre dónde esconderlo de Valentine.

—De modo que está...

—Está en la casa solariega de los Wayland. Los Wayland tenían su hogar muy cerca de donde Jocelyn y Valentine vivían; eran sus vecinos más próximos. Ragnor le sugirió a tu madre que ocultara el

172

libro en su casa, donde Valentine jamás lo buscaría. En la biblioteca, de hecho.

—Pero Valentine vivió en la casa solariega de los Wayland durante muchos años después de eso —protestó Clary—. ¿No lo habría encontrado?

—Estaba oculto dentro de otro libro. Uno que era improbable que Valentine abriera. —Magnus sonrió malicioso—. *Recetas sencillas para amas de casa.* Nadie puede decir que tu madre no tuviera sentido del humor.

—Entonces ¿fuiste a la casa de los Wayland? ¿Buscaste el libro?

Magnus negó con la cabeza.

—Clary, en esa casa hay salvaguardas que te envían en la dirección equivocada. Y no sólo mantienen alejada a la Clave; mantienen alejado a todo el mundo. Especialmente a los subterráneos. Tal vez si tuviera tiempo para trabajar en ellas, podría descifrarlas, pero...

—Entonces ¿nadie puede entrar? —La desesperación le arañó el pecho—. ¿Es imposible?

—Yo no dije eso —respondió Magnus—. Se me ocurre al menos una persona que podría casi con toda seguridad entrar en la casa.

—¿Te refieres a Valentine?

—Me refiero al hijo de Valentine —dijo él.

Clary sacudió la cabeza.

—Jace no me ayudará, Magnus. No me quiere aquí. De hecho, dudo siquiera que quiera hablar conmigo.

Magnus la contempló meditabundo.

—Creo —dijo— que Jace haría cualquier cosa por ti, si tú se lo pidieras.

Clary abrió la boca y luego volvió a cerrarla. Recordó cómo Magnus siempre pareció saber lo que Alec sentía por Jace, lo que Simon sentía por ella. Sus sentimientos hacia Jace debían de estar escritos en su rostro incluso ahora, y Magnus era un lector experto. Miró hacia otro lado.

—Digamos que convenzo a Jace para que venga a la casa conmigo y consiga el libro —dijo—. Entonces ¿qué? No sé cómo lanzar un hechizo, o preparar un antídoto...

Magnus lanzó un bufido.

—¿Crees que te estoy ofreciendo todo este asesoramiento gratis? Una vez que tengas en tus manos el Libro de lo Blanco, quiero que me lo traigas directamente.

—¿El libro? ¿Lo quieres?

—Es uno de los libros de hechizos más poderoso del mundo. Claro que lo quiero. Además, pertenece, por derecho, a los hijos de Lilith, no a los de Raziel. Es un libro de brujo y debería estar en manos de un brujo.

—Pero yo lo necesito... para curar a mi madre...

—Necesitas una página de él, que te puedes quedar. El resto es mío. Y a cambio, cuando me traigas el libro, prepararé el antídoto para ti y se lo administraré a Jocelyn. No me digas que no es un trato justo. —Extendió una mano—. ¿Cerramos el trato?

Tras un momento de duda Clary le estrechó la mano.

—Espero no tener que lamentarlo.

—Eso espero —dijo Magnus, volviéndose alegremente hacia la puerta principal; en las paredes, las letras de fuego se desvanecían ya—. El arrepentimiento es una emoción carente de sentido, ¿no te parece?

El sol en el exterior parecía especialmente brillante tras la oscuridad de la casita. Clary se quedó pestañeando mientras el paisaje se iba aclarando ante sus ojos: las montañas a lo lejos, *Caminante* masticando hierba con satisfacción y Sebastian inmóvil como una estatua de jardín, con una mano todavía extendida. Volteó hacia Magnus.

—¿Podrías descongelarlo, por favor?

Magnus pareció divertido.

—Me sorprendí al recibir el mensaje de Sebastian esta mañana —dijo—, diciendo que te estaba haciendo un favor, nada menos. ¿Cómo lo conociste?

—Es primo de unos amigos de los Lightwood o algo así. Es agradable, te lo prometo.

—Agradable, ¡bah! Es divino. —Magnus miró con ojos soñadores en su dirección—. Deberías dejarlo aquí. Podría colgar sombreros en él y otras cosas.

—No; no puedes quedártelo.

—¿Por qué no? ¿Te gusta? —Los ojos de Magnus centellearon—. Parece que le gustas. Lo vi acercándose a tu mano ahí fuera igual que una ardilla lanzándose sobre un cacahuate.

—¿Por qué no hablamos sobre tu vida amorosa? —contraatacó Clary—. ¿Qué hay de ti y Alec?

—Alec se niega a admitir que tenemos una relación, y por lo tanto yo me niego a hacerle caso. Me envió un mensaje de fuego pidiéndome un favor el otro día. Iba dirigido al «Brujo Bane», como si yo fuera un perfecto desconocido. Sigue colgado de Jace, aunque esa relación nunca irá a ninguna parte. Un problema sobre el que imagino que tú no sabes nada...

—Cállate. —Clary miró a Magnus con desagrado—. Oye, si no descongelas a Sebastian, no podré irme de aquí y jamás conseguirás el Libro de lo Blanco.

—De acuerdo, de acuerdo. Pero ¿puedo pedirte algo? No le cuentes nada de lo que te acabo de explicar, sea amigo de los Lightwood o no. —Magnus tronó los dedos malhumorado.

El rostro de Sebastian cobró vida, igual que una cinta de video poniéndose de nuevo en marcha después de haber estado en pausa.

—... ayudarnos —dijo—. Esto no es un problema menor. Es cuestión de vida o muerte.

—Ustedes los nefilim piensan que todos sus problemas son cuestiones de vida o muerte —replicó Magnus—. Ahora márchense. Ya empezaron a aburrirme.

—Pero...

—Márchense —dijo Magnus, adoptando un tono de voz peligroso.

Chispas azules centellearon en la punta de sus largos dedos, y de repente apareció un olor picante en el aire, como a quemado. Los ojos felinos de Magnus brillaron. Incluso a pesar de que sabía que era todo un número, Clary no pudo evitar retroceder.

—Creo que deberíamos irnos, Sebastian —dijo.

El muchacho entrecerró los ojos.

—Pero, Clary...

—Nos vamos —insistió ella, y, agarrándolo del brazo, medio lo arrastró en dirección a *Caminante*.

Sebastián la siguió de mala gana, refunfuñando entre dientes. Con un suspiro de alivio, Clary echó una ojeada atrás por encima del hombro. Magnus estaba de pie ante la puerta de la casita, con los brazos cruzados sobre el pecho. Trabando la mirada con ella, le sonrió y dejó caer un párpado en un solitario y centelleante guiño.

—Lo lamento, Clary.

Sebastian tenía una mano sobre el hombro de ella y la otra en su cintura mientras la ayudaba a montar en el amplio lomo de *Caminante*. Clary reprimió una vocecita dentro de su cabeza que le advertía de que no volviera a subir al caballo —a ningún caballo— y le permitió que la alzara. Pasó una pierna por encima y se acomodó en la silla, diciéndose que se mantenía en equilibrio sobre un enorme sofá en movimiento y no sobre una criatura viva que podría volver la cabeza y morderla en cualquier momento.

—¿Qué es lo que lamentas? —le preguntó mientras él montaba detrás de ella.

Resultaba casi irritante la facilidad con que montaba —como si danzara—, pero era reconfortante contemplarlo. Estaba claro que sabía lo que hacía, se dijo mientras él estiraba los brazos por delante de ella para tomar las riendas. Supuso que era bueno que uno de ellos lo supiera.

—Lo de Ragnor Fell. No esperaba que se mostrara tan negado

176

a ayudar. Aunque los brujos son caprichosos. Tú ya conociste a uno, ¿verdad?

—Conocí a Magnus Bane.

Volteó un momento para mirar más allá de Sebastian, hacia la casita que se perdía en la distancia detrás de ellos. El humo brotaba de la chimenea en forma de pequeñas figuras danzantes. ¿Magnuses danzantes? No pudo saberlo desde allí.

—Es el Gran Brujo de Brooklyn.

—¿Es muy parecido a Fell?

—Increíblemente similar. No te preocupes por Fell. Sabía que existía una posibilidad de que se negara a ayudarnos.

—Pero te prometí ayuda. —Sebastian parecía genuinamente disgustado—. Bueno, al menos hay algo más que puedo mostrarte, así el día no habrá sido una completa pérdida de tiempo.

—¿Qué?

Volvió a retorcerse para levantar la mirada hacia él. El sol estaba alto en el cielo detrás del muchacho, y encendía los mechones de sus oscuros cabellos con un contorno de fuego.

—Ya lo verás —respondió Sebastian con una amplia sonrisa.

A medida que se alejaban más de Alacante, muros de verde follaje aparecían fugazmente en ambos lados, dejando paso de vez en cuando a panoramas de una belleza inverosímil: lagos de un azul escarcha, valles verdes, montañas grises, plateados fragmentos de ríos y riachuelos flanqueados por orillas cubiertas de flores. Clary se preguntó cómo sería vivir en un lugar como aquél. No podía evitar sentirse nerviosa, casi desprotegida sin el abrigo de edificios altos cercándola.

No es que no hubiera ningún edificio. De vez en cuando el tejado de un gran edificio de piedra aparecía ante la vista por encima de los árboles. Eran las casas solariegas, explicó Sebastian (gritándole al oído): las casas de campo de las familias adineradas de cazadores de sombras. A Clary le recordaban las antiguas mansiones enormes situadas a lo largo del río Hudson, al norte de Manhattan, donde los neoyorquinos ricos pasaban los veranos hacía cientos de años.

La carretera a sus pies pasó de grava a tierra. Clary fue sacada violentamente de su ensoñación cuando llegaron a lo alto de una colina y Sebastian detuvo en seco a *Caminante*.

—Aquí está —dijo.

Clary abrió los ojos de par en par. Lo que «estaba» era una derrumbada masa de piedra carbonizada y ennegrecida, reconocible sólo por el contorno como algo que en una ocasión había sido una casa: conservaba la estructura de una chimenea, que todavía señalaba hacia el cielo, y un pedazo de pared con una ventana sin cristal abierta en el centro. Crecía maleza entre los cimientos, verde en medio del negro.

—No entiendo —dijo ella—. ¿Por qué estamos aquí?

—¿No lo sabes? —preguntó Sebastian—. Aquí es donde vivían tu madre y tu padre. Donde nació tu hermano. Esto era la casa de los Fairchild.

No era la primera vez que Clary oía la voz de Hodge en su cabeza: «Valentine encendió una gran hoguera y se quemó a sí mismo junto con su familia, su esposa y su hijo. Dejó la tierra negra. Nadie quiere construir allí aún. Dicen que el lugar está maldito».

Sin decir nada más la muchacha se deslizó fuera del lomo del caballo. Oyó cómo Sebastian la llamaba, pero descendía ya, medio corriendo, medio resbalando, la baja colina. El terreno se nivelaba allí donde estuvo la casa; las piedras ennegrecidas de lo que en una ocasión había sido un sendero yacían secas y agrietadas a sus pies. Por entre las malas hierbas pudo ver unos escalones que finalizaban abruptamente unos pocos centímetros por encima del suelo.

—Clary...

Sebastian la siguió a través de los hierbajos, pero ella apenas era consciente de su presencia. Girando en un lento círculo, lo asimiló todo. Árboles quemados y medio muertos. Lo que seguramente había sido pasto sombreado, extendiéndose a lo lejos por el declive de una colina. Pudo ver el tejado de lo que probablemente era otra casa solariega próxima a lo lejos, justo por encima de la línea de los árboles. El sol centelleaba en los pedazos rotos del cristal de la ventana en la única pared entera que seguía en pie. Entró en las ruinas sobre una plataforma de piedras ennegrecidas. Pudo distinguir los contornos de habitaciones, algunas entradas; incluso una vitrina chamuscada, casi intacta, caída de costado con pedazos triturados de porcelana derramándose, mezclándose con la tierra negra.

En una ocasión aquello fue una casa auténtica, habitada por personas vivas. Su madre vivió allí, se casó allí, tuvo un hijo allí. Y entonces Valentine llegó y lo convirtió todo en polvo y cenizas, dejando que Jocelyn pensara que su hijo estaba muerto, induciéndola a ocultarle la verdad sobre el mundo a su hija... Una sensación de desgarradora tristeza invadió a Clary. Más de una vida había quedado destrozada en aquel lugar. Se llevó la mano al rostro y casi le sorprendió descubrir que estaba húmedo: estuvo llorando sin darse cuenta.

—Clary, lo siento. Pensé que querrías verlo.

Era Sebastian, avanzando entre crujidos hacia ella a través de los escombros, levantando nubes de cenizas con las botas. Parecía preocupado.

Ella volteó hacia él.

—Así es. Gracias.

El viento empezó a soplar con fuerza y azotaba el rostro del muchacho con mechones de sus propios cabellos negros. Él le dedicó una sonrisa pesarosa.

—Debe de ser duro pensar en todo lo que sucedió en este lugar, en Valentine, en tu madre... Tuvo un valor increíble.

—Lo sé —dijo Clary—. Lo tuvo. Lo tiene.

Él le tocó levemente el rostro.

—También tú.

—Sebastian, no sabes nada sobre mí.

—Eso no es cierto.

La otra mano se levantó, y ahora le sujetaba la cara con ambas. Su contacto era delicado, casi vacilante.

—Oí todo sobre ti, Clary. Sobre cómo peleaste con tu padre por la Copa Mortal, cómo entraste en ese hotel infestado de vampiros en busca de tu amigo. Isabelle me contó cosas, y he oído rumores, también. Y ya desde el primero de ellos..., desde la primera vez que oí tu nombre..., quería conocerte. Sabía que serías extraordinaria.

Ella rió temblorosa.

—Espero que no te sientas demasiado desilusionado.

—No —musitó él, deslizándole las yemas de los dedos bajo la barbilla—. En absoluto.

Le alzó el rostro hacia el suyo y ella se sintió demasiado sorprendida para moverse, incluso cuando se inclinó hacia ella y se dio cuenta, con cierto retraso, de lo que él hacía: de un modo reflejo cerró los ojos mientras los labios del muchacho rozaban con suavidad los suyos, provocándole escalofríos. Un repentino anhelo feroz de ser abrazada y besada de un modo que la hiciera olvidar todo lo demás se apoderó de ella. Levantó los brazos, entrelazándolos alrededor del cuello de Sebastian, en parte para mantenerse en pie y en parte para atraerlo más hacia ella.

Los cabellos del joven le cosquillearon en las yemas de los dedos; no eran sedosos como los de Jace sino finos y suaves, y «No debería estar pensando en Jace». Apartó sus pensamientos sobre él mientras los dedos de Sebastian le recorrían las mejillas y la línea de la mandíbula. El contacto era suave, a pesar de las callosidades de las yemas. Desde luego, Jace tenía las mismas callosidades, producto de los combates; probablemente, todos los cazadores de sombras las tenían...

Trató de no pensar en Jace, pero no sirvió de nada. Podía verlo con los ojos cerrados; los pronunciados ángulos y planos de un rostro que jamás podría dibujar como era debido, sin importar hasta qué punto tenía su imagen grabada en la mente; veía los delicados huesos de sus manos, la piel llena de cicatrices de los hombros...

El feroz anhelo que la invadió se retiró con un violento retroceso como una goma elástica que saltara hacia atrás. Se quedó como paralizada, justo cuando los labios de Sebastian presionaban contra los suyos y las manos del muchacho se movían para sostenerle la nuca; tuvo la gélida impresión de que aquello estaba mal. Algo estaba mal, algo era peor que su imposible anhelo por alguien a quien jamás podría tener. Se trataba de otra cosa: una repentina sacudida de horror, como si hubiera estado dando un tranquilo paso al frente y se hubiera precipitado de improviso a un oscuro vacío.

Dio un grito ahogado y se separó violentamente de Sebastian con tal fuerza que casi tropezó. De no haberla estado sujetando él, habría caído al suelo.

—Clary. —Sebastian tenía la mirada perdida, las mejillas coloradas con intensidad—. Clary, ¿qué sucede?

—Nada. —La voz sonó un poco débil en sus propios oídos—. Nada... era sólo, no debería haber... No estoy realmente preparada...

—¿Fuimos demasiado rápido? Podemos tomarlo con más calma...

Estiró la mano para agarrarla, y antes de poderse contener, ella retrocedió asustada. Sebastian pareció afligido.

—No voy a hacerte daño, Clary.

—Lo sé.

—¿Pasó algo? —levantó la mano, le acarició el cabello echándoselo hacia atrás; ella reprimió el impulso de apartarse violentamente—. Acaso Jace...

—¿Jace?

¿Sabría él que estuvo pensando en Jace? ¿Pudo darse cuenta? Y al mismo tiempo...

—Jace es mi hermano. ¿Por qué tienes que sacarlo a colación? ¿Qué quieres decir?

—Simplemente pensé... —Sacudió la cabeza; el dolor y la confusión se perseguían mutuamente por sus facciones— que a lo mejor alguien más te había herido.

181

Todavía tenía la mano sobre su mejilla; ella levantó su mano y con suavidad pero con firmeza apartó la suya, devolviéndola a su costado.

—No. Nada de eso. Es sólo que... —Vaciló—. Me parecía mal.

—¿Mal? —La expresión dolida de su rostro desapareció, reemplazada por incredulidad—. Clary, entre nosotros hay una conexión. Lo sabes. Desde el primer momento en que te vi...

—Sebastian, no...

—Sentí como si fueras alguien a quien siempre esperé. Vi que tú también lo sentías. No me digas que no.

Pero eso no fue lo que ella sintió. Sintió como si hubiera doblado una esquina en una ciudad desconocida y de improviso hubiera visto su propia casa de ladrillo rojo frente a ella. Un reconocimiento sorprendente y no del todo agradable, casi un «¿Cómo es posible que esto esté aquí?».

—Yo no lo sentí —respondió.

La ira que se asomó a los ojos del joven —repentina, oscura, incontrolada— la tomó por sorpresa. La sujetó por las muñecas con una dolorosa tenaza.

—No es cierto.

Ella intentó soltarse.

—Sebastian...

—No es cierto.

La negrura de sus ojos parecía haber tragado las pupilas. El rostro era como una máscara blanca, tensa y rígida.

—Sebastian —dijo ella con toda la calma que pudo—, me estás lastimando.

La soltó. Tenía la respiración acelerada.

—Lo siento —dijo—. Lo siento. Pensé...

«Bueno, pues te equivocabas», quiso decirle Clary, pero reprimió las palabras. No quería volver a ver aquella expresión en el rostro.

—Deberíamos regresar —dijo en su lugar—. Pronto oscurecerá.

Él asintió como atontado, al parecer tan escandalizado por su arrebato como lo estaba ella. Volteó y se dirigió hacia *Caminante*, que pastaba bajo la larga sombra de un árbol. Clary vaciló un momento, luego lo siguió; no parecía tener alternativa. La muchacha echó una subrepticia ojeada a sus muñecas mientras se acercaba a él: conservaba unas marcas rojas allí donde los dedos de él la habían agarrado, y lo que era más extraño, tenía las yemas de los dedos emborronadas de negro, como si se las hubiera manchado con tinta.

Sebastian permaneció en silencio mientras la ayudaba a subir al lomo de *Caminante*.

—Siento si te di a entender algo sobre Jace —dijo por fin mientras ella se instalaba sobre la silla—. Él jamás haría nada para herirte. Sé que es por ti que ha estado visitando a ese vampiro prisionero en el Gard...

Fue como si todo en el mundo se detuviera con un gran chirrido de frenos. Clary pudo oír su propia respiración silbando dentro y fuera de los oídos, y vio sus manos, congeladas como las manos de una estatua, descansando muy quietas sobre la silla.

—¿Vampiro prisionero? —susurró.

Sebastian alzó su rostro sorprendido hacia ella.

—Sí —dijo—; Simon, ese vampiro que trajeron con ellos desde Nueva York. Pensé..., quiero decir, estaba seguro de que lo sabías. ¿No te contó Jace?

8

UNO DE LOS VIVOS

Simon despertó y se encontró con que la luz del sol destellaba en un objeto que habían empujado a través de los barrotes de la ventana. Se paró, con el cuerpo dolorido por el hambre, y vio que era un frasco de metal, aproximadamente del tamaño del termo de una lonchera. Le ataron un pedazo enrollado de papel al cuello. Lo arrancó, desenrolló el papel y leyó:

Simon: Esto es sangre de vaca, directamente del carnicero. Espero que sirva. Jace me contó todo, y quiero que sepas que creo que eres muy valiente. Aguanta ahí dentro y encontraremos cómo sacarte.

Muac, Isabelle

Simon sonrió al ver el «muac» garabateado que recorría el final de la página. Era bueno saber que el exuberante cariño de Isabelle no se había visto afectado por las circunstancias actuales. Desenroscó la parte superior del frasco y engulló varios tragos antes de que una aguda sensación hormigueante entre los omóplatos lo hiciera voltearse.

Raphael estaba tranquilamente parado en el centro de la habitación. Tenía las manos cruzadas a la espalda, los menudos hombros rígidos. Vestía una camisa blanca perfectamente planchada y una chamarra oscura. Una cadena de oro brillaba en su garganta.

Simon casi se atragantó con la sangre que bebía. Tragó con dificultad, sin dejar de mirarlo con asombro.

—Tú... tú no puedes estar aquí.

La sonrisa de Raphael logró de algún modo dar la impresión de que le asomaban los colmillos, incluso a pesar de que no era así.

—No te dejes llevar por el pánico, vampiro diurno.

—No me estoy dejando llevar por el pánico.

No era estrictamente cierto. Simon se sentía como si se hubiera tragado algo afilado. No había visto a Raphael desde la noche en que se desenterró a sí mismo con las manos, ensangrentado y magullado, fuera de la sepultura cavada a toda prisa en Queens. Todavía recordaba a Raphael arrojándole paquetes de sangre de animal, y cómo los había desgarrado con los dientes como si él mismo fuera un animal. No era algo que le gustara recordar. Le habría encantado no volver a ver al joven vampiro nunca más.

—El sol todavía sigue en el cielo. ¿Cómo estás aquí?

—No estoy aquí. —La voz de Raphael era suave como la mantequilla—. Soy una proyección. Mira. —Balanceó la mano, pasándola a través de la pared de piedra que tenía al lado—. Soy como humo. No puedo hacerte daño. Desde luego, tampoco tú puedes hacerme daño.

—No quiero hacerte daño. —Simon depositó el frasco sobre el camastro—. Lo que sí quiero saber es qué haces aquí.

—Abandonaste Nueva York muy repentinamente, vampiro diurno. Sabes que se supone que tienes que informar al vampiro jefe de tu zona cuando abandonas la ciudad, ¿verdad?

—¿Vampiro jefe? ¿Te refieres a ti? Pensé que el vampiro jefe era otra persona...

—Camille no ha regresado junto a nosotros —dijo Raphael, sin ninguna emoción aparente—. Yo estoy al frente en su lugar. Sabrías todo esto si te hubieras molestado en familiarizarte con las leyes de los de tu especie.

—Mi partida de Nueva York no fue exactamente planeada. Y no te ofendas, pero no pienso en ustedes como los de mi especie.

—Dios. —Raphael bajó los ojos, como ocultando su diversión—. Eres inflexible.

—¿Cómo puedes decir eso?

—Parece evidente, ¿no es así?

—Me refiero... —La garganta de Simon se bloqueó—. Esa palabra. Tú puedes decirla, y yo no puedo...

«Dios.»

Los ojos de Raphael se alzaron veloces hacia el techo; no parecía divertido.

—La edad —respondió—. Y la práctica. Y la fe, o su pérdida... son en cierto sentido la misma cosa. Aprenderás con el tiempo, pequeño polluelo.

—No me digas así.

—Pero es lo que eres. Eres un Hijo de la Noche. ¿No es por eso que Valentine te capturó y tomó tu sangre? ¿Debido a lo que eres?

—Pareces muy bien informado —dijo Simon—. Quizá deberías contármelo tú.

Los ojos de Raphael se entornaron.

—También oí un rumor sobre que bebiste la sangre de un cazador de sombras y que eso es lo que te dio tu don, tu capacidad para pasear bajo la luz del sol. ¿Es cierto?

A Simon se le erizaron los cabellos.

—Eso es ridículo. Si la sangre de un cazador de sombras pudiera proporcionar a los vampiros la capacidad de pasear bajo la luz del día, todo el mundo lo sabría a estas alturas. La sangre de nefilim estaría muy solicitada. Y jamás existiría paz entre vampiros y cazadores de sombras después de eso. Así que es bueno que no sea cierto.

Una tenue sonrisa curvó las comisuras de los labios de Raphael.

—Sí. Hablando de cosas difíciles de conseguir, ¿te das cuenta, verdad, vampiro diurno, de que eres una mercancía valiosa ahora? No hay un subterráneo en esta tierra que no quiera ponerte las manos encima.

—¿Estás incluido?

—Por supuesto.

—¿Y qué harías si me pusieras las manos encima?

Raphael se encogió de hombros.

—Quizá sea yo el único que piense que la capacidad para deambular a la luz del día podría no ser el don que otros vampiros creen. Somos los Hijos de la Noche por un motivo. Es posible que te considere tan abominable como la humanidad me considera a mí.

—¿Ah, sí?

—Quizá. —La expresión de Raphael era neutral—. Creo que eres un peligro para todos nosotros. Un peligro para la raza de los vampiros, si quieres. Y no puedes permanecer en esta celda eternamente, vampiro diurno. Al final tendrás que salir y volver a enfrentarte al mundo. Enfrentarte a mí de nuevo. Pero te diré algo. Juro no hacerte daño y no intentar encontrarte si tú, por tu parte, juras ocultarte lejos una vez que Aldertree te libere. Si juras irte tan lejos que nadie pueda encontrarte jamás y no volver a ponerte en contacto con nadie que conocieras en tu vida mortal. No puedo ofrecerte más que eso.

Pero Simon negaba ya con la cabeza.

—No puedo abandonar a mi familia. O a Clary.

Raphael emitió un ruidito irritado.

—Ellos ya no forman parte de lo que eres. Ahora eres un vampiro.

—Pero no quiero serlo —dijo Simon.

—Mírate, quejándote —replicó Raphael—. Jamás enfermarás, jamás morirás, y serás fuerte y joven eternamente. Nunca envejecerás. ¿De qué te quejas?

«Eternamente joven», pensó Simon. Sonaba bien, pero ¿quería alguien realmente tener dieciséis años eternamente? Una cosa habría sido quedar congelado para siempre en los veintiuno, pero ¿dieciséis? ¿Ser siempre tan desgarbado, no convertirse realmente en lo que tenía que ser, ni en el rostro ni en el cuerpo? Por no mencionar que, con aquel aspecto, jamás podría entrar en un bar y pedir una bebida alcohólica. Jamás. En toda la eternidad.

—Y ni siquiera tienes que renunciar al sol —añadió Raphael.

Simon no deseaba volver sobre eso.

—Oí a los otros hablando sobre ti en el Dumort —dijo—. Sé que te pones una cruz cada domingo y vas a ver a tu familia. Apuesto a que ellos ni siquiera saben que eres un vampiro. Así que no me pidas que deje atrás a toda la gente de mi vida. No lo haré, y no mentiré prometiéndote lo contrario.

Los ojos de Raphael centellearon.

—Lo que mi familia crea no importa. Es lo que yo creo. Lo que yo sé. Un auténtico vampiro sabe que está muerto. Acepta su muerte. Pero tú crees que todavía eres uno de los vivos. Es eso lo que te vuelve tan peligroso. No eres capaz de reconocer que no estás vivo.

El sol se ponía cuando Clary cerró la puerta de la casa de Amatis tras ella y corrió los cerrojos. Se recostó en la puerta durante un largo rato en la entrada en sombras, con los ojos entrecerrados. El agotamiento embargaba cada una de sus extremidades, y las piernas le dolían terriblemente.

—¿Clary? —La voz insistente de Amatis rompió el silencio—. ¿Eres tú?

Clary permaneció donde estaba, a la deriva en la tranquilizante oscuridad tras sus ojos cerrados. Deseaba terriblemente estar en casa, casi podía paladear el aire metálico de las calles de Brooklyn. Podía ver a su madre sentada en su silla junto a la ventana, con una luz polvorienta de un amarillo pálido penetrando por las ventanas abiertas del apartamento, iluminando la tela mientras pintaba. La añoranza del hogar se retorció en sus entrañas como una punzada de dolor.

—Clary.

La voz llegó desde mucho más cerca esta vez. Los ojos de Clary se abrieron de golpe. Amatis estaba frente a ella, los cabellos canosos recogidos atrás austeramente, las manos en la cintura.

—Tu hermano vino a verte. Te espera en la cocina.

—¿Jace está aquí?

Clary luchó por mantener la cólera y la estupefacción fuera del rostro. No serviría de nada mostrar lo enojada que estaba delante de la hermana de Luke.

Amatis la contemplaba con curiosidad.

—¿No debí dejarlo entrar? Pensé que querrías verlo.

—No te preocupes, está bien —dijo Clary, manteniendo el tono ecuánime con cierta dificultad—. Es sólo que estoy cansada.

—Ah. —Amatis dio la impresión de que no le creía—. Bueno, estaré arriba si me necesitas. Debería dormir un poco.

A Clary no se le ocurría para qué podría necesitar a Amatis, pero asintió y renqueó pasillo adelante hasta entrar en la cocina, que estaba inundada de brillante luz. Había un cuenco de fruta sobre la mesa —naranjas, manzanas y peras—, una hogaza de grueso pan junto con mantequilla y queso y una bandeja al lado con lo que parecían... ¿galletitas? ¿Había hecho galletas Amatis?

Jace estaba sentado ante la mesa, inclinado al frente sobre los codos, los cabellos dorados despeinados, la camisa ligeramente abierta en el cuello. Pudo ver el tupido ribete de Marcas negras que le recorría la clavícula. Sostenía una galleta en la mano vendada. Así que Sebastian tenía razón; se había lastimado. No es que a ella le importara.

—Bueno —dijo él—, volviste. Empezaba a pensar que te habías caído a un canal.

Clary se limitó a mirarlo fijamente, muda. Se preguntó si él podía leer la cólera en sus ojos. Jace se recostó en la silla, echando un brazo informalmente sobre el respaldo. De no ser por el veloz latido de la base de la garganta, ella casi podría haberse creído su aire de indiferencia.

—Pareces agotada —añadió él—. ¿Dónde estuviste todo el día?

—Estuve por ahí con Sebastian.

—¿Sebastian? —Su expresión de total estupefacción fue momentáneamente gratificante.

—Me acompañó a casa anoche —dijo Clary, y en su mente las palabras «A partir de ahora seré sólo tu hermano, sólo tu hermano»

redoblaron como el ritmo de un corazón dañado—. Por ahora, es la
única persona en esta ciudad que ha sido remotamente amable conmigo. De modo que sí, salí con Sebastian.

—Ya veo. —Jace depositó la galleta de nuevo en la bandeja, con
el rostro inexpresivo—. Clary, vine a disculparme. No debí hablarte
del modo en que lo hice.

—No —dijo ella—; no debiste.

—También vine a preguntarte si reconsiderarías regresar a Nueva York.

—Cielos —replicó Clary—. Otra vez...

—No es seguro para ti permanecer aquí.

—¿Qué te preocupa? —preguntó ella en voz apagada—. ¿Que
me encarcelen como hicieron con Simon?

La expresión de Jace no cambió, pero se balanceó hacia atrás en
la silla, las patas delanteras alzándose del suelo, casi como si hubiera
sido empujado.

—¿Simon...?

—Sebastian me contó lo que le sucedió —prosiguió ella en el
mismo tono de voz sin inflexión—. Lo que hiciste. Cómo lo trajiste
aquí y permitiste que lo metieran en prisión. ¿Estás intentando conseguir que te odie?

—¿Y tú confías en Sebastian? —preguntó Jace—. Apenas lo conoces, Clary.

Ella lo miró fijamente.

—¿No es verdad?

Él le devolvió la mirada, pero su rostro se había quedado inmóvil, como el de Sebastian cuando ella lo había apartado.

—Sí.

Clary agarró un plato de la mesa y se lo arrojó. Él lo esquivó,
haciendo que la silla girara sobre sí misma, y el plato golpeó la pared
por encima del fregadero y se hizo añicos en un estallido de porcelana rota. Jace saltó de la silla cuando ella tomó otro plato y se lo arrojó, sin la menor puntería: éste rebotó en el refrigerador y golpeó el

suelo a los pies de Jace, donde se partió en dos pedazos iguales.

—¿Cómo pudiste? Simon confiaba en ti. ¿Dónde está ahora? ¿Qué le están haciendo?

—Nada —respondió Jace—. Está bien. Lo vi anoche...

—¿Antes o después de que yo te viera? ¿Antes o después de que fingieras que todo estaba bien y que tú estabas perfectamente?

—¿Te fuiste pensando que yo estaba perfectamente? —Jace se atragantó con algo que era casi una carcajada—. Debo de ser mejor actor de lo que pensé.

Una sonrisa retorcida apareció en su cara. Fue como echar leña al fuego que era la cólera de Clary. ¿Cómo se atrevía él a reírse de ella en aquellos momentos? Pensó en agarrar el cuenco de fruta, pero de pronto no le pareció suficiente. Pateó la silla fuera del paso y se arrojó sobre él, sabiendo que sería lo último que él esperaría que hiciera.

La fuerza del repentino ataque lo agarró desprevenido. Se estrelló contra Jace y éste se tambaleó hacia atrás, yendo a parar violentamente contra el borde de la barra. Ella casi cayó sobre él, lo oyó lanzar un grito ahogado y echó el brazo atrás ciegamente, sin siquiera saber qué tenía intención de hacer...

Había olvidado lo rápido que era él. Su puño no alcanzó el rostro, sino que se estrelló contra su mano levantada; Jace cerró los dedos alrededor de los de ella, obligándola a bajar el brazo de nuevo al costado. Clary reparó de improviso en lo cerca que estaban el uno del otro; ella estaba apoyada contra él, presionándolo hacia atrás contra la barra con el ligero peso de su cuerpo.

—Suéltame.

—¿Vas a pegarme si te suelto? —Su voz era áspera y queda, y sus ojos llameaban.

—¿No crees que te lo mereces?

Percibió cómo el pecho de Jace ascendía y descendía pegado al suyo mientras él reía sin ganas.

—¿Crees que planeé todo esto? ¿Realmente crees que lo haría?

191

—Bueno, a ti no te cae bien Simon, ¿verdad? Quizá nunca te cayó bien.

Jace emitió un sonido discordante e incrédulo y le soltó la mano. Cuando Clary retrocedió, extendió el brazo derecho con la palma hacia arriba. Ella tardó un momento en comprender lo que le mostraba: la irregular cicatriz a lo largo de la muñeca.

—Aquí —dijo con voz tensa como un alambre— es donde me corté la muñeca para dejar que tu amigo vampiro bebiera mi sangre. Casi me mató. ¿Y ahora todavía crees que simplemente lo abandoné?

Ella miró fijamente la cicatriz de la muñeca de Jace..., una de las muchas que tenía por todo el cuerpo, cicatrices de todas formas y tamaños.

—Sebastian me contó que trajiste a Simon aquí, y luego Alec lo condujo al Gard. Dejó que la Clave lo capturara. Debiste saberlo...

—Lo traje aquí por accidente. Le pedí que fuera al Instituto para poder hablar con él. Sobre ti, en realidad. Pensé que tal vez él podría convencerte de abandonar la idea de venir a Idris. Si te sirve de consuelo, él no quiso ni considerarlo. Mientras estaba allí nos atacaron los repudiados. Tuve que arrastrarlo a través del Portal conmigo. Era eso o dejarlo allí para que muriera.

—Pero ¿por qué llevarlo a la Clave? Tenías que saber...

—Lo enviamos allí porque el único Portal de Idris está en el Gard. Nos dijeron que iban a enviarlo de regreso a Nueva York.

—¿Y les creyeron? ¿Después de lo sucedido con la Inquisidora?

—Clary, la Inquisidora fue una anomalía. Ésa quizá fue tu primera experiencia con la Clave, pero no en mi caso; la Clave somos nosotros. Los nefilim. Ellos acatan la Ley.

—Excepto que no lo hicieron.

—No —dijo Jace—. No lo hicieron. —Sonó muy cansado—. Y lo peor de todo —añadió— es recordar a Valentine despotricando contra la Clave, sobre lo corrupta que es y cómo necesita que la purifiquen. Y por el Ángel si no estoy de acuerdo con él.

192

Clary permaneció en silencio, en primer lugar porque no se le ocurría nada que decir, y luego con alarma cuando Jace estiró las manos —casi como sin pensar en lo que hacía— y la atrajo hacia él. Ante su sorpresa, ella lo dejó. A través de la tela blanca de la camisa pudo ver los contornos de sus Marcas, negras y enroscadas, acariciándole la piel como lengüetazos de fuego. Deseó recostar la cabeza contra él, deseó sentir sus brazos alrededor del cuerpo cómo había deseado aire cuando se estaba ahogando en el lago Lyn.

—Puede que Valentine tenga razón sobre la necesidad de arreglar las cosas —dijo Clary por fin—. Pero no sobre la forma en que se deberían arreglar. Entiendes, ¿verdad?

Él entrecerró los ojos. Había media luna de sombra gris bajo ellos, advirtió Clary, los restos de noches en blanco.

—No estoy tan seguro. Tienes motivos para estar enojada, Clary. No debí confiar en la Clave. Quería con tantas ganas pensar que la Inquisidora fue una anomalía, que actuaba sin su autoridad, que todavía existía alguna parte de ser cazador de sombras en la que podía confiar.

—Jace —susurró ella.

Él abrió los ojos y los bajó hacia ella. Estaban muy cerca el uno del otro; advirtió que estaban tan pegados que incluso sus rodillas se tocaban, y podía sentir los latidos del corazón del muchacho. «Apártate de él», se dijo, pero las piernas no quisieron obedecer.

—¿Qué? —dijo él, con la voz muy queda.

—Quiero ver a Simon —respondió ella—. ¿Puedes llevarme a verlo?

Con la misma brusquedad con que la había abrazado, la soltó.

—No; ni siquiera tendrías que estar en Idris. No puedes entrar así como así en el Gard.

—Pero pensará que todo el mundo lo abandonó. Pensará...

—Fui a verlo —dijo Jace—. Iba a sacarlo. Iba a arrancar los barrotes de la ventana con las manos. —Lo dijo con toda naturalidad—. Pero no me dejó.

—¿No te dejó? ¿Quería quedarse en la prisión?

—Dijo que el Inquisidor andaba tras mi familia, tras de mí. Aldertree quiere culparnos de lo sucedido en Nueva York. No puede agarrar a uno de nosotros y sacarnos la confesión con torturas, la Clave no se lo permitiría, pero está intentando conseguir que Simon le cuente una historia en la que todos estemos confabulados con Valentine. Simon dijo que si lo sacaba de allí, entonces el Inquisidor sabría que yo lo hice, y sería todavía peor para los Lightwood.

—Eso es muy noble de su parte, pero ¿cuál es su plan a largo plazo? ¿Permanecer en prisión para siempre?

—No lo hemos resuelto —respondió Jace, encogiéndose de hombros.

Clary soltó una exasperada bocanada de aire.

—Chicos... —dijo—. De acuerdo, mira. Todo lo que necesitan es una coartada. Nos aseguraremos de que estás en algún lugar donde todo el mundo te pueda ver, y que los Lightwood estén allí también, y entonces haremos que Magnus saque a Simon de la prisión y lo lleve de regreso a Nueva York.

—Odio decirte esto, Clary, pero no hay modo de que Magnus haga eso. No importa lo atraído que se sienta por Alec, no va a enfrentarse a la Clave como un favor hacia nosotros.

—Lo haría —dijo ella— por el Libro de lo Blanco.

Jace pestañeó.

—¿Qué?

Rápidamente, Clary le habló sobre la muerte de Ragnor Fell, sobre cómo Magnus apareció en lugar de él, y sobre el libro de hechizos. Jace la escuchó con anonadada atención hasta que acabó.

—¿Demonios? —preguntó—. ¿Magnus te dijo que a Fell lo asesinaron demonios?

Clary hizo memoria.

—No..., dijo que el lugar apestaba a algo demoníaco en origen. Y que a Fell lo mataron «sirvientes de Valentine». Eso fue lo que dijo.

—Existen magias arcanas que dejan una aura que apesta igual que los demonios —indicó Jace—. Si Magnus no se mostró preciso, probablemente sea porque no le complace en absoluto que haya algún brujo por ahí practicando magia arcana, violando la Ley. Pero no sería la primera vez que Valentine consigue que uno de los hijos de Lilith obedezca sus repugnantes órdenes. ¿Recuerdas al joven brujo que mató en Nueva York?

—Valentine usó su sangre para el Ritual. Lo recuerdo. —Clary se estremeció—. Jace, ¿quiere Valentine el libro por el mismo motivo que lo quiero yo? ¿Para despertar a mi madre?

—Podría ser. Aunque si es cierto lo que Magnus dice, Valentine podría quererlo simplemente por el poder que conseguiría de él. En cualquier caso, sería mejor que lo encontráramos antes de que lo haga él.

—¿Crees que existe alguna posibilidad de que esté en la casa solariega de los Wayland?

—Sé que está allí —respondió él, ante su sorpresa—. Ese libro de cocina, *Recetas para amas de casa* o como se llame... Lo he visto. En la biblioteca de la casa. Era el único libro de cocina que había allí.

Clary tuvo una sensación de mareo. Casi no se había permitido creer que podría ser cierto.

—Jace... si me llevas allí y conseguimos el libro, regresaré a casa con Simon. Hazlo por mí y volveré a Nueva York, y no regresaré, lo juro.

—Magnus tenía razón; en la casa hay salvaguardas que te llevan en la dirección equivocada —dijo despacio—. Te llevaré, pero no está cerca. Caminando puede llevarnos cinco horas.

Clary estiró la mano y le sacó la estela de la trabilla del cinturón. La sostuvo en alto entre ellos, donde resplandeció con una tenue luz blanca no muy distinta de la luz de las torres de cristal.

—¿Quién dijo algo sobre caminar?

—Recibes unos visitantes muy curiosos, vampiro diurno —dijo Samuel—. Primero Jonathan Morgenstern, y ahora el vampiro jefe de Nueva York. Estoy impresionado.

«¿Jonathan Morgenstern?» Simon necesitó un instante para comprender que se trataba, por supuesto, de Jace. Estaba sentado en el centro de la habitación, dando vueltas ociosamente, una y otra vez, al frasco vacío que tenía en las manos.

—Imagino que soy más importante de lo que creía.

—E Isabelle Lightwood trayéndote sangre —repuso Samuel—. Eso es un servicio de reparto a domicilio de primera.

Simon levantó la cabeza.

—¿Cómo sabes que Isabelle la trajo? Yo no dije nada...

—La vi por la ventana. Es idéntica a su madre —dijo Samuel—, al menos, a como era su madre hace años. —Hubo una pausa incómoda—. Ya sabes que la sangre es sólo un recurso provisional —añadió—. Muy pronto el Inquisidor empezará a preguntarse si ya estás muerto de hambre. Si te encuentra perfectamente sano, se imaginará que sucede algo y te matará de todos modos.

Simon miró al techo. Las runas talladas en la piedra se sobreponían unas con otras como arena compuesta por piedritas en una playa.

—Tendré que confiar en Jace cuando dice que encontrarán un modo de sacarme de aquí —contestó, y como Samuel no respondió, agregó—: Le pediré que te saque también a ti, lo prometo. No te dejaré aquí abajo.

Samuel emitió un sonido estrangulado, como una carcajada que no consiguió salir del todo de la garganta.

—Bueno, no creo que Jace Morgenstern vaya a querer rescatarme —dijo—. Además, morirte de hambre aquí abajo es el menor de tus problemas, vampiro diurno. Muy pronto Valentine atacará la ciudad, y entonces es probable que acabemos todos muertos.

Simon pestañeó.

—¿Cómo estás tan seguro?

—Durante un tiempo estuve muy unido a él. Conocía sus planes. Sus objetivos. Tiene intención de destruir las salvaguardas de Alacante y atacar a la Clave desde el corazón mismo de su poder.

—Yo pensé que ningún demonio podía pasar a través de las salvaguardas. Pensé que eran impenetrables.

—Eso se dice. Hace falta sangre de demonio para desactivar las salvaguardas, ¿sabes?, y sólo se puede hacer desde dentro de Alacante. Pero como ningún demonio puede cruzar las salvaguardas... bueno, es una paradoja perfecta, o debería serlo. Pero Valentine afirmaba que había encontrado un modo de sortear eso, un modo de abrirse paso al interior. Y yo le creo. Encontrará un modo de derribar las salvaguardas, entrará en la ciudad con su ejército de demonios y nos matará a todos.

La categórica certeza en la voz de Samuel provocó en Simon un escalofrío en la espalda.

—Es terrible lo resignado que pareces. ¿No deberías hacer algo? ¿Advertir a la Clave?

—Les advertí. Cuando me interrogaron. Les conté que Valentine pensaba destruir las salvaguardas, pero no me hicieron caso. La Clave cree que las salvaguardas resistirán eternamente porque han resistido durante mil años. Pero lo mismo pasó con Roma, hasta que llegaron los bárbaros. Todo cae algún día. —Rio: era un sonido amargo y enojado—. Considéralo una carrera para ver quién te mata primero, vampiro diurno: Valentine, los otros subterráneos o la Clave.

En algún punto del camino la mano de Clary fue arrancada de la de Jace. Cuando el huracán la escupió fuera y golpeó contra el suelo, lo golpeó sola, con fuerza, y rodó sofocada hasta detenerse.

Se sentó en el suelo despacio y miró a su alrededor. Estaba en el centro de una alfombra persa extendida sobre el suelo de una enorme habitación de paredes de piedra. Había muebles cubiertos de sábanas blancas que los convertían en fantasmas jorobados y abultados. Cortinas de terciopelo se doblaban sobre ventanales enormes; el terciopelo de un tono gris blanquecino debido al polvo, y las motas de polvo danzaban a la luz de la luna.

—¿Clary? —Jace salió de detrás de una inmensa forma cubierta con una sábana blanca; podría ser un piano de cola—. ¿Estás bien?

—Perfectamente. —La muchacha se incorporó, haciendo una pequeña mueca. Le dolía el codo—. Aparte de que Amatis probablemente me matará cuando regrese. Si tenemos en cuenta que acabé con todos sus platos y abrí un Portal en su cocina.

Él acercó la mano.

—Por si sirve de algo —dijo, ayudándola a ponerse en pie—, me impresionaste.

—Gracias. —Clary miró alrededor—. ¿Así que aquí es donde creciste? Parece sacado de un cuento.

—Yo pensaba en una película de terror —dijo Jace—. Cielos, han pasado años desde que vi este lugar por última vez. No acostumbraba a estar tan...

—¿Tan frío?

Clary tiritó un poco. Se abotonó el abrigo, pero el frío de la casa no era sólo un frío físico: el lugar producía una sensación de frío como si nunca hubiera habido calidez ni luz ni risas en su interior.

—No —respondió Jace—; siempre fue frío. Iba a decir polvoriento.

Sacó una piedra de luz mágica del bolsillo y ésta se encendió entre sus dedos. El resplandor blanco resaltó las sombras bajo sus pómulos, los huecos en las sienes.

—Esto es el estudio, y nosotros necesitamos encontrar la biblioteca. Vamos.

La condujo fuera de la habitación por un largo pasillo cubierto de espejos que les devolvieron su reflejo. Clary no había notado lo desarreglada que estaba: el abrigo repleto de polvo, el cabello enmarañado por el viento. Intentó alisárselo discretamente y captó la sonrisa burlona de Jace en el siguiente espejo. Por algún motivo, debido sin duda a una misteriosa magia de cazador de sombras que ella no tenía la menor esperanza de llegar a comprender, el pelo del joven permanecía perfecto.

El pasillo estaba bordeado de puertas, algunas de las cuales estaban abiertas; a través de ellas Clary pudo vislumbrar otras habitaciones, de aspecto tan polvoriento y sin usar como el del estudio. Michael Wayland no tuvo parientes, según Valentine, así que supuso que nadie había heredado el lugar tras su «muerte»; había dado por supuesto que Valentine seguía viviendo allí, pero parecía evidente que no era así. Todo respiraba pesar y desuso. En Renwick, Valentine llamó «hogar» a este lugar, se lo mostró a Jace en el espejo Portal, un recuerdo con marco dorado de campos verdes y piedras acogedoras; pero eso, se dijo Clary, también había sido una mentira. Estaba claro que Valentine no había vivido realmente allí en años... quizás simplemente lo había dejado allí para que se pudriera, o había acudido sólo muy de vez en cuando, para recorrer los débilmente iluminados pasillos como un fantasma.

Llegaron a una puerta en el extremo del pasillo y Jace la abrió con un empujón del hombro; luego dejó pasar primero a Clary al interior de la habitación. Ella se había estado imaginando la biblioteca del Instituto, y esa habitación no era muy diferente: las mismas paredes repletas con una hilera tras otra de libros, las mismas escaleras montadas sobre rueditas para poder alcanzar los estantes elevados. El techo era plano y con vigas, aunque no cónico, y no había escritorio. Cortinas de terciopelo verde con los pliegues espolvoreados de polvo blanco colgaban sobre ventanas que alternaban vidrios de cristal verde y azul. A la luz de la luna centelleaban como escarcha de colores. Al otro lado del cristal todo estaba negro.

—¿Esto es la biblioteca? —preguntó a Jace en un susurro, aunque no estaba segura de por qué susurraba.

Aquella enorme casa vacía transmitía una sensación de profunda quietud.

Él miraba más allá de ella, con los ojos oscurecidos por los recuerdos.

—Acostumbraba a sentarme en ese asiento empotrado bajo la ventana y leía lo que mi padre me hubiera asignado ese día. Idiomas diferentes en días diferentes... francés el sábado, inglés el domingo... aunque no logro recordar ahora qué día era el del latín, si el lunes o el martes...

Clary tuvo una repentina imagen fugaz de Jace de niño, con un libro en equilibrio sobre las rodillas mientras permanecía sentado en el alféizar de la ventana, mirando al exterior a... ¿A qué? ¿Quizá había jardines? ¿Paisajes? ¿Un alto muro de espinos como el muro que rodeaba el castillo de la Bella Durmiente? Lo vio mientras leía; la luz que entraba por la ventana proyectaba cuadrados de azul y verde sobre sus cabellos rubios y el menudo rostro se mostraba más serio de lo que debería estar el rostro de cualquier niño de diez años.

—No puedo recordarlo —volvió a decir él, clavando la vista en la oscuridad.

—No importa, Jace —le dijo ella, tocándole el hombro.

—Supongo que no.

Se sacudió, como si despertara de un sueño, y cruzó la habitación, con la luz mágica iluminándole el camino. Se arrodilló para inspeccionar una hilera de libros y se enderezó con uno de ellos en la mano.

—*Recetas sencillas para amas de casa* —dijo—. Aquí está.

Ella cruzó rápidamente la habitación y lo tomó de sus manos. Era un libro de aspecto corriente con una tapa azul, polvoriento, como todo en la casa. Cuando lo abrió, el polvo se levantó en masa desde las páginas igual que una congregación de polillas.

Cortaron un agujero grande y cuadrado en el centro del libro y, encajado en el agujero igual que una gema en un engarce, había un volumen más pequeño, del tamaño aproximado de un libro de bolsillo, encuadernado en cuero blanco con el título en latín impreso en letras doradas. Clary reconoció las palabras que significaban «blanco» y «libro», pero cuando lo sacó y lo abrió, descubrió con

200

sorpresa que las páginas estaban cubiertas de una escritura tenue de trazos largos y delgados en un idioma que no comprendió.

—Griego —dijo Jace, mirando por encima de su hombro—. De la variedad antigua.

—¿Puedes leerlo?

—No con facilidad —admitió él—. Han pasado años. Pero Magnus podrá, imagino.

Cerró el libro y lo deslizó dentro del bolsillo del abrigo verde de la joven antes de voltear de nuevo hacia los estantes y rozar apenas con los dedos las hileras de libros, mientras las yemas tocaban los lomos.

—¿Hay alguno que quieras llevarte? —preguntó ella con delicadeza—. Si quisieras...

Jace rió y dejó caer la mano.

—Sólo se me permitía leer lo que se me asignaba —dijo—. Algunos de los estantes contenían libros que ni siquiera se me permitía tocar. —Señaló una hilera de libros, más arriba, encuadernados en idéntico cuero marrón—. Leí uno de ellos en una ocasión, cuando tenía unos seis años, simplemente para ver a qué venía tanto alboroto. Resultó ser un diario que mantenía mi padre. Sobre mí. Notas sobre «Mi hijo, Jonathan Christopher». Me azotó con su cinturón cuando descubrió que lo había leído. En realidad, fue la primera vez que supe que tenía un segundo nombre.

Una repentina punzada de odio hacia su padre recorrió a Clary.

—Bueno, Valentine no está aquí ahora.

—Clary... —Empezó a decir Jace, con una nota de advertencia en la voz; pero ella ya había estirado el brazo arriba y sacado de un violento jalón uno de los libros del estante prohibido, arrojándolo al suelo. Chocó contra él con un satisfactorio golpe sordo.

—¡Clary!

—¡Ah, vamos!

Volvió a hacerlo, derribando otro libro, y luego otro. Nubes de polvo se alzaban de las páginas a medida que chocaban contra el suelo.

—Ahora tú.

Jace la contempló durante un instante, y luego una media sonrisa asomó burlona en la comisura de su boca. Alzó el brazo, lo pasó por el estante y arrojó al suelo el resto de libros con un fuerte estrépito. Rió... y luego se interrumpió, alzando la cabeza, como un gato que irguiera las orejas ante un sonido distante.

—¿Oyes eso?

«Oír ¿qué?», estuvo a punto de preguntar Clary, pero se contuvo. Había un sonido, que aumentaba en intensidad: un ronroneo y un crujido agudos, como el sonido de una maquinaria poniéndose en marcha. El sonido parecía provenir del interior de la pared. Dio un involuntario paso atrás justo en el momento en que las piedras que tenían delante se deslizaban hacia atrás con un chillido quejoso y herrumbroso. Una abertura apareció tras las piedras: una especie de entrada, toscamente abierta en la pared.

Más allá de la entrada había una escalera que descendía a la oscuridad.

9

ESTA SANGRE CULPABLE

—No recordaba que aquí hubiera un sótano —dijo Jace, mirando más allá de Clary al agujero abierto en la pared.

Alzó la luz mágica, y su resplandor rebotó en el túnel que conducía hacia abajo. Las paredes eran negras y resbaladizas, construidas de una piedra lisa y oscura que Clary no reconoció. Los escalones brillaban como si estuvieran húmedos. Un olor extraño salió a través de la abertura: frío y mohoso, con un raro matiz metálico que le puso los nervios de punta.

—¿Qué crees que haya ahí?

—No lo sé.

Jace avanzó en dirección a la escalera; puso un pie sobre el peldaño superior para probarlo, y luego se encogió de hombros como si hubiera tomado una decisión. Empezó a bajar los escalones, moviéndose con cuidado. Bajó unos cuantos, volteó y levantó los ojos hacia Clary.

—¿Vienes? Puedes esperarme aquí si lo prefieres.

Ella echó un vistazo a la biblioteca vacía, se estremeció y avanzó presurosa tras él.

La escalera descendía girando sobre sí misma en círculos cada vez más cerrados, como si se estuvieran abriendo paso al interior de un enorme caracol. El olor se intensificó cuando llegaron al pie, y los peldaños se ensancharon finalizando en una gran habitación cuadrada cuyas paredes de piedra estaban surcadas con las marcas dejadas por la humedad... y otras manchas más oscuras. El suelo estaba lleno de marcas garabateadas: un revoltijo de pentagramas y runas, con piedras blancas por aquí y por allá.

Jace dio un paso al frente y los pies aplastaron algo. Él y Clary miraron abajo al mismo tiempo.

—Huesos —susurró Clary.

No se trataba de piedras blancas después de todo, sino de huesos de todas las formas y tamaños desperdigados por el suelo.

—¿Qué hacía él aquí abajo?

La luz mágica brillaba en la mano de Jace, proyectando su fantasmagórico resplandor sobre la habitación.

—Experimentos —contestó Jace en una voz seca y tensa—. La reina seelie dijo...

—¿Qué clase de huesos son éstos? —La voz de Clary se elevó—. ¿Son de animales?

—No —Jace dio una patada a un montón huesos que tenía a los pies, dispersándolos—; no todos.

Clary sintió una opresión en el pecho.

—Creo que deberíamos regresar.

En lugar de eso Jace levantó la luz mágica que tenía en la mano. Llameó con fuerza y luego con mayor intensidad aún, iluminando el aire con un crudo fulgor blanco. Las esquinas más alejadas de la habitación quedaron claramente enfocadas. Tres de ellas estaban vacías. La cuarta quedaba tapada por una tela que colgaba. Había algo detrás de la tela, una forma jorobada...

—Jace —musitó Clary—. ¿Qué es eso?

Él no respondió. De pronto tenía un cuchillo serafín en la mano libre; Clary no supo cuándo lo sacó, pero brillaba en la luz mágica como un cuchillo de hielo.

—Jace, no lo hagas —dijo, pero era demasiado tarde... el joven avanzó con pasos decididos y dio un brusco jalón lateral a la tela con la punta del arma; luego la agarró y la lanzó al suelo con una violenta sacudida. Cayó en medio de una creciente nube de polvo.

Jace retrocedió tambaleante; la luz mágica se cayó de su mano. Mientras la refulgente luz caía, Clary captó una única visión fugaz de su rostro: era una blanca máscara de horror. La muchacha agarró la luz mágica antes de que se apagara y la alzó bien arriba, desesperada por ver qué podría haber conmocionado a Jace —al imperturbable Jace— hasta tal extremo.

Al principio todo lo que vio fue la forma de un hombre... un hombre envuelto en un sucio trapo blanco, acurrucado en el suelo. Unos grilletes le rodeaban muñecas y tobillos, sujetos a gruesas argollas clavadas en el suelo de piedra. «¿Cómo puede estar vivo?», pensó Clary, horrorizada, y sintió bilis ascendiéndole por la garganta. La piedra-runa le tembló en la mano, y la luz danzó en fragmentos sobre el prisionero. Vio unos brazos y piernas demacrados, desfigurados por todas partes con las señales de incontables torturas. Un rostro que era como una calavera se volvió hacia ella, con negras cuencas vacías donde deberían estar los ojos... y entonces se oyó un crujido seco, y advirtió que lo que había creído que era un trapo blanco en realidad eran unas alas, alas blancas elevándose tras su espalda en dos medias lunas de un blanco inmaculado, lo único inmaculado en aquella habitación inmunda.

Clary lanzó una exclamación.

—Jace. ¿Ves...?

—Veo. —Jace, parado junto a ella, habló con una voz que se resquebrajó igual que cristal roto.

—Dijiste que no había ángeles; que nadie había visto jamás uno...

Jace musitaba algo entre dientes, una lista de exclamaciones aterrorizadas. Avanzó tambaleante hacia la criatura que yacía acurrucada en el suelo... y retrocedió, como si hubiera rebotado contra una pared invisible. Al mirar al suelo, Clary vio que el ángel estaba derribado dentro de un pentagrama hecho de runas conectadas talladas profundamente en el suelo; brillaban con una tenue luz fosforescente.

—Las runas —susurró—. No podemos pasar al otro...

—Pero debe de haber algo... —dijo Jace; su voz casi se le quebraba—, algo que podamos hacer.

El ángel alzó la cabeza. Clary contempló con una piedad terrible y aturdida que tenía rizados cabellos rubios como los de Jace, que brillaban débilmente bajo la luz. Unos aros colgaban pegados a los huecos del cráneo. Sus ojos eran hoyos, su rostro estaba acuchillado de cicatrices, como una hermosa pintura destruida por vándalos. Mientras ella lo miraba atónita, la boca del ser se abrió y un sonido brotó de la garganta... no fueron palabras sino una desgarradora música dorada, un única nota cantarina, mantenida y mantenida y mantenida tan aguda y dulce que el sonido era como dolor...

Una avalancha de imágenes se alzó ante los ojos de Clary. Ella seguía aferrando la piedra-runa, pero su luz desapareció; ella desapareció, ya no estaba allí sino en otra parte, donde las imágenes del pasado fluían ante ella en un sueño: fragmentos, colores, sonidos.

Estaba en una bodega, vacía y limpia; había una única runa garabateada en el suelo de piedra. Había un hombre parado junto a la runa; sostenía un libro abierto en una mano y una llameante antorcha blanca en la otra. Cuando levantó la cabeza, Clary vio que era Valentine: mucho más joven, sin arrugas en el rostro, apuesto, sus oscuros ojos transparentes y brillantes. Mientras salmodiaba, la runa se encendió con una llamarada, y cuando las llamas se retiraron, una figura encogida yacía entre las cenizas: un ángel, con las alas extendidas y ensangrentadas, como una ave derribada del cielo de un disparo...

La escena cambió. Valentine estaba junto a una ventana, y a su lado se encontraba una joven de brillantes cabellos rojos. Un familiar anillo de plata brillaba en la mano de Valentine cuando la estiró para rodear a la mujer con los brazos. Con una punzada de dolor, Clary reconoció a su madre; pero ésta era joven, y sus facciones, tersas y vulnerables. Llevaba un camisón blanco y era evidente que estaba embarazada.

—Los Acuerdos no sólo fueron la peor idea que la Clave ha tenido —decía Valentine con voz furiosa—, sino lo peor que les podía suceder a los nefilim. Que nos veamos ligados a los subterráneos, atados a esas criaturas...

—Valentine —le pidió Jocelyn con una sonrisa—, dejemos ya la política, por favor.

Alzó los brazos y los entrelazó alrededor del cuello de Valentine; su expresión estaba llena de amor... y también lo estaba la de él, aunque había algo más en ella, algo que a Clary le provocó un escalofrío en la espalda...

Valentine estaba arrodillado en el centro de un círculo de árboles. En lo alto brillaba una luna refulgente, iluminando el pentagrama negro garabateado en el suelo despejado del claro. Las copas de los árboles creaban una espesa red en lo alto; donde se extendían sobre el pentagrama, sus hojas se enroscaban y se volvían negras. En el centro de la estrella de cinco puntas estaba sentada una mujer de largos cabellos brillantes; su figura era delgada y exquisita, su rostro permanecía oculto en la sombra, los brazos desnudos y blancos. Tenía la mano derecha extendida al frente, y cuando abrió los dedos, Clary pudo ver que tenía una larga cuchillada en la palma, que un lento riachuelo de sangre goteaba al interior de una copa de plata colocada en el borde del pentagrama. La sangre parecía negra a la luz de la luna, o tal vez lo era.

—El niño nacido con esta sangre en su interior —dijo, y su voz era suave y deliciosa— excederá en poder a los Demonios Mayores de los abismos entre los mundos. Será más poderoso que Asmodei, más fuerte que los *shedim* de las tormentas. Si se adiestra adecuadamente, no habrá nada que sea incapaz de hacer. Aunque te lo advierto —añadió—, consumirá su humanidad, igual que el veneno le consume la vida a la sangre.

—Mi agradecimiento, dama de Edom —dijo Valentine, y cuando

extendió la mano para tomar la copa de sangre, la mujer levantó el rostro, y Clary vio que aunque era hermosa, sus ojos eran huecos agujeros negros de los que serpenteaban ondulantes tentáculos negros, como antenas que sondearan el aire. Clary sofocó un chillido.

La noche, el bosque, desaparecieron. Jocelyn estaba parada frente a alguien que Clary no podía ver. Ya no estaba embarazada, y la brillante melena caía desordenadamente alrededor de su rostro acongojado y desesperado.

—No puedo permanecer a su lado, Ragnor —decía—. Ni un día más. Leí el libro. ¿Sabes qué le hizo a Jonathan? Pensaba que ni siquiera Valentine sería capaz de hacer eso. —Sus hombros se estremecieron—. Usó sangre de demonio... Jonathan ya no es un bebé. No es ni siquiera humano; es un monstruo...

Desapareció. Valentine paseaba nerviosamente alrededor del círculo de runas, con un cuchillo serafín brillando en la mano.

—¿Por qué no quieres hablar? —dijo entre dientes—. ¿Por qué te niegas a darme lo que quiero? —Hincó el cuchillo, y el ángel se contorsionó mientras un líquido dorado brotaba de la herida como luz solar derramada—. Si no quieres darme respuestas —protestó Valentine—, puedes darme tu sangre. Me hará a mí y a los míos más bien del que te hará a ti.

Ahora estaban en la biblioteca de los Wayland. La luz del sol brillaba a través de las ventanas con cristales romboidales, inundando la habitación de azul y verde. Llegaban voces procedentes de otra habitación: los sonidos de risas y conversaciones, una fiesta en pleno auge. Jocelyn estaba arrodillada junto a la librería, mirando a un lado y a otro. Extrajo un grueso libro de su bolsillo y lo deslizó al interior del estante...

Y desapareció. La escena mostró un sótano, el mismo sótano en el que Clary sabía que se encontraba precisamente en aquel momento. El mismo pentagrama garabateado hería profundamente el suelo, y en el interior de la parte central de la estrella yacía un ángel. Valentine estaba parado a un lado, de nuevo con un llameante cuchillo serafín en la mano. Parecía años más viejo ahora, ya no era un hombre joven.

—Ithuriel —dijo—. Somos ya viejos amigos, ¿no? Pude dejarte enterrado vivo en aquellas ruinas, pero no, te traje aquí conmigo. Todo estos años te he mantenido cerca de mí, esperando que un día me dijeras lo que quería..., necesitaba... saber. —Se acercó más, alargando el cuchillo, cuyo resplandor iluminó la barrera rúnica hasta darle una luz trémula—. Cuando te invoqué a mi lado, soñaba que me explicarías el porqué. Por qué Raziel nos creó, a su raza de cazadores de sombras, aunque sin embargo no nos dio los poderes que tienen los subterráneos: la velocidad de los lobos, la inmortalidad de los seres mágicos, la magia de los brujos, ni siquiera la resistencia física de los vampiros. Nos dejó desnudos ante las huestes del infierno salvo por estas líneas pintadas en nuestra piel. ¿Por qué deberían ser sus poderes mayores que los nuestros? ¿Por qué no podemos participar de lo que ellos tienen? ¿Cómo puede ser eso justo?

En el interior de la estrella prisión el ángel permaneció sentado en silencio como una estatua de mármol, sin moverse, con las alas plegadas. Los ojos no expresaban nada más allá de un terrible y silencioso pesar. Valentine esbozó una mueca.

—Muy bien. Mantén tu silencio. Tendré mi oportunidad. —Valentine alzó el arma—. Tengo la Copa Mortal, Ithuriel, y pronto tendré la Espada... pero sin el Espejo no puedo iniciar la invocación. El Espejo es todo lo que necesito. Dime dónde está. Dime dónde está, Ithuriel, y te dejaré morir.

La escena se desmenuzó en fragmentos, y a medida que su visión se desvanecía, Clary captó confusas imágenes que le resultaban familiares de sus propias pesadillas —ángeles con alas tanto blancas como negras, extensiones de agua que eran como espejos, oro y sangre— y Jace, alejándose de ella, siempre alejándose. Clary estiró la mano hacia él, y por primera vez la voz del ángel le habló a su mente con palabras que pudo comprender.

«Éstos no son los primeros sueños que te he mostrado.»

La imagen de una runa estalló tras sus ojos, como fuegos artificiales..., no era una runa que hubiera visto antes; era fuerte, simple y directa como un nudo apretado. Desapareció en un instante también, y al desvanecerse, el canto del ángel cesó. Clary volvía a estar de regreso en su propio cuerpo, tambaleándose en la mugrienta y apestosa habitación. El ángel permanecía callado, totalmente inmóvil, con las alas plegadas, como una estatua acongojada.

Clary soltó aire con un sollozo.

—Ithuriel.

Estiró las manos hacia el ángel, sabiendo que no podría cruzar las runas, con el corazón dolorido. Durante años el ángel había estado allí abajo, sentado en silencio y solo en la oscuridad, encadenado y muriéndose de hambre pero incapaz de morir...

Jace estaba junto a ella. Pudo ver por su rostro afligido que había visto todo lo que ella había visto. El muchacho bajó los ojos hacia el cuchillo serafín que tenía en la mano y luego volvió a mirar al ángel. Su rostro ciego volteaba hacia ellos en silenciosa súplica.

Jace dio un paso al frente, y luego otro. Tenía los ojos fijos en el ángel, y fue como si existiera una silenciosa comunicación entre ellos, se dijo Clary, un lenguaje que ella no podía oír. Los ojos de Jace brillaban como discos de oro, llenos de luz reflejada.

—Ithuriel —musitó.

El cuchillo que sostenía llameó como una antorcha. El resplandor era cegador. El ángel alzó el rostro, como si la luz fuera visible a sus ojos ciegos. Estiró las manos, las cadenas que le sujetaban las muñecas tintinearon como música discordante.

Jace volteó hacia ella.

—Clary —dijo—. Las runas.

Las runas. Por un momento lo miró fijamente, desconcertada, pero sus ojos la instaron a seguir. Entregó a Jace la luz mágica, sacó la estela del muchacho que tenía en el bolsillo y se arrodilló junto a las runas garabateadas. Parecía como si las hubieran tallado en la piedra con algo afilado.

Echó un vistazo a Jace. Su expresión la sobresaltó, el brillo de sus ojos: estaban llenos de esperanza en ella, de seguridad en sus habilidades. Con la punta de la estela grabó varias líneas en el suelo, cambiando las runas de ligazón por runas de liberación, de encierro a apertura. Llamearon mientras las dibujaba, como si estuviera arrastrando la punta de un cerillo sobre azufre.

Cuando acabó, se levantó. Las runas titilaron ante ella. Súbitamente, Jace se movió para colocarse junto a ella. La piedra de luz mágica había desaparecido, la única iluminación provenía del cuchillo serafín al que él había dado el nombre del ángel, que llameaba en su mano. Lo estiró al frente, y en esta ocasión la mano pasó a través de la barrera de las runas como si no hubiera nada allí.

El ángel extendió las manos y tomó el arma. Cerró los ojos ciegos, y Clary pensó por un momento que sonreía. Hizo girar el arma en las manos hasta que colocó la punta afilada justo debajo del esternón. Clary soltó una leve exclamación de sorpresa y se acercó, pero Jace la agarró del brazo con mano férrea y la jaló hacia atrás... justo en el momento en que el ángel hundía el cuchillo.

La cabeza del ángel cayó hacia atrás y sus manos soltaron la empuñadura del cuchillo, que sobresalía justo del lugar donde debía de estar el corazón... Si es que los ángeles tenían corazón; Clary no lo sabía. Estallaron llamas de la herida, que se propagaron hacia fuera desde la hoja. El cuerpo del ángel titiló convertido en una llama blanca, las cadenas de la muñeca ardían al rojo vivo, como hierro dejado demasiado tiempo en el fuego. Clary recordó pinturas medievales de santos consumidos por la llama del sagrado éxtasis... y las alas del ángel se abrieron de par en par y blancas antes de que, también ellas, prendieran y llamearan, en un entramado de reluciente fuego.

Clary no pudo seguir mirando. Se volteó y enterró la cabeza en el hombro de Jace. El brazo de éste la rodeó, sujetándola de un modo tenso y fuerte.

—Todo está bien —le dijo, hablándole entre el cabello—, todo está bien. —Pero el aire estaba lleno de humo y el suelo daba la impresión de balancearse bajo los pies de la muchacha.

Hasta que Jace no dio un tropezón Clary no se dio cuenta de que no era efecto de la conmoción recibida: el suelo se movía. Soltó a Jace y se tambaleó; las piedras rechinaban entre sí bajo sus pies, y una fina lluvia de polvo se desprendía del techo. El ángel era una columna de humo; las runas a su alrededor brillaban con dolorosa intensidad. Clary las contempló con atención, descifrando su significado, y luego miró a Jace con ojos desorbitados:

—La casa... estaba ligada a Ithuriel. Si el ángel muere, la casa...

No terminó la frase. Él ya la había agarrado de la mano y corría en dirección a la escalera, jalándola tras de sí. La escalera misma se levantaba y doblaba; Clary cayó, golpeándose la rodilla dolorosamente contra un escalón, pero la mano de Jace sobre su brazo no se aflojó. La muchacha siguió corriendo, ignorando el dolor en la pierna, con los pulmones llenos de asfixiante polvo.

Llegaron arriba y salieron disparados a la biblioteca. Detrás de ellos Clary pudo oír el ahogado rugido cuando el resto de la escalera se desplomó. La situación arriba no era mucho mejor; la habitación se estremecía, los libros caían de sus estantes. Había una estatua tumbada allí donde se había desplomado, convertida en un montón de fragmentos irregulares. Jace soltó la mano de Clary, agarró una silla, y, antes de que ella pudiera preguntarle qué pensaba hacer, la estrelló contra la ventana emplomada.

La silla pasó a través de una cascada de vidrios rotos. Jace volteó y le acercó una mano. Detrás de él, a través del marco irregular que quedaba, ella pudo ver una extensión de hierba empapada de luz de luna y una línea de copas de árboles a lo lejos. Parecían estar mucho más abajo. «No puedo saltar esa altura», pensó, y estaba a punto de decirle que no con la cabeza a Jace cuando vio que los ojos de éste se abrían de par en par y su boca formulaba una advertencia. Uno de los pesados bustos de mármol que flanqueaban las estanterías superiores se había desprendido y caía hacia ella; Clary lo esquivó echándose a un lado, y éste golpeó el suelo a centímetros de donde ella había estado, dejando una buena marca en el suelo.

Al cabo de un segundo los brazos de Jace la rodeaban y la levantaban ya del suelo. La joven se sintió demasiado sorprendida para forcejear cuando él la llevó hasta la ventana rota y la arrojó sin miramientos al exterior.

Golpeó una elevación cubierta de hierba justo debajo de la ventana y rodó por la fuerte pendiente, ganando velocidad hasta que fue a detenerse contra un pequeño montículo con fuerza suficiente como para quedarse sin aliento. Se sentó en el suelo, sacudiéndose hierba de los cabellos. Al cabo de un segundo Jace se detuvo a su lado; a diferencia de ella, rodó inmediatamente con el cuerpo encogido, mirando con atención colina arriba hacia la casa solariega.

Clary volteó para mirar hacia donde él miraba, pero ya la había agarrado y la empujaba contra el suelo en el interior de la depresión entre las dos colinas. Más tarde encontraría oscuros moretones en la parte superior de los brazos, allí donde él la había sujetado; en aquellos momentos se limitó a lanzar una exclamación de sorpresa cuando la derribó y rodó sobre ella, protegiéndola con el cuerpo a la vez que se oía un enorme rugido. Sonó como si la tierra se desgajara, como un volcán en erupción. Un chorro de polvo blanco salió disparado hacia el cielo. Clary oyó un agudo tamborileo a su alrededor y durante un desconcertante momento pensó que había empezado a llover; entonces advirtió que eran escombros y tierra y cristales rotos: los desechos de la destrozada casa cayendo a su alrededor como mortífero granizo.

Jace la apretó con más fuerza contra el suelo, con su cuerpo estirado sobre el de ella; los latidos de su corazón sonaban casi tan fuertes en los oídos de la muchacha como el sonido de las ruinas de la casa mientras caían.

El rugido del derrumbe se fue apagando poco a poco, como humo que se disipa en el aire. Fue reemplazado por un sonoro piar de pájaros sobresaltados; Clary pudo verlos por encima del hombro de Jace, describiendo círculos, llenos de curiosidad, recortados en el cielo oscuro.

—Jace —susurró—, creo que dejé caer tu estela en alguna parte.

Él se echó hacia atrás ligeramente, sosteniéndose sobre los codos, y bajó los ojos hacia ella. Incluso en la oscuridad pudo verse reflejada en sus ojos; el rostro de Jace estaba surcado de hollín y tierra, y el cuello de su camisa estaba roto.

—No pasa nada. Mientras no estés herida.

—Estoy perfectamente.

Sin pensar, levantó la mano y sus dedos acariciaron levemente sus cabellos. Sintió cómo él se tensaba y sus ojos se oscurecían.

—Tienes hierba en el pelo —dijo.

Clary sentía la boca seca; la adrenalina zumbaba por sus venas. Todo lo que acababa de suceder —el ángel, la casa haciéndose pedazos— parecía menos real que lo que veía en los ojos de Jace.

—No deberías tocarme —dijo él.

La mano de la muchacha se quedó paralizada donde estaba, la palma contra su mejilla.

—¿Por qué no?

—Sabes por qué —dijo él, y se movió para apartarse de ella, rodando sobre la espalda—. Viste lo mismo que yo, ¿verdad? El pasado, el ángel. Nuestros padres.

Era la primera vez, se dijo ella, que él los había llamado así. «Nuestros padres.» Giró sobre el costado, deseando acercar la mano para tocarlo pero sin estar segura de si debía hacerlo. Él miraba ciegamente arriba, al cielo.

—Sí.

—Sabes lo que soy. —Las palabras fueron musitadas en un susurro angustiado—. Soy en parte demonio, Clary. En parte demonio. Comprendes eso al menos, ¿verdad? —Los ojos la perforaron como taladros—. Viste lo que Valentine intentaba hacer. Usó sangre de demonio... la usó en mí antes siquiera de que yo naciera. Soy en parte un monstruo. Formo parte de todo aquello que he intentado con tanto ahínco extinguir, destruir.

Clary apartó el recuerdo de la voz de Valentine diciendo: «Me abandonó porque convertí a su primer hijo en un monstruo».

—Pero los brujos son en parte demonios. Como Magnus. Y eso no los convierte en malvados...

—Pero no un Demonio Mayor. Oíste lo que la mujer demonio dijo.

«Consumirá su humanidad, igual que el veneno le consume la vida a la sangre.» La voz de Clary tembló.

—No es cierto. No puede ser. No tiene sentido...

—Sí lo tiene.

Había una desesperación furiosa en la expresión de Jace. Ella pudo ver el destello de la cadena de plata que rodeaba su garganta desnuda, iluminada en forma de llamarada blanca por la luz de las estrellas.

—Eso explica todo.

—¿Quieres decir que explica por qué eres un cazador de sombras tan asombroso? ¿Por qué eres leal e intrépido y honesto y todo lo que los demonios no son?

—Explica —dijo él, sin perder la calma— por qué siento lo que siento por ti.

—¿Qué quieres decir?

Él permaneció en silencio un largo rato, mirándola fijamente a través del diminuto espacio que los separaba. Pudo sentirlo, incluso a pesar de que no la tocaba, como si todavía estuviera tumbado con el cuerpo contra el suyo.

—Eres mi hermana —dijo por fin—. Mi hermana, mi sangre, mi familia, debería querer protegerte... —Lanzó una carcajada muda—. Protegerte de la clase de chicos que quieren hacer contigo exactamente lo que yo quiero hacer.

Clary se quedó sin aliento.

—Dijiste que querías ser sólo mi hermano a partir de ahora.

—Mentí —dijo él—. Los demonios mienten, Clary. Ya lo sabes, hay algunas clases de heridas que puedes recibir cuando eres un cazador de sombras... Heridas internas producto del veneno de demonio. Ni siquiera sabes qué es lo que te sucede, pero te desangras internamente poco a poco hasta morir. Eso es ser sólo tu hermano.

—Pero Aline...

—Tenía que intentarlo. Y lo hice. —La voz carecía de inflexión—. Pero Dios sabe que no quiero a nadie excepto a ti. Ni siquiera quiero querer a nadie que no seas tú. —Acercó la mano, arrastró los dedos ligeramente por sus cabellos, acariciando la mejilla con las yemas—. Ahora al menos conozco el motivo.

La voz de Clary descendió hasta convertirse en un susurro.

—Yo tampoco quiero a nadie que no seas tú.

Vio cómo se le entrecortaba la respiración. Lentamente, Jace se irguió sobre los codos. La miraba ya desde más arriba, y su expresión había cambiado; nunca le había visto aquella cara; había una luz aletargada, casi mortífera, en sus ojos. Dejó que los dedos se arrastraran por su mejilla hasta los labios, trazando la forma de la boca con la punta de un dedo.

—Probablemente —dijo— deberías decirme que no hiciera esto.

Ella no dijo nada. No quería decirle que parara. Estaba cansada de decirle no a Jace... de no permitirse sentir lo que todo su corazón quería que sintiera. No le importaba el precio.

Él se inclinó hacia abajo, los labios contra su mejilla, rozándola ligeramente... y con aquel leve contacto le envió escalofríos a través de los nervios, escalofríos que hicieron que le temblara todo el cuerpo.

—Si quieres que pare, dímelo ahora —susurró él.

Ella siguió callada, y entonces le acarició con la boca el hueco de la sien.

—O ahora.

Trazó la línea de su pómulo.

—O ahora.

Tenía los labios posados en los de ella.

—O...

Pero ella ya había levantado las manos y lo jaló hacia sí, y el resto de palabras se perdieron en su boca. La besó con delicadeza, con cuidado, pero no era delicadeza lo que ella quería, no en aquel momento, no después de todo aquel tiempo, y cerró los puños sobre su camisa, acercándolo más a ella. Él gruñó suavemente, en el fondo de su garganta, y a continuación sus brazos la rodearon, apretándola contra él, y rodaron sobre la hierba, enredados, sin dejar de besarse. A Clary se le clavaban rocas en la espalda y le dolía el hombro allí donde se había golpeado al caer de la ventana, pero no le importaba. Todo lo que existía era Jace; todo lo que sentía, esperaba, respiraba, quería y veía era Jace. Nada más importaba.

A pesar del abrigo, podía sentir su calor ardiendo a través de sus ropas y las de ella. Le quitó la chamarra, y luego le quitó también la camisa. Exploró su cuerpo con los dedos mientras la boca de él exploraba la de ella: piel suave sobre músculo delgado, con cicatrices que eran como alambres finos. Tocó la cicatriz en forma de estrella de su hombro; era suave y plana, como si formara parte de la piel, no en relieve como las otras cicatrices. Supuso que aquellas marcas eran imperfecciones, pero a ella no le daban esa impresión; eran una historia tallada en su cuerpo: el mapa de una vida de guerra incesante.

Él intentó desabrocharle torpemente los botones del abrigo, le temblaban las manos. Ella no creía haber visto jamás temblar las manos de Jace.

—Yo lo haré —dijo, y acercó las manos al último botón; mientras se incorporaba, algo frío y metálico le golpeó la clavícula, y lanzó una exclamación ahogada de sorpresa.

—¿Qué es? —Jace se quedó paralizado—. ¿Te lastimé?

217

—No. Fue esto.

Tocó la cadena de plata que rodeaba el cuello del muchacho. En el extremo colgaba un pequeño aro plateado de metal. Chocó contra ella al inclinarse al frente. Se le quedó mirando fijamente.

Aquel anillo —el metal desgastado por el tiempo con su dibujo de estrellas—, conocía aquel anillo.

El anillo de los Morgenstern. Era el mismo anillo que había centelleado en la mano de Valentine en el sueño que el ángel les mostró. Le perteneció a él, y se lo entregó a Jace como se transmitía siempre, de padre a hijo.

—Lo siento —dijo Jace; le recorrió la línea de la mejilla con la yema del dedo, con una soñadora intensidad en la mirada—. Olvidé que traía esta maldita cosa.

Un frío repentino inundó las venas de Clary.

—Jace —dijo en voz baja—. Jace, no.

—No ¿qué? ¿Que no use el anillo?

—No, no..., no me toques. Para durante un segundo.

El rostro del joven quedó totalmente inmóvil. Las preguntas habían ahuyentado la ensoñadora confusión de sus ojos, pero no dijo nada, se limitó a retirar la mano.

—Jace —volvió a decir ella—. ¿Por qué? ¿Por qué ahora?

Los labios de Jace se abrieron sorprendidos y ella pudo ver una línea oscura allí donde se mordió el labio inferior, o a lo mejor fue ella quien lo mordió.

—¿Por qué ahora qué?

—Dijiste que no había nada entre nosotros. Que si nosotros..., si nosotros nos permitíamos sentir lo que deseábamos sentir, estaríamos haciendo daño a todas las personas que nos importan.

—Te lo dije. Mentía. —Sus ojos se dulcificaron—. ¿Crees que no quiero...?

—No —dijo ella—. No, no soy estúpida, sé que sí. Pero cuando dijiste que ahora finalmente comprendes por qué sientes de ese modo por mí, ¿qué querías decir?

No era que ella no lo supiera, se dijo, pero tenía que preguntarle, tenía que oírlo decirlo.

Jace le agarró las muñecas y le alzó las manos hasta su rostro, entrelazando sus dedos con los de él.

—¿Recuerdas lo que te dije en la casa de los Penhallow? —preguntó—. ¿Que jamás piensas en lo que haces antes de hacerlo, y que es por eso que destrozas todo lo que tocas?

—No, lo había olvidado. Gracias por recordármelo.

Él apenas pareció advertir el sarcasmo en su voz.

—No estaba hablando sobre ti, Clary. Hablaba de mí. Así es como soy yo. —Se volteó ligeramente y los dedos de Clary resbalaron por su mejilla—. Al menos ahora sé por qué. Sé qué es lo que me sucede. Y quizá..., quizá por eso te necesito tanto. Porque si Valentine me convirtió en un monstruo, entonces supongo que a ti te convirtió en una especie de ángel. Y Lucifer amaba a Dios, ¿no es cierto? Eso dice Milton, al menos.

Clary inhaló profundamente.

—Yo no soy un ángel. Tú ni siquiera sabes para qué usó Valentine la sangre de Ithuriel; a lo mejor la quería para sí mismo...

—Dijo que la sangre era para «mí y los míos» —respondió Jace en voz baja—. Eso explica por qué tú puedes hacer lo que puedes hacer, Clary. La reina seelie dijo que ambos éramos experimentos. No sólo yo.

—No soy un ángel, Jace —repitió ella—. No devuelvo los libros a la biblioteca. Bajo música de Internet. Miento a mi madre. Soy totalmente corriente.

—Para mí no.

Bajó los ojos hacia ella y su rostro flotó contra un telón de fondo de estrellas. No había nada de su acostumbrada arrogancia en su expresión; jamás le pareció tan indefenso, pero incluso aquella indefensión estaba mezclada con un odio a sí mismo que fluía tan profundo como una herida.

—Clary...

—Apártate —dijo ella.

—¿Qué?

El deseo de sus ojos se resquebrajó en un millar de pedazos como los fragmentos del Portal espejo de Renwick, y por un momento su expresión fue de desconcertada sorpresa. Ella apenas podía soportar mirarlo y seguir negándose. No podía mirarlo... Incluso aunque no hubiera estado enamorada de él, aquella parte de ella que era la hija de su madre, que amaba todas las cosas hermosas simplemente por su belleza, lo habría querido de todos modos.

Y era precisamente por ser la hija de su madre que aquello era imposible.

—Ya oíste —dijo—. Y deja en paz mis manos.

Las retiró violentamente, cerrándolas en crispados puños para impedir que temblaran.

Él no se movió. Sus labios se tensaron, y por un momento ella volvió a ver aquella luz de depredador en sus ojos, aunque ahora estaba mezclada con cólera.

—Supongo que no querrás decirme por qué...

—Crees que sólo me quieres porque eres malvado, no humano. Sólo buscas otro motivo para odiarte. No dejaré que me utilices para demostrarte lo despreciable que eres.

—Yo nunca dije eso. Jamás dije que te estuviera utilizando.

—Estupendo —replicó ella—. Ahora dime que no eres un monstruo. Dime que no hay nada de malo en ti. Y dime que me querrías incluso si no tuvieras sangre de demonio.

«Porque yo no tengo sangre de demonio. Y sin embargo te quiero.»

Las miradas de ambos se cruzaron, la de él ciegamente enfurecida; por un momento ninguno respiró, y entonces él se apartó violentamente de ella, maldiciendo, y se incorporó rápidamente. Recogió su camisa de la hierba y se la pasó por la cabeza, con la mirada iracunda aún. Tiró de la prenda hacia abajo sobre los pantalones de mezclilla y le dio la espalda para buscar la chamarra.

Clary se puso en pie, tambaleándose un poco. El cortante aire hizo que se le pusiera en carne de gallina los brazos. Sentía las piernas como si estuvieran hechas de cera medio derretida. Abrochó los botones del abrigo con dedos entumecidos, reprimiendo el impulso de echarse a llorar. Llorar no ayudaría a nadie en aquel momento.

El aire seguía lleno de polvo y cenizas en movimiento, la hierba a su alrededor estaba cubierta de escombros desperdigados: trozos de muebles destrozados, las hojas de libros volando lastimeramente en el viento, astillas de madera dorada, un pedazo de casi media escalera, misteriosamente intacta. Clary volteó para mirar a Jace; éste pateaba trozos de desechos con salvaje satisfacción.

—Bueno —dijo—, estamos fritos.

No era lo que ella habría esperado. Pestañeó.

—¿Qué?

—Perdiste mi estela. Ahora no hay posibilidad de que dibujes un Portal. —Pronunció las palabras con amargo placer, como si la situación le satisficiera de algún modo extraño—. No tenemos otro modo de regresar. Vamos a tener que caminar.

No habría sido una caminata placentera ni bajo circunstancias normales. Acostumbrada a las luces de la ciudad, Clary no podía creer lo oscuro que estaba Idris por la noche. Las espesas sombras negras que bordeaban la carretera a ambos lados parecían plagadas de elementos apenas visibles, e incluso con la luz mágica de Jace sólo podía ver a unos pocos metros por delante de ellos. Extrañaba las farolas, el resplandor ambiental de los faros de los coches, los sonidos de la ciudad. Todo lo que podía oír en aquellos momentos era el continuo crujir de las botas de ambos sobre la grava y, de vez en cuando, su propio aliento resoplando sorprendido cuando tropezaba con una roca suelta.

Al cabo de unas pocas horas los pies le empezaron a doler y sintió la boca seca como el pergamino. El aire se tornó muy frío, y camina-

221

ba encogida, tiritando, con las manos bien metidas en los bolsillos. Pero incluso todo aquello habría resultado soportable si al menos Jace le hubiera estado hablando. No le había dicho ni una palabra desde que habían abandonado la casa solariega salvo para darle indicaciones en tono brusco, diciéndole en qué dirección girar en una encrucijada del camino, u ordenándole que rodeara un bache. Incluso entonces dudaba de que a él le hubiera importado mucho que ella se hubiera caído en el bache, excepto porque los habría retrasado.

Finalmente, el cielo empezó a clarear por el este. Clary, dando tropezones medio dormida, levantó la cabeza sorprendida.

—Es temprano para que amanezca.

Jace la contempló con desabrido desdén.

—Eso es Alacante. El sol no saldrá hasta dentro de tres horas al menos. Ésas son las luces de la ciudad.

Demasiado aliviada ante la idea de que ya estaban casi en casa para que le importara su actitud, Clary apresuró el paso. Doblaron un recodo y se encontraron caminando por un amplio sendero de tierra abierto en la ladera de una colina. Serpenteaba siguiendo la curva de la ladera y desaparecía tras un recodo a lo lejos. Aunque la ciudad todavía no era visible, el aire era más luminoso, y un peculiar resplandor rojizo surcaba el cielo.

—Debemos de estar muy cerca —dijo Clary—. ¿Hay algún atajo colina abajo?

Jace tenía el ceño fruncido.

—Algo no está bien —dijo súbitamente.

Se adelantó, medio corriendo carretera adelante, las botas lanzando volutas de polvo que brillaban ocres bajo la extraña luz. Clary corrió para mantenerse a su altura, haciendo caso omiso de las protestas de los ampollados pies. Doblaron la siguiente curva y Jace se detuvo de golpe, provocando que Clary chocara contra él. En otras circunstancias podría haber resultado cómico. Pero no en ese momento.

La luz rojiza era más potente ahora, y proyectaba un resplandor rojo hacia el cielo nocturno, iluminando la colina en la que se encontraban como si fuera de día. Columnas de humo subían en espiral desde el valle situado abajo como las plumas de un pavo real negro desplegándose. Por encima del negro vapor estaban las torres de los demonios de Alacante, sus estructuras cristalinas perforaban igual que flechas de fuego el aire humeante. Por entre el espeso humo, Clary logró ver el saltarín color rojo de las llamas, diseminadas por la ciudad como un puñado de brillantes joyas sobre una tela oscura.

Parecía increíble, pero así era: estaban de pie en la ladera de una colina muy por encima de Alacante, y a sus pies la ciudad ardía.

Segunda parte
Los astros brillan sombríamente

ANTONIO
¿No quieres quedarte más ni quieres que vaya contigo?

SEBASTIÁN
Con tu permiso, no. Mis astros brillan sombríamente sobre mí. La adversidad de mi destino podría quizás perturbar el tuyo, así que te suplico que me dejes para que pueda soportar mis males a solas. Recompensaría mal tu cariño si hiciera recaer cualquiera de ellos sobre ti.

WILLIAM SHAKESPEARE, *Noche de Reyes*

10

FUEGO Y ESPADA

—Es tarde —dijo Isabelle, volviendo a correr con ansiedad la cortina de encaje sobre el alto ventanal de la salita—. Debería estar ya de regreso.

—Sé razonable, Isabelle —indicó Alec, con aquel tono de superioridad de hermano mayor que parecía dar a entender que mientras que ella, Isabelle, podía ser propensa a la histeria, él, Alec, permanecía siempre totalmente tranquilo.

Incluso la postura de su hermano —estaba echado en uno de los inflados sillones situados junto a la chimenea de los Penhallow como si no tuviera ni una sola preocupación en el mundo— parecía diseñada para exhibir su despreocupación.

—Jace responde así cuando está alterado: se va y deambula por ahí. Dijo que iba a dar una vuelta. Regresará.

Isabelle suspiró. Casi deseó que sus padres estuvieran allí, pero seguían en el Gard. La reunión del Consejo se estaba prolongando hasta una hora brutalmente tardía.

—Pero él conoce Nueva York. No conoce Alacante...

—Probablemente la conoce mejor que ustedes.

Aline estaba sentada en el sofá leyendo un libro, cuyas páginas estaban encuadernadas en cuero rojo. Tenía los negros cabellos recogidos tras la cabeza en una trenza francesa, con los ojos clavados en el tomo abierto sobre el regazo. Isabelle, que jamás fue demasiado amante de la lectura, envidiaba la capacidad de otras personas para abstraerse en un libro. Había muchas cosas que en otro momento habría envidiado en Aline: ser menuda y delicadamente bonita, para empezar, no grandota como una amazona y tan alta que con tacones se alzaba casi por encima de cualquier chico que conocía. Pero, sin embargo, no hacía mucho, Isabelle comprendió que las otras chicas no existían simplemente para ser envidiadas, evitadas o para provocar antipatía.

—Vivió aquí hasta los diez años. Ustedes, chicos, sólo han venido de visita unas cuantas veces.

Isabelle se llevó la mano a la garganta torciendo el gesto. El dije sujeto a una cadena que tenía al cuello emitió un repentino y agudo latido... aunque normalmente sólo lo hacía en presencia de demonios, y estaban en Alacante. No podía haber demonios cerca. A lo mejor el dije no funcionaba bien.

—No creo que esté vagando por ahí, de todos modos. Creo que resulta evidente adónde fue —respondió Isabelle.

—¿Crees que fue a ver a Clary? —preguntó Alec, alzando los ojos.

—¿Sigue aquí? Pensé que regresaría a Nueva York. —Aline dejó que el libro se cerrara—. ¿Dónde se hospeda la hermana de Jace, a todo esto?

Isabelle se encogió de hombros.

—Pregúntale a él —dijo, moviendo los ojos hacia Sebastian.

Sebastian estaba despatarrado en el sofá situado frente al de Aline. También él tenía un libro en la mano, y su oscura cabeza estaba inclinada hacia él. Levantó los ojos como si pudiera percibir la mirada de Isabelle sobre sí.

—¿Hablaban de mí? —preguntó calmado.

Todo en Sebastian era apacible, se dijo Isabelle con un asomo de fastidio. Se impresionó por su atractivo al principio —aquellos pómulos nítidamente marcados y aquellos ojos negros insondables—, pero su personalidad cordial y comprensiva la crispaba ahora. No le gustaban los chicos que daban la impresión de no enfurecerse nunca por nada. En el mundo de Isabelle, la cólera significaba pasión y diversión.

—¿Qué lees? —preguntó, con más brusquedad de la pretendida—. ¿Es uno de los cómics de Max?

—Pues sí. —Sebastian bajó los ojos hacia el cómic manga apoyado sobre el brazo del sofá—. Me gustan las ilustraciones.

Isabelle lanzó un suspiro exasperado. Dirigiéndole una mirada reprobatoria, Alec dijo:

—Sebastian, a primera hora de hoy... ¿Sabe Jace adónde fuiste?

—¿Te refieres a que salí con Clary? —Sebastian pareció divertido—. Oigan, no es un secreto. Se lo habría contado a Jace de haberlo visto.

—No veo por qué le iba a importar. —Aline dejó su libro a un lado, y su voz tenía un tono cortante—. No es nada malo. ¿Qué pasa si le quiso mostrar a Clarissa algo de Idris antes de que ella vuelva a casa? Jace debería sentirse complacido de que su hermana no esté ahí sentada aburrida y enojada.

—Puede ser muy... protector —dijo Alec tras una leve vacilación.

Aline frunció el ceño.

—Debería mantenerse al margen. No puede ser bueno para ella estar tan sobreprotegida. La expresión de su rostro cuando nos sorprendió fue como si nunca hubiera visto a nadie besarse. Quiero decir, quién sabe, a lo mejor es así.

—Pues no —repuso Isabelle, recordando cómo Jace había besado a Clary en la corte seelie.

No era algo en lo que le gustara pensar; a Isabelle no le gustaba regodearse con sus propias penas, y mucho menos con las de los demás.

—No es eso.

—Entonces ¿qué es?

Sebastian se irguió, apartándose un mechón de cabello oscuro de los ojos. Isabelle captó una fugaz visión de algo..., una línea roja a lo largo de la palma, una especie de cicatriz.

—¿O sólo me odia a mí en particular? Porque no sé qué es lo que yo...

—Ése es mi libro.

Una vocecita interrumpió el discurso de Sebastian. Era Max, parado en la entrada de la sala. Vestía un pijama gris y sus cabellos castaños estaban alborotados como si acabara de despertar. Miraba con expresión iracunda el libro manga que estaba junto a Sebastian.

—¿Qué, esto? —Sebastian le acercó el libro—. Aquí tienes, niño.

Max cruzó la habitación muy digno y recuperó de un jalón el libro. Dirigió una mirada furibunda a Sebastian.

—No me llames niño.

Sebastian rio y se levantó.

—Voy a buscar café —dijo, y salió en dirección a la cocina. Se detuvo y volteó en el umbral de la puerta—. ¿Alguien quiere algo?

Hubo un coro de negativas. Sebastian se encogió de hombros y desapareció en la cocina, dejando que la puerta se cerrara a su espalda.

—Max —dijo Isabelle en tono seco—, no seas grosero.

—No me gusta que nadie toque mis cosas. —Max abrazó el cómic contra el pecho.

—Crece un poco, Max. Sólo lo tomó prestado.

La voz de Isabelle surgió más irritada de lo que ella habría querido; seguía preocupada por Jace, lo sabía, y se estaba desquitando con su hermano pequeño.

—Deberías estar en la cama de todos modos. Es tarde.

—Se oían ruidos en la colina. Me despertaron. —Max pestañeó; sin sus lentes, todo era muy parecido a una mancha borrosa para él—. Isabelle...

La nota interrogante en su voz atrajo la atención de la joven. Su hermana dio la espalda a la ventana.

—¿Qué?

—¿Escala alguna vez la gente las torres de los demonios? ¿Por algún motivo?

Aline alzó la cabeza.

—¿Trepar a las torres de los demonios? —Rio—. No, nadie hace eso. Es totalmente ilegal, para empezar, y además, ¿por qué querrían hacerlo?

Aline, pensó Isabelle, no tenía mucha imaginación. Ella podía pensar en un montón de razones por las que alguien podría querer escalar las torres de los demonios, aunque sólo fuera para escupir chicle sobre los que pasaban por debajo.

Max parecía contrariado.

—Pero alguien lo hizo. Vi...

—Seguramente lo soñaste —le dijo Isabelle.

El rostro de Max se arrugó. Intuyendo que podía venirse abajo, Alec se paró y lo tomó de la mano.

—Vamos, Max —dijo, afectuosamente—. Volvamos a la cama.

—Todos deberíamos irnos a dormir —dijo Aline, parándose; fue hasta la ventana donde estaba Isabelle y cerró bien las cortinas—. Ya es casi medianoche; ¿quién sabe cuándo regresarán del Consejo? No sirve de nada esperar...

El dije de la garganta de Isabelle volvió a latir violentamente... y la ventana ante la que estaba Aline se hizo pedazos hacia dentro. Aline gritó cuando unas manos entraron a través del agujero abierto... En realidad, advirtió Isabelle con claridad, no eran manos sino enormes zarpas con escamas, que chorreaban sangre y un fluido negruzco. Agarraron a Aline y la jalaron a través de la ventana rota antes de que ésta pudiera lanzar un segundo grito.

El látigo de Isabelle descansaba sobre la mesa junto a la chimenea. La joven se abalanzó sobre él esquivando a Sebastian, que había salido corriendo de la cocina.

—Consigue armas —le ordenó mientras él ojeaba la habitación con asombro—. ¡Vamos! —gritó, y corrió a la ventana.

Junto a la chimenea, Alec sujetaba a Max mientras el muchacho se retorcía y gritaba, intentando zafarse de las manos de su hermano. Alec lo arrastró hacia la puerta. «Bien —pensó Isabelle—. Saca a Max de aquí.»

Entraba aire frío por la ventana rota. Isabelle se subió la falda y pateó el resto del cristal roto, dando gracias porque sus botas tuvieran unas suelas gruesas. Cuando el cristal desapareció, agachó la cabeza y saltó por el enorme agujero del marco, aterrizando con un fuerte impacto sobre el sendero de piedra situado debajo.

A primera vista el sendero parecía vacío. No había farolas a lo largo del canal; la iluminación principal provenía de las ventanas de las casas cercanas. Isabelle avanzó con precaución, con el látigo de electro enroscado al costado. Poseía el látigo desde hacía tanto tiempo —fue un regalo de su padre por su decimosegundo cumpleaños— que lo sentía ya como parte de sí misma, como una delicada extensión de su brazo derecho.

Las sombras se intensificaron a medida que se alejaba de la casa y se aproximaba al puente Oldcastle, que trazaba un arco sobre el canal Princewater en un ángulo extraño con el sendero. Las sombras de su base estaban amontonadas tan densamente como moscas negras... y entonces, mientras Isabelle miraba fijamente, algo se movió dentro de la sombra, algo blanco y veloz como una flecha.

Isabelle corrió, abriéndose paso a través de un seto bajo que delimitaba el jardín de alguien, y se lanzó sobre el estrecho paso elevado de ladrillo que pasaba por debajo del puente. El látigo empezaba a resplandecer con una cruda luz plateada, y con su tenue iluminación pudo ver a Aline inerte en el borde del canal. Un enorme demonio cubierto de escamas estaba tumbado sobre ella, presionándola contra el suelo con su grueso cuerpo de lagarto y el rostro enterrado en su cuello...

No podía ser un demonio. Nunca había habido demonios en

Alacante. Jamás. Mientras Isabelle lo miraba conmocionada, el ser levantó la cabeza y olisqueó el aire, como si la percibiera allí. Era ciego, advirtió, y una gruesa línea de dientes como sierras se dibujaba como un cierre sobre la frente donde debían estar los ojos. Tenía otra boca en la mitad inferior de la cara, ocupada por colmillos. Los costados de su estrecha cola centellearon mientras la agitaba a un lado y a otro, e Isabelle vio, al acercarse más, que la cola estaba ribeteada de hileras de hueso afilado como cuchillas.

Aline se retorció y emitió un sonido, un gemido jadeante. Una sensación de alivio invadió a Isabelle —había estado medio segura de que la muchacha estaba muerta—, pero duró poco. Al moverse Aline, Isabelle vio que le desgarraron la blusa a lo largo de la parte delantera. Tenía marcas de zarpazos en el pecho, y la criatura sujetaba con otra zarpa la cinturilla de los pantalones de mezclilla.

Una oleada de náuseas invadió a Isabelle. El demonio no intentaba matar a Aline..., aún no. El látigo cobró vida en la mano de Isabelle igual que la espada llameante de un ángel vengador; la joven se abalanzó al frente, propinando un latigazo en la espalda del demonio.

El ser lanzó un grito agudo y se apartó de Aline. Avanzó hacia Isabelle, con las dos bocas bien abiertas, lanzando zarpazos con las garras hacia su rostro. La muchacha brincó hacia atrás y volvió a azotar el látigo al frente; golpeó al demonio en el rostro, el pecho y las piernas. Una infinidad de marcas de látigo entrecruzadas apareció sobre la piel cubierta de escamas del demonio, goteando sangre e icor. Una larga lengua bífida salió disparada de la boca superior en busca del rostro de Isabelle. Había un bulbo en el extremo, una especie de aguijón, como el de un escorpión. Dio una fuerte sacudida lateral a la muñeca y el látigo se enroscó a la lengua del demonio, amarrándola con bandas de flexible electro. El demonio aulló y aulló mientras ella apretaba el nudo y jalaba violentamente. La lengua del demonio cayó con un húmedo y nauseabundo golpe sordo sobre los ladrillos de la calzada.

Isabelle recogió el látigo con una sacudida. El demonio dio media vuelta y huyó, moviéndose a la velocidad de una serpiente. Isabelle corrió tras él. El demonio estaba a medio camino del sendero que subía desde la calzada cuando una figura oscura se plantó ante él. Algo centelleó en la oscuridad, y la criatura cayó retorciéndose al suelo.

Isabelle se detuvo bruscamente. Aline estaba parada observando al demonio caído, con una fina daga en la mano; debió llevarla en el cinturón. Las runas de la hoja brillaron como relámpagos cuando hundió la daga y la clavó una y otra vez en el cuerpo convulsionado del ser hasta que la criatura dejó de moverse por completo y desapareció.

Aline levantó los ojos. Su rostro permanecía inexpresivo. No hizo el menor gesto para mantener la blusa cerrada, a pesar de los botones arrancados. Gotas de sangre salían de las profundas marcas de arañazos de su pecho.

Isabelle soltó un suave silbido.

—Aline... ¿estás bien?

Aline dejó caer la daga al suelo con un tintineo. Sin decir ni una palabra se volteó y corrió, desapareciendo en la oscuridad que había bajo el puente.

Tomada por sorpresa, Isabelle lanzó una palabrota y salió disparada tras ella. Deseó traer puesto algo más práctico que un vestido de terciopelo, aunque al menos llevaba las botas. Dudaba que pudiera alcanzar a Aline llevando tacones.

Había escaleras de metal al otro lado de la calzada elevada, que conducían de vuelta a la calle Princewater. Aline era una mancha borrosa en lo alto de la escalera. Recogió el grueso dobladillo del vestido y la siguió, con las botas taconeando sobre los escalones. Al llegar arriba, miró a su alrededor buscando a la muchacha.

Se quedó atónita. Estaba parada al final de la amplia calle a la que daba la casa de los Penhallow. Ya no veía a Aline: desapareció en la arremolinada multitud que abarrotaba la calle. Y no se trataba sólo de personas. Había «cosas» en la calle —demonios—, docenas de ellos, quizás más, iguales a la criatura con zarpas y aspecto de lagarto a la que Aline había eliminado bajo el puente. Yacían ya dos o tres cadáveres en la calle, uno a sólo unos pocos metros de Isabelle: un hombre, con la mitad de la caja torácica desgarrada. Isabelle pudo advertir por sus cabellos canosos que se trataba de un anciano. «Claro» se dijo; su cerebro funcionaba despacio, pues la velocidad de sus pensamientos estaba atontada por el pánico. «Todos los adultos están en el Gard.» En la ciudad sólo quedaban los niños, los ancianos y los enfermos...

El aire teñido de rojo transpiraba olor a quemado, la noche estaba surcada por alaridos y gritos. Las puertas estaban abiertas a lo largo de las hileras de edificios... La gente salía disparada de casa para a continuación detenerse en seco al ver la calle repleta de monstruos.

Era imposible, inimaginable. Nunca en la historia un solo demonio había cruzado las salvaguardas de las torres de los demonios. Y ahora había docenas, cientos o tal vez más inundando las calles como una marea venenosa. Isabelle sintió como si estuviera atrapada tras una pared de cristal, capaz de verlo todo pero incapaz de moverse; observaba, paralizada, cómo un demonio agarraba a un muchacho que huía y lo levantaba del suelo antes de hundir sus dientes de sierra en el hombro.

El muchacho gritó, pero los gritos se perdieron en el clamor que desgarraba la noche. El estruendo aumentó: el aullar de demonios, personas que llamaban a otras, los sonidos de pies que corrían y de cristal que se rompía. Calle abajo, alguien gritaba palabras que ella apenas logró comprender... Algo sobre las torres de los demonios. Isabelle levantó la vista. Las altas agujas montaban guardia sobre la ciudad como siempre, pero en lugar de reflejar la luz plateada de las estrellas, o incluso la luz roja de la ciudad en llamas, presentaban un blanco apagado como la piel de un cadáver. Su luminiscencia había desaparecido. La recorrió un escalofrío. No era de extra-

235

ñar que las calles estuvieran llenas de monstruos; de algún modo, increíblemente, las torres de los demonios habían perdido su magia. Las salvaguardas que protegieron Alacante durante mil años se habían esfumado.

Samuel se había quedado en silencio hacía horas, pero Simon seguía despierto, con la vista fija, insomne, en la oscuridad, cuando oyó los gritos.

Levantó la cabeza violentamente. Silencio. Miró a su alrededor con inquietud... ¿imaginó el ruido? Aguzó los oídos, pero incluso con su recién adquirida capacidad auditiva no oyó nada. Estaba a punto de volverse a tumbar cuando sonaron de nuevo los gritos, clavándose en sus oídos igual que agujas. Parecían provenir del exterior del Gard.

Se paró sobre la cama y se asomó a la ventana. Vio el verde césped extendiéndose a lo lejos, y la luz distante de la ciudad convertida en un resplandor tenue en la lejanía. Entrecerró los ojos. Había algo que no era normal en la luz de la ciudad, algo... apagado. Era un poco más tenue de lo que recordaba... y había puntos en movimiento por todas partes en la oscuridad, como agujas de fuego, zigzagueando por las calles. Una nube pálida sobresalía por encima de las torres, y el aire estaba lleno del hedor a humano.

—Samuel. —Simon pudo percibir la alarma en su propia voz—. Algo no está bien.

Oyó puertas que se abrían de golpe y pies que corrían. Unas voces roncas gritaron. Simon apretó la cara contra los barrotes mientras pares de botas pasaban a toda velocidad por el exterior, pateando piedras en su carrera; los cazadores de sombras se llamaban unos a otros mientras se iban a toda prisa del Gard y bajaban en dirección a la ciudad.

—¡Las salvaguardas cayeron! ¡Las salvaguardas cayeron!

—¡No podemos abandonar el Gard!

—¡El Gard no importa! ¡Nuestros hijos están ahí abajo!

Las voces eran ya cada vez más débiles. Simon se apartó violentamente de la ventana, jadeando:

—¡Samuel! Las salvaguardas...

—Lo sé. Oí.

La voz de Samuel llegó con fuerza a través de la pared. No parecía asustado sino resignado, tal vez incluso un tanto triunfante al quedar demostrado que tenía razón.

—Valentine atacó mientras la Clave estaba reunida. Inteligente.

—Pero el Gard... está fortificado... ¿Por qué no se quedan aquí?

—Ya los oiste. Porque todos los niños están en la ciudad. Niños... padres ancianos... No pueden abandonarlos ahí abajo.

«Los Lightwood.» Simon pensó en Jace, y luego, con terrible claridad, en el rostro menudo y pálido de Isabelle bajo su corona de cabellos oscuros, en su determinación en una pelea, en el «Muac» de niña pequeña de la nota que le escribió.

—Pero tú le dijiste... le contaste a la Clave lo que sucedería. ¿Por qué no te creyeron?

—Porque las salvaguardas son su religión. No creer en el poder de las salvaguardas significa dejar de creer que son especiales, elegidos y protegidos por el Ángel. Sería tanto como considerarse simples mundanos corrientes.

Simon volteó de nuevo para mirar con atención por la ventana otra vez, pero el humo era más espeso e inundaba el aire con una palidez grisácea. Ya no podía oír voces gritando fuera; había gritos a lo lejos, pero eran muy débiles.

—Creo que la ciudad está en llamas.

—No. —La voz de Samuel era muy tranquila—; creo que es el Gard lo que se quema. Probablemente fuego demoníaco. Valentine iría tras el Gard, si pudiera.

—Pero... —Las palabras de Simon salieron atropelladamente unas sobre otras—: Alguien vendrá y nos dejará salir, ¿verdad? El Cónsul, o..., o Aldertree. No pueden limitarse a dejarnos aquí abajo para que muramos.

—Tú eres un subterráneo —dijo Samuel—. Y yo soy un traidor. ¿Realmente crees probable que hagan otra cosa?

—¡Isabelle! ¡Isabelle!

Alec tenía las manos sobre sus hombros y la zarandeaba. Isabelle levantó la cabeza despacio; el rostro blanco de su hermano flotó recortado en la oscuridad que tenía detrás. Una pieza curva de madera sobresalía detrás de su hombro derecho: llevaba su arco sujeto a la espalda, el mismo arco que Simon usó para matar al Demonio Mayor Abbadon. No podía recordar a Alec acercándose a ella, no podía recordar en absoluto verlo en la calle; era como si se hubiera materializado a su lado de improviso, como un fantasma.

—Alec. —Su voz surgió lenta e irregular—. Alec, cálmate. Estoy bien.

Se zafó de él. No había demonios a la vista; había alguien sentado en los escalones delanteros de la casa situada frente a ellos, y lloraba emitiendo sonoros y chirriantes gemidos. El cuerpo del anciano seguía en la calle, y el olor a demonios lo inundaba todo.

—Aline... Uno de los demonios intentó..., intentó...

Contuvo el aliento, lo retuvo. Ella era Isabelle Lightwood. Ella no se ponía histérica, no importaba la provocación.

—Lo matamos, pero entonces ella salió huyendo. Intenté seguirla, pero fue demasiado veloz. —Alzó los ojos hacia su hermano—. Demonios en la ciudad —dijo—. ¿Cómo es posible?

—No lo sé. —Alec negó con la cabeza—. Las salvaguardas debieron caer. Había cuatro o cinco demonios oni aquí fuera cuando salí de la casa. Acabé con uno que acechaba junto a los matorrales. Los otros huyeron, pero podrían regresar. Vamos. Volvamos a la casa.

La persona de la escalera seguía sollozando. El sonido los siguió mientras regresaban rápidamente a la casa de los Penhallow. La calle seguía vacía de demonios, pero podían oír explosiones, gritos, y el correr de pies resonando desde las sombras de otras calles oscurecidas. Mientras subían los escalones de la entrada de los Penhallow, Isabelle echó un vistazo atrás justo a tiempo de ver cómo un largo tentáculo serpenteante salía de repente de entre las dos casas y se llevaba a la mujer que sollozaba en los escalones de la entrada. Los sollozos se convirtieron en alaridos. Isabelle intentó dar media vuelta, pero Alec ya la había agarrado y la empujaba por delante de él al interior de la casa, cerrando de un portazo y corriendo el cerrojo de la puerta principal tras ellos. La casa estaba a oscuras.

—Apagué las luces. No quería atraer a ningún otro —explicó Alec, empujando a Isabelle por delante de él al interior de la sala.

Max estaba sentado en el suelo junto a la escalera, abrazándose las rodillas. Sebastian estaba junto a la ventana, clavando troncos de madera que tomó de la chimenea sobre el agujero abierto en el cristal.

—Ya está —dijo, apartándose un poco y dejando que el martillo cayera sobre el estante—. Esto debería aguantar un tiempo.

Isabelle se dejó caer junto a Max y le acarició los cabellos.

—¿Estás bien?

—No —tenía los ojos muy abiertos y asustados—; intenté mirar por la ventana, pero Sebastian me dijo que me agachara.

—Sebastian tenía razón —dijo Alec—. Había demonios en la calle.

—¿Todavía están ahí?

—No, pero aún hay algunos en la ciudad. Tenemos que pensar lo que vamos a hacer.

Sebastian parecía preocupado.

—¿Dónde está Aline?

—Salió corriendo —explicó Isabelle—. Fue mi culpa. Debí...

—No fue culpa tuya. Sin tu intervención ahora estaría muerta. —Alec hablaba en un tono firme—. Mira, no tenemos tiempo para reproches. Voy a ir tras Aline. Quiero que los tres se queden aquí.

Isabelle, cuida de Max. Sebastian, acaba de asegurar la casa.

—¡No quiero que salgas solo! —Isabelle alzó la voz, indignada—. Llévame contigo.

—Yo soy el mayor. Se hará lo que yo diga. —El tono de Alec era tranquilo—. Existe la posibilidad de que nuestros padres regresen en cualquier momento del Gard. Cuantos más de nosotros estemos aquí, mejor. Sería demasiado fácil que quedáramos separados ahí fuera. No voy a correr ese riesgo, Isabelle. —Dirigió la mirada a Sebastian—. ¿Comprendes?

Sebastian ya había sacado su estela.

—Me dedicaré a salvaguardar la casa con Marcas.

—Gracias.

Alec estaba ya a medio camino de la puerta; volteó y miró a Isabelle. Ella cruzó la mirada con su hermano durante una fracción de segundo. Luego él desapareció.

—Isabelle. —Era la débil voz de Max—. Te sangra la muñeca.

La muchacha bajó la mirada. No recordaba haberse herido la muñeca, pero Max tenía razón: la sangre ya había manchado la manga de su chamarra blanca. Se paró.

—Voy por mi estela. Regresaré en seguida y te ayudaré con las runas, Sebastian.

—Me vendría bien algo de ayuda —asintió él—. Las runas no son mi especialidad.

Isabelle subió a su cuarto sin preguntarle cuál era su especialidad. Se sentía exhausta, necesitaba desesperadamente de una Marca energética. Podía hacer una ella misma si era necesario, aunque Alec y Jace siempre habían sido mejores con aquella clase de runas.

Una vez en su habitación, revolvió sus cosas en busca de la estela y de unas cuantas armas extra. Mientras introducía cuchillos serafín en la parte superior de las botas, pensaba en Alec y en la mirada que compartieron mientras él salía por la puerta. No era la primera vez que contemplaba a su hermano partir sabiendo que quizá no volvería a verlo. Era algo que aceptaba, que siempre aceptó, como parte de su vida; hasta que conoció a Clary y a Simon jamás habría pensado que para la mayoría de personas, desde luego, no era así. Los demás no vivían con la muerte como constante compañera, como un frío aliento en la nuca incluso en los días más normales. Siempre sintió desprecio por los mundanos, como los demás cazadores de sombras; siempre creyó que eran blandos, estúpidos, como corderos autocomplacientes. Ahora se preguntó si todo aquel odio no provenía de los celos. Debía de ser agradable no sentir, cada vez que alguien de tu familia se marchaba, la preocupación de que tal vez no regresaría.

Había descendido ya la mitad de la escalera, estela en mano, cuando percibió que algo no estaba en orden. Encontró la sala vacía. Max y Sebastian no se veían por ninguna parte. Había una Marca de protección a medio terminar en uno de los troncos que Sebastian clavó sobre la ventana rota. El martillo que usó había desaparecido.

Sintió un nudo en el estómago.

—¡Max! —gritó, girando en un círculo—. ¡Sebastian! ¿Dónde están?

La voz de Sebastian le contestó desde la cocina.

—Isabelle... aquí.

El alivio la inundó, dejándola aturdida.

—No tiene gracia, Sebastian —dijo, entrando decidida en la cocina—. Pensé que estabas...

Dejó que la puerta se cerrara detrás de ella. La cocina estaba oscura, más oscura que la sala. Forzó la vista para ver a Sebastian y a Max, pero no vio nada excepto sombras.

—¿Sebastian? —La incertidumbre se apoderó de su voz—. Sebastian, ¿qué haces aquí? ¿Dónde está Max?

—Isabelle.

Le pareció que algo se movía, una sombra oscura recortada contra sombras más claras. La voz del muchacho era suave, amable, casi

241

encantadora. No había reparado hasta aquel momento en la voz tan hermosa que tenía.

—Isabelle, lo siento.

—Sebastian, estás actuando raro. Para.

—Siento que seas tú —dijo él—. Verás, de entre todos ellos, tú eras la que mejor me caía.

—Sebastian...

—De entre todos ellos —volvió a decir, con la misma voz suave—, pensaba que tú eras la más parecida a mí.

Entonces, Sebastian dejó caer el puño, con el que sujetaba un martillo.

Alec corrió a toda velocidad por las calles oscuras que ardían, llamando una y otra vez a Aline. Al abandonar el distrito de Princewater y penetrar en el corazón de la ciudad, su pulso se aceleró. Las calles eran como un cuadro del Bosco que hubiera cobrado vida: llenas de criaturas macabras y grotescas y escenas de repentina y horrenda violencia. Desconocidos aterrorizados empujaban a Alec a un lado sin mirar y pasaban corriendo por su lado, gimiendo, sin un destino aparente. El aire apestaba a humo y a demonios. Algunas casas estaban en llamas; otras tenían las ventanas rotas. Los adoquines centelleaban cubiertos de cristales rotos. Mientras se acercaba a un edificio, comprobó que lo que le pareció un trozo de pintura descolorida era una enorme franja de sangre fresca que salpicó el enjarre. Giró en redondo, mirando en todas direcciones, pero no vio nada que lo explicara; con todo, se alejó tan rápido como pudo.

Sólo Alec, de entre todos los hijos de los Lightwood, recordaba Alacante. Todavía era pequeño cuando se fueron, pero sin embargo todavía conservaba recuerdos de las relucientes torres, de las calles llenas de nieve en invierno, de cadenas de luz mágica engalanando las tiendas y casas, de agua chapoteando en la fuente de la sirena en el Salón. Siempre sintió una extraña punzada en el corazón al pensar en Alacante, cierta dolorosa esperanza de que su familia regresara un día al lugar al que pertenecían. Ver la ciudad de este modo representaba la muerte de toda dicha. Al doblar hacia una avenida más amplia, una de las calles que discurrían desde el Salón de los Acuerdos, vio una jauría de demonios belial que desaparecía por una entrada en arco, siseando y aullando. Arrastraban algo tras ellos... Algo que se retorcía y se contraía mientras resbalaba por la calle de adoquines. Corrió calle adelante, pero los demonios ya se habían marchado. Encogida contra la base de un pilar había una forma inerte que derramaba un delgado rastro de sangre. Cristales rotos crujieron como guijarros bajo las botas cuando Alec se arrodilló para darle la vuelta al cuerpo. Le bastó una única ojeada al rostro morado y deformado; se estremeció y se alejó de allí, dando gracias porque no fuera alguien que conociera.

Un ruido lo hizo levantarse rápidamente. Olió el hedor antes de verla: la sombra de algo jorobado y enorme se deslizaba hacia él desde el otro extremo de la calle. ¿Un Demonio Mayor? Alec no esperó para averiguarlo. Cruzó la calle como una flecha en dirección a una de las casas más altas, saltando sobre la cornisa de una ventana cuyo cristal habían hecho pedazos. Unos pocos minutos más tarde subía ya sobre el tejado, con las manos doloridas y las rodillas arañadas. Se paró, se sacudió el polvo de las manos y contempló Alacante desde allí.

Las inservibles torres de los demonios proyectaban su apagada luz sin vida al suelo sobre las calles enardecidas de la ciudad, donde «cosas» trotaban, se arrastraban y se escondían entre las sombras de los edificios, igual que cucarachas que corretean por un departamento a oscuras. El aire contenía gritos y aullidos, el sonido de alaridos, de nombres pronunciados al viento... y también gritos de demonios, aullidos de caos y satisfacción, gritos que perforaban el oído humano como una punzada de dolor. El humo se elevaba por encima de las casas de piedra de color miel en forma de neblina, envolviendo las agujas del Salón de los Acuerdos. Levantando la vista hacia el Gard, Alec vio una avalancha de cazadores de sombras que bajaban corriendo el sendero de la colina, iluminados por las luces mágicas que llevaban. La Clave bajaba a presentar batalla.

Se acercó al borde del tejado. Los edificios en esa zona estaban muy pegados y los aleros casi se tocaban. Fue fácil saltar del techo en el que estaba al siguiente, y luego al situado más allá. Se encontró corriendo ágilmente por los tejados, saltando las escasas distancias entre casas. Era agradable sentir el aire frío en el rostro, sofocando el hedor a demonios.

Llevaba corriendo unos cuantos minutos cuando se dio cuenta de dos cosas: una, que corría en dirección a las agujas blancas del Salón de los Acuerdos. Y dos, que había algo más allí delante, en una plaza entre dos callejones, algo que parecía un lluvia de chispas que se elevaban... Excepto que eran azules, del oscuro azul de una llama de gas. Alec había visto chispas azules como aquéllas antes. Se quedó mirándolas fijamente durante un instante antes de empezar a correr.

El tejado más próximo a la plaza tenía una pronunciada inclinación. Alec resbaló por la pendiente y sus botas golpearon algunas tejas planas sueltas. Suspendido precariamente en el borde, miró abajo.

La plaza de la Cisterna estaba a sus pies, y su visión quedaba obstaculizada en parte por un enorme poste de metal que sobresalía de la mitad de la fachada del edificio sobre el que estaba. Un letrero de madera de una tienda colgaba de él, balanceándose con la brisa. La plaza que tenía debajo estaba repleta de demonios iblis: tenían figura humana pero estaban formados de una sustancia parecida a humo negro enroscado, cada uno con un par de ardientes ojos amarillos. Formaron una línea y avanzaban lentamente en dirección a la solitaria figura de un hombre que llevaba un amplio abrigo gris, obligándolo a retroceder contra una pared. Alec no pudo hacer otra cosa que mirar atónito. Todo en aquel hombre le resultaba familiar; la enjuta curva de la espalda, la desgreñada maraña de cabellos oscuros, y el fuego azul que brotaba de las yemas de sus dedos igual que libélulas azules desenfrenadas.

«Magnus.» El brujo estaba arrojando lanzas de fuego azul a los demonios iblis; una lanza alcanzó en el pecho a un demonio que avanzaba hacia él. La criatura emitió un sonido que fue como un balde de agua arrojado sobre el fuego, se estremeció y desapareció en medio de una explosión de cenizas. Los otros se movieron para ocupar su lugar —los demonios iblis no eran muy listos— y Magnus arrojó otro torrente de lanzas llameantes. Varios iblis cayeron, pero en esta ocasión otro demonio, más astuto que los demás, flotó alrededor de Magnus y se aglutinaba tras él, listo para atacar...

Alec no se detuvo a pensar. En lugar de eso, saltó, agarrando el borde del tejado mientras caía, y luego se dejó caer, se sujetó al poste de metal y se columpió para reducir la velocidad de la caída. Al soltarse cayó con suavidad al suelo. El demonio, sobresaltado, trató de voltear con los ojos amarillos como gemas llameantes; Alec sólo tuvo tiempo para reflexionar que, de ser Jace, se le habría ocurrido algo ingenioso que decir antes de sacar el cuchillo serafín del cinturón y atravesar con él al demonio. Con un alarido confuso el demonio se desvaneció y la violencia de su partida de esta dimensión salpicó a Alec con una fina lluvia de cenizas.

—¿Alec?

Magnus lo miraba con asombro. Había despachado al resto de los demonios iblis, y la plaza estaba vacía a excepción de ellos dos.

—¿Acabas de... acabas de salvarme la vida?

Alec sabía que debería encontrar algo que decir como: «Por supuesto, porque soy un cazador de sombras y eso es lo que hacemos», o «Ése es mi trabajo». Jace habría dicho algo parecido. Jace siempre sabía qué decir. Pero las palabras que realmente surgieron de la boca de Alec fueron muy distintas... y sonaron irascibles, incluso a sus propios oídos.

—Jamás me devolviste las llamadas —dijo—. Te llamé muchísimas veces y tú nunca me devolviste las llamadas.

Magnus miró a Alec como si éste se hubiera vuelto loco.

—Tu ciudad está siendo atacada —dijo—. Las salvaguardas no funcionan y las calles están repletas de demonios. ¿Y tú quieres saber por qué no te he llamado?

Alec apretó la mandíbula en una obstinada línea.

—Sí, quiero saber por qué no me devolviste las llamadas.

Magnus levantó las manos en un gesto de exasperación. Alec advirtió con interés que, cuando lo hizo, unas cuantas chispas salieran de las yemas de sus dedos, como libélulas escapando de un tarro.

—Eres un idiota.

—¿Por eso no me has llamado? ¿Porque soy un idiota?

—No. —Magnus fue hacia él a grandes pasos—. No te he llamado porque estoy cansado de que sólo me quieras ver cuando necesitas algo. Estoy cansado de verte enamorado de otra persona... de alguien, por cierto, que jamás te devolverá ese amor. No como yo te amo.

—¿Me amas?

—Nefilim estúpido —dijo Magnus en tono paciente—. ¿Por qué otra cosa iba a estar aquí? ¿Por qué otro motivo habría pasado las últimas semanas remendando a todos tus imbéciles amigos cada vez que los hieren y sacándote de cada situación ridícula en la que te metes? Por no mencionar el ayudarte a ganar una batalla contra Valentine. ¡Y todo totalmente gratis!

—No lo había considerado de ese modo —admitió Alec.

—Por supuesto que no. Jamás lo consideraste de ningún modo. —Los ojos de gato de Magnus brillaban con ira—. Tengo setecientos años, Alexander. Sé cuando algo no va a funcionar. Tú ni siquiera quieres admitir que existo ante tus padres.

Alec lo miró sorprendido.

—¿Tienes setecientos años?

—Bueno —corrigió Magnus—, ochocientos. Pero no parezco. De todos modos creo que no entendiste. La cuestión es...

Pero Alec no pudo averiguar cuál era la cuestión porque en aquel momento una docena más de demonios iblis llegaron en tropel a la plaza. Sintió que se le desencajaba la boca.

—Maldición.

Magnus siguió la dirección de su mirada. Los demonios se abrían ya en semicírculo a su alrededor, con los ojos amarillos refulgiendo.

—Es el momento de cambiar de tema, Lightwood.

—Te diré qué —Alec estiró la mano para sacar un segundo cuchillo serafín—. Si salimos con vida de esto, te prometo que te presentaré a toda mi familia.

Magnus levantó las manos; sus dedos brillaban con individuales llamas azules que iluminaron su amplia sonrisa con un ardiente resplandor.

—Trato hecho.

11

TODAS LAS HUESTES DEL INFIERNO

—Valentine —musitó Jace, pálido, mientras contemplaba la ciudad.

A través de las capas de humo, a Clary le pareció que casi podía ver el angosto laberinto que tramaban las calles de la ciudad, atestada de figuras que corrían, diminutas hormigas negras moviéndose desesperadamente de un lado a otro; pero volvió a mirar y no vio nada, nada salvo las espesas nubes de vapor negro y el hedor de las llamas y el humo.

—¿Crees que es cosa de Valentine? —El humo amargaba la garganta de Clary—. Parece un incendio. A lo mejor empezó espontáneamente...

—La Puerta Norte está abierta. —Jace indicó hacia algo que Clary apenas logró distinguir, dada la distancia y el humo que lo distorsionaba todo—. Jamás se deja abierta. Y las torres de los demonios perdieron su luz. Las salvaguardas deben de haber caído. —Sacó un cuchillo serafín del cinturón, aferrándolo con tal fuerza que sus nudillos adquirieron el color del marfil—. Tengo que llegar allí.

Un nudo de temor oprimió la garganta de Clary.

—Simon...

—Lo habrán evacuado del Gard. No te preocupes, Clary. Probablemente está mejor que la mayoría de los que hay ahí abajo. No es probable que los demonios lo molesten. Acostumbran a dejar en paz a los subterráneos.

—Lo siento —susurró ella—. Los Lightwood... Alec... Isabelle...

—*Jahoel* —dijo Jace, y el cuchillo del ángel llameó, brillante como la luz del día en su mano vendada—. Clary, quiero que permanezcas aquí. Regresaré por ti.

La ira que albergaban sus ojos desde que abandonaron la casa solariega se había evaporado. Era todo soldado en aquellos momentos.

Ella negó con la cabeza.

—No. Quiero ir contigo.

—Clary...

Se interrumpió, rígido de pies a cabeza. Al cabo de un momento Clary también lo oyó: un intenso y rítmico martilleo, y, por encima, un sonido parecido al chisporroteo de una hoguera enorme. Clary necesitó unos instantes para desmantelar el sonido en su mente, para descomponerlo como uno podría hacerlo con una pieza musical en las notas que la componían.

—Son...

—Hombres lobo.

Jace miraba detrás de ella. Siguiendo la dirección de su mirada los vio, surgiendo de la colina más próxima como una sombra que se extendía, iluminada aquí y allá por feroces ojos brillantes. Una manada de lobos... Más que una manada; debía de haber cientos de ellos, incluso miles. Sus ladridos y aullidos fueron el sonido que ella confundió con el fuego, y sobresalía en la noche crispado y discordante.

A Clary el estómago le dio un vuelco. Conocía a los hombres lobo. Peleó junto a ellos. Pero éstos no eran los lobos de Luke, no eran lobos con instrucciones de cuidarla y no hacerle daño. Pensó en el terrible poder de destrucción de la manada de Luke cuando era liberado, y de repente sintió miedo.

Oyó a Jace maldecir una vez, con ferocidad. No había tiempo de sacar otra arma; el cazador de sombras la apretó con fuerza contra él, rodeándola con el brazo libre, y con la otra mano alzó a *Jahoel* bien alto sobre sus cabezas. La luz del arma era cegadora. Clary apretó los dientes.

Los lobos estaban ya sobre ellos. Fue como una ola estrellándose: un repentino estallido de ruido ensordecedor y una ráfaga de aire cuando los primeros lobos de la manada se abrieron paso al frente y saltaron —había ojos ardientes y fauces abiertas—; Jace hundió los dedos en el costado de Clary...

Y los lobos pasaron majestuosos a ambos lados de ellos, evitando el espacio en el que ellos se encontraban por un margen de más de medio metro. Clary volteó a toda velocidad, incrédula, cuando dos lobos —uno de piel brillante y moteada, el otro enorme y de un gris acerado— golpearon el suelo con suavidad detrás de ellos, hicieron una pausa, y siguieron corriendo, sin echar siquiera la vista atrás. Había lobos por todas partes a su alrededor, y ni uno solo los tocó. Pasaron a la carrera junto a ellos, una avalancha de sombras, con los pelajes reflejando la luz de la luna en forma de destellos plateados de modo que casi parecían constituir un único río en movimiento de formas que avanzaba atronador en dirección a Jace y Clary... y luego se dividía a su alrededor como el agua al topar con una piedra. Los dos cazadores de sombras podrían muy bien haber sido estatuas a juzgar por la poca atención que los licántropos les prestaron mientras pasaban raudos, con las fauces bien abiertas y los ojos fijos en la carretera que tenían delante.

Y a continuación ya no estaban. Jace volteó para observar cómo el último de los lobos pasaba por su lado y corría para alcanzar a sus compañeros. Volvía a reinar el silencio, tan sólo alterado por los sonidos muy quedos de la ciudad situada a lo lejos.

Jace soltó a Clary, bajando a *Jahoel* mientras lo hacía.

—¿Estás bien?

—¿Qué pasó? —musitó ella—. Esos hombres lobo... pasaron

como si nada por nuestro lado...

—Van a la ciudad. A Alacante. —Sacó un segundo cuchillo serafín del cinturón y se lo dió—. Necesitarás esto.

—¿No vas a dejarme aquí, entonces?

—No serviría de nada. Ningún lugar es seguro. Pero... —Vaciló—. ¿Tendrás cuidado?

—Lo tendré —dijo Clary—. ¿Qué hacemos ahora?

Jace bajó la mirada hacia Alacante, que ardía a sus pies.

—Corramos.

Nunca era fácil seguir el paso de Jace, y ahora que corría a toda velocidad resultaba casi imposible. Clary percibió que de hecho él se contenía, que reducía la velocidad para que ella pudiera alcanzarlo, y que lo hacía a regañadientes.

La carretera se nivelaba en la base de la colina y describía una curva a través de un grupo de árboles altos y con muchas ramas que creaban la ilusión de un túnel. Cuando Clary salió por el otro lado se encontró ante la Puerta Norte. A través del arco, Clary pudo ver una confusión de humo y llamas. Jace la esperaba de pie en la puerta. Sostenía a *Jahoel* en una mano y un segundo cuchillo serafín en la otra, pero incluso la luz conjunta de ambos era absorbida por el resplandor de la ciudad que ardía a sus espaldas.

—Los guardias —jadeó ella, corriendo hasta él—. ¿Por qué no están aquí?

—Al menos uno de ellos sigue ahí, en aquel grupo de árboles. —Jace indicó con la barbilla el camino por el que habían llegado—. Hecho pedazos. No, no mires. —Bajó la mirada—. Sostienes mal tu cuchillo serafín. Sujétalo así. —le enseñó—. Además, necesitas darle un nombre. *Cassiel* podría ser un buen nombre.

—*Cassiel* —repitió Clary, y la luz del arma llameó.

Jace la miró con seriedad.

—Ojalá hubiera tenido tiempo de entrenarte para esto. Desde

luego, en justicia, nadie con tan poco adiestramiento como tú debería ser capaz de usar un cuchillo serafín. Ya me sorprendió antes, aunque ahora que sabemos lo que Valentine hizo...

Clary no deseaba de ninguna manera hablar sobre lo que Valentine había hecho.

—A lo mejor sólo te preocupaba que si de verdad me adiestrabas debidamente yo acabaría siendo mejor que tú —replicó ella.

Un intento de sonrisa apareció en la comisura de los labios de Jace.

—Pase lo que pase, Clary —dijo él, mirándola a través de la luz de *Jahoel*—, quédate a mi lado. ¿Entiendes? —La miró fijamente, exigiéndole una promesa.

Por algún motivo, el recuerdo de haberlo besado en la hierba en la casa de los Wayland volvió a su mente. Parecía como si hubieran transcurrido un millón de años. Como si le hubiera sucedido a otra persona.

—Permaneceré a tu lado.

—Estupendo. —Desvió la mirada y la soltó—. Vamos.

Cruzaron la puerta despacio, uno al lado del otro. Al penetrar en la ciudad, ella fue consciente del ruido de la batalla por vez primera. Una barrera de sonido conformada por gritos humanos y aullidos inhumanos, por el sonido de cristales haciéndose añicos y por el chisporroteo del fuego. La sangre le zumbó en los oídos.

El patio situado justo al otro lado de la puerta estaba vacío. Había formas apiñadas dispersas sobre los adoquines. Clary intentó no prestarles demasiada atención. Se preguntó cómo podía uno saber si alguien estaba muerto desde tan lejos, sin mirar con detenimiento. Los cuerpos muertos no parecían personas inconscientes; era como si se pudiera percibir que algo había huido de ellos, que alguna chispa esencial ya no estaba en ellos.

Jace hizo que cruzaran el patio rápidamente —Clary se dio cuenta de que a él no le gustaba permanecer en zonas abiertas y desprotegidas— y que siguieran por una de las calles que salían de él. Encontraron más escombros. Habían destrozado aparadores, habían saqueado el contenido y luego lo habían esparcido por la calle. También había un olor en el aire, un rancio y espeso olor a basura. Clary conocía aquel olor. Significaba que había demonios cerca.

—Por aquí —gritó Jace.

Entraron por otra calle más estrecha. Un fuego ardía en el piso superior de una casa, aunque ninguno de los edificios colindantes parecía afectado. A Clary le recordó de un modo extraño a las fotos que había visto del bombardeo alemán de Londres, que había esparcido la destrucción al azar desde el cielo.

Al levantar la mirada vio que la fortaleza situada en el punto más alto de la ciudad estaba envuelta en humo negro.

—El Gard.

—Ya te lo dije, lo habrán evacuado...

Jace se interrumpió cuando salieron de la calle estrecha y entraron en una vía más grande. Había varios cuerpos en mitad de la calle. Algunos eran cuerpos pequeños. Niños. Jace corrió hacia delante, con Clary siguiéndolo más vacilante. Eran tres, como pudo comprobar ésta cuando estuvieron más cerca... ninguno de ellos, se dijo con culpable alivio, lo bastante mayor para ser Max. Junto a ellos se hallaba el cadáver de un hombre de edad avanzada, con los brazos todavía abiertos de par en par como si hubiera estado protegiendo a los pequeños con su propio cuerpo.

La expresión de Jace era dura.

—Clary... Voltéate. Despacio.

Clary volteó. Justo detrás de ella había un aparador roto donde había habido pasteles expuestos en algún momento... pasteles cubiertos con un brillante glaseado. En aquellos momentos estaban esparcidos por el suelo entre los cristales rotos. Sobre los adoquines, la sangre se mezclaba con el glaseado en largos trazos rosáceos. Pero eso no era lo que alertó a Jace. Algo se arrastraba fuera del aparador... algo informe, enorme y viscoso. Algo equipado con una doble hilera de dientes distribuida a lo largo de todo su cuerpo ovalado, embadurnado de glaseado y espolvoreado con cristales rotos como si se tratara de una capa de azúcar centelleante.

El demonio se dejó caer fuera del aparador sobre los adoquines y empezó a deslizarse hacia ellos. Algo en su movimiento reptante y carente de huesos hizo que a Clary le entraran ganas de vomitar. Retrocedió, chocando casi con Jace.

—Es un demonio behemot —le explicó él, con la vista clavada en la criatura reptante que tenían ante ellos—. Se lo comen todo.

—¿Comen...?

—¿Gente? Sí —dijo Jace—. Ponte detrás de mí.

Ella retrocedió para situarse tras él, sin dejar de observar al behemot. Había algo en aquella criatura que la repelía aún más que los demonios con los que se había encontrado otras veces. Parecía una babosa ciega con dientes, y supuraba de un modo... Aunque al menos no se movía con velocidad. Jace no debería tener muchos problemas para matarla.

Como espoleado por sus pensamientos, Jace corrió hacia el demonio, propinando una cuchillada con el llameante cuchillo serafín, que se hundió en la espalda del behemot emitiendo un sonido parecido al de una fruta demasiado madura cuando la pisan. El demonio pareció contraerse, luego se estremeció y finalmente volvió a formarse de improviso a varios metros del lugar anterior.

Jace retiró a *Jahoel*.

—Me lo temía —murmuró—. Es sólo medio corpóreo. Difícil de matar.

—Entonces no lo hagas. —Clary lo jaló de la manga—. Al menos no se mueve de prisa. Salgamos de aquí.

Jace dejó de mala gana que lo arrastrara tras ella. Se voltearon y corrieron en la dirección por la que vinieron.

Pero el demonio volvía a estar allí, delante de ellos, obstruyendo la calle. Parecía haber crecido, y de él brotaba una especie de enojado chasquido de insecto.

—Creo que no quiere que nos vayamos —dijo Jace.

—Jace...

Pero él ya corría hacia la criatura, blandiendo a *Jahoel* y trazando un largo arco para decapitarla. Sin embargo, aquella cosa se limitó a estremecerse otra vez y se formó de nuevo, en esta ocasión detrás de él. Se irguió, mostrando una parte inferior acanalada como la de una cucaracha. Jace giró en redondo y descargó a *Jahoel*, hundiéndola en la sección central de la criatura. Un fluido verde, espeso, brotó sobre el cuchillo.

Jace retrocedió, con el rostro contraído por la repugnancia. El behemot seguía emitiendo el mismo chasquido. Aquel líquido seguía brotando a chorros de él, pero no parecía herido. Avanzaba con determinación.

—¡Jace! —gritó Clary—. Tu cuchillo...

La mucosidad del demonio behemot recubrió la hoja de *Jahoel*, volviendo opaca su llama. Mientras él la contemplaba con asombro, el cuchillo serafín chisporroteó y se extinguió como un fuego apagado con arena. Soltó el arma entre improperios antes de que la baba del demonio pudiera tocarle.

El behemot volvió a levantarse, dispuesto a atacar. Jace se echó atrás para esquivarlo... y entonces Clary se interpuso como un rayo entre él y el demonio, empuñando su cuchillo serafín. Lo clavó en la criatura justo por debajo de la hilera de dientes, hundiendo la hoja en su masa con un sonido húmedo y desagradable.

Se retiró violentamente, jadeando, mientras el demonio volvía a contraerse. A la criatura parecía costarle mucha energía el formarse cada vez que la herían. Si simplemente pudieran herirla la suficiente cantidad de veces...

Algo se movió en el límite de visión de Clary. Un parpadeo gris y marrón moviéndose veloz. No estaban solos. Jace se volvió y abrió bien los ojos.

—¡Clary! —gritó—. ¡Detrás de ti!

La muchacha giró en redondo, con *Cassiel* llameando en su mano, al mismo tiempo que el lobo se arrojaba sobre ella, con los

255

labios tensados hacia atrás en un feroz gruñido y las fauces bien abiertas.

Jace gritó algo; Clary no le entendió, pero percibió la enloquecida expresión de sus ojos y se arrojó a un lado, fuera del camino del animal, que voló, con las zarpas extendidas y el cuerpo arqueado... y alcanzó a su blanco, el behemot, derribándolo contra el suelo antes de empezar a desgarrarlo a dentelladas.

El demonio aulló, o emitió lo más parecido a un aullido que pudo: un gimoteo agudo, similar al sonido del aire al escapar de un globo. El lobo estaba encima de él, inmovilizándolo, con el hocico profundamente enterrado en el pellejo viscoso del demonio. El behemot se estremeció y trató desesperadamente de formarse y curar sus heridas, pero el lobo no le concedía la menor oportunidad. Con las zarpas profundamente hundidas en la criatura, el lobo arrancaba con los dientes pedazos de carne gelatinosa del cuerpo del behemot, ignorando los chorros de fluido verde que llovían sobre él. El behemot inició una última y desesperada serie de convulsas contorsiones, con las mandíbulas dentadas chasqueando entre sí mientras se agitaba... y entonces desapareció, dejando sólo un charco viscoso de fluido verde humeando en los adoquines donde había estado.

El lobo emitió una especie de gruñido de satisfacción y volteó para contemplar a Jace y a Clary con ojos que la luz de la luna volvía plateados. Jace sacó otro cuchillo de su cinturón y lo sostuvo en alto, dibujando una llameante línea en el aire entre ellos y el hombre lobo.

El lobo gruñó y su pelaje se erizó a lo largo del lomo.

Clary le sujetó el brazo.

—No..., no lo hagas.

—Es un hombre lobo, Clary...

—¡Mató al demonio por nosotros! ¡Está de nuestro lado!

Se separó de Jace antes de que éste pudiera retenerla y se acercó al lobo, con las palmas de las manos extendidas. Le habló en voz baja y tranquila.

—Lo siento. Lo sentimos. Sabemos que no quieres hacernos daño. —Se detuvo, con las manos extendidas aún, mientras el lobo la contemplaba con ojos inexpresivos—. ¿Quién... quién eres? —le preguntó, y miró hacia atrás a Jace y frunció el ceño—. ¿Podrías guardar esa cosa?

Jace dio la impresión de querer explicarle que uno no guardaba un cuchillo serafín llameante en presencia del peligro, pero antes de que pudiera decir algo, el lobo lanzó otro gruñido lento y empezó a levantarse. Las patas se alargaron, la columna se enderezó, las fauces se retrajeron. En unos pocos segundos una joven apareció de pie ante ellos; una chica que llevaba un manchado vestido suelto de color blanco, con los rizados cabellos hacia atrás formando múltiples trenzas, y una cicatriz ribeteándole la garganta.

—«¿Quién eres?» —remedó la muchacha con indignación—. No puedo creer que no me reconocieran. Como si todos los lobos fuéramos iguales. Humanos...

Clary soltó un grito de alivio.

—¡Maia!

—Ésa soy yo. Salvándoles el trasero, como de costumbre.

Sonrió ampliamente. Estaba salpicada de sangre e icor; sobre el pelaje de lobo no había resultado visible, pero las listas negras y rojas destacaban alarmantemente sobre su piel morena. Se llevó la mano al estómago.

—¡Qué asco! No puedo creer que me haya zampado tanta cantidad de demonio. Espero no ser alérgica.

—Pero ¿qué haces aquí? —preguntó Clary—. No es que no nos alegremos de verte, pero...

—¿No lo saben? —Maia los miró perpleja—. Luke nos trajo aquí.

—¿Luke? —Clary la miró con asombro—. ¿Luke está... aquí?

Maia asintió.

—Se puso en contacto con su manada y con todas las otras que pudo y nos avisó de que teníamos que venir a Idris. Volamos hasta la frontera y viajamos desde allí. Algunas de las otras manadas viajaron mediante un Portal hasta el interior del bosque y se reunieron con nosotros allí. Luke nos dijo que los nefilim iban a necesitar nuestra ayuda... —Su voz se fue apagando—. ¿No sabían?

—No —dijo Jace—, y dudo que la Clave lo sepa tampoco. No les entusiasma demasiado aceptar ayuda de subterráneos.

Maia se irguió en toda su estatura; sus ojos centelleaban encolerizados.

—De no haber sido por nosotros, habrían sido masacrados. Nadie protegía la ciudad cuando nosotros llegamos...

—No —terció Clary, dirigiendo una furiosa mirada a Jace—. Te estoy muy agradecida por salvarnos, de verdad, Maia, y también Jace, a pesar de que es tan terco que preferiría clavarse un cuchillo serafín antes que admitirlo. Y no esperes que lo haga —añadió en seguida, viendo la expresión del rostro de la muchacha—, porque no serviría de nada. Necesitamos llegar a casa de los Lightwood, y luego tengo que encontrar a Luke...

—¿Los Lightwood? Creo que están en el Salón de los Acuerdos. Llevamos allí a todo el mundo. Alec estaba allí, al menos —dijo Maia—, y el brujo también, el del pelo puntiagudo. Magnus.

—Si Alec está allí, los demás también.

La expresión de alivio en el rostro de Jace hizo que Clary deseara posar la mano en su hombro. No lo hizo.

—Ha sido muy inteligente llevar a todo el mundo al Salón; tiene salvaguardas. —Deslizó el refulgente cuchillo serafín dentro del cinturón—. Vamos.

Clary reconoció el interior del Salón de los Acuerdos en cuanto entró en él. Era el lugar que había soñado, donde había bailado con Simon y luego con Jace.

«Éste es el lugar al que intentaba enviarme cuando atravesé el Portal», pensó, paseando la mirada por las paredes de un blanco pálido y el alto techo con la enorme claraboya de cristal a través de la cual podía ver el cielo nocturno. La estancia, aunque muy grande, parecía de algún modo más pequeña y deslucida de lo que le pareció en el sueño. La fuente de la sirena seguía en el centro de la habitación, borboteando agua, pero tenía un aspecto estropeado, y los escalones que conducían hasta ella estaban llenos de personas, muchas de las cuales lucían vendajes. El sitio estaba lleno de cazadores de sombras, de personas que corrían de un lado a otro, a veces deteniéndose para mirar con atención los rostros de otros que pasaban esperando hallar a un amigo o a un pariente. El suelo estaba sucio de tierra, cubierto de barro y sangre.

Lo que impresionó a Clary fue fundamentalmente el silencio. Si aquello hubieran sido las consecuencias de algún desastre en el mundo mundano, habría habido personas gritando, gimiendo, llamándose unas a otras. Pero la estancia permanecía casi muda. La gente estaba sentada sin hacer ruido, con la cabeza en las manos; algunos de ellos tenían la mirada perdida. Los niños se apretaban contra sus padres, pero ninguno de ellos lloraba.

También advirtió algo más, mientras se abría paso al interior de la habitación, con Jace y Maia a su lado. Había un grupo de personas de aspecto desaliñado paradas junto a la fuente en un círculo irregular. Se mantenían apartadas de la multitud. Cuando Maia los descubrió y sonrió, Clary comprendió el motivo.

—¡Mi manada! —exclamó Maia.

Salió disparada hacia ellos, deteniéndose tan sólo para echar una ojeada por encima del hombro a Clary mientras se alejaba.

—Estoy segura de que Luke anda por aquí en alguna parte —gritó, y desapareció en el interior del grupo, que se cerró a su alrededor.

Clary se preguntó, por un momento, qué sucedería si seguía a la muchacha loba al interior del círculo. ¿Le darían la bienvenida como amiga de Luke, o desconfiarían de ella por ser otra cazadora de sombras?

—No lo hagas —dijo Jace, como si le leyera la mente—. No es una buena...

Pero Clary no pudo acabar de escucharla, porque resonó un grito de «¡Jace!» y Alec apareció sofocado de tanto abrirse paso entre la multitud para llegar hasta ellos. Sus cabellos oscuros estaban hechos un desastre y su ropa estaba manchada de sangre, pero sus ojos brillaban con una mezcla de alivio y cólera. Agarró a Jace por la parte delantera de la chamarra.

—¿Qué te pasó?

Jace pareció ofendido.

—¿A mí?

Alec lo zarandeó con violencia.

—¡Dijiste que ibas a dar un paseo! ¿Qué clase de paseo necesita seis horas?

—¿Un paseo largo? —sugirió Jace.

—Podría matarte —dijo Alec, soltando la ropa de su amigo—. Lo estoy pensando.

—Eso lo echaría todo a perder, ¿no te parece? —dijo Jace, y miró a su alrededor—. ¿Dónde está todo el mundo? Isabelle, y...

—Isabelle y Max están en casa de los Penhallow, con Sebastian —contestó Alec—. Mamá y papá fueron a buscarlos. Y Aline está aquí, con sus padres, pero está muy callada. Tuvo un desagradable encontronazo con un demonio rahab junto a uno de los canales. Pero Izzy la salvó.

—¿Y Simon? —preguntó Clary con ansiedad—. ¿Has visto a Simon? Debería haber bajado junto con los demás desde el Gard.

Alec negó con la cabeza.

—No, no lo he visto... pero tampoco he visto al Inquisidor, o al Cónsul. Probablemente esté con uno de ellos. A lo mejor se detuvieron en algún otro lugar, o...

Se interrumpió mientras un murmullo recorría la habitación; Clary vio que el grupo de licántropos alzaba la vista, alerta como un grupo de perros de caza oliendo la presa. Volteó...

Y vio a Luke, cansado y manchado de sangre, atravesando las puertas dobles del Salón.

Corrió hacia él. Había olvidado ya el disgusto que le había ocasionado su partida, y el enojo de él con ella por llevarlos allí; lo había olvidado todo excepto la alegría de verle. Pareció sorprendido por un momento mientras ella se lanzaba sobre él... Luego sonrió, extendió los brazos y la levantó en alto a la vez que la abrazaba, como hacía cuando era pequeña. Olía a sangre, franela y humo. Por un momento, Clary cerró los ojos, recordando cómo Alec se había aferrado a Jace en cuanto lo vio en el Salón, porque eso era lo que uno hacía con la familia cuando se había preocupado por ellos: abrazarlos y apretarse contra ellos, y decirles lo mucho que te hicieron enojar y no pasa nada, porque por muy enojado que llegues a sentirte con ellos, siguen siendo parte de ti. Y lo que le había dicho a Valentine era cierto. Luke era su familia.

Él la dejó de pie en el suelo, esbozando una leve mueca de dolor al hacerlo.

—Con cuidado —dijo—. Un demonio croucher me alcanzó en el hombro allá abajo junto al puente Merryweather. —Puso las manos sobre los hombros de la chica, estudiándole el rostro—. Tú estás bien, ¿verdad?

—Vaya, una escena conmovedora —dijo una voz fría—, ¿no es cierto?

Clary volteó, con la mano de Luke todavía sobre el hombro. Detrás de ella había un hombre alto con una capa azul que se arremolinaba alrededor de sus pies mientras avanzaba hacia ellos. El rostro bajo la gorra de la capa era el rostro de una estatua tallada: pómulos prominentes con facciones aguileñas y ojos de párpados caídos.

—Lucian —dijo el hombre, sin mirar a Clary—. Debí imaginar que eras tú quien estaba tras esta... esta invasión.

—¿Invasión? —repitió Luke, y, de improviso, allí estaba su manada de licántropos, parados detrás de él. Aparecieron con la misma rapidez y quietud que si se hubieran materializado de la nada.

—No somos nosotros los que invadimos su ciudad, Cónsul, sino Valentine. Nosotros sólo tratábamos de ayudar.

—La Clave no necesita ayuda —soltó el Cónsul—. No de los que son como ustedes. Están violando la Ley sólo con el hecho de haber entrado en la Ciudad de Cristal, haya o no salvaguardas. Deberían saberlo.

—Está muy claro que la Clave necesita ayuda. De no haber llegado cuando lo hicimos, muchos más de ustedes estarían muertos ahora.

Luke echó una ojeada por la habitación; varios grupos de cazadores de sombras se acercaron a ellos, atraídos por lo que sucedía. Algunos de ellos le devolvieron la mirada a Luke; otros bajaron los ojos, como avergonzados. Pero ninguno de ellos, pensó Clary con una repentina oleada de sorpresa, parecía enojado.

—Lo hice para demostrar una cosa, Malachi.

La voz de Malachi sonó fría:

—¿Qué cosa?

—Que nos necesitan —dijo Luke—. Para derrotar a Valentine necesitan nuestra ayuda. No sólo la de los licántropos, sino la de todos los subterráneos.

—¿Qué pueden hacer los subterráneos contra Valentine? —preguntó Malachi con desdén—. Lucian, te creía más listo. Fuiste uno de los nuestros. Siempre nos hemos enfrentado solos a todos los peligros y hemos protegido al mundo del mal. Volveremos a enfrentarnos a Valentine ahora con nuestros propios poderes. Los subterráneos harían bien en mantenerse alejados de nosotros. Somos nefilim; libramos nuestras propias batallas.

—Eso no es del todo cierto, ¿verdad? —dijo una voz aterciopelada.

Era Magnus Bane, vestido con un abrigo largo y resplandeciente, con múltiples aros en las orejas, y una expresión pícara. Clary ignoraba de dónde había salido.

—Ustedes, chicos, usaron la ayuda de brujos en más de una ocasión en el pasado, y pagaron espléndidamente por eso, además.

Malachi puso mala cara.

—No recuerdo que la Clave te haya invitado a la Ciudad de Cristal, Magnus Bane.

—No lo hizo —respondió él—. Sus salvaguardas cayeron.

—¿De veras? —La voz del Cónsul indicaba sarcasmo—. No me había dado cuenta.

Magnus pareció preocupado.

—Pero eso es terrible... Alguien debió contártelo. —Echó un vistazo a Luke—. Dile que las salvaguardas han caído.

Luke parecía exasperado.

—Malachi, por el amor de Dios, los subterráneos son fuertes; somos muchos. Te lo dije, podemos ayudarlos.

El Cónsul elevó la voz.

—Yo también te lo dije, ¡ni necesitamos ni queremos su ayuda!

—Magnus —susurró Clary, que se deslizó en silencio junto al brujo.

Una pequeña multitud se reunió para observar la discusión de Luke y el Cónsul; la muchacha estaba casi segura de que nadie le ponía atención.

—Ven conmigo. Todos están demasiado ocupados con la disputa para darse cuenta.

Magnus la miró interrogante, asintió y la condujo a otro lugar abriéndose paso entre la multitud como un abrelatas. Ninguno de los cazadores de sombras u hombres lobo allí reunidos parecía quererle impedirle el paso a un brujo de más de metro ochenta con ojos de gato y una sonrisa de maníaco. La empujó a un rincón más tranquilo.

—¿Qué sucede?

—Conseguí el libro. —Clary lo sacó del bolsillo del desaliñado abrigo, dejando sus huellas marcadas sobre la cubierta de color marfil—. Fui a la casa de campo de Valentine. Estaba en la biblioteca como dijiste. Y... —Se interrumpió, pensando en el ángel prisionero—. No importa. —Le ofreció el Libro de lo Blanco—. Toma.

Magnus le arrebató el libro con una mano de dedos largos. Ojeó las páginas, abriendo mucho los ojos.

—Es aún mejor de lo que había oído —anunció jubiloso—. No puedo esperar para empezar trabajar con estos hechizos.

—¡Magnus! —La voz aguda de Clary lo volvió a bajar a la tierra—. Mi madre primero. Lo prometiste.

—Y cumplo mis promesas.

El brujo asintió con gravedad, aunque había algo en sus ojos, algo en lo que Clary no acabó de confiar.

—Hay algo más —añadió, pensando en Simon—. Antes de que...

—¡Clary!

Una voz habló, sin aliento, a su lado. Volteó sorprendida y se encontró con Sebastian parado a su lado. Llevaba el uniforme de combate puesto, y le sentaba a la perfección, se dijo ella, como si hubiera nacido para usarlo. Mientras que todo el mundo aparecía manchado de sangre y despeinado, él no tenía ni una marca... salvo una doble hilera de arañazos que discurrían a lo largo de su mejilla izquierda, como si algo lo hubiera arañado con una garra.

—Estaba preocupado por ti. Pasé por casa de Amatis de camino hacia aquí, pero no estabas allí, y ella me dijo que no te había visto...

—Bueno, pues estoy perfectamente.

Clary miró a Sebastian y a Magnus, que sujetaba el Libro de lo Blanco contra el pecho. Las angulosas cejas de Sebastian estaban enarcadas.

—¿Estás bien? Tu cara...

Estiró la mano para tocarle las heridas. Los arañazos todavía soltaban un pequeño rastro de sangre.

Sebastian se encogió de hombros, apartándole la mano con suavidad.

—Una diablesa me atacó cerca de casa de los Penhallow. Estoy perfectamente, no obstante. ¿Qué sucede?

—Nada. Estaba hablando con Ma... Ragnor —se apresuró a decir Clary, advirtiendo con repentino horror que Sebastian no tenía ni idea de quién era Magnus en realidad.

—¿Maragnor? —Sebastian enarcó las cejas—. De acuerdo.

El muchacho dirigió una ojeada curiosa al Libro de lo Blanco. Clary deseó que Magnus lo guardara; del modo en que lo sostenía, las letras doradas resultaban claramente visibles.

—¿Qué es eso?

Magnus lo estudió por un momento, y sus ojos felinos lo evaluaron.

—Un libro de hechizos —dijo por fin—. Nada que pueda interesar a un cazador de sombras.

—A decir verdad, mi tía colecciona libros de hechizos. ¿Puedo verlo?

Sebastian extendió la mano, pero antes de que Magnus pudiera pronunciarse, Clary oyó que alguien la llamaba y Jace y Alec cayeron sobre ellos, nada complacidos de ver a Sebastian.

—¡Creo haberte dicho que te quedaras con Max e Isabelle! —le gritó Alec—. ¿Los dejaste solos?

Poco a poco, los ojos de Sebastian pasaron de Magnus a Alec.

—Tus padres llegaron, tal y como dijiste que harían. —Su voz era fría—. Me enviaron por delante para decirte que están bien, tanto ellos como Izzy y Max. Vienen de camino.

—Bien —dijo Jace con la voz llena de sarcasmo—, gracias por transmitirnos la noticia en cuanto llegaste.

—No los había visto —replicó Sebastian—. Sólo ví a Clary.

—Porque la buscabas.

—Porque necesitaba hablar con ella. A solas.

Volvió a intercambiar una mirada con Clary, y la intensidad que ésta vio en sus ojos la hizo vacilar. Quiso pedirle que no la mirara de aquel modo cuando Jace estaba delante, pero eso habría sonado irrazonable y estúpido, y además, a lo mejor tenía algo importante que decirle en realidad.

—¿Clary?

—De acuerdo. Sólo un segundo —dijo ella, asintiendo; vio que la expresión de Jace cambiaba: no puso mala cara, pero su rostro se quedó muy quieto—. Regreso en seguida —añadió, aunque Jace no la miró; miraba a Sebastian.

Sebastian la sujetó de la muñeca y la apartó de los demás, jalándola hacia la zona donde se amontonaba más gente. Ella echó un vistazo por encima del hombro. Todos la observaban, incluso Magnus. Lo vio sacudir la cabeza una vez, muy levemente.

Se detuvo en seco.

—Sebastian. Detente. ¿Qué pasa? ¿Qué tienes que decirme?

Él volteó hacia a ella, sujetándole aún la muñeca.

—Creía que podríamos ir afuera —dijo—. Hablar en privado...

—No. Quiero permanecer aquí —dijo ella, y oyó cómo su propia voz titubeaba levemente, como si no estuviera segura.

Pero sí lo estaba. Jaló hacia atrás el brazo y liberó su mano.

—¿Qué te pasa?

—Ese libro —dijo él—. El libro que Fell sostenía... el Libro de lo Blanco... ¿sabes dónde lo consiguió?

—¿De eso querías hablarme?

—Es un libro de hechizos extraordinariamente poderoso —explicó Sebastian—. Mucha gente lo ha buscado durante mucho tiempo.

Ella soltó un suspiro exasperado.

—De acuerdo, Sebastian, mira —dijo—. Ése no es Ragnor Fell. Es Magnus Bane.

—¿Ése es Magnus Bane? —Sebastian giró en redondo y se quedó mirándolo atónito antes voltear de nuevo hacia Clary con una mirada acusadora en los ojos—. Tú lo supiste todo el tiempo, ¿verdad? Conoces a Bane.

—Sí, y lo siento. Pero él no quería que te lo dijera. Y es el único que puede ayudarme a salvar a mi madre. Por eso le entregué el Libro de lo Blanco. Contiene un hechizo que podría ayudarla.

Algo centelleó tras los ojos de Sebastian, y Clary tuvo la misma sensación que tuvo después de que la besara: una repentina punzada que la avisaba de que algo estaba mal, como si hubiera dado un paso al frente esperando encontrar terreno firme bajo los pies y en su lugar se hubiera precipitado al vacío. La mano de Sebastian se movió velozmente y le agarró la muñeca.

—¿Tú le diste el libro... el Libro de lo Blanco... a un brujo? ¿A un asqueroso subterráneo?

Clary se quedó muy quieta.

—No puedo creer que hayas dicho eso. —Bajó los ojos al lugar donde la mano de Sebastian le rodeaba la muñeca—. Magnus es mi amigo.

Sebastian aflojó la presión sobre la muñeca, aunque muy ligeramente.

—Lo siento —dijo—. No debí decir eso. Es sólo que... ¿hasta qué punto conoces a Magnus Bane?

—Mejor de lo que te conozco a ti —respondió ella con frialdad.

Echó una ojeada atrás en dirección al lugar donde había dejado a Magnus parado con Jace y Alec... y se sobresaltó. Magnus no estaba. Jace y Alec estaban solos, observándolos a ella y a Sebastian. Pudo percibir el calor de la desaprobación de Jace como un horno abierto.

Sebastian siguió su mirada y sus ojos se ensombrecieron.

—¿Lo bastante bien como para saber adónde fue con tu libro?

—No es mi libro. Se lo entregué —le dijo ella con brusquedad, aunque tenía una sensación helada en el estómago al recordar la mirada oscura en los ojos de Magnus—. Y no veo qué te importa a ti. Mira, agradezco que te ofrecieras para ayudarme a encontrar a Ragnor Fell ayer, pero me estás poniendo nerviosa. Voy a regresar con mis amigos.

Empezó a voltearse, pero él se movió para cerrarle el paso.

—Lo siento. No debí decir lo que dije. Es sólo que... hay más en todo esto de lo que sabes.

—Entonces cuéntame.

—Sal conmigo. Te lo contaré todo. —Su tono era ansioso, preocupado—. Clary, por favor.

—Tengo que quedarme aquí —dijo ella, negando con la cabeza—. Tengo que esperar a Simon. —Era en parte cierto, y en parte una excusa—. Alec me dijo que traerían a los prisioneros aquí...

Sebastian negó con la cabeza.

—Clary, ¿no te ha dicho nadie? Abandonaron a los prisioneros. Oí que Malachi lo decía. Cuando la ciudad fue atacada, evacuaron el Gard, pero no sacaron a los dos prisioneros. Malachi dijo que estaban confabulados con Valentine. Que dejarlos salir suponía un riesgo demasiado grande.

La cabeza de Clary parecía nublarse; se sintió mareada y tuvo náuseas.

—No puede ser cierto.

—Lo es —dijo Sebastian—. Te juro que lo es. —Su mano volvió a cerrarse con más fuerza sobre la muñeca de Clary, y ella se tambaleó—. Puedo llevarte allí arriba. Al Gard. Puedo ayudarte a sacarlo. Pero tienes que prometerme que...

—Ella no tiene que prometerte nada —dijo Jace—. Suéltala, Sebastian.

Sebastian, sobresaltado, aflojó la presión sobre la muñeca de Clary, que la liberó violentamente, volteando y encontrándose con Jace y Alec, que tenían cara de pocos amigos. La mano de Jace descansaba con suavidad sobre la empuñadura del cuchillo serafín que llevaba a la cintura.

—Clary puede hacer lo que quiera —replicó Sebastian.

El muchacho no mostraba un aspecto amenazador, pero había una curiosa expresión fija en su rostro que resultaba hasta cierto punto peor.

—Y precisamente ahora quiere venir conmigo a salvar a su amigo. El amigo al que lograron que metieran en prisión.

Alec palideció ante aquello, pero Jace se limitó a menear la cabeza.

—No me caes bien —dijo con aire pensativo—. Sé que a todos los demás les caes bien, Sebastian, pero a mí no. A lo mejor es porque te esfuerzas tanto en caer bien a la gente. O tal vez porque soy un bastardo al que le gusta llevar la contraria. Pero no me caes bien, y no me gusta cómo intentas conseguir que mi hermana te siga. Si ella quiere subir al Gard y buscar a Simon, estupendo. Irá con nosotros. No contigo.

La expresión fija de Sebastian no cambió.

—Creo que eso debería ser elección suya —dijo—. ¿No te parece?

Ambos miraron a Clary. Ella miró detrás de ellos, en dirección a Luke, que seguía discutiendo con Malachi.

—Iré con mi hermano —dijo.

Algo aleteó en la mirada de Sebastian... demasiado rápido para que Clary lo identificara, aunque sintió un escalofrío en la nuca, como si una mano helada la hubiera acariciado.

—Por supuesto —dijo él, y se hizo a un lado.

Fue Alec quien se movió primero, empujando a Jace por delante de él, haciéndolo caminar. Estaban a mitad de camino hacia las puertas cuando ella reparó en que la muñeca le dolía... Le ardía como si la hubieran quemado. Bajó la vista esperando encontrar una señal en la muñeca allí donde Sebastian la había sujetado, pero no vio nada. Tan sólo una mancha de sangre en la manga donde ella había tocado el corte que Sebastian tenía en la cara. Frunciendo el ceño, con la muñeca ardiéndole aún, la cubrió con la manga y apresuró el paso para alcanzar a los otros.

12

DE PROFUNDIS

Simon tenía las manos negras a causa de la sangre.

Había intentado arrancar los barrotes de la ventana y de la puerta de la celda, pero tocarlos durante mucho tiempo le dejaba unas abrasadoras marcas sangrantes en las palmas. Finalmente se dejó caer, jadeando, al suelo, y contempló aturdido sus manos mientras las heridas cicatrizaban rápidamente, las lesiones se cerraban y la piel ennegrecía se desprendía como cuando en una cinta de vídeo se presiona el botón de avance rápido.

Al otro lado de la pared de la celda, Samuel rezaba.

—«Si mal viniere sobre nosotros, o cuchillo de juicio, o pestilencia, o hambre, nos presentaremos delante de esta Casa, y delante de ti (porque tu Nombre está en esta Casa), y de nuestras tribulaciones clamaremos a ti, y tú nos oirás y salvarás...»

Simon sabía que él no podía rezar. Lo había intentado, pero el nombre de Dios le quemaba la boca y le obstruía la garganta. Se preguntó por qué podía pensar las palabras pero no pronunciarlas. Y por qué podía permanecer bajo la luz del mediodía y no morir pero no podía decir sus últimas oraciones.

El humo empezaba a descender pasillo abajo igual que un espectro resuelto. Olía a quemado y oía el chisporroteo del fuego propagándose sin control, pero se sentía curiosamente indiferente, lejos de todo. Era extraño convertirse en vampiro, que se te obsequiara con lo que sólo podía describirse como la vida eterna, y luego extinguirte a los dieciséis.

—¡Simon!

La voz era débil, pero su oído la captó por encima de los estallidos y tronidos de las crecientes llamas. El humo del pasillo presagiaba calor y el calor estaba llegando, presionándolo contra él como una barrera sofocante.

—¡Simon!

Era la voz de Clary. La reconocería en cualquier parte. Se preguntó si su mente la estaba conjurando en aquel momento, como una especie de recuerdo de lo que más había amado durante su vida para poder sobrellevar la muerte.

—¡Simon, estúpido idiota! ¡Estoy aquí, al otro lado! ¡En la ventana!

Simon se paró de un salto. Dudaba que su mente fuera capaz de conjurar aquello. A través del humo cada vez más espeso vio algo blanco que se movía sobre los barrotes de la ventana. Al acercarse más, los objetos blancos se transformaron en manos que aferraban los barrotes. Saltó sobre el camastro, gritando por encima del crepitar del fuego.

—¿Clary?

—Vaya, gracias a Dios. —Clary estiró el brazo y le tocó el hombro—. Vamos a sacarte de ahí.

—¿Cómo? —preguntó Simon, razonablemente, pero se oyó el sonido de una escaramuza y las manos de Clary desaparecieron, reemplazadas al cabo de un momento por otro par de manos más grandes, indudablemente masculinas, con nudillos llenos de cicatrices y finos dedos de pianista.

—Aguanta. —La voz de Jace era tranquila, llena de seguridad, como si estuvieran conversando en una fiesta en lugar de a través de los barrotes de un calabozo que ardía rápidamente—. Tal vez sería mejor que te echaras hacia atrás.

Simon obedeció asustado. Las manos de Jace se cerraron con fuerza sobre los barrotes, y sus nudillos se tornaron alarmantemente blancos. Se oyó un crujido quejumbroso, y el cuadro de barrotes se liberó violentamente de la piedra que lo sujetaba y cayó con estruendo al suelo junto a la cama. Una lluvia de polvo de piedra cayó en forma de asfixiante nube blanca.

El rostro de Jace apareció en el vacío de la ventana.

—Simon, ¡VAMOS! —Jace extendió los brazos hacia abajo.

El vampiro levantó los suyos y agarró las manos de Jace. Sintió cómo lo izaban, y a continuación pudo sujetarse ya al borde de la ventana para darse impulso a través del angosto cuadrado como una serpiente que se retorciera a través de un túnel. Al cabo de un segundo estaba extendido cuan largo era sobre la hierba húmeda, contemplando atónito un círculo de rostros preocupados que lo observaban desde arriba. Jace, Clary y Alec lo miraban con inquietud.

—Estás hecho una porquería, vampiro —dijo Jace—. ¿Qué les pasó a tus manos?

Simon se sentó en el suelo. Las heridas de las manos habían cicatrizado, pero estaban todavía negras allí donde agarró los barrotes de la celda. Antes de que pudiera responder, Clary lo estrujó en con un repentino y feroz abrazo.

—Simon —musitó—. No puedo creerlo. Ni siquiera sabía que estabas aquí. Hasta anoche pensaba que estabas en Nueva York...

—Sí, bueno —dijo Simon—. Yo tampoco sabía que tú estabas aquí. —Dirigió una mirada furiosa a Jace por encima del hombro de la muchacha—. De hecho, creo que se me dijo concretamente que no estabas.

—Yo jamás dije eso —indicó Jace—. Simplemente no te corregí cuando tú, como sabes, dijiste que no estaba. De todos modos, acabo de salvarte de quemarte vivo, así que creo que no tienes permitido enojarte.

Quemado vivo. Simon se apartó de Clary y miró a su alrededor. Se encontraban en un jardín cuadrado, rodeado por dos lados por las

272

paredes de la fortaleza y por los otros dos lados por una densa arboleda. Se talaron sólo los árboles necesarios para que un sendero de gravilla descendiera hasta la ciudad; el camino estaba bordeado de antorchas de luz mágica, pero únicamente unas pocas ardían con luz tenue y errática. Levantó la mirada hacia el Gard. Visto desde aquel ángulo, apenas se percibía la magnitud el incendio; humo negro manchaba el cielo en lo alto, y la luz de unas pocas ventanas parecía anormalmente brillante, pero los muros de piedra ocultaban bien su secreto.

—Samuel —dijo—. Tenemos que sacar a Samuel.

Clary pareció desconcertada.

—¿Quién?

—Yo no era el único ahí. Samuel..., él estaba en la celda contigua.

—¿El montón de andrajos que vi por la ventana? —recordó Jace.

—Eso. Es un tipo extraño, pero es un buen tipo. No podemos dejarlo ahí. —Simon se incorporó a toda velocidad—. ¿Samuel? ¿Samuel?

No obtuvo respuesta. Simon corrió a la ventana baja cerrada con barrotes que había junto a aquella por la que él acababa de arrastrarse. A través de los barrotes sólo pudo ver humo arremolinado.

—¡Samuel! ¿Estás ahí?

Algo se movió dentro del humo... algo encorvado y oscuro. La voz de Samuel, ronca por el humo, se elevó quebrada.

—¡Déjame en paz! ¡Vete!

—¡Samuel! Morirás ahí abajo.

Simon jaló los barrotes. Nada sucedió.

—¡No! ¡Déjame solo! ¡Quiero quedarme!

Simon miró desesperadamente a su alrededor y se encontró con Jace detrás de él.

—Apártate —le dijo éste, y cuando Simon se inclinó a un lado, él lanzó una patada con su bota.

El golpe alcanzó los barrotes, que se soltaron violentamente de su

273

anclaje y rodaron al interior de la celda de Samuel. Éste lanzó un grito ronco.

—¡Samuel! ¿Estás bien?

Una visión de Samuel con la crisma rota a causa de los barrotes apareció ante los ojos de Simon.

La voz de Samuel se elevó hasta ser un alarido:

—¡MÁRCHENSE!

Simon miró a Jace de reojo.

—Creo que lo dice en serio.

Jace sacudió la rubia cabeza con exasperación.

—Tenías que hacerte amigo de un compañero de celda loco, ¿verdad? ¿No podías limitarte a contar las baldosas del techo o a domesticar un ratón como hacen los prisioneros normales?

Sin esperar una respuesta, Jace se tumbó en el suelo y se arrastró a través de la ventana.

—¡Jace! —gritó Clary, y ella y Alec se acercaron corriendo, pero Jace había franqueado ya la ventana, dejándose caer al interior de la celda situada abajo—. ¿Cómo pudiste dejar que hiciera eso? —Clary lanzó a Simon una mirada furiosa.

—Bueno, no podía dejar a ese tipo ahí abajo para que muriera —dijo Alec inesperadamente, aunque parecía un poco ansioso—. Estamos hablando de Jace...

Se interrumpió cuando dos manos se abrieron paso a través del humo. Alec agarró una y Simon la otra, y juntos izaron a Samuel, como si fuera un flácido saco de patatas, y lo depositaron sobre el pasto. Al cabo de un momento, Simon y Clary agarraban las manos de Jace y lo sacaban, aunque él resultaba considerablemente menos flácido y soltó una palabrota cuando le golpearon sin querer la cabeza con la repisa. Se los quitó de encima, gateando hasta la hierba por sí solo y luego dejándose caer sobre la espalda.

—Uf —dijo, con la vista fija en el cielo—. Creo que me disloqué algo. —Se sentó sobre el suelo y echó una ojeada en dirección a Samuel—. ¿Está bien?

Samuel estaba sentado acurrucado sobre el suelo, con las manos bien abiertas sobre el rostro. Se balanceaba a un lado y a otro sin emitir ningún sonido.

—Creo que le sucede algo —dijo Alec.

Acercó la mano para tocar el hombro de Samuel y éste se apartó con un violento movimiento que casi lo hizo perder el equilibrio y caer.

—Déjenme en paz —dijo con voz quebrada—. Por favor. Déjame solo, Alec.

Alec se quedó totalmente inmóvil.

—¿Qué dijiste?

—Ha pedido que lo dejemos solo —dijo Simon, pero Alec no lo miraba a él, ni pareció escucharlo.

Alec miraba a Jace..., quien, de improviso muy pálido, ya había empezado a incorporarse.

—Samuel —dijo Alec, y su voz era extrañamente áspera—, aparta las manos de la cara.

—No. —Samuel bajó la barbilla contra el pecho; sus hombros temblaban—. No, por favor. No.

—¡Alec! —protestó Simon—. ¿No te das cuenta de que no está bien?

Clary agarró la manga de su amigo.

—Simon, aquí pasa algo.

Tenía los ojos puestos en Jace —¿y cuándo no?— mientras éste avanzaba para escrutar atentamente la figura acurrucada de Samuel. Las yemas de los dedos del muchacho sangraban allí donde se las había arañado con la cornisa de la ventana, y al apartarse el pelo de los ojos le dejaron marcas de sangre en la mejilla. No pareció advertirlo. Tenía los ojos muy abiertos, y una línea furiosa y uniforme en la boca.

—Cazador de sombras —dijo, y su voz sonó letalmente nítida—, muéstranos tu cara.

Samuel vaciló, pero luego dejó caer las manos. Simon no había visto su rostro anteriormente, y no se había dado cuenta de lo demacrado que estaba Samuel, o lo anciano que parecía. Su rostro estaba medio cubierto por una mata de espesa barba gris, sus ojos flotaban en oscuros huecos, y sus mejillas estaban surcadas de arrugas. Pero a pesar de todo eso le seguía resultando —en cierto modo— peculiarmente familiar.

Los labios de Alec se movieron, pero no emitió ningún sonido. Fue Jace quien habló.

—Hodge —dijo.

—¿Hodge? —repitió Simon con perplejidad—. Pero no puede ser. Hodge era... y Samuel, no puede ser...

—Bueno, es la especialidad de Hodge, al parecer —dijo Alec con amargura—. Hacerte creer que es quien no es.

—Pero él dijo... —empezó a decir Simon.

La mano de Clary se cerró con más fuerza sobre la manga de su amigo, y las palabras de éste murieron en sus labios. La expresión del rostro de Hodge era suficiente. No era culpa, en realidad; ni siquiera horror por haber sido descubierto, sino una terrible pesadumbre que resultaba duro contemplar durante mucho tiempo.

—Jace —dijo Hodge en voz muy baja—. Alec..., lo siento mucho.

Jace se movió entonces como se movía cuando peleaba, igual que la luz del sol sobre el agua, y se colocó ante Hodge con un cuchillo en la mano cuya afilada punta se dirigía a la garganta de su viejo tutor. El reflejo del resplandor del fuego resbaló por la hoja.

—No quiero tus disculpas. Quiero un motivo por el que no debería matarte ahora mismo, justo aquí.

—Jace —Alec pareció alarmado—. Jace, espera.

Sonó un rugido repentino cuando parte del tejado del Gard se llenó de lenguas de fuego anaranjadas. El calor titiló en el aire e iluminó la noche. Clary pudo ver cada brizna de hierba del suelo, cada línea del rostro delgado y sucio de Hodge.

—No —dijo Jace, y su rostro carente de expresión mientras miraba a Hodge le recordó a Clary otro rostro que era como una máscara: el de Valentine—. Sabías lo que mi padre me hizo, ¿verdad? Conocías todos sus sucios secretos.

Alec paseaba la mirada con estupor desde Jace hasta su viejo tutor.

—¿De qué estás hablando? ¿Qué pasa?

El rostro de Hodge se arrugó.

—Jonathan...

—Siempre lo supiste, y jamás me dijiste nada. Todos estos años en el Instituto... y jamás me dijiste nada.

La boca de Hodge se entreabrió flácida.

—No... no estaba seguro —murmuró—. Cuando no has visto a un niño desde que era un bebé... No estaba seguro de quién eras, y mucho menos de lo que eras.

—¿Jace?

Alec los miraba alternativamente, con consternación, pero ninguno de ellos le prestaba la menor atención a nada que no fuera el otro. Hodge parecía un hombre atrapado en un torno que se iba tensando; sus manos daban sacudidas a los costados como atenazadas por el dolor y sus ojos se movían veloces de un lado a otro. Clary pensó en el hombre pulcramente vestido en su biblioteca repleta de libros que le ofrecía té y bondadosos consejos. Parecía como si hubieran transcurrido mil años de eso.

—No te creo —dijo Jace—. Sabías que Valentine no estaba muerto. Debió contarte...

—No me contó nada —jadeó Hodge—. Cuando los Lightwood me informaron de que iban a hacerse cargo del hijo de Michael Wayland, yo no sabía nada de Valentine desde el Levantamiento. Llegué a pensar que se había olvidado de mí. Incluso recé para que estuviera muerto, pero jamás lo supe. Y entonces, la noche antes de tu llegada, *Hugo* vino con un mensaje de Valentine para mí. «El chico es mi hijo.» Eso era todo. —Respiró entrecortadamente—. No sabía si creerle. Pensé que lo sabría..., pensé que lo sabría, simplemente mirándote, pero no había nada, nada, que me diera esa seguridad. Y pensé que se trataba de una estratagema de Valentine, pero ¿qué estratagema? ¿Qué intentaba hacer? Tú no tenías ni idea, eso lo tuve muy claro, pero en cuanto al propósito de Valentine...

—Debiste contarme lo que yo era —replicó Jace, de un solo golpe de voz, como si le extrajeran las palabras a puñetazos—. Pude hacer algo al respecto. Matarme, quizá.

Hodge alzó la cabeza, levantando los ojos hacia Jace por entre los cabellos enmarañados y sucios.

—No estaba seguro —volvió a decir, medio para sí—, y en los momentos en que me lo preguntaba... pensaba que, tal vez, la educación podría importar más que la sangre... que se te podía enseñar...

—¿Enseñar qué? ¿A no ser un monstruo? —La voz de Jace tembló, pero el cuchillo que sujetaba se mantenía firme—. No deberías haber sido tan estúpido. Él te convirtió en un cobarde rastrero, ¿verdad? Y tú no eras un indefenso niño pequeño cuando lo hizo. Podrías haberte defendido.

Los ojos de Hodge descendieron.

—Intenté hacer todo lo que pude por ti —dijo, pero incluso a los oídos de Clary sus palabras sonaron pobres.

—Hasta que Valentine regresó —repuso Jace—, y entonces hiciste todo lo que te pidió; me entregaste a él como si fuera un perro que le hubiera pertenecido en una ocasión, un perro que él te hubiera pedido que le cuidaras durante unos cuantos años...

—Y luego te fuiste —dijo Alec—. Nos abandonaste a todos. ¿Realmente pensaste que podías ocultarte aquí, en Alacante?

—No vine aquí a ocultarme —dijo Hodge, con voz apagada—. Vine a detener a Valentine.

—No esperarás que te creamos. —Alec volvía a sonar furioso ahora—. Siempre has estado del lado de Valentine. Podías elegir darle la espalda...

—¡Jamás pude elegir eso! —La voz de Hodge se elevó—. A sus

padres se les ofreció la oportunidad de una nueva vida; ¡a mí jamás se me ofreció! Estuve atrapado en el Instituto durante quince años...

—¡El Instituto era nuestro hogar! —dijo Alec—. ¿Realmente era tan terrible vivir con nosotros... ser parte de nuestra familia?

—No era por ustedes. —La voz de Hodge sonaba entrecortada—. Los quería, pequeños. Pero eran niños. Y un lugar que no se te permite abandonar no puede ser un hogar. A veces pasaba semanas sin hablar con otro adulto. Ningún otro cazador de sombras quería confiar en mí. Ni siquiera les gustaba realmente a sus padres; me toleraban porque no tenían elección. Nunca podría casarme. Nunca podría tener hijos propios. Nunca podría tener una vida. Y con el tiempo ustedes, chicos, hubieran crecido y se hubieran ido, y entonces no habría tenido ni siquiera eso. Vivía con miedo, si es que aquello era vida.

—No conseguirás que sintamos lástima por ti —dijo Jace—. No después de lo que hiciste. ¿Y de qué demonios tenías miedo, si pasabas todo el tiempo en la biblioteca? ¿De los ácaros del polvo? ¡Éramos nosotros los que salíamos y peleábamos contra demonios!

—Tenía miedo de Valentine —intervino Simon—. No lo entiendes...

Jace le lanzó una mirada ponzoñosa.

—Cállate, vampiro. Esto no tiene nada que ver contigo.

—No exactamente de Valentine —dijo Hodge, mirando a Simon por primera vez desde que lo habían sacado a rastras de la celda.

Hubo algo en aquella mirada que sorprendió a Clary, una especie de afecto cansado.

—De mi propia debilidad en lo relativo a Valentine. Sabía que algún día regresaría. Sabía que volvería a intentar conseguir el poder, a intentar gobernar la Clave. Y sabía lo que me ofrecería. Liberarme de mi maldición. Una vida. Un lugar en el mundo. Podría volver a ser un cazador de sombras. En su mundo. Jamás podía volver a ser un cazador de sombras en éste. —Había un anhelo descarnado en su voz que resultaba doloroso escuchar—. Y sabía que sería demasiado débil para negarme cuando me lo ofreciera.

—Y mira la vida que conseguiste —escupió Jace—. Pudrirte en las celdas del Gard. ¿Valió la pena traicionarnos?

—Conoces la respuesta a eso. —Hodge sonaba agotado—. Valentine me retiró la maldición. Juró que lo haría, y lo hizo. Pensé que me llevaría de vuelta al Círculo, o a lo que quedara de él. No lo hizo. Ni siquiera él me quiso. Supe que no habría lugar para mí en su nuevo mundo. Y supe que había vendido todo lo que tenía por una mentira. —Bajó los ojos hasta sus cerradas y mugrientas manos—. Sólo me quedaba una cosa: la posibilidad de llevar a cabo algo que permitiera que mi vida no fuera un total desperdicio. Después de enterarme de que Valentine había matado a los Hermanos Silenciosos, que tenía la Espada Mortal, supe que a continuación iría tras el Cristal Mortal. Sabía que necesitaba los tres Instrumentos. Y sabía que el Cristal Mortal estaba aquí en Idris.

—Espera. —Alec levantó una mano—. ¿El Cristal Mortal? ¿Quieres decir que sabes dónde está? ¿Y quién lo tiene?

—Nadie lo tiene —respondió Hodge—. Nadie podría poseer el Cristal Mortal. Ningún nefilim, y ningún subterráneo.

—Realmente te volviste loco ahí abajo —dijo Jace, moviendo bruscamente la barbilla en dirección a las quemadas ventanas de las mazmorras—, ¿verdad?

—Jace. —Clary miraba con inquietud hacia el Gard, cuyo tejado estaba coronado por una espinosa red de llamas de un rojo dorado—. El fuego se extiende. Deberíamos irnos de aquí. Podemos hablar abajo en la ciudad...

—Estuve encerrado en el Instituto durante quince años —prosiguió Hodge, como si Clary no hubiera hablado—. No podía sacar ni siquiera una mano o un pie al exterior. Pasaba todo el tiempo en la biblioteca, investigando modos de retirar la maldición que la Clave me había impuesto. Averigüé que sólo un Instrumento Mortal podía revocarla. Leí, uno tras otro, los libros donde se relataba la mitología del Ángel, cómo surgió del lago llevando con él los Instrumentos Mortales y se los entregó a Jonathan Cazador de Sombras, el primer nefilim. Eran tres: Copa, Espada y Espejo...

—Lo sabemos —lo interrumpió Jace, exasperado—. Tú nos lo enseñaste.

—Creen que lo saben todo, pero no es así. Mientras repasaba una y otra vez las diferentes versiones de los relatos, encontré una y otra vez la misma ilustración, la misma imagen... Todos la hemos visto: el Ángel surgiendo del lago con la Espada en una mano y la Copa en la otra. Jamás conseguí comprender por qué no aparecía el Espejo. Entonces lo entendí. El Espejo es el lago. El lago es el Espejo. Son la misma cosa.

Lentamente, Jace bajó el cuchillo.

—¿El lago Lyn?

Clary pensó en el lago, como un espejo alzándose a su encuentro, el agua haciéndose añicos con el impacto.

—Caí en el lago al llegar aquí. Descubrí algo respecto a él. Luke me explicó que tiene propiedades extrañas y que los seres mágicos lo llaman el Espejo de los Sueños.

—Exactamente —empezó a decir Hodge con ansia—. Y comprendí que la Clave no lo sabía, que la información se había perdido con el transcurso del tiempo. Ni siquiera Valentine lo sabía...

Lo interrumpió un espantoso rugido, el sonido de una torre que se desplomaba en el extremo opuesto del Gard. El derrumbe provocó una exhibición de fuegos artificiales rojos y chispas centelleantes.

—Jace —dijo Alec, levantando la cabeza alarmado—. Jace, tenemos que salir de aquí. Levántate —le ordenó a Hodge, jalándolo de un brazo para ponerlo en pie—. Puedes contar a la Clave lo que acabas de contarnos.

Hodge se incorporó vacilante. «¿Cómo debe ser —pensó Clary con una punzada de inoportuna piedad— vivir la propia vida avergonzado no sólo de lo que hiciste sino de lo que estuviste haciendo y de lo que sabías que volverías a hacer?» Hodge había renunciado hacía mucho tiempo a intentar vivir una vida mejor o una vida diferente; todo lo que quería era dejar de sentir miedo, y por lo tanto sentía miedo todo el tiempo.

—Vamos.

Alec, sujetando aún el brazo de Hodge, lo impulsó hacia adelante. Pero Jace se colocó ante ellos, impidiéndoles el paso.

—Si Valentine consigue el Cristal Mortal —dijo—, ¿qué sucederá entonces?

—Jace —dijo Alec, sujetando todavía el brazo de Hodge—, ahora no...

—Si se lo cuenta a la Clave, ellos jamás nos lo contarán a nosotros —replicó Jace—. Para ellos somos simplemente niños. Pero Hodge nos lo debe. —Volteó hacia su antiguo tutor—. Dijiste que te diste cuenta de que tenías que detener a Valentine. ¿Detenerlo para que no hiciera qué? ¿Qué poder le daría el Espejo?

Hodge negó con la cabeza.

—No puedo...

—Y sin mentiras. —El cuchillo centelleó en el costado de Jace; la mano apretaba fuertemente el mango—. Porque quizás, por cada mentira, te cortaré un dedo. O dos.

Hodge se encogió hacia atrás, con auténtico miedo en los ojos. Alec parecía anonadado.

—Jace. No. Así es como lo hace tu padre. Ése no eres tú.

—Alec —dijo Jace sin mirar a su amigo, aunque su tono fue como el contacto de una mano pesarosa—. Tú no sabes cómo soy en realidad.

Los ojos de Alec se encontraron con los de Clary por encima de la hierba. «No puede ni imaginar por qué Jace actúa así —pensó ella—. No lo sabe.» Dio un paso al frente.

—Jace, Alec tiene razón... Podemos llevar a Hodge abajo, al Salón, y puede contar a la Clave lo que nos acaba de explicar...

—De haber estado dispuesto a decírselo a la Clave, lo habría hecho ya —contestó él con brusquedad, sin mirarla—. Que no lo haya hecho todavía demuestra que es un mentiroso.

—¡No se puede confiar en la Clave! —protestó Hodge con desesperación—. Hay espías en ella... hombres de Valentine... no podía contarles dónde está el Espejo. Si Valentine encontrara el Espejo, sería...

No pudo acabar la frase. Algo brillante de un color plateado surgió centelleante de la noche, la cabeza de un clavo de luz en la oscuridad. Alec lanzó un grito. Los ojos de Hodge se desorbitaron a la vez que daba un tropezón, llevándose las manos al pecho. Mientras caía de espaldas, Clary comprendió el motivo: la empuñadura de una daga larga sobresalía de su caja torácica, como el asta de una flecha muy tiesa clavada en el blanco.

Alec, saltando al frente, atrapó a su viejo tutor mientras éste caía, y lo depositó con suavidad sobre el suelo. Levantó los ojos con impotencia; la sangre de Hodge había salpicado su rostro.

—Jace, ¿por qué...?

—Yo no lo hice... —El rostro de Jace estaba blanco, y Clary vio que todavía sujetaba el cuchillo, aferrado con fuerza al costado—. No...

Simon y Clary voltearon, clavando la mirada en la oscuridad. El fuego iluminaba la hierba con un infernal resplandor naranja, pero todo permanecía negro entre los árboles de la ladera; y entonces algo salió de la oscuridad, una figura vaga, con un familiar cabello negro alborotado. Avanzó hacia ellos; la luz le daba en el rostro y se reflejaba en sus oscuros ojos, que parecían arder.

—¿Sebastian? —dijo Clary.

Jace paseó la mirada frenéticamente de Hodge a Sebastian y permaneció parado con aire vacilante en el borde del jardín; parecía casi aturdido.

—Tú —dijo—. ¿Fuiste...?

—Tenía que hacerlo —respondió Sebastian—. Los hubiera matado.

—¿Con qué? —La voz de Jace se alzó y se quebró—. Ni siquiera tenía una arma...

—Jace —interrumpió Alec los gritos de su amigo—. Ven aquí. Ayúdame con Hodge.

—Los hubiera matado —volvió a decir Sebastian—. Los hubiera...

Pero Jace acudía a arrodillarse junto a Alec, enfundando el cuchillo en su cinturón. Alec sostenía a Hodge en sus brazos, tenía sangre en la parte delantera de la camiseta.

—Saca la estela de mi bolsillo —le dijo a Jace—. Prueba un *iratze*...

Clary, paralizada por el horror, sintió que Simon se agitaba junto a ella. Volteó para mirarlo y se quedó horrorizada; Simon estaba blanco como el papel salvo por un rubor febril en ambos pómulos. Pudo verle las venas serpenteando bajo la piel, como la expansión de un delicado coral bifurcándose.

—La sangre —susurró él, sin mirarla—. Tengo que alejarme.

Clary extendió la mano para sujetarle la manga, pero él se tambaleó hacia atrás, liberando de un jalón el brazo.

—No, Clary, por favor. Déjame marchar. Estaré bien; regresaré.

Ella empezó a seguirlo, pero él era demasiado veloz para que pudiera retenerlo. Desapareció en la oscuridad que había entre los árboles.

—Hodge... —Alec pareció lleno de pánico—. Hodge, quédate quieto...

Pero el tutor forcejeaba débilmente, intentando apartarse de él, de la estela que Jace sostenía.

—No. —El rostro de Hodge tenía el color del yeso; sus ojos se movieron veloces de Jace a Sebastian, que todavía permanecía en las sombras—. Jonathan...

—Jace —dijo el chico, casi en un susurro—. Llámame Jace.

Los ojos de Hodge se posaron en él. Clary no logró descifrar la expresión que había en ellos. Súplica, sí, pero algo más que eso, estaban llenos de temor, o de algo parecido, y de necesidad. Levantó una mano como para protegerse—. Tú no —musitó, y brotó sangre de su boca junto a las palabras.

Una expresión de dolor atravesó fugazmente el rostro de Jace.

—Alec, haz el *iratze*... Creo que no quiere que yo lo toque.

La mano de Hodge se cerró como una garra; aferró la manga de Jace. Su aliento surgió con un estertor audible.

—Tú nunca... fuiste...

Y murió. Clary se dio cuenta en seguida. No fue algo silencioso e instantáneo, como en una película; la voz se apagó con un gorgoteo, los ojos se le quedaron en blanco y él se quedó flácido y pesado, con el brazo doblado desgarbadamente bajo el cuerpo.

Alec cerró los ojos de Hodge con las yemas de los dedos.

—Adiós, Hodge Starkweather.

—No se lo merece. —La voz de Sebastian era cortante—. No era un cazador de sombras; era un traidor. No merece el último adiós.

Alec levantó la cabeza desafiante. Dejó a Hodge en el suelo y se incorporó; sus ojos azules eran fríos como el hielo. Tenía la ropa manchada de sangre.

—¿Tú qué sabes? Mataste a un hombre desarmado, a un nefilim. Eres un asesino.

El labio de Sebastian se crispó.

—¿Crees que no sé quién era? —Señaló a Hodge—. Starkweather estaba en el Círculo. Traicionó a la Clave entonces y lo maldijeron por eso. Debió morir por lo que hizo, pero la Clave fue indulgente... ¿y qué les reportó? Volvió a traicionarnos a todos cuando le vendió la Copa Mortal a Valentine tan sólo para que lo librara de la maldición... una maldición que merecía. —Hizo una pausa; respiraba con dificultad—. No debí hacerlo, pero no pueden decir que no se lo merecía.

—¿Cómo sabes tanto sobre Hodge? —quiso saber Clary—. Y ¿qué estás haciendo aquí? Creí que había quedado claro que permanecerías en el Salón.

Sebastian vaciló.

—Tardabas tanto —dijo por fin— que me preocupé. Pensé que podrían necesitar mi ayuda.

—¿Así que has decidido ayudarnos matando al tipo con el que

estábamos hablando? —preguntó ella—. ¿Porque pensabas que tenía un pasado turbio? ¿Quién... quién actúa así? No tiene sentido.

—Eso es porque miente —dijo Jace, que miraba a Sebastian con una mirada fría y analítica—. Y no lo hace nada bien. Pensé que serías un poco mejor en eso, Verlac.

Sebastian le devolvió la mirada sin alterarse.

—No sé a qué te refieres, Morgenstern.

—Lo que quiere decir —explicó Alec, adelantándose— es que si realmente crees que lo que hiciste estaba justificado, no te importará bajar con nosotros al Salón de los Acuerdos y ofrecer tus explicaciones al Consejo. ¿Lo harás?

Transcurrió un instante antes de que Sebastian sonriera... con la sonrisa que cautivó a Clary en otro momento, pero que ahora contenía algo de torcido, como si se tratara de un cuadro que colgara ligeramente ladeado en una pared.

—Por supuesto que no me importa.

Avanzó hacia ellos lentamente, casi paseando, como si no tuviera ninguna preocupación en la vida. Como si no acabara de cometer un asesinato.

—Desde luego —dijo—, es un tanto curioso que estén tan alterados porque haya matado a un hombre cuando Jace planeaba cortarle los dedos uno a uno.

La boca de Alec se tensó.

—No lo habría hecho.

—Tú... —Jace miró a Sebastian con aversión—, tú no tienes ni idea de lo que dices.

—O a lo mejor —dijo Sebastian— realmente estás tan sólo enojado porque besé a tu hermana. Porque ella me deseaba.

—No es verdad —dijo Clary, pero ninguno de ellos la miraba—. No te deseaba.

—Tiene esa costumbre, ya sabes... ¿el modo en que lanza esa exclamación ahogada cuando la besas, como si la sorprendiera?

—Sebastian se detuvo ahora frente a Jace, y sonreía como un ángel—. Resulta de lo más cautivador; debes de haberlo advertido.

Jace parecía estar a punto de vomitar.

—Mi hermana...

—Tu hermana —dijo Sebastian—. ¿Lo es? Porque ustedes dos no actúan como si lo fueran. ¿Piensan que los demás no se dan cuenta de cómo se miran? ¿Creen que esconden lo que sienten? ¿Creen que nadie piensa que es antinatural? Lo es.

—Es suficiente. —La expresión en el rostro de Jace era asesina.

—¿Por qué haces esto? —preguntó Clary—. Sebastian, ¿por qué dices todas estas cosas?

—Porque finalmente puedo —dijo Sebastian—. No tienes ni idea de lo que fue estar junto a todos ustedes estos últimos días, teniendo que fingir que podía soportarlos. Que verlos no me enfermaba. Tú —dijo a Jace—, que dedicas cada segundo en el que no suspiras por tu propia hermana a gimotear sin parar por tu papi que no te quería. Bueno, ¿quién podría culparlo? Y tú, estúpida zorra —volteó hacia Clary—, entregando ese libro de un valor incalculable a un brujo mestizo; ¿tienes alguna neurona en esa cabecita tuya? Y tú... —dirigió su siguiente mueca despectiva a Alec—, creo que todos sabemos qué pasa contigo. No deberían permitir que los de tu clase pertenecieran a la Clave. Eres repugnante.

Alec palideció, aunque pareció más estupefacto que otra cosa. Clary no podía culparlo; resultaba difícil contemplar a Sebastian, contemplar su sonrisa angelical, e imaginar que pudiera decir tales cosas.

—¿Fingir que podías soportarnos? —repitió—. Pero ¿por qué tendrías que fingir que lo hacías...? A menos que nos estuvieras espiando. —Clary comprendió la verdad al mismo tiempo que lo decía—. A menos que fueras un espía de Valentine.

El apuesto rostro de Sebastian se desfiguró, su boca carnosa se aplastó, sus largos y elegantes ojos se entornaron hasta convertirse en rendijas.

—Y por fin lo entienden —dijo—. Juro que existen dimensiones demoníacas totalmente desprovistas de luz que son menos cortas de luces que todos ustedes.

—Puede que no seamos tan listos —dijo Jace—, pero al menos estamos vivos.

Sebastian lo miró con asco.

—Yo también estoy vivo —indicó.

—No por mucho tiempo —replicó Jace.

La luz de la luna se reflejó en la hoja de su cuchillo mientras se abalanzaba sobre Sebastian con un movimiento tan veloz que pareció una mancha borrosa, más veloz que cualquier movimiento humano que Clary hubiera visto jamás.

Hasta aquel momento.

Sebastian se arrojó a un lado, esquivando el golpe, y atrapó el brazo de Jace que empuñaba el cuchillo mientras éste descendía. El cuchillo tintineó contra el suelo. A continuación, Sebastian sujetó a Jace por la parte posterior de la chamarra, lo levantó y lo arrojó lejos con increíble potencia; Jace voló por los aires, golpeó la pared del Gard con una terrible violencia, y cayó al suelo hecho una bola.

—¡Jace!

Clary lo vio todo blanco. Corrió hacia Sebastian para estrangularlo. Pero él la esquivó y bajó la mano con indiferencia como si apartara un insecto de un manotazo. El golpe la alcanzó con fuerza en un lado de la cabeza y la envió dando tumbos al suelo. La muchacha rodó sobre sí misma, pestañeando para eliminar una roja neblina de dolor de los ojos.

Alec sostenía el arco que llevaba a la espalda; estaba tensado, con una flecha colocada y totalmente lista. Sus manos no temblaron cuando apuntó a Sebastian.

—Quédate donde estás —le ordenó—. Y pon las manos a la espalda.

Sebastian rio.

—No me dispararías —dijo.

Avanzó hacia Alec con paso tranquilo y despreocupado, como si ascendiera los escalones de la puerta principal de su casa.

Alec entrecerró los ojos, y alzó las manos en una serie de movimientos elegantes y uniformes; jaló la flecha hacia atrás y la disparó. Ésta voló hacia Sebastian...

Y falló. Sebastian se había agachado o movido de algún modo, Clary no podía decirlo, y la flecha pasó por su lado y temblaba en el tronco de un árbol. Alec sólo tuvo tiempo para una momentánea expresión de sorpresa antes de que Sebastian cayera sobre él, le arrebatara el arco y lo partiera con las manos; lo rompió por la mitad, y el ruido de la madera al astillarse hizo estremecer a Clary como si escuchara huesos astillándose. Ésta intentó arrastrarse a una posición sentada, haciendo caso omiso del punzante dolor de su cabeza. Jace yacía unos metros más allá, totalmente inmóvil. Clary intentó levantarse, pero las piernas no parecían funcionarle como era debido.

Sebastian arrojó a un lado las dos mitades destrozadas del arco y empezó a acercarse a Alec. Alec había sacado ya un cuchillo serafín, que relucía en su mano, pero Sebastian lo apartó a un lado cuando Alec se le lanzó encima; lo apartó y agarró al muchacho por la garganta, levantándolo casi del suelo. Apretó despiadadamente, con ferocidad, sonriendo burlón mientras Alec se ahogaba y forcejeaba.

—Lightwood —dijo—, ya me he ocupado de uno de ustedes hoy. No esperaba tener la misma suerte por segunda vez.

Retrocedió con una sacudida, como una marioneta a cuyos hilos han dado un jalón. Liberado, Alec se desplomó sobre el suelo, con las manos en la garganta. Clary pudo oír su respiración entrecortada y desesperada... pero tenía los ojos puestos en Sebastian. Una sombra oscura se había adherido a su espalda y se aferraba a él como una sanguijuela. Sebastian daba zarpazos a su garganta, dando boqueadas y ahogándose mientras giraba en redondo, tratando de arañar a la cosa aferrada a su cuello. Al voltear, la luz de la luna cayó sobre él, y Clary lo vio.

Era Simon. Rodeaba con los brazos el cuello de Sebastian; sus blancos incisivos brillaban como agujas de hueso. Era la primera vez que Clary lo veía con el aspecto de un auténtico vampiro desde la noche en que se había levantado de su tumba, y lo contempló con horrorizada sorpresa, incapaz de desviar la mirada. La boca del vampiro emitió un gruñido, con los colmillos totalmente extendidos y afilados como dagas. Los hundió en el antebrazo de Sebastian, abriendo un largo y rojo desgarrón en la carne.

Sebastian lanzó un alarido y se arrojó hacia atrás, aterrizando violentamente sobre el suelo. Rodó con Simon medio encima de él, ambos intentando arañarse el uno al otro, desgarrándose y gruñendo como perros en un foso. Sebastian sangraba en distintos lugares cuando por fin se incorporó tambaleante y pudo propinar dos fuertes patadas a la caja torácica de Simon, quien se dobló hacia adelante sujetándose el estómago.

—Garrapata repugnante —gruñó Sebastian, echando el pie atrás para lanzar otro golpe.

—Yo que tú no lo haría —dijo una voz sosegada.

La cabeza de Clary se alzó bruscamente, y una nueva punzada de dolor golpeó la parte posterior de sus ojos. Jace estaba a unos pocos pasos de Sebastian. Tenía el rostro ensangrentado, un ojo hinchado y entrecerrado, pero en una mano sostenía un llameante cuchillo serafín, y la mano que lo empuñaba era firme.

—Nunca antes he matado a un ser humano con uno de éstos —dijo Jace—. Pero estoy dispuesto a probar.

El rostro de Sebastian se crispó. Echó un vistazo a Simon y luego levantó la cabeza y escupió. Las palabras que pronunció procedían de un idioma que Clary no reconoció; y a continuación se dio la vuelta con la misma aterradora velocidad con la que se había movido al atacar a Jace y desapareció en la oscuridad.

—¡No! —gritó Clary.

Intentó parase, pero el dolor fue como una flecha abriéndose paso abrasadora por su cerebro. Se desplomó sobre la hierba húmeda. Al cabo de un momento Jace estaba inclinado sobre ella, pálido y ansioso. Levantó los ojos hacia él; su visión se tornó borrosa... por fuerza tenía que estar borrosa, desde luego, o jamás podría haber imaginado aquella blancura a su alrededor, una especie de luz...

Oyó la voz de Simon y luego la de Alec, que le entregaron algo a Jace: una estela. El brazo le ardió, y al cabo de un momento el dolor empezó a desvanecerse, y su cabeza se aclaró. Parpadeó y observó los tres rostros que flotaban sobre el suyo.

—Mi cabeza...

—Tienes una conmoción —dijo Jace—. El *iratze* debería ayudar, pero tendríamos que llevarte a un médico de la Clave. Las lesiones en la cabeza pueden ser problemáticas. —Le devolvió la estela a Alec—. ¿Crees que puedes pararte?

Ella asintió. Se equivocaba. El dolor volvió a lacerarla mientras unas manos descendían y la ayudaban a levantarse. Simon. Se recostó en él agradecida, aguardando a recuperar el equilibrio. Todavía se sentía como si pudiera caer en cualquier instante.

Jace tenía el rostro enfurruñado.

—No debiste atacar a Sebastian de ese modo. Ni siquiera tenías una arma. ¿En qué pensabas?

—En lo mismo que todos —acudió Alec, inesperadamente, en su defensa—. Que él acababa de arrojarte por los aires como una pelota. Jace, nunca he visto a nadie que te superara de ese modo.

—Bue... Me tomó por sorpresa —dijo Jace un poco a su pesar—. Debió recibir algún tipo de adiestramiento especial. No lo esperaba.

—Sí, bueno. —Simon se palpó el tórax e hizo una mueca—. Creo que me hundió un par de costillas. No pasa nada —añadió al ver la expresión preocupada de Clary—. Se están curando. Pero Sebastian es decididamente fuerte. Realmente fuerte. —Miró a Jace—. ¿Cuánto tiempo crees que llevaba en las sombras?

Jace adoptó una expresión seria. Echó una ojeada entre los árboles en la dirección por la que se había ido Sebastian.

—Bueno, la Clave lo atrapará... y lo maldecirá, probablemente. Me gustaría verlos imponiéndole la misma maldición que le echaron a Hodge. Eso sería justicia poética.

Simon se volteó y escupió a los matorrales. Se limpió la boca con el dorso de la mano, tenía el rostro crispado en una mueca de asco.

—Su sangre tiene un sabor asqueroso... como veneno.

—Supongo que podemos añadir eso a su lista de cualidades fascinantes —repuso Jace—. Me pregunto en qué otras cosas estuvo metido esta noche.

—Tenemos que regresar al Salón. —El rostro de Alec tenía una expresión tensa, y Clary recordó que Sebastian le dijo algo, algo sobre los otros Lightwood...—. ¿Puedes caminar, Clary?

—Sí —respondió, apartándose de Simon—. ¿Y Hodge? No podemos dejarlo así nada más.

—No tenemos alternativa —dijo Alec—. Ya habrá tiempo para regresar por él si todos sobrevivimos a esta noche.

Cuando abandonaban el jardín, Jace se detuvo, se quitó la chamarra, y la colocó sobre el rostro flácido y vuelto hacia arriba de Hodge. Clary quiso acercarse a Jace, posar una mano sobre su hombro incluso, pero algo en su porte le dijo que no lo hiciera. Ni siquiera Alec se acercó a él o le ofreció una runa curativa, a pesar de que Jace cojeaba mientras descendía la colina.

Caminaron juntos por el zigzagueante sendero, con las armas desenvainadas y listas y el cielo iluminado por el Gard ardiendo tras ellos. Pero no vieron demonios. La quietud y la luz fantasmagórica le producían a Clary un dolor punzante en la cabeza; era como si estuviera en un sueño. El agotamiento la torturaba. El simple hecho de poner un pie delante del otro era como levantar un bloque de cemento y dejarlo caer una y otra vez. Oía a Jace y a Alec hablando más adelante en el sendero, pero las voces se volvían levemente confusas a pesar de su proximidad.

Alec hablaba con voz suave, casi suplicante:

—Jace, lo que decías ahí arriba, a Hodge. No puedes pensar así. Ser hijo de Valentine no te convierte en un monstruo. Lo que fuera que él te hiciera cuando eras un niño, lo que fuera que te enseñara, tienes que comprender que no es culpa tuya...

—No quiero hablar sobre eso, Alec. Ni ahora, ni nunca. No vuelvas a mencionarlo.

El tono de Jace era feroz, y Alec calló. Clary casi pudo percibir su aflicción. «Vaya noche», pensó la joven. Una noche muy dolorosa para todo el mundo.

Intentó no pensar en Hodge, en la expresión suplicante y lastimera de su rostro antes de morir. No le caía bien Hodge, pero no merecía lo que Sebastian le había hecho. Nadie lo merecía. Pensó en Sebastian, en cómo se había movido, como chispas volando. Nunca había visto a nadie moverse de aquel modo excepto a Jace. Quiso entenderlo... ¿qué le había sucedido a Sebastian? ¿Cómo era posible que un sobrino de los Penhallow se hubiera descarriado tanto?, y ¿por qué jamás se habían dado cuenta? Había creído que quería ayudarla a salvar a su madre, pero sólo quería el Libro de lo Blanco para Valentine. Magnus se había equivocado; Valentine había averiguado lo de Ragnor Fell a través de los Lightwood. Porque ella se lo había dicho a Sebastian. ¿Cómo había sido tan estúpida?

Consternada, apenas advirtió que el sendero se convertía en una avenida que los conducía al interior de la ciudad. Las calles estaban desiertas, las casas a oscuras, muchas de las farolas de luz mágica permanecían hechas pedazos, con sus vidrios tirados sobre los adoquines. Se podían oír voces resonando a lo lejos, y el brillo de antorchas era visible aquí y allá en las sombras entre los edificios, pero...

—Está sumamente silencioso —dijo Alec, mirando a su alrededor con sorpresa—. Y...

—Y no huele a demonios. —Jace frunció el entrecejo—. Es extraño. Vamos. Vayamos al Salón.

Aunque Clary prácticamente estaba preparada para un ataque, no vieron ni un solo demonio mientras recorrían las calles. Ninguno vivo, al menos; aunque cuando pasaron ante un callejón estrecho, la joven vio a un grupo de tres o cuatro cazadores de sombras reunidos en un círculo alrededor de algo que vibraba y se retorcía en el suelo. Se turnaban para acuchillarlo con largas barras afiladas. Estremecida, desvió la mirada.

El Salón de los Acuerdos estaba iluminado como una fogata, con luz mágica derramándose de sus puertas y ventanas. Subieron apresuradamente la escalera; Clary recuperaba el equilibrio cada vez que daba un tropiezo. El mareo empeoraba. El mundo parecía columpiarse a su alrededor, como si estuviera en el interior de un enorme globo giratorio. Sobre su cabeza las estrellas eran trazos blancos pintados en el firmamento.

—Deberías descansar —dijo Simon, y añadió, al ver que no respondía—: ¿Clary?

Con un esfuerzo enorme, ella se obligó a sonreírle.

—Estoy bien.

Jace, parado en la entrada del Salón, volteó para mirarla en silencio. Bajo el fuerte resplandor de la luz mágica, la sangre de su rostro y el ojo hinchado presentaban un aspecto espantoso, con sus negros surcos.

En el interior del Salón se oía un clamor sordo, el murmullo quedo de cientos de voces. A Clary le pareció el latido de un corazón enorme. Las luces de las antorchas sujetas a los soportes, junto al resplandor de luces mágicas transportadas por todas partes, le quemó los ojos y fragmentó su visión; en aquellos momentos sólo podía distinguir formas y colores vagos. Blanco, dorado, y luego el cielo nocturno arriba, pasando de un azul oscuro a uno más claro. ¿Qué hora sería?

—No los veo. —Alec buscaba ansiosamente a su familia por la habitación, y sonó como si se hallara a kilómetros de distancia, o bajo el agua a gran profundidad—. Deberían haber llegado...

Su voz se desvaneció a medida que el mareo de Clary aumentaba. La muchacha posó una mano sobre un pilar cercano para no caer.

Una mano le recorrió con suavidad la espalda: Simon, que le decía algo a Jace en tono preocupado. La voz se desvaneció en el conjunto de docenas de otras, alzándose y descendiendo a su alrededor como olas rompiendo contra la orilla.

—Jamás ví nada parecido. Los demonios simplemente dieron media vuelta y se marcharon, desaparecieron.

—El amanecer, probablemente. Temían al amanecer, y ya no está muy lejos.

—No, fue algo más.

—Tal vez necesitas creer que regresarán la próxima noche, o la siguiente.

—No digas eso; no hay motivo. Volverán a colocar las salvaguardas.

—Y Valentine se limitará a eliminarlas otra vez.

—A lo mejor es lo que merecemos. A lo mejor Valentine tenía razón... quizás al aliarnos con los subterráneos perdimos la bendición del Ángel.

—Calla. Un poco de respeto. Están contando los muertos en la plaza del Ángel.

—Ahí están —dijo Alec—. Allí, junto al estrado. Parece como si...

Su voz se apagó, y a continuación desapareció, abriéndose paso por entre la multitud. Clary entrecerró los ojos, intentando aguzar la visión. Sólo podía ver manchas borrosas...

Oyó que Jace contenía el aliento, y luego, sin decir nada más, pasaba a empujones por entre la gente tras Alec. Clary soltó el pilar, con la intención de seguirlos, pero dio un tropezón. Simon la sujetó.

—Necesitas acostarte, Clary —dijo.

—No —susurró ella—. Quiero saber qué pasó...

Se interrumpió. Él miraba fijamente más allá de ella, tras Jace, y parecía afligido. Sujetándose al pilar, Clary se paró sobre las puntas de los pies, esforzándose por ver por encima del gentío...

Allí estaban los Lightwood: Maryse con los brazos alrededor de

Isabelle, que sollozaba, y Robert Lightwood sentado en el suelo y sosteniendo algo... no, a alguien, y Clary recordó la primera vez que vió a Max, en el Instituto, yaciendo flácido y dormido en un sofá, con los lentes torcidos y la mano arrastrando por el suelo. «Puede dormir en cualquier parte», dijo Jace, y casi parecía que estuviera dormido ahora, en el regazo de su padre, pero Clary sabía que no era así.

Alec estaba de rodillas, sosteniendo una mano de Max, pero Jace se limitaba a permanecer de pie, sin moverse; parecía perdido, como si no supiera dónde estaba o qué hacía allí. Todo lo que Clary deseó fue correr hasta él y rodearlo con los brazos, pero la expresión del rostro de Simon le aconsejó que no lo hiciera; el recuerdo de la casa solariega y de los brazos de Jace rodeándola allí también la detuvieron. Ella era la última persona de la tierra que podía proporcionarle algún consuelo.

—Clary —dijo Simon, pero ella se apartaba ya de él, a pesar del mareo y del dolor de cabeza.

Corrió hacia la puerta del Salón y la abrió de par en par, hasta la escalera, y se quedó allí, engullendo bocanadas de aire frío. A lo lejos, el horizonte estaba surcado por fuego rojo, las estrellas se desvanecían y perdían color bajo un cielo cada vez más iluminado. La noche había terminado. Llegaba el amanecer.

13

DONDE HAY PESAR

Clary despertó dando boqueadas de un sueño de ángeles que sangraban, con las sábanas enroscadas a su alrededor en una tirante espiral. La habitación de invitados de Amatis estaba totalmente a oscuras y resultaba muy bochornosa, igual que estar encerrado en un ataúd. Estiró el brazo y descorrió de un jalón las cortinas. La luz del día entró a borbotones. Frunció el ceño y volvió a cerrarlas.

Los cazadores de sombras quemaban a sus muertos, y, desde el ataque de los demonios, el cielo al oeste de la ciudad había estado teñido de humo. Contemplarlo a través de la ventana hizo que Clary se sintiera mareada, así que mantuvo las cortinas cerradas. En la oscuridad de la habitación cerró los ojos, intentando recordar su sueño. Había ángeles en él, y la imagen de la runa que Ithuriel le enseñó centelleaba una y otra vez contra la pared interior de sus párpados como la intermitente señal de un semáforo indicando que se podía cruzar. Era una runa sencilla, tan sencilla como un nudo, pero por mucho que se concentraba, no conseguía leerla, no lograba averiguar qué significaba. Todo lo que sabía era que le resultaba de algún modo incompleta, como si quienquiera que hubiera creado el dibujo no lo hubiera terminado del todo.

«Éstos no son los primeros sueños que te he mostrado», dijo

Ithuriel. Pensó en sus otros sueños: Simon con cruces marcadas con fuego en las manos, Jace con alas, lagos de hielo resquebrajándose que brillaban como el cristal de un espejo. ¿Se los envió también el ángel?

Se incorporó con un suspiro. Los sueños podían ser malos, pero las imágenes que desfilaban por su cerebro una vez despierta no eran mucho mejores. Isabelle, llorando en el suelo del Salón de los Acuerdos, jalando con tal fuerza del negro pelo entrelazado en sus dedos que a Clary le preocupó que pudiera arrancarlo. Maryse llorándole a Jia Penhallow que el chico que habían acogido en su casa, su sobrino, era el causante de aquello, y que si él estaba tan íntimamente aliado con Valentine, ¿qué decía eso de ellos? Alec intentando tranquilizar a su madre, pidiéndole a Jace que lo ayudara, pero Jace se había limitado a permanecer allí quieto mientras el sol se elevaba sobre Alacante y resplandecía a través del techo del Salón.

—Amaneció —dijo Luke, con un aspecto más cansado del que Clary le había visto nunca—. Es hora de traer aquí los cuerpos.

Y envió al exterior patrullas para que recogieran a los cazadores de sombras y a los licántropos muertos que yacían en las calles y los llevaran a la plaza situada fuera del Salón, la plaza que Clary cruzó con Sebastian cuando comentó que el Salón parecía una iglesia. Le pareció entonces un lugar bonito, bordeado con jardineras y tiendas pintadas de brillantes colores. Y ahora estaba lleno de cadáveres.

Incluido Max. Pensar en el niño que con tanta seriedad había hablado con ella sobre manga le provocó un nudo en el estómago. Le había prometido que lo llevaría a una librería de cómics, pero eso ya no sucedería. «Le habría comprado libros —pensó—. Todos los libros que hubiera querido.» Aunque eso ya no importaba.

«No pienses en eso.» Volvió a patear las sábanas hacia atrás y se levantó. Tras un rápido baño se puso los pantalones de mezclilla y el suéter que llevaba el día de su llegada desde Nueva York. Apretó su rostro contra la tela antes de ponerse el suéter, esperando captar el olor de Brooklyn, o el olor del detergente de la lavandería —algo que le recordara a su hogar— pero lo habían lavado y olía a jabón de limón. Con un nuevo suspiro, bajó la escalera.

En la casa sólo estaba Simon, sentado en el sofá de la salita. Las ventanas abiertas detrás de él dejaban entrar la luz del día a raudales. Clary se dijo que su amigo se había convertido en algo parecido a un gato, que siempre buscaba espacios bañados por el sol en los que enroscarse. Sin embargo, no importaba cuánto sol recibiera, ya que su piel seguía teniendo el mismo blanco marfileño.

Clary agarró una manzana del cuenco que había sobre la mesa y se dejó caer junto a él, doblando las piernas bajo el cuerpo.

—¿Pudiste dormir?

—Un poco. —La miró—. Debería ser yo quien preguntara. Eres tú la que tiene ojeras. ¿Más pesadillas?

Ella se encogió de hombros.

—Otra vez lo mismo. Muerte, destrucción, ángeles perversos.

—O sea: igualito a la vida real, entonces.

—Sí, pero al menos, cuando despierto, finaliza. —Dio un mordisco a la manzana—. Déjame adivinar. Luke y Amatis están en el Salón de los Acuerdos, celebrando otra reunión.

—Sí. Creo que están celebrando la reunión en la que se juntan y deciden qué otras reuniones tienen que llevar a cabo. —Simon se puso a juguetear con el fleco que bordeaba un cojín—. ¿Tienes noticias de Magnus?

—No.

Clary intentaba no pensar en el hecho de que habían pasado tres días desde que había visto a Magnus, y que éste no había enviado aún ningún mensaje; o que no había nada que le impidiera al brujo tomar el Libro de lo Blanco y desaparecer en el éter, sin que se volviera a saber nada de él. Se preguntó por qué había creído alguna vez que era buena idea confiar en alguien que usaba tanto delineador de ojos.

Tocó suavemente a Simon en la muñeca.

—¿Y tú? ¿Sigues sintiéndote bien aquí?

Intentó que Simon se marchara a casa en cuanto finalizó la batalla; a casa, que era un lugar seguro. Pero él mostró una curiosa resistencia a eso. Por la razón que fuera, parecía querer quedarse. Ella esperaba que no se debiera a que pensara que tenía que cuidarla; había estado a punto de tomar la iniciativa y decirle que no necesitaba su protección, pero no lo hizo porque en parte no podía soportar verlo partir. Así que se quedó, y Clary se sentía secreta y culpablemente complacida.

—¿Estás consiguiendo... ya sabes... lo que necesitas?

—¿Te refieres a sangre? Claro, Maia me trae botellas cada día. Pero no me preguntes de dónde las saca.

La primera mañana que Simon pasó en la casa de Amatis, un licántropo sonriente apareció en la puerta con un gato vivo para él.

—Sangre —dijo, con un fuerte acento en la voz—. Para ti. ¡Fresca!

Simon le dió las gracias al hombre lobo, esperó a que se fuera y luego dejó ir al gato, que tenía un color levemente verdoso en el rostro.

—Bueno, pues tendrás que obtener tu sangre de algún modo —comentó Luke, con expresión divertida.

—Tengo un gato en casa —respondió Simon—. Ni hablar.

—Se lo diré a Maia —prometió Luke, y desde entonces la sangre había llegado en discretas botellas de leche.

Clary no tenía ni idea de cómo se las arreglaba Maia y, al igual que Simon, tampoco quería preguntar. No había visto a la chica lobo desde la noche de la batalla, pues los licántropos permanecían acampados en alguna parte del cercano bosque y sólo Luke seguía en la ciudad.

—¿Qué sucede? —Simon echó la cabeza hacia atrás, mirándola por entre las pestañas—. Parece como si quisieras preguntarme algo.

Había varias cosas que Clary quería preguntarle, pero decidió apostar por una de las opciones más seguras.

—Hodge —dijo, y vaciló—, cuando estabas en la celda..., ¿realmente no sabías que era él?

—No podía verlo. Sólo podía oírlo a través de la pared. Platicamos bastante.

—¿Y te cayó bien? Quiero decir... ¿era agradable?

—¿Agradable? No lo sé. Torturado, triste, inteligente, compasivo en momentos fugaces... Sí, me caía bien. Creo que yo le recordaba a sí mismo, en cierto modo...

—¡No digas eso! —Clary se sentó muy tiesa, soltando casi la manzana—. Tú no eres en absoluto como era Hodge.

—¿No crees que soy torturado e inteligente?

—Hodge era malvado. Tú no —dijo Clary con decisión—. Eso es todo.

—La gente no nace buena o mala —repuso Simon con un suspiro—. Quizá nace con tendencias hacia un lado u otro, pero es el modo en que vives tu vida lo que importa. Y la gente a la que conoces. Valentine era amigo de Hodge, y no creo que Hodge en realidad tuviera a nadie más en su vida para que lo cuestionara o lo hiciera ser una persona mejor. Si yo hubiera tenido esa vida, no sé cómo habría acabado siendo. Pero no la tuve. Tengo a mi familia. Y te tengo a ti.

Clary sonrió, pero sus palabras resonaron dolorosamente en sus oídos. «La gente no nace buena o mala.» Siempre pensó que eso era cierto, pero en las imágenes que el ángel le había mostrado había oído a su madre llamar a su propio hijo malvado, «monstruo». Deseó poder hablar a Simon sobre aquello, contarle todo lo que el ángel le había mostrado, pero no podía. Significaría contarle lo que habían descubierto sobre Jace, y eso no podía hacerlo. Era el secreto de Jace y debía ser él quien lo explicara si quería, no ella. Simon le preguntó en una ocasión qué había querido decir Jace cuando habló con Hodge, por qué se había llamado a sí mismo monstruo, pero ella se limitó a responder que era difícil comprender lo que Jace quería decir con cualquier cosa de las que decía en el mejor de los casos. No estaba segura de que Simon le hubiera creído, pero él no volvió a preguntar.

Un fuerte golpe en la puerta le ahorró tener que decir algo. Contrariada, Clary dejó el corazón de la manzana que se acababa de comer sobre la mesa.

—Yo voy.

La puerta abierta dejó entrar una oleada de aire frío y limpio. Aline Penhallow estaba en los escalones de la entrada, vestida con una chamarra de seda rosa oscuro que casi hacía juego con los círculos que tenía bajo los ojos.

—Necesito hablar contigo —le dijo sin preámbulos.

Sorprendida, Clary sólo pudo asentir y mantener la puerta abierta.

—De acuerdo. Entra.

—Gracias.

Aline pasó junto a ella con brusquedad y entró en la sala. Se quedó paralizada al ver a Simon sentado en el sofá, con la boca entreabierta por el asombro.

—¿No es ése...?

—¿El vampiro? —Simon sonrió ampliamente.

La leve pero inhumana agudeza de sus incisivos resultaba apenas visible sobre el labio inferior cuando sonreía de aquel modo. Clary deseó que no lo hiciera.

Aline volteó hacia Clary.

—¿Puedo hablar contigo a solas?

—No —dijo Clary, y se sentó en el sofá junto a Simon—. Cualquier cosa que tengas que decir, nos la puedes decir a los dos.

Aline se mordió el labio.

—Bien. Miren, hay algo que quiero contarles a Alec, Jace e Isabelle, pero no tengo ni idea de dónde encontrarlos en este preciso momento.

Clary suspiró.

—Movieron unos cuantos hilos y se instalaron en una casa vacía.

La familia que vivía allí se fue al campo.

Aline asintió. Mucha gente había abandonado Idris desde los ataques. La mayoría se había quedado —más de los que Clary habría esperado—, pero bastantes otros recogieron sus cosas y se fueron, dejando sus casas vacías.

—Están perfectamente, si es eso lo que quieres saber. Mira, yo tampoco los he visto desde la batalla. Podría enviarles un mensaje a través de Luke si quieres...

—No sé. —Aline se mordisqueaba el labio inferior—. Mis padres tuvieron que contarle a la tía de Sebastian en París lo que él hizo. Se disgustó mucho.

—Pues como cualquiera si su sobrino resultara ser un cerebro diabólico —comentó Simon.

Aline le lanzó una mirada sombría.

—Contestó que eso no correspondía en absoluto con su manera de ser, que debía de haber algún error. Así que me envió algunas fotos suyas. —Aline introdujo la mano en el bolsillo y sacó varias fotografías ligeramente dobladas, que le entregó a Clary—. Mira.

Clary miró. Las fotografías presentaban a un muchacho de cabellos oscuros que reía, apuesto en cierto modo, con una sonrisa pícara y una nariz ligeramente demasiado grande. Parecía la clase de chico con el que sería divertido salir por ahí. Además, no se parecía en nada a Sebastian.

—¿Éste es tu primo?

—Ése es Sebastian Verlac. Lo que significa...

—Que el chico que estaba aquí, que decía llamarse Sebastian, es alguien totalmente distinto. —Clary se dedicó a pasar las fotos con creciente agitación.

—Pensé que... —Aline volvía a mordisquearse el labio—. Pensé que si los Lightwood sabían que Sebastian, o quienquiera que fuera ese chico, no era realmente nuestro primo, a lo mejor me perdonarían. Nos perdonarían.

—Estoy segura de que lo harán. —Clary intentó que su voz sonase todo lo amable que pudo—. Pero esto es mucho más importante que eso. La Clave querrá saber que Sebastian no era simplemente un muchacho cazador de sombras mal aconsejado. Valentine lo envió aquí deliberadamente a espiar.

—Lo cierto es que fue muy convincente —dijo Aline—. Conocía cosas que sólo mi familia conoce. Sabía cosas de nuestra infancia...

—Eso hace que uno se pregunte qué le sucedió al auténtico Sebastian —indicó Simon—. A tu primo. Parece que abandonó París, en dirección a Idris, y nunca llegó aquí. Entonces, ¿qué le pasó en el camino?

Clary fue quien respondió.

—Lo que le pasó fue Valentine. Debe de haberlo planeado todo y sabía dónde estaría Sebastian y cómo interceptarlo durante el camino. Y si hizo eso con Sebastian...

—Entonces puede haber otros —dijo Aline—. Deberían decírselo a la Clave. Díganselo a Lucian Graymark —Captó la mirada sorprendida de Clary—. La gente lo escucha. Eso dicen mis padres.

—A lo mejor deberías venir al Salón con nosotros —sugirió Simon—. Contárselo tú misma.

Aline sacudió la cabeza.

—No puedo enfrentarme a los Lightwood. En especial a Isabelle. Ella me salvó la vida, y yo... yo huí. No pude impedirlo, porque huí.

—Estabas conmocionada. No fue culpa tuya.

Aline no pareció convencida.

—Y ahora su hermano... —Se interrumpió, volviéndose a morder el labio—. De todos modos, Clary, hay algo que quería decirte.

—¿A mí? —Clary se sintió perpleja.

—Sí. —Aline inspiró profundamente—. Mira, cuando nos pescaste a mí y a Jace, no era nada. Yo lo besé. Fue... un experimento. Y en realidad no funcionó.

Clary se ruborizó muchísimo. «¿Por qué me cuenta esto?»

—Oye, está bien. Es asunto de Jace, no mío.

—Bueno, en ese momento me pareció que te alterabas. —Una sonrisita apareció en las comisuras de los labios de Aline—. Y creo saber el motivo.

Clary tragó saliva para eliminar el sabor ácido que notaba en la boca.

—¿Lo sabes?

—Mira, tu hermano tiene mucho éxito. Todo el mundo lo sabe; ha salido con muchas chicas. Te preocupaba que si tonteaba conmigo se metiera en problemas. Al fin y al cabo, nuestras familias son... Eran... amigas. No necesitas preocuparte, ¿sí? No es mi tipo.

—No creo que haya oído nunca a una chica decir eso antes —repuso Simon—. Pensé que Jace era la clase de chico que encaja con el tipo de todo el mundo.

—También yo pensaba eso —dijo Aline despacio—; por eso lo besé. Intentaba descubrir si cualquier chico es mi tipo.

«Ella besó a Jace —pensó Clary—. Él no la besó. Ella lo besó.» Se encontró con los ojos de Simon por encima de la cabeza de Aline. Simon parecía divertido.

—Bien, ¿qué decidiste?

—Aún no estoy segura. —Aline se encogió de hombros—. Pero, oye, al menos no tienes que preocuparte por Jace.

«Ojalá.»

—Siempre tengo que preocuparme por él.

El espacio en el interior del Salón de los Acuerdos había sido reconfigurado rápidamente desde la noche de la batalla. Desaparecido el Gard, servía como sala para el Consejo, lugar de reunión para gente que buscaba a miembros desaparecidos de su familia o lugar donde enterarse de las últimas noticias. La fuente central estaba seca, y a ambos lados de ella se colocaron largos bancos en hileras de cara a un estrado elevado en el otro extremo de la estancia. Mientras algunos nefilim estaban sentados en los bancos en lo que parecía una sesión del Consejo, en los pasillos y bajo las arcadas que bordeaban la enorme habitación, docenas de otros cazadores de sombras daban vueltas con ansiedad. El Salón ya no parecía un lugar en el que cualquiera querría bailar. Había una atmósfera peculiar en el aire, una mezcla de tensión y anticipación.

Pese a la reunión de la Clave en el centro, por todas partes se sucedían conversaciones susurradas. Clary captó fragmentos de charlas mientras Simon y ella cruzaban la habitación: las torres de los demonios volvían a funcionar. Las salvaguardas volvían a ocupar su lugar, aunque más débiles que antes. Habían visto demonios en las colinas al sur de la ciudad. Las casas de campo estaban abandonadas, nuevas familias habían abandonado la ciudad, y algunas la Clave por completo.

En la plataforma elevada, rodeado de mapas de la ciudad colgados, estaba el Cónsul, con el ceño fruncido como un guardaespaldas junto a un hombre bajo y regordete vestido de gris. El hombre regordete gesticulaba furibundo mientras hablaba, pero nadie parecía estar prestándole atención.

—Ah, mierda, ése es el Inquisidor —murmuró Simon al oído de Clary, señalándolo—. Aldertree.

—Y ahí está Luke —dijo Clary, distinguiéndolo entre la multitud.

Luke estaba cerca de la fuente seca, absorto en su conversación con un hombre que llevaba un uniforme de combate muy dañado y un vendaje cubriéndole la mitad izquierda de la cara. Clary buscó a Amatis con la mirada y la descubrió sentada en silencio en el extremo de un banco, tan lejos de los otros cazadores de sombras como podía colocarse. La mujer descubrió a Clary, mostró una expresión sobresaltada y empezó a incorporarse.

Luke vio a Clary, puso mala cara y habló con el hombre del vendaje en voz baja, excusándose. Cruzó la estancia hasta donde estaban ella y Simon parados junto a uno de los pilares, con el ceño más y más fruncido a medida que se aproximaba.

—¿Qué hacen aquí? Ya saben que la Clave no admite a niños en sus reuniones, y en cuanto a ti... —Miró furibundo a Simon—. Probablemente no sea la mejor idea que te muestres ante el Inquisidor, incluso aunque no haya absolutamente nada que él pueda hacer al respecto. —Una sonrisa le crispó la comisura del labio—. Al menos sin hacer peligrar cualquier alianza que la Clave pudiera querer establecer con subterráneos en el futuro.

—Eso es cierto. —Simon agitó los dedos en un saludo al Inquisidor, que Aldertree ignoró.

—Simon, para. Estamos aquí por un motivo. —Clary le acercó las fotografías de Sebastian a Luke—. Éste es Sebastian Verlac. El auténtico Sebastian Verlac.

La expresión de Luke se ensombreció. Pasó las fotos una tras otra sin decir nada mientras Clary le repetía lo que Aline le había contado. Simon, entretanto, permanecía de pie nervioso, mirando de forma fulminante a Aldertree, quien se esforzaba por ignorarlo.

—¿Y se parece mucho el auténtico Sebastian a su impostor? —preguntó por fin Luke.

—En realidad no —respondió Clary—. El falso Sebastian era más alto. Y creo que probablemente era rubio, porque definitivamente se teñía el pelo. Nadie tiene el pelo tan negro.

«Y el tinte manchó mis dedos cuando lo toqué», pensó, aunque se guardó el pensamiento para sí.

—De todos modos, Aline quería que se las mostráramos a ti y a los Lightwood. Pensó que a lo mejor si sabían que él no era en realidad un pariente de los Penhallow, entonces...

—No le habló a sus padres de esto, ¿verdad? —Luke señaló las fotos.

—Me parece que aún no —dijo Clary—. Creo que vino directamente a mí. Quería que te lo contara. Dijo que la gente te escucha.

—Quizás algunos sí. —Luke volvió a echarle un vistazo al hombre del rostro vendado—. Precisamente estaba hablando con Patrick Penhallow en estos momentos. Valentine fue un buen amigo suyo en el pasado y pudo mantener vigilada a la familia de un modo u otro en los años transcurridos desde entonces. —Devolvió las fotos a Clary—. Por desgracia, los Lightwood no van a formar parte del Consejo hoy. Esta mañana fue el funeral de Max. —Al ver la expresión en el rostro de Clary, añadió—: Fue una ceremonia muy íntima, Clary. Sólo la familia.

«Pero yo soy la familia de Jace», dijo una vocecita en tono de protesta dentro de su cabeza. Sin embargo en seguida surgió otra más potente que la sorprendió con su amargura. «Y él te dijo que estar cerca de ti era como desangrarse lentamente hasta morir. ¿Realmente crees que necesita sentir eso en el funeral de Max?»

—Entonces puedes decírselo esta noche, tal vez —dijo Clary—. Quiero decir... que creo que serán buenas noticias. Quienquiera que sea Sebastian en realidad, no está emparentado con sus amigos.

—Serían mejores noticias si supiésemos dónde está —rezongó Luke—. O qué otros espías tiene Valentine aquí. Deben ser varios los implicados en la desactivación de las salvaguardas. Sólo pudo hacerse desde el interior de la ciudad.

—Hodge dijo que Valentine había descubierto cómo hacerlo —indicó Simon—. Dijo que hacía falta sangre de demonio para desactivar las salvaguardas, aunque no existía ningún modo de hacer entrar sangre de demonio en la ciudad. Pero dijo que Valentine había encontrado un modo.

—Alguien pintó una runa con sangre de demonio en la cúspide de una de las torres —dijo Luke con un suspiro—, así que está claro que Hodge tenía razón. Por desgracia, la Clave siempre confió demasiado en sus salvaguardas. Pero incluso el rompecabezas más ingenioso tiene una solución.

—A mí me parece la clase de ingenio que consigue que te pateen el trasero cuando juegas —dijo Simon—. En cuanto proteges tu fortaleza con un Hechizo de Invisibilidad Total, alguien aparece y descubre cómo hacer trizas el lugar.

—Simon —intervino Clary—, cállate.

—No está tan desencaminado —repuso Luke—. Lo que no sabemos es cómo consiguieron introducir sangre de demonio en la ciudad sin disparar las salvaguardas primero. —Se encogió de hombros—. Aunque es el menor de nuestros problemas en este momento. Las salvaguardas funcionan de nuevo, pero ya sabemos que no son infalibles. Valentine podría regresar en cualquier momento con una fuerza aún mayor, y dudo que pudiéramos rechazarlo. No hay suficientes nefilim, y los que hay aquí están totalmente desmoralizados.

—Pero ¿y los subterráneos? —preguntó Clary—. Dijiste al Cónsul que la Clave tiene que pelear junto con los subterráneos.

—Puedo decirle eso a Malachi y a Aldertree hasta quedarme sin aliento, pero eso no significa que vayan a escucharme —dijo Luke con voz cansada—. La única razón por la que dejan que me quede es porque la Clave votó mantenerme aquí como consejero. Y únicamente hicieron eso porque a unos cuantos de ellos les salvó la vida mi manada. Pero eso no significa que quieran más subterráneos en Idris...

Alguien gritó.

Amatis estaba parada, con la mano sobre la boca y la mirada fija en la parte delantera del Salón. Había un hombre de pie en la entrada, enmarcado por el resplandor de la luz del sol del exterior. No era más que una silueta, hasta que dio un paso al frente, al interior del Salón, y Clary pudo ver su rostro.

Valentine.

Por algún motivo, lo primero que la muchacha advirtió fue que no usaba ni barba ni bigote. Eso lo hacía parecer más joven, más parecido al muchacho enojado de los recuerdos que Ithuriel le mostró. En lugar de un traje de combate, vestía un traje oscuro de raya diplomática de elegante corte y una corbata. Iba desarmado. Podría haber pasado por cualquiera de los hombres que recorrían las calles de Manhattan. Podría haber pasado por el padre de cualquiera.

No miró en dirección a Clary, ni dio muestras de advertir su presencia en absoluto. Tenía los ojos puestos en Luke mientras avanzaba por el estrecho pasillo entre los bancos.

«¿Cómo puede entrar aquí así sin armas?», se preguntó Clary, y su pregunta obtuvo respuesta al cabo de un instante: el Inquisidor Aldertree emitió un ruido parecido al de un oso herido; se soltó de Malachi, que intentaba retenerlo, bajó del estrado con pasos tambaleantes y se arrojó sobre Valentine.

Pasó a través de su cuerpo igual que un cuchillo abriéndose paso a través del papel. Valentine volteó para contemplar a Aldertree con una expresión de insignificante interés mientras el Inquisidor se tambaleaba, chocaba con un pilar y caía, desgarbadamente, de boca contra el suelo. El Cónsul, siguiéndolo, se inclinó para ayudarlo a ponerse en pie; había una expresión de repugnancia apenas disimulada en su rostro mientras lo hacía, y Clary se preguntó si la repugnancia iba dirigida a Valentine o a Aldertree por actuar tan estúpidamente.

Otro tenue murmullo se propagó por la estancia. El Inquisidor gemía y forcejeaba como una rata en una trampa; Malachi lo sujetaba firmemente por los brazos mientras Valentine se adentraba en la habitación sin dedicar otra mirada a ninguno de los dos. Los cazadores de sombras que habían estado agrupados alrededor de los bancos retrocedieron, como las aguas del mar Rojo abriéndose para Moisés, dejando una senda despejada hasta el centro de la sala. Clary sintió un escalofrío cuando se aproximó a donde estaba ella con Luke y Simon. «Es sólo una proyección —se dijo—. No está aquí en realidad. No puede hacerte daño.»

A su lado, Simon se estremeció. Clary le tomó la mano justo cuando Valentine se detenía en los escalones del estrado y volteaba para mirarla directamente. Sus ojos la escudriñaron una vez, con indiferencia, como para tomarle la medida; pasaron completamente por encima de Simon, y fueron a posarse en Luke.

—Lucian —dijo.

Luke le devolvió la mirada, fija y uniforme, sin decir nada. Era la primera vez que estaban juntos en la misma habitación desde Renwick, se dijo Clary, y entonces Luke estaba medio muerto tras la lucha y cubierto de sangre. Era más fácil ahora advertir tanto las diferencias como las similitudes entre los dos hombres: Luke, con su desastrosa camisa de franela y pantalones de mezclilla, y Valentine, con su hermoso traje de aspecto caro; Luke, con barba de un día y canas en el cabello, y Valentine, con un aspecto muy parecido al que tenía a los veinticinco años... sólo que más frío, en cierto modo, y más duro, como si el paso de los años lo hubiera convirtiendo en piedra poco a poco.

—Oí que la Clave te hizo formar parte del Consejo —dijo Valentine—. Sería muy propio de una Clave diluida por la corrupción y la alcahuetería verse infiltrada por mestizos degenerados.

Su voz era plácida, casi jovial; hasta tal punto que era difícil percibir el veneno en sus palabras, o creer realmente que las decía en serio. Su mirada se volvió de nuevo hacia Clary.

—Clarissa —dijo—, aquí con el vampiro, ya veo. Cuando las cosas se hayan arreglado un poco, debemos discutir en serio tu elección de mascotas.

Un gruñido sordo brotó de la garganta de Simon. Clary le agarró la mano, con fuerza..., tan fuerte que habría habido una época en que él se habría soltado violentamente debido al dolor. Ahora no pareció sentirlo.

—No —susurró ella—. Claro que no.

Valentine ya había apartado la atención de ellos. Ascendió los escalones del estrado y se volteó para mirar a todos los allí reunidos.

—Tantos rostros familiares —comentó—. Patrick. Malachi. Amatis.

Amatis permanecía rígida; los ojos le ardían de odio.

El Inquisidor seguía forcejeando sujeto por Malachi. La mirada de Valentine se movió rauda sobre él, medio divertida.

—Incluso tú, Aldertree. Oí que fuiste indirectamente responsable de la muerte de mi viejo amigo Hodge Starkweather. Fue una lástima.

Luke consiguió hablar por fin.

—Lo admites, entonces —dijo—. Tú eliminaste las salvaguardas. Tú enviaste a los demonios.

—En efecto —respondió Valentine—. Y puedo enviar más. Seguramente la Clave..., incluso la Clave, tan estúpidos como son..., debe de haberlo imaginado. Tú sí lo sospechabas, ¿verdad, Lucian?

Los ojos de Luke tenían un severo tono azul.

—Sí . Pero yo te conozco, Valentine. ¿Viniste a negociar o a regodearte?

—Ninguna de las dos cosas. —Valentine contempló a la silenciosa muchedumbre—. No tengo necesidad de negociar —dijo, y aunque su tono era tranquilo, la voz se propagó como si estuviera amplificada—. Y no deseo regodearme. No disfruto causando la muerte de cazadores de sombras; ya quedan demasiado pocos, en un mundo que nos necesita desesperadamente. Pero así es como le gusta a la Clave, ¿verdad? Es otra de sus reglas disparatadas, las reglas que usan para oprimir a los cazadores de sombras corrientes. Hice lo que hice porque tenía que hacerlo. Hice lo que hice porque era el único modo de conseguir que la Clave escuchara. No murieron cazadores de sombras debido a mí; murieron porque la Clave me ignoró. —Cruzó la mirada con Aldertree a través de la multitud; el rostro del Inquisidor estaba lívido y se crispaba espasmódicamente—. Muchos de ustedes pertenecieron una vez a mi Círculo —siguió Valentine lentamente—. Les hablo a ustedes ahora, y a aquellos que conocían el Círculo pero que se mantuvieron al margen. Recuerdan lo que predije hace quince años? ¿Que a menos que actuáramos contra los Acuerdos, la ciudad de Alacante, nuestra preciosa capital, sería invadida por multitudes babeantes de mestizos, con las razas degeneradas pisoteando todo lo que nos es tan querido? Escoria medio humana atreviéndose a liderarnos. Así pues, mis amigos, mis enemigos, mis hermanos en el Ángel, les pregunto: ¿me creen ahora? —Su voz se alzó hasta transformarse en un grito—: ¿ME CREEN AHORA?

Barrió la habitación con la mirada como si esperara una respuesta. No hubo ninguna... únicamente una multitud de rostros que lo miraban fijamente.

—Valentine. —La voz de Luke, aunque queda, rompió el silencio—. ¿No te das cuenta de lo que hiciste? Los Acuerdos que tanto temías no convirtieron a los subterráneos en iguales a los nefilim. Ni aseguraron a los medio humanos un lugar en el Consejo. Los viejos odios seguían allí. Debiste confiar en ellos, pero no lo hiciste..., no podías..., y ahora nos has dado la única cosa que podía unirnos a todos. —Sus ojos buscaron los de Valentine—. Un enemigo común.

Un rubor recorrió la palidez del rostro de Valentine.

—Yo no soy un enemigo. No soy enemigo de los nefilim. Tú sí. Eres tú quien intenta engatusarlos para conducirlos a una lucha imposible. ¿Crees que esos demonios que vieron son todos los que tengo? Eran una mínima parte de los que puedo convocar.

—También nosotros somos más —dijo Luke—. Más nefilim y más subterráneos.

—Subterráneos —se burló Valentine—. Saldrán corriendo a la primera señal de auténtico peligro. Los nefilim nacen para ser guerreros, para proteger este mundo, pero el mundo odia a los de tu especie. Existe un motivo por el que la plata pura los quema y la luz del día abrasa a los Hijos de la Noche.

—A mí no me abrasa —dijo Simon con una voz dura y clara, a pesar de la mano de Clary que lo sujetaba—. Aquí estoy, de pie a la luz del sol...

Pero Valentine se limitó a reír.

—Te he visto atragantarte con el nombre de Dios, vampiro —dijo—. En cuanto a por qué puedes permanecer bajo la luz del sol... —Se interrumpió y sonrió burlón—. Eres una anomalía, tal vez. Un fenómeno. Pero sigues siendo un monstruo.

«Un monstruo. —Clary pensó en Valentine en el barco, en lo que dijo allí—: "Tu madre me dijo que yo había convertido a su primer hijo en un monstruo. Me abandonó antes de que pudiera hacer lo mismo con el segundo".»

«Jace.» Pensar en él le produjo un dolor agudo. «Después de lo que Valentine hizo, va y se queda ahí parado hablando de monstruos...»

—El único monstruo que hay en este Salón —dijo, muy a su pesar y también a pesar de su decisión de permanecer callada— eres tú. Vi a Ithuriel —siguió cuando él volteó para mirarla sorprendido—. Lo sé todo...

—Lo dudo —replicó Valentine—; si fuera así, mantendrías la boca cerrada. Por el bien de tu hermano, y por el tuyo.

«¡No menciones a Jace!», quiso gritarle, pero otra voz surgió para interrumpir la suya, una fría e inesperada voz femenina, valiente y llena de amargura.

—¿Y qué hay de mi hermano?

Amatis fue a colocarse a los pies del estrado, alzando los ojos hacia Valentine. Luke dio un respingo de sorpresa y sacudió la cabeza en dirección a ella, pero Amatis lo ignoró.

Valentine arrugó la frente.

—¿Qué pasa con Lucian?

Clary percibió que la pregunta de Amatis lo había desconcertado, o tal vez era simplemente que Amatis estaba allí, preguntando, enfrentándose a él. Valentine la despreció años atrás por débil, como alguien con pocas probabilidades de desafiarle. A Valentine no le gustaba que la gente lo sorprendiera.

—Me dijiste que ya no era mi hermano —dijo Amatis—. Te llevaste a Stephen de mi lado. Destruiste mi familia. Dices que no eres enemigo de los nefilim, pero nos enfrentas a unos contra otros, familia contra familia, destrozando nuestras vidas sin escrúpulos. Dices que odias a la Clave, pero eres tú quien los convirtió en lo que son ahora: mezquinos y paranoicos. Los nefilim acostumbrábamos a confiar unos en otros. Fuiste tú quien lo cambió. Jamás te perdonaré por eso. —La voz le tembló—. Ni por hacer que tratara a Lucian como si ya no fuera mi hermano. No te perdonaré tampoco por eso. Ni me perdonaré a mí misma por escucharte.

—Amatis...

Luke dio un paso al frente, pero su hermana levantó una mano para detenerlo. Brillaban lágrimas en sus ojos, pero mantenía la espalda erguida y su voz era firme y decidida.

—Hubo un tiempo en el que todos estábamos dispuestos a escucharte, Valentine —dijo—. Y todos tenemos eso clavado en nuestras conciencias. Pero ya no. Ya no. Ese tiempo pasó. ¿Hay alguien aquí que no esté de acuerdo conmigo?

Clary irguió con energía la cabeza y miró a los cazadores de sombras allí congregados: le parecieron el tosco esbozo de una multitud, con manchones blancos por caras. Vio a Patrick Penhallow, con la mandíbula erguida, y al Inquisidor, que temblaba como un frágil árbol ante un fuerte viento. Y a Malachi, cuyo rostro oscuro y refinado resultaba extrañamente ilegible.

Nadie dijo una palabra.

Si Clary esperaba que Valentine se enfureciera ante tal falta de respuesta por parte de los nefilim a los que había esperado liderar, se vio decepcionada. Aparte de una ligera crispación en el músculo de la mandíbula, se mostró inexpresivo. Como si hubiera esperado esa respuesta. Como si hubiera planeado que fuera así.

—Muy bien —dijo—. Si no quieren oír razones, tendrán que hacerlo por la fuerza. Ya les demostré que puedo desactivar las salvaguardas que rodean su ciudad. Veo que las colocaron de nuevo, pero eso no tiene importancia; volveré a inutilizarlas sin problemas. O acceden a mis exigencias o se enfrentarán a todos los demonios que la Espada Mortal puede invocar. Les diré que no le perdonen la vida ni a uno solo de ustedes, hombre, mujer o niño. Ustedes eligen.

Un murmullo recorrió la habitación; Luke lo miraba atónito.

—¿Destruirías deliberadamente a los tuyos, Valentine?

—En ocasiones hay que sacrificar selectivamente a las plantas enfermas para proteger todo el jardín —dijo Valentine—. Y si todas, sin excepción, están enfermas... —Se volvió para contemplar a la horrorizada multitud—. Ustedes eligen —prosiguió—. Tengo la Copa Mortal. Si debo hacerlo, empezaré desde el principio con un nuevo mundo de cazadores de sombras, creados y adiestrados por mí. Pero les puedo dar esta oportunidad. Si la Clave me cede todos los poderes del Consejo a mí y acepta mi inequívoca soberanía y gobierno, me contendré. Todos los cazadores de sombras efectuarán un juramento de obediencia y aceptarán una runa de lealtad permanente que los ligue a mí. Éstos son mis términos.

Se produjo el silencio. Amatis tenía la mano sobre la boca; el resto de la sala dio vueltas ante los ojos de Clary en una arremolinada masa borrosa. «No pueden rendirse a él —pensó—. No pueden.» Pero ¿qué elección tenían? ¿Qué elección tuvo nunca ninguno de ellos? «Valentine los tiene atrapados —pensó sin ánimo—, tan indudablemente como Jace y yo estamos atrapados por aquello en lo que nos convirtió. Estamos todos encadenados a él por nuestra propia sangre.»

Transcurrió sólo un momento, aunque a Clary le pareció como una hora, antes de que una voz débil se abriera paso entre el silencio: la voz aguda y trémula del Inquisidor.

—¿Soberanía y gobierno? —gritó—. ¿Tu gobierno?

—Aldertree...

El Cónsul se movió para detenerlo, pero el Inquisidor fue demasiado rápido. Se liberó con una violenta torsión y corrió en dirección al estrado. Decía algo a gritos, las mismas palabras una y otra vez, como si hubiera perdido totalmente el juicio, con los ojos prácticamente en blanco. Apartó a Amatis de un empujón y subió tambaleante los escalones para colocarse ante Valentine.

—Yo soy el Inquisidor, ¿entiendes?, ¡el Inquisidor! —gritó—. ¡Soy parte de la Clave! ¡El Consejo! ¡Yo hago las normas, no tú! ¡Yo gobierno, no tú! No voy a permitir que te salgas con la tuya, canalla advenedizo, amante de los demonios...

Con una expresión muy parecida al aburrimiento, Valentine estiró una mano, casi como si quisiera tocar al Inquisidor en el hombro. Pero Valentine no podía tocar nada —era simplemente una proyección— y entonces Clary lanzó un grito ahogado cuando la mano de Valentine pasó a través de la piel, huesos y carne del Inquisidor, desapareciendo en su tórax. Hubo un segundo —únicamente un segundo— durante el cual todo el Salón pareció contemplar boquiabierto el brazo izquierdo de Valentine, enterrado de algún modo hasta la muñeca, increíblemente, en el pecho de Aldertree. Entonces Valentine movió violenta y bruscamente la muñeca hacia la izquierda... efectuando una torsión, como si girara una obstinada manija oxidada.

El Inquisidor lanzó un único grito y se desplomó como una piedra.

Valentine retiró la mano. La cara lana del traje que llevaba estaba pegajosa de sangre hasta la mitad del antebrazo. Bajó la mano ensangrentada, contempló a la horrorizada multitud y posó por fin su mirada en Luke.

—Les daré hasta mañana a medianoche para que consideren mis condiciones. En ese momento traeré a mi ejército, con todos sus efectivos, a la llanura Brocelind. Si para entonces no he recibido aún un mensaje de rendición de la Clave, entraré con mi ejército en Alacante, y esta vez no dejaremos nada con vida. Tienen ese tiempo para considerar mis condiciones. Úsenlo sabiamente.

Y dicho eso, desapareció.

14

EN EL BOSQUE OSCURO

—Vaya, ¿qué les parece? —dijo Jace, todavía sin mirar a Clary; en realidad no la había mirado desde que ella y Simon habían llegado a la puerta principal de la casa en la que habitaban ahora los Lightwood.

Estaba recostado contra una de las altas ventanas de la sala, mirando al exterior en dirección al cielo, que se oscurecía rápidamente.

—Uno asiste al funeral de su hermano de nueve años y se pierde toda la diversión.

—Jace —intervino Alec, con una voz que sonaba cansada—. No.

Alec estaba tumbado en uno de los sillones desgastados y retapizados que constituían los únicos asientos de la habitación. La vivienda tenía la curiosa y extraña atmósfera de las casas que pertenecen a desconocidos. Estaba decorada con tejidos de estampados florales, recargados y de tonos pastel, y todo en ella estaba ligeramente raído o deshilachado. Había un cuenco de cristal lleno de bombones sobre una pequeña mesa auxiliar cerca de Alec; Clary, muerta de hambre, comió unos cuantos y le pareció que estaban secos y se desmigajaban. Se preguntó qué clase de gente había vivido allí. «La clase de gente que sale huyendo cuando las cosas se ponen difíciles», pensó agriamente; merecían que les hubieran expropiado la casa.

—¿No qué? —preguntó Jace.

En el exterior estaba suficientemente oscuro ya como para que Clary pudiera ver el rostro de Jace reflejado en el cristal de la ventana. Sus ojos parecían negros. Llevaba ropa de luto de cazador de sombras; ellos no vestían de negro en los funerales, ya que el negro era el color del uniforme para el combate. El color para la muerte era el blanco, y la chamarra blanca que Jace vestía tenía runas escarlata entretejidas en la tela alrededor del cuello y los puños. A diferencia de las runas de combate, que eran todas de agresión y protección, éstas hablaban un idioma más benévolo de curación y pesar. Tenía abrazaderas de metal batido alrededor de las muñecas, también, con runas similares en ellas. Alec iba vestido del mismo modo, todo de blanco excepto las mismas runas en un dorado rojizo trazadas sobre el tejido. Hacía que sus cabellos parecieran muy negros.

Por otra parte, Jace, todo de blanco, parecía un ángel, pensó Clary. Uno de los ángeles vengadores.

—No estás furioso con Clary. Ni con Simon —dijo Alec—. Al menos —añadió, con una leve crispación preocupada en el rostro—, no creo que estés furioso con Simon.

Clary casi esperó que Jace replicara enojado, pero todo lo que éste dijo fue:

—Clary sabe que no estoy enfadado con ella.

Simon apoyó los codos en el respaldo del sofá y puso los ojos en blanco, pero se limitó a decir:

—Lo que no entiendo es cómo Valentine consiguió matar al Inquisidor. Pensaba que las proyecciones no podían afectar a nada.

—En principio, no —respondió Alec—. No son más que ilusiones. Una cierta cantidad de aire coloreado, por así decirlo.

—Bien, pues en este caso, no. Metió la mano dentro del Inquisidor y la retorció... —Clary se estremeció—. Hubo gran cantidad de sangre.

—Como una bonificación especial para ti —le dijo Jace a Simon.
Simon lo ignoró.

—¿Hay algún Inquisidor que no haya muerto de un modo horrible? —se maravilló en voz alta—. Es como ser el baterista de Spinal Tap.

Alec se frotó el rostro con una mano.

—No puedo creer que mis padres no lo sepan todavía —dijo—. No me entusiasma nada tener que decírselos.

—¿Dónde están tus padres? —preguntó Clary—. Pensé que estaban arriba.

Alec negó con la cabeza.

—Siguen en la necrópolis. En la tumba de Max. Nos enviaron de regreso. Querían estar allí solos un rato.

—¿E Isabelle? —preguntó Simon—. ¿Dónde está?

El humor, lo que quedaba de él, desapareció del rostro de Jace.

—No quiere salir de su habitación —dijo—. Cree que lo que le sucedió a Max fue culpa suya. Ni siquiera quiso asistir al funeral.

—¿Intentaron hablar con ella?

—No —respondió Jace, irónico—. Optamos por darle de golpes sin parar en la cara. ¿Crees que funcionará?

—Sólo preguntaba. —El tono de Simon era sereno.

—Bueno, explícale que Sebastian no era en realidad Sebastian —dijo Alec—. Quizá se sienta mejor. Cree que tendría que haberse dado cuenta de que había algo raro en Sebastian, pero si era un espía... —Se encogió de hombros—. Nadie advirtió nada extraño en él. Ni siquiera los Penhallow.

—Yo pensé que era un imbécil —indicó Jace.

—Sí, pero eso era simplemente porque...

Alec se hundió más en el sillón. Parecía exhausto; su tez mostraba un gris pálido en contraste con el blanco riguroso de las ropas.

—Apenas importa. Una vez que se entere de las amenazas de Valentine, nada la animará.

—¿Ustedes creen que lo hará realmente? —quiso saber Clary—.

¿Enviar un ejército de demonios contra los nefilim?; es decir, él todavía es un cazador de sombras, ¿no? No puede destruir a su propia gente.

—Ni siquiera le importaron lo suficiente sus hijos como para no destruirlos —dijo Jace, cruzando la mirada con la de ella a través de la habitación—. ¿Qué te hace pensar que iba a importarle su gente?

Alec los miró a los dos y Clary se dio cuenta por su expresión de que Jace no le había hablado de Ithuriel todavía. Parecía desconcertado, y muy triste.

—Jace...

—De todas maneras, esto explica una cosa —dijo Jace sin mirar a Alec—. Magnus estuvo intentando ver si podía usar una runa de localización en alguna de las cosas que Sebastian había dejado en su recámara para ver si podíamos localizarlo de ese modo. Dijo que no conseguía ninguna lectura interesante de nada de lo que le dimos. Simplemente... una señal plana.

—¿Qué significa eso?

—Eran cosas de Sebastian Verlac. El falso Sebastian probablemente las tomó donde lo interceptó. Y Magnus no consigue nada de ellas porque el auténtico Sebastian...

—Probablemente esté muerto —finalizó Alec—. Y el Sebastian que conocemos es demasiado listo para dejar nada tras él que pudiera usarse para rastrearlo. Quiero decir que no puedes rastrear a alguien a partir de cualquier cosa. Tiene que ser un objeto que esté en cierto modo muy conectado con esa persona. Una reliquia familiar, o una estela, o un cepillo con un poco de pelo en él, algo así.

—Lo que es una lástima —dijo Jace—, porque si pudiéramos seguirlo, él probablemente podría llevarnos directamente a Valentine. Estoy seguro de que desapareció de regreso al lado de su amo con un informe completo. Probablemente le contó la teoría descabellada de Hodge sobre el lago-espejo.

—Podría no ser descabellada —indicó Alec—. Pusieron guardias en los senderos que llevan al lago, y se colocaron salvaguardas que les avisarán si alguien se transporta allí mediante un Portal.

—Fantástico. Estoy seguro de que todos nos sentimos más a salvo ahora. —Jace se recostó contra la pared.

—Lo que no entiendo —dijo Simon— es por qué razón Sebastian se quedó en la zona. Después de lo que les hizo a Izzy y a Max, iban a atraparlo, ya no podía seguir fingiendo. Quiero decir que, incluso aunque pensara que había matado a Izzy en lugar de dejarla sin sentido, ¿cómo iba a explicar que los dos estuviesen muertos y que él estuviera perfectamente? No, él había quedado al descubierto. Así que ¿por qué quedarse por aquí durante la lucha? ¿Por qué subir al Gard a buscarme? Estoy más que seguro de que en realidad le era indiferente si yo vivía o moría.

—Ahora estás siendo demasiado duro con él —repuso Jace—. Estoy seguro de que habría preferido que murieras.

—En realidad —intervino Clary—, creo que se quedó por mí.

La mirada de Jace se movió a toda velocidad hacia ella con un destello dorado.

—¿Por ti? ¿Esperaba conseguir otra ardiente cita?

Clary sintió que se ruborizaba.

—No. Y nuestra cita no fue nada ardiente. De hecho, ni siquiera fue una cita. En todo caso, ésa no es la cuestión. Cuando vino al Salón, no dejó de intentar que saliera fuera con él para que pudiéramos hablar. Quería algo de mí. Pero no sé qué.

—O quizá simplemente te quería a ti —replicó Jace, y al ver la expresión de Clary, añadió—: Quiero decir que tal vez quería llevarte ante Valentine.

—Yo no le importo a Valentine —dijo Clary—. A él únicamente le has importado siempre tú.

Algo aleteó en las profundidades de los ojos de Jace.

—¿Es así como lo llamas? —Su expresión era alarmantemente sombría—. Tras lo sucedido en el barco, está interesado en ti. Lo que significa que debes tener cuidado. Mucho cuidado. De hecho, no estaría mal que pasaras los próximos días dentro de casa. Puedes encerrarte en tu habitación, como Isabelle.

—Ni hablar.

—Ni hablar, claro —dijo Jace—, porque vives para torturarme, ¿no es así?

—No, Jace, no todo tiene que ver contigo —replicó ella, furiosa.

—Es posible —repuso él—, sin embargo tienes que admitir que casi todo.

Clary resistió el impulso de ponerse a llorar.

Simon carraspeó.

—Hablando de Isabelle... Creo que tal vez debería ir a hablar con ella.

—¿Tú? —dijo Alec, y luego, mostrándose levemente avergonzado por su propia turbación, añadió rápidamente—: Es sólo que... ni siquiera accede a salir de su habitación por nosotros. ¿Por qué saldría por ti?

—Quizá porque yo no soy de su familia —respondió Simon.

Estaba de pie con las manos en los bolsillos y los hombros hacia atrás. Horas antes, cuando Clary estuvo sentada cerca de él, comprobó que todavía tenía una fina línea blanca alrededor del cuello, allí donde Valentine le había cortado la garganta, y cicatrices en las muñecas donde también había recibido cortes. Sus encuentros con el mundo de los cazadores de sombras lo habían cambiado, y no sólo en la superficie, o incluso en su sangre; el cambio era más profundo que eso. Se mantenía erguido, con la cabeza alta, y aceptaba cualquier cosa que Jace y Alec le lanzaran sin que pareciera importarle. El Simon al que habrían hecho sentir miedo, o que se hubiera sentido incómodo junto a ellos, había desaparecido.

Sintió un repentino dolor en el corazón, y comprendió con un estremecimiento qué sucedía. Lo extrañaba... Extrañaba a Simon. Al Simon que había sido.

—Creo que probaré a ver si consigo que Isabelle hable conmigo —dijo Simon—. No puede hacerle daño.

—Pero casi es de noche —dijo Clary—. Les dijimos a Luke y a Amatis que estaríamos de vuelta antes de la puesta de sol.

—Yo te acompañaré a casa —se ofreció Jace—. En cuanto a Simon, puede encontrar por sí mismo el camino de vuelta en la oscuridad... ¿verdad, Simon?

—Por supuesto que puede —dijo Alec, indignado, ansioso por compensar su anterior desaire a Simon—. Es un vampiro y... —añadió— acabo de darme cuenta de que probablemente estabas bromeando. No me hagan caso.

Simon sonrió. Clary abrió la boca para volver a protestar... y la cerró en seguida. En parte porque se estaba comportando, y lo sabía, poco razonable. Y en parte porque descubrió una expresión en el rostro de Jace mientras miraba más allá de ella, a Simon, una mirada que la sobresaltó y la hizo callar: era diversión, se dijo ella, mezclada con gratitud y tal vez incluso —lo que resultaba aún más sorprendente— un poco de respeto.

Era un corto paseo el que mediaba entre la nueva casa de los Lightwood y la de Amatis; Clary deseó que hubiera sido más largo. No podía quitarse de encima la sensación de que cada momento que pasaba con Jace era de algún modo precioso y limitado, que se estaban acercando a algún invisible plazo límite que los separaría para siempre.

Lo miró de reojo. Él tenía la vista fija al frente, casi como si ella no estuviera allí. La línea de su perfil era afilada y de rebordes nítidos bajo la luz mágica que iluminaba las calles. El cabello se le rizaba sobre la mejilla, y no ocultaba del todo la cicatriz blanca en una sien donde había habido una Marca. Pudo ver, centelleando alrededor de la garganta una cadena de metal, de la cual colgaba el anillo de los Morgenstern. Su mano izquierda estaba destapada; los nudillos parecían en carne viva. Así que realmente estaba sanando como un mundano, como Alec le había pedido que hiciera.

Tiritó. Jace le echó una ojeada.

—¿Tienes frío?

No, Simplemente pensaba... —dijo ella—. Me sorprende que Valentine fuera por el Inquisidor en lugar de ir por Luke. El Inquisidor es un cazador de sombras, y Luke... Luke es un subterráneo. Además, Valentine lo odia.

—Pero en cierto modo, lo respeta, incluso aunque sea un subterráneo —replicó Jace, y Clary pensó en la mirada que éste había dirigido a Simon un poco antes, y luego intentó no pensar en eso; no soportaba encontrarles parecidos, incluso en algo tan trivial como una mirada—. Luke está intentando conseguir que la Clave cambie, que piense de un modo diferente. Eso es exactamente lo que Valentine hizo, incluso aunque los objetivos de ambos fueran..., bueno, distintos. Luke es un iconoclasta. Quiere un cambio. Para Valentine, el Inquisidor representa la antigua Clave retrógrada que él tanto odia.

—Y fueron amigos en una ocasión —dijo Clary—. Luke y Valentine.

—Las Marcas de aquello que en una ocasión fue —repuso Jace, y Clary se dio cuenta de que citaba algo, por el tono medio burlón de su voz—. Por desgracia, uno nunca odia realmente a nadie tanto como a alguien que le importó en el pasado. Imagino que Valentine tiene planeado algo especial para Luke, más adelante, cuando tenga el poder.

—Pero no lo tendrá —dijo Clary, y cuando Jace no dijo nada, su voz se elevó—. No vencerá... no puede. No quiere realmente una guerra, no contra cazadores de sombras y subterráneos...

—¿Qué te hace pensar que los cazadores de sombras pelearán junto a los subterráneos? —quiso saber Jace, y siguió sin mirarla; andaban por la calle del canal y el muchacho tenía la vista puesta en el agua y la mandíbula alzada—. ¿Sólo porque Luke lo dice? Luke es un idealista.

—¿Y eso es malo?

—No. Pero yo no soy uno de ellos —dijo Jace, y Clary sintió una fría punzada en el corazón ante el vacío que había en su voz.

«Desesperación, ira, odio. Ésas son cualidades demoníacas. Actúa del modo en que cree que debería actuar.»

Llegaron a casa de Amatis; Clary se detuvo al pie de los escalones y volteó hacia él.

—Tal vez —dijo—. Pero tú no eres como él, tampoco.

Jace se sobresaltó ligeramente ante aquello, o quizá fue tan sólo la firmeza de su tono. Volteó para mirarla por primera vez desde que salieron de casa de los Lightwood.

—Clary... —empezó a decir, y se interrumpió, inhalando con fuerza—. Hay sangre en tu manga. ¿Estás herida?

Se acercó a ella y le tomó la muñeca. Clary comprobó con sorpresa que tenía razón: había una mancha irregular de color escarlata en la manga derecha de su abrigo. Lo curioso era que seguía siendo de un rojo intenso. ¿No debería ser de un color más oscuro la sangre seca? Frunció el ceño.

—Esta sangre no es mía.

Él se relajó ligeramente y aflojó la presión sobre la muñeca.

—¿Es del Inquisidor?

Ella negó con la cabeza.

—Lo cierto es que creo que es de Sebastian.

—¿Sangre de Sebastian?

—Sí; cuando entró en el Salón la otra noche, ¿recuerdas?, tenía sangre en la cara. Creo que Isabelle lo arañó, pero sea como sea... le toqué la cara y me manché con su sangre. —La miró con más atención—. Pensé que Amatis había lavado el abrigo.

Esperaba que él la soltara, pero en su lugar le sostuvo la muñeca un largo momento, examinando la sangre, antes de devolverle el brazo, aparentemente satisfecho.

—Gracias.

Ella lo miró fijamente un instante antes de sacudir la cabeza.

—No vas a contármelo, ¿verdad?

—Imposible.

Clary levantó los brazos con exasperación.

—Entro. Te veré más tarde.

Se volteó y subió los escalones que conducían a la puerta principal de Amatis. No había forma de que pudiera saber que en cuanto le dio la espalda, la sonrisa desapareció del rostro de Jace, ni que él permaneció un largo rato en la oscuridad cuando la puerta se cerró tras ella, mirando en la dirección por la que se había ido y retorciendo un trocito de hilo una y otra vez entre los dedos.

—Isabelle —dijo Simon.

Le costó encontrar la puerta de la muchacha, pero el grito de «¡Lárgate!» que había emanado de detrás de aquélla lo convenció de que había encontrado al fin la correcta.

—Isabelle, déjame entrar.

Sonó un golpe amortiguado y la puerta retumbó levemente, como si Isabelle hubiera arrojado algo contra ella. Posiblemente un zapato.

—No quiero hablar contigo ni con Clary. No quiero hablar con nadie. Déjame sola, Simon.

—Clary no está aquí —dijo Simon—. Y no me voy a ir hasta que hables conmigo.

—¡Alec! —gritó Isabelle—. ¡Jace! ¡Hagan que se vaya!

Simon esperó. No llegó ningún sonido procedente de abajo. O bien Alec se había ido o trataba de pasar inadvertido.

—No están aquí, Isabelle. Sólo estoy yo.

Hubo un silencio. Finalmente, Isabelle volvió a hablar. Esta vez su voz sonó mucho más próxima, como si estuviera justo al otro lado de la puerta.

—¿Estás solo?

—Estoy solo —dijo Simon.

La puerta se abrió con un crujido. Isabelle estaba allí parada con una combinación negra; los cabellos sueltos y enredados caían sobre sus hombros. Simon no la había visto nunca de aquel modo: descalza, con el pelo sin peinar y sin maquillaje.

—Puedes entrar.

Simon pasó a la habitación. A la luz que entraba por la puerta pudo ver que daba la impresión, como habría dicho su madre, que un tornado hubiera pasado por allí. En el suelo había ropa esparcida en montones y una mochila abierta como si hubiera estallado. El brillante látigo de plata y oro de Isabelle estaba colgado de un poste de la cama, y un brasier de encaje blanco colgaba de otro. Simon desvió la mirada. Las cortinas estaban corridas; las lámparas, apagadas.

Isabelle se dejó caer sobre el borde de la cama y lo miró con amarga diversión.

—Un vampiro que se ruboriza. Quién lo habría imaginado. —Alzó la barbilla—. Bien, te permití entrar. ¿Qué quieres?

A pesar de su iracunda mirada, Simon se dijo que parecía más joven de lo acostumbrado, con aquellos ojos enormes y negros en el blanco rostro crispado. Pudo ver las cicatrices blancas que le recorrían la pálida piel, sobre los brazos desnudos, la espalda y las clavículas, incluso las piernas. «Si Clary continúa siendo una cazadora de sombras —pensó—, un día tendrá este aspecto, con cicatrices por todas partes.» La idea no lo alteró como lo hubiera hecho en el pasado. Había algo en el modo en que Isabelle mostraba sus cicatrices, como si estuviera orgullosa de ellas.

La muchacha tenía algo en las manos, algo a lo que daba vueltas y más vueltas entre los dedos. Era algo pequeño que centelleaba de un modo opaco en la penumbra. Por un momento pensó que podría ser una joya.

—Lo que le sucedió a Max —dijo Simon— no fue culpa tuya.

Ella no lo miró. Tenía la vista fija en el objeto que tenía en las manos.

—¿Sabes qué es esto? —preguntó, y lo sostuvo en alto.

Parecía ser un pequeño soldado de juguete tallado en madera. «Un cazador de sombras de juguete —advirtió Simon—, con el uniforme pintado en negro y todo.» El destello plateado que había percibido era la pintura de la pequeña espada que empuñaba; estaba casi totalmente borrada.

—Era de Jace —dijo, sin esperar a que él contestara—. Era el único juguete que tenía cuando llegó de Idris. No sé, a lo mejor antes formó parte de un juego con otras figuras. Yo creo que lo hizo él mismo, pero jamás nos explicó gran cosa sobre él. Tenía por costumbre llevarlo a todos lados consigno cuando era pequeño, siempre en un bolsillo o en alguna otra parte. Un día reparé en que Max lo llevaba con él. Jace debía de tener unos trece años entonces. Se lo dio a Max, imagino, cuando creció demasiado para traerlo. Sea como sea, estaba en la mano de Max cuando lo encontraron. Era como si lo hubiera agarrado para aferrarse a él cuando Sebastian... Cuando él... —Se interrumpió.

El esfuerzo que Isabelle hacía para no llorar era visible; su boca estaba apretada en una mueca, como si se estuviera deformando.

—Yo debí estar allí protegiéndolo. Yo debí estar allí para que él se aferrase a mí, no a un estúpido juguete de madera.

Lo arrojó sobre la cama con ojos brillantes.

—Estabas inconsciente —protestó Simon—. Casi mueres, Izzy. No podías hacer nada.

Isabelle negó con la cabeza y los enmarañados cabellos rebotaron sobre sus hombros. Tenía un aspecto feroz y salvaje.

—¿Qué sabes tú al respecto? —exigió—. ¿Sabías que Max vino a vernos la noche en que murió y nos dijo que había visto a alguien escalando las torres de los demonios, y yo le dije que estaba soñando y lo eché? Y él tenía razón. Apuesto a que fue ese bastardo de Sebastian quien trepó a la torre para poder retirar las salvaguardas. Y Sebastian lo mató para que no pudiera decir lo que había visto. Si hubiera escuchado... si simplemente hubiera dedicado un segundo a escucharlo... no habría sucedido.

—No hay modo de que pudieras saberlo —replicó Simon—. Y en cuanto a Sebastian..., no era en realidad el sobrino de los Penhallow. Engañó a todo el mundo.

Isabelle no pareció sorprendida.

—Lo sé —dijo—, te oí hablando con Alec y Jace. Escuchaba desde lo alto de la escalera.

—¿Escuchabas a escondidas?

Ella se encogió de hombros.

—Hasta la parte en que dijiste que ibas a venir a hablar conmigo. Entonces regresé aquí. No me sentía con ganas de verte. —Lo miró de reojo—. Te concederé algo, no obstante: eres persistente.

—Mira, Isabelle.

Simon dio un paso hacia adelante. Se sentía curioso y fue repentinamente consciente de que ella no iba demasiado vestida, así que reprimió el impulso de posar una mano sobre su hombro o de hacer cualquier cosa que fuera abiertamente tranquilizadora.

—Cuando mi padre murió, yo sabía que no era culpa mía, pero con todo seguí pensando una y otra vez en todas las cosas que podría haber hecho, que debía haber dicho, antes de que muriera.

—Sí, bueno, pero esto sí es culpa mía —dijo Isabelle—. Y lo que tendría que haber hecho es escuchar. Y lo que todavía puedo hacer es localizar al bastardo que hizo esto y matarlo.

—No estoy seguro de que eso vaya a ayudar...

—¿Cómo lo sabes? —exigió ella—. ¿Encontraste a la persona responsable de la muerte de tu padre y lo mataste?

—Mi padre tuvo un ataque al corazón —dijo Simon—. Así que no lo hice.

—Entonces no sabes de qué estás hablando, ¿verdad? —Isabelle alzó la barbilla y lo miró directamente a la cara—. Ven aquí.

—¿Qué?

Ella le hizo señas autoritarias con el índice.

—Ven aquí, Simon.

De mala gana, fue hacia ella. Se encontraba apenas a un paso de distancia cuando ella lo agarró por la pechera de la camisa, jalándolo hacia sí. Los rostros de ambos quedaron a centímetros de distancia; Simon pudo ver que la piel bajo los ojos le brillaba con las huellas de lágrimas recientes.

—¿Sabes lo que realmente necesito justo ahora? —dijo ella, enunciando cada palabra con claridad.

—Este... —respondió él—. No.

—Que me entretengan —dijo, y dándose la vuelta lo jaló y lo arrojó a la fuerza sobre la cama junto a ella.

Simon aterrizó sobre la espalda en medio de un revuelto montón de ropa.

—Isabelle —protestó débilmente—, ¿crees de verdad que esto va a hacerte sentir mejor?

—Confía en mí —dijo ella, posando una mano sobre su pecho, justo encima de aquel corazón suyo que ya no latía—. Ya me siento mejor.

Clary yacía despierta en la cama, con la vista clavada en un único pedazo de luz de luna que se desplazaba poco a poco por el techo. Tenía los nervios todavía demasiado crispados por los acontecimientos del día para poder dormir, y no la ayudaba que Simon no hubiera regresado antes de la cena... ni después. Finalmente le había expresado su preocupación a Luke, quien se había echado un abrigo por encima y se había marchado a casa de los Lightwood. Regresó con una expresión divertida.

—Simon está perfectamente, Clary —dijo—. Acuéstate.

Y luego volvió a salir, con Amatis, a otra de las interminables reuniones en el Salón de los Acuerdos. Ella se preguntó si alguien habría limpiado ya la sangre del Inquisidor.

Sin nada más que hacer, se acostó, pero fue incapaz de conciliar el sueño. Clary no podía dejar de ver a Valentine en su mente, estirando la mano hacia el interior del Inquisidor y arrancándole el co-

331

razón. Recordaba cómo había volteado hacia ella y le había dicho: «Mantendrías la boca cerrada. Por el bien de tu hermano, y por el tuyo». Por encima de todo, los secretos que había averiguado de Ithuriel eran como una losa sobre su pecho. Bajo todas aquellas ansiedades se escondía el miedo, constante como un latido, de que su madre muriera. ¿Dónde estaba Magnus?

Sonó un sonido susurrante junto a las cortinas, y un repentino flujo de luz de luna penetró a raudales en la habitación. Clary se irguió de repente, buscando desesperadamente el cuchillo serafín que mantenía sobre la mesita de noche.

—No pasa nada. —Una mano descendió sobre la suya... una mano delgada, llena de cicatrices, y familiar—. Soy yo.

Clary inhaló profundamente, y él retiró la mano.

—Jace —dijo ella—. ¿Qué haces aquí? ¿Qué pasa?

Durante un momento él no respondió, y ella se retorció para mirarle, alzando las sábanas a su alrededor. Se sintió enrojecer, agudamente consciente de que sólo llevaba un pantalón de pijama y una camiseta muy delgada..., y entonces vio su expresión, y su sensación de bochorno desapareció.

—¿Jace? —murmuró.

Él estaba parado junto a la cabecera de la cama, vestido todavía con las blancas prendas de luto, y no había nada de frívolo, sarcástico o distante en el modo en que la miraba. Estaba muy pálido, y sus ojos parecían angustiados y casi negros por la tensión.

—¿Estás bien?

—No lo sé —dijo él con la actitud aturdida de alguien que acaba de despertar de un sueño—. No pensaba venir aquí. Estuve deambulando por ahí toda la noche... No podía dormir... y siempre acabo viniendo a parar aquí. A ti.

Ella se sentó en la cama más erguida, dejando que la ropa de la cama le cayera alrededor de las caderas.

—¿Por qué no puedes dormir? ¿Pasó algo? —preguntó, e inmediatamente se sintió como una estúpida.

¿Qué no había sucedido?

Jace, no obstante, apenas pareció oír la pregunta.

—Tenía que verte —dijo, principalmente para sí—. Sé que no debería. Pero tenía que hacerlo.

—Bien, siéntate, entonces —dijo ella, echando las piernas hacia atrás para hacerle espacio para que se pudiera sentar en el borde de la cama—. Porque me estás poniendo nerviosa. ¿Estás seguro de que no pasó nada?

—Yo no dije eso.

Se sentó en la cama, frente a ella. Estaba tan cerca que Clary podría haberse inclinado hacia adelante y besarlo...

—¿Hay malas noticias? —preguntó, sintiendo una opresión en el pecho—. ¿Está todo... está todo el mundo...?

—No es malo —dijo Jace—, y no es ninguna noticia. Es todo lo contrario. Es algo que siempre supe, y tú... Tú probablemente, también lo sabes. Dios sabe que no lo he ocultado demasiado bien. —Le estudió el rostro con los ojos, lentamente, como con la intención de memorizarlo—. Lo pasó —dijo, y vaciló—... es que he comprendido algo.

—Jace —susurró ella de improviso, y sin saber por qué, le asustaba lo que él estaba a punto de decir—. Jace, no tienes que...

—Intentaba ir... a alguna parte —dijo él—. Pero no hacía más que verme arrastrado de vuelta aquí. No podía dejar de andar, no podía dejar de pensar. Sobre la primera vez que te vi, y cómo después de eso no podía olvidarte. Quería hacerlo, pero no podía. Obligué a Hodge a que me dejara ser quien fuera en tu busca y te llevara de vuelta al Instituto. E incluso entonces, en aquella estúpida cafetería, cuando te vi sentada en aquel sofá con Simon, incluso entonces aquello me dio la impresión de que no era lo que tenía que ser, que... debería ser yo quien estuviera sentado contigo. Quien te hiciera reír de aquel modo. No podía librarme de aquella sensación. De que debería ser yo. Y cuanto más te conocía, más lo sentía; jamás me había sucedido algo así. Cuando había querido a una chica y había conseguido conocerla, a continuación ya no me había interesado saber más de ella, pero contigo el sentimiento simplemente se hizo más y más fuerte hasta esa noche cuando apareciste en Renwick y lo supe.

»Y luego averiguar que el motivo de que sintiera de ese modo... como si fueras una parte de mí que había perdido y que jamás había sabido que me faltaba hasta que volví a verte... que el motivo era que eras mi hermana; pareció una especie de chiste cósmico. Como si Dios me estuviera escupiendo. Ni siquiera sé por qué; por pensar que realmente podía conseguir tenerte, que era merecedor de algo así, de ser tan feliz. No podía imaginar qué era lo que había hecho para recibir ese castigo...

—Si tú estás siendo castigado —dijo Clary—, entonces también se me castiga a mí. Porque todas esas cosas que sentías, las sentí también, pero no podemos... tenemos que dejar de sentir eso, porque es nuestra única posibilidad.

Jace tenía las manos muy apretadas a los costados.

—Nuestra única posibilidad ¿de qué?

—De poder estar juntos. Porque de lo contrario no podremos estar jamás el uno cerca del otro, ni siquiera en la misma habitación, y no lo podré soportar. Preferiría tenerte en mi vida aunque fuera como un hermano que no tenerte en absoluto...

—¿Y se supone que tengo que quedarme ahí sentado mientras tú sales con chicos, te enamoras de otro, te casas...? —Su voz se crispó—. Y entretanto, yo moriré un poco más cada día, observando.

—No. Para entonces ya no te importará —dijo ella, preguntándose incluso mientras lo decía si podría soportar la idea de un Jace a quien ella no le importara.

Clary no había pensado tan anticipadamente como él, y cuando intentó imaginarlo enamorándose de otra persona, casándose con otra persona, ni siquiera pudo verlo, no pudo ver nada excepto un negro túnel vacío alargándose ante ella, eternamente.

—Por favor. Si no decimos nada, si fingimos...

—No hay modo de fingir —replicó Jace con absoluta claridad—. Te amo, y te amaré hasta que muera, y si hay una vida después de ésta, te amaré también entonces.

Ella contuvo el aliento. Él lo dijo... las palabras que no podían desdecirse. Se esforzó por dar una respuesta, pero no encontró ninguna.

—Y sé que crees que simplemente quiero estar contigo para... para demostrarme el monstruo que soy. Pero sé con certeza que, incluso aunque haya sangre de demonio en mi interior, también albergo sangre humana. Y no podría amarte como lo hago si no fuera al menos un poquito humano. Porque los demonios desean, pero no aman. Y yo...

Él se levantó entonces, con una especie de violenta brusquedad, y cruzó la habitación hacia la ventana. Parecía perdido, tan perdido como lo había estando en el Gran Salón de pie observando el cuerpo de Max.

—¿Jace? —llamó Clary, alarmada, y cuando él no respondió, se paró rápidamente y fue hasta él, posando la mano en su brazo.

Él siguió mirando por la ventana; los reflejos de ambos en el cristal eran casi transparentes... los contornos fantasmales de un muchacho alto y una chica más menuda que tenía la mano cerrada con ansiedad sobre su manga.

—¿Qué sucede?

—No debería habértelo dicho así —dijo él, sin mirarla—. Lo siento. Probablemente es difícil de asimilar. Parecías tan... anonadada. —La tensión era palpable en su voz.

—Lo estaba —repuso ella—. Me pasé los últimos días preguntándome si me odiabas. Te vi esta noche y pensé que era así.

—¿Odiarte? —repitió él con expresión perpleja.

Estiró entonces la mano y le tocó el rostro, levemente, sólo las yemas de los dedos sobre la piel.

—Ya te dije que no podía dormir. Cuando llegue la medianoche de mañana estaremos o bien en guerra o bajo el gobierno de Valentine. Ésta podría ser la última noche de nuestras vidas, nuestra última noche normal y corriente. La última noche en que nos vamos a dormir y despertaremos tal y como lo hemos hecho siempre. Y en todo lo que podía pensar era en que quería pasarla contigo.

A Clary el corazón le dio un vuelco.

—Jace...

—No me refiero a... —aclaró—. No te tocaré si no quieres que lo haga. Sé que está mal... Dios, está mal... pero sólo quiero dormir contigo y despertar a tu lado, sólo una vez, sólo una vez en toda mi vida. —Había desesperación en su voz—. Sólo será esta noche. En el grandioso orden de las cosas, ¿cuánto puede importar una sola noche?

«Pero piensa en cómo nos sentiremos por la mañana. Piensa en lo horrible que será fingir que no significamos nada el uno para el otro delante de todos los demás después de que hayamos pasado la noche juntos, incluso aunque todo lo que hagamos sea dormir. Es como tomar sólo un poquitín de una droga... No consigue más que hacerte desear más.»

Pero ése era el motivo de que le hubiera contado lo que le había contado, comprendió ella. Porque para él no sería así; no había nada que pudiera empeorarlo, del mismo modo que no había nada que pudiera mejorarlo. Lo que él sentía era tan definitivo como una cadena perpetua, ¿y podía ella afirmar que era distinto para ella? E incluso aunque esperara que pudiera serlo, incluso si esperaba que algún día pudiera verse persuadida por el tiempo, la razón o un desgaste natural a dejar de sentir de aquel modo, no importaba. No había nada que hubiera querido en la vida más de lo que quería esa noche con Jace.

—Corre las cortinas, entonces, antes de venir a la cama —dijo—. No puedo dormir con tanta luz en la habitación.

La expresión que recorrió el rostro de Jace fue de pura incredulidad. En realidad no había esperado que ella aceptara, comprendió Clary con sorpresa; al cabo de un instante, ya la había tomado entre sus brazos y la abrazaba contra él, con el rostro sumergido en los cabellos todavía alborotados por el sueño de la muchacha.

—Clary...

—Vamos a la cama —dijo ella con dulzura—. Es tarde.

Se apartó de él y regresó al lecho, trepando a él y estirando las sábanas hasta la altura de su cintura. De algún modo, mirándolo así, casi podía imaginar que las cosas eran distintas, que habían transcurrido muchísimos años desde ese momento y que habían estado juntos tanto tiempo que habían hecho esto un centenar de veces, que cada noche les pertenecía, y no sólo ésa. Apoyó la barbilla en las manos y lo contempló mientras Jace corría las cortinas y luego se quitaba la chamarra y la colgaba en el respaldo de una silla. Llevaba una camiseta gris pálido debajo, y las Marcas que le rodeaban los brazos desnudos brillaron oscuramente mientras se desabrochaba el cinturón de las armas y lo depositaba en el suelo. Desató las botas y se las quitó mientras se acercaba la cama, y se tendió con sumo cuidado junto a Clary. Tumbado sobre la espalda, giró la cara para mirarla. Por el borde de las cortinas se filtraba un poquitín de luz, la suficiente para que ella viera el contorno de su rostro y el brillante destello en sus ojos.

—Buenas noches, Clary —dijo él.

Sus manos descansaban extendidas a ambos lados del cuerpo, con los brazos pegados a los costados. Apenas parecía respirar; ella tampoco estaba muy segura de estar respirando. Deslizó la mano a través de la sábana, lo suficiente para que sus dedos se tocaran... tan levemente que probablemente apenas lo habría notado de haber estado tocando a cualquiera que no fuera Jace; pero lo cierto era que las terminaciones nerviosas de las yemas de sus dedos hormigueaban suavemente, como si las mantuviera sobre una llama baja. Percibió cómo él se tensaba junto a ella y luego se relajaba. Había cerrado los ojos, y sus pestañas proyectaban delicadas sombras sobre la curva de los pómulos. En su boca apareció una sonrisa como si percibiera que ella lo observaba, y Clary se preguntó qué aspecto tendría él por la mañana, con el pelo despeinado y marcas de sueño bajo los ojos. A pesar de todo, pensarlo le provocó una punzada de felicidad.

Entrelazó los dedos con los de él.

—Buenas noches —susurró.

Con las manos tomadas como niños de un cuento, se durmió junto a él en la oscuridad.

15

TODO SE DESMORONA

Luke pasó la mayor parte de la noche contemplando el avance de la luz a través del tejado traslúcido del Salón de los Acuerdos igual que una moneda de plata rueda sobre la superficie transparente de una mesa de vidrio. Cuando la luna estaba cerca de ser luna llena, como sucedía en aquellos instantes, sentía una equivalente agudización en la visión y el sentido del olfato, incluso estando bajo forma humana. Ahora, por ejemplo, podía oler el sudor de la duda en la habitación, y el subyacente olor penetrante del miedo. Podía percibir la preocupación impaciente de su manada de lobos allá en el bosque Brocelind mientras deambulaban en la oscuridad de debajo de los árboles y esperaban noticias suyas.

—Lucian. —La voz de Amatis en su oído era baja pero penetrante—. ¡Lucian!

Arrancado violentamente de su ensoñación, Luke luchó por enfocar los agotados ojos sobre la escena que tenía delante. Era un pequeño grupo variopinto, el que formaban aquellos que habían estado de acuerdo en al menos escuchar su plan. Menos de los que había esperado. A muchos los conocía de su vida anterior en Idris —los Penhallow, los Lightwood, los Ravenscar— y justo al mismo número de ellos los acababa de conocer, como los Monteverde, que dirigían el Instituto de Lisboa y hablaban una mezcla de portugués e inglés, o Nasreen Chaudhury, la directora de facciones severas del Instituto de Mumbai. Su sari verde oscuro estaba estampado con complejas runas de un plateado tan intenso que Luke instintivamente se encogía cuando ella pasaba demasiado cerca.

—Realmente, Lucian —dijo Maryse Lightwood.

El menudo rostro blanco de la mujer estaba abatido de agotamiento y pena. Luke no esperaba que ni ella ni su esposo acudieran, pero aceptaron casi en cuanto él lo mencionó. Supuso que debía de sentirse agradecido de que estuvieran allí, incluso aunque el dolor tendiera a hacer que Maryse se mostrara más irascible de lo acostumbrado.

—Eres tú quien nos convenció para venir; lo mínimo que puedes hacer es prestar atención.

—Y eso es lo que hace. —Amatis estaba sentada con las piernas recogidas bajo el cuerpo como una jovencita, pero su expresión era firme—. No es culpa de Lucian que hayamos estado dando vueltas en círculos durante la última hora.

—Y seguiremos dando vueltas y vueltas hasta que se nos ocurra una solución —dijo Patrick Penhallow con un tono cortante en la voz.

—Con el debido respeto, Patrick —repuso Nasreen, con su fuerte acento—, puede que no exista una solución para este problema. Tal vez tendríamos que conformarnos con encontrar un plan.

—Un plan que no suponga ni la esclavitud en masa ni... —empezó Jia, la esposa de Patrick, y luego se interrumpió, mordiéndose el labio.

Era una mujer bonita y esbelta que se parecía mucho a su hija, Aline. Luke recordó cuando Patrick huyó al Instituto de Beijing y se casó con ella. Aquello significó una especie de escándalo, pues se suponía que debía haberse casado con una joven de Idris que sus padres habían elegido para él. Pero a Patrick nunca le gustó hacer lo que le decían, una cualidad que Luke agradecía en aquellos momentos.

—¿O aliarse con los subterráneos? —dijo Luke—. Me temo que no hay modo de evitarlo.

—Ése no es el problema, y lo sabes —indicó Maryse—. Es todo el asunto de los escaños en el Consejo. La Clave jamás estará de acuerdo en eso. Lo sabes. Cuatro escaños completos...

—Cuatro, no —dijo Luke—. Uno para los seres mágicos, uno para los Hijos de la Luna y uno para los hijos de Lilith.

—Los brujos, las hadas y los licántropos —enumeró el señor Monteverde con su voz suave—. ¿Y qué hay de los vampiros?

—No me han prometido nada —admitió Luke—. Y, por tanto, yo tampoco a ellos. Puede que no les interese formar parte del Consejo; no sienten demasiado cariño por los de mi especie, y tampoco les gustan demasiado las reuniones y las normas. Pero tienen la puerta abierta en el caso de que cambiaran de opinión.

—Malachi y sus amigos jamás estarán de acuerdo, y puede que no tengamos suficientes votos en el Consejo sin ellos —rezongó Patrick—. Además, sin los vampiros, ¿qué posibilidad tenemos?

—Una inmejorable —replicó Amatis, que parecía confiar en el plan de Luke aún más que éste—. Hay muchos subterráneos que lucharán con nosotros, y son realmente poderosos. Los brujos por sí solos...

La señora Monteverde sacudió la cabeza y se volvió hacia su esposo.

—Este plan es una locura. Jamás funcionará. No se puede confiar en los subterráneos.

—Funcionó durante el Levantamiento —dijo Luke.

La portuguesa hizo una mueca.

—Únicamente porque Valentine contaba con un ejército de idiotas —respondió—. No con demonios. ¿Y cómo podemos saber que los miembros de su antiguo Círculo no regresarán con él en cuanto los llame a su lado?

—Tenga cuidado con lo que dice, señora —gruñó Robert Lightwood.

Era la primera vez que abría la boca en más de una hora; había pasado la mayor parte de la tarde quieto, inmovilizado por la pena. Había arrugas en su rostro que Luke habría jurado que no estaban allí tres días atrás. Su tormento se apreciaba claramente en la tensión de sus hombros y en sus puños apretados; Luke no podía culparlo. Jamás le cayó muy bien Robert, pero había algo en la visión de aquel hombre quebrado por la pena que resultaba doloroso de contemplar.

—¿Cree que me uniría a Valentine después de la muerte de Max...? Él hizo que asesinaran a mi hijo...

—Robert —murmuró Maryse, y le posó la mano en el hombro.

—Si no nos unimos a él —dijo el señor Monteverde—, todos nuestros hijos morirán.

—Si piensa esto, entonces ¿por qué están aquí? —Amatis se puso en pie—. Pensé que habíamos acordado...

«También yo.» A Luke le dolía la cabeza. Siempre la misma historia, se dijo, dos pasos al frente y uno atrás. Eran tan nocivos como los propios subterráneos cuando se enfrentaban; si al menos pudieran darse cuenta de eso... A lo mejor a todos les iría mejor si solucionaran sus problemas combatiendo, como lo hacía la manada.

Un leve movimiento en las puertas del Salón captó su mirada. Fue un instante, y de no haber faltado tan poco para la luna llena, quizá no lo hubiera visto, ni hubiera reconocido a la figura que pasó veloz ante las puertas. Se preguntó por un momento si estaba imaginando cosas. En ocasiones, cuando estaba muy cansado, creía ver a Jocelyn... en el parpadeo de una sombra, en un juego de luces en una pared.

Pero no se trataba de Jocelyn. Luke se puso en pie.

—Voy a salir cinco minutos a tomar el aire. Regresaré.

Luke notó cómo lo observaban mientras se encaminaba a las puertas de entrada; todos ellos, incluso Amatis. El señor Monteverde susurró algo a su esposa en portugués; Luke captó la palabra «lobo» en el torrente de palabras. «Probablemente creen que voy a salir para correr en círculos y aullarle a la luna.»

El aire en el exterior era limpio y frío; el cielo mostraba un acerado gris pizarra. El amanecer enrojecía el cielo en el este y proporcionaba un tinte rosa pálido a los escalones de mármol blanco que descendían desde las puertas del Salón. Jace lo esperaba en mitad de la escalinata. Las blancas ropas de luto que llevaba golpearon a Luke como una bofetada, un recordatorio de todas las muertes que habían padecido allí y que pronto volverían a padecer.

Luke se detuvo varios peldaños por encima de Jace.

—¿Qué haces aquí, Jonathan?

Jace no dijo nada, y Luke se maldijo mentalmente por su mala memoria; a Jace no le gustaba que lo llamaran Jonathan y por lo general respondía al nombre con una aguda protesta. En esta ocasión, no obstante, no pareció importarle. El rostro que alzó hacia Luke estaba tan sombrío como los rostros de cualquiera de los adultos del Salón. Aunque a Jace todavía le faltaba un año para ser considerado adulto según la ley de la Clave, se había enfrentado ya a circunstancias peores en su corta vida de las que la mayoría de adultos podían imaginar siquiera.

—¿Buscabas a tus padres?

—¿Te refieres a los Lightwood? —Jace negó con la cabeza—. No. No quiero hablar con ellos. Te buscaba a ti.

—¿Se trata de Clary? —Luke descendió varios escalones hasta quedar uno por encima de Jace—. ¿Está bien?

—Está perfectamente.

La mención de Clary pareció hacer que Jace se pusiera en tensión, lo que a su vez disparó los nervios de Luke; de todos modos, Jace jamás diría que Clary estaba bien si no lo estaba.

—Entonces ¿qué sucede?

Jace miró más allá de él, hacia las puertas del Salón.

—¿Qué tal está todo ahí dentro? ¿Algún progreso?

—En realidad, no —admitió Luke—. A pesar de lo poco que desean rendirse a Valentine, les gusta aún menos la idea de que haya subterráneos en el Consejo. Y sin la promesa de escaños en el Consejo, mi gente no peleará.

Los ojos de Jace centellearon.

—La Clave no aceptará esa propuesta.

—No tiene por qué encantarles. Sólo ha de gustarles más que la idea del suicidio.

—Intentarán ganar tiempo —le informó Jace—. Si yo fuera tú, les daría un plazo límite. La Clave funciona mejor de esta manera.

Luke no pudo evitar sonreír.

—Todos los subterráneos a los que puedo convocar se acercarán a la Puerta Norte al ponerse el sol. Si la Clave acepta pelear junto a ellos, entrarán en la ciudad. Si no, darán media vuelta. No pude posponerlo más; apenas nos da tiempo suficiente para llegar a Brocelind a medianoche.

Jace silbó.

—Resulta teatral. ¿Esperas que la visión de todos esos subterráneos inspire a la Clave, o que la asuste?

—Probablemente un poco de las dos. Muchos de los miembros de la Clave están asociados a Institutos, como tú; están mucho más acostumbrados a ver subterráneos. Son los nativos de Idris los que me preocupan. La visión de subterráneos ante sus puertas puede provocarles el pánico. Por otra parte, no puede perjudicarles que les recuerden lo vulnerables que son.

Como si aquello hubiera sido una señal, la mirada de Jace se alzó rápidamente hacia las ruinas del Gard, una cicatriz negra en la ladera de la colina sobre la ciudad.

—No estoy seguro de que nadie necesite más recordatorios de eso. —Dirigió la mirada hacia Luke, con sus límpidos ojos muy serios—. Quiero decirte algo, y no quiero que salga de aquí.

Luke no pudo ocultar la sorpresa.

—¿Por qué decírmelo a mí? ¿Por qué no a los Lightwood?

—Porque eres tú quien está al mando aquí, en realidad. Lo sabes.

Luke vaciló. Algo en el rostro pálido y cansado de Jace provocaba la empatía con su propio cansancio... empatía y un deseo de demostrarle a aquel muchacho, que había sido traicionado y utilizado de un modo tan perverso por los adultos a lo largo de su vida, que no todos los adultos eran así, que había algunos en los que podía confiar.

—De acuerdo.

—Y —dijo Jace— porque confío en que tú sabrás cómo explicárselo a Clary.

—¿Explicarle a Clary qué?

—Por qué tengo que hacerlo. —Los ojos de Jace estaban muy abiertos bajo la luz del sol que salía; le hacía parecer años más joven—. Voy a salir tras Sebastian, Luke. Sé cómo encontrarlo, y voy a seguirlo hasta que me conduzca a Valentine.

Luke soltó una exclamación de sorpresa.

—¿Sabes cómo encontrarlo?

—Magnus me enseñó cómo usar un hechizo de localización mientras me alojaba con él en Brooklyn. Intentábamos usar el anillo de mi padre para encontrarlo. No funcionó, pero...

—Tú no eres un brujo. No deberías poder realizar un hechizo de localización.

—Se trata de runas. Como el modo en que la Inquisidora me vigiló cuando fui a ver a Valentine al barco. Tan sólo necesitaba algo de Sebastian.

—Pero ya nos ocupamos de eso con los Penhallow. No dejó nada tras él. La habitación estaba totalmente vacía y ordenada, probablemente justo por este motivo.

—Encontré algo —dijo Jace—. Un hilo empapado en su sangre. No es mucho, pero es suficiente. Lo probé, y funcionó.

—No puedes salir corriendo tras Valentine tú solo, Jace. No te dejaré.

—No puedes detenerme. A menos que quieras pelear conmigo aquí mismo en la escalera. Y no vencerás, tampoco. Lo sabes tan bien como yo. —Había una nota curiosa en la voz de Jace, una mezcla de certeza y odio hacia sí mismo.

—Mira, por muy decidido que estés a hacer el papel de héroe solitario...

—No soy un héroe —respondió Jace, y la voz sonó clara y sin inflexión, como si expusiera el más simple de los hechos.

—Piensa en los Lightwood, incluso aunque resultes ileso. Piensa en Clary...

—¿Crees que no pienso en Clary? ¿Crees que no pienso en mi familia? ¿Por qué crees que lo hago?

—¿Crees que no recuerdo lo que se siente tener diecisiete años? —respondió Luke—. Pensar que tienes el poder de salvar el mundo... y no sólo el poder sino la responsabilidad...

—Mírame —dijo Jace—. Mírame y dime si soy un chico de diecisiete años común.

Luke suspiró.

—No hay nada de común en ti.

—Ahora dime que es imposible. Dime que lo que sugiero no puede hacerse. —Como Luke no dijo nada, Jace prosiguió—: Mira, tu plan es estupendo tal y como está. Trae a los subterráneos, combatan contra Valentine hasta las puertas mismas de Alacante. Es mejor que simplemente tumbarse y permitirle que pase sobre ustedes. Pero lo esperará. No lo tomarán por sorpresa. Yo... yo podría tomarlo por sorpresa. Puede que no sepa que siguen a Sebastian. Es una posibilidad al menos, y tenemos que aprovechar todas las posibilidades que podamos conseguir.

—Tal vez tengas razón —indicó Luke—. Pero eso supone esperar demasiado de una sola persona. Incluso tratándose de ti.

—Pero ¿no te das cuenta...? Sólo puedo ser yo —dijo Jace a la vez que la desesperación se deslizaba a su voz—. Incluso aunque Valentine perciba que lo estoy siguiendo, podría dejarme llegar lo suficientemente cerca...

—¿Suficientemente cerca para qué?

—Para matarlo —dijo Jace—. ¿Qué otra cosa?

Luke contempló al muchacho. Deseó de algún modo poder conectar y ver a Jocelyn en su hijo, del modo en que la veía en Clary, pero Jace era únicamente, y siempre, él mismo... contenido, solitario y aparte.

—¿Serías capaz de hacerlo? —preguntó—. ¿Podrías matar a tu propio padre?

—Sí —respondió él, con una voz tan distante como un eco—. ¿Es ahora cuando me dices que no puedo matarlo porque él es, al fin y al cabo, mi padre, y el parricidio es un crimen imperdonable?

—No; ahora viene cuando te digo que tienes que estar seguro de ser capaz de hacerlo —dijo Luke, y comprendió, ante su propia sorpresa, que alguna parte de él había aceptado ya que Jace iba a hacer exactamente lo que decía, y que él se lo permitiría—. No puedes hacer todo esto, cortar tus lazos aquí e ir tras Valentine por tu cuenta, para fracasar sin más en el último obstáculo.

—¡Ah! —replicó Jace—. Sí, soy capaz de hacerlo. —Apartó la mirada de Luke, dirigiéndola escalera abajo en dirección a la plaza, que hasta la mañana del día anterior había estado llena de cadáveres—. Mi padre me hizo lo que soy. Y lo odio por eso. Puedo matarlo. Él se aseguró de eso.

Luke sacudió la cabeza.

—Cualquiera que fuera la educación que recibiste, Jace, te opusiste a ella. No te corrompió...

—No —dijo Jace—. No fue necesario. —Echó una ojeada al cielo, cubierto de listas azules y grises; los pájaros habían iniciado sus cánticos matinales en los árboles que bordeaban la plaza—. Será mejor que me vaya.

—¿Quieres que les diga algo a los Lightwood?

—No. No les digas nada. Si descubren que lo sabías y me dejaste ir, te culparán por ello. Dejé notas —añadió—. Se lo imaginarán.

—Entonces por qué...

—¿Por qué te lo cuento? Porque quiero que tú lo sepas. Quiero que lo tengas en mente mientras preparas tus planes para la batalla. Que estoy ahí fuera, buscando a Valentine. Si lo encuentro, te lo haré saber. —Le dedicó una fugaz sonrisa—. Piensa en mí como tu plan de refuerzo.

Luke estiró el brazo y le estrechó la mano.

—Si tu padre no fuera quien es —dijo—, estaría orgulloso de ti.

Jace pareció sorprendido durante un momento, y luego con la misma rapidez se sonrojó y retiró la mano.

—Si tú supieras... —empezó, y se mordió el labio—. No importa. Buena suerte, Lucian Graymark. *Ave atque vale.*

—Esperemos que no sea una auténtica despedida —dijo Luke.

El sol se elevaba de prisa, y mientras Jace levantaba la cabeza, frunciendo el ceño ante la repentina intensificación de la luz, hubo algo en su rostro que impresionó a Luke: algo en aquella mezcla de vulnerabilidad y orgullo obstinado.

—Me recuerdas a alguien —dijo sin pensar—. A alguien que conocí hace años.

—Lo sé —repuso él con una mueca de amargura—, te recuerdo a Valentine.

—No —contestó Luke, lleno de curiosidad; pero cuando Jace volteó, el parecido desapareció, desvaneciendo los fugaces recuerdos—. No..., no pensaba en absoluto en Valentine.

En cuanto despertó, Clary supo que Jace se había ido, incluso antes de abrir los ojos. Su mano, todavía extendida sobre la cama, estaba hueca; no había dedos que respondieran a la presión de los suyos. Se incorporó despacio, con una opresión en el pecho.

Debió descorrer las cortinas antes de irse, porque las ventanas estaban abiertas y brillantes franjas de luz solar caían sobre la cama. Se preguntó por qué la luz no la había despertado. Por la posición del sol, tenía que ser después de mediodía. Sentía la cabeza pesada y espesa, los ojos medio adormilados. Quizás porque, por primera vez en tanto tiempo, no había tenido pesadillas y su cuerpo había aprovechado para recuperar el sueño perdido.

Hasta que no se levantó no advirtió el papel doblado sobre la mesita de noche. Lo recogió con una sonrisa en los labios —así que Jace dejó una nota—. Cuando algo pesado resbaló de debajo del papel y cayó a sus pies, se sintió tan sorprendida que dio un salto atrás, pensando que estaba vivo.

Era un trozo enrollado de metal relúciente. Supo lo que era antes de inclinarse y recogerlo. La cadena y el anillo de plata que Jace llevaba alrededor del cuello. El anillo de la familia. Raras veces lo había visto sin él. Una repentina sensación de temor la inundó.

Abrió la nota y leyó rápidamente las primeras líneas: «A pesar de todo, no puedo soportar la idea de que este anillo se pierda para siempre, como tampoco puedo soportar la idea de dejarte para siempre. Aunque no tengo elección sobre lo uno, al menos puedo elegir sobre lo otro».

El resto de la carta pareció diluirse en un conjunto de letras borrosas sin sentido; tuvo que leerla una y otra vez para entender lo que decía. Cuando finalmente comprendió, se quedó quieta mirándola fijamente, observando aletear el papel en su mano temblorosa. Comprendió entonces por qué Jace le había contado todo lo que le había contado, y por qué había dicho que una noche no importaba. Se le puede decir todo a alguien a quien se cree que no se verá nunca más.

No recordó, más tarde, haber decidido qué hacer a continuación, ni haber buscado algo que ponerse, pero de alguna manera se encontró bajando la escalera, vestida con el uniforme de cazador de sombras, con la carta en una mano y la cadena con el anillo abrochada apresuradamente alrededor del cuello.

La sala permanecía vacía; el fuego de la chimenea se había reducido a cenizas grises, pero salía ruido y luz de la cocina: un parloteo de voces, y el olor de algo cocinándose. «¿Panqueques?», pensó Clary con sorpresa. Jamás se le habría ocurrido que Amatis supiera cómo hacerlos.

Y tenía razón. Al entrar en la cocina, Clary sintió que los ojos se le abrían como platos: Isabelle, con los brillantes cabellos negros recogidos en un nudo en la base del cuello, estaba de pie ante los fogones, con un delantal alrededor de la cintura y una cuchara de metal en la mano. Simon estaba sentado sobre la mesa detrás de ella, con los pies sobre una silla, y Amatis, en lugar de decirle que se bajara de los muebles, estaba recostada contra la barra con aspecto de estarse divirtiendo enormemente.

Isabelle agitó la cuchara en dirección a Clary.

—Buenos días —saludó—. ¿Quieres desayunar? Aunque, bueno..., supongo que es más bien la hora del almuerzo.

Totalmente muda, Clary miró a Amatis, que se encogió de hombros.

—Aparecieron sin más y se empeñaron en preparar el desayuno —dijo—, y tengo que admitir que yo no soy tan buena cocinera.

Clary pensó en la espantosa sopa de Isabelle en el Instituto y reprimió un escalofrío.

—¿Dónde está Luke?

—En Brocelind, con su manada —respondió Amatis—. ¿Está todo bien, Clary? Pareces un poco...

—Agitada —finalizó Simon por ella—. ¿Está todo bien de verdad?

Por un momento Clary no supo qué responder. «Aparecieron», había dicho Amatis. Lo que significaba que Simon había pasado la noche en casa de Isabelle. Lo miró fijamente. No parecía nada distinto.

—Estoy perfectamente —dijo; aquél no era precisamente el momento de preocuparse por la vida amorosa de Simon—. Necesito hablar con Isabelle.

—Pues habla —repuso ésta, dando golpecitos a un objeto deforme en el fondo de la sartén que era, temió Clary, un panqueque—. Estoy escuchando.

—A solas —dijo Clary.

—¿No puede esperar? —preguntó Isabelle, arrugando la frente—. Casi termino...

—No —respondió Clary, y hubo algo en su tono que hizo que Simon, al menos, tensara su posición—. No puede esperar.

Simon se deslizó fuera de la mesa.

—Muy bien. Les daremos un poco de intimidad —dijo, y volteó hacia Amatis—. Quizás podrías mostrarme esas fotos de Luke cuando era un bebé de las que estábamos hablando.

Amatis lanzó una mirada preocupada a Clary, pero siguió a Simon fuera de la cocina.

—Supongo que sí...

Isabelle meneó la cabeza mientras la puerta se cerraba detrás de ellos. Algo centelleó en su nuca: un brillante y delicadamente fino cuchillo estaba introducido en el chongo, manteniéndolo fijo. A pesar del retablo de vida doméstica, seguía siendo una cazadora de sombras.

—Oye —dijo—. Si esto es sobre Simon...

—No se trata de Simon. Se trata de Jace. —Le acercó la nota—. Lee esto.

Con un suspiro, Isabelle apagó el fuego, tomó la nota y se sentó a leerla. Clary sacó una manzana del cesto que había sobre la mesa y se sentó mientras Isabelle, frente a ella al otro lado de la mesa, examinaba la nota en silencio. Clary se dedicó a toquetear la piel de la manzana sin decir nada; no podía imaginarse comiéndosela, ni, de hecho, comiendo nada en absoluto, nunca más.

Isabelle levantó los ojos de la nota con las cejas enarcadas.

—Esto parece más bien... personal. ¿Estás segura de que debo leerlo?

«Probablemente no.» Clary apenas recordaba siquiera las palabras de la carta en aquellos momentos; en cualquier otra situación, jamás se la habría mostrado a Isabelle, pero el pánico respecto a Jace invalidaba cualquier otra preocupación.

—Lee hasta el final.

Isabelle regresó a la nota. Cuando terminó, dejó el papel sobre la mesa.

—Pensé que podría hacer algo como esto.

—¿Te das cuenta de lo que quiero decir? —dijo Clary con dificultad—. No puede haber salido hace tanto tiempo, o llegado tan lejos. Tenemos que ir tras él y... —Se interrumpió; su cerebro procesaba finalmente lo que Isabelle había dicho y lo hacía llegar a su boca—. ¿Qué quieres decir con que pensaste que podría hacer algo como esto?

—Justo lo que dije. —Isabelle empujó un mechón de cabello que colgaba detrás la oreja—. Desde el momento en que Sebastian desapareció, todo el mundo ha estado buscando el modo de encontrarlo. Yo despedacé su habitación en casa de los Penhallow buscando cualquier cosa que se pudiera usar para localizarlo... pero no había nada. Debí saber que si Jace encontraba algo que pudiera permitirle localizar a Sebastian, saldría disparado tras él. —Se mordió el labio—. Aunque habría deseado que se hubiera llevado a Alec con él. A mi hermano no le gustará.

—¿Así que piensas que Alec querrá ir tras él, entonces? —preguntó Clary, con renovadas esperanzas.

—Clary. —Isabelle sonó levemente exasperada—. ¿Cómo se supone que vamos a ir tras él? ¿Cómo se supone que vamos a tener la más leve idea de adónde fue?

—Debe de existir algún modo...

—Podemos intentar localizarlo. Pero Jace es listo. Habrá encontrado algún modo de impedir la localización, igual que hizo Sebastian.

Una cólera fría se agitó en el pecho de Clary.

—¿Estás segura de que quieres encontrarlo? ¿No te importa siquiera que se haya ido a una misión suicida? No puede enfrentarse a Valentine él solo.

—Probablemente no —repuso Isabelle—. Pero confío en que Jace tiene sus motivos para...

—¿Para qué? ¿Para querer morir?

—Clary. —Los ojos de Isabelle llamearon con una repentina luz colérica—. ¿Crees que el resto de nosotros estamos a salvo? Todos estamos esperando morir o convertirnos en esclavos. ¿Puedes imaginar a Jace sentándose tan tranquilo y esperando a que algo horrible suceda? ¿Realmente puedes ver...?

—Lo que veo es que Jace es tu hermano como lo era Max —dijo Clary—, y a ti te importó su muerte.

Lo lamentó en cuanto lo dijo; el rostro de Isabelle palideció, como si las palabras de Clary le hubieran arrebatado el color.

—Max —dijo Isabelle con una furia rigurosamente controlada— era un niño pequeño, no un luchador..., tenía nueve años. Jace es un cazador de sombras, un guerrero. Si peleamos contra Valentine, ¿crees que Alec no estará en la batalla? ¿Crees que todos nosotros no estamos, en todo momento, preparados para morir si debemos hacerlo, si la causa es lo suficientemente importante? Valentine es el padre de Jace; Jace probablemente tiene la posibilidad de acercarse a él para hacer lo que tiene que hacer...

—Valentine matará a Jace si tiene oportunidad —dijo Clary—. No le perdonará la vida.

—Lo sé.

—Pero ¿todo lo que importa es si él muere gloriosamente? ¿Ni siquiera lo extrañarás?

—Lo extrañaré cada día —dijo Isabelle—, durante el resto de mi vida, la cual, enfrentémonos a ello, si Jace fracasa, probablemente durará una semana. —Sacudió la cabeza—. Tú no lo entiendes, Clary. Tú no comprendes lo que es vivir siempre en guerra, crecer con batallas y sacrificios. Supongo que no es culpa tuya. Así es como te criaron...

Clary alzó las manos.

—Sí lo entiendo. Sé que no te caigo bien, Isabelle. Porque soy una mundana para ti.

—¿Crees que ése es el motivo...? —Isabelle se interrumpió, sus ojos brillaban; no sólo por la ira, advirtió Clary con sorpresa, sino por las lágrimas—. Dios, no entiendes nada, ¿verdad? ¿Cuánto hace que conoces a Jace?, ¿un mes? Yo hace siete años que lo conozco. Y en todo ese tiempo jamás lo he visto enamorarse, jamás he visto siquiera que le gustara nadie. Coqueteaba con chicas, claro. Las chicas siempre se enamoraban de él, pero a él nunca le importó ninguna realmente. Creo que es por eso que Alec pensó...

Isabelle se detuvo por un momento, quedándose muy quieta. «Está intentando no llorar», pensó Clary con asombro; Isabelle, que daba la impresión de no llorar nunca.

—Siempre me preocupó, y a mi madre también..., quiero decir, ¿qué clase de adolescente no pierde la cabeza por nadie jamás? Era como si siempre estuviera medio despierto en lo referente a otras personas. Pensé que a lo mejor lo que le sucedió a su padre le había causado alguna especie de trauma que le impedía amar. Si al menos hubiera sabido lo que había sucedido de verdad con su padre..., pero entonces probablemente habría pensado lo mismo, ¿no crees? Quiero decir, ¿a quién no lo habría afectado eso?

»Y entonces te conocimos, y fue como si despertara. Tú no podías darte cuenta, porque nunca lo conociste de otro modo. Pero yo lo vi. Hodge lo vio. Alec lo vio... ¿Por qué crees que él te odiaba tanto? Fue así desde el mismo instante en que te conocimos. Tú pensaste que era asombroso poder vernos, y lo era, pero lo que era asombroso para mí era que Jace pudiera verte realmente. No dejó de hablar de ti en todo el camino de regreso al Instituto; hizo que Hodge lo enviara a buscarte; y una vez que te trajo con él, no quería que te fueras. Donde fuera que estuvieras en la habitación, te observaba... Incluso estaba celoso de Simon. No estoy segura de que él fuera consciente, pero lo estaba. Podía darme cuenta. Celoso de un mundano. Y luego, tras lo que le sucedió a Simon en la fiesta, estuvo dispuesto a ir contigo al Dumort, a violar la Ley de la Clave, sólo para salvar a un mundano que ni siquiera le caía bien. Lo hizo por ti. Porque si algo le ocurría a Simon, a ti te habría dolido. Eras la primera persona fuera de nuestra familia cuya felicidad lo había visto tener en cuenta jamás. Porque te amaba.

354

Clary profirió un ruidito desde el fondo de la garganta.

—Pero eso fue antes de...

—Antes de que descubriera que eras su hermana. Lo sé. Y no los culpo por eso. No podían saberlo. Y supongo que tú no pudiste evitar seguir adelante y salir con Simon después como si ni siquiera te importara. Pensé que una vez que Jace supiera que eras su hermana renunciaría y lo superaría, pero no lo hizo, y no pudo. No sé lo que Valentine le hizo cuando era un niño. No sé si es así por ese motivo, o si es simplemente su modo de ser, pero no superará lo tuyo, Clary. No puede. Empecé a odiar verte. Odiaba verte por Jace. Es como una herida que te causa el veneno de demonio; tienes que dejarla en paz y permitir que cure. Cada vez que arrancas los vendajes, vuelves a abrir la herida. Cada vez que te ve, es como si se arrancara los vendajes.

—Lo sé —respondió Clary—. ¿Cómo crees que me siento yo?

—No lo sé. Yo no puedo saber lo que tú sientes. No eres mi hermana. No te odio, Clary. Incluso me caes bien. Si fuera posible, no existe nadie que me gustara más para Jace. Pero espero que lo puedas comprender cuando te digo que si por algún milagro salimos de ésta, espero que mi familia se traslade a algún lugar tan lejano que no volvamos a verte jamás.

Las lágrimas le ardieron a Clary en el fondo de los ojos. Era extraño, Isabelle y ella sentadas allí ante aquella mesa, llorando por Jace por motivos que eran a la vez muy distintos y extrañamente similares.

—¿Por qué me cuentas todo esto ahora?

—Porque me estás acusando de no querer proteger a Jace. Y no es cierto. ¿Por qué crees que me alteré tanto cuando apareciste de improviso en casa de los Penhallow? Actúas como si no fueras parte de todo esto, de nuestro mundo; permaneces al margen, pero sí formas parte de esto. Eres una parte fundamental. No puedes limitarte a fingir ser un actor secundario eternamente, Clary, cuando eres la hija de Valentine, porque Jace está haciendo lo que está haciendo en parte debido a ti.

—¿Debido a mí?

—¿Por qué crees que está tan dispuesto a arriesgarse? ¿Por qué crees que no le importa si muere?

Las palabras de Isabelle se clavaban en los oídos de Clary como afiladas agujas. «Sé por qué —pensó ella—. Cree que es un demonio, cree que no es realmente humano, ése es el motivo..., pero yo no puedo decírtelo, no puedo decirte la única cosa que te haría comprender.»

—Él siempre ha pensado que hay algo que no está bien en él, y ahora, debido a ti, piensa que está maldito para siempre. Lo oí decírselo a Alec. ¿Por qué no arriesgar la vida, si no quieres vivir de todos modos? ¿Por qué no arriesgar la vida si jamás serás feliz hagas lo que hagas?

—Isabelle, basta, por favor.

La puerta se abrió, casi sin hacer ruido, y Simon apareció en el umbral. Clary casi había olvidado cuánto había mejorado su oído.

—No es culpa de Clary.

El rostro de Isabelle enrojeció.

—Mantente al margen, Simon. No sabes nada.

Simon entró en la cocina, cerrando la puerta tras él.

—Oí la mayor parte de lo que estuvieron diciendo —les dijo con total naturalidad—. Incluso a través de la pared. Dijiste que no sabes lo que Clary siente porque no la has conocido el tiempo suficiente. Bueno, yo sí la conozco bien. Si crees que Jace es el único que ha sufrido, te equivocas.

Hubo un silencio; la ferocidad en la expresión de Isabelle se desvaneció levemente. A lo lejos, a Clary le pareció oír el sonido de alguien que llamaba a la puerta de la calle: Luke, probablemente, o Maia, con más sangre para Simon.

—No se fue por mí —dijo Clary, y su corazón empezó a latir con violencia.

«¿Puedo contarles el secreto de Jace, ahora que él se ha ido? ¿Puedo contarles la auténtica razón por la que se fue, la auténtica razón por la que no le importa morir?» Las palabras empezaron a brotar de ella, casi en contra de su voluntad.

—Cuando Jace y yo fuimos a la casa solariega de los Wayland... cuando fuimos en busca del Libro de lo Blanco...

Se interrumpió al abrirse de par en par la puerta de la cocina. Amatis apareció allí de pie, con la más extraña de las expresiones en la cara. Por un momento Clary pensó que estaba asustada, y el corazón le dio un vuelco. Pero no era miedo lo que había en el rostro de la mujer. Reflejaba la misma expresión que tenía cuando Clary y Luke aparecieron de improviso en la puerta de su casa. Parecía como si hubiera visto un fantasma.

—Clary —dijo despacio—. Alguien vino a verte...

Antes de que pudiera terminar, alguien se abrió paso a su lado para entrar en la cocina. Amatis se echó hacia atrás, y Clary pudo observar bien al intruso: una mujer esbelta, vestida de negro. En un principio, todo lo que Clary vio fue el uniforme de cazador de sombras. Casi no la reconoció, al menos hasta que sus ojos llegaron al rostro de la mujer y sintió que el estómago le daba un vuelco tal y como lo había hecho cuando Jace había conducido la motocicleta en la que iban por encima del borde del tejado del Dumort, en una caída de diez pisos.

Era su madre.

Tercera parte
El camino al cielo

Oh, sí, ya sé que el camino al cielo era fácil.
Encontramos el pequeño reino de nuestra pasión
que pueden compartir todos los que siguen
    el camino de los amantes.
Con salvaje y secreta felicidad dimos;
y dioses y demonios clamaron en nuestros
    sentidos.

SIEGFRIED SASSOON, *El amante imperfecto*

16

ARTÍCULOS DE FE

Desde la noche en que llegó a casa y vio que su madre había desaparecido, Clary imaginó volverla a ver, bien y en perfecto estado de salud. Lo imaginaba tan a menudo que adquirió la cualidad de una fotografía que había ido perdiendo color de tanto sacarla y contemplarla. Aquellas imágenes aparecieron ante ella ahora, a la vez que abría enormemente los ojos con incredulidad: imágenes en las que su madre, con aspecto saludable y feliz, la abrazaba, le contaba lo mucho que la había extrañado, y le aseguraba que todo iba a estar bien a partir de entonces.

La mujer de su imaginación se parecía muy poco a la mujer que tenía ante ella en aquel momento. Recordaba a Jocelyn en su faceta dulce y artística, un poco bohemia, con su overol salpicado de pintura, los cabellos rojos recogidos en coletas o sujetos en alto con un lápiz en un chongo desmadejado. La Jocelyn que tenía delante aparecía tan radiante y aguda como un cuchillo, los cabellos recogidos atrás con severidad, ni un mechón fuera de lugar; el negro intenso de la vestimenta hacía que el rostro luciera pálido y duro. Tampoco mostraba la expresión que Clary había imaginado: en lugar de placer, había algo muy parecido al horror en el modo en que miró a Clary con aquellos ojos verdes tan abiertos.

—Clary —dijo—. Tu ropa.

Clary bajó los ojos para mirarse. Llevaba puesto el uniforme de cazadora de sombras de Amatis, exactamente lo que su madre se había pasado toda la vida intentando evitar. Clary tragó saliva con fuerza y se levantó, aferrando el borde de la mesa con las manos. Podía ver lo blancos que estaban los nudillos, pero sus manos parecían desconectadas del cuerpo de algún modo, como si pertenecieran a otra persona.

Jocelyn avanzó hacia ella, estirando los brazos.

—Clary...

Y Clary se encontró retrocediendo tan precipitadamente que golpeó la barra de cocina con la parte baja de la espalda. El dolor llameó a través de ella, pero apenas lo advirtió; miraba fijamente a su madre. Lo mismo hacía Simon, con la boca levemente abierta; también Amatis parecía consternada.

Isabelle se puso en pie, colocándose entre Clary y su madre. Deslizó la mano bajo el delantal, y Clary tuvo la impresión de que cuando la sacara empuñaría el delgado látigo de electro.

—¿Qué pasa aquí? —preguntó Isabelle—. ¿Quién es usted?

Su voz recia titubeó ligeramente a medida que parecía advertir la expresión del rostro de Jocelyn; ésta la miraba fijamente, con la mano sobre el corazón.

—Maryse. —La voz de Jocelyn fue apenas un susurro.

Isabelle pareció sobresaltada.

—¿Cómo sabe el nombre de mi madre?

El rostro de Jocelyn se ruborizó de golpe.

—Desde luego. Eres la hija de Maryse. Es sólo... qué te pareces tanto a ella. —Bajó la mano despacio—. Soy Jocelyn Fr... Fairchild. Soy la madre de Clary.

Isabelle sacó la mano de debajo del delantal y miró a Clary, confusa.

—Pero usted estaba en el hospital... en Nueva York...

—Sí —dijo Jocelyn con voz más firme—. Pero, gracias a mi hija, estoy perfectamente ahora. Y me gustaría estar un momento a solas con ella.

—No estoy segura —dijo Amatis— de que ella quiera estar un momento a solas contigo. —Estiró el brazo para posar la mano sobre el hombro de Jocelyn—. Se llevó una gran impresión...

Jocelyn se soltó de Amatis y avanzó hacia Clary, acercando las manos.

—Clary...

Por fin Clary recuperó la voz. Era una voz fría, gélida, tan enojada que la sorprendió:

—¿Cómo llegaste aquí, Jocelyn?

Su madre se detuvo en seco y una expresión de incertidumbre asomó a su rostro.

—Viajé a través de un Portal hasta las afueras de la ciudad en compañía de Magnus Bane. Ayer vino a verme al hospital..., trajo el antídoto. Me contó todo lo que hiciste por mí. Lo único que deseaba desde que desperté era verte... —Su voz se apagó—. Clary, ¿pasa algo?

—¿Por qué no me contaste nunca que tenía un hermano? —dijo ella.

No era lo que esperaba decir, no era siquiera lo que había planeado que saliera de su boca. Pero ahí estaba.

Jocelyn bajó las manos.

—Pensé que estaba muerto. Pensé que saberlo sólo te haría daño.

—Deja que te diga algo, mamá —repuso Clary—. Saber es mejor que no saber. Siempre.

—Lo siento... —empezó Jocelyn.

—¿Lo sientes? —Fue como si algo dentro de Clary se hubiera desgarrado y todo se vertiera al exterior, toda su amargura, su cólera contenida—. ¿Quieres explicarme por qué jamás me contaste que era una cazadora de sombras? ¿O que mi padre seguía vivo? Ah, ¿y qué hay de la parte en la que pagaste a Magnus para que me robara los recuerdos?

—Intentaba protegerte...

—Bien, ¡pues lo hiciste fatal! —La voz de Clary se elevó—. ¿Qué esperabas que pasara después de que desaparecieras? De no ser por Jace y los demás, estaría muerta. Jamás me enseñaste cómo protegerme. Jamás me contaste los peligros que existían realmente. ¿Qué pensabas? ¿Que si yo no podía ver los peligros, desaparecerían? —Los ojos le ardían—. Sabías que Valentine no estaba muerto. Le dijiste a Luke que creías que seguía vivo.

—Por eso tenía que ocultarte —dijo Jocelyn—. No podía arriesgarme a dejar que Valentine supiera dónde estabas. No podía permitir que te tocara...

—Porque convirtió a tu primer hijo en un monstruo —replicó Clary—, y no querías que me hiciera lo mismo a mí.

Muda por el asombro, Jocelyn no podía hacer otra cosa que mirarla atónita.

—Sí —dijo por fin—. Sí, pero eso no es todo, Clary...

—Me robaste los recuerdos —dijo Clary—. Me los quitaste. Me arrebataste quién era yo.

—¡Tú no eres eso! —exclamó Jocelyn—. Jamás quise que lo fueras...

—¡No importa lo que tú querías! —gritó Clary—. ¡Importa quién soy! ¡Me lo quitaste todo y no tenías derecho!

Jocelyn estaba lívida. A los ojos de Clary afloraron lágrimas —no podía soportar ver a su madre así, verla tan dolida, y sin embargo era ella quien la hería— y sabía que si volvía a abrir la boca, pronunciaría más palabras terribles, más frases odiosas y furibundas. Se tapó la boca con una mano y salió disparada hacia el pasillo, apartando a su madre, rechazando la mano extendida de Simon. Sólo quería era huir. Empujó ciegamente la puerta principal y casi cayó a la calle. Detrás de ella, alguien gritó su nombre, pero no volteó. Corría ya.

A Jace lo sorprendió un tanto descubrir que Sebastian había dejado el caballo de los Verlac en los establos en lugar de partir al galope en él la noche que huyó. A lo mejor había temido que *Caminante* pudiera ser localizado de algún modo.

Le proporcionó una cierta satisfacción ensillar al semental y cabalgar en él fuera de la ciudad. Sin duda alguna, si Sebastian hubiera querido realmente a *Caminante*, no lo habría dejado atrás... Además, para empezar, el caballo no había pertenecido realmente a Sebastian. Pero el hecho era que a Jace le gustaban los caballos. Tenía diez años la última vez que había montado uno, pero los recuerdos, lo complació advertir, regresaron rápidamente.

Clary y él necesitaron seis horas para regresar caminando desde la casa Wayland a Alacante. Cabalgando a todo galope, sólo necesitó unas dos horas. Para cuando frenó sobre la cresta desde la que se divisaba la casa y los jardines, tanto él como el caballo estaban cubiertos de una leve pátina de sudor.

Las salvaguardas que impedían hallar el camino hasta allí y que habían ocultado la casa antes habían quedado destruidas junto con los cimientos de la construcción. Lo que quedaba del elegante edificio era un montón de piedra humeante. Los jardines, chamuscados en los bordes ahora, todavía le devolvieron recuerdos de la época en que había vivido allí de niño. Recordó los rosales, despojados de sus flores y entretejidos de verdes hierbajos; los bancos de piedra colocados junto a estanques vacíos; y la hondonada donde había yacido con Clary la noche en que la casa se había derrumbado. Podía ver el destello azul del lago entre los árboles.

Una oleada de amargura lo embargó. Introdujo violentamente la mano en el bolsillo y extrajo primero una estela —la había «tomado prestada» de la habitación de Alec antes de partir, para reemplazar la que Clary había perdido; Alec podría conseguir otra— y luego el hilo que había tomado de la manga del abrigo de Clary. Descansaba en su palma, manchado de un rojo amarronado en un extremo. Cerró el puño a su alrededor, con fuerza suficiente para hacer que los huesos sobresalieran bajo la piel, y con la estela trazó una runa sobre el dorso de la mano. El leve ardor fue más familiar que doloroso. Contempló cómo la runa se hundía en la piel como una piedra hundiéndose a través del agua, y cerró los ojos.

En lugar de la parte posterior de los párpados vio un valle. Se encontró de pie en una cresta contemplándolo a sus pies, y como si estuviera mirando un mapa que indicaba su ubicación, supo exactamente dónde estaba. Recordó cómo la Inquisidora había sabido dónde estaba exactamente el barco de Valentine en mitad del East River y comprendió: «Así es como lo hizo». Cada detalle era nítido —cada brizna de hierba, el puñado de hojas cada vez más secas a sus pies—, pero no había ningún sonido. La escena estaba fantasmagóricamente silenciosa.

El valle tenía forma de herradura con un extremo más estrecho que el otro. Una cinta de brillante agua plateada —un riachuelo o un arroyo— corría por el centro y desaparecía entre rocas en el extremo estrecho. Junto al arroyo se encontraba una casa de piedra gris, con humo blanco surgiendo de la chimenea cuadrada. Era una curiosa escena campestre, tranquila bajo la mirada azul del cielo. Mientras observaba, una figura esbelta hizo su aparición: Sebastian. Ahora que no se molestaba en fingir, su arrogancia era patente en el modo de andar, en la proyección de los hombros, en la leve sonrisita burlona del rostro. Sebastian se arrodilló junto al arroyo y hundió las manos en él, echándose agua sobre el rostro y los cabellos.

Jace abrió los ojos. Detrás de él, *Caminante* pacía muy satisfecho. Jace volvió a introducir estela e hilo en el bolsillo, y tras una última mirada a las ruinas de la casa en la que creció, recogió las riendas y hundió los tacones en los flancos del caballo.

Clary yacía en la hierba cerca del borde de la Colina del Gard y contemplaba fijamente, con aire melancólico, Alacante. La vista desde allí era de lo más espectacular, tuvo que admitirlo. Podía contemplar los tejados de la ciudad, con sus elegantes esculturas y veletas con runas dibujadas, ver más allá de las agujas del Salón de los Acuerdos y dirigir la mirada hacia algo que brillaba muy a lo lejos como el borde de una moneda de plata... ¿el lago Lyn? Las ruinas negras del Gard se asomaban voluminosas tras la ciudad, y las torres de los demonios brillaban como cristal. A Clary casi le pareció que podía ver las salvaguardas, resplandeciendo igual que una red invisible tejida alrededor de los bordes de la ciudad.

Se miró las manos. Había arrancado varios puñados de hierba en los últimos espasmos de su cólera, y los dedos estaban pegajosos de tierra y sangre donde se partió una uña. Una vez que había pasado la furia, una sensación de total vacío la reemplazó. No se había dado cuenta de lo enfadada que había estado con su madre, no hasta que ésta cruzó la puerta y Clary dejó a un lado su pánico por la vida de Jocelyn y reparó en lo que había por debajo. Ahora que se encontraba mucho más tranquila, se preguntó si una parte de ella había querido castigar a su madre por lo que le había sucedido a Jace. Si a él no le hubieran mentido —si a los dos no les hubieran mentido— entonces tal vez el impacto de descubrir lo que Valentine le había hecho cuando no era más que un bebé no le habría empujado a un gesto tan próximo al suicidio.

—¿Te importa si te hago compañía?

Dio un brinco de sorpresa y rodó sobre el costado para mirar arriba. Simon estaba de pie observándola, con las manos en los bolsillos. Alguien —Isabelle, probablemente— le había dado una chamarra oscura del resistente material negro que los cazadores de sombras usaban para su uniforme. Un vampiro uniformado, se dijo Clary, pensando si sería la primera vez que sucedía.

—Te acercaste sin que me diera cuenta —dijo—. Imagino que no soy gran cosa como cazadora de sombras, ¿eh?

Simon se encogió de hombros.

—Bueno, en tu defensa diré que lo cierto es que me muevo con una silenciosa elegancia de pantera.

Muy a su pesar, Clary sonrió. Se sentó en el suelo, sacudiéndose la tierra de las manos.

—Adelante, únete a mí. Esta fiesta deprimente está abierta a todo el mundo.

Sentándose junto a ella, Simon contempló la ciudad y silbó.

—Bonitas vistas.

—Sí. —Clary lo miró de reojo—. ¿Cómo me encontraste?

—Bueno, necesité unas cuantas horas. —Sonrió, un poco picarón—. Luego recordé que cuando discutíamos, en primero, tú subías a enfurruñarte a mi tejado y mi madre tenía que hacerte bajar.

—¿Y?

—Te conozco —dijo—. Cuando te disgustas, huyes a zonas elevadas.

Le acercó algo: su abrigo verde, pulcramente doblado. Ella lo tomó y se lo puso; la pobre prenda mostraba ya claras señales de uso. Incluso había un pequeño agujero en el codo suficientemente grande como para meter un dedo por él.

—Gracias, Simon.

Entrelazó las manos alrededor de las rodillas y contempló con fijeza la ciudad. El sol estaba bajo, y las torres habían empezado a resplandecer con un tenue rosa rojizo.

—¿Te envió mi madre a buscarme?

Simon meneó la cabeza.

—Luke, en realidad. Y simplemente me pidió que te dijera que tal vez querrías regresar antes del crepúsculo. Algo bastante importante va a ocurrir.

—¿Qué?

—Luke dio de plazo a la Clave hasta el crepúsculo para decidir si estaban de acuerdo en ceder escaños a los subterráneos en el Consejo. Todos los subterráneos van a venir a la Puerta Norte cuando se ponga el sol. Si la Clave acepta, entrarán en Alacante. Si no...

—Los echará —finalizó Clary—. Y la Clave se rendirá a Valentine.

—Sí.

—Todos estarán de acuerdo —repuso ella—. Tienen que hacerlo. —Se abrazó las rodillas—. Jamás elegirían a Valentine. Nadie lo haría.

—Me alegro de ver que tu idealismo no sufrió daños —dijo Simon, y aunque su voz sonó frívola, Clary oyó otra voz a través de ella: la de Jace diciéndole que él no era un idealista; se estremeció a pesar del abrigo.

—Simon —dijo—, tengo una pregunta estúpida.

—¿Cuál?

—¿Dormiste con Isabelle?

Simon emitió un sonido estrangulado. Clary volteó lentamente para mirarle.

—¿Estás bien? —le preguntó.

—Eso creo —dijo él, recuperando el aplomo con aparente esfuerzo—. ¿Hablas en serio?

—Bueno, estuviste fuera toda la noche.

Simon permaneció en silencio un largo rato. Por fin dijo:

—No estoy seguro de que sea asunto tuyo, pero no.

—Bueno —repuso ella, tras una juiciosa pausa—, imagino que no te habrías aprovechado de ella cuando está tan desconsolada y todo eso.

Simon lanzó un bufido.

—Si alguna vez conoces a un hombre que haya podido aprovecharse de Isabelle, dímelo. Me gustaría estrecharle la mano. O salir huyendo de él a toda velocidad, no estoy seguro.

—De modo que no estás saliendo con Isabelle.

—Clary —dijo Simon—, ¿por qué me preguntas sobre Isabelle? ¿No prefieres hablar de tu madre? ¿O de Jace? Izzy me contó que se fue. Sé cómo te debes de sentir.

—No —dijo Clary—. No, no creo que lo sepas.

—No eres la única persona que se ha sentido abandonada alguna vez. —Había un tinte de impaciencia en la voz de Simon—. Imagino que simplemente pensaba... Quiero decir, jamás te ví tan enojada. Y contra tu madre. Pensaba que la extrañabas.

—¡Claro que la extrañaba! —respondió ella, comprendiendo mientras lo decía lo que debió parecer la escena de la cocina, y en es pecial a su madre; apartó la idea de su mente—. Es sólo que estuve tan concentrada en rescatarla... salvándola de Valentine, buscando un modo de curarla... que jamás me detuve siquiera a pensar en lo enfadada que estaba porque me mintió todos estos años, porque me ocultó la verdad. Nunca me dejó saber quién era yo en realidad.

—Pero eso no es lo que dijiste cuando entró en la cocina —explicó Simon en voz queda—. Dijiste: «¿Por qué no me contaste nunca que tenía un hermano?».

—Lo sé. —Clary arrancó una brizna de hierba de la tierra, retorciéndola entre los dedos—. Supongo que no puedo evitar pensar que si hubiera sabido la verdad, no habría conocido a Jace cómo lo hice. No me habría enamorado de él.

Simon permaneció en silencio un momento.

—No creo haberte oído decir eso antes.

—¿Que lo amo? —Clary rió, pero sonó deprimente incluso a sus oídos—. Parece inútil fingir que no a estas alturas. A lo mejor no importa. Probablemente no volveré a verlo jamás, de todos modos.

—Regresará.

—Quizá.

—Regresará —repitió Simon—. Por ti.

—No lo sé.

Clary negó con la cabeza. La temperatura descendía a medida que el sol se hundía para tocar la línea del horizonte. Entornó los ojos, inclinándose al frente y mirando con fijeza.

—Simon. Mira.

Él siguió su mirada. Más allá de las salvaguardas, en la Puerta Norte de la ciudad, cientos de figuras oscuras se congregaban, algunas amontonadas, otras manteniéndose aparte: los subterráneos a los que Luke convocó en auxilio de la ciudad esperaban paciente-

mente la noticia de que la Clave los dejaba entrar. Un escalofrío chisporroteó por la columna vertebral de Clary. No se hallaba tan sólo en
la cresta de aquella colina, contemplando en una inclinada pendiente la ciudad a sus pies, sino en el filo de una crisis, un acontecimiento
que cambiaría el funcionamiento de todo el mundo de los cazadores
de sombras.

—Están aquí —dijo Simon, medio para sí—. Me pregunto si eso
significa que la Clave se decidió.

—Eso espero. —La brizna de hierba con la que Clary había estado jugueteando era una destrozada masa verde; la arrojó a un lado y
arrancó otra—. No sé qué haré si deciden rendirse a Valentine. A lo
mejor puedo crear un Portal que nos lleve a todos lejos a algún lugar
donde él no nos encuentre nunca. Una isla desierta o algo así.

—Ahora soy yo quien tiene una pregunta estúpida —dijo Simon—. Puedes crear runas nuevas, ¿verdad? ¿Por qué no puedes
crear una que destruya a todos los demonios del mundo? ¿O que
mate a Valentine?

—No funciona así —respondió ella—. Sólo puedo crear runas
que soy capaz de visualizar. La imagen tiene que aparecer en mi cabeza, como un cuadro. Cuando intento visualizar «mata a Valentine»
o «gobierna el mundo» o algo así, no obtengo ninguna imagen. Sólo
veo blanco.

—Pero ¿de dónde crees que provienen las imágenes de las runas?

—No lo sé —dijo Clary—. Todas las runas de los cazadores de
sombras proceden del Libro Gris. Es por eso que sólo se pueden
colocar sobre nefilim; es su finalidad. Pero existen otras runas más
antiguas. Magnus me lo contó. Como la Marca de Caín. Era una
marca de protección, pero no procede del Libro Gris. Así que cuando pienso en estas runas, como la runa para no tener miedo, no sé si
es algo que estoy inventando, o algo que recuerdo; runas más antiguas que los cazadores de sombras. Runas tan antiguas como los
ángeles mismos.

371

Pensó en la runa que Ithuriel le enseñó, la que era tan sencilla como un nudo. ¿Había surgido de su mente o de la del ángel? ¿O era algo que siempre había existido, como el mar o el cielo? Ese pensamiento la hizo tiritar.

—¿Tienes frío? —preguntó Simon.

—Sí... ¿tú no?

—Yo ya no siento frío.

La rodeó con un brazo, frotándole la espalda con la mano en lentos círculos. Lanzó una risita pesarosa.

—Imagino que esto probablemente no sirve de mucho; como no poseo calor corporal ni todo eso...

—No —dijo Clary—. Quiero decir... sí, claro que sirve. Quédate así.

Le dirigió una ojeada. Tenía la vista fija en la Puerta Norte, alrededor de la cual las figuras de los subterráneos todavía se amontonaban, casi inmóviles. La luz roja de las torres de los demonios se reflejaba en sus ojos; parecía alguien en una fotografía tomada con un flash. Pudo ver las tenues venas azules extendiéndose como una telaraña justo por debajo de la superficie de la piel allí donde era más fina: en las sienes, en la base de la clavícula. Ella conocía lo suficiente sobre vampiros para saber que significaba que había transcurrido un cierto tiempo desde la última vez que se había alimentado.

—¿Tienes hambre?

Ahora fue él quien la miró.

—¿Temes que te muerda?

—Ya sabes que puedes tomar mi sangre siempre que lo desees.

Un escalofrío, que no era de frío, lo recorrió, y la apretó más contra su costado.

—Jamás haría eso —dijo, y luego, en tono más ligero—: Además, ya bebí la sangre de Jace... Ya me cansé de vivir a costa de mis amigos.

Clary pensó en la cicatriz plateada que tenía Jace en un lado de la garganta. Lentamente, con la mente todavía ocupada por la imagen de Jace, dijo:

—¿Crees que es por eso que...?

—¿Por eso qué?

—Que el sol no te daña. Quiero decir, antes de aquello sí te dañaba, ¿verdad? ¿Antes de aquella noche en el barco?

Él asintió de mala gana.

—¿Cambió alguna otra cosa? ¿O es simplemente porque bebiste su sangre?

—¿Te refieres a que es debido a que él es nefilim? No. Hay algo más. Tú y Jace... ustedes no son del todo normales, ¿verdad? Me refiero a que no son cazadores de sombras normales. Hay algo especial en ustedes dos. Como la reina seelie dijo, son experimentos. —Sonrió ante su expresión sobresaltada—. No soy estúpido. Puedo sumar dos más dos. Tú con poderes para crear runas, y Jace, bueno... nadie podría ser tan irritante sin alguna clase de ayuda sobrenatural.

—¿Realmente te desagrada tanto?

—Jace no me desagrada —protestó Simon—. Quiero decir, lo odiaba al principio, claro. Parecía tan arrogante y seguro de sí mismo, y tú actuabas como si él fuera la cosa más maravillosa del mundo...

—No es verdad.

—Déjame terminar, Clary.

Había un trasfondo entrecortado en la voz de Simon. Daba la impresión de correr hacia algo.

—Me daba cuenta de lo mucho que te gustaba, y pensaba que te estaba utilizando, que no eras más que una estúpida chica mundana a la que podía impresionar con sus trucos de cazador de sombras. Primero me dije que nunca te lo tragarías, y luego que, incluso aunque lo hicieras, él se acabaría cansando de ti y tú regresarías a mi lado. No estoy orgulloso de eso, pero cuando estás desesperado creerías cualquier cosa, supongo. Y luego, cuando resultó que era tu hermano, me pareció como un indulto de última hora... y me alegré.

Incluso me alegré al ver lo mucho que parecía sufrir, hasta esa noche en la corte seelie cuando lo besaste. Pude ver...

—¿Ver qué? —preguntó Clary, incapaz de soportar la pausa.

—Cómo te miraba. Lo comprendí entonces. Nunca te estuvo utilizando. Te amaba, y eso lo estaba matando.

—¿Por eso fuiste al Dumort? —susurró ella.

Era algo que siempre había querido saber pero que nunca había sido capaz de preguntar.

—¿Por ustedes? No, en realidad no. Desde aquella noche en el hotel, había deseado regresar. Soñaba con eso. Y me despertaba fuera de la cama, vistiéndome, o ya en la calle, y sabía que quería regresar al hotel. De noche, era siempre peor, y mucho peor cuanto más cerca me encontraba del hotel. No se me ocurrió siquiera que fuera algo sobrenatural; pensaba que era estrés postraumático o algo así. Esa noche estaba tan agotado y furioso, y estábamos tan cerca del hotel, y era de noche... Apenas recuerdo siquiera lo sucedido. Sólo recuerdo que me fui del parque, y luego... nada.

—Pero si no hubieras estado enojado conmigo... si no te hubiéramos disgustado...

—No podían evitar lo que sentían —dijo Simon—. Y yo, de hecho, lo sabía. Sólo puedes reprimir la verdad durante un tiempo limitado, y luego vuelve a borbotear a la superficie. El error que cometí fue no decirte lo que me estaba pasando, no hablarte de mis sueños. Pero no lamento haber salido contigo. Me alegro de que lo intentáramos. Y te quiero por probarlo, incluso aunque no fuera a funcionar jamás.

—Yo deseaba mucho que saliera bien —repuso ella con voz queda—. Jamás quise herirte.

—Yo no lo cambiaría por nada —dijo Simon—. No renunciaría a amarte. Por nada. ¿Sabes lo que me dijo Raphael? Que no sabía cómo ser un buen vampiro, que los vampiros aceptan que están muertos. Mientras recuerde lo que sentí al amarte, siempre me sentiré como si estuviera vivo.

—Simon...

—Mira. —La interrumpió con un ademán, abriendo más sus ojos oscuros—. Ahí abajo.

El sol era una esquirla roja en el horizonte; mientras ella miraba, titiló y se desvaneció, desapareciendo tras el oscuro borde del mundo. Las torres de los demonios de Alacante llamearon adquiriendo una repentina vida incandescente. A su luz Clary pudo ver que la oscura multitud se arremolinaba inquieta alrededor de la Puerta Norte.

—¿Qué sucede? —susurró—. El sol se puso; ¿por qué no se abren las puertas?

Simon estaba totalmente inmóvil.

—La Clave —dijo—. Deben de haber rechazado el tratado de Luke.

—¡Pero no pueden hacerlo! —La voz de Clary se alzó aguda—. Eso significaría...

—Van a rendirse a Valentine.

—¡No pueden! —volvió a gritar Clary, pero vio cómo los grupos de oscuras figuras que rodeaban las salvaguardas se daban la vuelta y se alejaban de la ciudad, marchando en tropel igual que las hormigas de un hormiguero destruido.

El rostro de Simon aparecía amarillento bajo la luz que se desvanecía.

—Supongo —dijo— que realmente nos odian hasta ese punto. Prefieren elegir a Valentine.

—No es odio —replicó Clary—. Sienten miedo. Incluso Valentine sentía miedo. —Lo dijo sin pensar, y comprendió mientras lo decía que era cierto—. Sienten miedo y celos.

Simon la miró sorprendido.

—¿Celos?

Pero Clary había regresado al sueño que Ithuriel le había mostrado, y la voz de Valentine resonaba en sus oídos. «Quería preguntarle por qué. Por qué nos creó a su raza de cazadores de sombras, pero sin embargo no nos dio los poderes que tienen los subterráneos: la velocidad de los lobos, la inmortalidad de los seres mágicos, la magia de los brujos, ni siquiera la resistencia física de los vampiros. Nos dejó desnudos ante las huestes del infierno salvo por estas líneas pintadas en nuestra piel. ¿Por qué deberían ser sus poderes mayores que los nuestros? ¿Por qué no podemos participar de lo que ellos tienen?»

Sus labios se entreabrieron y contempló fijamente, sin verla, la ciudad a sus pies. Era vagamente consciente de que Simon estaba pronunciando su nombre, pero las ideas se agolpaban en su cabeza. El ángel pudo mostrarle cualquier cosa, se dijo, pero eligió mostrarle aquellas escenas, aquellos recuerdos, por un motivo. Pensó en Valentine gritando: «¡Que nos veamos ligados a los subterráneos, atados a esas criaturas!».

Y la runa. La runa que soñó. La runa que era tan sencilla como un nudo.

«¿Por qué no podemos participar de lo que ellos tienen?»

—Ligazón —dijo en voz alta—. Es una runa de conexión. Une lo parecido y lo distinto.

—¿Qué? —Simon alzó los ojos para mirarla perplejo.

Ella se puso en pie precipitadamente, sacudiéndose la tierra.

—Tengo que bajar. ¿Dónde están?

—¿Dónde están quiénes? Clary...

—La Clave. ¿Dónde se reúnen? ¿Dónde está Luke?

Simon se levantó.

—En el Salón de los Acuerdos. Clary...

Pero ella corría ya en dirección al sinuoso sendero que conducía a la ciudad. Maldiciendo por lo bajo, Simon la siguió.

«Dicen que todas las calzadas conducen al Salón.» Las palabras de Sebastian martilleaban una y otra vez en la cabeza de Clary mientras corría a toda velocidad por las angostas calles de Alacante. Esperaba que fuera verdad, porque de lo contrario iba a perderse con toda seguridad. Las calles serpenteaban en extraños ángulos, no como las encantadoras calles rectas en cuadrícula de Manhattan. En Manhattan uno siempre sabía dónde estaba. Todo estaba claramente numerado y dispuesto. Esto era un laberinto.

Cruzó como una exhalación un patio diminuto y siguió por uno de los estrechos senderos de los canales, sabiendo que si seguía el agua, acabaría por salir a la plaza del Ángel. Con cierta sorpresa por su parte, el sendero la condujo frente a la casa de Amatis, y a continuación ya pudo correr, jadeante, por una calle más amplia y familiar que describía una curva. Por ella, fue a dar a la plaza; el Salón de los Acuerdos se presentaba amplio y blanco ante ella y la estatua del ángel brillaba en el centro de la plaza. De pie junto a la estatua estaba Simon, con los brazos cruzados, contemplándola sombrío.

—Podrías haberme esperado —dijo.

Ella se dobló hacia delante con las manos sobre las rodillas, para recuperar el aliento.

—No... no puedes decirlo en serio... si de todos modos llegaste aquí antes que yo.

—Velocidad de vampiro —repuso él con cierta satisfacción—. Cuando volvamos a casa, debería dedicarme al atletismo.

—Eso sería... hacer trampas. —Con una última profunda bocanada, Clary se irguió y se apartó los sudados cabellos de los ojos—. Ven. Entremos.

El Salón estaba lleno de cazadores de sombras, más de los que Clary había visto nunca juntos, incluso la noche del ataque de Valentine. Sus voces formaban un rugido que recordaba un violento alud; la mayoría de ellos se había reunido en grupos que discutían a gritos... El estrado estaba desierto, y el mapa de Idris colgaba solitario detrás de él.

Clary miró a su alrededor buscando a Luke. Tardó un momento en localizarlo, apoyado contra un pilar con los ojos entrecerrados. Tenía un aspecto espantoso... hecho polvo, con los hombros hundidos. Amatis estaba de pie detrás de él, dándole palmadas en el hombro con aire de preocupación. Clary paseó la mirada por la estancia, pero no vio a Jocelyn por ninguna parte.

Vaciló tan sólo un momento. Luego pensó en Jace yendo tras Valentine, solo, sabiendo perfectamente que podía morir. Él sabía que formaba parte de todo aquello, igual que ella; desde siempre. La adrenalina todavía corría por ella, agudizando su percepción, consiguiendo que todo pareciera claro. Demasiado claro. Oprimió la mano de Simon.

—Deséame suerte —dijo, y entonces los pies empezaron a conducirla hacia los escalones del estrado, casi sin pretenderlo, y a continuación se encontró sobre éste y encarando a todos.

No estaba segura de lo que esperaba. ¿Exclamaciones de sorpresa? ¿Una multitud de rostros callados y expectantes? Ellos apenas se percataron de su presencia; únicamente Luke levantó los ojos, como si la percibiera allí, y se quedó paralizado con una expresión estupefacta en el rostro. Además, alguien se dirigía hacia ella por entre el gentío: un hombre alto con huesos tan prominentes como la proa de un velero. El Cónsul Malachi. Le hacía gestos para que bajara del estrado, sacudiendo la cabeza a la vez que gritaba algo que ella no oía. Otros cazadores de sombras empezaban a voltear hacia ella mientras tanto.

Clary tenía ya lo que quería: que todos le prestaran atención. Oyó los susurros que corrían entre la gente: «Es ella. La hija de Valentine».

—Tienen razón —dijo, proyectando la voz tan lejos y con tanta potencia como pudo—. Soy la hija de Valentine. Ni siquiera sabía que era mi padre hasta hace unas pocas semanas. Sé que muchos de ustedes no van a creerme, pero no importa. Crean lo que quieran. Siempre y cuando crean también que sé cosas sobre Valentine que ustedes desconocen, cosas que podrían ayudarlos a ganar esta batalla contra él... si me dejan que les cuente cuáles son.

—Ridículo. —Malachi estaba parado al pie de los escalones que conducían al estrado—. Esto es ridículo. Sólo eres una niñita...

378

—Es la hija de Jocelyn Fairchild.

Era Patrick Penhallow. Se abrió paso entre la multitud y levantó una mano.

—Deja que la chica diga lo que tenga que decir, Malachi.

La gente no dejaba de cuchichear.

—Tú —le dijo Clary al Cónsul—. Tú y el Inquisidor encerraron a mi amigo Simon.

—¿Tu amigo el vampiro? —inquirió Malachi con una mueca despectiva.

—Me contó que le preguntaron qué le pasó al barco de Valentine aquella noche en el East River. Creen que Valentine debió de hacer algo, alguna especie de magia negra. Bien, no lo hizo. Si quieren saber qué destruyó ese barco, la respuesta soy yo. Yo lo hice.

Las carcajadas incrédulas de Malachi encontraron eco entre la multitud. Luke la miraba, sacudiendo la cabeza, pero Clary prosiguió:

—Lo hice gracias a una runa —dijo—. Era una runa tan potente que hizo que el barco se hiciera pedazos. Puedo crear runas nuevas. No sólo las que hay en el Libro Gris. Runas que nadie vio jamás... Runas poderosas...

—Es suficiente —rugió Malachi—. Esto es ridículo. Nadie puede crear runas nuevas. Es totalmente imposible. —Volteó hacia el gentío—. Esta niña no es más que una mentirosa, como su padre.

—No está mintiendo.

La voz surgió de la parte de atrás de la multitud. Era clara, fuerte y resuelta. La gente se volvió y Clary pudo ver quién había hablado: era Alec. Estaba parado con Isabelle a un lado y Magnus al otro. Simon estaba con ellos, y también Maryse Lightwood. Formaban un grupo pequeño y de aspecto decidido junto a las puertas de la calle.

—Yo la ví crear una runa. Incluso la usó en mí. Funcionó.

—Mientes —dijo el Cónsul, pero la duda se deslizaba ya hasta sus ojos—. Para proteger a tu amiga...

—Dice la verdad, Malachi —intervino Maryse en tono resuelto—. ¿Por qué tendría mi hijo que mentir sobre algo tan importante, cuando la verdad se puede descubrir tan fácilmente? Proporciónale una estela a la chica y deja que cree una runa.

Un murmullo de asentimiento recorrió el Salón. Patrick Penhallow se acercó y levantó una estela en dirección a Clary. Ésta la tomó agradecida y se volvió de nuevo hacia todos.

La boca se le secó. La adrenalina seguía allí, pero no era suficiente para sofocar por completo su miedo escénico. ¿Qué se suponía que tenía que hacer? ¿Qué clase de runa podía crear para convencer a aquella muchedumbre de que decía la verdad? ¿Qué les mostraría la verdad?

Miró entonces más allá, por entre la gente, y vio a Simon con los Lightwood, mirándola a través del espacio vacío que los separaba. Era el mismo modo en que Jace la había mirado en la casa solariega. Era el hilo que vinculaba a los dos muchachos que tanto quería, se dijo, lo único que tenían en común: ambos creían en ella incluso cuando ella misma no lo hacía.

Mirando a Simon y pensando en Jace, bajó la estela y dirigió la afilada punta al interior de su propia muñeca, donde latía el pulso. No miró abajo mientras lo hacía sino que dibujó ciegamente, confiando en sí misma y en la estela para crear la runa que necesitaba. La dibujó tenuemente, sin apretar —la necesitaría sólo un momento— pero sin ninguna vacilación. Cuando terminó, levantó la cabeza y abrió los ojos.

Lo primero que vio fue a Malachi. Su rostro había palidecido, retrocedía ante ella con una expresión de horror. Dijo algo —una palabra en un idioma que ella no reconoció—. Detrás de él vio a Luke, mirándola fijamente, con la boca levemente abierta.

—¿Jocelyn? —dijo Luke.

Clary sacudió la cabeza hacia él, muy levemente, y contempló a la multitud. Era una masa borrosa de rostros, que aparecían y desaparecían mientras los miraba fijamente. Algunos sonreían, otros paseaban la mirada por los ahí reunidos con expresión sorprendida, algunos se volvían hacia la persona que tenían al lado. Unos pocos mostraban expresiones de horror o asombro, con las manos apretadas sobre sus bocas. Vio que Alec le echaba un vistazo a Magnus, y luego a ella, con incredulidad, y vio a Simon contemplándola con perplejidad. Luego Amatis se acercó, apartando de un empujón el corpachón de Patrick Penhallow, y corrió hasta el borde del estrado.

—¡Stephen! —dijo, alzando los ojos hacia Clary con una especie de aturdido asombro—. ¡Stephen!

—¡Ah! —dijo Clary—. ¡Ah, Amatis, no!

Y entonces sintió cómo la magia de la runa se deslizaba fuera de ella, como si se hubiera despojado de una fina prenda invisible. El rostro ansioso de Amatis se quedó boquiabierto, y la mujer se apartó del estrado, con una expresión entre alicaída y atónita.

Clary contempló a todos. Estaban en absoluto silencio, mirándola.

—Sé lo que acaban de ver —dijo—. Y sé que saben que esa clase de magia está más allá de cualquier *glamour* o ilusión. Y lo hice con una runa, una única runa, una runa que creé. Existen razones que explican por qué tengo esta habilidad, y sé que podrían no gustarles o que incluso podrían no creerlas, pero no importa. Lo que importa es que puedo ayudarlos a ganar esta batalla contra Valentine, si me dejan.

—No habrá batalla contra Valentine —dijo Malachi, sin mirarla a los ojos al hablar—. La Clave ha decidido. Aceptaremos los términos de Valentine y depondremos las armas mañana por la mañana.

—No pueden hacerlo —replicó ella, con un asomo de desesperación en la voz—. ¿Piensan que todo estará bien por el mero hecho de ceder? ¿Creen que Valentine les permitirá seguir viviendo como lo han hecho hasta ahora? ¿Creen que limitará sus matanzas a demonios y subterráneos? —Barrió la habitación con la mirada—. La mayoría de ustedes no ha visto a Valentine en quince años. Tal vez han olvidado cómo es en realidad. Pero yo lo sé. Lo oí hablar sobre sus planes. Piensan que podrán seguir viviendo sus vidas bajo el gobierno de Valentine, pero no podrán. Los controlará completamente, porque siempre podrá amenazarlos con destruirlos mediante los Instrumentos Mortales. Empezará con los subterráneos, desde luego. Pero luego irá a por la Clave. Los matará a ellos primero porque cree que son débiles y corruptos. Luego empezará con cualquiera que tenga a un subterráneo en la familia. Tal vez un hermano hombre lobo... —sus ojos se movieron hasta Amatis—, o una rebelde hija adolescente que sale de vez en cuando con un caballero hada... —y entonces miró a los Lightwood—, o cualquiera que haya tenido una simple amistad con un subterráneo. Y luego irá tras cualquiera que haya contratado alguna vez los servicios de un brujo. ¿A cuántos de ustedes incluye eso?

—Eso es una estupidez —dijo Malachi en tono seco—. Valentine no está interesado en destruir a los nefilim.

—Pero cree que nadie que se relacione con subterráneos es digno de ser llamado nefilim —insistió Clary—. Miren, su guerra no es contra Valentine. Es contra los demonios. Mantener a los demonios fuera de este mundo es su mandato, un mandato divino. Y no pueden ignorar un mandato divino así sin más. Los subterráneos también odian a los demonios. También los destruyen. Si Valentine se sale con la suya, pasará tanto tiempo intentando asesinar a cualquier subterráneo, y a todo cazador de sombras que se haya asociado alguna vez con ellos, que se olvidará de los demonios, y lo mismo harán ustedes, porque estarán muy ocupados sintiendo miedo de Valentine. Y ellos invadirán el mundo, y ahí se acabará todo.

—Veo adónde quiere ir a parar —dijo Malachi entre dientes—. No pelearemos junto a los subterráneos en una batalla que no podemos ganar...

—Pero pueden ganarla —dijo Clary—. Claro que pueden.

Tenía la garganta seca, le dolía la cabeza, y los rostros de la multitud parecían fusionarse en una masa borrosa sin rasgos característicos, puntuada aquí y allí por suaves estallidos luminosos. «Pero no puedes detenerte ahora. Tienes que seguir adelante. Tienes que intentarlo.»

—Mi padre odia a los subterráneos porque les tiene celos —prosiguió; las palabras tropezaban unas con otras—. Está celoso y tiene miedo de todas las cosas que ellos pueden hacer y él no. Aborrece que en ciertos aspectos sean más poderosos que los nefilim, y apuesto a que a muchos les pasa igual. Es fácil sentir miedo de aquello que uno no comparte. —Tomó aire—. Pero ¿y si pudieran compartirlo? ¿Y si yo fuera capaz de crear una runa que los conecte a cada uno de ustedes, a cada cazador de sombras, con un subterráneo que estuviera luchando a su lado, y pudieran compartir sus poderes: si ustedes sanaran tan rápido como un vampiro, fueran tan resistentes como un hombre lobo o tan veloces como un caballero hada, y ellos, por su parte, pudieran compartir su adiestramiento, sus habilidades para el combate? Serían una fuerza invencible... si dejan que les ponga la Marca y pelean junto a los subterráneos. Porque si no pelean a su lado, las runas no funcionarán. —Hizo una pausa—. Por favor —dijo, pero la palabra surgió casi inaudible de su garganta reseca—. Por favor, dejen que les haga la Marca.

Sus palabras cayeron sobre un silencio resonante. El mundo se movió en un cambiante remolino borroso, y reparó en que había pronunciado la última mitad del discurso con la vista clavada en el techo del Salón y que los suaves estallidos blancos que había visto habían sido las estrellas que iban apareciendo en el cielo nocturno una a una. El silencio se prolongó mientras sus manos, a los costados, se cerraban lentamente en puños. Y luego, lentamente, muy lentamente, bajó la mirada y la cruzó con los ojos de la multitud que la miraba con fijeza.

17

EL RELATO DE LA CAZADORA DE SOMBRAS

Clary estaba sentada en el escalón superior del Salón de los Acuerdos, contemplando la plaza del Ángel. La luna había salido un poco antes y resultaba apenas visible por encima de los tejados de las casas. Las torres de los demonios reflejaban sobre el suelo su luz de un blanco plateado. La oscuridad ocultaba tan bien las cicatrices y magulladuras de la ciudad, que tenía un aspecto apacible bajo el cielo nocturno... si uno no miraba arriba hacia la Colina del Gard y el contorno en ruinas de la ciudadela. Algunos guardias patrullaban la plaza a sus pies, y aparecían y desaparecían a medida que entraban y salían de la zona iluminada por las farolas de luz mágica, ignorando deliberadamente la presencia de Clary.

Unos pocos escalones por debajo de ella, Simon paseaba de un lado a otro; sus pisadas resultaban totalmente silenciosas. Tenía las manos en los bolsillos, y cuando daba la vuelta al final de la escalinata para volver a iniciar la marcha hacia el extremo donde estaba ella, la luz de la luna brillaba en su tez pálida como si fuera una superficie reflejante.

—Deja de dar vueltas —le dijo ella—. Me pones nerviosa.

—Lo siento.

—Es como si lleváramos aquí fuera desde hace una eternidad.

—Clary aguzó el oído, pero no pudo oír más que el amortiguado murmullo de voces que llegaban a través de las cerradas puertas dobles del Salón—. ¿Oyes lo que dicen dentro?

Simon entrecerró los ojos; pareció concentrarse profundamente.

—Un poco —dijo tras una pausa.

—Ojalá estuviera ahí dentro —dijo Clary, golpeando los tacones con irritación contra los escalones.

Luke le pidió que aguardara al otro lado de las puertas mientras la Clave deliberaba; quiso enviar a Amatis fuera con ella, pero Simon insistió en ir en su lugar, argumentando que sería mejor tener a Amatis dentro para apoyar a Clary.

—Ojalá pudiera participar en la reunión.

—No —dijo Simon—. Mejor no.

La joven sabía por qué Luke le había pedido que esperara fuera. Podía imaginar lo que estaban diciendo sobre ella allí dentro. «Mentirosa. Bicho raro. Idiota. Loca. Estúpida. Monstruo. La hija de Valentine.» Tal vez estaba mejor fuera del Salón, pero la tensión de anticipar la decisión de la Clave resultaba casi dolorosa.

—A lo mejor puedo escalar uno de ésos —dijo Simon, observando los gruesos pilares blancos que sostenían el tejado inclinado del Salón.

Había runas talladas en ellos en dibujos que se sobreponían, pero aparte de eso no había asideros visibles.

—Así estaría menos nervioso.

—Vamos, Simon —dijo Clary—. Eres un vampiro, no Spiderman.

La única respuesta de Simon fue trotar suavemente escalones arriba hasta la base de un pilar. Lo contempló pensativamente por un momento antes de colocar las manos en él y empezar a trepar. Clary lo contempló boquiabierta, mientras las yemas de sus dedos y los pies encontraban asideros imposibles en la piedra llena de aristas.

—¡Eres Spiderman! —exclamó.

Simon echó una ojeada abajo desde su posición a medio camino de la parte superior del pilar.

—Eso te convierte en Mary Jane. Es pelirroja —dijo; echó una ojeada sobre la ciudad y entrecerró los ojos—. Creí que podría ver la Puerta Norte desde aquí, pero no estoy suficientemente alto.

Clary sabía por qué quería ver la puerta. Habían despachado mensajeros hacia allí para pedir a los subterráneos que esperaran mientras la Clave deliberaba, y Clary sólo podía esperar que estuvieran dispuestos a hacerlo. Y si era así, ¿cómo estaban las cosas allí fuera? Clary se imaginó a la multitud esperando, dando vueltas, haciéndose preguntas...

Las puertas dobles del Salón se abrieron ligeramente. Una figura delgada se deslizó por la abertura, cerró la puerta, y se acercó a Clary. Estaba en sombras, y hasta que no avanzó y estuvo más cerca de la luz mágica que iluminaba los escalones, Clary no distinguió la brillante llamarada de su melena roja y reconoció a su madre.

Jocelyn levantó la mirada con expresión desconcertada.

—Bueno, hola, Simon. Me alegro de ver que te estás... adaptando.

Simon soltó el pilar y se dejó caer, aterrizando suavemente a los pies de la columna. Parecía un tanto avergonzado.

—Hola, señora Fray.

—No sé si sirve de gran cosa que me llames así ahora —dijo la madre de Clary—. Quizá deberías llamarme Jocelyn a secas. —Vaciló—. Sabes, extraña como es... esta... situación, me reconforta verte aquí con Clary. Ni siquiera recuerdo la última vez que estuvieron separados.

Simon pareció sumamente turbado.

—Me alegro de verla, también.

—Gracias, Simon. —Jocelyn dirigió una rápida mirada a su hija—. Bien, Clary, ¿habría algún inconveniente en que conversáramos un momento? ¿A solas?

Clary permaneció sentada totalmente inmóvil durante un momento, con la mirada fija en su madre. Le resultaba difícil no sentirse como si estuviera mirando a una desconocida. Notaba un nudo en la garganta, un nudo que casi le impedía hablar. Le echó un vistazo a

Simon, que esperaba inequívocamente una señal suya que le indica-ra si debía quedarse o marchar. La muchacha suspiró.

—De acuerdo.

Simon dedicó a Clary un alentador gesto con los pulgares hacia arriba antes de desaparecer de vuelta al interior del Salón. Clary volteó y miró fijamente abajo hacia la plaza, contemplando a los guardias que hacían ronda, mientras Jocelyn se acercaba y se sentaba a su lado. Una parte de Clary quería inclinarse hacia el costado y descansar su cabeza sobre el hombro de su madre. Podría incluso cerrar los ojos y fingir que todo estaba bien. Pero otra parte de ella sabía que no serviría de nada; no podía mantener los ojos cerrados eternamente.

—Clary —dijo Jocelyn por fin, en voz muy baja—, lo siento mu-cho.

Clary se contempló las manos. Reparó en que todavía sujetaba la estela de Patrick Penhallow. Esperó que él no pensara que tenía in-tención de robársela.

—Jamás pensé que volvería a ver este lugar —siguió Jocelyn.

Clary dedicó una cautelosa mirada de reojo a su madre y vio que miraba hacia la ciudad, hacia las torres de los demonios, que proyec-taban su pálida luz blanquecina sobre la línea del horizonte.

—Soñaba con él a veces. Incluso quería pintarlo, pintar mis re-cuerdos de él, pero no podía hacerlo. Pensaba que si alguna vez veías las pinturas, podrías hacer preguntas, podrías preguntarte cómo habían aparecido aquellas imágenes en mi cabeza. Me asustaba tanto que descubrieras de dónde procedía yo realmente... Quién era en realidad.

—Y ahora lo descubrí.

—Así es —dijo Jocelyn con un asomo de nostalgia en la voz—. Y tienes motivos para odiarme.

—No te odio, mamá —dijo Clary—. Pero...

—No confías en mí —replicó ella—. No puedo culparte. Debí contarte la verdad. —Tocó el hombro de Clary levemente y pareció sentirse animada cuando su hija no se apartó—. Podría decirte que lo hice para protegerte, pero sé cómo debe de sonar. Estaba ahí, en el Salón, observándote, hace un rato...

—¿Estabas allí? —Clary se sobresaltó—. No te vi.

—Estaba justo al fondo del Salón. Luke me había pedido que no fuera a la reunión, que mi presencia no haría más que alterar a todo el mundo y confundirlo todo, y probablemente tenía razón, pero deseaba tanto estar allí. Me deslicé dentro una vez iniciada la reunión y me oculté entre las sombras. Pero estaba allí. Y quería decirte...

—¿Que hice un ridículo espantoso? —preguntó Clary con amargura—. Eso ya lo sé.

—No. Quería decirte que me sentí orgullosa de ti.

Clary se dio la vuelta para mirar a su madre.

—¿De verdad?

—Claro que sí. —Jocelyn asintió—. Cómo te plantaste ante la Clave. Cómo les mostraste lo que podías hacer. Hiciste que te miraran y vieran a la persona que más amaban en el mundo, ¿verdad?

—Sí —dijo Clary—. ¿Cómo lo supiste?

—Porque los oí a todos pronunciar nombres diferentes —respondió Jocelyn con suavidad—. Pero yo seguía viéndote a ti.

—Ah. —Clary bajó la vista hacia sus pies—. Bueno, sigo sin estar segura de si me creen sobre lo de las runas. Quiero decir, espero que sí, pero...

—¿Puedo verla? —preguntó Jocelyn.

—¿Ver qué?

—La runa. La que creaste para conectar a cazadores de sombras y subterráneos. —Vaciló—. Si no me la puedes mostrar...

—No, no pasa nada.

Con la estela, Clary trazó sobre el mármol del escalón del Salón de los Acuerdos las líneas de la runa que el ángel le había enseñado, y éstas llamearon con ardientes líneas doradas mientras dibujaba. Era una runa poderosa, un mapa de líneas curvas que se sobreponían a una matriz de líneas rectas. Simple y compleja al mismo tiempo. Clary comprendió entonces por qué le había parecido de algún modo incompleta cuando la visualizó antes: necesitaba una runa equivalente para hacerla funcionar. Una gemela. Una compañera.

—Alianza —dijo, retirando la estela—. Así es como la llamo.

Jocelyn observó en silencio mientras la runa llameaba y se desvanecía, dejando tenues líneas negras sobre la piedra.

—Cuando era joven —dijo por fin—, luché con tanta energía para unir a subterráneos y cazadores de sombras, para proteger los Acuerdos. Pensaba que perseguía una especie de sueño... algo que la mayoría de los cazadores de sombras apenas podían imaginar. Y ahora tú lo hiciste posible. —Pestañeó con energía—. Me di cuenta de algo observándote en el Salón. ¿Sabes?, todos estos años intenté protegerte ocultándote. Por eso odiaba que fueras a esa discoteca, al Pandemónium. Sabía que era un lugar donde los subterráneos y los mundanos se mezclaban... y que eso significaba que habría cazadores de sombras allí. Imaginaba que era algo que llevabas en la sangre lo que te arrastraba a aquel lugar, algo que reconocía el mundo de las sombras incluso sin tu Visión. Pensaba que estarías a salvo si conseguía ocultarte ese mundo. Jamás se me ocurrió intentar protegerte ayudándote a ser fuerte y a pelear. —Parecía triste—. Pero de algún modo conseguiste ser fuerte igualmente. Suficientemente fuerte para que te cuente la verdad, si todavía quieres escucharla.

—No lo sé. —Clary pensó en las imágenes que el ángel le había mostrado, en lo terribles que habían sido—. Sé que estaba enfadada contigo por mentirme. Pero no estoy segura de querer averiguar más cosas horribles.

—Hablé con Luke. Él pensó que deberías saber lo que tengo que contarte. Toda la historia. Por completo. Cosas que jamás le he contado a nadie, que nunca le conté a él siquiera. No puedo prometerte que la verdad sea agradable. Pero es la verdad.

«La Ley es dura, pero es la Ley.» Le debía a Jace averiguar la verdad tanto como se lo debía a sí misma. Clary cerró con más fuerza la mano sobre la estela y sus nudillos se tornaron blancos.

—Quiero saberlo todo.

—Todo... —Jocelyn inspiró profundamente—. Ni siquiera sé por dónde empezar.

—¿Qué tal comenzar por cómo pudiste casarte con Valentine? Cómo pudiste casarte con un hombre así, convertirlo en mi padre... Es un monstruo.

—No; es un hombre. No es un buen hombre. Pero si quieres saber por qué me casé con él, fue porque lo amaba.

—No puedes haberlo amado —dijo Clary—. Nadie podría.

—Tenía tu edad cuando me enamoré de él —respondió Jocelyn—. Pensé que era perfecto: brillante, listo, maravilloso, divertido, encantador. Ya sé que me miras como si hubiera perdido el juicio. Tú sólo conoces a Valentine tal y como es ahora. No puedes imaginar cómo era entonces. Cuando íbamos juntos a la escuela, todo el mundo lo quería. Parecía desprender luz, en cierto modo, como si hubiera alguna parte especial y brillantemente iluminada del universo a la que sólo él tuviera acceso y que, si teníamos suerte, podría compartir con nosotros, aunque sólo fuera un poco. Todas las chicas lo querían, y yo pensaba que no tenía la menor posibilidad. No había nada de especial en mí. Yo ni siquiera era demasiado popular; Luke era uno de mis mejores amigos, y yo pasaba la mayor parte del tiempo con él. Pero con todo, de algún modo, Valentine me eligió.

«Asqueroso», quiso decir Clary. Pero se contuvo. Quizás era la nostalgia en la voz de su madre, mezclada con el pesar. Quizás era lo que dijo sobre que Valentine despedía luz. Clary pensó lo mismo de Jace en una ocasión, y luego se sintió estúpida por hacerlo. Pero a lo mejor todo el que se enamora siente lo mismo.

—De acuerdo —dijo—, lo entiendo. Pero tú tenías dieciséis años entonces. Eso no significa que tuvieras que casarte con él más tarde.

—Yo tenía dieciocho cuando nos casamos. Él, diecinueve —repuso Jocelyn con total naturalidad.

—Ah, Dios mío —exclamó Clary, horrorizada—. Tú me matarías si yo quisiera casarme a los dieciocho.

—No lo dudes —convino ella—. Pero los cazadores de sombras

tienden a casarse antes que los mundanos. Su..., nuestra... vida tiene una duración más corta; muchos fallecen de muerte violenta. Tendemos a hacerlo todo más pronto debido a eso. Aun así, es cierto, yo era joven para casarme. Pero, con todo, mi familia se sintió feliz por mí... Incluso Luke se sintió feliz por mí. Todo el mundo pensaba que Valentine era un chico maravilloso. Y lo era, ¿sabes?, sólo era un chico, entonces. La única persona que me dijo alguna vez que no debía casarme con él fue Madeleine. Fuimos amigas en la escuela, pero cuando le conté que estaba prometida, dijo que Valentine era egoísta y odioso, que su encanto ocultaba una terrible amoralidad. Yo me dije que estaba celosa.

—¿Estaba?

—No —dijo Jocelyn—; me decía la verdad. Pero no quise escucharla. —Bajó los ojos hacia sus manos.

—Te arrepentiste, ¿no? —repuso Clary—. Después de casarte con él, te arrepentiste de hacerlo, ¿verdad?

—Clary —dijo Jocelyn, y parecía cansada—. Éramos felices. Al menos durante los primeros años. Fuimos a vivir a la casa solariega de mis padres, donde yo había crecido; Valentine no quería permanecer en la ciudad, y quería además que el resto del Círculo evitara Alacante y los ojos fisgones de la Clave. Los Wayland vivían en la casa que estaba situada a menos de dos kilómetros de la nuestra, y había otros en las proximidades: los Lightwood, los Penhallow. Era como estar en el centro del mundo, con toda esa actividad girando a nuestro alrededor, toda esa pasión; y yo estaba en medio de todo eso, junto a Valentine. Jamás me hizo sentir rechazada o sin importancia. No, yo era una parte clave del Círculo. Yo era uno de los pocos en cuyas opiniones confiaba. Me decía una y otra vez que sin mí no podría hacer nada de todo eso. Que sin mí, él no sería nada.

—¿En serio? —Clary no podía imaginar a Valentine diciendo nada como eso, nada que lo hiciera sonar... vulnerable.

—Sí, lo decía, pero no era cierto. Valentine jamás habría podido ser un cero a la izquierda. Nació para ser un líder, para ser el centro de una revolución. Más y más conversos acudían a él. Eran atraídos por su pasión y la brillantez de sus ideas. Raras veces mencionaba siquiera a los subterráneos en aquellos primeros tiempos. Todo giraba en torno a reformar la Clave, a cambiar leyes que eran antiguas y rígidas y erróneas. Valentine decía que debería haber más cazadores de sombras, para combatir a los demonios, más Institutos, que debíamos preocuparnos menos de ocultarnos y más de proteger al mundo de la raza demoníaca. Que deberíamos andar con la cabeza bien alta por el mundo. Su visión era seductora: un mundo lleno de cazadores de sombras, en el que los demonios huían asustados y los mundanos, en lugar de creer que no existíamos, nos daban las gracias por lo que hacíamos por ellos. Éramos jóvenes; pensábamos que era importante que nos dieran las gracias. No sabíamos nada. —Jocelyn inspiró profundamente, como si estuviera a punto de sumergirse bajo el agua—. Entonces quedé embarazada.

Clary sintió una helada picazón en la nuca y de improviso —no podría describir el motivo— ya no estuvo segura de querer que su madre le contara la verdad, ya no estuvo segura de querer oír, otra vez, cómo Valentine había convertido a Jace en un monstruo.

—Mamá...

Jocelyn sacudió la cabeza ciegamente.

—Me preguntaste por qué nunca te conté que tenías un hermano. Éste es el motivo. —Tomó aire entrecortadamente—. ¡Me sentí tan feliz cuando lo descubrí! Y Valentine; él siempre había querido ser padre, dijo. Adiestrar a su hijo para que fuera un guerrero tal y como su padre lo había adiestrado a él. «O a tu hija», le decía yo, y él sonreía y decía que una hija podía ser una guerrera igual que un chico, y que se sentiría feliz con cualquiera de las dos cosas. Yo pensaba que todo era perfecto.

»Y entonces a Luke lo mordió un hombre lobo. Te contarán que existe una posibilidad entre dos de que un mordisco te transmita la licantropía. Yo creo que lo más probable es que sean tres de cada cuatro. Raras veces vi a alguien escapar a la enfermedad, y Luke no fue la excepción. En la siguiente luna llena efectuó el Cambio. Estaba allí, en nuestra puerta, por la mañana, cubierto de sangre, con las ropas hechas jirones. Quise reconfortarlo, pero Valentine me apartó a un lado. «Jocelyn —dijo—, el bebé.» Como si Luke estuviera a punto de caer sobre mí y arrancarme al bebé del vientre. Era Luke, pero Valentine me apartó y lo arrastró escalera abajo hacia el interior del bosque. Cuando regresó mucho más tarde, venía solo. Corrí hasta él, pero me dijo que Luke se había matado en un acto de desesperación por haber contraído la licantropía. Que estaba... muerto.

El dolor en la voz de Jocelyn era crudo y áspero, pensó Clary, incluso ahora, que sabía que Luke no había muerto entonces. Pero Clary recordó su desesperación cuando sostuvo a Simon en sus brazos mientras éste se moría sobre los escalones del Instituto. Hay algunos sentimientos que uno jamás olvida.

—Pero Valentine le dio un cuchillo a Luke —dijo Clary con un hilo de voz—, le pidió que se matara e hizo que el esposo de Amatis se divorciara de ella sólo porque su hermano se había convertido en un hombre lobo.

—Yo no lo sabía —dijo Jocelyn—. Después de lo de Luke, fue como si hubiera caído a un pozo negro. Pasé meses en mi dormitorio, durmiendo todo el tiempo, comiendo sólo por el bebé. Los mundanos dirían que tuve una depresión, pero los cazadores de sombras carecemos de esa clase de términos. Valentine creyó que tenía un embarazo complicado. Le dijo a todo el mundo que estaba enferma. Sí, estaba enferma; no podía dormir. No dejaba de pensar que oía ruidos extraños, gritos durante la noche. Valentine me daba pociones para dormir, pero sólo me provocaban pesadillas. Terribles sueños en los que Valentine me inmovilizaba e intentaba clavarme un cuchillo, o en los que yo me ahogaba con veneno. Por la mañana estaba agotada, y dormía durante todo el día. No tenía ni idea de qué sucedía en el exterior, ni idea de qué había obligado a Stephen a divorciarse de Amatis y a casarse con Céline. Yo estaba aturdida. Y entonces... —Jocelyn entrelazó las manos sobre el regazo; le temblaban violentamente—. Y entonces tuve al bebé.

Se quedó callada durante tanto tiempo que Clary se preguntó si volvería a hablar. Jocelyn miraba sin ver en dirección a las torres de los demonios, tamborileando nerviosamente con los dedos sobre las rodillas. Por fin dijo:

—Mi madre estaba conmigo cuando nació el bebé. Tú jamás conociste a tu abuela. Era una mujer muy buena. Te habría gustado, creo. Me entregó a mi hijo, y al principio sólo supe que encajaba a la perfección en mis brazos, que la manta que lo envolvía era suave, y que era muy pequeño y delicado, con tan sólo un mechón de pelo rubio en lo alto de la cabeza... Y entonces abrió los ojos.

La voz de Jocelyn carecía de inflexión, era casi monótona; con todo, Clary descubrió que tiritaba, temiendo lo que su madre pudiera decir a continuación. «No —quería pedirle—. No me lo digas.» Pero Jocelyn siguió hablando, las palabras brotaban de ella igual que un veneno helado.

—El horror me inundó. Fue como verse bañado en ácido; mi piel pareció consumirse y desprenderse de los huesos, y tuve que hacer un gran esfuerzo para no dejar caer al bebé y empezar a llorar. Dicen que toda madre conoce a su hijo instintivamente. Supongo que lo opuesto también es verdad. Cada nervio de mi cuerpo gritaba que aquél no era mi bebé, que era algo horrible y antinatural, tan inhumano como un parásito. ¿Cómo podía no darse cuenta mi madre? Ella me sonreía como si nada malo sucediera.

»"Se llama Jonathan", dijo una voz desde la puerta. Levanté los ojos y vi a Valentine contemplando la escena con una expresión complacida. El bebé volvió a abrir los ojos, como si reconociera el sonido de su nombre. Tenía los ojos negros, negros como la noche, insondables como túneles excavados en su cráneo. No había nada de humano en ellos.

Hubo un largo silencio. Clary permanecía paralizada, mirando fijamente a su madre, horrorizada. «Está hablando de Jace —pensó—. De Jace cuando era un bebé. ¿Cómo puede uno sentir eso hacia un bebé?»

—Mamá —susurró—. A lo mejor... a lo mejor estabas en estado de shock o algo. O a lo mejor estabas enferma...

—Eso fue lo que Valentine me dijo —repuso Jocelyn sin la menor emoción—. Que estaba enferma. Valentine adoraba a Jonathan. No podía comprender qué era lo que me sucedía. Y yo sabía que él tenía razón. Yo era un monstruo, una madre que no soportaba a su propio hijo. Pensé en matarme. Pude hacerlo también..., pero entonces recibí un mensaje, entregado mediante una carta de fuego, de Ragnor Fell. Era un brujo que siempre había sido amigo de mi familia; era a quien recurríamos cuando necesitábamos un hechizo curativo, esa clase de cosas. Averigüó que Luke se había convertido en líder de una manada de seres lobo en el bosque Brocelind, junto a la frontera oriental. Quemé la nota en cuanto la recibí. Sabía que Valentine no podía saberlo jamás. Pero hasta que no fui al campamento de los seres lobo y vi a Luke no supe con seguridad que Valentine me había mentido sobre el suicidio de Luke. Fue entonces cuando empecé a odiarlo verdaderamente.

—Pero Luke dijo que tú sabías que había algo en Valentine que no era como debía ser..., que tú sabías que estaba haciendo algo terrible. Dijo que tú lo sabías incluso antes de que él sufriera el Cambio.

Por un momento, Jocelyn no respondió.

—¿Sabes?, a Luke no debieron morderlo. No debió suceder. Era una patrulla rutinaria por los bosques, había salido con Valentine..., no debería haber sucedido.

—Mamá...

—Luke dice que yo le conté que tenía miedo de Valentine incluso antes de su Cambio. Dice que le conté que podía oír gritos a través de las paredes de la casa, que yo sospechaba algo, que temía algo. Y Luke..., el confiado Luke..., le preguntó a Valentine sobre eso justo al día siguiente. Esa noche Valentine se llevó a Luke de caza, y lo mordieron. Creo..., creo que Valentine me hizo olvidar lo que vi, lo que fuera que me asustaba. Me hizo creer que se trataba de pesadillas. Y creo que se aseguró de que a Luke lo mordieran esa noche. Creo que quería deshacerse de Luke de modo que nadie pudiera recordarme que sentía miedo de mi esposo. Pero yo no me di cuenta de eso, no inmediatamente. Luke y yo nos vimos por un espacio de tiempo tan breve aquel día, y yo deseaba con tanto ahínco contarle lo de Jonathan... Pero no podía, no podía. Jonathan era mi hijo. Con todo, ver a Luke, tan sólo el hecho de verle, me hizo más fuerte. Fui a casa diciéndome que haría un nuevo esfuerzo con Jonathan, que aprendería a amarlo. Me obligaría a amarlo.

»Aquella noche me despertó el sonido de un bebé que lloraba. Me senté muy tiesa en la cama, sola en la recámara. Valentine estaba fuera en una reunión del Círculo, así que no tenía a nadie con quien compartir mi asombro. Jonathan, sabes, jamás lloraba... Nunca hacía el menor ruido. Su silencio era una de las cosas que más me alteraban de él. Corrí por el pasillo hasta su habitación, pero dormía silenciosamente. A pesar de todo, podía oír llorar a un bebé, estaba segura de eso. Corrí escalera abajo, siguiendo el sonido del llanto. Parecía provenir del interior de la bodega, pero la puerta estaba cerrada con llave porque la bodega no se usaba nunca. Sin embargo, yo crecí en la casa. Sabía dónde ocultaba mi padre la llave...

Jocelyn no miraba a Clary mientras hablaba; parecía inmersa en la historia, en sus recuerdos.

—¿Nunca te conté la historia de la esposa de Barba Azul, verdad, cuando eras pequeña? El esposo dijo a su esposa que nunca mirara en la habitación cerrada, y ella miró, y encontró los restos de todas las esposas que él había asesinado antes de casarse con ella, exhibidas como mariposas en una vitrina de cristal. Yo no tenía ni idea cuando giré la llave en la cerradura de lo que encontraría dentro. Si tuviera que hacerlo otra vez, ¿sería capaz de obligarme a abrir la puerta, de usar mi luz mágica para que me guiara en la oscuridad? No lo sé, Clary. No lo sé.

»El olor... ah, el olor allí abajo, como a sangre y muerte y putrefacción. Valentine había excavado un lugar bajo el suelo, en lo que en una ocasión había sido la bodega. No era un niño a quien había oído llorar, después de todo. Había celdas allí abajo, con cosas encerradas en ellas. Criaturas demoníacas, atadas con cadenas de electro, se retorcían, aleteaban y gorgoteaban en sus celdas, pero había más, mucho más; cuerpos de subterráneos, en diferentes estados de muerte y agonía. Había hombres lobo cuyos cuerpos estaban medio disueltos por polvo de plata; vampiros sumergidos cabeza abajo en agua bendita hasta que la carne se les desprendía de los huesos; hadas a las que habían perforado la piel con hierro frío.

»Incluso ahora no pienso en él como un torturador. En realidad, no. Parecía perseguir un fin casi científico. Había libros de notas junto a la puerta de cada celda, anotaciones minuciosas de sus experimentos, de cuánto tiempo tardaba cada criatura en morir. Había un vampiro al que había quemado la piel una y otra vez para ver si existía un punto más allá del cual la pobre criatura ya no pudiera regenerarse. Era duro leer sus anotaciones sin desmayarse o vomitar. No sé cómo lo conseguí, pero no hice ninguna de las dos cosas.

»Había una página consagrada a experimentos que había realizado consigo mismo. Había leído en alguna parte que la sangre de los demonios podía actuar como amplificador de los poderes con los que nacen de forma innata los cazadores de sombras. Lo había probado inyectándose la sangre, sin conseguir nada. Nada había sucedido aparte de provocarse náuseas. Al final llegó a la conclusión de que era demasiado mayor para que la sangre le afectara, que se le tenía que administrar a un niño para que tuviera todo su efecto... preferiblemente a uno que no hubiera nacido aún.

»En la página contigua a aquella en la que constaban tales conclusiones había escrito una serie de notas con un encabezamiento que reconocí. Mi nombre. Jocelyn Morgenstern.

»Recuerdo cómo me temblaban los dedos mientras pasaba las páginas y las palabras se grababan a fuego en mi cerebro. "Jocelyn volvió a beber la mezcla esta noche. No hay cambios visibles en ella, pero una vez más es el niño lo que me interesa... Con infusiones regulares de icor demoníaco como las que le he estado suministrando, el niño puede ser capaz de cualquier proeza... Anoche oí latir el corazón del niño, con más fuerza que cualquier corazón humano, con un sonido como el de una campana poderosa, anunciando el principio de una nueva generación de cazadores de sombras, la sangre de ángeles y demonios mezclada para producir poderes más allá de ninguno que se haya podido imaginar anteriormente... El poder de los subterráneos ya no será el más grande en esta tierra..."

»Había más, mucho más. Arañé las páginas, los dedos me temblaban, la mente rememoraba a toda velocidad, recordando los preparados que Valentine me daba para beber cada noche, las pesadillas sobre ser apuñalada, asfixiada, envenenada. Pero no era a mí a quien había estado envenenando. Era a Jonathan. Era Jonathan a quien había convertido en una especie de criatura medio demonio. Y entonces, Clary..., entonces fue cuando comprendí lo que Valentine era en realidad.

Clary soltó un aliento que no era consciente de haber estado conteniendo. Era horrible —¡tan horrible!— y sin embargo todo encajaba con la visión que Ithuriel le había mostrado. No estaba segura de a quién compadecía más, a su madre o a Jonathan. Jonathan —no podía pensar en él como Jace, no con su madre allí, no con la historia tan fresca en la mente— condenado a no ser del todo humano por un padre a quien le importaba más asesinar subterráneos de lo que le importaba su propia familia.

—Pero... no huiste entonces, ¿verdad? —preguntó Clary, con una voz débil a sus propios oídos—. Te quedaste...

—Por dos motivos —dijo Jocelyn—. Uno fue el Levantamiento. Lo que encontré en la bodega aquella noche fue como una bofetada. Me despertó de mi sufrimiento y me hizo ver lo que sucedía a mi alrededor. Una vez que comprendí lo que Valentine planeaba —la matanza sistemática de subterráneos—, supe que no podía dejar que sucediera. Empecé a reunirme en secreto con Luke. No podía contarle lo que Valentine nos había hecho a mí y a nuestro hijo. Sabía que eso no haría más que enfurecerlo, que sería incapaz de no intentar ir tras Valentine y darle muerte, y que sólo conseguiría morir en el intento. Y tampoco podía permitir que nadie más supiera lo que se le había hecho a Jonathan. A pesar de todo, seguía siendo mi hijo. Pero sí le conté a Luke los horrores que había visto en la bodega, mi convicción de que Valentine estaba perdiendo el juicio, que enloquecía paulatinamente. Juntos planeamos frustrar el Levantamiento. Me sentía obligada a hacerlo, Clary. Era una especie de expiación, el único modo en que podía hacerme sentir como si hubiera pagado por el pecado de haberme unido al Círculo, de haber confiado en Valentine. De haberlo amado.

—¿Y él no lo supo? Valentine, quiero decir. ¿No se figuró lo que estabas haciendo?

Jocelyn negó con la cabeza.

—Cuando la gente te quiere, confía en ti. Además, en casa intentaba fingir que todo era normal. Me comportaba como si mi repugnancia inicial por Jonathan hubiera desaparecido. Lo llevaba a casa de Maryse Lightwood, lo dejaba jugar con su hijo pequeño, Alec. A veces Céline Herondale se unía a nosotros; ella estaba embarazada entonces. «Tu esposo es tan amable», me decía. «Está tan preocupado por Stephen y por mí. Me da pociones y preparados para la salud de mi bebé; son fabulosos.»

—¡Ah! —dijo Clary—. ¡Ah, Dios mío!

—Eso fue lo que yo pensé —repuso Jocelyn en tono sombrío—. Quería decirle que no confiara en Valentine ni aceptara nada de lo que le diera, pero no podía. Su esposo era el amigo más íntimo de Valentine, y ella me habría delatado a él inmediatamente. Mantuve la boca cerrada. Y entonces...

—Ella se mató —dijo Clary, recordando la historia—. Pero... ¿se debió a lo que Valentine le hizo?

Jocelyn negó con la cabeza.

—Sinceramente, no lo creo. A Stephen lo mataron en una incursión, y ella se cortó las muñecas cuando se enteró de la noticia. Estaba embarazada de ocho meses. Se desangró... —Hizo una pausa—. Fue Hodge quien encontró el cuerpo. Y lo cierto es que Valentine sí pareció consternado por sus muertes. Desapareció durante casi todo un día después de eso, y regresó a casa con cara de sueño y tambaleante. Y sin embargo, en cierto modo, yo me sentía casi agradecida por su desconsuelo. Al menos significaba que no prestaba atención a lo que yo hacía. Cada día temía más y más que Valentine descubriera la conspiración e intentara sacarme la verdad a base de tortura: ¿quién estaba en nuestra alianza secreta?, ¿cuánto había traicionado yo de sus planes? Me preguntaba cómo soportaría yo la tortura, si podría resistirla. Temía terriblemente que no podría. Finalmente decidí tomar medidas para asegurarme de que esto no sucediera jamás. Fui a ver a Fell con mis temores y él creó una poción para mí...

—La poción procedente del Libro de lo Blanco —indicó Clary, comprendiendo—. Así que la querías para eso. Y el antídoto... ¿cómo fue a parar a la biblioteca de los Wayland?

—Lo oculté allí una noche durante una fiesta —respondió Jocelyn con un asomo de sonrisa—. No se lo quería decir a Luke; sabía que no le gustaría la idea de la poción, pero todas las demás personas que conocía estaban en el Círculo. Envié un mensaje a Ragnor, pero se marchaba de Idris y no quería decir cuándo regresaría. Dijo que siempre se le podía contactar con un mensaje..., pero ¿quién lo enviaría? Finalmente, comprendí que existía una persona a quien sí podía decírselo, una persona que odiaba a Valentine lo suficiente para no delatarme jamás a él. Envié una carta a Madeleine explicándole lo que planeaba hacer y que el único modo de revivirme era encontrar a Ragnor Fell. Jamás recibí una respuesta de ella, pero tenía que creer que lo había leído y que lo comprendía. Era todo a cuanto podía aferrarme.

—Dos razones —dijo Clary—. Dijiste que había dos razones por las que te quedaste. Una era el Levantamiento. ¿Cuál era la otra?

Los ojos de Jocelyn estaban cansados, pero luminosos y muy abiertos.

—Clary —respondió—, ¿no lo adivinas? La segunda razón es que volvía a estar embarazada. Embarazada de ti.

—Ah —dijo la chica con un hilo de voz.

Recordó a Luke diciendo: «Volvía a estar embarazada, y hacía semanas que lo sabía».

—Pero ¿eso no hizo que quisieras huir aún más?

—Sí —dijo Jocelyn—. Pero sabía que no podía. De haber huido de Valentine, él habría removido cielo e infierno para conseguir recuperarme. Me habría seguido al fin del mundo, porque yo le pertenecía y jamás me dejaría marchar. Y a lo mejor le habría permitido ir tras de mí, y arriesgarme, pero jamás le habría dejado ir tras de ti. —Se apartó los cabellos del rostro cansado—. Existía sólo un modo de que pudiera asegurarme de que jamás lo hiciera. Y era que muriera.

Clary miró a su madre sorprendida. Jocelyn seguía pareciendo cansada, pero su rostro brillaba con una luz ardiente.

—Pensaba que lo matarían durante el Levantamiento —dijo—. Por alguna razón, yo jamás habría podido matarlo. No habría podido obligarme a hacerlo. Pero nunca pensé que sobreviviría a la batalla. Y más tarde, cuando la casa ardió, quise creer que estaba muerto. Me dije una y otra vez que él y Jonathan habían muerto quemados en el incendio. Pero sabía... —Su voz se apagó—. Por eso hice lo que hice. Pensé que era el único modo de protegerte: quitarte tus recuerdos, convertirte en tan mundana como pude. Ocultarte en el mundo de los mundanos. Fue estúpido, me doy cuenta ahora, estúpido y equivocado. Y lo siento, Clary. Sólo espero que puedas perdonarme..., si no ahora, en el futuro.

—Mamá.

Clary se aclaró la garganta. Se sintió como si estuviera a punto de llorar durante la mayor parte de los últimos diez minutos.

—Está bien. Es sólo... hay una cosa que no entiendo. —Enredó los dedos en el tejido del abrigo—. Quiero decir, conocía ya algo de lo que Valentine le hizo a Jace... quiero decir, a Jonathan. Pero por el modo en que describes a Jonathan es como si fuera un monstruo. Y, mamá, Jace no es así. No se parece en nada a eso. Si lo conocieras... Si pudieras simplemente verlo...

—Clary. —Jocelyn alargó la mano y tomó la de Clary en la suya—. Hay más cosas que tengo que contarte. No te he ocultado nada más, ni hay más mentiras. Pero hay cosas que nunca supe, cosas que acabo de descubrir. Y pueden ser muy duras de oír.

«¿Peores que las que ya me contaste?», pensó la muchacha, y se mordió el labio y asintió.

—Sigue adelante y cuéntamelas. Prefiero saberlas.

—Cuando Dorothea me dijo que se había visto a Valentine en la ciudad, supe que estaba allí por mí... por la Copa. Quise huir, pero no conseguía tener el valor para decirte el motivo. No te culpo en absoluto por huir de mí aquella noche espantosa, Clary. Me alegré de que no estuvieras allí cuando tu padre..., cuando Valentine y sus demonios irrumpieron en nuestro departamento. Sólo tuve tiempo para tragarme la poción; pude oírlos derribando la puerta... —Dejó de hablar, tensa—. Esperé que Valentine me dejara allí creyéndome muerta, pero no lo hizo. Me llevó a Renwick con él. Intentó varios métodos para despertarme, pero nada funcionó. Yo estaba en una especie de estado de sueño; era medio consciente de su presencia allí, pero no podía moverme ni responderle. Dudo que pensara que podía oírlo o comprenderlo. Y con todo se sentaba junto a mi cama mientras yo dormía y me hablaba.

—¿Te hablaba? ¿Sobre qué?

—Sobre nuestro pasado. Nuestro matrimonio. Cómo me amó y yo lo traicioné. Cómo no amó a nadie desde entonces. Creo que lo decía en serio, además. Yo siempre fui la persona con la que había hablado sobre las dudas que tenía, la culpa que sentía, y en los años desde que lo abandoné no creo que hubiera nunca nadie más. Creo que era incapaz de no hablarme, incluso aunque sabía que no debía. Creo que simplemente quería hablar con alguien. Uno habría pensado que lo que le preocupaba sería lo que les había hecho a aquellas pobres personas, convirtiéndolas en repudiados, y lo que planeaba hacer a la Clave. Pero no era así. De lo que quería hablar era sobre Jonathan.

—¿Qué tenía que decir sobre él?

Jocelyn apretó los labios.

—Quería decirme que lamentaba lo que le había hecho a Jonathan antes de que naciera, porque sabía que casi me había destruido a mí. Supo que yo había estado a punto de suicidarme por eso, aunque no sabía que yo también estaba desconsolada por lo que descubrí sobre él. De algún modo, consiguió sangre de ángel. Es una sustancia casi legendaria para los cazadores de sombras. Se supone que beberla te proporciona una fuerza increíble. Valentine la probó en sí mismo y descubrió que le daba no sólo una energía mayor sino una sensación de euforia y felicidad cada vez que se la inyectaba en la sangre. Así que tomó un poco, la deshidrató convirtiéndola en polvo, y la mezcló en mi comida, esperando que me ayudaría en mi desesperación.

«Yo sé de dónde sacó la sangre de ángel», se dijo Clary, pensando en Ithuriel con intensa tristeza.

—¿Crees que funcionó?

—Me pregunto si ése fue el motivo de que repentinamente encontrara el norte y la capacidad para seguir adelante y ayudar a Luke a frustrar el Levantamiento. Resultaría irónico si fuera así, teniendo en cuenta por qué lo hizo Valentine, para empezar. Pero lo que él no sabía era que mientras lo hacía, yo estaba embarazada de ti. Así que si a mí podía haberme afectado ligeramente, a ti te afectó sin duda mucho más. Creo que es el motivo de que puedas hacer lo que haces con las runas.

—Y tal vez —dijo Clary—, el motivo de que tú puedas hacer cosas como atrapar la imagen de la Copa Mortal en una carta del tarot. Y el motivo de que Valentine pueda hacer cosas como liberar de la maldición a Hodge...

—Valentine pasó años experimentando sobre sí mismo de muchas maneras —repuso Jocelyn—. Ahora es lo más parecido que un ser humano, que un cazador de sombras, puede llegar a ser a un brujo. Pero nada de lo que pueda hacerse a sí mismo tendría la clase de efecto profundo en él que pudo tener en ti o en Jonathan, porque ustedes eran pequeños. No estoy segura de que nadie haya hecho nunca lo que Valentine hizo; al menos, a un bebé antes de que naciera.

—Así que Jace... Jonathan... y yo en realidad fuimos experimentos los dos.

—Tú lo fuiste involuntariamente. Con Jonathan, Valentine quería crear alguna especie de superguerrero, más fuerte, veloz y mejor que otros cazadores de sombras. En Renwick, Valentine me contó que Jonathan era realmente todas esas cosas. Pero que también era cruel y amoral y extrañamente vacío. Jonathan era leal a Valentine, pero supongo que éste se dio cuenta en algún momento durante el proceso de que al intentar crear a un niño que era superior a otros, había creado a un hijo que jamás podría amarlo.

Clary pensó en Jace, en la expresión que tenía en Renwick, en el modo en que aferró aquel pedazo de Portal roto con tanta fuerza que los dedos le habían sangrado.

—No —dijo—. No y no. Jace no es así. Él sí quiere a Valentine. No debería, pero lo hace. Y no está vacío. Es todo lo contrario a lo que dices.

Las manos de Jocelyn se retorcieron en su regazo. Estaban cubiertas de finas cicatrices blancas, las delicadas cicatrices blancas que todos los cazadores de sombras lucían, el recuerdo de Marcas que desaparecieron. Pero, en realidad, Clary nunca antes había visto las cicatrices de su madre. La magia de Magnus siempre se las había hecho olvidar. Había una, en el interior de la muñeca, que tenía una forma muy parecida a una estrella...

Su madre habló entonces, y cualquier otro pensamiento huyó de su mente.

—No estoy hablando de Jace.

—Pero... —empezó Clary.

Todo se hizo lento, como si soñara. «A lo mejor estoy soñando —pensó—. A lo mejor mi madre no despertó y todo esto es un sueño.»

—Jace —continuó Clary— es el hijo de Valentine. Quiero decir, ¿qué otra persona podría ser?

Jocelyn miró a su hija directamente a los ojos.

—La noche que Céline Herondale murió estaba embarazada de ocho meses. Valentine le había estado dando pociones, polvos; probaba en ella lo que había estado probando en sí mismo, con la sangre de ángel, con la esperanza de que el hijo de Stephen sería tan fuerte y poderoso como sospechaba que sería Jonathan, pero sin las peores cualidades de éste. No podía soportar que su experimento se desperdiciara, así que con la ayuda de Hodge le abrió el vientre a Céline y sacó al bebé. Ella llevaba muerta muy poco tiempo...

Clary emitió un sonido como si fuera a vomitar.

—Eso no es posible.

Jocelyn siguió adelante como si su hija no hubiera hablado.

—Valentine tomó a la criatura e hizo que Hodge la llevara a su propio hogar de infancia, en un valle no lejos del lago Lyn. Por eso estuvo ausente toda la noche. Hodge se ocupó del bebé hasta el Levantamiento. Tras eso, puesto que Valentine fingía ser Michael Wayland, se trasladó a la casa de los Wayland y lo crió como si fuera el hijo de Michael Wayland.

—Entonces —susurró Clary—, ¿Jace no es mi hermano?

Sintió cómo su madre le oprimía la mano... un apretón compasivo.

—No, Clary. No lo es.

La visión de la muchacha se oscureció. Podía sentir el corazón latiendo violentamente en golpes separados y nítidos. «Mi madre me compadece —pensó vagamente—. Cree que para mí es una mala noticia.» Las manos le temblaban.

—Entonces ¿de quién eran los huesos del incendio? Luke dijo que eran los huesos de un niño...

Jocelyn meneó la cabeza.

—Ésos eran los huesos de Michael Wayland, y los huesos de su hijo. Valentine los mató a los dos y quemó los cuerpos. Quería que la Clave creyera que tanto él como su hijo estaban muertos.

—Entonces Jonathan...

—Está vivo —dijo Jocelyn, mientras el dolor pasaba como un relámpago por su cara—. Eso me contó Valentine en Renwick. Valentine crió a Jace en la casa solariega de los Wayland, y a Jonathan en la casa cerca del lago. Se las arregló para dividir su tiempo entre los dos, viajando de una casa a la otra, en ocasiones dejando solo a uno o a los dos durante largos períodos de tiempo. Parece ser que Jace jamás conoció la existencia de Jonathan, aunque Jonathan puede que sí supiera de Jace. Jamás se vieron, a pesar de que probablemente vivieron sólo a kilómetros uno del otro.

—¿Y Jace no lleva sangre de demonio en su interior? ¿No está... maldito?

—¿Maldito? —Jocelyn pareció sorprendida—. No, no tiene sangre de demonio. Clary, Valentine experimentó en Jace cuando era un bebé con la misma sangre que usó en mí y en ti. Sangre de ángel. Jace no está maldito. Más bien todo lo contrario. Todos los cazadores de sombras tienen algo de la sangre del Ángel en ellos, pero ustedes dos tienen un poco más.

La mente de Clary estaba llena de confusión. Intentó imaginarse a Valentine criando a dos hijos al mismo tiempo, uno en parte demonio, el otro en parte ángel. Un chico que era oscuridad, y uno que era luz. Amando a ambos, quizás, tanto como era capaz de amar. Jace no supo nunca de la existencia de Jonathan, pero ¿qué sabía el otro muchacho sobre él? Su parte complementaria, su opuesto. ¿Odiaría pensar que existía? ¿Ansiaría conocerlo? ¿Sentiría indiferencia? Ambos habían estado tan solos. Y uno de ellos era su hermano... su auténtico hermano de sangre.

—¿Crees que él sigue siendo igual? Jonathan, quiero decir, ¿crees que podría haberse vuelto... mejor?

—No lo creo —respondió Jocelyn con suavidad.

—Pero ¿qué hace que estés tan segura? —Clary volteó para mirar a su madre, repentinamente ansiosa—. Me refiero a que a lo mejor cambió. Han pasado años. Quizás...

—Valentine me contó que había pasado años enseñando a Jonathan cómo resultar agradable, incluso encantador. Quería utilizarlo como espía, y no puedes ser un espía si aterras a todo el que se cruza en tu camino. Jonathan incluso aprendió una cierta facultad para proyectar *glamoures* sutiles, para convencer a la gente de que era simpático y digno de confianza. —Jocelyn suspiró—. Te cuento esto para que no te sientas mal por haberte dejado engañar. Clary, tú conociste a Jonathan. Sólo que él no te dijo nunca su nombre auténtico porque se hacía pasar por otra persona: Sebastian Verlac.

Clary se quedó mirando a su madre con asombro. «Pero él es el primo de los Penhallow», insistió parte de su mente, aunque desde luego Sebastian no fue nunca quien afirmaba ser; todo lo que dijo era una mentira. Pensó cómo se sintió ella la primera vez que lo vio, como si reconociera a alguien que había conocido toda su vida, alguien tan íntimamente familiar para ella como su propio ser. Jamás se había sentido así con respecto a Jace.

—¿Sebastian es mi hermano?

El rostro de huesos menudos de Jocelyn estaba contraído, las manos apretadas una con otra. Las puntas de los dedos estaban blancas, como si las estuviera presionando con demasiada fuerza entre sí.

—Hoy hablé con Luke durante mucho rato sobre todo lo que sucedió en Alacante desde que llegaron. Me contó lo de las torres de los demonios, y su sospecha de que Sebastian destruyó las salvaguardas, aunque no tenía ni idea de cómo. Me di cuenta entonces de quién era realmente Sebastian.

—¿Porque mintió sobre ser Sebastian Verlac y porque es un espía de Valentine?

—Por esas dos cosas, sí —dijo Jocelyn—, pero en realidad no lo supe hasta que Luke me dijo que le contaste que Sebastian se teñía el cabello. Y podría equivocarme, pero un muchacho sólo un poco mayor que tú, de cabellos rubios y ojos oscuros, sin padres aparentes, totalmente leal a Valentine..., no pude evitar pensar que debía de ser Jonathan. Además, Valentine siempre estaba intentando encontrar un modo de derribar las salvaguardas, siempre convencido de que existía una manera de hacerlo. Experimentar en Jonathan con sangre de demonio..., dijo que era un modo de hacerlo más fuerte, un guerrero mejor, pero hay algo más...

—¿A qué te refieres? —Clary la miró atónita.

—Fue cómo eliminó las salvaguardas —dijo su madre—. No puedes traer a un demonio a Alacante, pero necesitas sangre de demonio para derribar las salvaguardas. Jonathan tiene sangre de demonio; está en sus venas. Y ser un cazador de sombras le garantiza la entrada a la ciudad siempre que quiera entrar, pase lo que pase. Usó su propia sangre para suprimir las salvaguardas, estoy segura de eso.

Clary pensó en Sebastian parado frente a ella en la hierba cerca de las ruinas de la casa de los Fairchild. El modo en que el viento le azotó los oscuros cabellos sobre el rostro. El modo en que le sujetó las muñecas, clavándole las uñas en la carne. El modo en que dijo que era imposible que Valentine hubiera querido a Jace. Ella había pensado que se debía a que odiaba a Valentine. Pero no era así. Sebastian había estado... celoso.

Pensó en el sombrío príncipe de sus dibujos, el que se había parecido tanto a Sebastian. Desechó el parecido como una coincidencia, una broma de su imaginación, pero ahora se preguntó si era el vínculo de la sangre que compartían lo que la impulsó a dar al desdichado héroe de su historia el rostro de su hermano. Intentó visualizar otra vez al príncipe, pero la imagen pareció hacerse añicos y disolverse ante sus ojos, igual que cenizas arrastradas por el viento. Únicamente podía ver al Sebastian presente, con la luz roja de la ciudad en llamas reflejada en los ojos.

—Jace —dijo—. Alguien tiene que decírselo. Debe saber la verdad.

Sus pensamientos dieron tumbos sobre sí mismos, atropelladamente; si Jace hubiera sabido que no tenía sangre de demonio, a lo mejor no habría ido tras Valentine. Si hubiera sabido que no era el hermano de Clary...

—Pero pensé que nadie sabía dónde estaba... —repuso Jocelyn, con una mezcla de lástima y perplejidad.

Antes de que Clary pudiera responder, las puertas dobles del Salón se abrieron de par en par, derramando luz sobre la arcada sostenida con pilares y los escalones situados debajo de ésta. El sordo rugido de voces, que ya no quedaba amortiguado, se elevó a la vez que Luke cruzaba las puertas. Parecía exhausto, pero había una ligereza en él que no había estado allí antes. Parecía casi aliviado.

Jocelyn se levantó.

—Luke. ¿Qué sucede?

Él dio unos pocos pasos hacia ellas, luego se detuvo entre la entrada y la escalera.

—Jocelyn —dijo—, lamento interrumpirlas.

—No pasa nada, Luke.

Incluso sumida en su aturdimiento, Clary pensó: «¿Por qué no dejan de llamarse por sus nombres de ese modo?». Había una especie de embarazo entre ellos, una turbación que no estaba ahí antes.

—¿Ocurre algo malo?

Él negó con la cabeza.

—No. Para variar, algo está bien. —Sonrió a Clary, y no había ni rastro de embarazo en su sonrisa: parecía complacido con la muchacha, e incluso orgulloso—. Lo hiciste, Clary —dijo—. La Clave accedió a permitir que les pongas la Marca. No habrá rendición.

18

SALVE Y ADIÓS

El valle era más hermoso en la realidad de lo que había sido en la visión de Jace. Quizás era la brillante luz de la luna dando un color plateado al río que atravesaba el verde suelo. Abedules blancos y álamos salpicaban los costados del valle, estremeciendo las hojas bajo la fresca brisa; hacía frío arriba en el cerro, sin ninguna protección del viento.

Se trataba sin duda del valle donde vio por última vez a Sebastian. Finalmente, empezaba a alcanzarlo. Tras amarrar a *Caminante* a un árbol, Jace sacó el hilo ensangrentado del bolsillo y repitió el ritual de localización, simplemente para estar seguro.

Cerró los ojos, esperando ver a Sebastián; confiaba en que en algún lugar muy cercano, tal vez incluso todavía en el valle...

En su lugar vio únicamente oscuridad.

El corazón le empezó a latir con violencia.

Volvió a intentarlo, pasando el hilo al puño izquierdo y grabando torpemente la runa localizadora sobre el dorso con su mano menos ágil, la derecha. Inspiró profundamente antes de cerrar los ojos esa vez.

De nuevo, nada. Únicamente negrura oscilante llena de sombras. Permaneció allí durante todo un minuto, apretando los dientes; el viento traspasaba su chamarra y hacía que se le pusiera la carne de gallina. Finalmente, entre maldiciones, abrió los ojos... y luego, en un arranque de desesperada cólera, el puño; el viento tomó el hilo y se lo llevó, tan de prisa que incluso aunque lo hubiera lamentado inmediatamente no podría haberlo atrapado otra vez.

Empezó a pensar a toda prisa. Estaba claro que la runa localizadora ya no funcionaba. A lo mejor Sebastian advirtió que lo seguían e hizo algo para romper el encantamiento... Pero ¿qué podía hacer uno para detener una localización? A lo mejor había encontrado una gran masa de agua. El agua afectaba a la magia.

No es que eso ayudara demasiado a Jace. No era como si pudiera ir a cada lago del país y comprobar si Sebastian flotaba en su centro. Estuvo tan cerca, además..., tan cerca. Vio aquel valle, y a Sebastian en él. Y allí estaba la casa, apenas visible, al abrigo de un bosquecillo. Al menos no estaría de más bajar a echar un vistazo alrededor de la casa para ver si había algo que pudiera indicar la ubicación de Sebastian, o la de Valentine.

Con un sentimiento de resignación, Jace usó la estela para hacerse una serie de Marcas de combate de actuación veloz y desaparición rápida: una para proporcionarle silencio, otra para darle velocidad, y una última para andar con paso firme. Cuando terminó —y sentía la familiar irritación ardiéndole en la piel— deslizó la estela al interior del bolsillo, dio a *Caminante* una palmada enérgica en el cuello y descendió en dirección al valle.

Las laderas eran engañosamente empinadas y estaban cubiertas de traicioneros guijarros sueltos. Jace alternó entre avanzar cautelosamente y resbalar por el pedregal, lo que era veloz pero peligroso. Cuando por fin llegó al fondo del valle, tenía las manos ensangrentadas allí donde habían caído sobre la grava suelta en más de una ocasión. Se las lavó en las limpias y veloces aguas del arroyo; el agua estaba espantosamente helada.

Cuando se irguió y miró a su alrededor, advirtió que contemplaba el valle desde un ángulo distinto al que había tenido en la visión

411

localizadora. Vio un retorcido bosquecillo con ramas entrelazándose y las paredes del valle alzándose por todos los lados, y vio la casita. Las ventanas permanecían oscuras y no surgía humo de la chimenea. Sintió una punzada mezcla de alivio y decepción. Sería más fácil registrar la casa si no había nadie en ella. Y así era, no había nadie en ella.

A medida que se aproximaba se preguntó qué había en la casa de la visión que le había parecido fantasmagórico. De cerca, no era más que una granja corriente de Idris, construida con bloques de piedra blanca y gris. Los postigos estuvieron pintados en una ocasión de azul intenso, pero parecía como si hubieran transcurrido años desde que alguien los hubiera repintado. Estaban descoloridos y los años descarapelaron la pintura.

Se acercó una de las ventanas, se encaramó a la cornisa y atisbó por el empañado cristal. Vio una habitación grande y ligeramente polvorienta con una especie de banco de trabajo que ocupaba el largo de una pared. Las herramientas que había sobre él no eran de las que uno usaría para trabajos artesanales; eran las herramientas de un brujo: montones de pergaminos tiznados, velas de cera negra; gruesos cuencos de cobre con un líquido oscuro seco pegado a los bordes; una variedad de cuchillos, algunos tan finos como punzones, algunos con amplias hojas cuadradas. Había un pentagrama dibujado con tiza en el suelo, con los contornos borrosos, cada una de sus cinco puntas decorada con una runa diferente. A Jace se le hizo un nudo en el estómago... Las runas se parecían a las que habían estado grabadas alrededor de los pies de Ithuriel. ¿Había podido Valentine hacer esto...? ¿Podían ser éstas sus cosas? ¿Era éste su escondite... un escondite que Jace no había visitado nunca y del cual no conocía la existencia?

Se deslizó fuera de la cornisa, aterrizando en un pedazo de hierba seca... justo cuando una sombra pasaba sobre la faz de la luna. Pero allí no había pájaros, se dijo, y alzó la vista justo a tiempo de ver un cuervo que describía círculos en lo alto. Se quedó paralizado, luego se sumergió rápidamente en la sombra de un árbol y atisbó arriba por entre las ramas. A medida que el cuervo descendía en picado más cerca del suelo, Jace supo que su primer instinto había sido correcto. No se trataba de un cuervo cualquiera: se trataba de *Hugo*, el cuervo que en una ocasión perteneció a Hodge; Hodge lo usaba de vez en cuando para transportar mensajes fuera del Instituto. Desde entonces, Jace había averiguado que *Hugo* había pertenecido originalmente a su padre.

Jace se apretó más contra el tronco del árbol. El corazón volvía a latirle con fuerza, esta vez con entusiasmo. Si *Hugo* estaba allí, sólo podía significar que transportaba un mensaje, y en esta ocasión el mensaje no sería para Hodge. Sería para Valentine. Tenía que serlo. Si Jace pudiera arreglárselas para seguirlo...

Posándose en una cornisa, *Hugo* atisbó a través de una de las ventanas de la casa. Aparentemente, advirtió que la casa estaba vacía, el remontó el vuelo con un irritado graznido y aleteó en dirección al arroyo.

Jace salió de las sombras e inició la persecución del cuervo.

—Así que, técnicamente —dijo Simon—, incluso aunque Jace no está emparentado contigo, sí que has besado a tu hermano.

—¡Simon! —Clary estaba consternada—. ¡CÁLLATE!

Giró sobre su asiento para ver si alguien escuchaba, pero, por suerte, nadie parecía hacerlo. Estaba sentada en una silla de respaldo alto sobre el estrado del Salón de los Acuerdos, con Simon a su lado. Su madre estaba de pie en el borde del estrado, inclinada hacia abajo para hablar con Amatis.

A su alrededor, el Salón era un caos mientras los subterráneos que habían llegado procedentes de la Puerta Norte entraban en tropel, franqueando las puertas y amontonándose contra las paredes. Clary reconoció a varios miembros de la manada de Luke, incluida Maia, que le sonrió ampliamente desde el otro extremo de la habitación. Había hadas pálidas, frías y bellas como carámbanos, y brujos con alas de murciélago y pies de macho cabrío, e incluso uno con astas, con fuego azul chisporroteando en las puntas de los dedos mientras se movían por la habitación. Los cazadores de sombras daban vueltas de un lado a otro entre ellos, con aspecto nervioso.

Aferrando su estela con ambas manos, Clary paseó la mirada ansiosamente. ¿Dónde estaba Luke? Desapareció entre la multitud. Lo divisó al cabo de un instante, hablando con Malachi, que sacudía la cabeza violentamente. Amatis permanecía a poca distancia, lanzando al Cónsul miradas asesinas.

—No me hagas lamentar jamás haberte contado esto, Simon —dijo Clary, mirándolo furiosa.

Hizo todo lo posible por proporcionarle una versión reducida del relato de Jocelyn, en su mayor parte susurrada por lo bajo mientras él la ayudaba a abrirse paso penosamente por entre el gentío hasta el estrado y tomaba asiento allí. Resultaba fantástico estar allí arriba, contemplando la sala como si fuera la reina de todo lo que veía. Pero una reina no sería presa del pánico hasta ese punto.

—Además, besaba fatal.

—O quizás simplemente fue asqueroso, porque él era, ya sabes, tu hermano. —Simon parecía más divertido por todo el asunto de lo que Clary consideraba que tenía derecho a estar.

—No digas eso donde mi madre puede oírte o te mataré —dijo ella con una segunda mirada iracunda—. Ya me siento como si estuviera a punto de vomitar o desmayarme. No lo empeores.

Jocelyn regresó del borde del estrado a tiempo de oír las últimas palabras de Clary —aunque, por suerte, no lo que ella y Simon estuvieron hablando— y le dio una palmada tranquilizadora en el hombro a su hija.

—No estés nerviosa, pequeña. Estuviste magnífica antes. ¿Necesitas algo? Una manta, un poco de agua caliente...

—No tengo frío —respondió ella en tono paciente—, y no necesito un baño, tampoco. Estoy perfectamente. Sólo quiero que Luke suba aquí y me diga qué está pasando.

Jocelyn hizo señas en dirección a Luke para atraer su atención, articulando en silencio algo que Clary no consiguió descifrar del todo.

—Mamá —soltó—, no.

Pero ya era demasiado tarde. Luke levantó la mirada... y lo mismo hicieron otros cazadores de sombras. La mayoría de ellos desviaron la mirada igual de rápido, pero Clary percibió la fascinación en sus miradas fijas. Resultaba inverosímil pensar que su madre era algo parecido a una figura legendaria en aquel sitio. Podía decirse que casi todo el mundo presente en la sala había oído su nombre y tenía alguna clase de opinión sobre ella, buena o mala. Clary se preguntó cómo evitaba su madre que eso la molestara. No parecía molesta... parecía impasible, serena y peligrosa.

Al cabo de un momento, Luke se reunía con ellos sobre el estrado, con Amatis a su lado. Todavía tenía aspecto cansado, pero también alerta e incluso un poco agitado. Dijo:

—Sólo esperen un segundo. Todo el mundo viene hacia aquí.

—Malachi —dijo Jocelyn, sin mirar del todo directamente a Luke mientras hablaba— ¿te estaba causando problemas?

Luke efectuó un gesto apático.

—Piensa que deberíamos enviar un mensaje a Valentine, rechazando sus condiciones. Yo digo que no deberíamos ponerlo sobre aviso. Que Valentine aparezca con su ejército en la llanura Brocelind esperando una rendición. Malachi parecía pensar que eso no sería deportivo, y cuando le dije que la guerra no era un partido de críquet escolar, respondió que si alguno de los subterráneos que hay aquí se rebelaba, intervendría y pondría fin a todo el asunto; como si los subterráneos no pudieran dejar de pelear aunque sea durante cinco minutos.

—Eso es exactamente lo que piensa —dijo Amatis—. Es Malachi. Probablemente le preocupa que empiecen a comerse unos a otros.

—Amatis —dijo Luke—; alguien podría oírte.

Se dio la vuelta entonces, cuando dos hombres subieron los esca-

415

lones detrás de él: uno era un alto y esbelto caballero hada con largos cabellos oscuros que caían en capas a ambos lados del estrecho rostro. Llevaba una túnica de blanco blindaje: pálido metal resistente compuesto por diminutos círculos que se sobreponen, como las escamas de un pez. Sus ojos eran de color verde hoja.

El otro hombre era Magnus Bane. Se colocó junto a Luke. Llevaba un abrigo largo y oscuro abotonado hasta el cuello, y sus cabellos negros estaban echados hacia atrás, fuera de la cara.

—Tienes un aspecto tan común —dijo Clary, mirándolo boquiabierta.

Magnus sonrió débilmente.

—Oí que tenías una runa que mostrarnos —fue todo lo que dijo.

Clary miró a Luke, quien asintió.

—Ah, sí —dijo—. Simplemente necesito algo sobre lo que escribir... un trozo de papel.

—Te pregunté si necesitabas algo —dijo Jocelyn entre dientes, sonando muy parecida a la madre que Clary recordaba.

—Yo tengo papel —indicó Simon, sacando algo del bolsillo de los pantalones de mezclilla.

Se lo entregó a su amiga. Era un folleto arrugado de la actuación de su grupo en la Knitting Factory en julio. Ella se encogió de hombros y lo volteó, levantando la estela que le habían prestado. Centelleó levemente cuando tocó el papel con la punta, y a la muchacha le inquietó por un momento que el folleto se quemara, pero la diminuta llama se apagó. Empezó a dibujar, haciendo todo lo posible por dejar fuera todo lo demás: el ruido de la multitud y la sensación de que todo el mundo la miraba con atención.

La runa surgió tal y como lo hizo antes: un diseño de líneas que se curvaban con energía unas al interior de las otras y luego se extendían sobre la página como esperando una finalización que no estaba allí. Quitó el polvo de la página con la mano y la sostuvo en alto, sintiendo absurdamente como si estuviera en la escuela y mostrara alguna especie de presentación a la clase.

—Ésta es la runa —dijo—. Requiere una segunda runa para completarla, para que funcione adecuadamente. Una... runa geme-la.

—Un subterráneo, un cazador de sombras. Cada mitad de la asociación tiene que llevar la Marca —dijo Luke. Garabateó una copia de la runa al final de la página, partió el papel por la mitad y entregó uno de los dibujos a Amatis—. Empieza a hacer circular la runa —dijo—. Enseña a los nefilim cómo funciona.

Con un asentimiento de cabeza, Amatis desapareció escalera abajo y entre la multitud. El caballero hada, dirigiendo una rápida mirada tras ella, sacudió la cabeza.

—Siempre se me dijo que únicamente los nefilim pueden llevar las Marcas del Ángel —dijo, con una cierta desconfianza—. Que el resto de nosotros nos volveríamos locos, o moriríamos, si las lleváramos.

—Ésta no es una de las Marcas del Ángel —respondió Clary—. No pertenece al Libro Gris. Es segura, lo prometo.

El caballero hada no pareció convencido.

Con un suspiro, Magnus se echó la manga hacia atrás y acercó una mano a Clary.

—Adelante.

—No puedo —dijo—. El cazador de sombras que te ponga la Marca será tu compañero, y yo no voy a combatir en la batalla.

—Menos mal —dijo Magnus.

Miró en dirección a Luke y a Jocelyn, que se encontraban de pie juntos.

—Ustedes dos —dijo—. Adelante, entonces. Muestren al hada cómo funciona.

Jocelyn parpadeó sorprendida.

—¿Qué?

—Suponía que ustedes dos serían compañeros —dijo Magnus— puesto que están prácticamente casados de todos modos.

El rostro de Jocelyn enrojeció violentamente, y ésta evitó mirar a Luke.

—No tengo una estela...

—Toma la mía. —Clary se la entregó—. Adelante, muéstrenle.

Jocelyn volteó hacia Luke, que pareció totalmente desconcertado. Acercó la mano antes de que ella pudiera pedirla, y ella le hizo la Marca en la palma con una apresurada precisión. La mano de él temblaba mientras ella dibujaba, y Jocelyn le sujetó la muñeca para mantenerla inmóvil; Luke bajó la mirada para contemplarla trabajar, y Clary pensó en la conversación que tuvieron sobre su madre y lo que él le dijo sobre sus sentimientos por Jocelyn, y sintió una punzada de tristeza. Se preguntó si su madre sabía siquiera que Luke la amaba, y si lo sabía, qué diría.

—Ya está. —Jocelyn retiró la estela—. Hecho.

Luke levantó la mano, con la palma hacia fuera, y mostró la arremolinada marca negra de su centro al caballero hada.

—¿Estás satisfecho, Meliorn?

—¿Meliorn? —dijo Clary—. Yo te he visto antes, ¿verdad? Tú salías con Isabelle Lightwood.

Meliorn se mostró casi inexpresivo, pero Clary juraría que parecía ligerísimamente incómodo. Luke sacudió la cabeza.

—Clary, Meliorn es un caballero de la corte seelie. Es muy poco probable que...

—Salía con Isabelle, sin duda —dijo Simon—, y ella lo dejó, además. Al menos dijo que iba a hacerlo. Una ruptura dura, amigo.

Meliorn lo miró con un pestañeo.

—¿Tú —dijo con desagrado—, tú eres el representante elegido por los Hijos de la Noche?

Simon negó con la cabeza.

—No. Sólo estoy aquí por ella. —Señaló a Clary.

—Los Hijos de la Noche no están aquí, Meliorn —dijo Luke, tras una breve vacilación—. Lo cierto es que transmití la información a tu esposa. Ellos eligieron... seguir su propio camino.

Las delicadas facciones de Meliorn se fruncieron en una mueca de desagrado.

—Ojalá lo hubiera sabido —repuso—. Los Hijos de la Noche son un pueblo sabio y prudente. Cualquier plan que suscita su ira suscita mi desconfianza.

—No dije nada respecto a ira —empezó a decir Luke, con una mezcla de calma deliberada y leve exasperación; Clary dudó que nadie que no lo conociera bien se diera cuenta de que estaba irritado.

La muchacha pudo percibir cómo varió su atención: Luke miraba abajo en dirección a la multitud. Siguiendo su mirada, Clary vio una figura familiar que se abría paso por la habitación... Isabelle, con su larga melena balanceándose y el látigo enroscado a la cintura como una serie de brazaletes dorados.

Clary agarró la muñeca de Simon.

—Los Lightwood. Acabo de ver a Isabelle.

Él echó un vistazo hacia la multitud, frunciendo el ceño.

—No me di cuenta de que los buscaras.

—Por favor, ve a hablar con ella por mí —susurró Clary, echando una ojeada para ver si alguien les prestaba atención; nadie lo hacía.

Luke hacía señas en dirección a alguien que había entre el gentío; entretanto, Jocelyn le decía algo a Meliorn, que la contemplaba casi alarmado.

—Yo tengo que permanecer aquí —siguió Clary—, pero... por favor, necesito contarle a ella y a Alec lo que mi madre me contó. Sobre Jace y sobre quién es realmente, y sobre Sebastian. Tienen que saberlo. Diles que vengan a hablar conmigo en cuanto puedan. Por favor, Simon.

—De acuerdo. —A todas luces preocupado por la intensidad de su tono de voz, Simon zafó la muñeca de su mano y le acarició la mejilla con un gesto tranquilizador—. Regresaré.

Bajó los escalones y desapareció entre la muchedumbre; cuando ella volteó, vio que Magnus la miraba, con la boca crispada en una mueca.

—No hay problema —dijo, evidentemente respondiendo a cualquiera que fuera la pregunta que Luke acababa de hacerle—. Estoy familiarizado con la llanura Brocelind. Colocaré un Portal en la plaza. Uno tan grande no durará mucho tiempo, no obstante, así que será mejor que los hagas cruzar a todos muy de prisa en cuanto tengan la Marca.

Mientras Luke asentía y se volvía para decirle algo a Jocelyn, Clary se inclinó para susurrar al brujo:

—Gracias por todo lo que hiciste por mi madre.

La sonrisa irregular de Magnus se ensanchó.

—No creías que iba a hacerlo, ¿verdad?

—Me lo pregunté —admitió Clary—. En especial teniendo en cuenta que cuando te vi en la casita no consideraste conveniente contarme que Jace trajo a Simon con él a través del Portal cuando vino a Alacante. No tuve la oportunidad de enfadarme por eso antes, pero ¿en qué estabas pensando? ¿Que no me interesaría?

—Que te interesaría demasiado —respondió él—. Que lo dejarías todo y subirías corriendo al Gard. Y necesitaba que buscaras el Libro de lo Blanco.

—Eso es despiadado —dijo Clary enojada—. Y te equivocas. Habría...

—... hecho lo que cualquiera hubiera hecho. Lo que yo habría hecho si se tratara de alguien que me importara. No te culpo, Clary, y no lo hice porque pensara que eras débil. Lo hice porque eres humana, y sé cómo funciona la humanidad. Llevo vivo mucho tiempo.

—Como si tú nunca cometieras estupideces porque tienes sentimientos —dijo Clary—. ¿Dónde está Alec, por cierto? ¿Por qué no estás por ahí eligiéndolo como compañero en este instante?

Magnus pareció estremecerse.

—No me acercaría a él con sus padres ahí. Ya lo sabes.

Clary apoyó la barbilla en la mano.

—Hacer lo correcto porque quieres a alguien es un fastidio a veces.

—Ya lo creo —respondió Magnus.

El cuervo voló en lentos círculos perezosos, avanzando por encima de las copas de los árboles en dirección a la pared occidental del valle. La luna estaba alta, lo que eliminaba la necesidad de una luz mágica mientras Jace lo seguía, manteniéndose en el linde de los árboles.

La pared del valle se alzaba hacia el cielo en forma de escarpada pared de roca gris. La senda del cuervo parecía seguir la curva del arroyo a medida que serpenteaba hacia el oeste para desaparecer finalmente en el interior de una fisura estrecha de la pared. Jace casi se torció el tobillo varias veces sobre rocas húmedas y deseó poder maldecir en voz alta, pero *Hugo* lo oiría sin duda. Doblado en una incómoda posición medio acuclillada, en su lugar se concentró en no romperse una pierna.

Tenía la camiseta empapada de sudor cuando por fin alcanzó el borde del valle. Por un momento creyó haber perdido de vista a *Hugo*, y se le cayó el alma a los pies, luego vio la negra figura descendente cuando el cuervo inició un picado muy bajo y desapareció en el interior de la oscura fisura abierta en la pared de roca del valle. Jace corrió hacia el frente, saboreando el alivio de poder correr en lugar de gatear. A medida que se acercaba a la grieta, pudo ver una abertura más grande y oscura al otro lado: una ensenada. Rebuscando en el bolsillo para sacar su piedra de luz mágica, Jace se lanzó adentro detrás del cuervo.

Únicamente se filtraba por la entrada de la cueva un poco de luz, que fue tragada por la opresiva oscuridad tras unos pocos pasos. Jace alzó su luz mágica y dejó que los rayos surgieran por entre los dedos.

Al principio pensó que las estrellas habían hallado el modo de aparecer de nuevo, y que eran visibles en lo alto en toda su resplandeciente gloria. Las estrellas no brillaban en ninguna otra parte como lo hacían en Idris... Y no brillaban en aquel momento. La luz mágica revelaba docenas de centelleantes depósitos de mica en la roca a su alrededor, y las paredes se iluminaban con brillantes puntos luminosos.

Vio que estaba en un espacio estrecho excavado en la roca misma, con la entrada de la cueva a su espalda y dos túneles oscuros que se bifurcaban delante. Jace pensó en las historias que su padre le había contado sobre héroes perdidos en laberintos que usaron cuerda o cordel para encontrar el camino de vuelta. Sin embargo, él no tenía nada que pudiera servirle para ese fin. Se acercó más a los túneles y permaneció en silencio un largo rato, escuchando. Oyó el gotear del agua, tenue, desde algún lugar lejano; el fluir del arroyo, un susurro como de alas, y... voces.

Retrocedió violentamente. Las voces venían del túnel de la izquierda, estaba seguro. Pasó el pulgar sobre la luz mágica para atenuarla, hasta que ésta emitió un tenue resplandor, justo el suficiente para iluminar el camino. Luego se lanzó al interior de la oscuridad.

—¿Lo dices en serio, Simon? ¿Es verdad? ¡Eso es fantástico! ¡Es maravilloso! —Isabelle acercó el brazo para tomar la mano de su hermano—. Alec, ¿Oíste lo que acaba de decir Simon? Jace no es el hijo de Valentine. ¡Nunca lo fue!

—Entonces ¿de quién es hijo? —respondió Alec, aunque Simon tuvo la impresión de que sólo prestaba atención en parte.

El muchacho parecía estar recorriendo la estancia con la mirada en busca de algo. Sus padres permanecían cerca, mirando con cara de pocos amigos en dirección a ellos; a Simon le preocupó que tal vez tendría que explicarles todo el asunto también, pero ellos le permitieron amablemente disponer de unos pocos minutos a solas con Isabelle y Alec.

—¡A quién le importa! —Jubilosa, Isabelle alzó las manos al cielo y luego torció el gesto—. A decir verdad, ésa es una buena pregunta. ¿Quién era su padre? ¿Michael Wayland, después de todo?

Simon negó con la cabeza.

—Stephen Herondale.

—Así que era el nieto de la Inquisidora —dijo Alec—. Ése debe de ser el motivo por el que ella... —Se interrumpió, mirando a lo lejos.

—¿El motivo por el que qué? —exigió Isabelle—. Alec, presta atención. O al menos dinos qué estás buscando.

—No «qué» —respondió Alec—: a quién. A Magnus. Quería preguntarle si querría ser mi compañero en la batalla. Pero no tengo ni idea de dónde está. ¿Lo viste, por casualidad? —preguntó, dirigiéndose a Simon.

Éste meneó la cabeza afirmativamente.

—Estaba arriba en el estrado con Clary, pero... —estiró el cuello para mirar— ahora no está allí. Probablemente está entre la multitud.

—¿De veras? ¿Vas a pedirle que sea tu compañero? —preguntó Isabelle—. Este asunto de los compañeros es como un baile excepto que incluye matar.

—Así es, exactamente como un baile —afirmó el vampiro.

—A lo mejor te pediré que seas mi compañero, Simon —dijo Isabelle, enarcando una ceja con delicadeza.

Al oírla, Alec se puso serio. Iba, como el resto de cazadores de sombras de la estancia, totalmente uniformado: todo de negro, con un cinto del que colgaban múltiples armas. Sujeto a la espalda llevaba un arco; a Simon le alegró ver que había encontrado un sustituto para el arco que Sebastian había hecho pedazos.

—Isabelle, tú no necesitas un compañero, porque no vas a pelear. Eres demasiado joven. Y si se te ocurre siquiera pensarlo, te mataré. —Levantó la cabeza violentamente—. Esperen... ¿Es ése Magnus?

Isabelle, siguiendo su mirada, resopló:

—Alec, es una mujer lobo. Una chica lobo. De hecho, la conozco, es... May.

—Maia —corrigió Simon.

La muchacha estaba un poco alejada, ataviada con pantalones de cuero marrón y una ajustada camiseta negra en la que decía «LO QUE NO ME MATE... SERÁ MEJOR QUE ECHE A CORRER». Un cordón le sujetaba los trenzados cabellos atrás. Se dio la vuelta, como si percibiera que tenían los ojos puestos en ella, y sonrió. Simon le devolvió la sonrisa. Isabelle puso mala cara. Simon dejó de sonreír inmediatamente... ¿En qué momento exacto se le había vuelto tan complicada la vida?

El rostro de Alec se iluminó.

—Ahí está Magnus —dijo, y se fue sin siquiera mirar atrás, abriéndose paso por entre la muchedumbre hasta la zona donde el alto brujo estaba parado.

La sorpresa de Magnus a medida que Alec se acercaba era patente, incluso desde aquella distancia.

—Es más bien dulce —dijo Isabelle, mirándolos—, ya sabes, de un modo un tanto lamentable.

—¿Por qué lamentable?

—Porque Alec está intentando conseguir que Magnus lo tome en serio —explicó Isabelle—, pero jamás les ha hablado a nuestros padres sobre Magnus, ni siquiera les ha dicho que le gustan, ya sabes...

—¿Los magos? —inquirió él.

—Qué gracioso. —Isabelle le dirigió una mirada iracunda—. Ya sabes a lo que me refiero. Lo que ocurre aquí es que...

—¿Qué es lo que ocurre, exactamente? —preguntó Maia, acercándose a grandes pasos de modo que la oyeran—. Quiero decir que no acabo de entender este asunto de los compañeros. ¿Cómo se supone que funciona?

—De ese modo.

Simon señaló en dirección a Alec y Magnus, que se mantenían un poco aparte de la multitud, en su propio pequeño espacio privado. Alec dibujaba en la mano de Magnus, con el rostro concentrado y los cabellos oscuros cayéndole sobre los ojos.

—¿Así que todos tenemos que hacer eso? —dijo Maia—. Conseguir que nos hagan un dibujo, quiero decir.

—Únicamente si vas a pelear —respondió Isabelle, mirando a la otra muchacha con frialdad—. No parece que tengas los dieciocho aún.

Maia le mostró una sonrisa tirante.

—No soy una cazadora de sombras. A los licántropos se los considera adultos a los dieciséis.

—Bien, pues tienen que hacerte el dibujo, entonces —dijo Isabelle—. Lo tiene que hacer un cazador de sombras. Así que será mejor que te busques uno.

—Pero...

Maia, mirando aún en dirección a Alec y a Magnus, se interrumpió y enarcó las cejas. Simon volteó para ver qué era lo que miraba... y abrió unos ojos como platos.

Alec rodeaba con sus brazos a Magnus y lo estaba besando, en la boca. Magnus, que parecía estar en estado de shock, permanecía paralizado. Varios grupos de gente —cazadores de sombras y subterráneos por igual— los miraban atónitos y cuchicheaban. Echando una ojeada a ambos lados, Simon vio a los Lightwood, que, con los ojos desorbitados, contemplaban boquiabiertos la exhibición. Maryse se cubría la boca con la mano.

Maia pareció perpleja.

—Esperen un segundo —dijo—. ¿Todos tenemos que hacer eso, también?

Por sexta vez, Clary escudriñó la multitud, buscando a Simon. No pudo encontrarlo. La estancia era una masa arremolinada de cazadores de sombras y subterráneos; la multitud se dispersaba a través de las puertas abiertas y sobre la escalinata del exterior. Por todas partes centelleaban las estelas mientras subterráneos y cazadores de sombras se unían por parejas y se marcaban unos a otros. Clary vio a Maryse Lightwood tendiendo su mano a una hada alta y de piel verde que era exactamente igual de pálida y regia que ella. Patrick Penhallow intercambiaba solemnemente Marcas con un brujo cuyos cabellos brillaban con chispas azules. A través de las puertas del Salón, Clary podía ver el brillante resplandor del Portal en la plaza. La luz de la luna que penetraba por la claraboya de cristal proporcionaba un aire surrealista al conjunto.

—Asombroso, ¿no es cierto? —dijo Luke, que estaba de pie en el borde del estrado, contemplando la habitación—. Cazadores de sombras y subterráneos mezclándose en la misma habitación. Trabajando juntos.

Parecía impresionado, pero Clary no podía pensar en otra cosa que no fuera desear que Jace estuviera allí para ver lo que sucedía. No podía dejar de temer por él. La idea de que podía enfrentarse a Valentine, que podía arriesgar su vida porque pensaba que estaba maldito... que podía morir sin saber que no era cierto...

—Clary —dijo Jocelyn, con un acento divertido—, ¿Oíste lo que dije?

—Sí —respondió ella—, y es asombroso, lo sé.

Jocelyn puso la mano sobre la de Clary.

—Eso no es lo que te estaba diciendo. Luke y yo combatiremos juntos. Tú te quedarás aquí con Isabelle y los otros niños.

—No soy una niña.

—No, pero eres demasiado joven para combatir. E, incluso, aunque no lo fueras, no estás adiestrada.

—No quiero limitarme a permanecer aquí sentada sin hacer nada.

—¿Nada? —dijo Jocelyn asombrada—. Clary, nada de esto estaría sucediendo de no ser por ti. Ni siquiera tendríamos una posibilidad de pelear de no ser por ti. Estoy muy orgullosa. Sólo quería decirte que Luke y yo regresaremos. Todo va a ir bien.

Clary levantó los ojos hacia su madre, al interior de aquellos ojos verdes tan parecidos a los suyos.

—Mamá —dijo—. No mientas.

Jocelyn inspiró con fuerza y se puso en pie, retirando la mano. Antes de que pudiera decir nada, algo atrajo la mirada de Clary: un rostro familiar entre la multitud. Una figura esbelta y oscura, que avanzaba con decisión hacia ellos, deslizándose a través del repleto Salón con una facilidad pausada y sorprendente..., como si pudiera flotar a través de la multitud, como humo a través de las aberturas de una valla.

Y en efecto lo hacía, comprendió Clary, a medida que él se acercaba al estrado. Era Raphael, vestido con la misma camisa blanca y pantalones negros con los que lo vio la primera vez. Había olvidado lo menudo que era. Apenas parecía tener catorce años mientras subía la escalera, el rostro delgado tranquilo y angelical, como un niño del coro subiendo los escalones del presbiterio.

—Raphael. —La voz de Luke contenía una mezcla de asombro y alivio—. No creía que fueras a venir. ¿Reconsideraron los Hijos de la Noche unirse a nosotros en la lucha contra Valentine? Todavía hay un escaño del Consejo a su disposición, si quieren aceptarlo. —Le acercó una mano al vampiro.

Los ojos claros y hermosos de Raphael le contemplaron inexpresivos.

—No puedo estrecharte la mano, hombre lobo. —Cuando Luke pareció ofendido, él sonrió, justo lo suficiente para mostrar las blancas puntas de sus colmillos—. Soy una proyección —dijo, levantando la mano para que todos pudieran ver cómo la luz brillaba a través de ella—. No puedo tocar nada.

—Pero... —Luke echó una ojeada arriba a la luz de la luna que penetraba a raudales a través del techo—. ¿Por qué...? —Bajó la mano—. Bueno, me satisface que estés aquí. Sea cual sea el modo en que eligieras aparecer.

Raphael sacudió la cabeza. Por un momento sus ojos se entretuvieron en Clary —una mirada que a ella no le gustó nada— y luego volteó hacia Jocelyn, y su sonrisa se ensanchó.

—Tú —dijo—, la esposa de Valentine. Otros de mi especie, que pelearon contigo durante el Levantamiento, me hablaron de ti. Admito que jamás pensé que te vería con mis propios ojos.

Jocelyn inclinó la cabeza.

—Muchos de los Hijos de la Noche combatieron muy valientemente entonces. ¿Indica tu presencia aquí que podríamos pelear codo con codo de nuevo?

Resultaba curioso, pensó Clary, oír a su madre hablar de aquel modo frío y formal, y sin embargo parecía natural en Jocelyn. Tan natural como cuando, en casa, su madre se sentaba en el suelo con un overol viejo, sosteniendo un pincel salpicado de pintura.

—Eso espero —dijo Raphael, y su mirada volvió a acariciar a Clary, como el contacto de una mano fría—. Sólo tenemos una demanda, una simple... y sencilla... petición. Si la aceptan, los Hijos de la Noche de muchas tierras acudirán con mucho gusto a la batalla para luchar a su lado.

—El escaño en el Consejo —replicó Luke—. Desde luego... se puede formalizar, los documentos pueden estar listos en una hora...

—No —dijo Raphael—, no se trata del escaño en el Consejo. Es otra cosa.

—¿Otra... cosa? —repitió Luke sin comprender—. ¿De qué se trata? Te aseguro que si está en nuestro poder...

—Ah, lo está. —La sonrisa de Raphael era deslumbrante—. De hecho, es algo que se encuentra entre los muros de este Salón mientras hablamos. —Volteó e indicó con un elegante gesto a la multitud—. Queremos al chico llamado Simon —indicó—. Al vampiro diurno.

El túnel era largo y sinuoso, y discurría en zigzag sin parar como si Jace se arrastrara por las entrañas de un monstruo enorme. Olía a roca mojada y a cenizas y a algo más, algo frío y húmedo y extraño que a Jace le recordaba muy levemente la Ciudad de Hueso.

Por fin el túnel terminó en una estancia circular. Estalactitas enormes, con las superficies tan brillates como gemas, colgaban de un elevado techo acanalado de piedra. El suelo estaba tan liso como si lo hubieran pulido, y aquí y allá alternaba con dibujos arcanos de centelleante piedra con incrustaciones. Una serie de toscas estalagmitas trazaban un círculo alrededor de la estancia. Justo en el centro se alzaba una única estalagmita enorme de cuarzo, que se elevaba desde el suelo como un colmillo gigantesco, decorada aquí y allá con un dibujo rojizo. Escudriñándola más de cerca, Jace vio que los lados de la estalagmita eran transparentes, y que el dibujo rojizo era el resultado de algo que se arremolinaba y se movía en su interior, como un tubo de ensayo de cristal lleno de humo de color.

Muy en lo alto, se filtraba luz hacia abajo procedente de un agujero circular en la piedra, una claraboya natural. La estancia, desde luego, estaba planeada, y no era fruto de la casualidad —los intrincados dibujos que recorrían el suelo lo dejaban claro—, pero ¿quién podría haber excavado una cámara subterránea tan enorme y por qué?

Un graznido agudo resonó en la sala, provocando un sobresalto a los nervios de Jace. Se escondió tras una voluminosa estalagmita y apagó la luz mágica justo cuando dos figuras surgían de las sombras del extremo opuesto de la estancia y avanzaban hacia él, conversando con las cabezas muy juntas. No los reconoció hasta que llegaron al centro de la habitación y la luz les dio de lleno.

Sebastian.

Y Valentine.

Esperando esquivar a la multitud, Simon tomó el camino largo para regresar al estrado, escabulléndose por detrás de las hileras de pilares que bordeaban los lados del Salón. Mantuvo la cabeza gacha mientras caminaba, absorto en sus pensamientos. Parecía extraño que Alec, sólo un año o dos mayor que Isabelle, fuera a pelear en una guerra mientras el resto de ellos se quedaba atrás. Isabelle parecía tomárselo con tranquilidad. No había gritos, ni histerias. Era como si lo hubiera esperado. A lo mejor era así. A lo mejor todos lo aceptaban.

Estaba cerca de los escalones del estrado cuando echó un vistazo arriba y vio, ante su sorpresa, a Raphael, parado junto a Luke, con su acostumbrado semblante casi inexpresivo. Luke, por otra parte, parecía nervioso: negaba con la cabeza, con las manos levantadas en actitud de protesta; Jocelyn, junto a él, parecía indignada. Simon no podía ver el rostro de Clary —estaba de espaldas a él—, pero la conocía lo bastante bien como para reconocer su tensión simplemente por la posición de los hombros.

Puesto que no quería que Raphael lo viera, Simon se escondió tras un pilar para escucharlos. Incluso por encima del murmullo de voces, pudo oír la voz de Luke cada vez más elevada.

—Ni hablar —decía Luke—. No puedo creer siquiera que lo pidas.

—Y yo no puedo creer que te rehúses. —La voz de Raphael era fría y nítida; la voz cortante y todavía aguda de un muchacho joven—. Es tan poca cosa.

—No es una cosa. —Clary sonó enojada—. Es Simon. Es una persona.

—Es un vampiro —dijo Raphael—. Algo que pareces olvidar continuamente.

—¿No eres tú un vampiro también? —preguntó Jocelyn, con el tono de voz tan gélido como lo era cada vez que Clary y Simon se metían en líos por cometer alguna estupidez—. ¿Estás diciendo que tu vida carece de valor?

Simon se apretó contra el pilar. ¿Qué sucedía?

—Mi vida tiene gran valor —replicó Raphael—, ya que es, a diferencia de la de ustedes, eterna. Es infinito lo que yo podría llevar a cabo, mientras que existe un claro final en lo que respecta a ustedes. Pero ésa no es la cuestión. Es un vampiro, uno de los míos, y estoy pidiendo su vuelta.

—No puedes recuperarlo —gruñó Clary—. Jamás lo tuviste, para empezar. Nunca siquiera estuviste interesado en él, tampoco, hasta que descubriste que podía andar por ahí a la luz del día...

—Posiblemente —repuso Raphael—, pero no por la razón que crees. —Ladeó la cabeza; sus oscuros ojos brillantes y dulces se movían veloces de un lado a otro como los de una ave—. Ningún vampiro debería poseer el poder que él tiene —dijo—, igual que ningún cazador de sombras debería poseer el poder que tú y tu hermano poseen. Durante años se nos ha dicho que no deberíamos existir y que somos anormales. Pero eso... eso sí que es anormal.

—Raphael —el tono de Luke era de advertencia—, no sé qué esperas obtener. Pero no existe la menor posibilidad de que consintamos que lastimes a Simon.

—En cambio dejarán que Valentine y su ejército de demonios lastime a toda esta gente, a sus aliados. —Raphael efectuó un amplio gesto que abarcó toda la habitación—. ¿Les permitirán que arriesguen sus vidas según su propio criterio pero no le darán a Simon la misma elección? A lo mejor él elegiría de un modo distinto al suyo. —Bajó el brazo—. Sabes que no pelearemos a su lado de lo contrario, los Hijos de la Noche no tomarán parte en aquello que suceda hoy.

—Entonces no lo hagan —dijo Luke—. No compraré su cooperación con una vida inocente. No soy Valentine.

Raphael volteó hacia Jocelyn.

—¿Qué hay de ti, cazadora de sombras? ¿Vas a dejar que este hombre lobo decida lo que es mejor para tu gente?

Jocelyn contemplaba a Raphael como si fuera un escarabajo que hubiera encontrado arrastrándose por el limpio suelo de la cocina. Muy despacio, contestó:

—Si le pones una mano encima a Simon, vampiro, te cortaré en pedacitos y se los daré a mi gato. ¿Entendido?

La boca de Raphael se crispó.

—Muy bien —dijo—. Cuando estés agonizando en la llanura

Brocelind, puedes preguntarte si una vida realmente valía tantas otras.

Desapareció. Luke volteó rápidamente hacia Clary, pero Simon ya no los observaba: tenía la vista clavada en sus manos. Pensó que estarían temblando, pero estaban tan inmóviles como las de un cadáver. Muy despacio, las cerró convirtiéndolas en puños.

Valentine tenía el mismo aspecto de siempre: el de un hombre fuerte con un uniforme de cazador de sombras modificado, con las amplias y fornidas espaldas en oposición con el rostro de planos agudos y facciones delicadas. Tenía la Espada Mortal sujeta a la espalda junto con una voluminosa bolsa, y llevaba un cinturón amplio con numerosas armas metidas en él: gruesas dagas de caza, finos puñales, y cuchillos de despellejar. Contemplando fijamente a Valentine desde detrás de la roca, Jace sintió lo que siempre sentía ahora cuando pensaba en su padre: un persistente afecto filial corroído por desolación, desilusión y desconfianza.

Resultaba extraño ver a su padre con Sebastian, que parecía... diferente. Éste también llevaba puesto el uniforme de combate, y una larga espada con empuñadura de plata sujeta a la cintura, pero no era lo que llevaba puesto lo que le resultó extraño a Jace. Era su cabello, que ya no era un casco de rizos oscuros sino rubio, un rubio brillante, una especie de dorado blanco. Lo cierto era que le sentaba bien, mejor de lo que le sentaba el cabello oscuro; su tez ya no parecía tan sorprendentemente pálida. Sin duda se tiñó el cabello para parecerse al auténtico Sebastian Verlac, y el de ahora era su auténtico aspecto. Una agria y enfurecida oleada de odio recorrió a Jace, y tuvo que hacer un supremo esfuerzo para permanecer oculto tras la roca y no abalanzarse al frente para cerrar las manos sobre la garganta de Sebastian.

Hugo volvió a graznar y descendió en picado para posarse en el hombro de Valentine. Una curiosa punzada recorrió a Jace al ver al cuervo en la misma posición que adoptaba con Hodge cuando éste aún dirigía el Instituto. *Hugo* prácticamente vivía en el hombro de su tutor, y verlo sobre el de Valentine resultaba curiosamente extraño, incluso incorrecto, a pesar de todo lo que Hodge había hecho.

Valentine levantó la mano y acarició las lustrosas plumas del pájaro, asintiendo como si ambos estuvieran en plena conversación. Sebastian observaba con las pálidas cejas enarcadas.

—¿Alguna noticia de Alacante? —preguntó mientras *Hugo* saltaba del hombro de Valentine y volvía a emprender el vuelo: sus alas rozaron las puntas parecidas a gemas de las estalactitas.

—Nada tan comprensible como me gustaría —respondió Valentine.

El sonido de la voz de su padre, fría y serena como siempre, atravesó a Jace como una flecha. Las manos se le crisparon involuntariamente y las apretó con fuerza contra los costados, agradecido de que la masa de roca lo ocultara.

—Una cosa es cierta. La Clave se está aliando con la fuerza de subterráneos de Lucian.

Sebastian frunció el ceño.

—Pero Malachi dijo...

—Malachi fracasó. —Valentine tenía la mandíbula muy erguida.

Ante la sorpresa de Jace, Sebastian se adelantó y posó una mano en el brazo de Valentine. Hubo algo en aquel contacto —algo íntimo y seguro de sí mismo— que hizo que Jace sintiera como si su estómago hubiera sido invadido por un nido de gusanos. Nadie tocaba a Valentine de aquel modo. Ni siquiera él habría tocado a su padre así.

—¿Estás disgustado? —preguntó Sebastian, y el mismo tono apareció en su voz, la misma grotesca y peculiar sensación de cercanía.

—La Clave está mucho peor de lo que pensé. Sabía que los Lightwood estaban corrompidos sin remedio, y esa clase de corrupción es contagiosa. Es por lo que intenté impedir que entraran en Idris. Pero que el resto se dejara llenar la mente con tanta facilidad por el veneno de Lucian, cuando él ni siquiera es nefilim... —El asco de Valentine era evidente, pero no se apartó de Sebastian, advirtió Jace con creciente incredulidad, no hizo ningún movimiento para apartar la mano del muchacho de su hombro—. Estoy decepcionado. Pensé que entrarían en razón. Habría preferido no poner fin a las cosas de este modo.

Sebastian pareció divertido.

—Yo no estoy de acuerdo —dijo—. Piensa en ellos, listos para combatir, cabalgando a la gloria, sólo para descubrir que nada de eso importa. Que su gesto es inútil. Piensa en la expresión de sus caras. —Tensó la boca en una mueca burlona.

—Jonathan —suspiró Valentine—. Esto es una desagradable necesidad, nada con lo que gozar.

«¿Jonathan?» Jace se aferró a la roca, las manos repentinamente resbaladizas. ¿Por qué tendría que llamar Valentine a Sebastian con su nombre? ¿Era un error? Pero Sebastian no parecía sorprendido.

—¿No es mejor si disfruto con lo que hago? —preguntó Sebastian—. Ciertamente me divertí en Alacante. Los Lightwood fueron mejor compañía de lo que me hiciste creer, en especial esa Isabelle. Desde luego nos separamos sin remedio. Y en cuanto a Clary...

Sólo oír a Sebastian pronunciar el nombre de Clary hizo que a Jace el corazón le diera un repentino y doloroso vuelco.

—No se parecía en nada a lo que pensé que sería —prosiguió Sebastian con petulancia—. No se parecía en nada a mí.

—No hay nadie más en el mundo como tú, Jonathan. Clary siempre ha sido exactamente igual a su madre.

—No quiere admitir lo que realmente desea —dijo Sebastian—. Aún no. Pero acabará aceptándolo.

Valentine enarcó una ceja.

—¿Qué quieres decir con eso?

Sebastian sonrió burlón: fue una mueca que inundó a Jace de una ira casi incontrolable. Se mordió con fuerza el labio, notando el sabor a sangre.

—Bueno, ya sabes —dijo Sebastian—. Estar de nuestro lado. No puedo esperar. Engañarla me proporcionó la mayor diversión que he tenido desde hace una eternidad.

—No tenías que divertirte. Debías averiguar qué era lo que buscaba. Y cuando lo encontró... sin ti, debería añadir, permitiste que se lo entregara a un brujo. Y luego no lograste traerla contigo cuando te fuiste, pese a la amenaza que representa para nosotros. No es exactamente un éxito glorioso, Jonathan.

—Intenté traerla. Pero ellos no la perdían de vista, y no podía secuestrarla precisamente en mitad del Salón de los Acuerdos. —Sebastian parecía enfadado—. Además, ya te lo dije, no tiene ni idea de cómo usar ese poder suyo con las runas. Es demasiado ingenua para representar ningún peligro...

—Sea lo que sea lo que la Clave esté planeando ahora, ella está en el centro de eso —dijo Valentine—. *Hugo* dice eso al menos. La vio allí sobre el estrado en el Salón de los Acuerdos. Si puede demostrarle a la Clave su poder...

Jace sintió un ramalazo de temor por Clary, mezclado con una curiosa especie de orgullo; por supuesto que ella estaba en el centro de lo que sucedía. Aquélla era su Clary.

—Entonces pelearán —repuso Sebastian—. Que es lo que queremos, ¿verdad? Clary no importa. Es la batalla lo que importa.

—La subestimas, creo —dijo Valentine en voz baja.

—La estuve vigilando —replicó Sebastian—. Si su poder fuera tan ilimitado como pareces creer, pudo usarlo para sacar a su amiguito vampiro de la prisión..., o para salvar a aquel estúpido de Hodge mientras se moría...

—El poder no tiene que ser ilimitado para ser letal —indicó Valentine—. Y en cuando a Hodge, quizás podrías mostrarte un poco más respetuoso respecto a su muerte, puesto que fuiste tú quien lo mató.

—Estaba a punto de contarles lo del Ángel. Tenía que hacerlo.

—Querías hacerlo. Siempre es así. —Valentine sacó un par de

gruesos guantes de cuero del bolsillo y se los puso despacio—. A lo mejor se lo habría contado. A lo mejor, no. Todos estos años cuidó de Jace en el Instituto y debía de preguntarse a quién estaba educando. Hodge era uno de los pocos que sabía que existía más de un niño. Yo sabía que no me traicionaría... Era demasiado cobarde para eso. —Flexionó los dedos para introducirlos dentro de los guantes.

«¿Más de un niño?» ¿De qué hablaba Valentine?

Sebastian desechó a Hodge con un ademán.

—¿A quién le importa lo que pensara? Está muerto y en buena hora. —Sus ojos centellearon muy negros—. ¿Vas al lago?

—Sí. ¿Tienes claro lo que debes hacer? —Valentine hizo un veloz movimiento con la barbilla para indicar la espada del cinto de Sebastian—. Usa ésa. No es la Espada Mortal, pero su alianza es lo bastante demoníaca para este propósito.

—¿No puedo ir al lago contigo? —Su voz adoptaba un claro tono quejumbroso—. ¿No podemos liberar al ejército ya?

—No es medianoche aún. Dije que les daría hasta medianoche. Aún pueden cambiar de opinión.

—No lo harán...

—Di mi palabra. La mantendré. —El tono de Valentine era tajante—. Si no recibes ninguna noticia de Malachi a medianoche, abre la puerta. —Al ver la vacilación de Sebastian, Valentine se manifestó impaciente—. Necesito que lo hagas tú, Jonathan. No puedo esperar aquí a que llegue la medianoche, necesitaré casi una hora para llegar al lago a través de los túneles, y no tengo intención de permitir que la batalla se alargue mucho tiempo. Las generaciones futuras tienen que saber lo rápido que la Clave perdió, y lo decisiva que fue nuestra victoria.

—Es sólo que lamentaré perderme la invocación. Me gustaría estar allí cuando lo hagas.

La expresión de Sebastian era nostálgica, pero había algo calculado por debajo de ella, algo despectivo, codicioso, planificado y extrañamente, deliberadamente... frío. Aunque no es que a Valentine pareciera preocuparle.

Ante el desconcierto de Jace, Valentine acarició la mejilla de Sebastian, en un gesto veloz y manifiestamente afectuoso, antes de apartarse y marcharse hacia el otro extremo de la caverna, donde se congregaban espesas sombras.

—Jonathan —dijo, volteando, y Jace levantó la mirada, incapaz de contenerse—, contemplarás la cara del Ángel algún día. Al fin y al cabo, heredarás los Instrumentos Mortales cuando yo ya no esté. A lo mejor un día también tú invocarás a Raziel.

—Me gustaría —dijo Sebastian, y se quedó muy quieto mientras Valentine, con un último movimiento de cabeza, desaparecía en la oscuridad.

La voz de Sebastian descendió hasta un medio susurro.

—Me gustaría muchísimo —gruñó—. Me gustaría escupirle en su cara de bastardo. —Giró en redondo; su rostro era una máscara blanca bajo la tenue luz—. Será mejor que salgas, Jace —dijo—. Sé que estás aquí.

Jace se quedó paralizado... pero sólo por un segundo. Su cuerpo se movió antes de que la mente tuviera tiempo de reaccionar, catapultándolo de pie. Corrió hacia la entrada del túnel, pensando sólo en lograr salir al exterior, en enviar un mensaje, de algún modo, a Luke.

Pero la entrada estaba bloqueada. Sebastian estaba allí, con su expresión fría y llena de regocijo, los brazos extendidos, los dedos tocando casi las paredes del túnel.

—Vaya —dijo—, no pensarías realmente que eras más rápido que yo, ¿verdad?

Jace se detuvo bruscamente. El corazón le latía irregularmente en el pecho, como un metrónomo roto, pero su voz era firme.

—Puesto que soy mejor que tú en cualquier otra cosa imaginable, era lógico.

Sebastian se limitó a sonreír.

—Podía oír el latido de tu corazón —dijo con suavidad—. Cuando me observabas con Valentine. ¿Te molestó?

—¿Que parezca que estás saliendo con mi papi? —Jace se encogió de hombros—. Eres un poco joven para él, si he de serte sincero.

—¿Qué?

Por primera vez desde que Jace lo conocía, Sebastian pareció estupefacto. Aunque Jace sólo pudo disfrutar de eso por un momento, antes de que el otro recuperara la compostura. Pero había un oscuro destello en sus ojos que indicaba que no perdonaba a Jace por hacerle perder la calma.

—A veces me preguntaba cosas sobre ti —siguió Sebastian, con la misma voz suave—. Parecía haber algo en ti, algo tras esos ojos amarillos tuyos. Un destello de inteligencia, a diferencia del resto de tu torpe familia adoptiva. Pero supongo que no era más que afectación, una actitud. Eres tan idiota como el resto, pese a tu década de buena educación.

—¿Qué sabes tú de mi educación?

—Más de lo que podrías pensar. —Sebastian bajó las manos—. El mismo hombre que te educó a ti me educó a mí. Sólo que él no se cansó de mí después de los primeros diez años.

—¿A qué te refieres?

La voz de Jace surgió en un susurro, y luego, mientras miraba fijamente el rostro inmóvil y arisco de Sebastian, pareció ver al otro muchacho como si lo hiciera por primera vez —el cabello blanco, los ojos de un negro antracita, las duras líneas del rostro, como algo cincelado en piedra— y descubrió en su mente el rostro de su padre tal y como el ángel se lo mostrara; joven, perspicaz, alerta y ávido, y lo supo.

—Tú —dijo—. Valentine es tu padre. Eres mi hermano.

Pero Sebastian ya no estaba de pie delante de él; de pronto estaba detrás, y sus brazos rodeaban los hombros de Jace como si quisiera abrazarlo, pero las manos estaban apretadas en forma de puños.

—Salve y adiós, hermano mío —escupió, y entonces los brazos

dieron un fuerte jalón hacia arriba y se apretaron más, cortándole la respiración a Jace.

Clary estaba exhausta. Un dolor de cabeza sordo, la secuela de dibujar la runa Alianza, se instaló en su lóbulo frontal. Parecía como si alguien intentara derribar una puerta a patadas desde el lado equivocado.

—¿Estás bien? —Jocelyn posó una mano en el hombro de Clary—. Da la impresión de que te sientes mal.

Clary bajó los ojos… y vio la larga y fina runa negra que cruzaba el dorso de la mano de su madre, la gemela de la que tenía Luke en la palma. Se le hizo un nudo en el estómago. Se las arreglaba para lidiar con el hecho de que dentro de unas pocas horas su madre podría estar «combatiendo realmente contra un ejército de demonios»… pero sólo porque reprimía testarudamente el pensamiento cada vez que afloraba.

—Me pregunto dónde está Simon. —Clary se levantó—. Iré a buscarlo.

—¿Ahí abajo?

Jocelyn dirigió una mirada preocupada a la multitud. Ésta empezaba a disminuir, advirtió Clary, a medida que los que recibían la Marca salían en tropel por las puertas principales a la plaza situada fuera. Malachi permanecía parado junto a la entrada, con su rostro broncíneo impasible, mientras indicaba a subterráneos y a cazadores de sombras adónde ir.

—Estaré perfectamente. —Clary se abrió paso por delante de su madre y de Luke en dirección a los escalones del estrado—. Regresaré en seguida.

La gente volteó para mirarla con fijeza mientras descendía los escalones y se escurría entre la multitud. Podía sentir sus ojos puestos en ella, el peso de las miradas fijas. Escudriñó la muchedumbre, buscando a los Lightwood o a Simon, pero no vio a nadie que conociera... y ya era bastante difícil ver algo por encima del gentío, teniendo en cuenta lo bajita que era. Con un suspiro, se escabulló hacia el lado oeste del Salón, donde el gentío era menor.

En cuanto se aproximó a la alta hilera de pilares de mármol, una mano salió disparada de entre dos de ellos y la jaló hacia un lateral. Clary tuvo tiempo para lanzar un grito ahogado de sorpresa, y luego se encontró parada en la oscuridad detrás del más grande de los pilares, con la espalda contra la fría pared de mármol y las manos de Simon sujetándole los brazos.

—No grites, ¿de acuerdo? Soy yo —dijo él.

—Pues claro que no voy a gritar. No seas ridículo. —Clary echó una ojeada a un lado y a otro, preguntándose qué estaba sucediendo, pues sólo podía ver trozos de la zona más grande del Salón, por entre los pilares—. Pero ¿qué significa esta escena de espionaje a lo James Bond? Venía a buscarte de todos modos.

—Lo sé. Estaba esperando a que bajaras del estrado. Quería hablar contigo donde nadie más nos pudiera oír. —Se lamió los labios nerviosamente—. Oí lo que dijo Raphael. Lo que quería.

—Ah, Simon. —Los hombros de Clary se encorvaron—. Mira, no pasó nada. Luke lo echó...

—Quizás no debió hacerlo—dijo Simon—. Quizás debió darle a Raphael lo que quería.

Clary lo miró pestañeando.

—¿Te refieres a ti? No seas idiota. De ningún modo...

—Existe un modo. —La presión que ejercía sobre sus brazos se incrementó—. Quiero hacerlo. Quiero que Luke le diga a Raphael que hay trato. O se lo diré yo mismo.

—Sé por qué lo haces —protestó Clary—. Y lo respeto y te admiro por eso, pero no tienes que hacerlo, Simon, no tienes por qué. Lo que Raphael pide está mal, y nadie te juzgará por no sacrificarte por una guerra en la que no tienes por qué pelear...

—Precisamente por eso —dijo Simon—. Lo que Raphael ha dicho es cierto. Soy un vampiro, y no haces más que olvidarlo. O quizás simplemente quieras olvidarlo. Pero soy un subterráneo y tú eres una cazadora de sombras, y esta lucha nos incumbe a los dos.

—Pero tú no eres como ellos...

—Soy uno de ellos. —Hablaba despacio deliberadamente, como para asegurarse por completo de que ella comprendía cada una de las palabras que pronunciaba—. Y siempre lo seré. Si los subterráneos libran esta guerra junto a los cazadores de sombras sin la participación de la gente de Raphael, entonces no habrá escaño en el Consejo para los Hijos de la Noche. No formarán parte del mundo que Luke intenta crear, un mundo donde cazadores de sombras y subterráneos trabajen juntos y estén unidos. Los vampiros quedarán al margen de eso. Serán enemigos de los cazadores de sombras. Yo seré tu enemigo.

—Yo jamás podría ser tu enemiga.

—Eso me mataría —se limitó a decir Simon—. Pero no puedo evitar nada manteniéndome aparte y fingiendo que estoy al margen de todo esto. No estoy pidiendo tu permiso. Me gustaría recibir tu ayuda. Pero si no quieres dármela, conseguiré que Maia me lleve al campamento de los vampiros de todos modos y me entregaré a Raphael. ¿Lo entiendes?

Lo miró boquiabierta. Simon le sujetaba los brazos con tanta fuerza que podía sentir la sangre palpitando en la piel bajo sus manos. Se pasó la lengua sobre los labios resecos; su boca tenía un sabor amargo.

—¿Qué puedo hacer para ayudarte? —susurró.

Clary lo contempló con incredulidad mientras se lo contaba, y negaba ya con la cabeza antes de que él finalizara; sus cabellos se balanceaban de un lado a otro, cubriéndole casi los ojos.

—No —dijo—, es una idea demencial, Simon. No es un don; es un castigo...

—Tal vez no para mí —replicó él.

El muchacho echó una ojeada a la multitud, y Clary vio a Maia allí de pie, observándolos, con una expresión abiertamente curiosa.

Estaba claro que esperaba a Simon. «Demasiado rápido —pensó Clary—. Todo esto está sucediendo demasiado rápido.»

—Es mejor que la alternativa, Clary.

—No...

—Podría no perjudicarme en absoluto. Quiero decir... ya me castigaron, ¿verdad? Ya no puedo entrar en una iglesia, en una sinagoga, no puedo decir... no puedo decir nombres sagrados, no puedo envejecer, ya estoy apartado de la vida normal. A lo mejor esto no cambiará nada.

—Pero a lo mejor sí.

Él le soltó los brazos, deslizó la mano al costado de su amiga y le sacó la estela de Patrick del cinturón. Se la acercó.

—Clary —dijo—. Haz esto por mí. Por favor.

Ella tomó la estela con dedos entumecidos y la levantó, posando el extremo sobre la piel de Simon, justo por encima de los ojos. «La primera Marca», dijo Magnus. La primera de todas. Pensó en ella, y la estela empezó a moverse tal y como una danzarina empieza a moverse cuando se inicia la música. Líneas negras se trazaron sobre la frente como una flor que se abriera en una película proyectada a gran velocidad. Cuando terminó, la mano derecha le dolía y le ardía, pero mientras la retiraba y miraba con atención, supo que dibujó algo perfecto, extraño y antiguo, algo del principio mismo de la historia. Resplandeció como una estrella sobre los ojos de Simon cuando éste se acarició la frente con los dedos, con expresión aturdida y confusa.

—Puedo sentirla —dijo—. Como una quemadura.

—No sé qué sucederá —murmuró ella—. No sé qué efectos secundarios tendrá a largo plazo.

Con una media sonrisa, él levantó la mano para acariciarle la mejilla.

—Esperemos que tengamos la oportunidad de descubrirlo.

19

PENIEL

Maia permaneció callada la mayor parte del camino hasta el bosque, manteniendo la cabeza gacha y echando ojeadas a un lado y a otro de vez en cuando con la nariz arrugada por la concentración. Simon se preguntó si olfateaba el camino que debían seguir, y decidió que aunque eso podría parecer un poco raro, desde luego resultaba un talento útil. También descubrió que no tenía que apresurar el paso para mantenerse a su altura, sin importar lo rápido que ella se moviera. Incluso cuando llegaron al especialmente frecuentado sendero que conducía al interior del bosque y Maia empezó a correr —veloz, en silencio y manteniéndose muy agachada sobre el suelo—, él no tuvo problemas para igualar su paso. Era una consecuencia de ser vampiro que podía admitir honestamente que le gustaba.

El sendero finalizó demasiado pronto; el bosque se espesó y se hallaron corriendo entre los árboles, sobre terreno removido y repleto de raíces cubierto por una espesa capa de hojas muertas. Las ramas de lo alto creaban dibujos que recordaban encajes al recortarse en el firmamento iluminado por las estrellas. Salieron de los árboles a un claro salpicado de enormes peñascos que brillaban como blancos dientes cuadrados. Había montones de hojas apiladas aquí y allí, como si alguien hubiera pasado por el lugar con un rastrillo gigante.

—¡Raphael! —Maia hizo bocina con las manos y gritó con una voz lo bastante potente como para espantar a las aves de las copas de los árboles sobre sus cabezas—. ¡Raphael, muéstrate!

Silencio. Entonces las sombras susurraron; sonó un suave tamborileo, igual que lluvia golpeando un tejado de zinc. Las hojas amontonadas en el suelo salieron volando por los aires como ciclones diminutos. Simon oyó toser a Maia; ésta tenía las manos levantadas, como para apartar hojas de su rostro y de sus ojos.

Tan repentinamente como aumentó, el viento amainó. Raphael estaba allí parado, apenas a unos pocos metros de Simon. A su alrededor había un grupo de vampiros, pálidos e inmóviles como árboles a la luz de la luna. Sus expresiones eran frías, desprovistas de todo lo que no fuera una total hostilidad. Reconoció a algunos de ellos del hotel Dumort: la menuda Lily y el rubio Jacob, con la mirada tan afilada como cuchillos. Pero a otros muchos de ellos no los había visto nunca antes.

Raphael se acercó. Tenía la piel cetrina y los ojos rodeados por una negra sombra, pero sonrió al ver a Simon.

—Vampiro diurno —musitó—. Viniste.

—Vine —dijo Simon—. Estoy aquí, así que... se acabó.

—Nada acabó, vampiro diurno. —Raphael miró en dirección a Maia—. Licántropa —dijo—, regresa junto al líder de tu manada y dale las gracias por cambiar de opinión. Dile que los Hijos de la Noche pelearán junto a su gente en la llanura Brocelind.

El rostro de Maia estaba tenso.

—Luke no cambió...

Simon la interrumpió rápidamente.

—Todo va bien, Maia. Vete.

Los ojos de la muchacha se veían luminosos y entristecidos.

—Simon, piensa —dijo—. No tienes que hacerlo.

—Sí, tengo que hacerlo. —Su tono era firme—. Maia, muchísimas gracias por traerme aquí. Ahora vete.

—Simon...

Él bajó la voz.

—Si no te vas, nos matarán a ambos, y todo esto habrá sido por nada. Vete. Por favor.

Ella asintió y dio media vuelta, cambiando mientras se volteaba, de modo que un momento antes era una menuda joven humana, con las trenzas sujetas con cuentas rebotando sobre los hombros, y al siguiente ya golpeaba el suelo corriendo a cuatro patas como una loba veloz y silenciosa. Abandonó como una exhalación el claro y desapareció en las sombras.

Simon volteó de nuevo hacia los vampiros... y casi suelta un grito; Raphael estaba parado justo frente a él, a centímetros de distancia. Vista de cerca, su piel mostraba los reveladores trazos del hambre. Simon recordó aquella noche en el hotel Dumort —rostros surgiendo de las sombras, carcajadas fugaces, el olor de la sangre— y se estremeció.

Raphael estiró los brazos hacia Simon y lo agarró por los hombros; sus manos engañosamente menudas lo sujetaban como tenazas de hierro.

—Gira la cabeza —dijo— y mira las estrellas; será más fácil así.

—Así que vas a matarme —dijo Simon.

Ante su sorpresa, no se sentía asustado, ni siquiera particularmente nervioso; todo parecía haberse ralentizado hasta adquirir una claridad perfecta. Era consciente de cada hoja en las ramas sobre su cabeza, de cada piedrita diminuta del suelo, de cada par de ojos puestos en él.

—¿Qué creías? —dijo Raphael; con cierta tristeza, pensó Simon—. No es nada personal, te lo aseguro. Como dije antes..., eres demasiado peligroso para que se te permita seguir tal y como eres. De haber sabido en lo que te convertirías...

—Jamás me habrías dejado arrastrarme fuera de aquella sepultura, lo sé —repuso Simon.

Raphael cruzó la mirada con él.

—Todo el mundo hace lo que debe para sobrevivir. En ese aspec-

445

to incluso nosotros somos iguales a los humanos. —Los dientes afilados como agujas resbalaron fuera de sus fundas como delicadas cuchillas—. Quédate quieto —dijo—. Esto será rápido. —Se inclinó hacia el muchacho.

—Espera —dijo Simon, y cuando Raphael se echó atrás con una mueca de desagrado, volvió a decirlo, con más energía—: Espera. Hay algo que tengo que mostrarte.

Raphael emitió un suave silbido.

—Será mejor que pretendas algo más que intentar demorarme, vampiro diurno.

—Lo hago. Hay algo que pensé que deberías ver.

Simon levantó la mano y se apartó los cabellos de la frente. Pareció un gesto estúpido, teatral incluso, pero al hacerlo, vio el blanco rostro desesperado de Clary mientras levantaba la vista hacia él, con la estela en la mano, y pensó: «Bueno, por ella, al menos lo intenté».

El efecto sobre Raphael fue a la vez sorprendente e instantáneo. Retrocedió violentamente como si Simon hubiera empuñado un crucifijo ante él, abriendo los ojos de hito en hito.

—Vampiro diurno —escupió—, ¿quién te hizo eso?

Simon se limitó a mirarlo con asombro. No estaba seguro de qué reacción había esperado, pero no era aquélla.

—Clary —dijo Raphael, respondiendo a su propia pregunta—, por supuesto. Únicamente un poder como el suyo permitiría esto... Un vampiro con una Marca, y con una Marca como ésta...

—¿Una Marca como qué? —quiso saber Jacob, el delgado muchacho rubio situado justo detrás de Raphael.

El resto de vampiros también miraban atentamente, con expresiones que mezclaban confusión y un temor creciente. Cualquier cosa que asustara a Raphael, se dijo Simon, era seguro que los asustaría también a ellos.

—Esta Marca —dijo Raphael, todavía mirando únicamente a Simon— no pertenece al Libro Gris. Es una Marca aún más vieja que eso. Es una de las antiguas, dibujada por la propia mano del Creador. —Hizo ademán de tocar la frente de Simon pero no pareció capaz de obligarse a hacerlo; su mano flotó en el aire un momento, pero luego cayó sobre su costado—. Tales Marcas se mencionan, pero yo jamás había visto una. Y ésta...

Simon recitó:

—«Ciertamente cualquiera que matare a Caín siete veces será castigado. Entonces Jehová puso una Marca en Caín, para que no lo matara cualquiera que lo hallara.» Puedes intentar matarme, Raphael. Pero yo no te lo aconsejaría.

—¿La Marca de Caín? —inquirió Jacob con incredulidad—. ¿Esa Marca que tienes es la Marca de Caín?

—Mátalo —dijo una vampira pelirroja que estaba muy cerca de Jacob y que hablaba con un fuerte acento: ruso, se dijo Simon, aunque no estaba seguro—. Mátalo de todos modos.

La expresión de Raphael era una mezcla de furia y recelo.

—No lo haré —replicó—. Cualquier daño que se le cause repercutirá sobre el que lo haga siete veces. Ésa es la naturaleza de la Marca. Desde luego, si alguno de ustedes quiere ser quien corra tal riesgo, yo no tengo ningún inconveniente.

Nadie habló ni se movió.

—Ya sabía yo que no —repuso Raphael, y sus ojos escudriñaron a Simon—. Como la reina malvada del cuento, Lucian Graymark me envió una manzana envenenada. Supongo que esperaba que te hiciera daño, y cosecharía el consiguiente castigo.

—No —se apresuró a decir Simon—. No..., Luke no sabía esto. Su gesto fue de buena fe. Tienes que cumplir la palabra dada.

—¿Y, así pues, lo elegiste tú? —Por primera vez había algo distinto al desprecio, se dijo Simon, en el modo en que Raphael lo miraba—. Esto no es un simple hechizo de protección, vampiro diurno. ¿Sabes cuál fue el castigo de Caín? —Habló en voz baja, como si compartiera un secreto con Simon—: «Y ahora maldito seas tú de la tierra. Y errante y extranjero serás en la Tierra».

—Entonces —dijo Simon—, andaré errante, si es necesario. Haré lo que tenga que hacer.

—Todo esto —repuso Raphael—, todo esto por los nefilim.

—No sólo por los nefilim —respondió Simon—. Hago esto también por ti. Incluso aunque no lo desees. —Alzó la voz de modo que los silenciosos vampiros que lo rodeaban pudieran oírlo—. Les preocupaba que si otros vampiros se enteraban de lo que me sucedió, fueran a pensar que la sangre de los cazadores de sombras podía permitirles también pasear a la luz del día. Pero no debo este poder a eso. Fue algo que Valentine hizo. Un experimento. Él lo causó, no Jace. Y no se puede reproducir. No volverá a suceder jamás.

—Imagino que dice la verdad —dijo Jacob, ante la sorpresa de Simon—. Ciertamente conozco a uno o dos Hijos de la Noche que probaron la sangre de un cazador de sombras en el pasado. Ninguno de ellos tolera la luz del sol.

—Una cosa era no ayudar a los cazadores de sombras antes —siguió Simon, volteando de nuevo hacia Raphael—, pero ahora, ahora que me enviaron a ustedes... —Dejó que el resto de la frase flotara en el aire, sin terminar.

—No intentes chantajearme, vampiro diurno —dijo Raphael—. Cuando los Hijos de la Noche hacen un trato, lo mantienen, sin importar lo mal que los hayan tratado. —Sonrió levemente; sus afilados dientes brillaron en la oscuridad—. Sólo hay una cosa —continuó—. Un último acto que requiero de ti para que demuestres que realmente actuaste de buena fe. —El énfasis que puso en las últimas dos palabras llevaba un gélido lastre.

—¿Qué es? —preguntó Simon.

—Nosotros no seremos los únicos vampiros que luchen en la batalla de Lucian Graymark —respondió él—. Tú también lo harás.

Jace abrió los ojos en medio de un remolino plateado. Tenía la boca llena de un líquido amargo. Tosió, preguntándose por un momento si se estaba ahogando; pero, si era así, lo hacía en tierra firme. Estaba sentado con la espalda muy recta apoyada en una estalagmita, y tenía las manos atadas. Volvió a toser y la boca se le llenó de un sabor salado. No se estaba ahogando, comprendió, simplemente se atragantaba con sangre.

—¿Despierto, hermanito? —Sebastian estaba arrodillado frente a él, con un trozo de soga en las manos y la sonrisa similar a un cuchillo desenvainado—. Bien. Temí por un momento haberte matado demasiado pronto.

Jace giró la cara a un lado y escupió una bocanada de sangre al suelo. Sentía la cabeza como si le estuvieran inflando un globo dentro de ella y éste presionara con fuerza contra el interior del cráneo. El plateado remolino sobre su cabeza aminoró y se detuvo, convirtiéndose en el brillante dibujo de estrellas visibles a través del agujero en el techo de la cueva.

—¿Aguardando una ocasión especial para matarme? Se acerca la Navidad.

Sebastian dedicó a Jace una mirada pensativa.

—Eres muy insolente. Eso no lo aprendiste de Valentine. ¿Qué aprendiste realmente de él? Tampoco me parece que te adiestrara demasiado en la lucha. —Se inclinó más cerca—. ¿Sabes lo que me dio el día de mi noveno cumpleaños? Una lección. Me enseñó que hay un lugar en la espalda de un hombre donde, si hundes un cuchillo, puedes perforarle el corazón y seccionarle la espina dorsal, todo a la vez. ¿Qué recibiste tú el día de tu noveno cumpleaños, angelito? ¿Una galletita?

«¿Noveno cumpleaños?» Jace tragó saliva con fuerza antes de soltar:

—Dime entonces, ¿en qué agujero te tenía escondido mientras yo crecía? Porque no recuerdo haberte visto por la casa de campo.

—Crecí en este valle. —Sebastian indicó con la barbilla la salida de la cueva—. No recuerdo haberte visto tampoco a ti por aquí, ahora que lo pienso. Aunque yo conocía de tu existencia. Apuesto a que tú no sabías nada de la mía.

Jace negó con la cabeza.

—Valentine no era muy dado a alardear de ti. No puedo imaginar el motivo.

Los ojos de Sebastian centellearon. Era fácil contrastar, ahora, el parecido con Valentine: la misma insólita combinación de cabello de un blanco plateado y ojos negros, los mismos huesos finos que en otro rostro moldeado con menos energía habrían parecido delicados.

—Yo lo sabía todo sobre ti —dijo—. Pero tú no sabes nada, ¿verdad? —Sebastian se puso en pie—. Te quería vivo para que contemples esto, hermanito —siguió—. Así que observa, y observa con atención.

Con un movimiento tan veloz que fue casi invisible, sacó la espada de la vaina que llevaba a la cintura. Tenía una empuñadura de plata, y como la Espada Mortal, brillaba con una mortecina luz oscura. Había un dibujo de estrellas grabado en la superficie de la negra hoja; la espada atrapó la auténtica luz estelar cuando Sebastian hizo girar la hoja, y ardió como el fuego.

Jace contuvo el aliento. Se preguntó si Sebastian simplemente tenía intención de matarlo, pero no, lo habría matado ya, mientras estaba inconsciente, si ésa hubiera sido su intención. Jace observó mientras el otro muchacho se alejaba hacia el centro de la estancia, con la espada sujeta levemente en la mano, a pesar de que parecía bastante pesada. Su mente trabajaba frenéticamente. ¿Cómo podía Valentine tener otro hijo? ¿Quién era su madre? ¿Alguna otra persona del Círculo? ¿Era él mayor o más joven que Jace?

Sebastian llegaba hasta la enorme estalagmita de tinte rojizo del centro de la habitación. Ésta pareció latir a medida que él se aproximaba, y el humo de su interior empezó a girar más rápido. Sebastian entrecerró los ojos y levantó la hoja. Dijo algo —una palabra en un discordante idioma demoníaco— y descargó la espada transversalmente, con violencia y a toda velocidad, en un arco cortante.

La parte superior de la estalagmita se rompió. Dentro estaba hueca como un tubo de ensayo, llena de una masa de humo negro y rojo, que ascendió en un torbellino como gas escapando de un globo ponchado. Hubo un rugido, una especie de presión explosiva. Jace sintió un estallido en los oídos. De repente resultó difícil respirar. Quiso jalar el cuello de su camiseta, pero no podía mover las manos. Estaban atadas con demasiada fuerza tras él.

Sebastian estaba medio oculto tras la columna de la que manaba aquella sustancia roja y negra que se enroscaba sobre sí misma, ascendiendo en espiral... «¡Observa!», gritó con el rostro resplandeciente. Tenía los ojos iluminados; los cabellos blancos le azotaban el rostro por el creciente viento, y Jace se preguntó si su padre había tenido aquel aspecto cuando era joven: terrible y a la vez en cierto modo fascinante.

—¡Contempla el ejército de Valentine!

Su voz quedó ahogada entonces por el sonido. Era un sonido como la marea estrellándose contra la orilla, el romper de una ola enorme que arrastrara desechos inmensos con ella, los huesos hechos pedazos de ciudades enteras, el embate de un poder inmenso y diabólico. Una columna enorme de oscuridad que se retorcía, corría y aleteaba manó de la estalagmita hecha pedazos, ascendiendo a través del aire, fluyendo en dirección —y a través— de la abertura excavada en el techo de la caverna. Demonios. Se elevaron entre alaridos, aullidos y gruñidos, una masa hirviente de garras, zarpas, dientes y ojos llameantes. Jace recordó estar caído sobre la cubierta del barco de Valentine mientras el cielo, la tierra y el mar se convertían en una pesadilla a su alrededor; lo que estaba viendo era aún peor. Era como si la tierra se hubiera desgarrado y el infierno se hubiera vertido al exterior por la abertura. Los demonios transportaban con ellos un hedor parecido al de miles de cadáveres putrefactos. Las manos de Jace se retorcieron entre sí, hasta que la cuerda le segó las muñecas y las hizo sangrar. Un sabor amargo ascendió hasta su boca, y se atragantó impotente con sangre y bilis mientras el último de los demonios se alzaba y desaparecía en lo alto, en un oscuro río de horror, ocultando las estrellas.

Jace pensó que tal vez podría haberse desmayado durante un minuto o dos. Ciertamente hubo un período de negrura durante el cual los alaridos y aullidos en lo alto se apagaron y él pareció flotar en el espacio, inmovilizado entre la tierra y el cielo, sintiendo una especie de despreocupación que fue de algún modo... apacible.

Finalizó demasiado pronto. De repente se vio lanzado violentamente de vuelta al interior de su cuerpo, con las muñecas terriblemente doloridas, los hombros tensados hacia atrás y el hedor a demonio tan fuerte en el aire que giró la cabeza a un lado y vomitó sin remedio sobre el suelo. Oyó una risita seca y levantó los ojos, tragando con fuerza para eliminar el gusto ácido de la garganta. Sebastian se arrodilló sobre él, con las piernas a horcajadas sobre las de Jace y los ojos brillantes.

—Ya está, hermanito —dijo—. Se han ido.

A Jace le lloraban los ojos y tenía la garganta irritada. Su voz salió ronca.

—Dijo a medianoche. Valentine dijo que abrieras la puerta a medianoche. No puede ser medianoche todavía.

—Siempre imagino que es mejor pedir perdón que permiso en esta clase de situaciones. —Sebastian echó una ojeada hacia el cielo, ahora vacío—. Deberían necesitar cinco minutos para llegar a la llanura Brocelind desde aquí, un poco menos de tiempo del que necesitará mi padre para llegar al lago. Quiero ver derramada un poco de sangre nefilim. Quiero que se retuerzan y mueran en el suelo. Merecen la deshonra antes de conseguir el olvido.

—¿Realmente crees que los nefilim tienen tan pocas posibilidades contra los demonios? ¿Crees que no están lo suficientemente preparados...?

Sebastian desechó lo que Jace decía con un violento gesto de muñeca.

—Pensé que nos escuchabas. ¿No comprendiste el plan? ¿No sabes lo que va a hacer mi padre?

Jace no dijo nada.

—Fue una gran cosa de tu parte —comentó Sebastian— conducirme hasta Hodge esa noche. Si no hubiera revelado que el Espejo que buscábamos era el lago Lyn, no estoy seguro de que esta noche hubiera sido posible. Porque cualquiera que lleve con él los primeros dos Instrumentos Mortales y se coloque ante el Cristal Mortal puede invocar al Ángel Raziel para que salga de él, tal y como Jonathan Cazador de Sombras hizo hace mil años. Y una vez que haces aparecer al Ángel, puedes pedirle una cosa. Una tarea. Un... favor.

—¿Un favor? —Jace se quedó helado—. ¿Y Valentine va a exigir la derrota de los cazadores de sombras en Brocelind?

Sebastian se puso en pie.

—Eso sería un desperdicio —repuso—. No. Va a exigir que todos los cazadores de sombras que no hayan bebido de la Copa Mortal... todos aquellos que no son sus seguidores... queden despojados de sus poderes. Ya no serán nefilim. Y, como tales, luciendo las Marcas que llevan... —Sonrió—. Se convertirán en repudiados, una presa fácil para los demonios, y aquellos subterráneos que no hayan huido serán erradicados rápidamente.

A Jace los oídos le zumbaban con un discordante sonido apenas audible. Se sintió mareado.

—Ni siquiera Valentine —dijo—, ni siquiera Valentine lo haría jamás...

—Por favor —replicó Sebastian—. ¿Realmente crees que mi padre no seguirá adelante con su plan?

—Nuestro padre —dijo Jace.

Sebastian bajó los ojos hacia él. Su cabello era una aureola blanca; parecía la clase de ángel malvado que podría haber seguido a Lucifer fuera del cielo.

—Disculpa —dijo, con cierto acento divertido—. ¿Estás rezando?

—No; dije nuestro padre. Me refería a Valentine. No es sólo tu padre. Es el nuestro.

Por un momento Sebastian permaneció impasible; luego la boca se curvó en las comisuras y sonrió burlón.

—Angelito —dijo—. Eres estúpido, ¿verdad?... Tal y como mi padre siempre dijo.

—¿Por qué no haces más que llamarme así? —exigió Jace—. ¿Por qué no haces más que parlotear sobre ángeles...?

—Dios —dijo el otro—, no sabes nada, ¿verdad? ¿Te dijo alguna vez mi padre algo que no fuera una mentira?

Jace sacudió la cabeza. Estuvo tirando de las cuerdas que le ataban las muñecas, pero cada vez que les daba un jalón, parecían apretarse más. Sentía el latir de su pulso en cada uno de los dedos.

—¿Cómo sabes que no te mentía a ti?

—Porque soy de su sangre. Soy exactamente como él. Cuando él no esté, yo gobernaré a la Clave.

—Yo no me jactaría de ser exactamente como él si fuera tú.

—Es verdad. —La voz de Sebastian carecía de emoción—. Tampoco pretendo ser otra cosa que lo que soy. No me comporto como si me horrorizara que mi padre haga lo que necesita hacer para salvar a su gente, incluso aunque ellos no quieran... o, si me lo preguntas, merezcan... ser salvados. ¿A quién preferirías tener por hijo, a un muchacho que está orgulloso de que seas su padre o a uno que se encoge ante ti avergonzado y temeroso?

—Valentine no me da miedo —dijo Jace.

—No debería dártelo —respondió Sebastian—. Deberías temerme a mí.

Hubo algo en su voz que hizo que Jace abandonara el forcejeo con las ligaduras y levantara los ojos. Sebastian seguía empuñando aquella espada que resplandecía con un fulgor negruzco. Era un objeto siniestro y hermoso, pensó Jace, incluso cuando Sebastian bajó su punta hasta hacerla descansar por encima de la clavícula de Jace, efectuando justo un diminuto corte en su manzana de Adán.

Jace se esforzó por mantener la voz firme.

—¿Ahora qué? ¿Vas a matarme mientras estoy atado? ¿Tanto te asusta la idea de pelear conmigo?

Ni un asomo de emoción, cruzó por el pálido rostro de Sebastian.

—Tú no supones una amenaza para mí —respondió—. Eres una plaga. Una molestia.

—Entonces ¿por qué no me desatas las manos?

Sebastian, totalmente inmóvil, lo miró fijamente. Parecía una estatua, se dijo Jace, como la estatua de algún príncipe muerto hacía mucho tiempo; alguien que hubiera muerto joven y malcriado. Y ésa era la diferencia entre Sebastian y Valentine; aunque compartían el mismo aspecto de frío mármol, Sebastian tenía un aire a su alrededor de algo en ruinas... algo carcomido desde dentro.

—No soy idiota —respondió Sebastian—, y no me harás morder el anzuelo. Te dejé con vida sólo el tiempo suficiente para que pudieras ver los demonios. Cuando mueras y regreses a tus antepasados ángeles, puedes decirles que ya no hay lugar para ellos en este mundo. Le fallaron a la Clave, y la Clave ya no los necesita. Ahora tenemos a Valentine.

—¿Me matas porque quieres que le dé un mensaje a Dios de tu parte? —Jace sacudió la cabeza mientras la punta de la espada le arañaba la garganta—. Estás más loco de lo que pensé.

Sebastian se limitó a sonreír y empujó la hoja un poco más; cuando Jace tragó saliva, pudo sentir la punta del arma haciendo un cortecito en su tráquea.

—Si tienes que rezar, hermanito, hazlo ya.

—No voy a rezar —respondió Jace—. Tengo un mensaje, no obstante. Para nuestro padre. ¿Se lo darás?

—Por supuesto —dijo Sebastian con soltura, pero hubo algo en el modo en que lo dijo, una chispa de vacilación antes de hablar, que confirmó lo que Jace ya pensaba.

—Mientes —dijo—. No le darás el mensaje, porque no vas a contarle lo que hiciste. No te pidió que me mataras, y no le gustará cuando lo descubra.

—Tonterías. No significas nada para él.

—Piensas que jamás sabrá lo que sucedió si me matas ahora, aquí. Puedes decirle que morí en la batalla, o él simplemente supondrá que eso es lo que sucedió. Pero te equivocas si crees que no se enterará. Valentine siempre lo descubre todo.

—No sabes de lo que estás hablando —dijo Sebastian, pero su rostro se había crispado.

Jace siguió hablando, aprovechando su ventaja.

—No puedes ocultar lo que estás haciendo. Hay un testigo.

—¿Un testigo? —Sebastian casi se sorprendió, lo que para Jace representó algo parecido a una victoria—. ¿De qué hablas?

—El cuervo —respondió Jace—. Ha estado observando desde las sombras. Él se lo contará todo a Valentine.

—¿*Hugo*?

La mirada de Sebastian se alzó violentamente, y aunque al cuervo no lo veía por ninguna parte, el rostro del muchacho cuando volvió a bajar la vista hacia Jace estaba lleno de dudas.

—Si Valentine se entera de que me asesinaste mientras estaba atado e indefenso, se disgustará contigo —siguió Jace, y escuchó como su propia voz asumía las cadencias de la de su padre, el modo en que Valentine hablaba cuando quería algo: con voz queda y persuasiva—. Te llamará cobarde. Jamás te perdonará.

Sebastian no dijo nada. Tenía la vista clavada en Jace; los labios le temblaban, y el odio hervía tras sus ojos igual que veneno.

—Desátame —le dijo Jace con una voz calmada—. Desátame y pelea conmigo. Es el único modo.

El labio de Sebastian volvió a crisparse, con fuerza, y en esta ocasión Jace pensó que había ido demasiado lejos. Sebastian retiró la espada y la alzó, y la luz de la luna estalló sobre ella en un millar de fragmentos plateados, plateados como las estrellas, plateados como el color de sus cabellos. Sonrió mostrando los dientes... y el aliento sibilante de la espada penetró la noche con un chillido mientras la hacía bajar dibujando un arco.

Clary estaba sentada en los escalones del estrado del Salón de los Acuerdos, sujetando la estela en las manos. Jamás se había sentido tan sola. El Salón estaba totalmente vacío. Clary buscó a Isabelle por todas partes cuando los luchadores habían cruzado el Portal, pero no pudo encontrarla. Aline le dijo que Isabelle probablemente había regresado a la casa de los Penhallow, donde Aline y unos pocos adolescentes más tenían que cuidar de al menos una docena de niños que no tenían edad para pelear. La joven había intentado que Clary fuera allí con ella, pero Clary había declinado el ofrecimiento. Si no podía encontrar a Isabelle, prefería estar sola. O eso había pensado. Pero, sentada allí, descubrió que el silencio y el vacío se volvían cada vez más opresivos. Con todo, no se había movido. Ponía todo su empeño en no pensar en Jace, ni en Simon, en no pensar en su madre ni en Luke ni en Alec... y el único modo de no pensar, descubrió, era permanecer inmóvil y clavar la vista en un único recuadro de mármol del suelo, contando las grietas que tenía, una y otra vez. Eran seis. «Una, dos, tres, cuatro, cinco, seis.» Terminó la cuenta y empezó otra vez, desde el principio. «Una...»

El cielo estalló sobre su cabeza.

O al menos así sonó. Clary echó la cabeza atrás y miró con atención hacia arriba, a través del techo transparente del Salón. El cielo estaba negro un momento antes; ahora era una masa arremolinada de llamas y oscuridad, recorrida por una desagradable luz naranja. Se movían cosas en aquella luz: cosas repugnantes que ella no quería ver, cosas que le hacían estar agradecida a las tinieblas por oscurecerle la imagen. La aislada visión fugaz ya fue bastante desagradable.

La claraboya transparente de lo alto se onduló y se dobló al paso de la hueste de demonios, como si la pandeara un calor tremendo. Por fin se oyó un sonido como de un disparo, y una grieta enorme apareció en el cristal, que se convirtió en una telaraña de incontables fisuras. Clary corrió a esconderse, cubriéndose la cabeza con las manos, mientras una lluvia de cristales caía a su alrededor igual que lágrimas.

Casi habían llegado al campo de batalla cuando los alcanzó el sonido que desgarró la noche por la mitad. En un momento el bosque estaba tan silencioso como oscuro y al siguiente el cielo se iluminó con un infernal resplandor naranja. Simon tropezó y estuvo a punto de caer; se agarró al tronco de un árbol para no perder el equilibrio y levantó los ojos, apenas capaz de creer lo que veía. A su alrededor los otros vampiros tenían la mirada fija en el cielo, los rostros blancos igual que flores nocturnas, levantándose para captar la luz de la luna mientras una pesadilla tras otra cruzaba el cielo como una exhalación.

—No haces más que desmayarte —dijo Sebastian—. Resulta sumamente aburrido.

Jace abrió los ojos. Sintió una punzada de dolor en la cabeza. Levantó la mano para tocarse el costado de la cara... y advirtió que ya no tenía las manos atadas a la espalda. Un pedazo de soga colgaba de la muñeca. La mano se apartó de la cara negra: sangre, oscura a la luz de la luna.

Miró a su alrededor. Ya no estaban en la cueva. Yacía sobre blanda tierra y hierba en el suelo del valle, no lejos de la casa de piedra. Podía oír el sonido del agua en el arroyo, a todas luces muy cerca. Nudosas ramas de árboles sobre su cabeza impedían el paso a parte de la luz de la luna, pero de todos modos había bastante iluminación.

—Levántate —dijo Sebastian—. Tienes cinco segundos antes de que te mate donde estás.

Jace se levantó tan despacio como consideró que podía sin que pareciera deliberado. Todavía estaba un poco aturdido. Intentando recuperar el equilibrio, clavó los tacones de las botas en la blanda tierra, procurando darse un poco de estabilidad.

—¿Por qué me trajiste aquí fuera?

—Por dos motivos —respondió el otro—. Uno, porque me divirtió dejarte sin sentido. Dos, porque no sería bueno para ninguno de nosotros que cayera sangre en el suelo de esa caverna. Confía en mí. Y tengo intención de derramar gran cantidad de tu sangre.

Jace se palpó el cinturón, y se le cayó el alma a los pies. O bien se le había caído gran parte de las armas mientras Sebastian lo arrastraba por los túneles, o, lo que era más probable, Sebastian las había tirado. Todo lo que le quedaba era una daga. Era un cuchillo corto..., demasiado corto, que no era rival para la espada.

—Eso no es gran cosa como arma. —Sebastian sonrió burlón, blanco bajo la oscuridad iluminada por la luna.

—No puedo pelear con esto —dijo Jace, intentando sonar tan trémulo y nervioso como pudo.

—Qué lástima. —Sebastian se acercó más a él, sonriendo.

Sostenía la espada sin apretar, con teatral indiferencia, mientras las puntas de los dedos tamborileaban un suave ritmo en la empuñadura. Si alguna vez iba a existir una oportunidad para él, se dijo Jace, probablemente era ésa. Echó el brazo atrás y golpeó a Sebastian con todas sus fuerzas en la cara.

Crujió un hueso bajo sus nudillos. El golpe derribó a Sebastian al suelo cuan largo era. Resbaló hacia atrás sobre la tierra y la espada escapó de su mano. Jace la atrapó a la vez que corría al frente, y al cabo de un segundo estaba de pie junto a Sebastian, contemplándolo, espada en mano.

La nariz de Sebastian sangraba; la sangre dibujaba un trazo rojo sobre su rostro. Levantó la mano y apartó a un lado el cuello de la chamarra para dejar al descubierto la garganta.

—Adelante —dijo—. Mátame ya.

Jace vaciló. No quería vacilar, pero ahí estaba: esa molesta renuencia a matar a cualquiera que yaciera indefenso en el suelo frente a él. Jace recordó a Valentine provocándolo, allá en Renwick, retando a su hijo a matarlo, y Jace no había podido hacerlo. Pero Sebastian era un asesino. Había matado a Max y a Hodge.

Levantó la espada.

Y Sebastian se levantó disparado del suelo, más rápido que la vista. Pareció volar en el aire, efectuando un elegante salto mortal hacia atrás y aterrizando con gracia sobre la hierba apenas a treinta centímetros de distancia. Al hacerlo, lanzó una patada y golpeó la mano de Jace. La patada lanzó la espada por los aires. Sebastian la atrapó al vuelo, riendo, y lanzó un golpe con ella, balanceándola en dirección al corazón de Jace. Éste saltó atrás y la hoja hendió el aire justo frente a él, haciendo un corte en la parte delantera de la camiseta. Jace sintió un dolor punzante y percibió cómo la sangre brotaba de un corte poco profundo sobre el pecho.

Sebastian rio por lo bajo mientras avanzaba hacia Jace, quien retrocedió, sacando a tientas la insuficiente daga del cinturón mientras lo hacía. Miró a su alrededor, confiando desesperadamente en que hubiera algo que pudiera usar como arma: un palo largo, cualquier cosa. No había nada a su alrededor salvo la hierba, el río que fluía a poca distancia, y los árboles en lo alto, extendiendo las gruesas ramas por encima de su cabeza como una red verde. De improviso recordó la Configuración Malachi en la que la Inquisidora lo había encerrado. Sebastian no era el único capaz de saltar.

Sebastian volvió a lanzar un golpe hacia él, pero Jace ya había saltado... Estaba en el aire. La rama más baja estaba a unos seis metros de altura; la agarró, columpiándose hacia arriba y sobre ella. Arrodillándose sobre la rama, vio a Sebastian girar en redondo en el suelo y mirar hacia arriba. Jace arrojó la daga y oyó gritar a Sebastian. Jadeante, se irguió...

Y Sebastian estaba de improviso sobre la rama junto a él. Su pálido rostro estaba enrojecido por la ira; el brazo que usaba para empuñar la espada chorreaba sangre. Se le había caído la espada, evidentemente, sobre la hierba, aunque eso simplemente los ponía en igualdad de condiciones, se dijo Jace, ya que su daga también había desaparecido. Vio con cierta satisfacción que por vez primera Sebastian parecía enojado..., enojado y sorprendido, como si una mascota a la que había considerado mansa lo hubiera mordido.

—Fue divertido —dijo Sebastian—. Pero ahora se acabó.

Se abalanzó sobre Jace, agarrándolo por la cintura y derribándolo fuera de la rama. Cayeron seis metros por los aires agarrados el uno al otro, arañándose... y se golpearon violentamente contra el suelo, con tal fuerza que Jace vio estrellas tras los ojos. Se lanzó sobre el brazo herido de Sebastian y le clavó los dedos; Sebastian gritó y golpeó a Jace en la cara con el dorso de la mano. La boca del muchacho se lleno de sangre salada; se atragantó con ella mientras rodaban juntos por la tierra, dándose puñetazos el uno al otro. Sintió el repentino shock de un frío gélido; rodaron por la suave pendiente al interior del río y yacían medio dentro, medio fuera del agua. Sebastian lanzó un grito ahogado y Jace aprovechó la oportunidad para agarrar la garganta de su adversario y cerrar las manos a su alrededor, apretando. Sebastian dio boqueadas, agarrando la muñeca derecha de Jace con su mano y jalándola hacia atrás, con fuerza suficiente para partirle los huesos. Jace se oyó gritar como si estuviera lejos, y Sebastian sacó partido de la ventaja, retorciendo la muñeca rota sin piedad hasta que Jace lo soltó y cayó hacia atrás en el frío y aguado lodo, con el brazo aullando de dolor.

Medio arrodillado sobre el pecho de Jace, con una rodilla clavándose con fuerza en sus costillas, Sebastian le sonrió burlón. Sus ojos centelleaban blancos y negros desde una máscara de tierra y sangre. Algo brillaba en su mano derecha. La daga de Jace. Debió recogerla del suelo. La punta descansaba directamente sobre el corazón de Jace.

—Y nos encontramos exactamente donde estábamos hace cinco minutos —comentó Sebastian—. Tuviste tu oportunidad, Wayland. ¿Tus últimas palabras?

Jace lo miró fijamente; le brotaba sangre de la boca y el sudor le ardía en los ojos, y tuvo sólo una sensación de agotamiento total y vacío. ¿Era realmente así como iba a morir?

—¿Wayland? —dijo—. Sabes que ése no es mi nombre.

—Tienes tanto derecho a él como lo tienes al nombre de Morgenstern —replicó Sebastian, que se inclinó hacia su enemigo apoyando su peso sobre la daga.

La punta perforó la piel de Jace, enviando una ardiente punzada de dolor a través de su cuerpo. El rostro de Sebastian estaba a centímetros de distancia; su voz era un susurro sibilante.

—¿Realmente creías que eras hijo de Valentine? ¿Realmente creías que una cosa lloriqueante y patética como tú era digna de ser un Morgenstern, de ser mi hermano? —Echó los blancos cabellos atrás: estaban lacios por el sudor y el agua del arroyo—. Eres un niño sustituto —dijo—. Mi padre abrió en canal un cadáver para sacarte y convertirte en uno de sus experimentos. Intentó criarte como a su propio hijo, pero eras demasiado débil para serle de utilidad. No podías ser un guerrero. No eras nada. Inútil. Así que se te quitó de encima entregándote a los Lightwood y esperó que pudieras serle de utilidad más tarde, como señuelo. O como cebo. Él jamás te quiso.

Los ardientes ojos de Jace pestañearon.

—Entonces tú...

—Yo soy el hijo de Valentine. Jonathan Christopher Morgenstern. Tú jamás tuviste ningún derecho a ese nombre. Eres un fantasma. Un aspirante.

Sus ojos eran negros y brillaban, como dos caparazones de insectos muertos; de improviso Jace oyó la voz de su madre, como en un sueño —aunque ella no era su madre— diciendo: «Jonathan ya no es un bebé. No es ni siquiera humano; es un monstruo».

—Se trata de ti —dijo Jace con voz asfixiada—. Eres tú quien tiene la sangre de demonio. No yo.

—Exacto.

La daga resbaló otro milímetro al interior de la carne de Jace. Sebastian todavía sonreía, pero era un rictus, como el de una calavera.

—Tú eres el chico ángel. Tuve que oírlo todo respecto a ti. Tú con tu hermosa cara de ángel y tus bonitos modales y tus delicados, tus tan delicados sentimientos. Ni siquiera podías contemplar morir un pájaro sin llorar. No es de extrañar que Valentine se sintiera avergonzado de ti.

—No. —Jace olvidó la sangre de su boca, olvidó el dolor—. Es de ti de quien se avergüenza. ¿Crees que no quería llevarte con él al lago porque necesitaba que estuvieras aquí y abrieras la puerta a medianoche? Él sabía que serías incapaz de esperar. No te llevó con él porque le avergüenza presentarse ante el Ángel y mostrarle lo que hizo. Enseñarle la criatura que creó. Mostrarte a él. —Levantó la mirada hacia Sebastian; podía sentir una terrible y triunfal piedad llameando en sus propios ojos—. Sabe que no hay nada de humano en ti. Quizás te ama, pero te odia también...

—¡Cállate!

Sebastian presionó sobre la daga, retorciendo la empuñadura. Jace se arqueó hacia atrás con un grito, y un dolor insoportable le estalló como un relámpago tras los ojos. «Voy a morir —pensó—. Me estoy muriendo. Se acabó.» Se preguntó si ya le habría perforado el corazón. No podía moverse, ni podía respirar. Supo entonces lo que debía de sentir una mariposa clavada sobre una cartulina. Intentó hablar, intentó decir un nombre, pero nada salió de su boca salvo más sangre.

Y sin embargo Sebastian pareció leer sus ojos.

—Clary. Casi lo había olvidado. Estás enamorado de ella, ¿verdad? La vergüenza de sus asquerosos impulsos incestuosos casi debe de haberte matado. Qué mala suerte que no supieras que no es realmente tu hermana. Pudiste pasar el resto de tu vida con ella, si no fueras tan estúpido. —Se inclinó, empujando el cuchillo con más fuerza, arañando hueso con su filo, y le habló a Jace al oído, en una voz tan suave como un susurro—. Ella te amaba también —dijo—. Ten eso presente mientras mueres.

La oscuridad entró a raudales desde los bordes de la visión de Jace, igual que tinta derramándose sobre una fotografía y tapando la imagen. De pronto no hubo ningún dolor. No sintió nada, ni siquiera el peso de Sebastian sobre él, como si estuviera flotando. El rostro de Sebastian se diluyó sobre él, blanco contra la oscuridad, con la daga en la mano. Algo de un dorado brillante relució en la muñeca de Sebastian, como si llevara un brazalete. Pero no era un brazalete, porque se movía. Sebastian miró en dirección a la mano, sorprendido, a la vez que la daga caía de ella al aflojarse la presión y golpeaba contra el lodo con un sonido audible.

Luego la mano misma, separada de la muñeca, chocó contra el suelo junto al arma.

Jace contempló con asombro cómo la mano seccionada de Sebastian rebotaba e iba a detenerse contra un par de botas negras altas. Las botas iban unidas a un par de delicadas piernas, que se levantaban hasta un torso esbelto y un rostro familiar coronado por una cascada de cabellos negros. Jace levantó los ojos y vio a Isabelle, que tenía el látigo empapado de sangre y los ojos clavados en Sebastian, quien contemplaba fijamente el ensangrentado muñón de su muñeca con terrible sorpresa.

Isabelle le dedicó una sonrisa lúgubre.

—Eso fue por Max, bastardo.

—Zorra —escupió Sebastian... y se incorporó de un salto al mismo tiempo que el látigo de Isabelle descendía hacia él a una velocidad increíble.

El muchacho se arrojó a un lado y desapareció. Se escuchó un susurro de hojas; sin duda se esfumaba al interior de los árboles, pensó Jace, aunque sentía demasiado dolor para voltear y mirar.

—¡Jace!

Isabelle se arrodilló junto a él; su estela brillaba en la mano izquierda. Tenía los ojos llenos de lágrimas; debía de tener bastante mal aspecto, comprendió Jace, para que Isabelle mostrara aquella expresión.

«Isabelle», intentó decir. Quería decirle que se marchara, que huyera, que no importaba lo espectacular, valiente y llena de talento que fuera —y era todas esas cosas—, que no era rival para Sebastian.

Y no había modo de que Sebastian fuera a dejar que algo sin importancia como que le hubieran rebanado la mano fuera a detenerlo. Pero todo lo que surgió de la boca del muchacho fue una especie de balbuceo.

—No hables. —Notó la punta de la estela arder sobre la piel del pecho—. Te pondrás bien. —Isabelle sonrió temblorosamente—. Seguro que te preguntas qué diablos hago yo aquí —dijo—. No sé cuánto sabes... No sé lo que Sebastian te contó... pero tú no eres el hijo de Valentine.

El *iratze* estaba casi terminado; Jace podía sentir ya cómo el dolor se desvanecía. Asintió levemente, intentando decirle: «Lo sé».

—De todos modos, yo no iba a venir a buscarte después de que salieras a toda prisa, porque decías en tu nota que no lo hiciéramos, y eso lo entendí. Pero por nada del mundo te iba a dejar morir creyendo que tenías sangre de demonio, o sin decirte que no hay nada malo en ti, aunque francamente, para empezar, cómo pudiste pensar una estupidez así... —La mano de Isabelle dio una sacudida, y ella se quedó inmóvil, sin querer estropear la runa—. Y era necesario que supieras que Clary no es tu hermana —siguió, con más dulzura—. Porque... porque tenías que saberlo. Así que conseguí que Magnus me ayudara a localizarte. Usé aquel pequeño soldado de madera que le diste a Max. No creo que Magnus me hubiera echado una mano en una situación normal, pero digamos simplemente que estaba de un «inusual» buen humor, y que le dije que Alec quería ir en tu busca... aunque eso no era «estrictamente» cierto, pero para cuando él lo descubra ya será demasiado tarde, puesto que una vez que supe dónde estabas, porque él ya había instalado aquel Portal, me desaparecí...

Isabelle lanzó un grito. Jace intentó agarrarla, pero estaba fuera de su alcance; fue alzada y arrojada a un lado. El látigo se le escapó de la mano. Se puso de rodillas velozmente, pero Sebastian estaba ya delante de ella. Los ojos le llameaban furiosos y había una tela ensangrentada alrededor del muñón. Isabelle se lanzó por el látigo, pero Sebastian se movió más rápido. Giró en redondo y le propinó una patada, con fuerza. La bota que cubría su pie la alcanzó en la caja torácica. A Jace casi le pareció oír cómo las costillas de Isabelle se quebraban mientras ésta volaba hacia atrás y aterrizaba sin destreza de costado. La oyó lanzar un grito —a Isabelle, que jamás gritaba de dolor— cuando Sebastian volvió a patearla y luego levantó su látigo del suelo, agitándolo en la mano.

Jace rodó sobre el costado. El *iratze* casi terminado ayudó, pero el dolor del pecho todavía era fuerte y sabía, de algún extraño modo, que el hecho de escupir sangre probablemente significaba que tenía un pulmón perforado. No estaba seguro de cuánto tiempo le daba eso. Minutos, probablemente. Escarbó en el suelo para recoger la daga de donde Sebastian la había dejado caer, junto a los espantosos restos de su mano, y se puso en pie tambaleante. Olía a sangre por todas partes. Pensó en la visión de Magnus, el mundo convertido en sangre, y su resbaladiza mano se cerró con fuerza en el mango de la daga.

Dio un paso al frente. Luego otro. Cada paso era como si arrastrara los pies por cemento. Isabelle insultaba a gritos a Sebastian, que reía mientras le asestaba latigazos sobre el cuerpo. Los gritos de la muchacha arrastraban a Jace como un pez en un anzuelo, pero se tornaron más débiles a medida que él avanzaba. El mundo giraba a su alrededor como un juego mecánico.

«Un paso más», se dijo. Uno más. Sebastian le daba la espalda; estaba concentrado en Isabelle. Probablemente pensaba que Jace ya estaba muerto. Y casi lo estaba. «Un paso», se dijo, pero no podía hacerlo, no podía moverse, no podía obligarse a arrastrar los pies un paso más. Las tinieblas penetraban a raudales por los bordes de su visión..., una negrura más profunda que la oscuridad del sueño. Una negrura que borraría todo lo que había visto jamás y le proporcionaría un descanso que sería absoluto. Pacífico. Pensó, de improviso, en Clary; Clary tal y como la había visto por última vez, dormida, con el cabello extendido sobre la almohada y la mejilla sobre la mano. Pensó entonces que no había visto nunca nada tan apacible en su vida, pero desde luego ella sólo estaba dormida, igual que cualquier otra persona dormiría. No fue su paz lo que lo sorprendió, sino la suya propia. La paz que sentía al estar con ella no se parecía a nada que hubiera conocido antes.

El dolor le estremeció la columna vertebral, y advirtió con sorpresa que de algún modo, sin voluntad propia, las piernas daban el último paso crucial. Sebastian tenía el brazo atrás; el látigo brillaba en su mano; Isabelle yacía sobre la hierba, hecha un guiñapo, y ya no gritaba... ya no se movía en absoluto.

—Pequeña zorra Lightwood —decía en aquellos momentos Sebastian—. Debí aplastarte la cara con aquel martillo cuando tuve la oportunidad...

Y Jace alzó la mano, con la daga en ella, y hundió la hoja en la espalda de Sebastian.

Sebastian se tambaleó y el látigo escapó de su mano. Volteó despacio y miró a Jace, y éste pensó, con distante horror, que quizás Sebastian realmente no era humano, que no se le podía matar después de todo. El rostro de Sebastian carecía de expresión, la hostilidad había desaparecido de él, y el oscuro fuego también se había marchado de sus ojos. Ya no se parecía a Valentine, en definitiva. Parecía... asustado.

Abrió la boca, como si tuviera intención de decirle algo a Jace, pero las rodillas se le doblaban ya. Se estrelló contra el suelo; la fuerza de la caída hizo que resbalara por la pendiente y cayera dentro del río. Acabó tumbado sobre la espalda, con sus ojos sin vida clavados en el cielo; el agua fluyó a su alrededor, arrastrando oscuros hilillos de sangre corriente abajo.

«Me enseñó que hay un lugar en la espalda de un hombre donde, si hundes un cuchillo, puedes perforarle el corazón y seccionarle la espina dorsal, todo a la vez», había dicho Sebastian. «Imagino que tuvimos el mismo regalo de cumpleaños ese año —pensó Jace—, ¿verdad?»

—¡Jace! —Era Isabelle, con el rostro ensangrentado, que luchaba por sentarse en el suelo—. ¡Jace!

Intentó voltear hacia ella, intentó decir algo, pero las palabras habían desaparecido. Resbaló hasta quedar de rodillas. Un gran peso le presionaba los hombros, y la tierra lo llamaba: abajo, abajo, abajo. Apenas era consciente de que Isabelle gritaba su nombre mientras la oscuridad lo engullía.

Simon era un veterano de incontables batallas. Es decir, si uno contaba las batallas en que había tomado parte mientras jugaba a *Dragones y mazmorras*, claro. Su amigo Eric era un entusiasta de la historia militar y era quien por lo general organizaba lo relacionado con las guerras en las partidas, que involucraban a docenas de diminutas figuras moviéndose en rectas filas por un paisaje plano dibujado sobre papel de estraza.

Así era como él había imaginado siempre las batallas... O como aparecen en las películas, con dos grupos de personas avanzando unos hacia los otros a través de una llana expansión de tierra. Filas rectas y una progresión ordenada.

Aquello no se parecía en nada.

Era el caos, un tumulto de gritos y movimiento, y el paisaje no era llano sino una masa de barro y sangre revuelta hasta quedar convertida en una pasta inestable. Simon había imaginado que los Hijos de la Noche llegarían al campo de batalla y los recibiría alguien que estuviera al mando; imaginaba que vería la batalla desde lejos primero y podría observar mientras los dos bandos se enfrentaban. Pero no hubo recibimiento, y no había bandos. La batalla surgió de la oscuridad como si él hubiera salido por casualidad de una callejuela desierta y hubiera ido a parar en medio de un disturbio en pleno Times Square; de repente había muchedumbres moviéndose en tropel a su alrededor, manos que lo agarraban, empujándolo fuera del paso, y los vampiros se dispersaron, lanzándose al combate sin siquiera dirigir la vista hacia él.

Y había demonios..., demonios por todas partes, y jamás imaginó los sonidos que podían emitir, los alaridos, ululaciones y gruñidos, y lo que era peor, los sonidos de carne desgarrada y triturada y de ávida satisfacción. Simon deseó poder desconectar su capacidad auditiva de vampiro, pero no podía, y los sonidos eran como cuchillos perforándole los tímpanos.

Tropezó con un cuerpo que yacía medio sepultado en el lodo, volteó para ver si podía ser de ayuda, y vio que al cazador de sombras que estaba a sus pies le faltaba la parte que iba de los hombros hacia arriba. El hueso blanco brillaba sobre la tierra oscura, y a pesar de la naturaleza vampírica del muchacho, sintió náuseas. «Debo de ser el único vampiro del mundo al que le enferma la visión de la sangre», pensó, y entonces algo lo golpeó con violencia por detrás y se vio lanzado al frente, resbalando por una pendiente de lodo al interior de un hoyo.

El de Simon no era el único cuerpo que había allí abajo. Rodó sobre la espalda justo al mismo tiempo que un demonio se abalanzaba sobre él. Se parecía a la imagen de la Muerte de un grabado medieval: un esqueleto animado, con una hacha ensangrentada aferrada en una mano huesuda. Se arrojó a un lado mientras la hoja caía ruidosamente, a centímetros de su rostro. El esqueleto emitió un desilusionado siseo y volvió a levantar el hacha...

Y recibió un golpe en el costado de un garrote de madera cubierta de nudos. El esqueleto estalló en pedazos como una piñata repleta de huesos, que tintinearon haciéndose añicos antes de desaparecer en la oscuridad con un sonido parecido al de castañuelas.

Un cazador de sombras observaba a Simon desde arriba. No era nadie a quien hubiera visto antes. Un hombre alto, barbudo y salpicado de sangre, que se pasó una mano mugrienta por la frente mientras bajaba la vista hacia Simon, dejando una oscura raya tras ella.

—¿Estás bien?

Anonadado, Simon asintió y empezó a incorporarse a toda velocidad.

—Gracias.

El desconocido se inclinó hacia abajo y le ofreció una mano para ayudarlo a subir. Simon aceptó... y salió disparado hacia arriba fuera del hoyo. Aterrizó parado en el borde, con los pies patinando sobre el lodo húmedo. El desconocido le dedicó una sonrisa avergonzada.

—Lo siento. Fuerza de subterráneo; mi compañero es un hombre lobo. No estoy acostumbrado a ella. —Miró con atención el rostro de Simon—. Eres un vampiro, ¿verdad?

—¿Cómo supiste?

El otro sonrió. Era una especie de sonrisa cansada, pero no había nada poco amistoso en ella.

—Tus colmillos. Salen cuando pelean. Lo sé porque...

Se interrumpió. Simon podría haber añadido lo que faltaba por él: «Lo sé porque maté a una buena cantidad de vampiros».

—No importa. Gracias. Por pelear con nosotros.

—No...

Simon estaba a punto de decir que no peleaba exactamente aún. Que aún no había contribuido con nada, en realidad. Volteó para decirlo, y logró hacer salir exactamente una palabra de la boca antes de que algo increíblemente enorme, con zarpas y con alas raídas, descendiera en picado del cielo y clavara las garras en la espalda del cazador de sombras.

El hombre ni siquiera lanzó un grito. Su cabeza se inclinó atrás, como si mirara arriba sorprendido, preguntándose qué lo había agarrado... y luego desapareció y salió despedido al interior del vacío cielo negro en un remolino de dientes y alas. El garrote cayó ruidosamente al suelo a los pies de Simon.

Simon no se movió. Todo, desde el momento en que cayó al hoyo, duró menos de un minuto. Volteó como atontado y contempló fijamente a su alrededor las espadas que se movían a toda velocidad en la oscuridad, las garras de los demonios que acuchillaban el aire, los puntos de luz que corrían aquí y allá a través de la oscuridad como libélulas moviéndose raudas entre el follaje... y entonces comprendió que eran restos. Eran las brillantes luces de cuchillos serafín.

No veía ni a los Lightwood, ni a los Penhallow, ni a Luke, ni a nadie a quien pudiera reconocer. Él no era un cazador de sombras. Y sin embargo el hombre le había agradecido, le había agradecido por pelear. Lo que dijo a Clary era cierto..., también era su batalla y lo necesitaban allí. No al Simon humano, que era amable y pazguato y odiaba la visión de la sangre, sino al Simon vampiro, una criatura a la que apenas conocía siquiera.

«Los auténticos vampiros saben que están muertos», dijo Raphael. Pero Simon no se sentía muerto. Jamás se había sentido más vivo. Volteó mientras otro demonio se abalanzaba sobre él: era una criatura parecida a un lagarto, con escamas y dientes de roedor. Se abalanzó sobre Simon con las negras zarpas extendidas.

Simon saltó. Golpeó el inmenso costado de la criatura y se aferró allí mientras las uñas se hundían y las escamas cedían bajo su mano. La Marca que llevaba en la frente latió con fuerza mientras hundía los colmillos en el cuello del demonio.

Sabía fatal.

Cuando el cristal dejó de caer, quedó un agujero en el techo de varios metros de anchura, como si hubiera caído un meteorito por él. Penetró aire frío por la abertura. Tiritando, Clary se levantó y se sacudió el polvo de cristal de las ropas.

La luz mágica que iluminaba el Salón quedó apagada: en aquellos momentos el interior resultaba lóbrego, lleno de sombras y polvo. La tenue iluminación del Portal que se desvanecía en la plaza era apenas visible, brillando a través de las puertas abiertas de la entrada.

Probablemente ya no era seguro para ella permanecer allí dentro, se dijo. Lo mejor sería ir a casa de los Penhallow y unirse a Aline. Había cruzado casi la mitad del Salón cuando sonaron pisadas en el suelo de mármol. Su corazón latía violentamente; volteó y vio a Malachi, una sombra larga y delgada en la penumbra, que avanzaba a grandes pasos hacia el estrado. Pero ¿qué hacía él todavía allí? ¿No debería de estar con el resto de los cazadores de sombras en el campo de batalla?

A medida que el hombre se acercaba más al estrado, ella advirtió algo que hizo que se llevara una mano a la boca, sofocando un grito de sorpresa. Había un oscura figura encorvada posada en el hombro de Malachi. Un pájaro. Un cuervo, para ser exactos.

Hugo.

Clary corrió a acurrucarse tras un pilar mientras Malachi subía los escalones del estrado. Había algo inconfundiblemente cauteloso en el modo en que éste echaba miradas fugaces a un lado y a otro. Aparentemente satisfecho de que no lo observaran, extrajo algo pequeño y reluciente del bolsillo y se lo colocó en el dedo. ¿Un anillo? Acercó la otra mano para darle vueltas, y Clary recordó a Hodge en la biblioteca del Instituto, tomando el anillo de la mano de Jace...

El aire frente a Malachi vibró tenuemente, como con calor. Una voz habló desde él, una voz familiar, fría y culta, teñida ahora con apenas un levísimo tono de fastidio.

—¿Qué sucede, Malachi? No estoy de humor para charlas justo ahora.

—Mi señor Valentine —dijo Malachi; su acostumbrada hostilidad había sido reemplazada por un obsequioso servilismo—. *Hugo* me visitó hace un instante, trayendo noticias. Supusé que ya había llegado hasta el Espejo, y que por lo tanto me ha buscado a mí en lugar de acudir a usted. Pensé que podría querer conocerlas.

—Muy bien. —El tono de Valentine era seco—. ¿Qué noticias?

—Es su hijo, señor. Su otro hijo. *Hugo* le siguió la pista hasta el valle de la cueva. Incluso podría haberlo seguido a través de los túneles que llevan al lago.

Clary se aferró al pilar con los dedos blancos por la tensión. Hablaban de Jace.

Valentine lanzó un gruñido.

472

—¿Se ha encontrado con Jonathan?

—*Hugo* dice que los dejó a ambos peleando.

Clary sintió que el estómago le daba un vuelco. ¿Jace peleando con Sebastian? Pensó en cómo Sebastian había alzado a Jace en el Gard y lo había lanzado por los aires, como si no pesara nada. Una oleada de pánico la inundó, tan intensa que por un momento los oídos le zumbaron. Para cuando volvió a tener enfocada la habitación, ya se había perdido lo que fuera que Valentine le había dicho a Malachi en respuesta.

—Los que me preocupan son aquellos que tienen edad para recibir las Marcas pero no la suficiente como para pelear —decía Malachi en aquellos instantes—. Ellos no votaron en la decisión del Consejo. Parece injusto castigarlos del mismo modo en que deben ser castigados aquellos que están peleando.

—Ya lo consideré. —La voz de Valentine era un retumbo grave—. Debido a que a los adolescentes les ponen Marcas más tenues, éstos tardan más en convertirse en repudiados. Varios días, al menos. Creo que podría ser perfectamente reversible.

—Mientras que aquellos de nosotros que hemos bebido de la Copa Mortal no nos veremos afectados en ningún modo, ¿verdad?

—Estoy ocupado, Malachi —dijo Valentine—. Te dije que estarás a salvo. Puse la vida en todo esto. Ten un poco de fe.

Malachi inclinó la cabeza.

—Tengo gran fe, mi señor. La he mantenido durante muchos años, en silencio, sirviéndolo siempre.

—Y serás recompensado —repuso Valentine.

Malachi levantó los ojos.

—Mi señor...

Pero el aire había dejado de vibrar. Valentine se había ido. Malachi frunció el ceño, luego descendió, decidido, los escalones del estrado y se fue en dirección a las puertas principales. Clary se encogió tras el pilar, confiando desesperadamente en que no la viera. El corazón le latía con violencia. ¿Qué fue todo aquello? ¿Qué significaban sus palabras sobre repudiados? La respuesta brilló trémula en un rincón de su mente, pero parecía demasiado horrible para considerarla. Ni siquiera Valentine haría...

Algo voló hacia su rostro, algo oscuro que giraba veloz. Apenas tuvo tiempo de alzar los brazos para cubrirse los ojos cuando algo le acuchilló el dorso de las manos. Oyó un feroz graznido, y el batir de alas sobre las muñecas levantadas.

—¡*Hugo!* ¡Es suficiente! —Era la aguda voz de Malachi—. ¡*Hugo!*

Hubo otro graznido y un golpe sordo, y luego silencio. Clary bajó los brazos y vio al cuervo que yacía inmóvil a los pies del Cónsul... aturdido o muerto, no lo sabía. Con un gruñido furioso, Malachi pateó salvajemente al cuervo para apartarlo de su camino y avanzó majestuoso hacia Clary, con mirada iracunda. La sujetó por una muñeca ensangrentada y la incorporó violentamente.

—Chica estúpida —dijo—. ¿Cuánto tiempo has estado ahí escuchando?

—El tiempo suficiente para saber que perteneces al Círculo —escupió ella, retorciendo la muñeca que él sujetaba con firmeza—. Estás del lado de Valentine.

—Sólo existe un lado. —La voz del hombre fue un murmullo—. La Clave es estúpida, está mal aconsejada, les hace el juego a semi-hombres y monstruos. Todo lo que quiero es hacerla pura, devolverla a su antigua gloria. Un objetivo que uno podría pensar que contaría con la aprobación de todo cazador de sombras, pero no... Escuchan a idiotas y a gente que ama a demonios, como tú y Lucian Graymark. Y ahora enviaron a la crema y nata de los nefilim a morir en esta batalla ridícula... Un gesto vacío que no conseguirá nada. Valentine inició ya el ritual; pronto el Ángel se alzará, y los nefilim se convertirán en repudiados. Todos salvo los pocos que están bajo la protección de Valentine...

—¡Eso es asesinato! ¡Está asesinando a cazadores de sombras!

—No es asesinato —dijo el Cónsul, y su voz sonó llena de fanática pasión—. Es depuración. Valentine creará un mundo nuevo de

474

cazadores de sombras, un mundo al que se habrá librado de la debilidad y la corrupción.

—La debilidad y la corrupción no forman parte del mundo —le replicó Clary con brusquedad—. Están en la gente. Y siempre lo estarán. El mundo necesita gente buena para mantener el equilibrio. Y están planeando matarlos.

Él la miró por un momento con franca sorpresa, como si lo dejara estupefacto la fuerza de su tono.

—Hermosas palabras para una chica capaz de traicionar a su propio padre. —Malachi la atrajo violentamente hacia él, jalando con brutalidad de la sangrante muñeca—. Quizás deberíamos comprobar cuánto le importaría a Valentine si te enseñara...

Pero Clary jamás descubrió qué quería enseñarle. Una forma oscura se colocó como una exhalación entre ellos... con las alas desplegadas y las zarpas extendidas.

El cuervo alcanzó a Malachi con la punta de una garra, abriéndole un sangriento surco en la cara. Con un alarido, el Cónsul soltó a Clary y levantó los brazos, pero *Hugo* volvió a girar y lo acuchillaba brutalmente con pico y garras. Malachi se tambaleó hacia atrás, agitando los brazos en el aire, hasta que se golpeó contra el borde de un banco con fuerza. Éste se volcó con un gran estrépito; perdido el equilibrio, el hombre cayó cuan largo era tras él con un grito estrangulado... que se interrumpió rápidamente.

Clary corrió hasta donde Malachi yacía hecho una bola sobre el suelo de mármol, con un círculo de sangre a su alrededor. Aterrizó sobre un montón de cristales del techo roto, y uno de los irregulares pedazos le había atravesado la garganta. *Hugo* seguía revoloteando en el aire, describiendo círculos alrededor del cuerpo de Malachi. Emitió un graznido triunfal mientras Clary lo miraba fijamente; al parecer al ave no le habían gustado las patadas y golpes del Cónsul. Malachi debería de haber sabido que no debía atacar a una de las criaturas de Valentine, pensó Clary con amargura. El ave era tan poco indulgente como su amo.

Pero no había tiempo para pensar en Malachi ahora. Alec dijo que había salvaguardas alrededor del lago, y que si alguien se transportaba allí con un Portal, saltaría una alarma. Valentine probablemente se encontraba ya en el espejo; no había tiempo que perder. Clary se apartó despacio del cuervo, se volteó y salió disparada hacia las puertas de entrada del Salón y el tenue resplandor del Portal que había al otro lado.

20

PESADO EN LA BALANZA

El agua la golpeó en la cara como un puñetazo. Clary se hundió, dando boqueadas, en una oscuridad helada; lo primero que pensó fue que el Portal se desvanecía sin posibilidad de arreglo, y que ella estaba atrapada en el arremolinado lugar en tinieblas intermedio, donde se asfixiaría y moriría, tal y como Jace le había advertido que podría suceder la primera vez que ella había usado un Portal.

Lo segundo que pensó fue que ya estaba muerta.

Probablemente sólo estuvo inconsciente unos pocos segundos, aunque pareció como si hubiera sido el fin de todo. Cuando despertó, sufrió un sobresalto que fue como el impacto de abrirse paso a través de una capa de hielo. Estuvo inconsciente y ahora, de improviso, no lo estaba; yacía de espaldas sobre tierra fría y húmeda, contemplando un cielo tan repleto de estrellas que parecía como si hubieran arrojado un puñado de monedas de plata sobre su oscura superficie. Tenía la boca llena de líquido salobre; volteó a un lado, tosió y escupió y jadeó hasta que pudo volver a respirar.

Cuando finalizaron los espasmos de su estómago rodó sobre el costado. Tenía las muñecas atadas con una tenue tira de luz refulgente, y sentía las piernas pesadas y raras, con un hormigueo que las recorría de arriba abajo. Se preguntó si estaba echada sobre ellas en una posición extraña, o quizá era un efecto secundario de haber estado a punto de ahogarse. Le ardía la nuca como si le hubiera picado una avispa. Con un jadeo se incorporó a una posición sentada, con las piernas estiradas incómodamente frente a ella, y miró a su alrededor.

Estaba en la orilla del lago Lyn, donde el agua dejaba paso a una arena pulverizada. Una negra pared de roca se levantaba tras ella, los precipicios que recordaba de cuando estuvo allí con Luke. La arena misma era oscura, y centelleaba con mica de plata. Aquí y allá en la arena había antorchas de luz mágica, que llenaban el aire con su resplandor plateado, dejando trazos de líneas brillantes sobre la superficie del agua.

Junto a la orilla del lago, a unos pocos metros de donde estaba sentada, había una mesa baja hecha con piedras planas apiladas una sobre otra. Estaba claro que la armaron a toda prisa; aunque las brechas entre las piedras estaban rellenas con arena húmeda, algunas de las rocas empezaban a resbalar y a torcerse. Depositado sobre la superficie de las piedras había algo que hizo que Clary contuviera el aliento: la Copa Mortal, y colocada atravesada sobre ella, la Espada Mortal, una lengua de llama negra bajo la luz mágica. Alrededor del altar observó las líneas negras de runas grabadas en la arena. Las contempló con atención, pero estaban desordenadas, sin sentido...

Una sombra pasó por la arena, moviéndose veloz: la larga sombra de un hombre, convertida en oscilante y vaga por la luz parpadeante de las antorchas. Cuando Clary levantó por fin la cabeza, él estaba ya de pie junto a ella, observándola.

Valentine.

El impacto de verlo fue tan enorme que casi no le ocasionó ni siquiera impresión. No sintió nada mientras levantaba la vista hacia su padre, cuyo rostro flotaba recortado en el negro firmamento como la luna: blanco, austero, perforado por ojos negros que eran como cráteres de meteoritos. Por encima de la camisa llevaba sujetas una cantidad de correas de cuero que sujetaban una docena o más de armas que se levantaban a su espalda como las espinas de un erizo. Presentaba un aspecto increíblemente fornido; parecía la aterradora estatua de algún dios guerrero dedicado a la destrucción.

—Clarissa —dijo—. Has corrido un buen riesgo llegando hasta aquí en un Portal. Tienes suerte de que te viera aparecer en el agua casi en cuanto llegaste. Estabas inconsciente; de no ser por mí, te habrías ahogado. —Un músculo junto a su boca se movió levemente—. Y yo no me preocuparía excesivamente por las salvaguardas de alarma que la Clave ha colocado alrededor del lago. Las suprimí en cuanto llegué. Nadie sabe que estás aquí.

«¡No te creo!» Clary abrió la boca para arrojarle las palabras al rostro. No salió ningún sonido. Era como en una de esas pesadillas en las que intentaba gritar y gritar y nada sucedía. Únicamente una seca bocanada de aire brotó de la boca, el jadeo de alguien que intenta gritar con la garganta seccionada.

Valentine meneó la cabeza.

—No te molestes en intentar hablar. He usado una runa de silencio, una de esas que usan los Hermanos Silenciosos, en tu nuca. Hay una runa de sujeción en tus muñecas, y otra que te inutiliza las piernas. Yo no intentaría ponerme en pie... Las piernas no te sostendrán, y sólo te provocará dolor.

Clary lo contempló iracunda, intentando taladrarle con la mirada, herirle con su odio. Pero él no le prestó la menor atención.

—Podría haber sido peor, ¿sabes? Para cuando te arrastré a la orilla, el veneno del lago ya había empezado a hacer su efecto. Te curé de él, por cierto. Aunque no espero tu agradecimiento. —Sonrió fugazmente—. Tú y yo no hemos tenido nunca una conversación, ¿verdad? Al menos no una auténtica conversación. Debes de preguntarte por qué nunca parecí tener un interés paternal por ti. Lo siento si eso te lastimó.

Ahora la mirada fija de la muchacha pasó del odio a la incredulidad. ¿Cómo podían tener una conversación si ella ni siquiera podía hablar? Intentó obligar a las palabras a salir, pero nada surgió de la garganta salvo un débil jadeo.

Valentine volteó de nuevo hacia su altar y posó la mano sobre la Espada Mortal. El arma despidió una luz negra, una especie de resplandor invertido, como si absorbiera la iluminación del aire que la rodeaba.

—No sabía que tu madre estaba embarazada de ti cuando me abandonó —dijo.

Clary se dijo que le hablaba como nunca lo había hecho antes. Su tono era calmado, incluso coloquial, pero no se trataba de una conversación.

—Yo sabía que algo no estaba bien. Ella pensaba que ocultaba su infelicidad. Tomé un poco de sangre de Ithuriel, la deshidraté hasta convertirla en polvo, y la mezclé con su comida, pensando que podría curar su infelicidad. De saber que estaba embarazada, no lo habría hecho. Había decidido no volver a experimentar con un hijo de mi propia sangre.

«Mientes», quiso gritarle Clary. Pero no estaba segura de que mintiera. Todavía le sonaba de un modo extraño. Diferente. Quizás se debía a que decía la verdad.

—Después de que huyó de Idris, la busqué durante años —siguió él—. Y no sólo porque tuviera la Copa Mortal. Sino porque la amaba. Pensé que si por lo menos podía hablar con ella, podría hacer que entrara en razón. Hice lo que hice aquella noche en Alacante en un arranque de cólera, deseando destruirla, destruir todo lo que tenía que ver con nuestra vida juntos. Pero después... —Sacudió la cabeza, volteando para dirigir la mirada al lago—. Cuando por fin la localicé, oí rumores de que había tenido otro bebé, una hija. Supuse que eras hija de Lucian. Él siempre la amó, siempre quiso quitármela. Pensé que finalmente había cedido. Que había consentido tener un hijo con un repugnante subterráneo. —Su voz se tornó tensa—. Cuando la encontré en su apartamento de Nueva York, apenas estaba consciente. Me escupió que había convertido en un monstruo a su primer hijo, y que me había abandonado antes de que pudiera hacer lo mismo con el segundo. Entonces se quedó inerte en mis brazos. Todos aquellos años la había buscado, y eso fue todo el tiempo de que dispuse con ella. Aquellos pocos segundos en los que me miró con el odio acumulado durante toda su vida. Entonces comprendí algo.

Alzó a *Maellartach*. Clary recordó lo pesada que resultó la Espada incluso cuando estaba a medio convertir, y vio cómo, a medida que la hoja se alzaba, los músculos del brazo de Valentine sobresalían, duros y encordelados, como sogas serpenteando bajo la piel.

—Comprendí —siguió él— que el motivo de que me abandonara fue protegerte. A Jonathan lo odiaba, pero a ti... Habría hecho cualquier cosa para protegerte. Para protegerte de mí. Incluso había vivido entre mundanos, lo que sé que debía producirle una gran angustia. Debió de dolerle no poder educarte jamás en ninguna de nuestras tradiciones. Eres la mitad de lo que pudiste ser. Posees talento con las runas, pero lo malbarató tu educación mundana.

Bajó la Espada. La punta de ésta se cernía, ahora, justo junto a la cara de Clary; la muchacha podía verla con el rabillo del ojo, flotando en el límite de su visión como una polilla plateada.

—Supe entonces que Jocelyn jamás regresaría a mí debido a ti. Eres la única cosa en el mundo que ha llegado a amar más de lo que me amó a mí. Y debido a ti me aborrece. Y debido a eso, yo te aborrezco.

Clary desvió la cara. Si iba a matarla, no quería ver venir la muerte.

—Clarissa —dijo Valentine—, mírame.

«No.» Clavó la mirada en el lago. Más allá, al otro lado del agua podía ver un tenue resplandor rojo, como fuego sumergido en cenizas. Sabía que era la luz de la batalla. Su madre estaba allí, y Luke. Quizás era apropiado que estuvieran juntos, incluso aunque ella no los acompañara.

«Mantendré los ojos fijos en esa luz —pensó—. Seguiré mirándola sin importar lo que pase. Será la última cosa que vea.»

—Clarissa —volvió a decir Valentine—, eres igual que ella, ¿lo sabías? Igual que Jocelyn.

Sintió un dolor agudo en la mejilla. Era la hoja de la Espada. Él presionaba el borde contra su carne, intentando obligarla a voltear hacia él.

—Voy a hacer que el Ángel se alce ahora —dijo él—. Y quiero que contemples cómo sucede.

Clary sentía un sabor amargo en la boca. «Sé por qué estás tan obsesionado con mi madre. Porque ella fue lo único que pensabas que controlabas totalmente que se revolvió contra ti y te mordió. Creías que te pertenecía y no era así. Por eso la quieres aquí, en este momento, para que presencie cómo vences. Por eso tendrás que conformarte conmigo.»

La Espada se clavó más en su mejilla. Valentine dijo:

—Mírame, Clary.

Ella miró. No quería hacerlo, pero el dolor era excesivo; su cabeza se volteó bruscamente casi contra su voluntad; la sangre corría en gruesas gotas por el rostro y salpicaba la arena. Un dolor nauseabundo la dominó mientras alzaba la cabeza para mirar a su padre.

Éste tenía la vista bajada hacia la hoja de *Maellartach*. También ella estaba manchada con su sangre. Cuando Valentine volvió a mirarla, le brillaba una luz extraña en los ojos.

—Es necesaria sangre para completar esta ceremonia —dijo—. Tenía intención de usar la mía, pero cuando te vi en el lago supe que era el modo que tenía Raziel de decirme que usara la de mi hija en su lugar. Es por eso que limpié tu sangre de la suciedad del lago. Ahora estás purificada... purificada y lista. Así que gracias, Clarissa, por dejarme usar tu sangre.

Y de algún modo, pensó Clary, lo decía en serio, su gratitud era auténtica. Hacía tiempo que Valentine había perdido la capacidad de distinguir entre fuerza y cooperación, entre miedo y buena disposición, entre amor y tortura. Y con esa comprensión llegó una avalancha de aturdimiento: ¿de qué servía odiar a Valentine por ser un monstruo cuando él ni siquiera sabía que lo era?

—Y ahora —siguió Valentine—, simplemente necesito un poco más.

Y Clary pensó: «¿Un poco más de qué?», justo mientras él balanceaba la Espada hacia atrás y la luz de las estrellas rebotaba en ella con un estallido, y se dijo: «Por supuesto. No es sólo sangre lo que quiere, sino muerte». A aquellas alturas la Espada se había alimentado ya de sangre más que suficiente; probablemente le gustaba, igual que al mismo Valentine. Los ojos de la joven siguieron la negra luz de *Maellartach* mientras cortaba el aire hacia ella...

Y salía volando por los aires. Arrancada de la mano de Valentine, el arma se precipitó al interior de la oscuridad. Los ojos del hombre se abrieron de par en par; su mirada bajó veloz, clavándose primero en la ensangrentada mano que había empuñado la espada... y luego se alzó y vio, en el mismo momento que lo hacía Clary, qué le había arrancado la Espada Mortal de la mano.

Jace, con una espada que le resultaba familiar sujeta en la mano izquierda, estaba parado en el borde de un montículo de arena, apenas a treinta centímetros de Valentine. Clary pudo ver por la expresión del hombre que, al igual que ella, tampoco había escuchado acercarse al muchacho.

A Clary le dio un vuelco el corazón al ver su aspecto. Tenía una costra de sangre seca en un lado de la cara, y lucía una ligera marca roja en la garganta. Los ojos le brillaban como espejos, y bajo la luz mágica parecían negros..., negros como los de Sebastian.

—Clary —dijo, sin apartar los ojos de su padre—. Clary, ¿estás bien?

«¡Jace!» Luchó por decir su nombre, pero nada podía atravesar el bloqueo de su garganta. Sintió como si se ahogara.

—No puede responderte —dijo Valentine—. No puede hablar.

Los ojos de Jace centellearon.

—¿Qué le hiciste?

Acercó la espada hacia Valentine, quien dio un paso atrás. La mirada en el rostro de su padre era de cautela, pero no de miedo. Había una premeditación en la expresión que a Clary no le gustó. Sabía que debería sentirse triunfal, pero no se sentía así; si acaso, se sentía más aterrada que un momento antes. Había comprendido que Valentine iba a matarla —lo había aceptado— y ahora Jace estaba allí, y su miedo se había expandido para abarcarlo también a él. Y él parecía tan... destrozado. El traje estaba desgarrado y abierto a lo largo de la mitad de un brazo, y la piel de debajo entrecruzada de líneas blancas. La camiseta estaba rota en la parte delantera, y había un *iratze* sobre su corazón que empezaba a desvanecerse y que no había conseguido del todo borrar la inflamada cicatriz situada debajo. La ropa estaba manchada de tierra, como si hubiera estado rodando por el suelo. Pero era su expresión lo que más la asustaba. Era tan... desolada.

—Una runa de quietud. No la lastimará. —Los ojos de Valentine se clavaron en Jace... ávidamente, se dijo Clary, como si se empapara de su visión—. Supongo —dijo— que no has venido a unirte a mí. A ser bendecido por el Ángel junto a mí.

La expresión de Jace no varió. Tenía los ojos fijos en su padre adoptivo, y no había nada en ellos... no subsistía en ellos ni una brizna de afecto, amor o recuerdo. Ni siquiera había odio. Sólo... desdén, pensó Clary. Un frío desdén.

—Sé lo que planeas hacer —dijo Jace—. Sé por qué estás invocando al Ángel. Y no te dejaré hacerlo. Envié a Isabelle a advertir al ejército...

—Las advertencias les servirán de poco. Ésta no es la clase de peligro de la que puedes huir. —La mirada de Valentine descendió veloz a la espada que sostenía Jace—. Baja eso —empezó— y hablaremos... —Se interrumpió entonces—. Ésa no es tu espada. Ésa es una espada Morgenstern.

Jace sonrió, con una sonrisa dulce y siniestra.

—Era de Jonathan. Está muerto.

Valentine estaba anonadado.

—Quieres decir que...

—La tomé del suelo donde él la dejó caer —respondió Jace, sin emoción—, después de matarlo.

Valentine pareció atónito.

—¿Mataste a Jonathan? ¿Cómo pudiste?

—Me habría matado a mí —dijo Jace—. No tuve elección.

—No me refería a eso. —Valentine meneó la cabeza; todavía parecía aturdido, como un boxeador al que han golpeado demasiado fuerte el momento antes de desplomarse sobre la colchoneta—. Crié a Jonathan... lo adiestré yo mismo. No había un guerrero mejor.

—Al parecer —repuso Jace—, lo había.

—Pero... —Y la voz de Valentine se quebró; era la primera vez que Clary escuchaba un fallo en la tranquila e inmutable fachada de aquella voz—. Pero era tu hermano.

—No. No lo era. —Jace dio un paso al frente, empujando la hoja un centímetro más cerca del corazón de Valentine—. ¿Qué le sucedió a mi auténtico padre? Isabelle me explicó que murió en una incursión, pero ¿lo hizo realmente? ¿Lo mataste igual que mataste a mi madre?

Valentine seguía pareciendo aturdido. Clary percibió que luchaba por mantener el control... ¿Luchaba contra la pena? ¿O simplemente temía morir?

—Yo no maté a tu madre. Ella se suicidó. Te saqué de su cuerpo sin vida. De no haberlo hecho, habrías muerto con ella.

—Pero ¿por qué? ¡No necesitabas un hijo, ya tenías uno!

Jace tenía un aspecto mortífero a la luz de la luna, se dijo Clary, mortífero y extraño, como si fuera alguien a quien no conocía. La mano que sostenía la espada sobre la garganta de Valentine no temblaba.

—Dime la verdad —dijo Jace—. No más mentiras... como que somos de la misma sangre. Los padres mienten a sus hijos, pero tú... tú no eres mi padre. Y quiero la verdad.

—No era un hijo lo que necesitaba —respondió Valentine—. Era un soldado. Pensé que Jonathan podría ser ese soldado, pero tenía demasiado de la naturaleza de los demonios en él. Era demasiado salvaje, demasiado brusco, no suficientemente sutil. Ya temía entonces, cuando él apenas dejaba la infancia, que jamás tendría la paciencia o la compasión para seguirme, para guiar a la Clave tras mis pasos. Así que volví a probar contigo. Y contigo tuve el problema opuesto. Eras demasiado dulce. Demasiado categórico. Sentías el dolor de los demás como si fuera el tuyo; ni siquiera podías soportar la muerte de tus mascotas. Tienes que comprender esto, hijo mío: te amaba por esas cosas. Pero las mismas cosas que amaba en ti hacían que no me fueras útil.

—Así que pensabas que era blando e inútil —dijo Jace—. Supongo que te resultará sorprendente, entonces, cuando tu «hijo» blando e inútil te rebane la garganta.

—Ya pasamos por esto. —La voz de Valentine era firme, pero Clary creyó poder ver el sudor brillándole en las sienes, en la base de la garganta—. Tú no lo harías. No quisiste hacerlo en Renwick, y no quieres hacerlo ahora.

—Te equivocas. —Jace hablaba en un tono moderado—. He lamentado no haberte matado cada día desde que te dejé marchar. Max, al que sí considero mi hermano, está muerto porque yo no te maté ese día. Docenas de personas, tal vez cientos, están muertas porque contuve mi mano. Conozco tu plan. Sé que esperas masacrar a casi todos los cazadores de sombras de Idris. Y me pregunto: ¿cuántos más tienen que morir antes de que haga lo que debí hacer en la isla de Blackwell? No —dijo—. No quiero matarte. Pero lo haré.

—No lo hagas —dijo Valentine—. Por favor. No quiero...

—¿Morir? Nadie quiere morir, «padre».

La punta de la espada de Jace resbaló más abajo, y luego más hasta descansar sobre el corazón de Valentine. El rostro de Jace estaba tranquilo, parecía la cara de un ángel despachando justicia divina.

—¿Tus últimas palabras?

—Jonathan...

La sangre manchaba la camisa de Valentine allí donde la punta de la hoja se posaba, y Clary vio, mentalmente, a Jace en Renwick, con la mano temblorosa, sin atreverse a lastimar a Valentine. Y a éste provocándolo. «Hunde la hoja. Siete centímetros... tal vez ocho.» No era así en aquel momento. La mano de Jace era firme. Y Valentine parecía asustado.

—Tus últimas palabras —repitió Jace—. ¿Cuáles son?

Valentine levantó la cabeza. Sus ojos negros al mirar al muchacho que tenía delante tenían una mirada grave.

—Lo siento —dijo—. Lo siento mucho.

Estiró una mano, como si tuviera intención de tendérsela a Jace, incluso de tocarlo —la mano giró, con la palma hacia arriba, los dedos abriéndose— y entonces hubo un destello plateado y algo pasó volando junto a Clary en la oscuridad como una bala salida de una pistola. Sintió cómo el aire desplazado le acariciaba la mejilla al pasar, y a continuación Valentine lo atrapó en el aire, una larga lengua de fuego plateado que centelleó una vez en su mano mientras la bajaba.

Era la Espada Mortal, que dejó un trazo de luz negra en el aire al hundir Valentine su hoja en el corazón de Jace.

Los ojos del muchacho se abrieron de par en par. Una mirada de incrédula confusión pasó por su rostro; echó una mirada fugaz al lugar donde *Maellartach* sobresalía grotescamente de su pecho: su aspecto era más estrafalario que horrible, como un elemento de una pesadilla carente de lógica. Valentine echó la mano hacia atrás entonces, extrayendo de un jalón la Espada del pecho de Jace tal y como podría haber sacado una daga de su funda; como si eso hubiera sido todo lo que lo mantenía en pie, Jace cayó de rodillas. La espada que empuñaba resbaló de su mano y golpeó la tierra húmeda. Bajó la mirada hacia ella con perplejidad, como si no tuviera ni idea de por qué la había estado sujetando, ni de por qué la había soltado. Abrió la boca como si fuera a hacer una pregunta, y la sangre se derramó por encima de su barbilla, impregnando lo que quedaba de la camiseta hecha jirones.

A Clary le pareció que después de eso todo sucedía muy despacio, como si el tiempo se hubiera alargado. Vio a Valentine caer al suelo y sujetar a Jace en su regazo como si Jace fuera todavía muy pequeño y se pudiera cargar con facilidad. Lo apretó contra él y lo acunó, y bajó el rostro y lo presionó contra el hombro del muchacho, y Clary pensó por un momento que incluso podría haber llorado, pero cuando levantó la cabeza, los ojos de Valentine estaban secos.

—Mi hijo —susurró—. Mi muchacho.

La terrible ralentización del tiempo se alargó alrededor de Clary como una soga asfixiante, mientras Valentine sostenía a Jace y le apartaba los cabellos ensangrentados de la frente. Sostuvo a Jace mientras moría y la luz se apagaba de sus ojos, y luego Valentine depositó con delicadeza el cuerpo de su hijo adoptivo sobre el suelo, cruzándole los brazos sobre el pecho como para ocultar la herida abierta y sangrante que había en él. «Ave...» empezó a decir, como si quisiera pronunciar las palabras sobre Jace, la despedida de los cazadores de sombras, pero su voz se quebró, se volteó bruscamente y se dirigió de vuelta al altar.

Clary no podía moverse. Apenas podía respirar. Podía oír los latidos de su propio corazón, el rechinar de su propia respiración en la garganta reseca. Con el rabillo del ojo pudo ver a Valentine parado junto a la orilla del lago; la sangre resbalaba por la hoja de *Maellartach* y goteaba al interior de la cazoleta de la Copa Mortal. Salmodiaba palabras que ella no comprendía. Que no tenía ningún interés en comprender. Todo terminaría muy pronto, y casi se alegraba. Se preguntó si tenía energía suficiente para arrastrarse hasta donde yacía Jace, si podía tumbarse junto a él y esperar a que aquello terminara. Lo miró fijamente, allí caído, inmóvil en la arena removida y ensangrentada. Tenía los ojos cerrados, el rostro quieto; de no ser por el corte del pecho, podría haberse dicho a sí misma que estaba dormido.

Pero no lo estaba. Era un cazador de sombras; había muerto en combate; merecía la última bendición. *Ave atque vale*. Formó las pala-

bras con los labios, aunque surgieron de la boca en silenciosas bocanadas de aire. En mitad del enunciado se detuvo, conteniendo la
respiración. ¿Qué debería decir? ¿Salve y adiós, Jace Wayland? El
nombre no era realmente el suyo. En realidad jamás le habían puesto
un nombre, pensó llena de zozobra, sólo dieron el nombre de un niño
muerto porque era lo que convenía a los propósitos de Valentine en
aquel momento. Y había tanto poder en un nombre...

Volteó de repente, y miró fijamente al altar. Las runas que lo rodeaban habían empezado a brillar. Eran runas de invocación, runas
de designación y runas de vinculación. No eran distintas de las runas
que mantuvieron a Ithuriel prisionero en la bodega de casa de los
Wayland. En aquel momento, muy en contra de su voluntad, pensó
en cómo la había mirado Jace entonces, la llamarada de fe de sus ojos,
su confianza en ella. Siempre la había considerado fuerte. Lo demos-
traba en todo lo que hacía, en cada mirada y cada contacto. Simon
también tenía fe en ella; sin embargo, cuando la había abrazado lo
hizo como si ella fuera algo frágil, realizado en delicado cristal. Pero
Jace la sostuvo con todas sus fuerzas, sin preguntarse jamás si ella
podía soportarlo; él había sabido que era tan fuerte como él mismo.

Valentine introducía una y otra vez la ensangrentada Espada en
el lago, salmodiando en voz baja y a toda velocidad, y el agua se on-
dulaba, como si una mano gigante pasara los dedos suavemente por
su superficie.

Clary cerró los ojos. Recordó el modo en que Jace la miraba la
noche que había liberado a Ithuriel y no pudo evitar imaginar el
modo en que la miraría a ella en aquellos momentos si la viera intentando tumbarse a morir en la arena junto a él. No se sentiría conmo-
vido, no pensaría que era un hermoso gesto. Se enfurecería con ella
por rendirse. Se sentiría tan... decepcionado.

Clary se agachó de modo que quedó tumbada en el suelo, tirando
de las inertes piernas tras ella. Lentamente, se arrastró por la arena,
empujándose al frente con las rodillas y las manos atadas.
La cinta brillante que le rodeaba las muñecas ardía y quemaba. La

camisa se le desgarró al arrastrarse por el suelo y la arena le arañó la piel desnuda del estómago. Apenas lo notó. Era una tarea ardua arrastrarse hacia adelante de aquel modo; el sudor le corría por la espalda entre los omóplatos. Cuando por fin alcanzó el círculo de runas, jadeaba tan fuerte que la aterró que Valentine fuera a oírla.

Pero él ni siquiera volteó. Tenía la Copa Mortal en una mano y la Espada en la otra. Mientras ella observaba, Valentine echó la mano derecha hacia atrás, pronunció varias palabras que parecían provenir del griego, y arrojó la Copa, que brilló como una estrella fugaz mientras salía despedida hacia el agua del lago y desaparecía bajo la superficie con un leve chapoteo.

El círculo de runas desprendía un leve calor, como un fuego a medio apagar. Clary tuvo que retorcerse y forcejear para lograr hacer llegar la mano a la estela que llevaba en su cinturón. El dolor de las muñecas se tornó más punzante cuando los dedos se cerraron alrededor del mango; la liberó con una sofocada exclamación de alivio.

No podía separar las muñecas, así que agarró la estela torpemente entre ambas manos. Se irguió sobre los codos y bajó la vista hacia las runas. Podía sentir el calor que desprendían en el rostro; empezaban a titilar como luz mágica. Valentine tenía la Espada Mortal en posición, listo para lanzarla; salmodiaba las últimas palabras del hechizo de invocación. Con un último arranque de energía, Clary hundió la punta de la estela en la arena, pero no raspó las runas que Valentine había dibujado para eliminarlas, sino que trazó su propio dibujo sobre ellas, escribiendo una runa nueva sobre la que simbolizaba el nombre de Valentine. Era una runa tan pequeña, se dijo, un cambio tan pequeño..., en nada comparable a su inmensamente poderosa runa de alianza, nada comparable a la Marca de Caín.

Pero era todo lo que podía hacer. Agotada, Clary rodó sobre el costado justo cuando Valentine echaba el brazo atrás y hacía volar la Espada Mortal.

Maellartach voló girando sobre sí misma, una masa borrosa negra y plateada que fue a unirse sin hacer ruido con el lago negro y plateado. Una gran columna se alzó en el lugar adonde fue a caer: una fluorescencia de agua color platino. La columna se alzó más y más alta, un géiser de plata fundida, como lluvia cayendo hacia arriba. Se oyó un gran estrépito, el sonido de hielo que se hacía añicos, de un glaciar al partirse... y a continuación el lago pareció estallar, agua plateada estallando hacia arriba como una granizada invertida.

Y alzándose con la granizada llegó el Ángel. Clary no estaba segura de lo que había esperado..., imaginaba algo como Ithuriel, pero a Ithuriel lo fueron apagando años de cautiverio y tormento. Éste era un ángel en la plenitud de su gloria. Mientras emergía del agua, los ojos de la joven empezaron a arderle como si contemplara directamente al sol.

Las manos de Valentine cayeron a sus costados. Miraba a lo alto con una expresión embelesada; era un hombre contemplando su mayor sueño convertido en realidad.

—Raziel —murmuró.

El Ángel siguió elevándose, como si el lago se estuviera hundiendo, dejando al descubierto una gran columna de mármol en el centro. Primero fue la cabeza la que emergió del agua, con aquellos cabellos ondeando como cadenas de plata y oro. Luego los hombros, blancos como la piedra, y a continuación un torso desnudo; y Clary vio que el Ángel tenía Marcas de runas por todo el cuerpo igual que los nefilim, aunque las runas de Raziel eran doradas y dotadas de vida, y se movían por la blanca piel como chispas que brotaran de un fuego. De algún modo, el Ángel era al mismo tiempo enorme y no más grande que un hombre: a Clary le dolían los ojos de intentar asimilarlo totalmente, y aun así, era todo lo que podía ver. Mientras se alzaba, brotaron alas de su espalda que se abrieron por completo sobre el lago; también eran de oro, y con plumas, e incrustado en cada pluma había un único ojo dorado muy abierto.

Resultaba hermoso, y también aterrador. Clary quiso apartar la mirada, pero se negó a hacerlo. Lo contemplaría todo. Lo contemplaría por Jace, porque él no podía.

«Es como en todos esos cuadros», pensó. El Ángel emergiendo del lago, la Espada en una mano y la Copa en la otra. Ambas chorreaban agua, pero Raziel estaba seco como un hueso, y también sus alas. Los pies se posaron, blancos y descalzos, sobre la superficie del lago, removiendo las aguas en pequeñas ondulaciones de movimiento. Su rostro, hermoso e inhumano, contempló a Valentine desde lo alto.

Y entonces habló.

Su voz era como un llanto, como un grito y como música, todo a la vez. No contenía palabras, pero sin embargo resultaba totalmente comprensible. La fuerza de su aliento casi hizo retroceder a Valentine; éste clavó los tacones de las botas en la arena y mantuvo la cabeza inclinada atrás como si caminara haciendo frente a un vendaval. Clary sintió cómo el viento levantado por el aliento del Ángel pasaba sobre ella: era caliente como el aire que escapa de un horno, y olía a especias extrañas.

«Han transcurrido mil años desde la última vez que se me invocó a este lugar —dijo Raziel—. Jonathan Cazador de Sombras me llamó entonces, y me suplicó que mezclara mi sangre con la sangre de hombres mortales en una Copa y creara una nueva raza de guerreros que liberaría a esta tierra de la raza de los demonios. Hice todo lo que me pidió y le aseguré que no haría nada más. ¿Por qué me invocas ahora, nefilim?»

La voz de Valentine sonó ansiosa.

—Han transcurrido mil años, Criatura Gloriosa, pero la raza de los demonios sigue aquí.

«¿Qué es eso para mí? Mil años transcurren para un ángel como un abrir y cerrar de ojos.»

—Los nefilim creados eran una gran raza de hombres. Durante muchos años combatieron valientemente para liberar este plano de la mancha demoníaca. Pero fracasaron debido a la debilidad y la corrupción en sus filas. Tengo intención de devolverlos a su antigua gloria...

«¿Gloria?»

El Ángel sonó levemente curioso, como si la palabra le resultara extraña.

«La gloria pertenece sólo a Dios.»

Valentine no titubeó.

—La Clave tal y como los primeros nefilim la crearon ya no existe. Se aliaron con subterráneos, los no humanos que llevan la mancha de los demonios que infestan este mundo igual que moscas sobre el cadáver de una rata. Es mi intención depurar este mundo, destruir a todos los subterráneos y a todos los demonios...

«Los demonios no poseen alma. Pero en cuanto a las criaturas de las que hablas, los Hijos de la Luna, de la Noche, de Lilith y los seres mágicos, todos tienen alma. Parece que tu criterio sobre lo que constituye o no un ser humano es más estricto que el nuestro. —Clary habría jurado que la voz del Ángel había adoptado un tono seco—. ¿Tienes intención de desafiar al cielo como aquel otro Lucero del Alba cuyo nombre llevas, cazador de sombras?»

—No, desafiar al cielo, no, lord Raziel. Aliarme con el cielo...

«¿En una guerra creada por ti? Nosotros somos el cielo, cazador de sombras. Nosotros no peleamos en sus batallas mundanas.»

Cuando volvió a hablar, Valentine parecía casi dolido.

—Lord Raziel. Sin duda no habría permitido la existencia de un ritual por el que se le pudiera invocar si no tuviera intención de ser invocado. Nosotros los nefilim somos sus hijos. Necesitamos su guía.

«¿Guía? —Ahora el Ángel sonó divertido—. Ése no parece precisamente el motivo por el que me trajiste aquí. Buscas más bien tu propio renombre.»

—¿Renombre? —repitió Valentine con voz quebrada—. Lo di todo por esta causa. Mi esposa. Mis hijos. Di todo lo que tengo por esto... todo.

El Ángel se limitó a flotar, contemplando a Valentine con sus ojos fantásticos e inhumanos. Sus alas se movían en lentos movimientos no deliberados, como el paso de nubes por el cielo. Por fin dijo:

«Dios le pidió a Abraham que sacrificara a su hijo en un altar muy parecido a éste, para ver a quién amaba más Abraham, a Isaac o a Dios. Pero nadie te pidió a ti que sacrificaras a tu hijo, Valentine».

Valentine echó un vistazo al altar situado a sus pies, salpicado con la sangre de Jace, y luego miró de nuevo al Ángel.

—Si no tengo otro remedio, te obligaré a hacerlo —dijo—. Pero preferiría obtener tu cooperación voluntaria.

«Cuando Jonathan Cazador de Sombras me invocó —dijo el Ángel—, le presté mi ayuda porque pude ver que su sueño de un mundo libre de demonios era auténtico. Él imaginaba un cielo en esta tierra. Pero tú sueñas únicamente en tu propia gloria, y no amas al cielo. Mi hermano Ithuriel puede atestiguarlo.

Valentine palideció.

—Pero...

«¿Pensaste que no lo sabría?»

El Ángel sonrió. Fue la sonrisa más terrible que Clary había visto en su vida.

«Es cierto que el amo del círculo que dibujaste puede obligarme a llevar a cabo un único acto. Pero tú no eres ese amo.»

Valentine lo miró con asombro.

—Mi señor Raziel... No hay nadie más...

«Sí que lo hay —dijo el Ángel—. Tu hija.»

Valentine se dio la vuelta en redondo. Clary, caída semiconsciente sobre la arena, con las muñecas y los brazos martirizados por un dolor atroz, le devolvió la mirada con expresión desafiante. Por un momento, los ojos de ambos se encontraron... y él la miró, realmente la miró, y ella comprendió que era la primera vez que su padre la miraba a la cara y la veía. La primera y única vez.

494

—Clarissa —dijo—. ¿Qué hiciste?

Clary alargó la mano, y con el dedo escribió en la arena a los pies de Valentine. No dibujó runas. Dibujó palabras: las palabras que él le había dicho la primera vez que vio lo que ella era capaz de hacer, cuando dibujó la runa que destruyó su barco.

MENE MENE TEKEL UPHARSIN.

Los ojos de su padre se abrieron de par en par, igual que los ojos de Jace se abrieron antes de morir. Valentine se quedó totalmente blanco. Volteó despacio hacia el Ángel, levantando las manos en un gesto de súplica.

—Mi señor Raziel...

El Ángel abrió la boca y escupió. O al menos eso fue lo que le pareció a Clary: que el Ángel escupía, y que lo que salía disparado de su boca era una centella de fuego blanco, como una flecha llameante. La flecha voló directa y certera sobre el agua y se enterró en el pecho de Valentine. Aunque quizá «enterrar» no fuera la palabra: se abrió paso a través de él, como una roca a través de fino papel, dejando un agujero humeante del tamaño de un puño. Por un momento, Clary, con la vista levantada, pudo mirar a través del pecho de su padre y ver el lago y el ardiente resplandor del Ángel al otro lado.

El momento pasó. Como un árbol talado, Valentine se estrelló contra el suelo y se quedó inmóvil, con la boca abierta en un grito mudo y una última mirada de incrédula traición fijada para siempre en sus ojos ciegos.

«Ésa ha sido la justicia del cielo. Confío en que no te sientas consternada.»

Clary alzó los ojos. El Ángel flotaba sobre ella, como una torre de llama blanca, cubriendo el cielo. Tenía las manos vacías; la Copa Mortal y la Espada estaban ahora junto a la orilla del lago.

«Puedes obligarme a llevar a cabo una sola cosa, Clarissa Morgenstern. ¿Qué es lo que deseas?»

Clary abrió la boca. No brotó de ella ningún sonido.

«Ah, sí —dijo el Ángel, y había dulzura en la voz ahora—. La runa.»

La multitud de ojos de sus alas pestañearon. Algo la rozó. Era suave, más suave que la seda o cualquier otra tela, más suave que un susurro o la caricia de una pluma. Era el tacto que ella imaginaba que podrían tener las nubes si tuvieran textura. Un leve aroma acompañó al contacto... un aroma agradable, embriagador y dulce.

El dolor desapareció de sus muñecas. Puesto que ya no estaban atadas, las manos le cayeron a los costados. El ardor en la parte posterior del cuello también había desaparecido, y la pesadez de las piernas. Se puso de rodillas con gran dificultad. Más que nada en el mundo, deseaba arrastrarse por la arena ensangrentada hacia el lugar donde yacía el cuerpo de Jace, arrastrarse hasta él y tumbarse a su lado y rodearlo con los brazos, incluso aunque el muchacho ya no estaba. Pero la voz del Ángel la constreñía; permaneció donde estaba, con la vista puesta en su brillante luz dorada.

«La batalla de la llanura Brocelind está finalizando. El dominio de Morgenstern sobre sus demonios ha desaparecido con su muerte. Muchos huyen ya; el resto no tardará en ser destruido. Hay nefilim que cabalgan hacia las orillas de este lago en estos momentos. Si tienes una petición, cazadora de sombras, habla ahora. —El Ángel hizo una pausa—. Y recuerda que no soy un genio. Elige tu deseo con sabiduría.»

Clary vaciló... sólo por un momento, pero el momento se prolongó como nunca se había prolongado un instante. Podía pedir cualquier cosa, pensó llena de aturdimiento, cualquier cosa: un final al dolor o al hambre o a la enfermedad en el mundo, o la paz en la tierra. Pero también era posible que los ángeles no tuvieran poder para conceder tales cosas, o ya habrían sido concedidas. Y a lo mejor se suponía que las personas tenían que encontrar esas cosas por sí mismas.

No importaba, de todos modos. Sólo había una cosa que podía pedir, una elección auténtica.

Alzó los ojos hacia el Ángel.

—Jace —dijo.

La expresión del Ángel no cambió. Ella no tenía ni idea de si Raziel consideraba su petición buena o mala, ni si —pensó con un repentino estallido de pánico— tenía intención de concederla.

«Cierra los ojos, Clarissa Morgenstern», dijo el Ángel.

Clary cerró los ojos. Uno no le dice que no a un ángel, sin importar lo que éste tenga en mente. Su corazón latía violentamente y ella permaneció sentada flotando en la oscuridad de detrás de sus párpados, intentando resueltamente no pensar en Jace. Pero su rostro apareció recortado, no sonriéndole sino mirándola de reojo, y pudo ver la cicatriz en la sien, la mueca en la comisura de los labios y la línea plateada sobre la garganta allí donde Simon lo había mordido; todas las marcas y defectos e imperfecciones que conformaban a la persona que más amaba en el mundo. Jace. Una luz brillante iluminó su visión con un tono escarlata, y cayó hacia atrás contra la arena, preguntándose si iba a desmayarse; quizás estaba muriendo, pero no quería morir, no ahora que podía ver el rostro de Jace con tanta claridad ante ella. Casi podía oír su voz, también, pronunciando su nombre, tal y como lo susurró en Renwick, una y otra vez. Clary. Clary. Clary.

—Clary —dijo Jace—. Abre los ojos.

Lo hizo.

Estaba tumbada sobre la arena, con las ropas desgarradas, mojadas y ensangrentadas. Pero no importaba: el Ángel había desaparecido, y con él la cegadora luz blanca que había iluminado la oscuridad convirtiéndola en día. Clary miró al cielo nocturno sembrado de estrellas blancas como espejos brillando en la negrura. Inclinado sobre ella, la luz de sus ojos, más brillante que la de cualquier estrella, estaba Jace.

Sus ojos se llenaron de él, de cada parte de él, desde los cabellos enmarañados al rostro manchado de sangre y mugriento y los ojos que brillaban por entre las capas de suciedad; desde los moretones visibles a través de las mangas desgarradas al enorme roto empapado de sangre de la parte frontal de la camiseta, a través del cual se veía la piel desnuda; y no había marca ni corte que indicara por dónde había entrado la Espada. Pudo ver el pulso latiéndole en la garganta, y casi le arrojó los brazos al cuello ante aquella visión porque significaba que el corazón latía y eso quería decir...

—Estás vivo —susurró—. Realmente vivo.

Con un lento gesto maravillado él estiró la mano para tocarle la cara.

—Estaba en la oscuridad —dijo en voz baja—. No había nada más que sombras, y yo era una sombra, y sabía que estaba muerto, y que todo había acabado, todo. Y entonces oí tu voz. Te oí decir mi nombre, y eso me trajo de vuelta.

—Yo no. —Clary sintió un nudo en la garganta—. El Ángel te trajo de vuelta.

—Porque tú se lo pediste. —En silencio trazó el contorno de su cara con los dedos, como para asegurarse de que era real—. Podías haber tenido cualquier otra cosa en el mundo, y me pediste a mí.

Ella le sonrió. Mugriento como estaba, cubierto de sangre y tierra, era lo más hermoso que había contemplado nunca.

—Pero yo no quiero ninguna otra cosa en el mundo.

Ante eso, la luz de sus ojos, ya brillante, adquirió tal intensidad que ella apenas pudo mirarlo. Pensó en el Ángel, y la manera en que había ardido como un millar de antorchas, y que Jace tenía en su interior algo de aquella misma sangre incandescente, y en cómo aquella llama brillaba a través de él en aquel momento, a través de sus ojos, como luz por entre las rendijas de una puerta.

«Te amo», quiso decir Clary. Y «volvería a hacerlo. Siempre te pediría a ti». Pero no fueron ésas las palabras que dijo.

—No eres mi hermano —le contó, un poco jadeante, como si, habiendo advertido que aún no las había dicho, no pudiera hacer salir las palabras de la boca con la suficiente rapidez—. Lo sabes, ¿verdad?

Levemente, por entre la mugre y la sangre, Jace sonrió.

—Sí —dijo—. Lo sé.

EPÍLOGO

CON ESTRELLAS EN EL CIELO

Yo te quería, por eso atraje a mis manos estas
mareas de hombres
y escribí con estrellas mi voluntad en el cielo.

T. E. LAWRENCE

El humo se elevaba en una indolente espiral, trazando delicadas
líneas negras en el aire diáfano. Jace, solo en la colina que daba sobre
el cementerio, estaba sentado con los codos sobre las rodillas y contemplaba cómo el humo flotaba en dirección al cielo. Lo irónico de
todo eso no le pasaba por alto: aquéllos eran los restos del que le
había hecho de padre, después de todo.

Podía ver los féretros desde donde estaba sentado, oscurecidos
por el humo y las llamas, y al pequeño grupo parado a su alrededor.
Reconoció los brillantes cabellos de Jocelyn desde allí, y a Luke junto
a ella, con la mano sobre su espalda. Jocelyn tenía el rostro volteado,
alejado de la ardiente pira.

Jace pudo ser un miembro del grupo, de haberlo querido. Había
pasado los últimos dos días en la enfermería, y lo habían dejado salir
hasta esa mañana, en parte para que pudiera asistir al funeral de Valentine. Pero llegó a mitad de camino de la pira, un montón de leña
descortezada, blanca como huesos, y comprendió que no podía ir más
allá; así que había dado media vuelta y había ascendido a la colina,
lejos del cortejo fúnebre. Luke lo había llamado, pero Jace no volteó.

Se había sentado y había contemplado cómo se congregaban alrededor de los féretros, cómo Patrick Penhallow, con su traje de color

499

blanco pergamino, encendía la leña. Era la segunda vez aquella semana que contemplaba arder un cuerpo, pero el de Max era desgarradoramente pequeño, y Valentine era un hombre de gran tamaño... incluso tendido sobre la espalda con los brazos cruzados sobre el pecho, con un cuchillo serafín en el puño. Tenía los ojos vendados con seda blanca, como era la costumbre. Hicieron lo debido por él, pensó Jace, a pesar de todo.

No enterraron a Sebastian. Un grupo de cazadores de sombras regresó al valle, pero no encontraron el cuerpo; fue arrastrado por el río, le habían dicho a Jace, aunque él tenía sus dudas.

Buscó a Clary entre el grupo que rodeaba los féretros, pero no estaba allí. Habían transcurrido ya casi dos días desde que la había visto por última vez, en el lago, y la extrañaba con una sensación casi física de añoranza. No era culpa de la muchacha que no se hubieran visto. A ella le preocupaba que él no tuviera fuerzas suficientes para regresar a Alacante desde el lago a través de un Portal aquella noche, y había tenido razón. Para cuando los primeros cazadores de sombras llegaron hasta ellos, Jace se había dirigido hacia una aturdida inconsciencia. Despertó al día siguiente en el hospital de la ciudad con Magnus Bane mirándolo fijamente con una expresión curiosa; pudo ser profunda inquietud o simplemente curiosidad, era difícil saberlo con Magnus. El brujo le contó que aunque el Ángel lo curó físicamente, parecía que su espíritu y su mente se habían agotado hasta el punto de que únicamente el descanso podía sanarlos. En cualquier caso, se sentía mejor ahora. Justo a tiempo para el funeral.

Soplaba el viento y éste se llevaba el humo lejos de él. En la lejanía podía ver las centelleantes torres de Alacante, a las que se había restituido su antigua gloria. Jace no estaba totalmente seguro de lo que esperaba conseguir sentándose allí y contemplando cómo ardía el cuerpo de Valentine, o qué habría dicho si estuviera allí abajo entre el duelo, diciendo sus últimas palabras al difunto. «Jamás fuiste realmente mi padre —podría decir, o tal vez—: Fuiste al único padre que conocí.» Ambas afirmaciones eran igualmente ciertas, sin importar lo contradictorias que eran.

Cuando abrió los ojos en el lago la primera vez —sabiendo, de algún modo, que volvía de la muerte—, sólo pudo pensar en Clary, que yacía con los ojos cerrados a poca distancia de él, sobre la arena ensangrentada. Había gateado hasta ella casi presa del pánico, pensando que podría estar herida, o incluso muerta... y cuando ella había abierto los ojos, todo en lo que había podido pensar era en que seguía viva. Hasta que no hubo otras personas allí que lo ayudaron a ponerse en pie, prorrumpiendo en sorprendidas exclamaciones ante la escena que contemplaban, no advirtió él la presencia del cuerpo de Valentine caído y hecho un guiñapo cerca de la orilla del lago, y sintió la fuerza de todo eso como un puñetazo en el estómago. Supo que Valentine estaba muerto —lo habría matado él mismo—, pero con todo, de algún modo, la visión fue dolorosa. Clary había mirado a Jace con ojos entristecidos, y él había comprendido que aunque ella había odiado a Valentine y jamás había tenido motivo para amarlo, sentía la pérdida para Jace.

Entrecerró los ojos y una avalancha de imágenes pasó rauda por el interior de sus párpados: Valentine levantándolo de la hierba en un amplio abrazo, Valentine manteniéndolo en pie en la proa de un bote en un lago, enseñándole cómo mantener el equilibrio. Y otros recuerdos, más sombríos: la mano de Valentine golpeándole la mejilla, un halcón muerto, el ángel encadenado en la bodega de los Wayland.

—Jace.

Alzó la vista. Luke estaba de pie junto a él, observándolo con atención; era una silueta negra esbozada por el sol. Vestía pantalones de mezclilla y una camisa de franela como de costumbre; nada del blanco del luto para él.

—Finalizó —dijo Luke—. La ceremonia. Fue breve.

—Breve, claro. —Jace hundió los dedos en la tierra junto a él, agradeciendo el doloroso arañazo del suelo en las yemas de los dedos—. ¿Dijo alguien algo?

—Sólo las palabras de costumbre.

Luke se acomodó en el suelo junto a Jace, con una leve mueca de dolor. Jace no le había preguntado cómo había sido la batalla; en realidad no había querido saberlo. Sabía que había terminado mucho más rápido de lo que cualquiera esperaba; tras la muerte de Valentine, los demonios a los que éste había invocado huyeron en la noche igual que neblina consumida por el sol. Pero eso no significaba que no hubiera habido muertes. El de Valentine no había sido el único cuerpo quemado en Alacante aquellos últimos días.

—Y Clary no estaba..., quiero decir, ella no...

—No. Clary no quiso venir al funeral —respondió el licántropo. Jace pudo percibir cómo Luke lo miraba de reojo—. ¿No la has visto? No desde...

—No, no desde el lago —respondió Jace—. Ésta es la primera vez que me dejan salir del hospital, y tenía que venir aquí.

—No tenías por qué —dijo Luke.

—Quería venir —admitió el muchacho—. Me da igual lo que piensen de mí.

—Los funerales son para los vivos, Jace, no para los muertos. Valentine era más tu padre de lo que lo era de Clary, incluso aunque no compartieran la misma sangre. Eres tú quien tiene que despedirse. Eres tú quien lo extrañará.

—No pensaba que se me permitiera extrañarlo.

—Jamás conociste a Stephen Herondale —dijo Luke—. Y fuiste a vivir con Robert Lightwood cuando ya casi habías dejado de ser un niño. Valentine fue el padre de tu infancia. Deberías extrañarlo.

—No dejo de pensar en Hodge —repuso Jace—. Arriba en el Gard, yo no hacía más que preguntarle por qué jamás me había contado lo que yo era... Yo todavía pensaba entonces que era en parte demonio... Y él no hacía más que decir que era porque no lo sabía. Me limité a pensar que mentía. Pero ahora creo que hablaba de verdad. Era una de las únicas personas que sabían que había un bebé Herondale que había sobrevivido. Cuando yo aparecí en el Instituto, él no tenía ni idea de cuál de los hijos de Valentine era yo. El auténtico o el adoptado. Y yo podía ser cualquiera de ellos. El demonio o el ángel. Y lo cierto es que no creo que lo supiera nunca, no hasta que vio a Jonathan en el Gard y se dio cuenta. Así que simplemente intentó hacer todo lo que pudo por mí durante todos esos años, de todos modos, hasta que Valentine volvió a aparecer. Eso debió de requerir una especie de fe... ¿no crees?

—Sí —dijo Luke—, eso creo.

—Hodge dijo que pensaba que tal vez la educación podría tener un efecto, sin importar la sangre. Yo no hago más que pensar... de haber permanecido junto a Valentine, si él no me hubiera enviado a los Lightwood, ¿sería igual que Jonathan? ¿Es así como sería yo ahora?

—¿Importa? —preguntó Luke—. Eres quien eres ahora por un motivo. Y si me preguntas, creo que Valentine te envió con los Lightwood porque sabía que era tu mejor posibilidad. Tal vez tenía también otras razones. Pero tienes que reconocer que te envió con personas que sabía que te amarían y te criarían con amor. Puede que haya sido una de las pocas cosas que jamás hizo realmente por otra persona. —Dio una palmada a Jace en el hombro, y fue un gesto tan paternal que casi hizo que éste sonriera—. Yo no lo olvidaría, si fuera tú.

Clary, de pie, miraba por la ventana de Isabelle, observaba cómo el humo manchaba el cielo sobre Alacante como una mano tiznada sobre una ventana. Sabía que aquel día quemaban a Valentine, a su padre, en la necrópolis situada justo al otro lado de las puertas.

—Sabes lo de la celebración de esta noche, ¿verdad? —Clary volteó y vio a Isabelle, detrás de ella, sosteniendo en alto dos vestidos contra el cuerpo, uno azul y uno gris acero—. ¿Qué crees que debería ponerme?

Para Isabelle, se dijo Clary, la ropa siempre sería una terapia.

—El azul.

Isabelle depositó los vestidos sobre la cama.

—¿Qué vas a ponerte tú? Vas a ir, ¿no?

Clary pensó en el vestido plateado del fondo del arcón de Amatis, en aquella preciosa seda tan delicada. Pero Amatis probablemente jamás le permitiría usarlo.

—No lo sé —respondió—. Probablemente pantalón de mezclilla y mi abrigo verde.

—Aburrido —dijo Isabelle, y echó un vistazo a Aline, que estaba sentada en una silla junto a la cama, leyendo—. ¿No crees que es aburrido?

—Creo que deberías dejar que Clary se ponga lo que quiera. —Aline no despegó los ojos del libro—. Además, no es como si fuera a ponerse elegante para nadie.

—Va a ponerse elegante para Jace —repuso Isabelle, como si fuera algo obvio—. Ya lo creo.

Aline alzó la vista, pestañeando con desconcierto; luego sonrió.

—Ah, es cierto. No hago más que olvidarlo. ¿Debe de resultar curioso, verdad, saber que no es tu hermano?

—No —dijo Clary con firmeza—. Pensar que era mi hermano era extraño. Esto resulta... lo correcto —Volvió a mirar hacia la ventana—. Aunque no es que lo haya visto desde que lo descubrí. No desde que regresamos a Alacante.

—Es extraño —repuso Aline.

—No lo es —replicó Isabelle, lanzando a Aline una mirada elocuente, que ésta no pareció advertir—. Ha estado en el hospital. No había salido hasta hoy.

—¿Y no vino a verte en seguida? —preguntó Aline a Clary.

—No podía —respondió ella—. Tenía que asistir al funeral de Valentine. No podía faltar.

—Quizás —dijo Aline alegremente—. O quizás ya no está tan interesado en ti. Quiero decir, ahora que no es algo prohibido. Algunas personas sólo quieren lo que no pueden tener.

—Jace no —se apresuró a intervenir Isabelle—. Jace no es así.

Aline se levantó, dejando caer el libro sobre la cama.

—Debería ir a arreglarme. ¿Nos vemos esta noche, chicas?

Y con eso, abandonó la habitación tan campante, tarareando para sí.

Isabelle, contemplándola partir, meneó la cabeza.

—¿Crees que no le caes bien? —dijo—. Quiero decir, ¿está celosa? Como estaba interesada por Jace...

—¡Ja! —Clary se sintió brevemente divertida—. No, no es por Jace. Creo que es simplemente una de esas personas que dice lo que piensa. Y quién sabe, a lo mejor tiene razón.

Isabelle se quitó el pasador del pelo, dejando que éste le cayera alrededor de los hombros. Cruzó la habitación y se reunió con Clary en la ventana. El cielo estaba despejado ya más allá de las torres de los demonios; el humo había desaparecido.

—¿Tú crees que tiene razón?

—No lo sé. Tendré que preguntarle a Jace. Imagino que lo veré esta noche en la fiesta, o celebración de la victoria o como sea que se llame. —Alzó los ojos hacia Isabelle—. ¿Sabes cómo será?

—Habrá un desfile —respondió ésta—, y fuegos artificiales, probablemente. Música, baile, juegos, esa clase de cosas. Como una gran feria callejera en Nueva York. —Echó un vistazo por la ventana, con expresión nostálgica—. A Max le habría encantado.

Clary extendió la mano y acarició los cabellos de Isabelle, del modo en que acariciaría los cabellos de su hermana si la tuviera.

—Seguro que sí.

Jace tuvo que llamar dos veces a la puerta de la vieja casa del canal antes de oír rápidas pisadas que se apresuraban a responder; el corazón le dio un vuelco, y luego se tranquilizó cuando la puerta se abrió y Amatis Herondale apareció en el umbral, mirándolo con sorpresa. Parecía como si se hubiera estado preparando para la celebración: lucía un vestido largo de color gris perla y pendientes de pálido metal que resaltaban los mechones plateados de sus cabellos canosos.

—¿Sí?

—Clary —empezó a decir él, y se detuvo, inseguro sobre qué decir exactamente.

¿Adónde había ido a parar su elocuencia? Siempre la había tenido, incluso cuando no poseía nada más, pero en aquellos momentos se sentía como si lo hubieran abierto en canal y todas la palabras ingeniosas y superficiales se hubieran vertido afuera, dejándolo vacío.

—Me preguntaba si Clary estaba aquí. Esperaba hablar con ella.

Amatis negó con la cabeza. La perplejidad había abandonado su expresión, y lo miraba con suficiente intensidad como para ponerlo nervioso.

—No está. Creo que está con los Lightwood.

—Vaya. —Le sorprendió lo decepcionado que se sintió—. Lamento haberla molestado.

—No es ninguna molestia. Lo cierto es que me alegro de verte —dijo ella con energía—. Hay algo sobre lo que quería hablarte. Pasa al recibidor; regreso en un momento.

Jace entró y ella desapareció pasillo adelante. Se preguntó de qué diablos quería hablarle. A lo mejor Clary había decidido que no quería saber nada más de él y había elegido a Amatis para entregarle el mensaje.

Amatis regresó al cabo de un instante. No sostenía nada que pareciera una nota —para el alivio de Jace—, sino que más bien llevaba una pequeña caja de metal en las manos. Era un objeto primoroso, cincelado con un dibujo de pájaros.

—Jace —dijo Amatis—, Luke me contó que eres hijo de Stephen... que Stephen Herondale era tu padre. Me contó todo lo sucedido.

Jace asintió, que era todo lo que sentía que estaba obligado a hacer. La noticia se filtraba lentamente, que era como él quería que sucediera; con suerte estaría de regreso en Nueva York antes de que todos en Idris lo supieran y se pasaran el tiempo mirándolo como a un bicho raro.

—Ya sabes que estuve casada con Stephen antes de que lo estuviera tu madre —prosiguió Amatis, con voz tensa, como si le doliera pronunciar las palabras.

Jace se quedó mirándola... ¿se trataba de su madre? ¿Le molestaba su presencia porque sacaba a relucir malos recuerdos de una mujer que murió antes de que él naciera siquiera?

—De todas las personas que están vivas en la actualidad, probablemente yo fui quien mejor conoció a tu padre —siguió ella.

—Sí —dijo Jace, deseando estar en otra parte—; estoy seguro de que es así.

—Sé que probablemente tendrás sentimientos muy encontrados respecto a él —repuso ella, y a él lo sorprendió sentir que era cierto—. Nunca lo conociste, y no fue el hombre que te crió, pero te pareces a él... excepto en los ojos, ésos son de tu madre. Y a lo mejor estoy siendo una estúpida, molestándote con esto. A lo mejor en realidad no quieres saber nada sobre Stephen. Pero él fue tu padre, y si te hubiera conocido... —Le acercó bruscamente la caja entonces, casi haciéndolo dar un salto atrás—. Éstas son algunas cosas suyas que yo he guardado a lo largo de los años. Cartas que escribió, fotografías, un árbol genealógico. Su piedra de luz mágica. A lo mejor ahora no tienes preguntas, pero algún día quizás las tendrás, y cuando las tengas..., cuando las tengas, podrás recurrir a esto.

Se quedó inmóvil, acercándole la caja como si le ofreciera un tesoro valioso. Jace alargó las manos y la tomó sin una palabra; era pesada, y el metal tenía un tacto frío contra su piel.

—Gracias —dijo.

Era lo mejor que podía hacer. Vaciló, y luego dijo.

—Hay una cosa. Algo que me he estado preguntando.

—¿Sí?

—Si Stephen era mi padre, entonces la Inquisidora..., Imogen..., era mi abuela.

—Sí... —Amatis hizo una pausa—. Un mujer muy difícil. Pero, sí, era tu abuela.

—Me salvó la vida —dijo Jace—. Quiero decir, durante mucho tiempo actuó como si no pudiera ni verme. Pero entonces vio esto. —Apartó el cuello de la camiseta a un lado, mostrando a Amatis la blanca cicatriz en forma de estrella del hombro—. Y me salvó la vida. Pero ¿qué podía significar mi cicatriz para ella?

Los ojos de Amatis se habían abierto de par en par.

—No recuerdas haberte hecho esa cicatriz, ¿verdad?

Jace negó con la cabeza.

—Valentine me explicó que era demasiado pequeño para recordar la herida, pero ahora... me parece que no le creo.

—No es una cicatriz. Es una marca de nacimiento. Existe una antigua leyenda familiar sobre ella, que cuenta que uno de los primeros Herondale que se convirtió en cazador de sombras recibió la visita de un ángel en un sueño. El ángel lo tocó en el hombro, y cuando despertó, tenía una marca como ésa. Y todos sus descendientes la tienen también. —Se encogió de hombros—. No sé si la historia es cierta, pero todos los Herondale tienen la marca. Tu padre tenía una también, aquí. —Se tocó la parte superior del brazo derecho—. Dicen que significa que tuviste contacto con un ángel. Que fuiste bendecido, de algún modo. Imogen debió de haber visto la Marca y adivinado quién eras en realidad.

Jace se quedó mirando a Amatis, pero no la veía a ella. Veía aquella noche en el barco; la cubierta húmeda y negra y a la Inquisidora agonizando a sus pies.

—Me dijo algo mientras se moría. Dijo: «Tu padre estaría orgulloso de ti». Pensé que era cruel. Pensé que se refería a Valentine...

Amatis negó con la cabeza.

—Se refería a Stephen —indicó en voz queda—. Y tenía razón. Lo habría estado.

Clary empujó la puerta principal de Amatis y entró, pensando en la rapidez con que la casa se había vuelto familiar para ella. Ya no tenía que esforzarse para recordar el camino hasta la puerta principal, o el modo en que la manija se atascaba ligeramente cuando la giraba. El reflejo de la luz del sol en el canal le resultaba familiar, como lo era la vista de Alacante a través de la ventana. Casi se podía imaginar viviendo allí, casi podía imaginar cómo sería si Idris fuera su hogar. Se preguntó qué empezaría a extrañar primero. ¿La comida china para llevar? ¿Las películas? ¿Su librería favorita, Midtown Comics?

Se encaminaba a la escalera cuando oyó la voz de su madre procedente de la sala de estar: seca y levemente agitada. Pero ¿qué podía haber alterado a Jocelyn? Todo estaba bien ahora, ¿no? Sin pensar, Clary retrocedió hacia la pared cercana a la puerta de la salita y escuchó.

—¿Qué quieres decir con que te quedas? —decía Jocelyn—. ¿Estás diciéndome que no vas a regresar a Nueva York?

—Se me pidió que permanezca en Alacante y represente a los seres lobo en el Consejo —respondió Luke—. Les dije que les daría la respuesta esta noche.

—¿No podría encargarse otro de eso? ¿No estuvo uno de los líderes de manada aquí en Idris?

—Soy el único líder de manada que fue cazador de sombras en el pasado. Por eso me quieren a mí. —Suspiró—. Yo inicié todo esto, Jocelyn. Debería quedarme y ocuparme de que funcione.

Hubo un corto silencio.

—Si eso es lo que sientes, entonces desde luego que deberías quedarte —dijo por fin Jocelyn, con voz insegura.

—Tendré que vender la librería. Organizar mis asuntos. —La voz de Luke sonó ronca—. No es como si fuera a mudarme en seguida.

—Yo puedo ocuparme de eso. Después de todo lo que has hecho...

Jocelyn no parecía tener energía para mantener su tono vivaracho. Su voz se fue apagando hasta quedar en silencio, un silencio que se prolongó tanto que Clary pensó en carraspear y entrar en la sala para hacerles saber que estaba allí.

Al cabo de un momento se alegró de no haberlo hecho.

—Mira —dijo Luke—. Quería decirte esto desde hace mucho tiempo... Sabía que jamás importaría, incluso aunque lo dijera, debido a lo que soy. Tú jamás quisiste que eso formara parte de la vida de Clary. Pero ahora ella lo sabe, así que supongo que ya no importa. De modo que por qué no decírtelo: Te amo, Jocelyn. Te he amado durante veinte años.

Calló. Clary aguzó el oído para escuchar la respuesta de su madre, pero Jocelyn permaneció en silencio. Por fin Luke volvió a hablar, con voz abatida.

—Tengo que regresar al Consejo y decirles que me quedaré. No tenemos que volver a hablar nunca más sobre esto. Pero me siento mejor habiéndotelo confesado tras todo este tiempo.

Clary se apretó de nuevo contra la pared cuando Luke, con la cabeza gacha, abandonó con paso digno la salita. Pasó rozándola sin parecer verla en absoluto y abrió la puerta de la calle de un jalón. Permaneció allí por un momento, mirando sin ver el sol que se reflejaba en el agua del canal. Luego se fue, cerrando la puerta de un fuerte golpe tras él.

Clary permaneció donde estaba, con la espalda contra la pared. Se sentía terriblemente triste por Luke, y terriblemente triste por su madre, también. Parecía que Jocelyn no amaba realmente a Luke, y quizás jamás podría. Era lo mismo que entre Simon y ella, salvo que ella no veía ningún modo en el que Luke y su madre pudieran solucionarlo. No si él iba a permanecer en Idris. Las lágrimas afloraron a sus ojos. Estaba a punto de voltearse y entrar en la salita cuando oyó el sonido de la puerta de la cocina al abrirse y otra voz, cansada y un poco resignada. Amatis.

—Lamento haber oído su conversación sin querer, pero me alegro de que se quede —dijo la hermana de Luke—. No sólo porque estará cerca de mí sino porque le proporcionará una oportunidad de olvidarte.

Jocelyn sonó a la defensiva.

—Amatis...

—Ha pasado mucho tiempo, Jocelyn —dijo Amatis—. Si no lo amas, deberías dejarlo ir.

Jocelyn permaneció en silencio. Clary deseó poder ver la expresión de su madre... ¿Parecería triste? ¿Enojada? ¿Resignada?

Amatis profirió una leve exclamación ahogada.

—A menos que... ¿tú sí lo amas?

—Amatis, no puedo...

—¡Lo amas! ¡Lo amas! —Se oyó un sonido seco, como si Amatis hubiera dado una palmada—. ¡Sabía que lo querías! ¡Siempre lo supe!

—No importa. —Jocelyn sonaba cansada—. No sería justo para Luke.

—No quiero ni oírlo.

Se oyó una especie de ajetreo, y Jocelyn emitió un sonido de protesta. Clary se preguntó si Amatis habría agarrado a su madre de los brazos.

—Si lo amas, ve ahora mismo y díselo. Ahora mismo, antes de que vaya al Consejo.

—¡Pero ellos quieren que sea su miembro en el Consejo! Y él quiere...

—Todo lo que Lucian quiere —replicó Amatis con firmeza— es a ti. A ti y a Clary. Eso es todo lo que quiso siempre. Ahora ve.

Antes de que Clary tuviera oportunidad de moverse, Jocelyn salió disparada al pasillo. Iba hacia la puerta... cuando vio a Clary, pegada a la pared. Se detuvo y abrió la boca sorprendida.

—¡Clary! —exclamó, intentando conseguir que su voz pareciera animada y jovial—. No me había dado cuenta de que estabas aquí.

Clary se separó de la pared, agarró la manija de la puerta, y la abrió de par en par. La radiante luz solar entró a raudales en el vestíbulo. Jocelyn permaneció inmóvil, pestañeando, bajo la potente iluminación, con los ojos puestos en su hija.

—Si no vas tras Luke —dijo Clary, articulando con suma claridad—, yo, personalmente, te mataré.

Por un momento, Jocelyn pareció estupefacta. Luego sonrió.

—Bueno —replicó—, si insistes...

Al cabo de un momento ya estaba fuera de la casa, caminando velozmente por el sendero del canal en dirección al Salón de los Acuerdos. Clary cerró la puerta tras ella y se recostó en la madera.

Amatis, saliendo de la salita, pasó como una exhalación junto a ella para apoyarse en la cornisa de la ventana, mirando con ansiedad por el cristal.

—¿Crees que lo alcanzará antes de que llegue al Salón?

—Mi madre se ha pasado toda la vida persiguiéndome por todas partes —dijo Clary—. Se mueve con agilidad.

Amatis le dirigió una ojeada y sonrió.

—Ah, eso me recuerda algo —dijo—. Jace vino a verte. Creo que espera encontrarte en la celebración de esta noche.

—¿Sí? —dijo Clary pensativa.

«Podría preguntar. Quien nada arriesga nada gana.»

—Amatis —siguió, y la hermana de Luke se apartó de la ventana, mirándola con curiosidad.

—¿Sí?

—Ese vestido plateado tuyo del baúl —dijo Clary—. ¿Puedo tomarlo prestado?

Las calles ya empezaban a llenarse de gente cuando Clary volvió a cruzar la ciudad en dirección a la casa de los Lightwood. El sol se ponía, y las luces empezaban a encenderse, llenando el aire con un resplandor pálido. Ramilletes de flores blancas de aspecto familiar colgaban de cestos colocados en las paredes, llenando el aire con sus aromáticos olores. Runas de fuego de un dorado oscuro ardían en las puertas de las casas ante las que pasaba; las runas hablaban de victoria y júbilo.

Había cazadores de sombras por las calles, pero ninguno vestido con el uniforme de combate: todos lucían sus mejores galas, que iban desde el estilo moderno al que bordeaba el vestuario histórico. Era una noche excepcionalmente cálida, así que pocas personas llevaban abrigos, pero sí había gran número de mujeres que llevaban lo que a Clary le parecían vestidos de fiesta, barriendo las calles con las amplias faldas. Una delgada figura oscura atravesó la calzada por delante de ella cuando dobló por la calle donde vivían los Lightwood, y vio que era Raphael, tomado de la mano de una mujer alta de cabellos oscuros que llevaba un traje de fiesta rojo. Él echó una ojeada por encima del hombro y dedicó una sonrisa a Clary, una sonrisa que provocó en ella un pequeño escalofrío, y la hizo pensar que era cierto que a veces había algo realmente extraño en los subterráneos, algo extraño y aterrador. Quizás sucedía simplemente que todo lo que era aterrador no era necesariamente malo también.

Aunque tenía sus dudas respecto a Raphael.

La puerta principal de la casa de los Lightwood estaba abierta, y varios de los miembros de la familia estaban ya de pie en la banqueta. Maryse y Robert Lightwood estaban allí, conversando con otros dos adultos; cuando éstos voltearon, Clary vio con una leve sorpresa que se trataba de los Penhallow, los padres de Aline. Maryse le dedicó una sonrisa; estaba muy elegante con un vestido de seda azul oscuro, el pelo sujeto tras el severo rostro por una gruesa cinta plateada. Se parecía a Isabelle... Tanto que Clary quiso alargar el brazo y posarle la mano sobre el hombro. Maryse todavía parecía muy triste, incluso mientras sonreía, y Clary pensó: «Está recordando a Max, tal y como lo hacía Isabelle, y pensando en lo mucho que le habría gustado todo esto».

—¡Clary!

Isabelle descendió a saltos los escalones de la entrada, con los oscuros cabellos flotando tras ella. No vestía ninguno de los conjuntos que le había enseñado a Clary horas antes, sino un increíble vestido de raso dorado que se pegaba a su cuerpo como los pétalos cerrados de una flor. Calzaba unas sandalias con tacón de aguja, y Clary recordó lo que Isabelle le había dicho en una ocasión sobre cómo le gustaban sus zapatos de tacón, y rio para sí.

—Tienes un aspecto fantástico —comentó la joven.

—Gracias —dijo Clary, y tiró con cierta timidez del diáfano material del vestido plateado.

Probablemente era la cosa más femenina que había usado jamás. Le dejaba los hombros al descubierto, y cada vez que sentía cómo las puntas del cabello le cosquilleaban sobre la piel desnuda, tenía que sofocar el impulso de ir en busca de un suéter para cubrirse con él.

—Tú también.

Isabelle se inclinó hacia ella para susurrarle al oído:

—Jace no está aquí.

Clary se apartó.

—Entonces ¿dónde...?

—Alec dice que podría estar en la plaza, donde habrá fuegos artificiales. Lo siento... No tengo ni idea de qué le pasa.

Clary se encogió de hombros, intentando ocultar su desilusión.

—No pasa nada.

Alec y Aline salieron a toda prisa de la casa tras Isabelle; Aline llevaba un vestido de un rojo intenso que hacía que sus cabellos resultaran increíblemente negros. Alec se había vestido como acostumbraba, con un suéter y pantalones oscuros, aunque Clary tuvo que admitir que al menos el suéter no parecía tener agujeros. El chico le sonrió y ella pensó, con sorpresa, que realmente parecía distinto. Menos serio, como si se hubiera quitado un peso de encima.

—Nunca he estado en una celebración en la que participen subterráneos —dijo Aline, mirando nerviosamente calle abajo, donde una muchacha hada que llevaba los largos cabellos trenzados con flores (no, se dijo Clary, los cabellos eran flores, conectadas por delicados aros verdes) arrancaba algunas de las flores blancas de un cesto colgante, las contemplaba pensativa, y se las comía.

—Te encantará —indicó Isabelle—. Saben cómo celebrar una fiesta.

Se despidió con la mano de sus padres y se pusieron en camino en dirección a la plaza; Clary luchaba aún contra el impulso de cubrirse la mitad superior del cuerpo cruzando los brazos sobre el pecho. El vestido se arremolinaba alrededor de sus pies igual que humo que formara espirales en el viento. Pensó en el humo que se había alzado sobre Alacante a primeras horas del día, y tiritó.

—¡Hola! —saludó Isabelle, y, al alzar la vista, Clary vio a Simon y a Maia, que avanzaban hacia ellos por la calle.

No había visto a Simon durante la mayor parte del día; éste había bajado al Salón para observar la reunión preliminar del Consejo porque, dijo, sentía curiosidad sobre a quién elegirían para ocupar el escaño de los vampiros en el Consejo. Clary no podía imaginar a Maia luciendo nada tan femenino como un vestido, y desde luego ésta iba ataviada con unos pantalones de camuflaje de cintura baja y una camiseta negra en la que se leía «ELIGE TU ARMA» y que tenía el dibujo de unos dados bajo las palabras. Era una camiseta de jugador de rol, pensó Clary, preguntándose si Maia realmente jugaba o llevaba la camiseta para impresionar a Simon. De ser así, era una buena elección.

—¿Volverán a bajar a la plaza del Ángel?

Maia y Simon reconocieron que sí, por lo que se dirigieron todos juntos al Salón constituyendo un amigable grupo. Simon se rezagó para colocarse junto a Clary, y caminaron juntos en silencio. Era agradable simplemente volver a estar cerca de Simon; él era la primera persona a la que ella había querido ver una vez que estuvo de regreso en Alacante. Lo abrazó muy fuerte, contenta de que estuviera vivo, y tocó la Marca de su frente.

—¿Te salvó? —preguntó, desesperada por oír que no había hecho lo que había hecho para nada.

—Me salvó —fue todo lo que él dijo en respuesta.

—Ojalá pudiera quitártela —había dicho ella—. Ojalá supiera qué podría sucederte debido a ella.

Él le había sujetado la muñeca y había vuelto a bajar su mano con suavidad hacia el costado de la joven.

—Aguardaremos —había dicho—. Ya veremos.

Ella lo estuvo observando con atención, pero tenía que admitir que la Marca no parecía estar afectándolo de ningún modo visible. Parecía tal y como había sido siempre. Simon. Únicamente que había adoptado la costumbre de peinarse el pelo de un modo un poco distinto, para cubrir la Marca; si uno no supiera que estaba allí, jamás lo adivinaría.

—¿Cómo estuvo la reunión? —preguntó Clary, echándole un vistazo de reojo para ver si se había engalanado para la celebración.

No era así, pero ella apenas lo culpó; los pantalones de mezclilla y la camiseta que vestía eran todo lo que tenía para ponerse.

—¿A quién eligieron?

—A Raphael no —respondió Simon, como si eso lo complaciera—. A otro vampiro. Tiene un nombre pretencioso. Nightshade o algo parecido.

—¿Sabes?, me preguntaron si quería dibujar el símbolo del Nuevo Consejo —dijo Clary—. Es un honor. Dije que lo haría. Va a ser la runa del Consejo rodeada por los símbolos de las cuatro familias de subterráneos. Una luna para los hombres lobo, y estaba pensando en un trébol de cuatro hojas para las hadas. Un libro de conjuros para los brujos. Pero no se me ocurre nada para los vampiros.

—¿Qué tal un colmillo? —sugirió Simon—. Tal vez goteando sangre. —Le mostró los dientes.

—Gracias —dijo Clary—. Eso resulta muy útil.

—Me alegro de que te lo pidieran —repuso Simon, en un tono más serio—. Mereces ese honor. Mereces una medalla, en realidad, por lo que hiciste. La runa de la alianza y todo lo demás.

—No sé. —Clary se encogió de hombros—. Quiero decir, la batalla apenas duró diez minutos, después de todo. No sé cuánto ayudé.

—Yo estuve en la batalla, Clary —dijo Simon—. Puede que durara diez minutos, pero fueron los peores diez minutos de mi vida. Y en realidad no quiero hablar sobre eso. Pero te diré que, incluso en aquellos diez minutos, habría habido mucha más muerte de no haber sido por ti. Además, la batalla fue sólo parte de un todo. Si no hubieras hecho lo que hiciste, no habría Nuevo Consejo. Seríamos cazadores de sombras y subterráneos odiándonos unos a otros, en lugar de cazadores de sombras y subterráneos yendo juntos a una fiesta.

Clary sintió que se le hacía un nudo en la garganta y miró directamente al frente, deseando no empezar a llorar.

—Gracias, Simon.

Vaciló, tan brevemente que nadie que no fuera Simon lo habría advertido. Pero él lo hizo.

—¿Qué pasa? —le preguntó.

—Sólo me estaba preguntando qué vamos a hacer cuando regresemos a casa —dijo—. Quiero decir, sé que Magnus se ocupó de tu madre de modo que no le diera ningún ataque pensando que habías desaparecido, pero... la escuela. Nos perdimos una tonelada de clases. Y ni siquiera sé...

—Tú no vas a regresar —repuso Simon en voz sosegada—. ¿Crees que no lo sé? Ahora eres una cazadora de sombras. Acabarás tu educación en el Instituto.

—¿Y qué pasa contigo? Eres un vampiro. ¿Regresarás a las clases de secundaria como si nada?

—Sí —dijo Simon, sorprendiéndola—. Quiero una vida normal, tanto como pueda tenerla. Quiero ir al instituto, y a la universidad y todo eso.

Ella le oprimió la mano.

—Entonces hazlo. —Le sonrió—. Desde luego, todo el mundo va a alucinar cuando aparezcas en la escuela.

—¿Alucinar? ¿Por qué?

—Porque eres mucho más atractivo ahora que cuando te fuiste.

—Se encogió de hombros—. Es cierto. Debe de ser algo relacionado con ser vampiro.

Simon pareció desconcertado.

—¿Soy más atractivo?

—¡Ya lo creo! Quiero decir, mira a esas dos. Las tienes totalmente embobadas.

Señaló a unos pocos pasos por delante de ellos, donde Isabelle y Maia caminaban la una junto a la otra, con las cabezas muy juntas mientras conversaban.

Simon miró a las muchachas. Clary casi habría jurado que se ruborizaba.

—¿Tú crees? A veces se juntan y cuchichean y se me quedan mirando. No tengo ni idea de por qué lo hacen.

—Normal. —Clary sonrió ampliamente—. Pobrecito, tienes a dos chicas guapísimas compitiendo por tu amor. Tu vida es dura.

—Estupendo. Dime tú a quién elijo, entonces.

—Ni hablar. Eso es cosa tuya. —Volvió a bajar la voz—. Mira, puedes salir con quien quieras y yo te apoyaré totalmente. Soy toda apoyo. Apoyo es mi segundo nombre.

—Así que ése es el motivo de que jamás me dijeras tu segundo nombre. Ya imaginaba que sería algo vergonzoso.

Clary hizo como si no lo oyera.

—Sólo prométeme algo, ¿de acuerdo? Sé cómo pueden llegar a ser las chicas. Sé cómo odian que sus novios tengan un gran amigo íntimo que sea una chica. Sólo prométeme que no me eliminarás de tu vida por completo. Que todavía podremos salir por ahí de vez en cuando.

—¿De vez en cuando? —Simon negó con la cabeza—. Clary, estás loca.

A ella se le cayó el alma a los pies.

—Quieres decir que...

—Quiero decir que jamás de los jamases saldría con una chica que insistiera en que te eliminara de mi vida. No es negociable.

¿Quieres un pedazo de toda esta cosa fabulosa? —Se señaló a sí mismo—. Bien, pues mi mejor amiga va incluida. No te eliminaría de mi vida, Clary, del mismo modo que no me cortaría la mano derecha y se la daría a alguien como regalo de San Valentín.

—Repugnante —dijo Clary—. ¿Tienes que ser así?

Él sonrió ampliamente.

—Sabes que sí.

La plaza del Ángel resultaba casi irreconocible. El Salón refulgía blanco en el otro extremo de la plaza, oculto en parte por un elaborado bosque de árboles enormes que había brotado en el centro de ésta. Eran a todas luces producto de la magia... Aunque, pensó Clary, recordando la habilidad de Magnus para escamotear mobiliario y tazas de café a través de todo Manhattan en un abrir y cerrar de ojos, quizás eran reales, aunque trasplantados. Los árboles se alzaban casi hasta la altura de las torres de los demonios, y sus troncos plateados estaban envueltos con cintas y con luces de colores enganchadas en los susurrantes nidos verdes de sus ramas. La plaza olía a flores blancas, humo y hojas. Alrededor de sus extremos se habían dispuesto mesas y bancos largos, y grupos de cazadores de sombras y subterráneos se amontonaban a su alrededor, riendo, bebiendo y conversando. Con todo, no obstante las risas, había algo lóbrego mezclado en la atmósfera festiva: un pesar presente junto al júbilo.

Las tiendas que bordeaban la plaza tenían las puertas abiertas de par en par y la luz se derramaba sobre las aceras. Los asistentes a la fiesta pasaban en tropel junto a ellas, transportando bandejas de comida y copas altas de vino y líquidos de colores intensos. Simon contempló cómo un kelpie pasaba dando saltitos con una copa de un líquido azul, y enarcó una ceja.

—No es como en la fiesta de Magnus —lo tranquilizó Isabelle—. Todo aquí debería poderse beber sin peligro.

—¿Debería? —Aline mostró una expresión preocupada.

Alec echó una ojeada en dirección al mini bosque; las luces de colores se reflejaban en el iris azul de sus ojos. Magnus estaba de pie a la sombra de un árbol, charlando con una chica que llevaba un vestido blanco y un halo de cabello castaño claro. La muchacha volteó cuando Magnus miró hacia ellos, y Clary cruzó la mirada con ella por un momento a través de la distancia que los separaba. Había algo familiar en ella, aunque Clary no supo distinguir de qué se trataba.

Magnus se separó de la chica y fue hacia ellos, mientras que ella se introdujo en las sombras de los árboles y desapareció. Magnus iba vestido como un caballero victoriano, con una larga levita negra sobre un chaleco de seda violeta. Un pañuelo de bolsillo cuadrado bordado con las iniciales M.B. sobresalía del bolsillo del chaleco.

—Bonito chaleco —dijo Alec con una sonrisa.

—¿Te gustaría uno exactamente igual? —preguntó Magnus—. En el color que prefieras, desde luego.

—En realidad no me preocupa demasiado la ropa —protestó Alec.

—Y yo adoro eso de ti —anunció Magnus—, aunque también te amaría si tuvieras en tu armario, tal vez, un traje de diseño. ¿Qué te parece? ¿Dolce? ¿Zegna? ¿Armani?

Alec empezó a refunfuñar mientras Isabelle reía, y Magnus aprovechó la oportunidad para inclinarse muy cerca de Clary y susurrarle al oído:

—Los escalones del Salón de los Acuerdos. Ve allí.

Ella quiso preguntarle qué quería decir, pero él ya se había volteado de nuevo hacia Alec y los otros. Además, ella tenía la sensación de que lo sabía. Oprimió la muñeca de Simon al marcharse, y él le dedicó una sonrisa antes de regresar a su conversación con Maia.

Cortó camino por el linde del bosque ilusorio para cruzar la plaza, zigzagueando por entre las sombras. Los árboles llegaban hasta el pie de la escalera del Salón, motivo por el que probablemente los escalones estaban casi desiertos. Aunque no por completo. Echó un vistazo en dirección a las puertas y pudo distinguir un oscuro contorno familiar, sentado a la sombra de una columna. El corazón empezó a latirle con fuerza.

Jace.

Tuvo que recoger y alzar la falda en las manos para subir la escalera, no fuera a pisar y desgarrar el delicado material. Casi deseó haber llevado sus ropas normales mientras se acercaba a Jace, que estaba sentado dándole la espalda a un pilar, contemplando la plaza, vestido con sus ropas más mundanas: pantalones de mezclilla, una camiseta blanca y una chamarra oscura encima. Y casi por primera vez desde que lo conoció, se dijo, no parecía llevar encima ninguna arma.

Súbitamente se sintió excesivamente arreglada. Se detuvo a escasa distancia de él, indecisa de pronto sobre qué decir.

Como percibiendo su presencia allí, Jace levantó los ojos. Sostenía algo en equilibrio sobre el regazo, advirtió ella, una caja plateada. Parecía cansado. Tenía ojeras, y los pálidos cabellos dorados estaban desaliñados. Abrió los ojos de par en par.

—¿Clary?

—¿Quién más podría ser?

Él no sonrió.

—No pareces tú.

—Es el vestido. —Alisó la tela con las manos tímidamente—. No acostumbro a usar cosas tan... bonitas.

—Tú siempre estás hermosa —dijo él, y ella recordó la primera vez que la llamó hermosa, en el invernadero del Instituto.

Él no lo había dicho como si fuera un cumplido, sino simplemente como un hecho aceptado, como el hecho de que ella tuviera el pelo rojo y le gustara dibujar.

—Pero pareces... distante. Como si no pudiera tocarte.

Fue hacia él entonces y se sentó a su lado sobre el amplio escalón superior. La piedra resultaba fría a través de la tela del vestido. Le acercó la mano, temblorosa.

—Tócame —dijo—. Si quieres.

Él le tomó la mano y la apoyó contra su mejilla por un momento. Luego volvió a dejarla sobre el regazo de la muchacha. Clary se estremeció un poco, recordando las palabras de Aline en la recámara de Isabelle. «Quizás ya no está interesado, ahora que no es algo prohibido.» Él dijo que ella parecía distante, pero la expresión en sus ojos era tan remota como una galaxia lejana.

—¿Qué hay en la caja? —preguntó ella.

Él seguía aferrando con fuerza el rectángulo de plata en una mano. Era un objeto de aspecto caro, delicadamente labrado con un dibujo de pájaros.

—Fui a casa de Amatis hace unas horas, a buscarte —dijo—. Pero no estabas, así que hablé con ella. Me dio esto. —Indicó la caja—. Perteneció a mi padre.

Por un momento ella se limitó a mirarlo sin comprender. «¿Esto era de Valentine? —pensó, y luego, con una sacudida—. No, no es eso lo que él quiere decir.»

—Claro —dijo—, Amatis estuvo casada con Stephen Herondale.

—La estuve revisando —indicó él—. Leyendo las cartas, las hojas del diario. Pensaba que si lo hacía podría sentir alguna especie de conexión con él. Algo que saltaría de las páginas ante mí, diciendo: «Sí, éste es tu padre». Pero no siento nada. Son sólo pedazos de papel. Cualquiera pudo escribir estas cosas.

—Jace —dijo ella con suavidad.

—Ése es otro tema —dijo él—. Ya no tengo un nombre, ¿verdad? No soy Jonathan Christopher... Ése es el nombre de otra persona. Pero es el nombre al que estoy acostumbrado.

—¿A quién se le ocurrió el apodo de Jace? ¿Se te ocurrió a ti?

Jace negó con la cabeza.

—No. Valentine siempre me llamó Jonathan. Y así es como me llamaban cuando llegué por primera vez al Instituto. Jamás tendría que haber pensado que mi nombre era Jonathan Christopher, ¿sabes?... Eso fue una casualidad. Saqué el nombre del diario de mi padre, pero no era de mí de quien hablaba. No eran mis progresos los que anotaba. Eran los de Seb... Los de Jonathan. Así que la primera vez que le dije a Maryse que mi segundo nombre era Christopher, ella se dijo a sí misma que sin duda lo había recordado mal, y que Christopher era el segundo nombre del hijo de Michael. Habían transcurrido diez años, después de todo. Pero fue entonces cuando ella empezó a llamarme Jace: era como si quisiera darme un nombre nuevo, algo que le perteneciera a ella, a mi vida en Nueva York. Y me gustó. Nunca me gustó Jonathan. —Volteó la caja que tenía en las manos—. Me pregunto si tal vez Maryse lo sabía, o lo adivinaba pero simplemente no quería saber. Me quería... y no quería creerlo.

—Por eso se alteró tanto cuando pensó que sí eras el hijo de Valentine —dijo Clary—. Porque pensó que tendría que haberlo sabido. En cierto modo, lo sabía. Pero siempre nos negamos a creer cosas como ésa sobre la gente que amamos. Y, Jace, ella tenía razón respecto a ti. Tenía razón sobre quién eres en realidad. Y sí tienes un nombre. Tu nombre es Jace. Valentine no te dio ese nombre. Maryse lo hizo. La única cosa que hace que un nombre sea importante, y te pertenezca, es que te lo dé alguien que te quiere.

—¿Jace qué? —dijo él—. ¿Jace Herondale?

—Ah, por favor —repuso ella—. Tú eres Jace Lightwood. Y lo sabes.

Él alzó los ojos hacia ella. Las pestañas proyectaban una espesa sombra sobre ellos, oscureciendo el dorado. A Clary le dio la impresión de que parecía menos lejano, aunque tal vez lo estaba imaginando.

—A lo mejor eres una persona diferente de la que pensabas que eras —prosiguió ella, deseando contra toda esperanza que comprendiera lo que quería decirle—. Pero nadie se convierte en una persona totalmente distinta de la noche a la mañana. El simple hecho de descubrir que Stephen fue tu padre biológico no va a hacer que lo ames automáticamente. Y no tienes que hacerlo. Valentine no era tu auténtico padre, pero no porque no tengas su sangre en tus venas. No era tu auténtico padre porque no actuó como un padre. No se ocupó de ti. Siempre fueron los Lightwood los que se ocuparon de ti. Ellos son tu familia. Igual que mi madre y Luke son la mía. —Estiró la mano para tocarle el hombro, luego la retiró—. Lo siento —dijo—. Aquí estoy yo sermoneándote, y tú probablemente has venido aquí arriba para estar solo.

—Tienes razón —dijo él.

Clary sintió que se quedaba sin aliento.

—Muy bien. Entonces me iré.

Se puso en pie, olvidando mantener en alto el vestido, y casi pisó el dobladillo.

—¡Clary! —Depositando la caja en el suelo, Jace se incorporó a toda prisa—. Clary, espera. No quería decir eso. No me refería a que quería estar solo. Me refería a que tenías razón sobre Valentine... sobre los Lightwood...

Ella volteó y lo miró. Jace parado entre las sombras; las brillantes luces de colores de la fiesta que se celebraba abajo proyectaban extraños dibujos sobre su piel. Recordó la primera vez que lo había visto. Había pensado que parecía un león. Hermoso y mortífero. Ahora le parecía distinto. Aquel revestimiento rígido y defensivo que llevaba como armadura había desaparecido, y lucía sus heridas, visibles y con orgullo. Ni siquiera había usado su estela para eliminar los moretones del rostro, a lo largo de la línea de la mandíbula, y en la garganta, donde la piel se dejaba ver por encima del cuello de la camiseta. Pero con todo le parecía hermoso, más que antes, porque ahora parecía humano... humano y real.

—¿Sabes? —dijo—, Aline pensaba que tal vez ya no sentirías interés por mí. Ahora que no soy algo prohibido. Ahora que podrías estar conmigo si quisieras. —Tiritó un poco bajo el delgado y fino vestido, agarrándose los codos con las manos—. ¿Es eso cierto? ¿Ya no estás... interesado?

—¿Interesado? ¿Como si fueras un libro, o una noticia? No, no estoy interesado. Estoy... —Se interrumpió, buscando a tientas la palabra igual que alguien buscaría a tientas un interruptor de la luz en la oscuridad—. ¿Recuerdas lo que te dije en una ocasión sobre mi sensación de que el hecho de que fueras mi hermana era una especie de chiste cósmico hecho a mi costa? ¿A costa de ambos?

—Lo recuerdo.

—Jamás lo creí —dijo él—. Quiero decir, lo creí en cierto modo..., dejé que me arrastrara a la desesperación, pero jamás lo sentí. Jamás sentí que fueras mi hermana. Porque no sentía hacia ti un amor fraternal. Pero eso no significaba que no sintiera que eras parte de mí. Siempre lo he sentido. —Al ver su expresión perpleja, se interrumpió emitiendo un ruidito impaciente—. No me estoy explicando bien. Clary, odié cada segundo en el que pensé que eras mi hermana. Odié cada momento en el que pensé que lo que sentía por ti significaba que había algo en mí que no estaba bien. Pero...

—Pero ¿qué?

El corazón de Clary latía con tanta fuerza que la estaba haciendo sentir bastante mareada.

—Podía ver cómo gozaba Valentine con lo que yo sentía por ti. Con lo que tú sentías por mí. Lo usó como una arma contra nosotros. Y eso me hizo odiarlo. Más que ninguna otra cosa que me hubiera hecho jamás, eso me hizo odiarlo y consiguió que me pusiera en su contra, y quizás eso era lo que necesitaba hacer. Porque había momentos en los que no sabía si quería seguirlo o no. Fue una elección difícil..., más difícil de lo que me gusta recordar. —Su voz era tensa.

—En una ocasión te pregunté si yo tenía elección —le recordó Clary—. Y tú dijiste: «Siempre podemos elegir». Tú elegiste en contra de Valentine. Al final fue la elección que realizaste, y no importa lo difícil que fue tomarla. Lo que importa es que lo hiciste.

—Lo sé —repuso él—. Tan sólo estoy diciendo que creo que elegí como lo hice en parte debido a ti. Desde que te conozco, estás presente en todo lo que hago. No puedo desligarme de ti, Clary... No pueden hacerlo ni mi corazón, ni mi sangre, ni mi mente, ni ninguna parte de mí. Y no quiero hacerlo.

—¿No quieres? —musitó ella.

Él dio un paso hacia Clary. Tenía la mirada clavada en ella, como si no pudiera apartarla.

—Siempre he pensado que el amor te vuelve estúpido. Te hace débil. Un mal cazador de sombras. Amar es destruir. Yo creía eso.

Ella se mordió el labio, pero tampoco podía apartar la mirada de él.

—Pensaba que ser un buen guerrero significaba que no te importara nada —dijo él—. Nada en absoluto, ni yo mismo especialmente. He corrido todos los riesgos que he podido. Me he arrojado en el camino de demonios. Creo que le provoqué un complejo a Alec sobre la clase de luchador que él era, simplemente porque él quería vivir. —Hizo una mueca—. Y entonces te conocí a ti. Tú eras una mundana. Débil. No eras una guerrera. Nunca te adiestraron. Y entonces vi lo mucho que amabas a tu madre y a Simon y el modo en que eras capaz de penetrar en el infierno para salvarlos. Realmente penetraste en aquel hotel de vampiros. Cazadores de sombras con una década de experiencia no lo habrían intentado. El amor no te volvía débil, te volvía más fuerte que cualquiera que hubiera conocido nunca. Y comprendí que el débil era yo.

—No. —La muchacha estaba horrorizada—. No lo eres.

—Tal vez ya no. —Dio otro paso, estaba lo bastante cerca como para tocarla—. Valentine no podía creer que hubiera matado a Jonathan —dijo—. No podía creerlo porque yo era el débil y Jonathan era el que había recibido más preparación. En toda justicia, probablemente él debió matarme. Casi lo logra. Pero yo pensaba en ti... Te veía allí, claramente, como si estuvieras de pie delante de mí, contemplándome, y sabía que quería vivir, lo deseaba más de lo que nunca había deseado nada, aunque sólo fuera para poder ver tu cara una vez más.

Ella quiso poder moverse, poder extender la mano y tocarlo, pero no podía. Tenía los brazos paralizados a los costados. El rostro de Jace estaba cerca del suyo, tan cerca que veía su propio reflejo en las pupilas de sus ojos.

—Y ahora te estoy mirando —siguió él—, y tú me preguntas si todavía te quiero, como si pudiera dejar de amarte. Como si fuera a renunciar a lo que me hace más fuerte que ninguna otra cosa. Jamás me había atrevido antes a ofrecer mucho de mí mismo a nadie... Había entregado pedacitos de mí a los Lightwood, a Isabelle y a Alec, pero hicieron falta años para hacerlo... Sin embargo, Clary, desde la primera vez que te vi, te he pertenecido completamente. Y todavía te pertenezco. Si tú me quieres.

Durante una fracción de segundo ella permaneció inmóvil. Luego, de algún modo, se encontró agarrándolo por la camiseta y atrayéndolo hacia ella. Los brazos de Jace la rodearon, y a continuación la besaba... o ella lo besaba a él, no estaba segura, y no importaba. El contacto de su boca con la de ella era electrizante; le sujetó los brazos con las manos, apretándolo contra ella. Sentir su corazón palpitando a través de la camiseta le proporcionó una mareante sensación de júbilo. Ningún otro corazón latía como el de Jace. Ni podría hacerlo jamás.

Él la soltó por fin y ella jadeó; había olvidado respirar. Él le tomó el rostro entre las manos y siguió la curva de sus pómulos con los dedos. La luz había regresado a sus ojos, tan brillantes como lo habían estado junto al lago, aunque ahora había una chispa pícara en ella.

—Bueno —dijo—. Eso no ha estado tan mal, ¿verdad? Incluso aunque ya no esté prohibido.

—Los he tenido peores —replicó ella, con una carcajada temblorosa.

—¿Sabes? —repuso él, inclinándose para rozarle la boca con la suya—, si es la falta de «prohibiciones» lo que te preocupa, todavía puedes prohibirme hacer cosas.

—¿Qué clase de cosas?

Lo sintió sonreír contra su boca.

—Cosas como ésta.

Al cabo de un cierto tiempo descendieron los escalones y entraron en la plaza, en la que se empezaba a congregar una multitud en espera de los fuegos artificiales. Isabelle y los demás habían encontrado una mesa cerca de la esquina de la plaza y estaban amontonados a su alrededor en bancos y sillas. Mientras se aproximaban al grupo, Clary se preparó para retirar la mano de la de Jace... pero entonces se detuvo. Podían tomarse de la mano si querían. No había nada malo en eso. Ese pensamiento casi la dejó sin aliento.

—¡Aquí están! —Isabelle danzó hasta ellos jubilosa, sosteniendo una copa de líquido fucsia, que acercó a Clary—. ¡Toma un poco de esto!

Clary lo miró entrecerrando los ojos con suspicacia.

—¿Va a convertirme en un roedor?

—¿Dónde está tu confianza? Creo que es jugo de fresa —dijo Isabelle—. En todo caso, está riquísimo. ¿Jace? —Le ofreció la copa.

—Soy un hombre —le dijo él con burla—, y los hombres no consumen bebidas de color rosa. Mejor tráeme algo marrón.

—¿Marrón? —Isabelle torció el gesto.

—El marrón es un color varonil —dijo Jace burlón, y jaló de un mechón suelto del pelo de Isabelle con la mano libre—. De hecho, fíjate... Alec lo viste.

Éste bajó la mirada, pesaroso, hacia su suéter.

—Era negro —dijo—. Pero luego perdió el color.

—Podrías engalanarlo con una cinta para el pelo con lentejuelas —sugirió Magnus, ofreciéndole a su novio algo azul y centelleante—. Es sólo una idea.

—Resiste el impulso, Alec. —Simon estaba sentado en el borde de una pared baja con Maia a su lado, aunque ésta estaba en plena conversación con Aline—. Parecerás Olivia Newton-John en *Xanadú*.

—Hay cosas peores —comentó Magnus.

Simon se separó de la pared y fue hacia donde estaban Clary y Jace. Con las manos en los bolsillos posteriores de los pantalones de mezclilla, los contempló pensativo durante un largo rato. Por fin habló.

—Pareces feliz —le dijo a Clary, y dirigió la mirada hacia Jace—. Y eso es bueno.

Jace enarcó una ceja.

—¿Ésta es la parte en que me dices que si le hago daño me matarás?

—No —replicó Simon—. Si le haces daño a Clary, ella es totalmente capaz de matarte por sí sola. Posiblemente, con una gran variedad de armas.

Jace pareció complacido ante la idea.

—Mira —dijo Simon—, sólo quería decirte que no pasa nada si no te caigo bien. Si haces feliz a Clary, a mí me parece perfecto.

Le tendió la mano, y Jace sacó su propia mano de la de Clary y estrechó la de Simon, con una expresión de desconcierto en los ojos.

—No me caes mal —dijo—. De hecho, porque en realidad me caes bien, voy a darte un consejo.

—¿Un consejo? —Simon parecía cauteloso.

—Veo que estás cultivando esa vertiente vampírica con cierto éxito —dijo Jace, señalando a Isabelle y a Maia con un movimiento de cabeza—. Y gloria. A muchísimas chicas les gusta ese lado delicado de no muerto. Pero yo abandonaría todo el enfoque musical si fuera tú. Lo de los vampiros estrellas del rock está caducado, y además tú no puedes ser muy bueno.

Simon suspiró.

—¿Supongo que no hay ninguna posibilidad de que pudieras reconsiderar la parte en la que yo no te caía bien?

—Ya basta, los dos —dijo Clary—. No pueden comportarse como unos completos estúpidos el uno con el otro eternamente, ya lo saben.

—Técnicamente —repuso Simon—, yo sí puedo.

Jace emitió un ruidito nada elegante; tras un momento, Clary comprendió que hacía esfuerzos por no reír, y que lo conseguía sólo a medias.

Simon sonrió burlón.

—Te gané.

—Bien —dijo Clary—, éste es un momento hermoso.

Paseó la mirada en busca de Isabelle, quien probablemente estaría casi tan complacida como lo estaba ella de ver que Simon y Jace empezaban a llevarse bien, aunque fuera a su manera.

En su lugar vio a otra persona.

Parado en el linde mismo del bosque creado mediante un *glamour*, donde la oscuridad se fundía con la luz, había una mujer esbelta que lucía un vestido verde del color de las hojas y una larga melena escarlata ceñida atrás con un aro de oro.

La reina seelie. La mujer miraba directamente a Clary, y cuando Clary le devolvió la mirada, levantó una delgada mano y le hizo señas. «Ven.»

No supo con seguridad si fue por deseo propio o debido a la extraña fuerza que ejercía el pueblo mágico, pero murmuró una excusa, se apartó de los demás y fue hacia el linde del bosque, abriéndose camino por entre desenfrenados asistentes a la fiesta. Advirtió, a medida que se acercaba a la reina, la existencia de una preponderancia de hadas de pie muy cerca de ella, en un círculo alrededor de su señora. Incluso aunque quisiera aparecer sola, a la reina no le faltaban sus cortesanos.

La reina alzó una mano con gesto imperioso.

—Ahí —dijo—. Y no más cerca.

Clary, a unos pocos pasos de la reina, se detuvo.

—Mi señora —dijo, recordando el modo ceremonioso en que Jace se había dirigido a la reina dentro de su corte—. ¿Por qué me llama a su lado?

—Quisiera un favor de ti —respondió la reina sin preámbulos—. Y, desde luego, te prometería un favor a cambio.

—¿Un favor de mí? —preguntó Clary con curiosidad—. Pero... si ni siquiera le caigo bien.

La reina se tocó los labios pensativamente con un dedo largo y blanco.

—A los seres mágicos, a diferencia de los humanos, no les interesa en exceso el concepto de «caer bien». Amor, tal vez, y odio. Ambas son emociones útiles. Pero «caer bien»... —Se encogió de hombros con elegancia—. El Consejo no ha elegido aún quién de nuestro pueblo les gustaría que ocupara el escaño —dijo—. Sé que Lucian Graymark es como un padre para ti. Él escucharía lo que tú le pidieras. Me gustaría que le pidieras que eligieran a mi caballero Meliorn para la tarea.

Clary recordó el Salón de los Acuerdos, y a Meliorn diciendo que no quería pelear en la batalla a menos que los Hijos de la Noche también pelearan.

—No creo que él le caiga bien a Luke.

—Y de nuevo —dijo la reina— hablas sobre caer bien.

—Cuando la vi la otra vez, en la corte seelie —indicó Clary—, nos llamó a Jace y a mí hermanos. Pero usted sabía que no éramos realmente hermanos. ¿Verdad?

La reina sonrió.

—La misma sangre corre por sus venas —repuso—. La sangre del Ángel. Todos aquellos que llevan la sangre del Ángel son hermanos bajo la piel.

Clary se estremeció.

—Pudo habernos dicho la verdad, no obstante. Y no lo hizo.

—Les dije la verdad tal y como la veía. Todos decimos la verdad tal y como la vemos, ¿no es cierto? ¿Te has detenido a preguntarte alguna vez qué falsedades podría haber habido en el relato que te contó tu madre?¿Realmente crees que conoces cada uno de los secretos de tu pasado?

Clary vaciló. Sin saber por qué, de repente oyó la voz de madame Dorothea en su cabeza. «Te enamorarás de la persona equivocada», le dijo la falsa bruja a Jace. Clary había acabado por aceptar que Dorothea sólo se había estado refiriendo a la gran cantidad de problemas que el afecto de Jace por Clary les acarrearía a ambos. Pero, con todo, había espacios en blanco, lo sabía, en su memoria; incluso ahora, cosas, acontecimientos, que no habían regresado a ella. Secretos cuyas verdades jamás sabría. Ella los había dado por perdidos y carentes de importancia, pero quizá...

No. Sintió que las manos se le tensaban a los costados. El veneno de la reina era sutil, pero poderoso. ¿Existía alguien en el mundo que pudiera decir realmente que conocía cada secreto sobre sí mismo? ¿Y no era mejor dejar tranquilos algunos secretos?

Sacudió la cabeza.

—Lo que hizo en la corte... —dijo—. Sí, tal vez no mentía, pero fue poco amable. —Empezó a voltearse—. Y ya estoy harta de tanta falta de amabilidad.

—¿Realmente rechazarías un favor de la reina de la corte seelie? —preguntó la reina—. No a todos los mortales se les concede tal posibilidad.

—No necesito un favor de usted —dijo Clary—. Tengo todo lo que quiero.

Le dio la espalda a la reina y se alejó.

Cuando regresó junto a su grupo de amigos descubrió que se habían unido a ellos Robert y Maryse Lightwood, que estaban —observó con sorpresa— estrechando la mano de Magnus Bane, que había guardado la centelleante cinta para el pelo y estaba hecho un modelo de decoro. Maryse rodeaba los hombros de Alec con el brazo. El resto de los amigos de Clary estaban sentados en un grupo a lo largo de la pared; Clary se dirigía a reunirse con ellos, cuando sintió un golpecito en el hombro.

—¡Clary!

Era su madre, que le sonreía... y Luke estaba junto a ella, tomándola de la mano. Jocelyn no iba nada engalanada; vestía pantalones de mezclilla, y una camisa holgada que al menos no estaba manchada de pintura. No obstante, nadie podría decir por el modo en que Luke la miraba que estaba menos que perfecta.

—Me alegro de que finalmente te hayamos encontrado.

Clary sonrió radiante a Luke.

—¿Así que no te vas a mudar a Idris, supongo?

—No —dijo él, y parecía más feliz de lo que lo había visto jamás—. La pizza aquí es terrible.

Jocelyn lanzó una carcajada y se apartó para hablar con Amatis, que estaba admirando una burbuja flotante de cristal llena de humo que no dejaba de cambiar de color. Clary miró a Luke.

—¿Estabas dispuesto a dejar Nueva York de verdad, o sólo lo dijiste para conseguir que ella por fin diera el paso?

—Clary —dijo Luke—, me escandaliza que puedas sugerir tal cosa. —Sonrió ampliamente, luego se tornó bruscamente más serio—. A ti no te importa, ¿verdad? Sé que esto significa un gran cambio en tu vida... Les iba a preguntar si tú y tu madre quisieran mudarse a vivir conmigo, ya que su apartamento es inhabitable en estos momentos...

Clary lanzó un resoplido.

—¿Un gran cambio? Mi vida ya ha cambiado por completo. Varias veces.

Luke echó un vistazo hacia donde estaba Jace, que los observaba desde su asiento sobre la pared. El muchacho los saludó con la cabeza, dedicándoles una sonrisa divertida.

—Supongo que sí —dijo Luke.

—El cambio es positivo —indicó Clary.

Luke alzó la mano; la runa de la alianza se había borrado, como le sucedió a todo el mundo, pero la piel todavía mostraba su delator rastro blanco, la cicatriz que nunca desaparecería por completo. Se contempló la Marca pensativo.

—Sí, lo es.

—¡Clary! —llamó Isabelle desde la pared—. ¡Los fuegos artificiales!

Clary dio un golpecito a Luke en el hombro y fue a reunirse con sus amigos, que estaban sentados en fila a lo largo de la pared: Jace, Isabelle, Simon, Maia y Aline. Se detuvo junto a Jace.

—No veo fuegos artificiales —dijo, dedicando una fingida mueca de enojo a Isabelle.

—Paciencia, saltamontes —indicó Maia—. Las cosas buenas les llegan a aquellos que saben esperar.

—Yo siempre había pensado que «las cosas buenas les llegan a aquellos que hacen la ola» —dijo Simon—. No es de extrañar que haya estado tan confundido toda mi vida.

—«Confundido» es una buena manera de decirlo —dijo Jace, aunque estaba más concentrado en otras cosas; estiró los brazos y atrajo a Clary hacia él, casi distraídamente, como si fuera un acto reflejo.

Ella se recostó en su hombro, alzando los ojos al cielo. Nada iluminaba el firmamento salvo las torres de los demonios, que brillaban con un suave tono blanco plateado en la oscuridad.

—¿Adónde fuiste? —preguntó él, lo bastante suave para que sólo ella pudiera oír la pregunta.

—La reina seelie quería que le hiciera un favor —respondió Clary—. Y quería hacerme un favor a cambio. —Sintió cómo Jace se ponía en tensión—. Relájate. Le dije que no.

—No mucha gente rechazaría un favor de la reina seelie —dijo Jace.

—Le dije que no necesitaba un favor —repuso Clary—. Le dije que tenía todo lo que quería.

Jace rio ante aquello, con suavidad, e hizo ascender la mano por el brazo de Clary hasta alcanzar el hombro; los dedos juguetearon distraídamente con la cadena que rodeaba el cuello de la joven, y Clary echó una ojeada al destello plateado sobre el vestido. Había llevado el anillo Morgenstern desde que Jace lo había dejado en la habitación para ella, y a veces se preguntaba por qué. ¿Realmente quería recordar a Valentine? Y sin embargo, al mismo tiempo, ¿era correcto olvidar?

Uno no podía borrar todo lo que le causaba dolor cuando lo recordaba. Ella no quería olvidar a Max ni a Madeleine, ni a Hodge, ni a la Inquisidora, ni siquiera a Sebastian. Cada recuerdo era valioso; incluso los malos. Valentine había querido olvidar: olvidar que el mundo tenía que cambiar, y que los cazadores de sombras tenían que cambiar con él... Olvidar que los subterráneos tenían alma, y que todas las almas eran importantes en la estructura del mundo. Había querido pensar únicamente en lo que diferenciaba a los cazadores de sombras de los subterráneos. Pero lo que había sido su perdición había sido cómo todos ellos eran iguales.

—Clary —dijo Jace, sacándola de su ensoñación.

Apretó más los brazos alrededor de la muchacha, y ella alzó la cabeza; la multitud vitoreaba a medida que los primeros cohetes ascendían.

—Mira.

Ella miró mientras los fuegos artificiales estallaban en una lluvia de chispas... Chispas que pintaron las nubes sobre sus cabezas a medida que caían, una a una, en veloces líneas de fuego dorado, como ángeles cayendo del cielo.

ÍNDICE

CAZADORES DE SOMBRAS está protagonizado por un grupo de cinco jóvenes muy dispar. Aquí tienes algunas pistas sobre ellos...

Clary Fray: es una chica pelirroja de 15 años a quien le gusta estar en onda y pasarse el día en las calles o discotecas de Manhattan. Con tendencia a meterse en problemas, no puede creer en el rollo en el que está...

Jace Wayland: tiene la mano rota por luchar, cazar y matar demonios, pero es muy reservado y no le gusta hablar de sí mismo. Cuando conoce a Clary, una mundana con la habilidad de ver a los cazadores de sombras, experimenta un cambio: la conexión que hay entre ellos hará que se enfrente a sus secretos más oscuros y a un pasado del que siempre ha intentado huir...

Simon Lewis: toca la batería en una banda y está enamorado en secreto de Clary, su mejor amiga. Planea declarársele, pero nunca encuentra el momento; aunque parece llegar cuando la madre de Clary desaparece y ambos son arrastrados al ignoto mundo de los cazadores de sombras...

Isabelle Lightwood: hija de una antigua familia de cazadores de sombras, es lista, guapa y mortífera... No le tiene mucha simpatía a Clary, que verá cómo ella tampoco confía en Isabelle cuando ésta empiece a interesarse por Simon...

Alec Lightwood: hermano mayor de Isabelle, no está muy contento con su destino de cazador de sombras; prefiere leer sobre demonios que luchar contra ellos. Su fiera devoción por su hermano adoptivo, Jace, esconde un secreto por el que Alec sería capaz de morir...

Cazadores de sombras
está compuesta por los siguientes títulos:

Libro I
Ciudad de hueso

Libro II
Ciudad de ceniza

Libro III
Ciudad de cristal

CAZADORES DE SOMBRAS

Cassandra Clare

No esperes más y entra en la web
de *Cazadores de sombras*

www.cazadoresdesombras.com.mx

En la web, encontrarás toda la información sobre la serie,
su autora Cassandra Clare y podrás ver imágenes de sus **protagonistas:**
¿son como te los imaginabas? Además, podrás descargarte
fondos de escritorio y acceder a **material inédito.**

También podrás dejar tus opiniones sobre el libro
o participar en nuestro **blog.**

No esperes más y entra en
www.cazadoresdesombras.com.mx